盛唐三大家诗论

The Study of the Three
Great Poets of the High Tang

魏耕原 著

图书在版编目(CIP)数据

盛唐三大家诗论/魏耕原著. —北京:北京大学出版社,2017.8
ISBN 978-7-301-28570-1

Ⅰ.①盛… Ⅱ.①魏… Ⅲ.①唐诗—诗歌评论 Ⅳ.①I207.22

中国版本图书馆 CIP 数据核字(2017)第 186501 号

书　　　名	盛唐三大家诗论 SHENGTANG SANDAJIA SHILUN
著作责任者	魏耕原　著
责 任 编 辑	徐　迈　蒲南溪
标 准 书 号	ISBN 978-7-301-28570-1
出 版 发 行	北京大学出版社
地　　　址	北京市海淀区成府路 205 号　100871
网　　　址	http://www.pup.cn　新浪微博:@北京大学出版社
电 子 信 箱	pkuwsz@126.com
电　　　话	邮购部 62752015　发行部 62750672　编辑部 62756467
印 刷 者	北京宏伟双华印刷有限公司
经 销 者	新华书店 730 毫米×1020 毫米　16 开本　20.75 印张　361 千字 2017 年 8 月第 1 版　2017 年 8 月第 1 次印刷
定　　　价	58.00 元

未经许可,不得以任何方式复制或抄袭本书之部分或全部内容。
版权所有,侵权必究
举报电话:010-62752024　电子信箱:fd@pup.pku.edu.cn
图书如有印装质量问题,请与出版部联系,电话:010-62756370

国家社科基金后期资助项目
出版说明

后期资助项目是国家社科基金设立的一类重要项目,旨在鼓励广大社科研究者潜心治学,支持基础研究多出优秀成果。它是经过严格评审,从接近完成的科研成果中遴选立项的。为扩大后期资助项目的影响,更好地推动学术发展,促进成果转化,全国哲学社会科学规划办公室按照"统一设计、统一标识、统一版式、形成系列"的总体要求,组织出版国家社科基金后期资助项目成果。

全国哲学社会科学规划办公室

目　录

自　叙 ………………………………………………………………… 1

一编　李白论

第一章　"笑"在李白 ……………………………………………… 9
　　一、笑是李白的生命活力 ……………………………………… 9
　　二、对世俗之笑的讽刺与拟人之笑 …………………………… 13
　　三、美女、侠客、仙人的笑 ……………………………………… 15

第二章　李白歌行的创变特征新探 …………………………… 21
　　一、多种题材嫁接与主题的多义性 …………………………… 21
　　二、句型的参差多样与功能特征 ……………………………… 27
　　三、句式的集成与变化的多样 ………………………………… 33

第三章　李白诗歌结构论 ……………………………………… 40
　　一、线索分明的长篇歌行结构 ………………………………… 40
　　二、乐府与五七言古诗短制的结构变化 ……………………… 47
　　三、组诗的结构经营 …………………………………………… 51

第四章　李白心系长安论 ……………………………………… 55
　　一、长安的期望所引发的批判 ………………………………… 55
　　二、体味长安人的思念、哀怨及长安诱惑 …………………… 60
　　三、说不完的长安得意 ………………………………………… 63
　　四、日思梦想的长安情结 ……………………………………… 68

第五章　李白诗歌的起兴与比喻特征 ………………………… 72
　　一、起兴的多样与发展 ………………………………………… 72
　　二、情采横溢的比喻以及与夸张的兼容 ……………………… 76

三、比喻的连用与对比、对偶的交融 …………………………… 81

第六章　李白诗的拟人、呼告与顶真、反复 …………………… 89
　　一、天真的拟人 ………………………………………………… 89
　　二、热切召唤的呼告 …………………………………………… 94
　　三、奔放的反复与回环的顶真 ………………………………… 98

二编　王维论

第七章　王维长安诗与盛唐气象 ………………………………… 107
　　一、高华流美的京华歌手 ……………………………………… 107
　　二、王维眼中的长安 …………………………………………… 113
　　三、长安的分切镜头 …………………………………………… 117

第八章　王维山水画和山水诗趋向与规律的融合 ……………… 121
　　一、王维山水画的审美趋向与规律 …………………………… 121
　　二、"诗中有画"的重新考察 …………………………………… 125
　　三、"三远"与王维山水诗 ……………………………………… 130
　　四、浮云、落照、飞鸟的抒情性 ……………………………… 135

第九章　论王维"诗中有画"的模式 ……………………………… 138
　　一、山水诗"二维空间叠合"的模式 …………………………… 138
　　二、画的"深远"与诗暗示空间的"外"以及封闭的"掩扉" …… 142
　　三、动静、颜色与拟人化的模式 ……………………………… 147

三编　杜甫论

第十章　杜甫白话七律的变革与发展 …………………………… 157
　　一、走向日常生活的白话七律 ………………………………… 157
　　二、白话七律的创建 …………………………………………… 161
　　三、口语虚词的魅力 …………………………………………… 165

第十一章　杜甫歌行论 …………………………………………… 171
　　一、长于铺叙的风采 …………………………………………… 171

二、议论的深刻与多样 …………………………………… 174
三、变化多方的结构艺术 …………………………………… 180

第十二章　杜甫组诗论 …………………………………… 185
一、组诗、连章诗的界义与杜甫组诗的概况 …………… 185
二、杜甫组诗的阶段分布与创作用意 …………………… 190
三、杜甫组诗的创新意义 ………………………………… 197

第十三章　杜甫：从升平与丧乱中走出来的诗史 …… 201
一、由探亲拉开的历史长卷 ……………………………… 201
二、从一家一户走出来的诗史 …………………………… 206
三、以新闻报道为诗史 …………………………………… 212

第十四章　杜甫绝句变革的得失及意义 ……………… 219
一、尴尬的"四面屏风" …………………………………… 219
二、组诗、题材的扩大与俗语的汲取 …………………… 223
三、幽默的拟人化与议论 ………………………………… 227

四编　比较论

第十五章　李杜异中有同 ………………………………… 237
一、思想与理想的异中有同 ……………………………… 237
二、南北文化的交流与共构 ……………………………… 242
三、表现形式与风格的异中有同 ………………………… 247

第十六章　李白与王维的五、七言绝句比较 ………… 253
一、李白与王维七绝的异同 ……………………………… 253
二、李、王七绝的各自本色 ……………………………… 258
三、李白、王维五绝之比较 ……………………………… 263

第十七章　盛唐三大家诗关键词论 …………………… 269
一、李白关键词的飞动 …………………………………… 269
二、王维关键词的凝静清幽 ……………………………… 277
三、杜甫副词的沉郁厚重 ………………………………… 283

第十八章　盛唐三大家异同与出现意义 …… 288
　　一、三大家思想的异同与盛唐时代之关系 …… 288
　　二、三大家不同历史使命与地域文化的融合 …… 294
　　三、三大家诗风与诗体创新及盛唐气象形成的关系 …… 299

第十九章　论盛唐对话体诗——以三大家为中心 …… 305
　　一、生动活泼的五、七言绝句中的对话 …… 305
　　二、五七言律诗与歌行体对话的初步发展 …… 311
　　三、杜甫对话体诗的全面发展 …… 316

后　记 …… 322

自　叙

在本书的整体思路上,笔者有几点设想。首先,李白以"笑"的方式表达对盛唐上层社会的种种批判,应当属于"盛唐气象"中最具价值的活力。开天以来盛唐时代思想的包容与宽宏,正是宋代及以后无法企及的原因。杜甫叙事、记事的诗史,正是根植于这种宽松开明的政治大环境中。杜甫对安史之乱前后下层百姓遭受的不幸深感忧虑而勇于代言,这与李白对"士不遇"的永恒批判互补共济。而王维久居京官,又与官场保持一定距离,专注于山林与田园,正是宽和的大背景下所能产生的与入世背离的人生态度。他和李白对壮丽山河的描写,使盛唐气象更加缤纷,都是盛唐诗歌不可或缺的部分。这种歌颂与李白、杜甫为国家百姓的呼喊,多重音调合构盛唐气象的博大深沉、多姿多彩。其诗歌中的批判、谴责与歌颂,前所未有,后人难以企及,"盛唐气象"不再复现。

其次,盛唐也是一个浪漫的艺术时代,这一时代处于玄宗先崇儒而后重道的宽和能容的思想背景下。所以纵横家李白乐意加入道家,以各种手段寻求出路。而在最能体现浪漫精神的歌行体中,他把游仙、山水、送别、留别、咏怀、议政多种题材嫁接在一起,如天风海雨,鱼龙百变,则与时代的文艺思潮有关,亦与道家、道教的独特想象和纵横家多变的思想有关。大量乐府诗的比兴寄托,变化多样的结构,神采焕发的比喻,飞扬跋扈的夸张,均可作如是观。杜甫五古大篇的叙事与歌行体的记事,海涵地负、悲慨淋漓,与志在以复古为革新的李白不同,处处别开生面。把"感于哀乐,缘事而发"上升到"诗史"——直面国计民生之大事,同样贯穿深刻而全面的批判精神,为叙事诗提供了各种不同的品类,有历史长卷、通讯报道、微型的绝句,诗兼众体。

再次,文学艺术的交叉融合,则由王维来完成。以往论者多从其诗中寻找画意,研究深入了一步。唐宋人画史著录的王维山水画中的平远,以及画中浮云落照、飞鸟的抒情性,又为研究王维山水田园诗提供了新的切入点。从诗与画的审美共性特征观察其诗,则更深入一步。他的山水画对诗歌存在正负两面的影响,负面影响即王维诗中种种模式化形态。

本书在研究方法上,以诗体的发展变化为中心,以三大家各自特色为切入点,避免笼括或肤泛的议论。采用不同学科的交叉,把绘画、书法与诗歌研究结合起来。以宏观的整体把握为基础,探讨三大家共同出现的原因。用比较的方法,舍弃异中求异之简易,而用异中求同之宏通理念,符合学理且更有价值。采用数据统计法,从而发现一些容易忽略的问题,开发新的渠道,如李白眷念长安问题与句式多变以及王维诗的模式,杜甫组诗之惊人。重视逆向思维的观察。李白、王维诗存在着模式化,其余孟浩然、杜甫、高适、岑参等莫不如此。

对于学界尚未涉足或语焉不详的问题,则多加用力,深入讨论如下:

1. 显示盛唐气象伟绩的主要是歌行与绝句。李白歌行多题材的嫁接,忽而游仙,忽而山水,咏怀或议政置于最主要的点睛部位,送别、留别贯穿其间。这是对初唐以来此体的最大改变与革新,当是受到李颀把送别与人物诗结合的启迪。但更加显得无首无尾,变化错综,比高、岑、王的歌行情致更能宏放委曲,而《蜀道难》《远别离》等诗归趣难求的原因,亦在这里。

2. 李白诗看似天马行空,或者冲口而出,随其天才挥洒,似不经意,实际在结构经营上不亚于杜甫。他的歌行与五古大篇线索极为分明,特别是乐府与五七古短制结构变化至为多样。有二分与三分,有对比也有递进。特别长于对比结构,另外则为双线并行,每两句并提,在不停变化运动中进行。还有为数不少的通体比兴结构,内在意脉可分出多种层次。其次组诗的结构也具匠心,还有单句与句群在结构上也有特殊作用。

3. 李白的大济苍生、功成身退的思想,是进步的一面,然其中不无企求富贵的世俗观念。集中体现在对两年翰林经历后"心系长安"的情结挥之不去,而后炫耀富贵成为一大主题,这些诗多达八九十首,不能不予以关注。

4. 王维"诗中有画",得到普遍肯定,然画对诗的影响也有反面作用,且形成诸多模式。如山水画中以单线勾勒使远景与中景区别不大,影响其诗中"二维空间叠合"模式出现19次之多。单纯的水墨山水,于诗则成为单纯的以"青"对"白"的颜色模式;山水画的"深远"影响山水、田园诗歌频用"外"字的指示或暗示遥远空间的模式,以及反复使用"掩扉""闭关"的封闭空间模式,还有动静、视听偶对与动词拟人化的模式。单看每一处,大都精彩,合在一起则显得不能超越自己,程式化的模式很显著。

5. 杜甫的七律名震诗史,自华州任上开始出现白话律诗,是为革新的开始。入川以后,集中精力作了不少。这即是生活安定以后对日常细事的描写,也是对陶之田园诗的继承。而杜甫则对诗之各体予以创革的新变,一直延续到夔州时期。胡适为了张扬白话文学,曾略有提及,并且带有微词,以为是休闲之作,未意识到这是对盛唐华贵雍容七律风气的反拨与新变。

6. 杜甫的歌行与李白此体构成"双峰并峙",然杜甫即事名篇,不用旧题,且以叙事、记事为主,与李白形成"二水分流"。杜歌行因叙事故多铺叙,且以议论见长,结构变化多方,不拘一格,题材涉及面极广,海涵地负,感慨淋漓。其中亦有非组诗的组诗,如《悲青坂》与《悲陈陶》、《哀王孙》与《哀江头》等;名副其实者则有《同谷七歌》,前后《出塞》等;题目相近实为组诗,如《蚕谷行》《白凫行》《朱凤行》等;连章体变格创调则有《曲江三章章五句》,均具有别开生面的性质。

7. 杜甫组诗,论者曾对某一诗体如五律有所注意。学界往往混淆组诗与连章诗的界域。连章诗应是一首,各章不能分开独立,此从《诗经》一首分章而来。组诗则从屈原《九歌》发展而来。二者泾渭分明。杜甫有些诗,虽未标明组诗而实为组诗,且遍布各体,以上歌行体仅是一端。已标明组诗与未标明的组诗共660首,占其诗总数44%,几近一半。其意义,一是在"诗史"中拥有极重要的位置,二是提供了多种创新的体制,三是开拓了同一题材的内容与容量。

8. 杜甫绝句常遭人讥议,被视为变调。其实是力图改变盛唐风华摇曳、一唱三叹的正格。一是用律诗偶对作绝句,如同用白话来作律诗,都体现创变意图。二是四句四景的"四面屏风体",以铺写加大容量。三是以议论为绝句,还开辟了以绝句论诗的绿洲;四是以叙事、记事为绝句,扩大绝句用途,不专主抒情;五是以幽默的拟人手法写景,对杨万里的"活法"影响甚大。六是大量创作绝句组诗,用若干首诗歌表达较大题材,可分可合。全面革新得失并见。用五、七律作五、七绝,犹以牛刀宰鸡,出力不见得讨好。

以下几个方面作为重点,予以详论:

1. 三大家本为诗史上的热点,尤其是盛唐诗研究重点。拙著专从已有研究未涉及或薄弱与值得商讨处入手。如李杜对上层社会的批判,杜甫安史之乱前后对天宝败政的揭露与丧乱苦难的反映,不少诗作本属于开元盛世,不应当置之"盛唐气象"之外,且诗之"盛唐"与政治经济之"盛唐"应有分别,应取前而舍后。如果依从后者,不仅须剥离杜甫,李白、王维、高适、岑参等也都成了两半截人。

2. 李白歌行多题材嫁接的大篇与古诗和乐府之结构,心系长安渴望富贵;王维山水画对其诗的模式化的促成,山水画与山水诗审美的共同规律;杜甫白话律诗的发展变化历程,歌行体铺叙风采与议论的结合,结构的变化;杜甫组诗的阶段分布与创新意义,均为学界未加讨论或略而不详之处。

3. 李白与杜甫的区别,学界多从异处着眼,此属异中求异。而异中求同、同中求异会更具学理性。李杜的思想异质同构,犹如年之春夏与秋冬,合在一起构成同一时代完整的年轮。李杜分别代表南北两种文化,即南方的想象与浪漫,北方的质实与厚重;而李杜本身的互补共济,是两种文化的融合完美而显明的体现,其表现形式与风格也体现了这一特征。

4. 诗仙李白属于道教,又吸取道家庄子与屈原的批判精神,又是纵横家出身,常用出其不意的手段谋求进取;诗圣杜甫虽然恪守儒家思想与精神,但对唐玄宗直接的谴责与批判,却突破了儒家的君臣观念;诗佛王维中后期剥离政治,以佛家摒弃欲望为归,然"无可无不可"的处世观却又使他不愿离开官场。三大家的复杂现象,说明开元盛世为诗人提供了前所未有的宽松宏阔环境。唐玄宗先尊儒而后崇道,又爱好文学艺术,自由开放的政治思潮得以形成,促使三大家各自发展,道、儒、佛共存,颂美与批判兼具,这才有象征天、地、人的三大家同时出现。

笔者在阅读写作中还陆续有所发现,为进一步研究提供了新的起点。如李白诗的夸张为人所熟知,然并非止于修辞。自《诗经》以后,诗中运用"先言他物,以引起所咏之辞"的起兴,反复见于篇章的,不是高、岑、王、孟,也不是杜甫,而是李白。这与他对四言体的重视,以及复古的诗学主张密切相关。其诗的起兴形态多种多样,往往是宏大而奔腾的物象,或者是从汉魏乐府与古诗中变化而出的格言,或者是自铸伟词。他又是最嗜好比喻的诗人,他的比喻五花八门,绮思异想纷出,而且常与夸张融为一体,明快、酣畅,富有动态的艺术个性。如"燕山雪花大如席"是比喻性的夸张,而与之类似的"雪花大如手"的喻体却缩小许多,变幻不定,灼人眼眸。反复、顶真、呼告也是太白钟爱的手法,其诗奔放、激越、流畅则与此关系尤密。还有对比与对偶,前者常显示他锋芒毕露的个性,如"奈何青云士,弃我如尘埃""两草犹一心,人心不如草",总有倾注不尽的激愤。动态诗人不乐于对偶的静态,所以他的对偶鼓荡着英气。总之,这是个五光十色的领域,由此可以更加走近李白,进入他感情跳动的内心世界,而非仅仅属于修辞,或者辨别辞格,及使用多少的问题。

其次,平静温和的王维,在诗体追求上的努力长期以来未引人注意。他不仅诸体兼备,除了五古以外,其余均臻引人注目的境界。而且在诗体实验与创新上付出了很大努力,多少有些接近李白。四言诗有《酬诸公见过》,五言六行诗有《扶南曲歌词五首》《送别》《陇西行》,后者似对陈子昂的继承,而又与高适为呼应。七古则三、五言交错,且形态各异,《送李睢阳》三、七言各近一半,且均为单数句。《赠裴迪》由一句三言领起五句五言,《青雀歌》由一句五言领起三句七言,《雪中忆李楫》五、七言各两句,《答张五弟》两句五言领起四句七言,如此之类,不一而足,全是三、五、七言三种句型交错,虽无李之复杂多变,也可以说与李白一道同风。还有 11 首楚辞体诗,"兮"字或用于句腰,或用于句末,句式也有相应长短变化,组诗中亦有运用,可谓别开生面。题材有应制、登高、山水、送别、祭祀山神、哀词。其中还有四句短篇。以上诗虽乏精品,但诗体创新的意图却十分明显。他的绝句享有大名,且五、七绝兼长。六言绝句《田园乐七首》,可谓首出新体。尤其是五绝,最短也最难,王维却留下51首之多,为盛唐之冠。其中组诗四篇31首,亦非常突出。题材有宫怨、寄赠、送别、咏物、哀悼、题画,主要部分还是山水描写。所谓禅意的诗主要见于《辋川集》,没有禅语,却有禅意,这是他的本领,很值得深长思之。从诗体革新看,是在内容上的一种变革。

再次,前盛唐的王昌龄先以七绝一鸣惊人,李白、王维与之鼎足而立,三家绝句旗鼓相当。王昌龄七绝的宫怨之多层次暗示,边塞的雄浑苍凉,送别之清刚明爽,李白则飘逸而善于言情,王维主要用来刻画景物,悄然散发心灵的微动。三家之长短与个性特色,代表盛唐七绝的最高风范,很值得作一番多维度的比较。李白与王昌龄七绝比较论者不少,而与王维七绝比较却未见言之。于此,从中抽绎出盛唐七绝的艺术规律,也是一件有意味的工作。

最后,三大家诗的关键词,前人有片段性的感悟,今人却没有详细的专论。就此,笔者着力深入讨论,或许能够以小见大;虽然言之有些琐碎,所谓"贤者识其大者,不贤者识其小者",就不回避了。

李白之作据翻刻的北宋蜀刻本《李太白集》,见辽宁教育出版社新世纪"万有文库"本1997年版。杜诗据浦起龙《读杜心解》,王维诗据清编《全唐诗》。

谨为序。

一　编

李白论

第一章 "笑"在李白

盛唐三大诗人,李白以"笑"展示自己的世界,杜甫以"哭"忧患着整个社会与人生,王维不会大悲大泣,也不会爽朗大笑,他不哭不笑静观默察人生与自然。笑,大笑,谈笑,构筑了李白的人格与风格,使之成为一种昂扬自信的人格范型,是其浪漫人生的一道最亮眼的生命火花。

一、笑是李白的生命活力

李白诗九百多首,"笑"字大约用了205次,频率之高大概不仅在盛唐,恐怕在中国诗史上也最为突出。"笑"虽招惹人,亦很为平常习见,所以向来未引起论者的注意。人们觉得李白总是兴高采烈,杜甫总是忧忧愁愁。其实李白也哭,也悲泣,只是他的哭泣没有他的大笑那样击撞人心。李白不仅是兴高采烈的,而且是大笑着的。李白笑了一生,自信雄视了一生。笑在李白,也在李白一生行止中,在他的诗文里闪耀光彩、形态各异。

笑是李白展示风采与人格的方式,是对人生的自信,是个性的恣意宣泄。从早年起,李白就绽放出烂漫而无所拘束的风采。他在二十多岁以后,赶上了开元时代。开放而有为的时代思潮,英雄与事业,高士与理想,侠客与浪漫,辅弼天子与海县清一,奋其智能与管晏之谈,事君道成与功成身退,斑驳灿烂的种种理想与情怀交织在年轻李白的胸中,他自视为雄姿壮观的大鹏,要展翅高飞,上摩苍穹,下覆人寰。他要做"喷气则六合生云,洒毛则千里飞雪"的事业。终其一生,都在追求人生价值的极致。他把英雄、帝王之辅弼,高士、侠客、纵横家、神仙家的诸种情怀凝结为一,处处留下了高朗、自信、爽快、豪迈的笑声,发出了那个时代的最强音,也谱写了那个时代的旋律!

李白早年作于安陆的《上安州李长史书》一落笔便自称"白,嵚崎历落可笑人也",语出《世说新语·容止》与《晋书·桓彝传》,即谓卓出磊落,让人羡慕的人。这是向人致歉的信,便如此自命不凡,英气逼人。《上安州裴长史书》同样在开头即言:"敢剖心析肝,论举身之事,便当谈笑,以明其心。"他以天才英丽的风采,平交王侯豪贵,以"谈笑"的方式自荐。后来李白受玄宗接见,大概亦是以如此"可笑"的风采而使玄宗不觉忘其尊而降辇步迎。李白到处寻求一鸣惊人、一举高飞的机会,他以激昂青云的信心,扬眉吐气的精神,走向人生,处处散播爽朗的笑声。

李白诗中的笑声,最早当从《登峨眉山》发出:"平生有微尚,欢笑自此毕。烟容如在颜,尘累忽相失。倘逢骑羊子,携手凌白日。"要以"凌白日"的欢笑结束"尘世"的欢笑。神仙不会哭,只会笑,这是求仙的笑。《山中问答》:"问余何意栖碧山,笑而不答心自闲。桃花流水窅然去,别有天地非人间。"这是隐居惬意的笑。隐居对他来说是一种自由的实现,也是寻求政治机遇的一种方式。《襄阳歌》则写了饮酒的笑,先是醉卧花下,招惹襄阳小儿拦街拍手笑唱,"傍人借问笑何事?笑杀山公醉如泥";他自己的笑则是:"百年三万六千日,一日须倾三百杯。……千金骏马换小妾,笑坐雕鞍歌落梅。车旁侧挂一壶酒,凤笙龙管行相催。"在笑声中李白为自己描绘了一幅醉酒图,儿童好奇的哄笑,他骑在骏马上惬意的笑。如此饮酒的笑,是有感于"咸阳市中叹黄犬,何如月下倾金罍"的功名富贵不永、世事无常,所以这里的笑无异于是一种"哭",正如此诗所说见羊祜碑,而"泪亦不能为之堕,心亦不能为之哀",不哀不哭实际是更深切的哀哭。《江上吟》的作意与之相同:"屈平辞赋悬日月,楚王台榭空山丘。兴酣落笔摇五岳,诗成笑傲凌沧洲。功名富贵若长在,汉水亦应西北流。"尊贵的楚王如过眼烟云,屈原的辞赋却如日月经天一样永恒,李白也相信自己的诗作能传之永久,"笑傲"显示了这种自信,这是诗人的笑。李白的笑犹如他的思想,同样色彩斑斓。

李白诗中还以"大笑"畅发情怀。《叙旧赠江阳宰陆调》:"多沽新丰醑,满载剡溪船。中途不遇人,直到尔门前。大笑同一醉,取乐平生年。"此是朋友间的放怀大笑。天宝元年(742)李白终于如愿以偿受到玄宗的召请,《南陵别儿童入京》发抒了无限的兴奋:"呼童烹鸡酌白酒,儿女嬉笑牵人衣。高歌取醉欲自慰,起舞落日争光辉。游说万乘苦不早,著鞭跨马涉远道。……仰天大笑出门去,我辈岂是蓬蒿人!"烹鸡酌酒,高歌起舞,儿女嬉笑牵衣,一片欢乐气氛。虽然机会来得不早,但毕竟是光辉照人。他要扬眉吐气,要"仰天大笑",高唱"我辈岂是蓬蒿人","著鞭跨马"奔京华。得意的兴奋、欢快的笑声醺透了每个字眼。还用"会稽愚妇轻买臣,余亦辞家西入秦",使笑声增添了不少戏剧气氛,使他傲岸一往无前的个性更为呈露。不仅笑,而且大笑。得意大笑,失意亦大笑。两年后李白被赐金还山,《行路难》说:"淮阴市井笑韩信,汉朝公卿忌贾生",意为自己也遭人嘲笑嫉妒。然仰慕李白的任华《杂言寄李白》说:"有敕放君却归隐沦处,高歌大笑出关去。且向东山为外臣,诸侯交迓驰朱轮。"李白遭放得到的是嘲笑,任华的"高歌大笑出关去"大概是夸张,虽然他相信李白"未尝一日低颜色"。但李白的诗也说明了这种"高歌大笑"未尝没有一定的真实性,《登敬亭北二小山余时送客逢崔侍御并登此地》说他"大笑上青山",而且"回鞭指长安,西日落秦关。帝乡三千里,杳在碧云间",似乎尚自信"天生我材必有用",故放逐后依然"大笑"。《献从叔当涂宰阳冰》称美叔父"杰出圣代英",并言:"高歌振林木,大笑喧雷霆。落笔洒篆文,崩云使人惊。吐辞又炳焕,五色罗华星。秀句满江国,高才掞天庭。"李阳冰是盛唐大篆书家,也是轩昂傲岸人物,曾自言:"斯翁之后,直至小生。曹嘉、蔡邕不足言也。"①李白诗是对叔父的逼真写照,但"大笑喧雷霆"的风采,未尝没有李白自己的影子。

李白有很浓的纵横家思想,鲁仲连是他挥之不去的情结,"谈笑"的风采也常见于诗中。《奔亡道中》其三:"谈笑三军却,交游七贵疏。仍留一只箭,未射鲁连书。"在安史乱中,他向往鲁仲连谈笑间却退秦军。在《永王东巡歌》其二又说:"三川北虏乱如麻,四海南奔似永嘉。但用东山谢安石,为君谈笑净胡沙。"尽管他的政治选择与时局判断并不高明,但旺盛的参政热情,见之于诗则表现为倜傥不群与飘逸的人生风范。《赠友人》其三说:"蜀主思孔明,晋家望安石。时人列五鼎,谈笑期一掷。"言世局纷乱,朝廷冀得大贤,李白相信自己时来运转后可以勘定天下,如主父偃辈列鼎而食,如刘裕辈一掷百万。这是对"长风破浪会有时,直挂云帆济沧海"抱负的一再展现,"谈笑"几乎成了他建功立业的代名词。

李白诗中充斥着各式各样的"笑",处处体现豪迈不羁、独立不群的人格,展示了他昂首天外的风采。《独酌清溪江石上寄权昭夷》:"举杯向天笑,天回日西照。永赖坐此石,长垂严陵钓。"在日光沐浴之中举杯向天,开怀大笑,这是一尊自由人格的雕塑,就像严子陵一样没有任何拘束。《庐山谣寄卢侍御虚舟》开口即道:"我本楚狂人,凤歌笑孔丘。"这是狂人般的嘲笑,笑孔丘栖遑奔波。气度如此,只有杜甫《醉时歌》的"儒术于我何有哉?孔丘盗跖俱尘埃",稍可比肩。《留别曹南群官之江南》说自己待诏翰林:"我昔钓白龙……谈笑游轩皇。献纳少成事,归休辞建章。十年罢西笑,览镜如秋霜。""谈笑"与"西笑"是对翰林两年的概括,其中有自负,也有俯仰随人的不悦。《鲁郡尧祠送窦明府薄华还西京》送人还京,想到长安:"昨夜秋声阊阖来,洞庭木落骚人哀。遂将三五少年辈,登高远望形神开。生前一笑轻九鼎,魏武何悲铜雀台。"又用"一笑"表示了对富贵的轻蔑。《鲁中送二从弟赴举之西京》同样因送人赴京而滋发对长安之感慨:"鲁客向西笑,君门若梦中。霜凋逐臣发,日忆明光宫。"长安对他始终保持有巨大不歇止的诱惑,"向西"一

---

① 李肇:《国史补》卷上"李阳冰小篆"条,上海古籍出版社1979年版,第17页。

"笑"之中包含多少期望！《以诗代书答元丹丘》说接到朋友来信："开缄方一笑,乃是故人传",《酬岑勋见寻就元丹丘对酒相待以诗见招》："开颜酌美酒,乐极忽成醉。我情既不浅,君意方亦深。相知两相得,一顾轻千金。且向山客笑,与君论素心。"这是道友酒朋之间充满温情的笑,笑得又是何等开心!《寻鲁城北范居士失道落苍耳中见范置酒摘苍耳作》的"入门且一笑,把臂君为谁?……酣来上马去,却笑高阳池。"李白访友误落荒草沟中,及至入门见友,且发一笑,"君执我臂,问我为谁而辛苦若是乎"（朱谏语）。这是朋友间的玩笑,莫逆于心,相见反似不相识,把喜慰之情写得兴致勃勃。

李白诗中还记录了在不同场合的种种笑声,如《陪族叔刑部侍郎晔及中书贾舍人至游洞庭》其三："洛阳才子谪湘川,元礼同舟月下仙。记得长安还欲笑,不知何处是西天?"以贾谊贬长沙喻贾至,以后汉李膺字元礼比拟李晔,又以郭林宗与李膺同舟,送者望之以为神仙,来喻他们的同舟共游。第三句用了一个笑的典故,桓谭《新论》："人闻长安乐,则出门西向相笑。"这笑不但有李晔、贾至,还有李白自己。想到长安不知有多少眷念,然而茫茫洞庭,何谓西天,未免有些惆怅。《下途归石门旧居》："俯仰人间易凋朽,钟峰五云在轩牖。惜别愁窥玉女窗,归来笑把洪崖手。"这是与道友的离别聚合,笔下自然带有仙气。《九日》的"窥觞照欢颜,独笑还自倾。落帽醉山月,空歌怀友生","独笑"之中则不无寂寞,这是对友人的思念。《拟古》其四："取掇世上艳,所贵心之珍。相思传一笑,聊欲示情亲。"此为折花赠远,想把自己的愉悦,传笑给对方,使友人见花亦为之一笑。《翰林读书言怀呈集贤诸学士》："晨趋紫禁中,夕待金门诏。观书散遗帙,探古穷至妙。片言苟会心,掩卷忽而笑。"此为读书得间,片言会心,废卷一笑。笑之原因在下四句："青蝇易相点,白雪难同调。本是疏散人,屡贻褊促诮。"在人与人之关系上,多少有些参透,故能一笑置之。《览镜书怀》："得道无古今,失道还衰老。自笑镜中人,白发如霜草。"这是览镜自笑,慨叹白发不知来自何时。此诗后四句似对"自笑"下了一注："扪心空叹息,问影何枯槁?桃李竟何言,终成南山皓。"自比商山四皓,自嘲中又掺进了些许自信。《题宛溪馆》的"吾怜宛溪好,百尺照心明。……却笑严湍上,于今独擅名。"他发现了此处也有一种美,要拨正世人的看法,"却笑"表示了见解不同。

李白把自己的理想与性格都付之笑中,有狂笑、大笑、谈笑,有自笑、欲笑、独笑、欢笑,还有忽笑、传笑、却笑。他笑对人生,笑临人寰,笑对未来,似乎感情上的喜怒哀乐,大多都可以用笑来表达。他的笑显示了高朗的人格、爽快的个性、飘逸的风范。他的笑是一种自信,也是一种自负与自傲,虽然狂傲却不失其真淳,虽得意却贴近人生,有时不免寂寞却不怪癖,所以招人喜爱。他的笑似乎扮演了许多角色,有狂士的笑傲、神仙家的飘逸,也有高士的自信、纵横家的出其不意,还有侠客的英风烈气、道家的神采焕发。他用笑抒发种种情怀,有幸也有大幸。其中尤以"仰天大笑出门去""举杯向天笑"塑造了昂首天外、挥斥八极的自我形象与精神境界而彪炳诗史!还有建立在谢安"谈笑遏横流,苍生望斯存"与对鲁仲连的"谈笑却三军"的向往上,而爆发的"为君谈笑净胡沙"倜傥不群的英气,使他的诗充斥着健旺蓬勃的朝气,又是那样地感人至深!

二、对世俗之笑的讽刺与拟人之笑

"笑"在李白不仅是抒发情怀的关键词,而且是批判社会种种不平与丑恶现象的利器,冷嘲热讽皆成鞭挞。同时李白一生常常处于大大小小的被人谗忌的旋涡中,也描绘了世俗之人种种的"笑",这和他开朗的大笑往往形成对比,同时也讽刺了一些献谀贡媚的笑。这也是盛唐人格与盛唐气象的展现。盛唐气象蕴涵赞美,也有批判。有杜甫为苍生的哭,也有李白对上层社会嘲讽的笑。《古风五十九首》其二十八讽刺"道丧无时还"的世风,"扰扰季叶人",只求"但识金马门,谁知蓬莱山。白首死罗绮,笑歌无时闲",讽刺对奢侈富贵的肆无忌惮的追求。同题三十三:"丑女来效颦,还家惊四邻。寿陵失本步,笑杀邯郸人。"无不展现李白诗讽刺的锋芒,这种等而下之的"笑杀"就极为辛辣。《来日大难》:"蝉翼九五,以求长生。下士大笑,如苍蝇声。"谓视大位如蝉翼之轻,而下愚之贪恋富贵,闻道大笑,如苍蝇嗡嗡声。在鄙夷讽刺中刻画出丑相。《上李邕》自喻为"扶摇直上九万里"的大鹏,"假令风歇时下来,犹能簸却沧溟水。世人见我恒殊调,闻余大言皆冷笑。宣父犹能畏后生,丈夫未可轻年少"。"大言"与"冷笑"的对立,犹如大鹏与蜩类小虫的对话,对世俗人极尽讽刺。《访道安陆……》:"下笑世上士,沉魂北罗酆。昔日万乘坟,今成一科蓬。"下笑世上俗士,不明死后万事皆空的道理。即使昔日皇帝巨冢大陵,今日亦不过蓬草土堆而已,而不如道之永恒。

对于世俗之讥笑,李白常以辛辣讽刺的批判予以抨击。《赠从弟南平太守之遥》其一以浓墨重彩铺张扬厉地描述自己进入翰林:"汉家天子驰驷马,赤车蜀道迎相如。天门九重谒圣人,龙颜一解四海春。彤庭左右呼万岁,拜贺明主收沉沦。翰林秉笔回英眄,麟阁峥嵘谁可见?承恩初入银台门,著书独在金銮殿。龙驹雕镫白玉鞍,象床绮食黄金盘。"以下则以先前与此后世俗的讥笑作为对比:

  当时笑我微贱者,却来请谒为交欢。一朝谢病游江海,畴昔相知几人在? 前门长揖后门关,今日结交明日改。

以进出翰林的沉浮,抨击了世态之炎凉。得志时讥笑者前来交欢,失意时他们又是另一副嘴脸。李白诗的夸张往往不被人理解,《醉后答丁十八以诗讥余捶碎黄鹤楼》说:"一州笑我为狂客,少年往往来相讥。"《答王十二寒夜独酌有怀》:"吟诗作赋北窗里,万言不值一杯水。世人闻此皆掉头,有如东风射马耳。鱼目亦笑我,谓与明月同。骅骝拳跼不能食,蹇驴得志鸣春风。巴人谁肯和阳春,楚地由来贱奇璞。黄金散尽交不成,白首为儒身被轻。一谈一笑失颜色,苍蝇贝锦喧谤声。"如鱼目者的"笑我"与谈笑不得世人理解形成尖锐的对比,淋漓酣畅地抨击了贤愚倒挂、黑白不分的社会现象,对世俗之笑的憎恶鄙夷,到了痛心疾首的地步。李白对这些下士的大笑冷笑讥笑,则报以"下笑""调笑",予以强烈的讽刺与嘲笑,同时也体现出李白高迈不群的伉爽人格。

  李白诗喜以拟人描写景物,或借拟人化的景物表达种种不便明言的愤慨,或者种种不同观念与心情。花鸟草虫、日月风云都能以"笑"传递出李白笑傲人生的精神。《古风》其四十七说:"桃花开东园,含笑夸白日。偶蒙春风荣,生此艳阳质。岂无佳人色? 但恐花不实。宛转龙火飞,零落早相失。讵知南山松,独立自萧瑟。"把"含笑"得意之桃李与独立萧瑟的青松作一对比,桃李花早落,说明"含笑"只是一时之得意。《天马歌》:"曾陪时龙蹑天衢,羁金络月照皇都。逸气棱棱凌九区,白璧如山谁敢沽。回头笑紫燕,但觉尔辈愚。"此借天马自喻待诏翰林,回笑紫燕不可并驾齐驱。《待酒不至》:"玉壶系青丝,沽酒来何迟。山花向我笑,正好衔杯时。"这是把山花当作朋友,花之忽放即是开怀畅饮之时。以花之"笑"言其开放,正是诗人心花怒放的显露。《对酒》:"劝君莫拒杯,春风笑人来。桃李如旧识,倾花向我开。"花儿笑脸相迎,春风桃李都是"旧识",如若不饮则招春风一笑。他的劝酒词一经拟人,就更显得兴致勃勃。《拟古》其九:"今日风日好,明日恐不如。春风笑于人,何乃愁自居。"春风则又成了化解愁闷的知己。《观光丹丘坐巫山屏风》:"溪花笑日何年发,江客听猿几岁闻。"此实为题画诗,画面上"溪花笑日"永久开放,故出之幽默口气而问"何年发"。《咏槿》:"园花笑芳年,池草艳春色。犹不如槿花,婵娟玉阶侧。"是说园花不如槿花,而槿花瞬息零落,又不若琼枝。这里的"笑"同样是拟人化的,指花的怒放。《春怨》则写花与人的"对话":"白马金羁辽海东,罗帷绣被卧春风。落月低轩窥烛尽,飞花入户笑床空。"花月无心,能窥能笑,是旁衬,也是直接描写居处的寂寞。《自代内赠》:"妾似井底桃,开花向谁笑?君如天上月,不肯一回照。"用两喻组成对比,常见于曹植诗中。妾似桃与君如月,本很得体。井底与天上之悬殊,为谁开花"向谁笑"的哀怨与寂寞,高高在上的天上月与照不到的井底,构成了多维对比,而又自然天成。

李白的拟人,给无生命的花草风月赋予了特殊的活力,使之能言能语,能欢能笑,"笑"成了拟人化的关键词。杜甫诗也拟人,但用哭用泪很少用笑,如"感时花溅泪,恨别鸟惊心""丛菊两开他日泪""老去诗篇浑漫与,春来花鸟莫深愁",泪与愁成了杜甫诗拟人的关键词。在选择拟人化的哭与笑时,李杜有了区别。李白笑对人生,故花木风月自然也都带了笑意。所谓"相看两不厌,只有敬亭山",就是一种会心微笑的体验。花笑鸟语给他的诗增加了活力与生命,始终显得蓬蓬勃勃,充斥着不衰竭的朝气。他的花好像只能笑,而很少愁,更不会流泪,这是他特有的一种风格。然而未必不是一种自为得意的模式,反复出现于诗中,又不得不说是一种缺陷。

三、美女、侠客、仙人的笑

美女、侠客、仙人是李白诗中类型化的重要人物,李白描写他们,赞美他们,也刻画了他们种种不同的笑。美女的笑是动人的,好像她们诞生人世,专门为了带来阳光与灿烂;侠客的笑,使丑恶在他们面前战栗,不平在笑声中崩溃,他们带来了豪爽痛快;仙人与哭绝缘,容颜永驻,笑口常开,仙人的笑是飘逸的,让人遐想。李白豪迈的笑声与之交织在一起,编织出五光十色的笑的世界。

美丽的女性,是李白诗中一道诱人靓丽的风景线。《前有一樽酒行》:"胡姬貌如花,当垆笑春风。笑春风,舞罗衣,君今不醉将安归?"卖酒女郎为胡姬,这在李白诗中多次写到,盛唐是个开放的年代,碧眼胡人往往在长安一展风采。胡姬"当垆笑春风"——这是一幅多么美妙的图画,它给长安增添了异样的风采。李白开阔的胸襟,敏于接受各种外来文化,及时摄取了这一时代的特有镜头,去赞美她们,描写她们。"胡姬貌如花"本来无奇,然而"当垆笑春风"就奇了,她们在春风中粲然一笑,就像鲜花开放,使京华的春光更为耀眼。《少年行》其二:"五陵年少金市东,银鞍白马度春风。落花踏尽游何处,笑入胡姬酒肆中。"貌如花的胡姬的"当垆笑春风",与"笑入胡姬酒肆中",相映生辉,显示出京华的活力。

江南女性是李白常常描写的对象,李白以"清水出芙蓉,天然去雕饰"刻画她们。《采莲曲》:"若耶溪傍采莲女,笑隔荷花共人语。日照新妆水底明,风飘香袂空中举。"荷花好像成了她们的"便面",然而若是"便面"就做作了,应是最佳的陪衬,笑语于荷花中,这是她们的世界。《越女词》其三:"耶溪采莲女,见客棹歌回。笑入荷花去,佯羞不出来。"银铃般的笑声与鲜艳的荷花,融汇成"光景两奇绝"的美丽世界,多么诱人向往。

对上层社会封闭的女性,李白则寄予了深切的同情,表达她们对自由的期盼。《白纻辞》其二:"月寒江清夜沉沉。美人一笑千黄金,垂罗舞縠扬哀音。郢中白雪且莫吟,子夜吴歌动君心。动君心,冀君赏,愿作天池双鸳鸯,一朝飞去青云上。"她们希望得到爱怜,更渴望爱情之自由。《怨歌行》:"十五入汉宫,花颜笑春红。君王选玉色,侍寝金屏中。荐枕娇夕月,卷衣恋春风。宁知赵飞燕,夺宠恨无穷。沉忧能伤人,绿鬓成霜蓬。"对宫中失宠的女性则寄予了深切的同情,由此他也联想到自己的处境。《玉壶吟》说自己待诏翰林,遭人谗忌,而被放逐:"西施宜笑复宜颦,丑女效之徒累身。君王虽爱蛾眉好,无奈宫中妒杀人。"显然就借宫女的不幸也为自己发一浩叹!

唐代是艺术的时代,书法、绘画、音乐、舞蹈得到全面的发展,而诗歌又是诸种艺术的全面反映。李白诗中描写了不少歌女,留下了那个时代的倩影。《经乱离后天恩流夜郎忆旧游书怀赠江夏韦太守良宰》是李白集中最长的诗,叙述自己的政治经历与挫折,说到遇赦后的心情:"窥日畏衔山,促酒喜得月。吴娃与越艳,窈窕夸铅红。呼来上云梯,含笑出帘栊。对客小垂手,罗衣舞春风。"侑酒的歌伎,"含笑出帘栊"的亮相,"罗衣舞春风"的风姿,都给人们留下了深刻的印象。《携妓登梁王栖霞山孟氏桃园中》:"碧草已满地,柳与梅争春。谢公自有东山妓,金屏笑坐如花人。"如此之类的诗,曾遭人讥议。李白好像无所顾忌,他对女性的赞美,都带着一种天真无拘的意味。"金屏笑坐如花人"好像一副美人照,纯净而不亵渎。他写美人也常常关联到自己。《感兴》其六:"西国有美女,结楼青云端。蛾眉艳晓月,一笑倾城欢。高节不可夺,炯心如凝丹。常恐彩色晚,不为人所观。安得配君子,共乘双飞鸾。"此诗就有李白的影子,"一笑倾城欢"也是"天生我材必有用"的另一种说法。"高节"二句亦为明心见志之语。这比曹植《美女篇》更为简淡。元人萧士赟说:"此篇寓贤者有所抱负,审所去就,不肯轻易以身许人。复恐老之将至,功业未建,于时无闻。"①借女人与花草来写自己,在李白诗中不少。《古风》其四十八"美人出南国",其二十七"燕赵有秀色",以及《长相思》《白纻辞三首》等,均属此类。《口号吴王美人半醉》:"风动荷花水殿香,姑苏台上宴吴王。西施醉舞娇无力,笑倚东窗白玉床。"摄取舞后的一个休息镜头,

---

① 詹锳:《李白全集校注汇释集评》,百花文艺出版社1996年版,第7册3445页。

人物的形态与神态描写传神。不置褒贬,微醺半醉,娇弱无力,嫣然一笑,邀宠之意显见。《宫中行乐词》其四:"玉树春归日,金宫乐事多。后庭朝未入,轻辇夜相过。笑出花间语,娇来竹下歌。莫教明月去,留著醉嫦娥。"全从听觉传出宫女花间笑语与竹中歌声,属于侧面描写。李白待诏翰林两年,出入宫禁,这类作品不少,只是点缀当朝歌舞升平,在艺术上显得长于描写女性,唯此而已。

李白尚侠,也常把自己看作侠客。唐代侠风盛行,李白的侠气也是这个时代的风气反映。侠者一诺千金,他们的笑是豪爽的、果决的、无所顾虑的。游侠题材也为诗人所看重,《结客少年场行》的"笑尽一杯酒,杀人都市中",可以说是对侠客最为经典的描写。他们的笑带有一种所向无前的英气,代表着民间的一种呼声。《结袜子》所说的"感君恩重许君命,太山一掷轻鸿毛",推行的是英雄主义,这和李白浪漫、豪爽的精神一拍即合。可贵的是,李白还在碧眼胡人中发现这种尚侠精神。《幽州胡马客歌》说:"幽州胡马客,绿眼虎皮冠。笑拂两只箭,万人不可干。""笑"是他们的精神,也是他们的"语言",赞赏他们"出门不顾后,报国死何难"的精神。特别是此诗还注意到胡人中的女侠:"虽居燕支山,不道朔雪寒。妇女马上笑,颜如赪玉盘。翻飞射鸟兽,花月醉雕鞍。"这在唐人的游侠诗中颇为少见。《赠武十七谔》:"马如一匹练,明日过吴门。乃是要离客,西来欲报恩。笑开燕匕首,拂拭竟无言。"赞赏侠者以行动为语言,歌颂他们豪宕奋发的精神。

仙人的笑是轻松的,没有侠士那么狠重带有血腥,这是李白特有的想象。李白飘逸的个性除了体现在自己笑声以外,同时也在仙人的笑中得到发挥。《短歌行》有感于人生苦短而作游仙之词:"白日何短短,百年苦易满。苍穹浩茫茫,万劫太极长。麻姑垂两鬓,一半已成霜。天公见玉女,大笑亿千场。"百年易满,连麻姑仙女也两鬓成霜。天公的"大笑亿千场"的永恒,正是对"富贵非所愿,与人驻颜光"的追求。李白诗中仙女的笑则别具一番风光,《游泰山》其一说:"登高望蓬瀛,想象金银台。天门一长啸,万里清风来。玉女四五人,飘摇下九垓。含笑引素手,遗我流霞杯。"她们总是以"含笑"欢迎李白的莅临,这些玉女为游仙诗增加了旖旎婀娜的风采。他不但尔汝草木,且友于神仙。他和神仙的交往,中间没有任何阻隔,起码他是半个神仙——属于"谪仙人",是有资格飘飘然想得兴高采烈。"含笑引素手,遗我流霞杯",他以人世间的美女来写仙女,是那么富有人情味!《上元夫人》描写一位有尊号的女仙:"嵯峨三角髻,馀发散垂腰。裘披青毛锦,身著赤霜袍。……眉语两自笑,忽然随风飘。"此既是对《汉武内传》与《茅君传》中上元夫人的扩写,发型、服饰都来其中,借鉴其语言;又好像是看到一尊塑像而展开想象,因为她不说话,只用"眉语"和笑容与诗人交流。"忽然之间,随风飘摇,不知所之,此仙夫人之潇洒也"(清佚名《李诗直解》语),这当然是李白的想象。他"每咏仙人,宛若对语,总以高旷之怀,言之不自觉耳"(同上)。此诗似和他的游仙之作有别,其他游仙诗中李白加入神仙行列,相互之间没有距离,而此诗却给人"脉脉不得语"的感觉,且仙人的笑容同样给人留下深刻的印象。《古风》其十八:"昔我游齐都,登华不注峰。……萧飒古仙人,了知是赤松。借予一白鹿,自挟两青龙。含笑凌倒景,欣然愿相从。"这是赤松子笑容可掬的倒影,而且飘然凌空,乘龙而飞,他自己亦骑白鹿欣然相随。

李白诗中还有各式各样的笑,不断地杂出其间。《赠从弟南平太守之遥》其二谓其弟"素心爱美酒",而被"谪官桃源去",一定会遇到"秦人旧相识,出户笑相迎",这是用设想的桃花源中轻松的微笑抚慰对方。《当涂赵炎少府粉图山水歌》本是题画诗,因属山水画,故末尾想到归隐:"若待成功拂衣去,武陵桃花笑杀人。"功成身退原本是他的最高理想,但画面上的山水太诱惑人,故作反常说法,且跌进一层"桃花笑杀人",那就太遗憾了。《鸣皋歌送岑征君》:"笑何苦而救楚,笑何夸而却秦。"都用《战国策》的故事,申包胥哭秦廷而得救兵,鲁仲连义不帝秦,谈笑间退秦兵数十里。这里哭笑对举都置于"沽名矫节以耀世"中,这不过是愤激之言,其实他对鲁仲连"谈笑却三军"还是倾注了无尽的敬慕。《梁甫吟》的"雷公砰訇震天鼓,帝旁投壶多玉女。三时大笑开电光,倏烁晦冥起风雨",这是想象天公雷鸣电闪,是为"天笑",喻指朝廷的昏暗,喜怒无常,正像《诗经·大雅·荡》的"疾威上帝,其命多辟"那样,对"天公"的兴风起雨表示不满。《书怀赠南陵常赞府》:"岁星入汉年,方朔见明主。调笑当时人,中天谢云雨。"以滑稽诙谐的东方朔自喻,因调侃朝臣而被放逐,未能沐浴君之恩泽。对世俗时人谑浪不经的"调笑",这也是李白性格傲岸的一面。在《赠崔侍郎》里他曾把对方视为知己:"长剑一杯酒,男儿方寸心。洛阳因剧孟,托宿话胸襟。……扶摇应借力,桃李愿成阴。笑吐张仪舌,愁为庄舄吟。"这是在翰林因"高风摧秀木"以后,向人求援举荐的诗。此处张仪吐舌之典故,意在用纵横家狼狈时的自负,说明谈笑间有大本领在,只是缺少东山再起之机会。正如《赠潘侍御论钱少阳》所说的"眉如松雪齐四皓,调笑可以安储皇。君能礼此最下士,九州拭目瞻清光",充满了自信!

综上看来,李白诗里响彻着形形色色、丰富多彩的笑声,笑声贯穿了李白的一生。笑在他的诗中是最为闪烁光亮的字眼,比起他所喜爱的明月与美酒,在爽朗、高迈、傲岸、自信、乐观、豪爽、透彻上,更为耀眼,拉近了自己与读者的距离。他用笑畅豁自己的胸襟,也用笑讥讽抨击邪恶的事物;用笑赞美世间美好的事物,也用笑鄙夷一切平庸与丑恶。他的笑明朗得就像晶莹之月,不含杂质;他的笑就像侠客的豪爽,使人扬眉吐气;他的笑又像仙人般飘逸,凌凌然有昂首天外、举颈八荒的风采。他对朋友的笑,就像酒后耳热,开怀一笑,无所间隔。又像《金陵白下亭留别》所说的"向来送行处,回首阻言笑",正是以笑面对人生。他对上层社会的"冷笑"与"调笑"正代表着一种平民精神的自尊与傲岸。他不厌其烦地写了许多身份各异的美女的笑,是对人世间美的歌颂,无所忌惮,又是那么天真。人生有笑也有哭,他的《远别离》"帝子泣兮绿云间,随风波兮去不还。恸哭兮远望,见苍梧之深山。苍梧山崩湘水绝,竹上之泪乃可灭",是神话中的哭,但也有感人之处。他有不少送别、惜别诗的结尾写到哭与泪:

　　耻作易水别,临岐泪滂沱。(《留别于十一兄逖裴十三游塞垣》)
　　平生不下泪,于此泣无穷!(《江夏别宋之悌》)
　　念别复怀古,潸然空泪流。(《送方士赵叟之东平》)
　　空余贾生泪,相顾共凄然。(《金陵送张十一再游东吴》)
　　因君此中去,不觉泪如泉。(《送杨燕之东鲁》)
　　相思如昼夜,东泣似长川。(《送王孝廉觐省》)
　　送君从此去,回首泣迷津。(《江夏送张丞》)
　　徘徊相顾影,泪下汉江流。(《江夏送友人》)

首例是对易水之别涕泪滂沱的否定,实际上否定命题的前提即包括肯定命题——临岐分手必然"于此泣无穷"!其所以化悲语为壮语,则是为了抚慰他的兄长而已,以下多例便是明证。以上所别所送的人物多种多样,并非都是生死之交或莫逆之友,都伤心得要流泪,但都出现在结尾。论者曾指出他的这类诗存在以水之长喻友情之长的公式①,现在看来,以流泪之多喻友情之深,是他的又一种模式。而且蔓延到其他题材里,都用在结尾。《秋登巴陵望洞庭》的"郢人唱白雪,越女歌采莲。听此更肠断,凭崖泪如泉",《宿巫山下》的"高丘怀宋玉,访古一沾裳",《秋夕旅怀》的"含叹想旧国,泣下谁能挥",《洗脚亭》的"西望白马州,芦花似朝霜。送君此时去,回首泪成行",《寄远》其六的"流波向海去,欲见终无因。遥将一点泪,远寄如花人",《学古思边》的"胡地无春晖,征人行不归。相思杳如梦,珠泪湿罗衣",《秋浦感主人归燕寄内》的"寄书道中叹,泪下不能缄",以上并非全部,都是写自己流泪。

---

① 罗忼烈:《话李白》,《两小山斋论文集》,中华书局1982年版,第21—24页。

还有代人流泪,如"代内"之类,并不包括在这种类型中。我们不能说这些泪都是假的,是因文造情,但总觉雷同、刻板、不自然,赶不上他的"笑"那样感人,那样性格显豁!人世应有笑也有哭,李白哭之不深切由杜甫弥补了。哭在杜甫,杜甫哭天下、哭丧乱、哭百姓、哭人生、哭得呼天抢地!《兵车行》、"三吏三别"、《悲青坂》《悲陈陶》《哀王孙》《哀江头》,无不由哭组成,由血泪浇灌而出。《白帝》的"哀哀寡妇诛求尽,恸哭秋原何处村",《又呈吴郎》的"已诉征求贫到骨,正思戎马泪沾巾",《登岳阳楼》的"戎马关山北,凭轩涕泗流",乃至去世之年的《白马》"丧乱死多门,呜呼泪如霰",《逃难》的"归路从此迷,涕尽湘江岸"。杜甫诗是由"百年歌自苦"构成,他的哭与李白的笑达成一种互补,表现了大唐由盛世到安史之乱衰变的全过程。李白的笑是振作的、鼓舞的,给人欢心与昂扬;杜甫的哭是沉痛的、深广的,给人更多的思考与反思。人世也有不哭不笑者,始终保持一种恒温,不激不奋,不火不燥,不酸不痛,那就是追求内静外寂的王维,他似乎把情感的两个极端——哭和笑,调节到适中的程度!在他的诗里很少看到哭或者笑,始终能把情绪控制到零度,不升不降。这是以一种"无可无不可"的观念为支撑。然而诗是感情的发抒,他的诗缺少大悲大痛大笑大乐的感情。尽管他是艺术的全才,在诗艺上也非常讲究,但总缺少激动人心的旋律,也缺乏沉痛的忧患,所以,他的诗比起李杜,不能不说逊色不少,少了些光焰,也少了扣人心弦的感情!李白的笑,大笑、调笑,简直与"清风徐来,水波不兴"的王维判若两人,正是在哭笑的不同,使他们三人代表盛唐气象的丰富多彩。笑在李白,则展现出那个让人怀念的时代阳光灿烂的一面,以及朝气蓬勃昂扬向上的风采!

第二章　李白歌行的创变特征新探①

五言乐府、歌行与绝句在李白诗中形成三大亮点,特别是后二者一大一小,最能展示奔放激越与自然天成的艺术个性。尤其是他的歌行,所迸发的雄奇、壮丽、豪宕、多变的特色,在诗国涌现出最为澎湃的浪潮,为盛唐气象增添最为亮丽的色彩,使这一诗体在与杜甫共同创变下达到极致。其创变与特征从纵横两方面都可见出,这也正是我们所关注的焦点。

一、多种题材嫁接与主题的多义性

对于歌行,胡应麟《诗薮·内编》卷三起手即言"七言古诗,概曰歌行",若按这一笼括概念划分,李白歌行大约将近154首②,占其诗900多首的六分之一。而且与他的思想与经历相关,最为重要的大篇巨制多集中于斯。如果就题目带有歌行之作来看,其中歌23首,行11首,吟9首,曲、辞、篇各4首,词3首,引、谣、歌行各2首,合共64首,其中多为乐府旧题或自制新题歌行,其余为题目未标明歌行。所标者歌、行、吟三者为多,而歌最多。

初唐歌行题材比较单纯,基本围绕一个中心。骆宾王《从军中行路难二首》、贺朝《从军行》、崔湜《大漠行》、崔融《从军行》、万齐融《仗剑行》,或言边塞作战之艰苦,或发建功立业之壮志,或附带对家人的思念,内容集中,没有歧出现象;刘希夷《公子行》《白头吟》,吴少微《古意》,乔知之《和李侍郎古意》,沈佺期《凤箫曲》,或言年少而今衰老,昔宠而今弃,或昔聚今离,分作两截对比,主题均为女性的今不如昔命运。宋之问《北邙古墓》则生之宠幸与死之寂寞构成对比。咏物歌行,内容更为集中,如卢照邻《失群雁》、富嘉谟

---

① 李白歌行包括乐府歌行诗论者不少,郁贤皓《论李白乐府的特质》,《中国李白学刊》1989年第3辑。马承五《李白歌行特征论——兼论歌行的诗体定义与形式特点》,《华中师范大学学报》2002年第6期。薛天纬《李白的歌行》,汤华泉《唐人的歌行概念与李白七言歌行范围》,均见《中国李白研究》黄山书社2005年版。汤华泉《七言歌行体式与李白歌行的特征》,《学术研究》2007年第3期。薛天纬《李杜歌行论》,《文学遗产》1999年第6期。葛晓音《初盛唐七言歌行的发展——兼论歌行的形成及其与七古的分野》,《文学遗产》1997年第6期,亦有讨论,且发明甚多。

② 其中《笑矣乎》《悲矣乎》《草书歌行》,前人多认为是伪作,今人在存疑之间,故暂不计入。

《明冰篇》、乔知之《赢骏篇》、郭震《古剑篇》、王泠然《汴堤柳》,所写亦如题目所示,后三篇多了层今昔对比。闺怨题材,亦复单纯。沈佺期《古歌》、刘希夷《捣衣篇》、王勃《秋夜长》则纯为缘情之制。沈佺期《入少密溪》则为王维《桃源行》的先声,宋之问《花烛行》铺张婚礼的豪华,《桂州三月三日》则以京华侍臣与贬放流寓对比,倾注身世之感。张若虚的《春江花月夜》以春夜丽景铺叙游子思妇之别情,题材上有出新。比较重大的题材,如骆宾王《帝京篇》、卢照邻《长安古意》、李峤《汾阴行》,基本都是以昔盛今衰为中心,只有卢作加入寒士的对比,显得稍微复杂。

  盛唐前期歌行题材虽有扩展,主题的单纯与初唐无甚大变。张说《邺都引》似受李峤《汾阴行》影响,主题亦从今昔对比着眼。王翰《飞燕篇》为咏史之制,立意亦与吴少微、乔知之《古意》大致相同。到了开天之际后的后盛唐,由于社会矛盾激增,题材出现更大的拓展,表现手法也为之一变。王维《洛阳女儿行》由刘希夷《白头吟》叹惜时光转换,一变而为女性贫富处境的对比。《夷门歌》纯为咏史,目光注意到下层人物。《陇头吟》《老将行》《燕支行》涉及赏罚不公,或弃置老将等问题。《桃源行》则开一新题材,《不遇咏》则反映世路坎坷。崔颢《长安道》以议论讥讽豪门,《行路难》言禁锢的宫女伤春,《雁门胡人歌》叙写边地民族秋猎饮酒,《江畔老人愁》言时代变迁引起的贵族家庭巨变,带有更多的叙事性质。这些都具有题材的开拓性,显示题材的多样性。特别是岑参的歌行为一大变,以身之所历使边塞歌行耳目一新。高适则表现对社会各种不公现象的批判,李颀把描写人物与歌行结合起来,亦是一大变。就风格的发展而言,胡应麟说:"唐七言歌行,垂拱四子,词极薄艳,然未脱梁陈也。张、李、沈、宋,稍汰浮华,渐趋平实,唐体肇矣,然而未畅也。高、岑、王、李,音节鲜明,情致委折,浓纤修短,得衷合度,畅乎,然而未大也。太白、少陵大而化矣,能事毕矣。"[1]风格的变化与题材具有一定的关系,李杜的"大而化矣"亦同此理。

  李白歌行题材"大而化矣",具体表现在将此前的单一创变成多种题材的交融汇合。如写于最早且著名的大篇《蜀道难》,本为乐府旧题。《乐府解题》曰:"《蜀道难》备言铜梁玉垒之阻,与《蜀国弦》颇同。"[2]所收简文帝萧纲两首,其一言思念蜀中,其二言巫山巴水之阻。南齐刘孝威两首,其一亦同,其二言蜀地人才之盛。阴铿一首亦言蜀道险要。初唐高宗时张文琮亦同,只

---

[1] 胡应麟:《诗薮·内编》卷三,上海古籍出版社1979年版,第50页。
[2] 郭茂倩:《乐府诗集》卷十五,中华书局1979年版,第2册590页。

有刘孝威其二为七言,余皆为五言,萧纲两首短至四句,为五言古绝,其余皆为八句。李白诗长达56句,句式三、四、五、七、八、九、十一句均有,可谓前无古人。殷璠说:"至谓《蜀道难》等篇,可谓奇之又奇,然自骚人以还,鲜有此体调也。"①不仅体调奇绝,此诗题材也很奇特。观其中"问君西游何时还"与末了"锦城虽云乐,不如早还家",应为送别之作。詹锳《李白诗文系年》说:"太白《剑阁赋》注云:'送友人王炎入蜀',赋中写剑阁之阻与此篇多有相似处。……白又有《送友人入蜀》……意者《剑阁赋》《送友人入蜀》及此诗三者俱是先后之作。"②即视此为送别友人之作。而此诗极言巴山蜀水之险,又以山水诗作底色,更无疑问;开头言蚕丛、鱼凫之开国及壮士死而石栈连,明显带有神话传说性质,又迹近游仙诗;末尾"剑阁峥嵘而崔嵬"九句,又俨然一篇"剑阁铭",又确切具有政治讽喻性质。这样说来,就是把山水诗、神话传说诗、政治讽喻诗糅在一起,又用送别诗的语气把前后串联起来,四种题材合一,故不停转换,感叹、叙述、描写、劝告、告诫、嗟叹不停歇地变化。加上他描写的天才,让人骇目惊心。如描写巴山蜀水通往秦塞:"连峰去天不盈尺,枯松倒挂倚绝壁。飞湍瀑流争喧豗,砯崖转石万壑雷",不能移往别山,确能逼真。然而正如詹锳所说:"李白乐府杳冥惝恍,纵横变幻,极才人之致,而《蜀道难》一诗尤为千古绝唱,自来论太白诗者莫不称之。然世人皆赞其奇,至于究其取意何在,则异说纷纭,莫衷一是。"③故自唐末范摅《云溪友议》以来,代不乏说,聚讼纷纭。詹锳总结为四种:一是罪严武,二是讽玄宗幸蜀,三是讽章仇兼琼,四是即事成篇别无寓意。"当在天宝初间,时太白方在长安未久,尚未得志。其后遇贺知章,因出近作示之,贺遂叹为谪仙人耳。"④今人治李诗者有言:"它的主题有两层意思,表面上是写蜀道艰难,实质上是写仕途坎坷。……借蜀道之畏途巉岩,状其一入长安种种难写之景,借旅人蹇步愁思,传其明时失路的种种难言之情。"⑤所依持的侧面论据是:"凡是认真读过李集的人,都会发现《大鹏赋》岂止是赋大鹏?《天马歌》岂止是歌天马?《长相思》何尝止是男女之情?《梦游天姥吟留别》何尝是太虚幻境?《横江词》并非长江天险图;《庐山谣》也不是庐山风景画;《将进酒》悲欢杂糅,明暗交错;《上皇西巡南京歌》反言若正,寓贬于褒。甚至草木鱼虫,风花雪月,在李

---

① 殷璠:《河岳英灵集》,傅璇琮等编《唐人选唐诗新编》(增订本),中华书局2014年版,第171页。
② 詹锳:《李白蜀道难本事说》,《李白诗论丛》,人民文学出版社1984年版,第25页。
③ 同上。
④ 同上书,第35页。
⑤ 安旗:《〈蜀道难〉求是》,《唐代文学论丛》1982年第2期,陕西人民出版社1983年版,第187页。

白笔下亦多有言外之意,弦外之旨。"①李白歌行与乐府古诗确实有用意为深的特点。但此诗所守非亲、杀人如麻一大节议论,似与"仕途坎坷""明时失路的种种难言之情",实在联系不起来,而且这九句是全诗结穴之焦点,不是若有若无,实在绕不过去。古今求解者,如以上所举四种看法,无不着眼于此。只是因了此诗收入殷璠《河岳英灵集》,而殷选下限为癸巳,即天宝十二载。而此诗又在李白入京时为贺知章所激赏,前三说都是天宝十二载以后的事,故不为今人所取。另外还有其他多种说法,然而裴斐说:"李白写此诗必有政治上的原因,决非'即事成篇,别无寓意',否则,不仅若干诗句无法解释,诗人的创作动机,以及贯彻全诗的主题、思想倾向和鲜明的感情色彩也难以说明。无法确切了解,可以存疑,但不能否认它的存在。"②此诗之不可解已经困惑读者一千多年,至今还未得到公认的解释。有趣的是此诗每个句子都很明确,并不蕴涵多义性。并不像李商隐《锦瑟》比兴所具有的游移性或模糊性,即朦胧性,似乎已提出的解说都吻合而无不妥。李白此诗描写、议论都很明朗,然而至今无法得出让人信服的结论,其原因是什么呢?

首先,从此篇开始乃至以后的大篇歌行,有不少都是几种题材的"嫁接",形成了主题的复杂性或多义性。如《梁甫吟》即把纪游、怀古、咏怀结合在一起,既有对离京、渡河、漫游梁园的叙写,又有对西归长安而不得的忧思,还有对梁园昔盛今废的喟叹,另有借酒浇愁的感慨与随遇而安的自慰与兴奋,最后还表达了东山再起大济苍生的自信。中间穿插仕宦风险与阮籍的同感,以及信陵君的豪贵一往而不再。如此就很难用一两句话概括它的内容。至于主题,虽属多义,然用意还是明白的。《将进酒》整体以饮酒做面子,又以咏怀发抒对自己政治才能的自信,借酒发泄理想得不到实现的郁邑,还挟带淡薄富贵与"圣贤寂寞"的"万古"之愁。《鸣皋歌送岑征君》则把送别、游仙、山水、政治讽刺、咏怀五种题材结合起来,主题亦纷然多样。《梦游天姥吟留别》又把留别、纪梦、山水、游仙、咏怀糅合在一起。其中山水与游仙是梦境的中心,"而梦境的旨归始终是不确定的,它可能是李白所向往的自由世界,也可能是他精神上迷惘失意的反映,甚至包含着他对长安三年一梦的嗟叹"③,这也说明其主题并非只是末尾的"安能摧眉折腰事权贵,使我不得开心颜",即决意隐居。《西岳云台歌送丹丘子》前半为山水诗,后半是游仙诗,

---

① 安旗:《〈蜀道难〉求是》,《唐代文学论丛》1982年第2期,第172页。
② 裴斐:《李白山水诗中的情与景》,《李白十论》,四川人民出版社1981年,第113页。
③ 葛晓音:《初盛唐七言歌行的发展》,《文学遗产》1997年第5期,又见《诗国高潮与盛唐文化》,北京大学出版社1998年版,第402页。

又夹带关于元丹丘将来学道的想象,算是应了题目的"送"即送别诗。此诗没有发抒自己的情怀,主题明了单纯得多。《庐山谣寄卢侍御虚舟》以描写庐山风光为主体,而末尾六句又言早服丹药,遥见仙人,是标准的小游仙诗。结句"愿接卢敖游太清",以传说中的仙人卢敖借指卢虚舟,又算是应了题目的"寄"。如同上诗,把山水、游仙、寄赠结合在一起,描写山水所洋溢的兴高采烈,似乎流露出由入狱流放而获释的兴奋,对未来还抱有一定的希望。

其次,无论是长短歌行,李白与杜甫最大区别在于,杜诗大多是缘事遇物而发,故多叙事、纪事、感事、咏物之篇制,指向均很明确,题目多是自制新题,主题明朗;李白歌行很少就事而发,像《西岳云台歌送丘丹子》就很贴近送别了,实际上没有多少留人言别的内容。他的歌行主要就一种观念意识,或某种主观感觉,甚或某一种现象,一种批判精神而言。凭着感受与感情运作发挥,并且把这种感受尽量普遍化、客观化,甚或泛化。正如松浦友久所说:"他总是把本来是个别性、特殊性、主观性的原始感情,寓意于更为一般的、普遍的、客体化的事象之中。"①所以,他的歌行主题,往往是概括性的,或多义性的,难以猜详。

回头再看《蜀道难》的主题,并非就某人而言,而是把历史的许多现象概括起来。明末胡震亨的说法似乎最为切近:"太白《蜀道难》一诗,新史谓严武镇蜀放恣,白危房琯、杜甫而作,盖采自范摅《友议》。沈存中、洪驹父驳其说,谓为章仇兼琼作。萧士赟注又谓讽幸蜀之非。说不一。按白此诗见赏贺监,在天宝入都之初,乃玄宗幸蜀、严武出镇之前,岁月不合。而兼琼在蜀,著功吐蕃,亦无据险跋扈之迹可当此诗。皆傅会不足据。《蜀道难》自是古曲,梁、陈作者止言其险,而不及其他。白则兼采张载《剑阁铭》'一人荷戟,万夫趦趄。形胜之地,匪亲所居'等语用之,为持险割据与羁留佐逆者著戒。惟其海说事理,故苞括大,而有乐府讽世立教本旨。若第取一时一人事实之,反失之细而不足味矣。"②清人贺裳又说诗中"一夫当关"四句:"不惟刘璋、李势恨事如见,即孟知祥一辈,亦逆揭其肺肝,此真诗之有关系者,岂特文词之雄。"③当是对胡氏"持险割据"的具体阐释。而"羁留佐逆者"则是因送别诗所派生的多义性。此诗主题和韩愈早年所作《送董邵南序》的用意就很接近。

---

① 松浦友久:《李白——诗歌及其内在心象》,张守惠译,陕西人民出版社 1983 年版,第 5 页。
② 胡震亨:《唐音癸签》卷二一,上海古籍出版社 1981 年版,第 229 页。胡氏《李诗通》卷四亦有相同说法。
③ 贺裳:《载酒园诗话又编》,上海古籍出版社 1983 年版,第 1 册 316 页。

李白歌行个别篇章题材单一,然主题不易知。如《公无渡河》,似乎是把汉乐府原作予以扩写,不过更生动,更凄惨。把四言四句的小诗,变为有长言大句的 20 句大篇幅,把叙述变为描写。同样叙写一个古老而悲惨的传说,尽管写得豪肆奇荡,但因插进大禹治水一节,未免有些散漫直率。又属比兴体,是一个比喻,或者比喻中还夹带一个比喻,然总体也只是一个"谜语"。虽然单纯,然"谜底"是"讽当时不靖之人自投宪网者"(萧士赟语),还是"讽冥顽而触法者"(胡震亨《李诗通》引奚禄诒语);是"悲永王璘起兵不成诛死"(陈沆《诗比兴笺》),抑或是如郭沫若所说:"黄河倒流是喻安禄山的叛变。'昆仑'喻唐代的朝廷。'尧'喻唐玄宗,因为他把帝位让给了他的儿子李亨。'大禹',是指当时的天下兵马元帅——李亨的长子广平王李俶,李亨是处在虞舜的地位,诗中没有点出。'披发之叟'有人以为喻永王李璘,其实是李白自喻。'旁人不惜妻止之'的'妻',不就是'出门妻子强牵衣'的那位宗氏吗?'长鲸白齿'喻当时的谗口嚣嚣,杜甫《不见》诗中的'世人皆欲杀'。'挂罥于其间'喻系寻阳狱中及长流夜郎。这首乐府很可能是在长流夜郎的途中所作。他当时没有料到,仅仅三个年头便在中途遇赦,故有'箜篌所悲竟不还'的结语。"①或者认为是指"天宝十载,宗氏不欲白冒险北游,加以劝阻……预言此行凶多吉少,且极而言之"(安旗、薛天纬《李白年谱》)。此诗只是拟作,别无喻意,还是意有所指;是一个比兴,谓从璘、北游,还是连锁比喻,抑或是"海说事理"。郭老说得最为详甚,其实是对陈沆之说的修改扩充,然而既然"披发之叟"喻指的李白,那过河又喻指什么——这是"故事"的关键,却又吞吐不言。观其把"挂罥于其间"认为"喻指寻阳狱中及长流夜郎",则是以过河喻从璘,却不愿明言,恐怕是郭老的"聪明"处,不愿落在陈沆所见中②。此诗跌宕恍惚,情词惨切,恐怕是与最大的重创——从璘入狱相关,这是他的痛处,不好明言,所以作得杳冥迷离。

总之,李白歌行由于题材的集合与嫁接,往往形成主题的多义性、概括性与普遍性,故显得"大而化矣"。犹如他的思想有道家的,也有儒家、纵横家的成分。又由于一般不就某人某事而发,在主题上出现了很大包容空间,因而容易滋生许多不同的解说。正因了多题材的嫁接,必须迅速跳跃才能容纳融合在一起,所以结构显得变幻莫测,动荡不定。兴高采烈的诗,就显得"想

---

① 郭沫若:《李白与杜甫·李白的家室索隐》,《郭沫若全集》历史编第四卷,人民出版社 1982 年,第 241 页。
② 其实,陈沆《诗比兴笺》所说的"'黄河咆哮'云云,喻叛贼之匈溃。'波滔天,尧咨嗟'云云,喻明皇之忧危。'大禹理百川,儿啼不窥家'云云,谓肃宗出兵朔方,诸将戮力,转战连年,乃克收复也"即均为郭老所取。

落天外,局自变生,大江无风,涛浪自涌,白云舒卷,从风变灭"①。痛苦郁懑的诗,则变幻超忽,跌宕纵横,如疾雷震电,骇人耳目,如凄风急雨,动人心魄。结构与风格变化,均与多种题材的组合嫁接相关。

二、句型的参差多样与功能特征

李白在题材上的多样组合,很可能受到李颀写人物的歌行诗影响,由送行与人物诗的组合,变为三组合,甚或四、五组合,然在句式的参差变化上却是一花怒放,上法汉乐府的杂言与汉魏晋民间歌谣,包括《诗经》《楚辞》、汉赋,全方位兼容而成为诗史上第一位句式最为多变的大诗人。若从汲取的广博程度看,与杜甫很类似;如从句式多变看,在盛唐可谓是独木撑天。

在李白 145 首歌行里,非齐言者 84 首,有三种及以上的参差句为 45 首,两种参差句者 39 首,齐言歌行 61 首。非齐言占总数的 58%,至于有人说齐言歌行占绝大多数,不能尽信。其中二言句两句,仅见于《日出入行》。六言共 24 句,算其中少者;三言至七言用量大,八言 14 句,九言 30 句,十言 10 句,十一言 7 句,十三、十五言各 1 句②。凡九言及以上者,多因句首冠以"君不见""君不能"与"弃我去者"之类词组,或者句首冠以复言虚词,再加上赋体式句子,后者如《鸣皋歌送岑征君》"若使巢由桎梏于轩冕兮,亦奚异于夔龙鳖蛰于风尘",《蜀道难》"嗟尔远道之人胡为乎来哉"。十三言句,仅见于《答王十二寒夜独酌有怀》"君不能学哥舒横行青海夜带刀";十五字句,仅见于《鸣皋歌送岑征君》"吾诚不能学二子沽名矫节以耀世兮"。仅从这两句看,虽长而仍不失流畅,且有浩然之势。

凡是一首中有三种句型者,主要以三、五、七言为主。凡有四种句型以上者如下表:

表 1 凡 22 首,较短之篇只有《幽涧泉》14 句,其余均为 16 句以上的长篇大制。略多于 50 句与 60 句者各 1 首,略多于 40 句者 4 首,略多于 30 句者 2 首,略多于 20 句者 7 首,略多于 16 句者 5 首。可见句型越参差则篇幅越长。其次,绝大部分名篇多在此内,换句话说,句型变化越多,对李白来说,越能发挥奔腾跳跃之感情,以下再看常见的三、五、七言三种句型与较多的十言与十一言在各篇出现的多少。

---

① 沈德潜:《说诗晬语》,人民文学出版社 1979 年版,第 209 页。
② 以上及下文两表的句数统计,一是有些长句,往往被当作两句,如"蜀道之难,难于上青天"、"弃我去者,昨日之日不可留"等,我们均看作一句;此表属于人工统计,个别处容或稍有出入。

表 1

句型\诗题	二言	三言	四言	五言	六言	七言	八言	九言	十言	十一言	十三言	十五言	句型数	总句数
鸣皋歌送岑征君			10	3	18	11	3	1	1			1	8	48
蜀道难	2	2	7	8		20	1	6	1	1			7	45
日出入行			4	2	1	7	1	1	1	1			7	18
幽涧泉		2	5	2		1	1	2	1				7	14
公无渡河		4	4	4		7	1	1					6	21
上云乐		10	10	31		5	2						6	58
远别离		2	1	1	2	16		1	1				5	23
战城南		4		6		8	2	1					5	21
梦游天姥吟留别			4	8	2	26		1					5	41
答王十二寒夜独酌有怀		2		6		39		1			1		5	48
万愤词			22	1	8	5							4	36
将进酒		6		1		19			2				4	28
行路难(其二)		2		2		11			1				4	16
上留田		4	6	10		11							4	31
胡无人		4		2		13	1						4	20
登高丘而望远海		2		8		5			1				4	16
杂言用投丹阳知己……		3		6		8		1		1			5	19
忆旧游寄谯郡元参军		2		4		56		1					4	63
寄远(其十一)		2				11	1	2					4	16
代寄情人楚词体		10	1		10								4	21
夷则格上白鸠拂舞辞			2	4		5	12						5	23
北风行		1	2	5		5			2				5	20

表 2

句型\诗题	三言	四言	五言	六言	七言	八言	九言	十言	十一言	总句数
飞龙引(其一)	3		3		6			2	1	15
飞龙引(其二)	4				10				1	15
天马歌	8		14		20					42
春日行	4		2		15					21
前有樽酒行(其二)	2		2		4					8
夜坐吟	8		1		5					14
雉朝飞	2		1		11					14
独漉篇		18	6		2					26
山人劝酒		2	12		6					20
中山孺子妾歌			9	1	2					12
设辟邪伎鼓吹雉子班曲辞	2		8		5					15
古有所思			1		5	1				7
久别离	2		4		7					13
临江王节士歌	4		3		5					12
鸣雁行	2		2		7					11
白毫子歌			4		10					16
白云歌	3		1		4					8
江夏赠韦南陵冰			2		28		4			34
鲁郡尧祠送窦明府……			2		44			2		48
灞陵行送别			2		7	1	1			10
携妓登梁王栖霞山……			6		7		1			14
寄远(其八)	2				9		1			12
代美人愁镜(其二)	2				8		1			11

表2凡23首,略多于40句者2首,略多于30句者1首,略多于20句者6首,略多于10句者4首,7句与8句各1首。三种句型的歌行,长篇相对要少些。句型主要集中在三、五、七言。六言与八言各有1句。如果与表1对照,四种句型以上者,主要以三、四、五、七、九言为主,其中句数最多者仍然是三、五、七言。换句话说,表1四、九言数量大,篇幅大者句型种类愈多。

有两种句型者凡39首,其中三言与五言者12首,五言与七言者24首,其余3首分别是《行路难》其三为七言与十言,《临终歌》为六言与七言,《宣州谢朓楼饯别校书叔云》为四言与七言。

综上可见:三、五、七言为基本句型,次要者为四、六、九言。以下就主要的句型,讨论其功能与组合方式。

先看三言,三言句短促,句意明快,节奏显明,夹在长句诗中有醒目的作用。李白没有三言式的齐言诗,但有43首歌行都用了三言句。一是用于首末,如《长相思》发端的"长相思,在长安",结尾的"长相思,摧心肝",起到开门见山与首尾照应的作用,也突出中心主题。《夷则格上白鸠拂舞辞》发端连用四个三字句:"铿鸣钟,考朗鼓,歌白鸠,引拂舞",形成排偶,烘染出热烈欢快的气氛。二是用于中间,如《将进酒》"岑夫子,丹丘生,将进酒,杯莫停",用呼告手法表达层意的递进,对上下整齐的七言也起到了调节作用,使这支"饮酒歌"达到情感的高潮。它如《上留田》《夜坐吟》用四句或八句三言句,显得更为急促。三是用于开篇几个七言句后,或结尾几个七言句之前,使整篇结构前后匀称,而且句型灵活。如《襄阳歌》前之"鸬鹚杓""鹦鹉杯",后之"舒州杓,力士铛",这些醒目的专有名词,就和表达饮酒的七言长句配合出热烈的气氛。《梁园吟》末尾:"酣驰晖,歌且谣,意方远。东山高卧时起来,欲济苍生未应晚",三个三言句表示此诗将要结束,而两个七言句则在人生易短、富贵虚无外又发出希望。

特别值得注意的是,把两个三言句与一个七言句,组合成一个独立完整的句群,既出境界,又具有发抒情感,或描写与叙述的功能,由明快而到悠扬,富有声调摇曳的审美特征。加上所处位置不同,又有领起或收束的种种作用。如《下途归石门旧居》结末:"挹君去,长相思,云游雨散从此辞",三句依次叙述、言情、描写,后之七言句是对首句的描写,又与次句协韵;或者描写在前,叙述置后,如《白纻辞》其一发端:"扬清歌,发皓齿,北方佳人东邻子",先以描写烘染形象气韵,然后以叙述点明歌者身份,此与上例用于结末者不同,具有先声夺人的引发效果。《鸣雁行》同样用于发端:"胡雁鸣,辞燕山,昨发委羽朝度关",前两句叙述,后之长句为叙述性的描写。《襄阳歌》结末七言句前的"舒州杓,力士铛,李白与尔同生死",前两句为呼告,最后长句加上

"与尔同",三个句子就拧得紧紧的,如一口气说出。或者反复紧促中亦复流畅,《答王十二寒夜独酌有怀》亦用于同样位置:"君不见,李北海,英风豪气今何在?君不见,裴尚书,土坟三尺蒿棘居",呼告与尊称领下反问句的惊心描述,两个句群又构成偶对的大句群,愤慨之气不可遏止。《下途归石门旧居》发端"吴山高,越水清,握手无言伤别情",中间又有"隐居寺,隐居山,陶公炼液栖其间",与上举开头三句,相互遥应。其他如《观元丹丘坐巫山屏风》《临江王节士歌》等都使用了这种句群。这种句群倒过来则是七、三、三句,如《代美人愁镜》其二:"藁砧一别若箭弦,去有日,来如年。"这种三、三、七句群对宋词影响甚大,如陆游《钗头凤》发端"红酥手,黄縢酒,满城春色宫墙柳";倒过来则为七、三、三句,苏轼《江城子》结尾"料得年年肠断处,明月夜,短松冈",晏幾道《鹧鸪天》的过片"从别后,忆相逢,几回魂梦与君同",这种三、三、七句之所以在多种词牌中出现,是因为它有显明的音乐节奏。

　　三、三、七句,还可变为三、三、七、七句,形成长短两组相等的四句。由原来急促转入悠扬,增加了些停顿与修饰。如《久别离》:"此肠断,彼心绝,云鬟绿鬓罢揽结,愁如回飙乱白雪",《元丹丘歌》:"元丹丘,爱神仙。朝饮颍川之清流,暮还嵩岑之紫烟。三十六峰长周旋。长周旋,蹑星虹,身骑飞龙耳生风,横河跨海与天通。我知尔游心无穷。"就是由两个如此句群,各带一单句,便组成这首诗。其他如《白毫子歌》结末四句,《忆旧游寄谯郡元参军》前段,也同样使用这种句群。

　　三、三、七句群,在汉乐府《战城南》《艾如张》《君马黄》《圣人出》曾出现过。《平陵东》前后用了三个这样的句群,中间夹置两个七言句,便构成一首诗。开头的"平陵东,松柏桐,不知何人劫义公",而且句句协韵。汉人伪托的宁戚《饭牛歌》:"南山矸,白石烂,生不逢尧与舜禅。短布单衣裁至骭,长夜漫漫何时旦",就是在后边多增加了两个七言句。曹操《陌上桑》前后用了三个这样的句群,曹丕同题与《大墙上蒿行》、曹植《当来日大难》《平陵东》都有使用。而在汉晋民歌童谣中更为常见,诸如汉桓帝,晋元康年间,蜀中、永嘉、长安、凉州、历阳,都曾出现三、三、七句童谣或民歌。鲍照《代白纻曲》其一、《代淮南王》《代雉朝飞》《代北风凉》,陈人陆琼《长相思》,也都用过这种句群。李白对汉魏乐府与鲍照诗有极为特殊的兴趣,对童谣亦复如此,《襄阳歌》就说过"襄阳小儿齐拍手,拦街争唱《白铜鞮》",所以在他的歌行里大量使用,而且加以变化。杜甫《兵车行》发端也用过,但不过是偶尔为之。

　　七言句是歌行最基本的句型。初唐以铺排偶对为常见,李白歌行奔放流走,以气势见长,自然少用偶句。像《行路难》其一用了六句偶对算是多的了,而同题其二仅两句。他的偶对有一个特点,就是两句话的意思相当于一句话,带有连续冲击性,不歇气地发露或奔腾。这和杜甫七律总想一句话说出许多句的意思,刚好相反。李白连用排偶,情绪意韵迅急转换。如上诗其一的"欲渡黄河冰塞川,将登太行雪满山。闲来垂钓碧溪上,忽复乘舟梦日边",一会儿非常沮丧,一会儿信心百倍,形成一种跌宕的震荡飞动。他对不偶对的动态感最为热衷,常用两种形式:首先是一句叙述,再接一句描写,先给人以期待,然后达到淋漓痛快的满足。如《公无渡河》的"黄河西来决昆仑,咆哮万里触龙门",叙述加上描写的动态,汹涌而来,势不可挡。《自汉阳病酒归寄王明府》的发端:"去岁左迁夜郎道,琉璃砚水长枯槁。今年敕放巫山阳,蛟龙笔翰生辉光",叙述与描写交错运用,虽属折扇对,而情感跌宕,气势抑塞磊落,不可遏止。或者与五言结合,形成五、七、五、七句,短句叙述,长句描写,短句停顿后则出之浩然长句,如《梦游天姥吟留别》之发端。或组成五、五、七、七句,描写与叙述交错间行。如《行路难》其二的"大道如青天,我独不得出。羞逐长安社中儿,赤鸡白狗赌梨栗",构成描写——叙述——叙述——描写,好像在阻塞中奋力穿行,然气势仍然酣畅。其次,前句是叙述,后句是申说上句末三字。如《长相思》的"孤灯不明思欲绝,卷帷望月空长叹",次句两动作描写,专意说明上句之"思欲绝",带有句意间的层递,情感显得异常饱满。《荆州歌》的"白帝城边足风波,瞿塘五月谁敢过",两句前四字为互文,后句专就上句"足风波"反问,就显豁得多了。《司马将军歌》的"我见楼船壮心目,颇似龙骧下三蜀",后句好像回答前句的"壮心目",很有些一鼓作气,又如后浪推前浪。

四言句短,偶数原本就带有稳固性,故多为判断性的议论或叙述。如《蜀道难》"剑阁峥嵘而崔嵬"领下六个四言句,中间夹带两个五言句,静态中带有灵动,专发议论,一篇主题意蕴尽在其中。《鸣皋歌送岑征君》末段以"鸡聚族以争食,凤孤飞而无邻"两个六言偶句,领下四个四言句:"蝘蜓嘲龙,鱼目混珍。嫫母衣锦,西施负薪",四喻一气迸发,以议论指斥朝廷局势的昏妄与倒错。《日出入行》又以两个反复呼告与一疑问长句,领出四个四言句,则以叙述为议论,言鲁阳挥戈之违天,不如与自然合一,亦是全诗核心所在。

总之,李白歌行采用了12种不同句型,种类之多,可谓前所未有,叹为观止,而且所施篇数之多亦复惊人。其中仅三言句就有45首之多,四言句有16首,就是不常见的六言也有8首,罕见的九言句亦达20首之多。还有七言、五言的组合,组合的方式多种多样,他的歌行在句型上就形成了一个琳琅满目、百花绽放的"奇之又奇"的世界。他在句型运用上随心所欲而又不逾诗之规矩。"尚气虽已成为盛唐歌行的共同特点,但李白乐府歌行气势之飞动豪逸、变幻超忽，无人可比。其原因在于他已超越了探索字法句式的必然阶段，进入了以气势驱驾文字的自由境界。"①有了这些微观的调查与分析，我们对他探索句型的"必然阶段"与"自由境界"，就会有更清晰而深刻的理解。

三、句式的集成与变化的多样

句型是就字数而言，句式则是对表现形式而言。李白歌行除了句型上极尽变化之能事外，句式也到了"大而化矣"的"自由境界"。因而"无论是初唐重叠反复的修辞手法，还是盛唐兴起的散句，抑或骚体、古文句式，到他手里却毫不费力地把握住文字内在的韵律和节奏感"②。不仅如此，还有赋体句、反问句、疑问句、散文复句、特意构造九字以上的长句，以及用不同句式经营的发端，包括各种修辞与句式千变万化的组合，亦呈现出一个灿烂夺目、光彩四射的艺术世界。

首先引人注目的是骚体句。龚自珍说："庄、屈实二，不可以并；并之以为心，自白始，儒、仙、侠实三，不可以合；合之以为气，又自白始也。其斯以为白之真原也矣。"③思想上的包容性，也体现在语言上的多方汲取，集为大成。《庄子》的句型复杂多样，从《齐物论》风赋一节，《养生主》庖丁解牛，就可见出；而结构之"断续之妙"与跳跃性，即无端而来，无端而去，对李白都有极大的影响，句型之多样已见于上文。而屈原之辞作想象奇谲、开合抑扬、深挚哀怨，"沉痛常在转处"（刘熙载《艺概》），摇曳的句式，对李白亦有全方位感召，这里只讨论对"兮"字句式的汲取。"兮"字在《离骚》里只用于单数句末，《九章》大多数同于《离骚》，其中只有《橘颂》见于偶数句末。《九歌》则用于每句之腰。《诗经》也有，如《卫风·伯兮》首章之用于句末，《陈风·月出》见于全诗每句之末，它如《齐风》的《还》《东方之日》《猗嗟》等。李白合庄、屈以为用，对屈辞最为热衷，也体现在歌行里大量运用"兮"与"之"字句。《远别离》除起首六句与结尾四句外，中间有八句用于句腰，且与无兮字句交错间行，并用与屈辞构词法相同的"日惨惨""云冥冥""雷凭凭"。即使长句"皇穹窃恐不照余之忠诚"，以及句腰有"之"的六句，均从屈辞中来，一片幽杳渺荒、断续迷离的忧愤，最具屈骚与《九歌》风味。《鸣皋歌送岑征君》发端"若有人兮思鸣皋"，即从《九歌·山鬼》起句而来。十个句腰有"兮"字句，分别布列于首尾与篇中，且在上下句中均用于句腰；另有"兮"字分别用于单数

---

① 葛晓音：《初盛唐七言歌行的发展》，《诗国高潮与盛唐文化》，第400页。
② 同上。
③ 龚自珍：《最录李白集》，《龚自珍全集》，上海古籍出版社1999年版，第255页。

句末与句腰,还有用在两个长句之末,一个用在偶数句末,让人目不暇接。另外,有九个"而"字句用在句腰,而八个"之"字句主要集中在前半。还有四个"于"字句与"以"字句。以上句式有重叠,也有单行,种类之多,位置之变化,相互之交错穿插,更让人眼花缭乱。句腰使用的"而""之""以""于"并为屈辞之习见句式,以屈辞"之为心""之为气"到了何种程度!以屈辞句式写游仙更是李白长技,《梦游天姥吟留别》中间游山、游仙之词用"兮"字凡八句,又杂用"之""而""以"句,此篇主要取法于《九歌·山鬼》。其他如《寄远》其十二的三个"兮"字句与四个"之"字句,《代寄情人楚辞体》带有"兮"与"而"字各六句,五个"之"字句,两个"以"字句,一个"于"字句。对屈辞之宗法此仅就所用虚词句式而言。至于不从句式看,如《古风》其七"客有鹤上仙"、其十九"西上莲花山"、其二十"昔我游齐都"、其四十一"朝弄紫泥海"以及《梁甫吟》《飞龙引》《西岳云台歌送丹丘子》《庐山谣寄卢侍御虚舟》《幽涧泉》《临终歌》等,无不受到屈辞的沾溉。

另外,《鲁郡尧祠送窦明府薄华还西京》的疑问与反问的句式共七个,从首至尾络绎分布。每一问句出现即转入一层,全用一拓一展,组成全诗48句的层次骨架。前人谓"如神龙夭矫九天屈强奇攫"(延君寿《老生常谈》),实际上似乎受到屈辞《天问》之启发。

其次,李白的歌行还采用了不少赋体句式,并扩展到以长句为主,主要用以描写物象,使全诗句式增加变化。如《蜀道难》的"上有""下有"两个九字句,夸饰山高而险,为人所熟知。《长相思》的"上有青冥之高天,下有渌水之波澜",《灞陵行送别》的"上有无花之古树,下有伤心之春草",均属汉赋多方位铺陈的简化。再如"于""亦""之"字等句,此类与屈辞有别,往往形成相同虚字的偶对。如《日出入行》的"草不谢荣于春风,木不怨落于秋天",《襄阳歌》的"泪亦不能为之堕,心亦不能为之哀",《忆旧游寄谯郡元参军》的"言亦不可尽,情亦不可极",《元丹丘歌》的"朝饮颍川之清流,暮还嵩岑之紫烟"(此类亦见于屈辞),均与骈赋偶句密切相关。三字句排偶连用,如《夷则格上白鸠拂舞辞》发端四个三字句,均为动宾结构,很得汉大赋之格调。《夜坐吟》中间八个三字句:"金釭灭,啼转多;掩妾泪,听君歌;歌有声,妾有情;情声合,两无违。"四字句连用,散偶间行,如《上留田》中间有四个三字句,结尾又连用六个四字句,古拙的汉赋里常有大段的此类句式。他本人是赋的作手,既有《明堂》《大猎》《大鹏》的千字大赋,又有《剑阁》《拟恨》《惜余春》《悲阳春》《悲清秋》的言情小赋,在盛唐诗人中可谓赋的第一作手。所以,以赋句入诗,自在性情之中。

再次,使用散文句与散文复句习用的表达前后关系的虚词。我们熟知杜甫以议论为诗,形成以文为诗的倾向,其实李白诗于此相较,有过之而无不及。如《战城南》结尾"乃知兵者是凶器,圣人不得已而用之",《上云乐》的"大道是文康之严父,元气乃文康之老亲",则借对偶化散为整。《日出入行》的"其始与终古不息,人非元气安得与之久徘徊",结尾"吾将囊括大块,浩然与溟涬同科",还有中间的"汝奚汨没于荒淫之波",有了这些句式,此诗便有些像"散文诗",或是标准的"以文为诗"。《东山吟》结尾"彼亦一时,此亦一时,浩浩洪流之咏何必奇",《酬殷佑明见赠五云裘歌》的"文章彪炳光陆离,应是秦娥玉女之所为",就全靠前句诗语淡化后句的散文性。此类散文句,在李白诗中不少,同样主要用来议论。

至于复句单音虚词或者复音虚词,前者或与动词组合,李白诗运用更为广泛,不仅以之连缀上下两句,而且表达两句间种种复杂关系。如《蜀道难》的"锦城虽云乐,不如早还家",《行路难》其一"闲来垂钓碧溪上,忽复乘舟梦日边",同题其三"子胥既弃吴江上,屈原终投湘水滨。陆机雄才岂自保,李斯税驾苦不早。华亭鹤唳岂可闻,上蔡苍鹰何足道","且乐生前一杯酒,何须身后千载名",八句中均有虚词,不仅呼应,且作偶对,而且位置多有变化。《上留田》的"无心之物尚如此,参商胡乃寻天兵",《胡无人》的"但歌大风云飞扬,安用猛士守四方",《山人劝酒》的"欻起佐太子,汉皇乃复惊",《于阗采花》的"丹青能令丑者妍,无盐翻在深宫里",《中山孺子妾歌》的"虽不如延年姝,亦是当时绝世人",《……雉子班曲辞》的"乍向草中耿介死,不求黄金笼下生",或在句首,或在句中,或两句所在位置参差,或单、复音合用,不一而足。

其他如《久别离》的"况有""使人",《白头吟》的"宁同""不忍""但愿""岂惜""将""因""故""任""谁使""而来""且留""或有""岂""已",《鸣雁行》的"良可""何为",《凤笙》的"始闻""复道""欲叹""更嗟""讵堪""未忍""重吟""却奏",《猛虎行》的"非关""不为",《少年行》的"尽为""皆是""且""何须""看取""何用",《襄阳歌》的"若变""便筑",《江上吟》的"若""亦应",《侍从宜春苑……》的"始向""还过",《玉壶吟》的"虽爱""无奈",《幽歌行……》的"竟谁""何处",《扶风豪士歌》的"不倚""岂顾",《同族弟金城尉……》的"却顾""便欲",《梁园吟》的"却忆""因吟";"岂假""且饮",《鸣皋歌送岑征君》的"若使""奚异""诚不""固将",《峨眉山月歌……》的"一振""还弄",《江夏行》的"为言""得免""谁知""令人""自从""何曾""只言""谁谓""一种""独自""便""只",《驾去温泉宫……》的"忽蒙""直上",《上李邕》的"假令""犹能""犹能""未可",《流夜郎赠辛判官》的"自谓""宁知",《赠从弟南平太守之遥》其一的"初入""独在""当时""却来",《忆旧游寄谯郡元参军》的"不作""无所""既""亦",《自汉阳病酒归寄王明府》的"还听""却欲",《梦游天姥吟留别》的"忽""恍""且放""须行""安能""使我",《白云歌送友人》的"还""亦",《答王十二寒夜独酌有怀》的"谁肯""犹来""与君""于余""犹闻""更是""岂是""便欲",诸如此类,无论大小篇制,无不可见。特别是大篇如《行路难》其三、《白头吟》《江夏行》,绝大部分都用呼应之虚词。这些复句虚词,对于上下句的流动驰走,关键甚大。在盛唐诗人中,李白歌行运用虚词当为最多。鲍照乐府歌行已开虚字句头勾连的先河,此后齐梁至初唐"七言乐府句意的连接和转折时常靠五言加一个虚字和一个动词(另一个虚词)所组成的双音节句头"①。李白歌行继承鲍照、齐梁以至初唐这一特点,虚词不仅用于句首,更多的是用于句中,而且位置变动不居,根据语意要求不停调节,并且所用虚词无论单双音节种类与次数增加甚巨,随心而生,极尽变化。钱锺书说:"盖周秦之诗骚,汉魏以来之杂体歌行,如杨恽《抚缶歌》、魏武帝诸乐府、蔡文姬《悲愤诗》《孔雀东南飞》、沈隐侯《八景咏》,或四言,或五言记事长篇,或七言,或长短句,皆往往使语助以添迤丽之概。而极其观于射洪之《幽州台歌》、太白之《蜀道难》《战城南》。宋人《杂言》一体,专仿此而不能望其项背也。"②钱先生所言,主要就五言而言,且仅限于单音虚词,李白七言实则更多。七言句长而空间大,容易增入双音节虚词。钱先生又说:"唐则李杜以前,陈子昂、张九龄使助词较夥。然亦人不数篇,篇不数句,多摇曳以添姿致,非顿勒以增气力。唐以前惟陶渊明通文于诗,稍引厥绪,朴茂流转,别开风格。"③钱又指出五言用助词"太白独多",并举用"而"字五言句五例。如果说五言虚字多用于摇曳生姿,而李白七言则多用于"顿勒以增气力",而且数量剧增。

　　至于特别长的句子用虚词"顿勒以增气力"就更鲜明。这些句子虚词非至一二用,作用即在于摇曳、停顿而长气浩然。如《鸣皋歌送岑征君》的"若使巢由桎梏于轩冕兮,亦奚异乎夔龙蟄蠻于风尘""吾诚不能学二子沽名矫节以耀世兮,固将弃天地而遗身",一句虚词多四见。《答王十二寒夜独酌有怀》的"君不能狸膏金距学斗鸡,坐令鼻息吹虹霓;君不能学哥舒横行青海夜带刀,西屠石堡取紫袍",这种长句全靠实词支撑,而以"君不能"冠于句首,加上虚词的顿挫,使句子摇曳而增气力。《飞龙吟》其二的"载玉女,过紫皇,紫皇乃赐白兔所捣之药方",此借句式的散文化而加长,加上顶真与上句叶韵,而浩然流荡,一气旋转。

---

① 葛晓音:《初盛唐七言歌行的发展》,《诗国高潮与盛唐文化》,第386页。
② 钱锺书:《谈艺录》一八《荆公用昌黎诗》,中华书局1984年版,第70页。
③ 同上书,第73页。

呼告句、感叹句,冠于句首的呼告词与问句,以及句中所含人称代词"尔""汝""君"与"我""余"句的增多,也使李白歌行不仅骤增气势,醒目显豁,而且句式显得丰富多样。初盛唐歌行每有见用,而李白歌行所用最为广泛。如《梁甫吟》先以"长啸《梁甫吟》,何时见阳春"发问领起全篇,然后以两个"君不见"各自领起两大节铺叙姜尚与郦食其风云际会,在结构上不仅做到了层意递进,亦为下文"我欲攀龙见明主""阊阖九门不可通"作了转折的铺垫与对比。《将进酒》以两个"君不见"发端,分别领起两个奔泻流荡的七字感叹句,以时不我待的紧迫感震动全篇;中间的"岑夫子,丹丘生"的人名呼告,再次激发进酒莫停的豪兴。末尾又以"五花马,千金裘"的准呼告,焕发出以此换酒"与尔同销万古愁"的莽荡心绪。首尾中三处领起三层铺叙,形成了饮酒"三部曲"。《日出入行》的"羲和!羲和!汝奚汩没于荒淫之波",有感于天长日短,把呼告、反问与"汝"凝结在一起,一气发出像屈子《天问》那样的浩然长叹。《北风行》反问"日月照之何不及此"置之开端两句后,又以"黄河捧土尚可塞,北风雨雪恨难裁"的感叹煞尾,包前裹后,囊括全篇,以发对安禄山尾大不掉挑起边衅的忧愤。《鞠歌行》以"楚国青蝇何太多?连城白璧遭谗毁"置于开头两格言句之后,又以"平生渭水曲,谁识此老翁"置于结尾两句之前,对抒发怀才不得用的一腔愤懑,起了关键作用。《鲁郡尧祠送吴五之琅琊》连用七问句作每层结构之起结,已见于上文。而在第三句反问:"深沟百丈洞海底,那知不有蛟龙盘"后,紧接以"君不见,绿珠潭水流东海,绿珠红粉沉光彩。绿珠楼下花满园,今日曾无一枝花",以反问领起,以呼告顶答,加上"绿珠"的反复,一气滚动,间不容发。《答王十二寒夜独酌有怀》前节奔题,次节即以两个"君不能"呼告长句发端,揭露权贵跋扈;第三节又以"鱼目以笑我"领起,抨击是非不分,末节复以"与君论心握君手,荣辱于余亦何有?孔圣犹闻伤凤麟,董龙更是何鸡狗"发起,结尾又以两"君不见"句,斥责李林甫对李邕、裴敦复的迫害。全诗四次呼告与"我""余""君"结合划分层次起结,使48句长诗节次历历分明,气势酣畅犀利。

李白歌行以第一人称为主体,大量的第一人称代词加强了情感的气势与力量。《忆旧游寄谯郡元参军》自首至尾用了8次"余"或"我",又用了7次"君"络绎其间,"以离合为经纬,以转折为节奏,结构极严而神气自畅"(《唐宋诗醇》语),把四次离合勾勒了,则与这两种人称代词密不可分。《江夏赠韦南陵冰》发端,在"胡骄""胡雏"两句背景铺叙之后,则用"君为张掖近酒泉,我窜三巴九千里"领起全篇的悬隔与相逢。又在末尾两句之前出之:"我且为君槌碎黄鹤楼,君亦为吾倒却鹦鹉洲",则合"我"与"君"反复发唱,与前呼应,又与中间"赖遇南平豁方寸,复兼夫子持清论"勾连。屈子《离骚》用第一人称77次①,李白继承了第一人称的屡用,对扩展到与第三人称的合用,在抒情与结构上都起到重要作用。

大量使用独立单句与单句数结构,也是李白歌行又一显著特征。单句的动态性,既有独木撑天的收束效果,又有动态性的领起作用。《乌栖曲》以彻宵达旦揭露宫中寻欢作乐,前六句历叙"乌栖时""山衔日""漏水多""月坠波"的通宵歌舞,末了以"东方渐高奈乐何"单句收束,前四字以旭日升承接上文,"奈乐何"以感叹结尾。末了缀此单句,"便成哀响"(锺惺语),显得"格奇"(沈德潜语),且有不尽之妙,而此诗缘此亦成名篇。《白纻辞》其一、其三均为七言七句,亦同此格。《元丹丘歌》分作两节,先以三、三、七、七句起,以"三十六峰长周旋"结;再以此式反复,末尾仍以单句"我知尔游心无穷"既结束此节,又收束全诗。犹如宋词中的上下两阕,既参差而又匀称。属于单数句诗的《荆州歌》短至五句,前两句以反问领起水路多艰,中二句言茧成缫丝,而引起"忆君头绪多",结以单句"拨谷飞鸣奈妾何",同样有言尽而意不尽之妙。在长诗中又以单句领起新的一层,有勾划结构与领起本层的双重作用。《蜀道难》在描写山高水险之后,则以"剑阁峥嵘而崔嵬"单句,领下八句持险割据的危害,单句于此发挥提纲挈领之用途。《梁甫吟》在对姜尚、郦食其两番叙写后,则以单句"我欲攀龙见明主"领起,由人及己,而发抒自己遭遇的阻塞。《忆旧游……》叙及第二次聚散时即说:"当筵意气凌九霄,星离雨散不终朝,分飞楚关山水遥",以单数句暂告结束,同时又以第三句领起下文。以下转到"余既还山寻故巢,君亦归家度渭桥","分飞"句起了两节间的枢纽转动作用。《梦游天姥吟留别》结末以"别君去兮何时还"问句领起,此为单句,以下接以复句:"且放白鹿青崖间,须行即骑访名山",以"且放""须行"一气呼应作答,紧密无间。"安能摧眉折腰"两句酣畅而淋漓,此六字尤为精彩醒目。《远别离》叙写舜与娥皇、女英之离别,为了暗示对玄宗王朝的担忧,突接一句"我纵言之将何补",以反问单句把传说与现实一下子连接起来,同时又领起以下两句:"皇穹窃恐不照余之忠诚,雷凭凭兮欲吼怒";接又缀一单句"尧舜当之亦禅禹",以示惊动。这四句以单句为起结,可谓变动不已。《庐山谣寄卢侍御虚舟》先以六句言喜好游山寻仙,接以单句"庐山秀出南斗傍"领起,然后接以"屏风九叠云锦张,影落明湖青黛光",描写如何"秀出",属于一点两染,组合得法。特别值得留意的是《长相思》居中的单句,使此诗在结构上具有横岭侧峰的多变性。全诗13句,居中之"美人如花隔云端"不仅承上启下,而且把全诗分成两层,成为3、3、7、7、7、7言句与7、7、7、7、

---

① 参见魏耕原《陶渊明与屈原及〈楚辞〉之关系》,《陕西师范大学学报》2009年第3期;又见《陶渊明论》,北京大学出版社2011版,第291页。

3、3言句的回环匀称的两部分,结构玲珑剔透,惜乎自古迄今尚未发现单句在结构中的奥秘。

总之,李白歌行在句式上千变万化,加上在句群或者全诗结构所起的种种作用,既显得流走自然,又见出匠心独运,给他的歌行平添了别样的若许风采。

综上所论,题材的多种嫁接组合,而形成层意的飞跃与主题的多义。句型极为长短参差之能事,而使感情淋漓酣畅地得以发抒。句式的多样繁复又引发句群与结构的多样变化。再加上顶真、反复、双似对、回文对,关键词的络绎奔奏,精彩绝出的比喻,称心而发的天才夸张,冷峻而激切的对比,长气浩然或狂飙突起的发端,李白歌行确实以天风海雨,大江浪涌的呼啸奔腾,呈现出无与伦比的风采。杜甫以激昂而质实的歌行变调,来诉说人世间无尽的不幸事;李白则以奔放激越或流畅自然发抒不尽的胸中不平。在歌行的创新上,杜甫是变中之变,属于变格变调的全新面孔,而李白则在对齐梁初唐的体制的继承上出之以千变万化,尚属正宗正格。这一诗体也和他豪迈不羁的性格与审美趣味极为吻合,故能达到正中出变,以臻卓绝之境。

第三章 李白诗歌结构论

李白长篇如天马行空,来去自如,短什又似开口成章,很少有人从结构角度端详探究。若从歌行大篇腾跃驰骤中却蕴涵线索分明的内在结构经营,再从他所擅长的乐府与五七言古诗短制的千变万化的结构诸多经营,复由占其诗四分之一的组诗中加以探讨,李白诗结构大刀阔斧与自然成文,结论昭然,从而对李白诗的艺术特征更有多方面把握与理解。

一、线索分明的长篇歌行结构

李白是天才与浪漫混合型诗人,他的诗似乎称心而出,肆口而发,绝不像杜甫那样惨淡经营,倒好像是跟着感情任意奔驰,凭着兴头,不假思索,甚至天马行空,没有任何拘束。而且热烈明朗,就像丽日当空或明月中天,没有任何遮蔽与曲折吞吐。所以,对李白诗的结构,向来很少为人留意。其实奔放、激越、飘逸、兴奋、豪迈、雄壮的感情,也同样要组织结构,单纯明朗、对比强烈,或者一篇之中三致意的多重结构,都是发抒奔放情感最为畅达的奔泻渠道。如此种种选择与经营,同样也值得我们留意与观照。

在九百多首李白诗中,有不少长篇,而且其中有不少名作。长篇大制,由于内容含量大,头绪多,容易紊乱,不见章法,故对结构的经营,就显得至为关键。李白情感明朗,从不遮掩自己。他在大篇结构组织上,也体现了个性化的选择。曲折而无阻碍,豪放而有起伏,对比显明强烈,铺叙以见厚重,前后注意呼应,关键句每每提缀于要紧之处,把全诗连成一片。特别在整体上显示翻腾起伏的动荡性结构,更适宜发泄情感的张力。正如他在《经离乱后……》所说的"逸兴横素襟,无时不招寻",《醉后答丁十八以诗讥予捶碎黄鹤楼》的"作诗调我惊逸兴,白云绕笔窗前飞",或如《宣州谢朓楼饯别校书叔云》所说的"俱怀逸兴壮思飞,欲上青天揽明月",如此"逸兴",属于动态性思维与情感,不仅要求"字字凌风飙"(《玩月金陵……》),而且句句飞动,篇篇驰骤,追求飞动腾跃的跳荡美。唯其如此,才能与奔放的感情相得益彰。

早年的《蜀道难》,全诗59句,不仅有三、四、五、七、八、九言句的变化;而且内容包涵送别、山水、神话、政治,头绪极多。神话的渲染,山水铺写的夸张、执着的政治忠告,强烈呼唤频频穿插,正如殷璠《河岳英灵集》所说:"可谓奇之又奇。然自骚人以还,鲜有此体调也。"无论体制、风调,迥异于此前萧纲、刘孝威、阴铿与初唐张琮的同题之作。笔势奇崛,词旨隐跃,章法振荡。全诗以赋体铺张扬厉的描写为主,极力刻画通往锦城的蜀道的高峻险阻,只有"剑阁峥嵘"八句转入恃险割据可能造成叛逆之灾险,以山险叠加人为祸乱之险,险中生险,揭示由"难"见险的一篇之主旨。就结构看,自"剑阁峥嵘"句为界,可分前后两部分;就用意看,以警戒恃险作乱为主,蜀道险阻为宾;从写法上看,前大半部分为蜀道险主体,后小部分防乱只是充作结尾。外在的反宾为主,实质上是以宾衬主,宾主的外在描写与主题用意的颠覆性跌宕,使单纯由山到人的二分法布局,形成人事与自然一旦结合就会发生颠倒乾坤性的震荡。就是说从外看,山为主,人为宾;从内看则人为主,山为宾。而山险导致人险,宾中又生出主来。所以原本单纯的结构,显得"奇之又奇"。再加上中间穿插"问君西游何时还,畏途巉岩不可攀""其险也如此,嗟尔远道之人胡为乎来哉",与末尾"锦城虽云乐,不如早还家",前后呼应,提缀点明,此诗又是用来赠别的,而且给自然与人事之险蒙上了一层奇谲的色彩。然"蜀道之难难于上青天"又在始末与中间陆续出现三次,一篇之中三见其意,可谓之"主题句",起码是"关键句"。于是送别诗的提缀句与"蜀道难"的主题句前后关锁勾连,纵横交错,构成主次分明"二重奏",为此诗的外结构。于是蜀道险、西游险、人事险三者又构成网状的纵横交错的结构。与同题五言之作仅言山险而不及其他相比,不仅别开生面,且独辟蹊径。加上李白铺排震荡的天才描写,荒老古怪的神话,惝恍莫测的夸张,凿险劈幽的想象,震耳惊目的比喻,飞扬奇谲的语言,雄伟飘荡的气势,扑朔迷离的主题,忽虚忽实,乍起乍伏,如山峰之绵延,云烟之杳渺。奇景险象森然密布,"飞湍瀑流争喧豗,砯崖转石万壑雷",从而展露了雄奇、飘逸、奔放、激越的风格。它的主题的多义性、歧义性,产生于结构的复杂性;而结构的复杂性来自于送别、山水、政治、神话几种不同题材的"嫁接",主题的提纯还不是那么明朗昭晰,显示出"综合"的创调新体,但较之《梦游天姥吟留别》等诗,还有一步之隔,虽然它的艺术性要比后来此类结构的诗高超得多。比李白年长11岁的李颀,作于天宝年间的"人物诗",均出之送别体,当对《蜀道难》这类借送别写山水与政治的诗有所启发。

　　李白有许多饮酒诗,其中《襄阳歌》与《将进酒》属于此类的著名长篇,俨然都像一个醉汉的呓喝醉饮歌,都带有逸兴遄飞的特点。在句式上又都以两个或四个三字句插入中间与结尾,主题作意都很明白,然而"段落迷离莫辨"(方东树语)。《襄阳歌》共30句,前六句从题目直劈而来,以西晋山简镇守襄阳日日烂醉叙起,是即地而言,也是借山公起兴;以下12句,言酒杯在手,吆喝出"百年三万六千日,一日须倾三百杯",自然是醉人醉语。连汉水都看成满江春酒,糟曲可以堆成台丘,不言而喻,是从醉眼中望出,醉心中发出的奇思妙想。此一层是本篇酒歌外在的中心。第三层"咸阳市中叹黄犬"等六句,揭示烂醉如此的缘由。因为功成而不身退者如李斯,却被腰斩;或者如西晋羊祜,镇守襄阳功名昭著,而今他的纪念碑文字剥落,再也无人见碑堕泪,功名不永,难免湮没,这正是用"君不见"疾声呼唤领起的原因。末尾六句说只有酒可以生死相伴,"清风朗月""玉山自倒",既是现实的,也是永恒的。否则尊贵如楚襄王与巫山神女的幽欢,至今亦往事如烟,故迹难寻。烂漫的醉语欢歌中透出功名幻灭的忧伤,此诗为长安功名无成后的自我安慰,借酒的麻醉发出无奈何的自我欢笑。

作为五年之后的《将进酒》,感情比《襄阳歌》似更愤激,但也同时更添了些自信。全诗29句,前12句为一层,以两"君不见"当头连续唤起时不我待的浩叹,长短句交错,气势喷涌,情感和饮酒的话全从暴发中倾泻出来。表层意思是说"人生得意须尽欢,莫使金樽空对月",实际上是出于"天生我材必有用"的自信。"会须一饮三百杯"与上诗"一日须倾三百杯"语极为相似,也说明两诗内容相仿佛。第二层由己及人,由自饮到劝人,由两个对酒友呼告性的称谓领起,进入劝酒歌。"钟鼓馔玉不足贵,但愿长醉不复醒",有对富贵的蔑视,更多的是心中的郁懑。"古来圣贤皆寂寞,惟有饮者留其名",前句正言直说,亦是安慰语,实际为一篇之根底,也是狂饮之因。后句正言若反,与长醉不醒都是愤懑的牢骚。第三层由"主人何为言少钱"至末,喝酒仍是表层,"同销万古愁"则为真意,与前"圣贤皆寂寞"呼应,见出心事之浩广,有才而不能用的郁懑。此诗在结构上充分发挥了善于经营组织的特点,落笔天外,喷涌而出,豪情震荡,奔放淋漓。首尾与中间的六个三字句,不仅把全诗在旋律上连成一片,且使感情的发展与变化驱迈迅急。三层布局犹三番腾跃,莽莽滔滔,长气浩然,奔腾向前,一泻千里。迅疾的换韵与多变的句型,使豪迈的感情与跳荡的结构配合密切,较《襄阳歌》的结构,更为紧凑,故能成为千古名作。

比《襄阳歌》略前的《梁园吟》与《梁甫吟》,也是李白首次出京后的名作。前者把与梁园及相关的阮籍、信陵君、梁孝王点缀串联引入饮酒诗中,是为怀古与咏怀及咏酒的结合。诗分四层,前六句言离京访古与作诗缘起。"却忆"以下八句为第二层,首句"却忆莲池阮公咏",因其地在大梁西南,又因阮籍所处"渌水扬洪波"的时代,与自己"洪波浩荡迷旧国"的处境相似,故先从阮籍言起。此层后六句,以铺叙渲染高楼饮酒,以"人生达命"的乐观纾缓宽解入京而不见用的愁绪。此层末句"莫学夷齐事高洁",仍见不甘心隐居而待时用世的心理。"昔人"以下八句,分言信陵君与梁孝王,"感吊苍茫,亦见怀抱"(洪亮吉语)。"今人耕种信陵坟""梁王宫阙今安在",不仅为古人释恨,亦为自己解愁。"沉吟"以下八句,由怀古回到自己,转入正意,先言"黄金买醉未能归",功名未成故不能归,只好以酒解愁;末言"东山高卧时起来,欲济苍生未应晚",姑且养时待望,以实现"大济苍生"的愿望,亦是"天生我材必有用"的另一说法。此诗以咏怀为经,以怀古为纬。言自己则铺叙写实,思古人则以虚写发为感慨,再以饮酒之词点缀贯穿前后,连成一片。"以自己为经,偶触此地之事,借作指点慨叹,以发泄我之怀抱,全不专为此地考古迹发议论起见。所谓以题为宾为纬,于是实者全虚,凭空御风,飞行绝迹,超超乎仙界矣,脱离一切凡夫心胸识见矣。"①突破了一般怀古诗格局,以首句"我浮黄河去京阙"的"我"为中心,把咏怀、怀古及饮酒三者统率起来,亦为结构上的创调。

《梁甫吟》结构与《梁园吟》稍近而有变化,以志士遇时与否为中心。发端以"长啸《梁甫吟》,何时见阳春"的疑问为总起,"阳春"喻可施展怀抱的政治上的春天。两句不仅切题目,且扣主题。以下19句为第二层。两"君不见"分别领起八句,先言吕尚年八十始遇周文王而"大贤虎变",然而"当年颇似寻常人";次言郦食其进见刘邦而长揖不拜,受命使齐,"东下齐城七十二,指挥楚汉如旋蓬"。前因儒者衣冠而被拒,自称"高阳酒徒",却遇到刘邦让两女洗脚的无礼蔑视,此两番叙及古之"大贤""狂客"曾都落魄一时,亦即"古来圣贤皆寂寞"之意,"何况壮士当群雄"转折到自己,预先为下文开出一大局面作了提示。"我欲攀龙见明主",领下18句,以《离骚》上叩帝阍的游仙之辞铺叙进入长安之冷遇。"以额叩关阍者怒""白日不照吾精诚""世人见我轻鸿毛",较屈骚尤为激烈。此层末四句,"将诸葛旧词'二桃三士'揎入夹点,局阵奇绝"(王夫之《唐诗选评》语),意脉上是对上面"手接飞猱搏雕虎,侧足焦原未言苦"的解释;剧孟不用而吴楚归于失败,是对上"智者可卷愚者豪,世人见我轻鸿毛"的解释,晏子、剧孟均为自喻。末尾六句为第四层,以张华、雷焕与两龙剑会合有时,言有志之壮士"大人"当感今之风云,就像吕望崛起于屠钓,故处逆境而当"安之"待时。既是以自慰收束,亦是与前叙吕望事首尾呼应。此诗吕望、郦生、扣关、齐相、剧孟、张公诸事,以前三者为详,后三者为略,分布全篇,"通体设喻,所以错落而雄深"(高步瀛语),情感慨叹呜咽,如天风海雨,驰骤凭陵,雄奇峻伟,英风豪气,光焰万丈。使乐府的比兴体式得到充分发挥。方东树所谓"意脉明白而段落莫辨",即谓主题用

---

① 方东树:《昭昧詹言》卷十二,人民文学出版社2006年版,第253页。

意可明,而结构变化极大,不易按寻,也说得不无道理。

《鸣皋歌送岑征君》52句,结构与《蜀道难》相仿佛,仍然把送别、山水、政治、咏怀结合在一起。不过此诗作于离开翰林不久的四五年间,心情忧愤,又赶上冬天,诗中景物幽冷荒怪,奇怪多变,惊心触目;把骚体与赋体句式混合一起,用"兮"字凡19句,用于句末者五句,赋体式句腰用"以"者凡五句,用"之"五句,用"于"四句,用"而"九句,这样42句都是骚与赋的交错,却没有五七言诗一般规范的句式。仅有一句七言"吾诚不能学二子",也明显属于散文句。加上前后分布四言、八言、九言、十言、十一言,全诗句式变化极为参差,即使在李白诗中也极为罕见,更增添一种奇伟色彩。诗的结构以送别为线索,亦近《蜀道难》,脉络尚可按寻。起首"若有人兮思鸣皋",开门见山领起,以下所描绘的"洪河""仙山""霜崖""危柯振石",喻仕途之危险,此为岑征君远去之由。"送君之归兮"以下12句言别时之感伤。再以"望不见兮心氛氲"等10句,以景物惊目怵心的动态声响,衬托别后的郁懑烦闷。本来至此可以结束,却以"鸡聚族以争食"等15句极为强烈的对比,揭露朝廷黑暗,贤愚颠倒,一片倒挂。一口气用了六个比喻与两个假设,还有两次反问,连一向崇仰的鲁仲连也包括在否定之内,表示决心弃世的愤懑。结句"长与君兮相亲",自己也要隐居,走与岑征君相同之路,同时再次点明送别题意,与前"送君之归"钩锁回应,连成一片。这第四部分亦与《蜀道难》末段,出于同一机杼,线索还是分明可寻,全诗只是在描写上更多些屈辞风调而已。第一、三两部分景物的荒冷幽奇,对末段也起到烘托陪衬作用,同时更使全诗体调一致。

与上诗作于同时的《梦游天姥吟留别》,则把留别、山水、游仙、咏怀结合起来。前10句言对天姥山之向往,而"我欲因之梦吴越",为"梦游"之起。"湖月照我影"以下24句,为"梦游"过程。因其是"梦",故把山水与游仙的描写结合在一起,景物明媚伟丽,以反衬末段官场压抑与不自由。由"忽魂悸以魄动"而起的11句,表示"梦游"结束,直抒胸怀。结末"安能摧眉折腰事权贵,使我不得开心颜",为全诗主题,亦为咏怀的关键两句。全诗点明"留别"只有"别君去兮何时还"一句,此为两句合构的杂糅,"何时还"为送者之问,"留别"之意更为豁然。"惟觉时之枕席"二句,结束上之"梦吴越",开此层游后之游宦咏怀,为结构之枢纽,有力醒豁。所以说"诗境虽奇,脉理极细"(沈德潜语)。从结构上看,"此篇夭矫离奇,不可方物,然因语而梦,因梦而悟,因悟而别,节次相生,丝毫不乱。若中间梦境迷离,不过词意伟怪耳。"①论其作意,陈沆谓此诗即《梁甫吟》"以额叩关""九门不通"之旨,是"太白被放以后,回首蓬莱宫殿,有若梦游,故托天姥以寄意。……题曰'留别',盖寄去国离都之思,非徒酬赠握手之什"②。所言不无道理,然山景并非全"自由世界",观其"龙吟虎啸",林栗巅惊,霹雳摧峦,洞天无底,虎瑟鸾车,如此险景亦似蕴含遭谗被逐的仕途之险恶,观其"魂悸魄动",即可有所窥察。这也是把记梦、山水、游仙、留别、咏怀合为一起的原因。作意与结构配合密切,故能成为名作。此非单纯的山水诗,就是"梦游",也是借题以发郁懑而已。

《远别离》24句,为李白长篇歌行中稍短者,借乐府旧题针砭玄宗放权李林甫、杨国忠的昏政,预言"君失臣兮龙为鱼,权归臣兮鼠变虎"的恶果。"兮"字八见,"之"六见,全用于句中,词面亦多出屈辞,风格与《鸣皋歌》相近。起首与结束各八句,合言舜南巡而去世,娥皇、女英相与恸哭,以喻人君失权,社稷不保之祸必至。中间"我纵言之将何补"以下八句则揭示喻意,切直沉痛。元人范梈说:"此篇最有楚人风,所贵乎楚言者,断如复断,乱如复乱,而辞意实复曲折行乎其间者,实未尝断而乱也。"③此诗看似若断若乱,主要缘于中间横插揭示题旨八句,如白云拦腰遮断青山,把前后合喻隔断,显得一波未平,一波又起,结构奇特险要。实则末段遥接前段,中段则是前后两段隐喻之喻体。前人谓此诗如"午夜角声,寒沙风紧,孤城鼙吹,铁甲霜生"(《唐诗选脉会通评林》周珽评语),也主要指中间横插此段,突兀于前后两段中,可比屈辞式渲染描写的效果而言。

李白七言长篇,还有《庐山谣寄卢侍御虚舟》《单父东楼秋夜送族弟沈之秦》《答王十二寒夜独酌有怀》《留别于十一兄逖裴十三游塞垣》《扶风豪士歌》《万愤词投魏郎中》《江夏赠韦南陵冰》《忆旧游寄谯郡元参军》,以及乐府旧题的《白头吟》《北风行》《猛虎行》,都能相题制宜,各自结构不同,如寄元参军一诗,纯以叙事组织结构,以四次聚散离合为经,以每次会面的块状铺叙为纬,以转折为关键,结构严谨分明,神气畅达,才情动荡,紧扣题目"忆旧游"。答王十二一诗,先就对方"寒夜独酌有怀"言起,再分别以两"君不能"言不能适时取荣获赏,只能吟诗作赋,久不得志;然后由人及己之因遭谗而仕途遇挫,最后发抒对现实的批判,以两"君不见"反问,表示疏远功名。四层起止分明,前后呼应,颇能驾驭跌宕激愤的感情。留别于、裴一诗,或许受到李颀人物诗的启发。先以吕望、李斯未遇时而终于"天张云卷",勉励"吾徒"

---

① 乾隆等选评:《唐宋诗醇》卷六,中国三峡出版社1997年版,第92页。
② 陈沆:《诗比兴笺》卷三,上海古籍出版社1981年版,第159页。
③ 高棅:《唐诗品汇》卷二十六,引范梈语,上海古籍出版社1982年版,第285页。

于、裴两人。次言"于公"当如朱亥之壮士,接言"裴生"下笔如"龙鸾炳天章"。最后"尔""我"并提以抚慰友人,言已鸣鞭走马过黄河而游北塞,故此一别,回扣题目"留别"与"游塞垣"。总之,李白七言乐府歌行53题60首,非乐府的七言歌行90多首①,二者20句以上的长篇至少有三四十首,为数之多,惟杜甫可比。除著名的五言乐府、绝句,其余名作大多都集中在这些长篇之中。李白与杜甫并肩登上七言歌行的高峰,且对岑参有巨大影响,还开辟了七言歌行组诗,如《行路难》三首等。

李白长篇的结构特征,首先因为往往把几种不同题材"嫁接"在一起,在连接上就显得复杂多变。这种结构对所包含的每一题材都是一种创新,比起单一题材的结构平衍更显得变化多端;其次,他是主观诗人,故常以"我"作为结构的中轴线,打破了七言乐府歌行以第三人称为主的格局,所以发抒的感情喷涌、激切、跳荡。正如当时追随崇拜他的任华在《杂言寄李白》中所说:"有奔涌气,耸高格,沁人心脾,惊人魂魄。"再次,多题材的组合,常把块状的景物铺叙、送别、留别、酬赠和寄赠的记叙,幻化多变的游仙场面,还有奇幻的梦境与奇伟的想象,以及对现实的抨击加以穿插提缀,形成大量排比的对比结构,仕途挫折的感慨,组织其中,不停变换,超出了一般抒情、写景、叙述的结合。复次,李白的纵横家、英雄、功名、功成身退、游侠、好酒等情结,使他把相关而本身颇具传奇性的典故,常常编织其中,或前后呼应,或网状布局,或一唱三叹。这些比喻性典故,不仅具有强烈的抒情性,而且在结构上起连缀作用。还有,李白以屈庄为心,屈辞式的奇丽,庄子讽刺性的夸诞对比,以及"君不见""君不能""君不行"等呼告,特别是句式的长短不齐,参差多变,但参差中有整饬,而且变化的句式在首尾呼应上注意遥相对应的匀称,使结构在宏观与微观上都处于跳荡多变的状态。杜甫七言歌行的叙事,集中对一个场面的描写,或以一人经历变化见出时代盛衰的小中见大的手法,李白则与之有明显区别。沈德潜说李白歌行"想落天外,局自变生,大江无风,波浪自涌,白云舒卷,从风变灭",又言:"歌行起步,宜高唱而入,有黄河落天走东海之势。以下随手波折,随步换形,苍苍茫茫中,自有灰线蛇踪,蛛丝马迹,使人眩其奇变,仍服其警严。至收结处,纤徐而来者,防其平衍,须结斗健语以止之;一往峭折者,防其气促,不妨作悠扬摇曳语以送之,不可以一格论。"②这实际上是对盛唐歌行的总结,而李白歌行与其特征最为接近。李白歌行容纳各种题材与多样表现手法,杜甫选材的重大与情感深沉,都体现了大而能化的特征。李白歌行原本出自楚辞与乐府,长短句式不拘一格,铺衍、

---

① 统计数字,见薛天纬《唐代歌行论》,人民文学出版社2006年版,第169、180页。
② 沈德潜《说诗晬语》,第208、209页。

文采与音调谐畅,都需要以结构驾驭运行。李白天马行空的气势,奔放飘逸的感情,最适宜歌行与七绝二体。特别是歌行长篇在结构上的变化多端,既体现了自由不受拘束的艺术个性,又使这一诗体大放光彩,气焰万丈,与杜甫联袂登上了盛唐诗的高峰!

二、乐府与五七言古诗短制的结构变化

古体与歌行之短制,在结构经营上,李白亦独具匠心。首先继承汉魏古诗前后二分的结构,虽然这种结构一目了然,但前后可形成对比,或一意相贯,作意明显,且能发抒不平的愤慨与对上层社会的批判与讽刺;其次,亦为二分结构,但末尾二句为正意,前此所有为反意,以落差极大的"n∶1"对比形成四两拨千斤的险要格局,最见才高气雄移山倒海的大力量;再次以通体比兴为结构,这类多是难言的政治诗,主旨隐微,比兴在结构上通连前后,作为贯通全诗的线索。然内在意脉结构,却千变万化,有时往往与前两种结合出之。

以上三类结构,仅就大体而言,每一类内部都具有诸般变化。第一类两分法结构,首先有对比式格局。如《古风》其八,前八句写卖珠儿的醉酒冶游,后六句言扬雄献赋"草玄",身老发白,不免投阁之厄,故结末有"但为此辈嗤"。这是骄横的戚贵与寂寞的儒者对比,而"以子云自况"①(唐汝洵语)。又其十九"西上莲花山"一首,前八句登上华山如游仙境太清、紫冥,后四句的"俯视"则看到胡兵纵横洛阳,"流血涂野草,豺狼尽冠缨"的血与火的现实,这是把游仙与安史之乱残破洛阳的现实进行两分,用对比扭结起来。又其二十一前八句言"白雪"之歌举世不传,后四句言"巴人"之唱和者数千,让人吞声凄然。其次,前后两部分呈并列结构,或由己及人,或由人及己,前后相依,如写书信,这主要用在寄赠奉酬之作中。如《博平郑太守……》《赠刘都使》《流夜郎赠辛判官》《赠从弟冽》《献从叔当涂宰阳冰》等寄赠诗,前半或先以古贤誉美对方,或直言其人功绩,后半则言自己,亦作二分法处理。即歌行长篇,亦采用二分块状结构,如《答杜秀才五松山见赠》,凡41句,前大半言己,后半次及人之新作,由己及人。二分法结构为中古五古的基本结构,

---

① 《唐宋诗醇》引吴昌祺说:"言子云不能自守,则反为小人所嗤,谓以子云自况非也。"其实李白对扬雄每有崇敬之情,《古风》其四十六说"独有扬执戟,闭关草《太玄》"。《温泉侍从归逢故人》:"子云叨侍从,献赋有光辉。"《答杜秀才五松山见赠》:"当时待诏承明里,皆道扬雄才可观。"《还山留别金门知己》:"方学扬子云,献赋甘泉宫。"或言扬雄甘于寂寞,或多以其人自喻。偶有微词者,如《侠客行》:"谁能书阁下,白首《太玄经》?"然李白对屈原、陶渊明,甚至于鲁仲连,亦复如此,实随笔所至。

鲍照、谢灵运、谢朓常用之。李白秉承古法,结构转折处,更为明朗分明。

加大句数悬殊对比的"n∶1"布局,也是李白常用的具有张力的结构。结尾两句或四句,其中一种与前文大部分内容形成反面对峙,或具推倒前文的反拨力量。比起两分法一半对一半的"1∶1"结构,显得更为险要遒劲。《古风》其二先言宦官与斗鸡者,豪贵骄横,甲宅连云,冠盖辉赫,凡用八句。末尾只有"世无洗耳翁,谁知尧与跖"两句,对玄宗贤愚不分予以尖锐的讥刺,抹倒一切豪贵。就利用结构上充分发挥以少胜多的反拨张力。又其三十五前十句言丑女效颦、邯郸学步,讽刺世之模拟文风只知干禄取仕,无补风教。后四句追思《雅》《颂》,即其倡言"将复古道,非我而谁"之意,显示出倜傥不群的自负精神。其四十六前十句言开国至此国容赫然,王侯豪奢,斗鸡金宫,蹴鞠瑶台,权势转日回天。然而失路者久被弃捐,特别是末两句"独有扬执戟,闭关草《太玄》",揭露弃置贤者而不用。这种"n∶1"结构也可以倒置为"1∶n"格局,如《妾薄命》前四句言陈阿娇金屋得宠,咳唾成珠,以下十二句言宠极爱歇,遭妒被疏,受到"长门一步地,不肯暂回车"的冷落,用落雨、泼水、水流、花草反复比喻恩爱中断,最后以"以色事他人,能得几时好"点睛。这十二句与前形成得宠与受宠的冷热对比,句数的少与多形成两层顿挫的悬殊对比,题旨异常显明,正是从特别的结构中跌宕出来。相较而言,把结尾两句作为以少胜多的主题所在,最为常见,如《古风》其四十七、《枯鱼过河泣》《少年子》等。

另外一种前多后少的关系非对比性的对立,而是相互连带的顺承,篇末点题建立在前边基础上,以求醒目而已。《古风》其十前八句颂美鲁仲连却秦而轻千金,用"明月出海底,一朝开光辉"渲染其英风烈气。末尾则顺流直下,由己及人:"吾亦澹荡人,拂衣可同调",使全诗人与己连成一片,所突出的风致之飘逸,亦和结构相关。其四十二前六句言白鸥与海人关系融洽,末两句"吾亦洗心者,忘机从尔游",说自己亦是无机心者,也可与之为友,机杼与上诗一样。其五十二言青春如惊湍流逝,时光如秋蓬飘转,兰蕙光灭,白露洒葵。末两句说"美人不我期,草木日零落",与前为递进式跌入一层结构,言时不我待,怀才而见弃于世。《宫中行乐词》其一前六句言宫女生活之得意,末二句言"只愁歌舞散,化作彩云飞",亦在结构上跌进一层,谓歌舞之美好,亦属于加倍写法。《江上吟》前十句言在音乐美酒中携姬江上遨游,末尾则点明"功名富贵若长在,汉水亦应西北流",是为遨游之因,结构呈前果后因形态。其他如《古风》其十二、其二十五、其二十八、其三十六、三十七、《塞下曲六首》《丁督护歌》《嘲鲁儒》均属此类。正如论者所言:"极具李白诗歌篇章学特色的,是那种诗意高扬急跌的高强度的篇意转折。他不屑作那种小境界的平庸思维,而喜欢在大境界的创设中把元气淋漓的力量,赋予他的篇章学。……于篇章的大开大阖中,形成一种惊心动魄的悲剧力量。"①这不仅体现在他的七言大篇,同样也见于五古之中的"n∶1"结构中。总之"n∶1"可以变成"1∶n",或在内部亦有多种变化,或对比,或顺承,或跌进一层,或因果递承,不拘一格。

　　第三类为三分法结构,在前两类上再加上一层,属于多层次结构。《古风》其十五前四句言燕昭王筑黄金台招贤,中四句言今日之青云士弃我如尘埃,并揭露权贵"珠玉买歌笑,糟糠养贤才",唯声色是娱,嫉贤妒能,而与燕昭王竭力延士形成对比。末尾两句"方知黄鹤举,千里独徘徊",以徘徊顾望发以浩叹,而使"百世之下犹有感慨"(萧士赟语)。此第三层总束上两层之对比,"方知"接榫紧凑深沉。其三十七前六句言燕臣邹衍受谗与齐之冤妇,精诚所至,造化为之感伤。中四句为第二层,言我何辜,逐出金殿,浮云蔽日难以回光,且群沙秽珠,众草凌芳。末两句"古来共叹息,流泪空沾裳",今古一概,同为不白之冤,故有共叹同悲之伤痛。承接以上两层,收束全诗。此层用意与上诗结尾相同。《玉壶吟》亦分三层,发端先出之"烈士击玉壶,壮心惜暮年",以功业无成的浩叹领起。引发中间十二句在翰林供奉时得志的叙写,兴高采烈的铺叙亦为得意之笔墨,此为回忆,是为第二层。末尾"君王虽爱蛾眉好,无奈宫中妒杀人",突跌入遭谗被逐的失意,与开头的两句紧相呼应,浩叹连成一片。这种结构总体上近似今日小说、散文之倒叙,于诗容易发抒愤然不平之慨,昔年之得意反增今日之郁怒。《走笔赠独孤驸马》其一凡十二句,每四句为一层。首层先言对方仕宦京都之得意,第二层说当时自己待诏金门之如意。最后一层言现在蹉跎朝市,希望得到系援,就不会有"侯嬴长抱关"的沉沦,是为全首之作意。"是时""一别"作为分层之提缀,三层勾勒分明。其他如《古风》其五十四、《五月东鲁行答汶上翁》等,均属此类。李白诗的三分法结构,布局朗然,转动开合自然,是为最大的特色。

　　第四类为通体比兴结构,自首至尾通篇比兴,继承汉魏乐府与古诗比兴手法。加上他长于比喻,而且喻中生喻,喻后生喻,如庄子之寓言,亦受到庄子以寓言言道的影响。这类诗外结构纯用比兴,内在意脉亦可分出各种层次来。《古风》其二十六是把咏荷与咏怀结合,以所咏物为喻体,己之情怀处境为本体。前六句言荷花之鲜艳,色秀馨香。后四句言飞霜凋芳,结根未得其所,而"愿托华池边"。全诗言才士处于僻野,不为世用,盛年易逝,希望托身朝廷,亦为自伤不遇之词。又其二十七以燕赵美女为喻,愿"偶君子"而共双

---

① 杨义:《李杜诗学》,北京出版社2002年版,第437、438页。

飞,前后分做两层,前言容貌姣美,后言哀怨与期盼,与上诗作意结构均同,取法于曹植的《美女篇》。其三十八则以孤兰为众草掩没为喻,希望幽香能为秋风吹发,用意亦同上二诗。前六句喻"在野不能自拔,虽蒙主知,已被众忌"(陈沆语),末两句"若无清风吹,香气为谁发",则喻孤立无援,这是把"n∶1"结构与咏怀及比兴综合而用之。其四十七亦为咏怀体,然以三分法结构,前四句言桃花盛开于春风,以"艳阳质"而"含笑夸白日"。中四句言秋至零落,为第二层。末二句"讵知南山松,独立自萧瑟",与桃之荣衰形成对比。萧士赟说:"此诗谓士无实行,偶然荣遇者,宠衰则易至于弃捐。孰若君子之有特操者,独立而不改其节哉?"①则此首发君子独立之襟怀,把咏物、三分法、比兴体、对比、咏怀五端结合,而又显得自然明朗,这也是李白诗最擅长的技能。其五十一则以史为喻,前八句言比干谏死,屈原窜于江湘,似为张九龄被贬而发。末尾"彭咸久沦没,此意与谁论"则顺承直下,这是把比兴与咏怀诗结合起来,同时掺入先分后总的"n∶1"顺承结构。其他如其四十四前四句言绿萝依松,岁寒不移。后六句言玉颜未改而君子恩断,与前后形成对比,而喻翰林"中道被放,如去妇以盛颜鬓发而不见答也"(《唐宋诗醇》语),则把比兴体与二分法结合起来。其他如其四十五、五十五、五十六、五十七、五十九亦属此类。乐府诗《秦女卷衣》《空城雀》《树中草》等亦为通体比兴,《怨歌行》《长信宫》《于阗采花》等诗借宫女自伤,寄托遭谗被疏之郁懑。寄赠诗亦间或用之,如《赠裴司马》以绣女自喻,求人援手相助。《赠友人》通首以兰为喻,同样向友人求援。《感遇四首》或咏仙,或咏物,或咏史,均作为喻体,而有自己的寄托。这类通首比兴,均与自己情怀、处境、期望有关,不便明言,故以比兴为体,以避时讳。

　　李白短制结构形态之变化,大体如上。再如名诗《金陵城西楼月下吟》,前四句言景,后四句想到以描写金陵而擅名的谢朓,是为抒情,合构成前景后情的二分法结构。另一名作《金陵酒肆留别》前二句写别景,中二句言送者情景,末二句为留别之情,则为三分法。《短歌行》首末各二句为主旨,中十句则铺叙神话人物以衬托主旨,亦为三分法。就大体来看,如上所言,有些较长的诗,通过几个片段相合,每四句就犹如一首绝句,如《长干行》。其法当自南朝民歌《西洲曲》而来,《自代内赠》凡32句,似由八首绝句组成,与《长干行》为一机杼,《关山月》亦复如此。《送别》前四句想象去者沿途景致。后四句"送君别有八月秋,飒飒芦花复益愁。云帆望远不相见,日暮长江空自流",独立看即是一首绝句。有些诗则一气旋转,连绵不断,整体极为紧凑,细

---

① 萧士赟:《分类补注李太白集》,元刊本。

审亦有脉络可寻,如《金乡送韦八之西京》,每两句一意,环环相扣,实则首尾四句言送别,中四句言情,亦为三层。有的则非二分、三分所能局限,感情跳荡,层次较多。如名诗《宣州谢朓楼饯别校书叔云》,以言情——写景——抒怀——言情四层为结构。总之,李白诗即使短制,结构亦复多样。变化与长诗相较,结构明朗,层次爽然,始终与感情相配合,故其中名作亦复不少。

三、组诗的结构经营

除了长篇短什,李白在组诗上也特别注意结构的安排。在九百多首诗中,两首为一组的共 37 组 74 首,三首以上为 24 组共 148 首,二者合共 222 首,几占其诗的四分之一。特别是三首以上的组诗,意不止而情不能遏,一发而不可收,甚至多达十几首。篇数一多,中间若涣漫无序,一堆散沙,则价值自损。然李白爽朗明快的艺术个性,决不会处于此等病态,何况他是创造性的大诗人,有力量组织鸿篇巨制,在组诗的结构上亦具有相当的艺术魅力。

李白最著名的组诗为《古风五十九首》,篇数众多,内容庞杂,向来被认为非作于一时一地,可不纳入讨论范畴,以上所统计者亦不计入。《拟古十二首》《感兴八首》各首内容前后不相连属,当非同时所作,情况大致和《古风》相同。七言乐府歌行《行路难三首》其三,北宋蜀刻本题下注谓"一作《古兴》"。时下论者以其三所言功成身退与前二首不类,视前二首为开元十八年初入长安所作,或把其三系于天宝三载去朝前所作。如此划分,亦与李白两次入长安相关。李白去朝是被逐而非自辞,所任翰林供奉,职能不过是点缀升平,作些皇宫行乐词而已,算不上功成,李白当时也不愿身退。所言全身隐退,亦不过是一时的自慰。故此三首应视为一组诗,旧说作于天宝三年初放之时,还是比较妥当。其一的"冰寒川""雪满山"喻仕途险阻,亦是以下"行路难""多歧路"深概之因。至于垂钓碧溪、乘舟梦日的热望,以及"长风破浪"、直"济沧海"的自信,因李白自知放还是遭谗被逐①,亦是自慰之词。此诗愤懑与自信交织,故情感跳荡迅急。其二的"汉朝公卿忌贾生"即为被放之因,亦可见此诗非初入长安所作。"弹剑作客"与"曳裾王门"的"不称情",是说不愿继续待在京城。诗的后半则以剧辛、乐毅自比,而慨叹世无燕昭王之礼贤下士,故发端以"大道如青天,我独不得出"喷薄而出,与其一冰河雪山相应。其三的思想内容本身很矛盾,开篇否定许由、谴责彻头彻尾隐

---

① 李白《答高山人》:"谗惑英主心,恩疏佞臣计。"《为宋中丞自荐表》说:"为贱臣诈诡,遂放还山。"至于范传正《李公新墓碑》所说"既而上书请还山",则与李白所言相左,似为李白回护之词。

居的"孤高"。李白本是功名心极强的人,这也是其一贯的追求。但诗中所称述的贤达,如伍子胥、屈原、陆机、李斯都是"功成不退皆殒身",所以篇末称颂张翰提前身退,而"何须身后千载名"。功成不退则身殒,功不成而退则身安,其所以称美后者,亦不过是自我之抚慰,聊遣愤懑而已。三首诗情感由四顾茫然的激烈愤懑,到"曳裾王门"的不欢,再到"秋风忽忆江东行"的平复,是由高到低而至平静,描绘了完整而有变化的心理历程,结构有次第,前后不能颠倒。

同时期所作的《月下独酌四首》,尤以第一首为有名,四首水平参差,特别是第二首过于直白,曾被前人疑为伪作。敦煌写本《唐人选唐诗》与《太平广记》卷二〇一引《本事诗》,以及《文苑英华》均收李白此诗。李白诗本有脱口而出、形同口语的一面,故仍可作其诗看。论者谓此诗"不是采用分析性思维,而是采用浑融性思维",属于"醉态狂欢的形态",是一种"非逻辑之逻辑"①。若就结构而言,其一言"独酌无相亲",其二言"但得醉中趣,勿为行者传",其三言"谁能春独愁",其四言"穷愁千万端",四首以独酌为表,以言愁为主心骨,其一言愁之因,其二言其愁不宜为外人道也,其三言耐不住独愁,其四言穷愁万端,只能以酒对付。四首中间虽有波折,然阶梯分明,前后不能颠倒,孤独与不可解脱的愁绪弥漫始终,由轻到重,愈言愈显。

在李白组诗里,最引人注目的当是他的绝句组诗。绝句是李白最为擅长的诗体,体制轻盈,可以一时连作多首,所以在他的组诗中,数量之多亦引人注目。《横江词六首》《秋浦歌十七首》《永王东巡歌十一首》《上皇西巡南京十首》《陪侍郎叔游洞庭醉后三首》《陪族叔刑部侍郎晔及中书贾舍人至游洞庭五首》《别内赴征三首》《越女词五首》《出妓金陵子呈卢六四首》,其中除了《秋浦歌》其一、其二、其三为古诗,其余均为绝句。另有《清平调词三首》,亦为绝句。凡10题64首,数量占其组诗凡24题148首篇数的将近一半。这些诗虽然如风行水上,自然成文,然在组诗结构上,大都具有一番匠心与组织,值得我们注意。

《清平调词》背景为宫闱故事,风格雍容华贵,流传很广。其一的"若非群玉山头见,会向瑶台月下逢",言杨妃美如仙子;其二则喻为汉宫"飞燕倚新妆",其三"解释春风无限恨,沉香亭北倚阑干",是说她可以使君王消释无限春愁。三首合观,前二首像谜面,末首犹如谜底。沈德潜说:"三章合花与人言之,风流旖旎,绝世丰神。或谓首章咏妃子,次章咏花,三章合咏,殊近执滞。"②或谓的两分一合的误解,正是对此组诗以人似花合咏的结构特征的

---

① 杨义:《李杜诗学》,第89、90页。
② 沈德潜:《唐诗别裁集》卷二十,中华书局1975年版,第265页。

疏略。

《横江词》亦有次第,先总言横江风高浪大之"恶",次从地理险要与海潮倒涌言南渡不易,接言白浪如山,狂风忽吹,船夫亦感险恶。其四言到了八月更是"涛似连山喷雪来",比起平时的"白浪高于瓦官阁"更为险要;其五借津吏发问再次渲染"如此风波不可行",最后总言"公无渡河归去来"。由"横江恶"起,以不能渡河收束,中间四首分作四次渲染,从海潮、船夫、海神、津吏层层分写,盛陈风波之恶,意如贯珠,不可分割。

陪李晔、贾至游洞庭五首,则以月夜之时间为经纬,其一从"日落长沙"湖天浩渺言起,其二的"夜无烟""赊月色",则月未升而已始游。其三"元礼同舟月下仙",为月下之游。其四的"秋月辉""早鸿飞",言"秋月未沉,晨雁已起"(唐汝询语),言通宵游,已至晓月。其五"淡扫明湖开玉镜",言晨雾淡扫,明湖如镜,君山如画,则为夜游结尾。全组诗由昨日"日落"开始,至次日天亮结束,中间三首均就月色写来。前人曾言:"游湖于今日之晡,而月,而月下人,而将晓月;想客散于明日天晓以后,故尾不言月也。章法极有次第可观。"①颇能勾勒出其诗章法脉络。至于《陪侍郎叔游洞庭醉后三首》,其一"醉后发清狂",先点明题目。其二"湖心泛月归",亦为夜游。其三以"铲却君山好"突发奇想,以"醉杀洞庭秋"收束。三首亦有次第。

《秋浦歌》前两首带有总冒性质,以下 15 首分咏各种景观,除了前两首与其十为五古,其余均为五绝,内容亦无先后之分,结构一目了然,并无多少安排。与之同类型的《姑熟十咏》,均以三字为题,多取地名与景点名,或者采用移步换景,或者如杜甫绝句组诗《漫兴》之类,并无次第。笔者未到过那里,亦未可知。论者亦谓此诗为赝作,或谓在真伪之间。今观十首均为五律,整齐如此,似与李白风格不类。

《宫中行乐词八首》为奉召应制之作,颂美谀词,亦无甚次第。《永王东巡歌十一首》其一言永王出师为奉命之举,为全诗总冒。其二以谢安自喻,愿为永王李璘"谈笑静胡沙",表明从璘目的。其三言璘军纪律严整,其四言回军至金陵,充满春意。其五言玄、肃二帝蒙尘,诸侯不救,故永王发兵。其六言驻军北固山一带,长江两岸旗帜鲜明。其七言战舰森罗,水陆并进。其八言永王军讨伐安史,如王濬伐吴,会一举成功。其九夸饰军威超凌秦汉,其十言永王最初使命是"扫清江汉",末首言永王平叛必定成功胜利,必入长安,以此收束全诗。此组诗有起有收,按事之原委与时空移位经营先后,结构颇为精心,措语亦为豪迈兴奋,其二、十二尤为名作。然却为后来兵败入狱埋

---

① 朱谏:《李太白诗醇》引潘稼堂语,见陈伯海《唐诗汇评》,浙江教育出版社 1995 年版,中册第 692 页。

下祸根,这也见出李白政治上缺乏深虑的一面。

《奔亡道中五首》作于安史乱起的肃宗至德元年(756),其一言己如苏武、田横,处境艰难,无家无朝可归。其二言中原沦丧,官民流散易服。其三言想逞鲁仲连之志,为国排难解纷。其四言面对大乱,只能似申包胥恸哭,悲苦愁绝。其五言面对江南湖水,行道迷茫,不知将奔于何所。前二首先言乱局,中二首言心志不逞而愁哭无奈,末首点题,行远道迷,不知所至。五首安排由局势而自己,再至眼下奔亡途中,次第井然可观。

《上皇西巡南京歌十首》为七绝组诗。其一为"西巡"之总冒,以下至其六言成都与长安没有什么两样。其七、八、九言锦城俨然为"帝王州",末首言返长安,结束全诗。次第有序,脉络亦可寻究。

《拟古十二首》当为模拟《古诗十九首》,发思妇、游子之叹,以及对生命流逝的感悟,还有及时行乐与游仙之词,内容不相连属。《感兴八首》多游仙之辞,散漫亦同《拟古》。《寄远十二首》为寄内或代内之寄赠,是漫游长安、洛阳等地随时所作,并非作于一时,亦无从论其前后结构。

《越女词》为五绝组诗,一写形貌,二言荡舟,三写采莲棹歌,四言月夜幽会,五言新妆奇绝,次第井然,可谓囊括越女生活的全部。在自然流走中,体现了李白诗"清水出芙蓉"的一面。

总之,李白组诗,多为短什的组合,像《行路难》那样较长的篇幅较少。在结构上,也显得清晰明朗,其中尤以五七言绝句组诗为出名。然缺乏像杜甫那样的重大题材,如"三吏三别"、《秦州杂诗二十首》《乾元中寓居同谷县作歌七首》《诸将五首》《秋兴八首》《咏怀古迹五首》,以及结构的严密经营,至于七律连一组亦无。这大概是李杜区别的一个方面。

第四章　李白心系长安论

胸怀大志的李白,约在不惑之年前后闯荡过长安,不久又被召入长安,虽然前后仅三年,然正值盛唐急遽转衰时,引发他对长安上层社会的批判,并以用人不当为抨击中心,同时也体会到长安下层人民的思念与哀怨。两年的待诏翰林,他对唐玄宗曾有批评,但对其知遇之恩的感念从未减少。在以后近二十年里,他的诗歌里有两个永恒主题:一是对翰林生涯不歇止地回顾,并且以此为干谒的手段与资本;二是直到生命终止都日思梦想长安,心系长安,梦断长安。批判长安,体味长安人的不幸与哀怨,是李白伟大的一面;炫耀长安的词臣风光经历,亦可看出他世俗乃至于庸俗的一面。人品的不足使诗国的巨星、天才的李白也不可避免地出现同一题材反复陈述的套路与模式。

一、长安的期望所引发的批判

在盛唐诗人大家与名家中,待在长安时间最短的恐怕要算李白和孟浩然了。孟两次应试未第,还遭遇玄宗斥退。李白不屑于科场,入京干谒,一人有"谪仙人"的盛誉,二人引发了"轰动效应",受到玄宗极为热情的款待。他们都向往长安,相比较而言,孟是比较冷漠的,关于长安的诗不多;李白是热烈的、渴望的,至老盛情不减。如果说他是盛唐时代的歌手,那么长安则是歌唱的中心,想念长安、心系长安、梦断长安,包括对长安的夸耀与对上层社会的批判。为此,他写了将近 90 首与长安相关的诗,占其诗的 1/10,这一点恐怕只有杜甫能和他相媲美。他的爱与憎聚集于斯,心与梦无不飞驰于斯。诗的精华与政治思想亦见于斯。终其一生挥之不去的恋京情结,始终解除不开,消释不去。他对长安有正负两面观,有憎恨的批判,也有世俗的夸耀。如果要了解他思想的多维度与人格的多面性,以及一生不懈的追求,莫不如从他与长安的关系入手①。

李白年轻时就充满着不可遏止的自信与抱负,他的功名心又极为强烈。

---

① 周晓琳:《总为浮云能蔽日 长安不见使人愁——试论李白的"长安情结"》,《中华文化论坛》2003 年第 2 期。此文最早切入这一问题,可参看。

在竭力自荐的名文《与韩荆州书》里,说早年"遍干诸侯""历抵卿相",时刻想着"扬名吐气",实现"激昂青云"之志。又言如何"心雄万夫",并"请日试万言,倚马可待"。出于同样目的的《上安州李长史书》,起手即自称为"嶔崎历落可笑人也",一落笔就说自己特别让人羡慕①,其英风烈气即可概见。在很特别的《代寿山答孟少府移文书》,同样以别具夸张的天赋推销自己,说自己大鹏般的壮志是要:"申管晏之谈,谋帝王之术。奋其智能,愿为辅弼,使寰区大定,海县清一。"如此才功成身退。这段每为人引用的严肃庄严的大话,确实是带有幻想性的政治理想宣言书,以后他的行为也表明,这是李白终其一生的追求。"嶔崎历落"的人是不屑于科场的,不会像杜甫那样在长安一待十年,辛苦地考试。他要漫游、社交——寻找各种政治机遇,一举而为帝王师。这在盛唐似乎是一种士子们的风气。然在别人还有应试的多项选择时,李白却要一条道儿走到黑,因为他自信自己的才能就像《大鹏赋》里的自喻:"喷气则六合生云,洒毛则千里飞雪"。虽然在初唐就有名臣马周包括魏徵那样的先例,但在盛唐未尝不是凤毛麟角般的稀罕,几乎无人像他这样地单打独斗。就连当时普遍视为高隐,他也极为钦佩的孟浩然,虽然"红颜弃轩冕,白首卧松云",但也兴致勃勃地到长安应试过。由此可见李白"鸿骞凤立,不循常流"的英特之气,他要以平交王侯的雄姿,闯进长安;以英风激扬、横波逆流的方式,好去黄鹤一举,"扬风吐气,激昂风云"!

自信"怀经济之才","文可以变风俗,学可以究天人"的李白,当他在超过陶渊明弃官年龄的42岁,终于接到唐玄宗征求的诏书时,则手舞足蹈地喊出了:"仰天大笑出门去,我辈岂是蓬蒿人!"终于圆了"拜一京官"的大梦!李白成功了,然而不到两年便被斥逐。当他沮丧地走出长安金门时,他有些明白,"惟开元廓海宇而运斗极兮,总六圣之光熙"的唐玄宗,看重他的是"开口成文""挥翰雾散""笔走群象""龙章炳然"的文学才能,并没有把他当作道济天下的帝师。故在《初出金门寻王侍御不遇咏壁上鹦鹉》说:

  落羽辞金殿,孤鸣托绣衣。能言终见弃,还向陇山飞。

展翅万里的"大鹏",一下子变为"落羽"的"鹦鹉",明白自己只不过是点缀升平、供写宫中行乐歌词的弄臣,犹如笼中的鹦鹉或者仅为摆设。"能言"可招人喜欢,也会招人讨厌,还有泄露宫闱机密的可能。总之,喜剧性地进入长

---

① 唐宋人谓羡慕为"笑",如拾得诗:"可笑是林泉,数里少人烟。云从岩障起,瀑布水潺潺。"首句即言可羡是林泉。宋人用之更多。张相《诗词曲语辞汇释》卷五,中华书局1979年版,第634页。

安,受到玄宗隆重热烈的礼遇,又悲剧性地被斥逐出长安。真如鹦鹉能言见弃,落羽归山。加上开元末年,起码在张九龄罢相的开元二十四年(737)之后,初入长安遭遇的碰壁与不快,使梦想破灭的李白对朝思暮想的长安,由期望转入失望,由热切转入批判。在失望中又铸造新的期望,在打击中仍然坚持夸张性的自信。

这是就大体言之。初入长安时,李白就以陌生人敏锐的眼光,发现富豪繁盛的大唐帝国京华长安藏污纳垢的种种弊端。他的"雄笔丽藻",固然在翰林期间有所谓"润色于鸿业"的一面,但对长安的批判从初入时就已经开始了。他直接批判长安的诗有二十多篇,这还不包括比兴式怀古等类。《古风》其二十四大概是他批判长安的第一首鲜明而强烈的诗:

大车扬飞尘,亭午暗阡陌。中贵多黄金,连云开甲宅。路逢斗鸡者,冠盖何辉赫!鼻息干虹霓,行人皆怵惕。世无洗耳翁,谁知尧与跖!

这首诗展示了一个嚣尘臭处的世界!它没有像左思《咏史》其四与卢照邻《长安古意》以豪奢繁华为主,更不像班固《西都赋》那样的颂美,而以尖锐锋芒指向不可一世的"中贵"与"斗鸡者",典型地揭示了由"连云甲宅"与"辉赫"的"冠盖"所组成的只是一种表面现象,就像在宽绰大道上的一瞥,或如今日于马路所摄的日常镜头。开元末年宫中宦官近万人,玄宗宠幸此类,是帝国衰败的开始,且给他的子孙们遗祸无穷。对斗鸡者的讥讽,直至中唐陈鸿《东城老父传》回顾盛唐玄宗之得失,才以小说出之。李白对京华的透视,带有一定的前瞻性,正如此诗首尾的一"暗"一"世"的指示那样——这是一个黑暗世界!并非仅揭示表层,还具有敏锐的观察与透辟的分析。它和当时民谣"生儿不用识文字,斗鸡走马胜读书"又是那样的合拍,只要看看"行人皆怵惕",就可说此诗代表着民众的怨怒与呼吁。其八的"绿帻谁家子,卖珠轻薄儿。日暮醉酒归,白马骄且驰",这些宠幸小儿春风得意,而"草玄鬓若丝"的扬雄,却为"此辈嗤",暗寓了自己胸中的不平。其十五的"奈何青云士,弃我如尘埃。珠玉买歌笑,糟糠养贤才",谴责玄宗后期奢侈昏妄,贤才得不到重用。自此以后,批判玄宗用人的荒唐颠倒就成了李白诗中最常见的主题。如作于天宝八载的《答王十二寒夜独酌有怀》愤斥朝廷用人的颠倒:"骅骝拳跼不能食,蹇驴得志鸣春风",怒斥"董龙更是何鸡狗",言词激烈以至于破口大骂。如此敢言,正是其人格闪光的亮彩!

在李白前大半生,唐玄宗无疑为长安帝国的唯一代表。玄宗亲自诏请李白入京,李白终其一生都对玄宗的知遇之恩颇有好感。然对玄宗后期的昏妄,仍然持以多方面的批判与讥讽。对于开元后期玄宗荒于嬉戏,怠于朝事,帝国由盛至乱的现实,《古风》其四十六揭示了这种盛世大转变的兆倪:"一百四十年,国容何赫然!隐隐五凤楼,峨峨横三川。王侯象星月,宾客如云烟。斗鸡金宫里,蹴鞠瑶台边。举动摇白日,指挥回青天。"玄宗荒淫误国则是帝国由盛变衰最重要的原因,其四十三以比兴予以揭示:"周穆八荒意,汉皇万乘尊。淫乐心不极,雄豪安足论? 西海宴王母,北宫邀上元。瑶水闻遗歌,玉杯竟空言。灵迹成蔓草,徒悲千载魂。"雄豪的英主成了惑于女色的昏君,灵迹变为蔓草的悲剧也就为时不远了。

  盛唐后期的败政从开元二十二年已露出端倪,张九龄还未任相,玄宗在位日久,怠于政事,渐肆奢欲。李林甫深结宦官及嫔妃,玄宗动静,无不知晓,奏对称旨,甚得玄宗欣悦。又勾结宠倾后宫的武惠妃,以拥护其子寿王,取得武惠妃"阴为内助",由礼部侍郎擢为黄门侍郎。次月张九龄为中书令时,李林甫亦升为礼部尚书,同中书门下三品,权柄恩崇日甚。此年初,道士张果自言有神仙术,而且已有数千岁,玄宗请入宫中,恩礼甚厚。张果快活到年底,怕露出马脚,固请归山。"上由是颇信神仙"①。玄宗崇尚道教,道教与神仙原本都是"一家人"。武则天佞佛,屡徵张果,张果当然不敢奉诏。玄宗一迎即至,因为很合脾胃。李颀在《谒张果先生》就描写过玄宗欢迎的隆重:"吾君感至德,玄老欣来诣。受箓金殿开,清斋玉堂闭。笙歌迎拜首,羽帐崇严卫。禁柳垂香炉,宫花拂仙袂。"宫廷成了供养福地,金殿玉堂成了作法的道场。李白,热诚的道教徒,自述大名士酒友贺知章,一见而称他为"谪仙人"。玄宗深信神仙,对李白来说可算是同好。李白后来被请进翰林,除了作诗的天才,还与道教徒的身份有关。关于这一点,只要看他的入京是由玄宗尊敬的大道士吴筠推荐的,就可以证明。按理他和玄宗同一信仰,同样痴迷,然而他却以诗为利器,强烈批评玄宗的执迷求仙,像秦始皇的晚年一样:

  刑徒七十万,起土骊山隈。尚采不死药,茫然使心哀。连弩射海鱼,长鲸正崔嵬。额鼻象五岳,扬波喷云雷。鬐鬣蔽青天,何由睹蓬莱? 徐氏载秦女,楼船几时回? 但见三泉下,金棺葬寒灰。

这是《古风》其三,此诗的前半篇赞美"秦王扫六合,虎视何雄哉",喻指开辟了史无前例的盛唐的玄宗,然前为英主而后为昏君,与秦皇汉武晚年好神仙很有些仿佛,都酿造了"两半截皇帝"的悲剧,这也是赞美与批评同寓一诗的

---

① 司马光:《资治通鉴》卷第二百一十四,"玄宗开元二十二年",中华书局 2009 年版,第 15 册 6805、6808 页。

原因。大刀阔斧的组合,表示批判中带有无限的惋惜! 同题其四十八展现更为集中的批判精神,谴责秦皇"征卒空九宇,作桥伤万人。但求蓬岛药,岂思农扈春①! 力尽功不赡,千载为悲辛",对此表示出绝大的悲哀! 谴责惋惜的实质对象,当然非唐玄宗莫属了!

大唐的衰败是逐渐演化的,但开元二十四年确实是变化的分水岭。一是玄宗不听张九龄按法诛杀安禄山之谏,反以为"枉害忠良";二是以奸臣李林甫为相,任其所为,大权旁落②,三是张九龄罢相,"自是朝廷之士,皆容身保位,无复直言"。将相如此重大的更张,居然颠倒到如此程度,这与开元前期任用姚崇、宋璟、张说等名相相较,真是判若两人。在位已25年的玄宗,开始怠于政事,放手奢欲,以至于昏聩荒诞到如此程度,为天下大乱埋下了种种祸根③。李白秉承屈原的爱国精神,又以激烈悲愤的骚体诗《远别离》发出沉痛的呼喊,倾泻着无尽的忧虑:

> 日惨惨兮云冥冥,猩猩啼烟兮鬼啸雨。我纵言之将何补?皇穹窃恐不照余之忠诚。雷凭凭兮欲吼怒,尧舜当之亦禅禹。君失臣兮龙为鱼,权归臣兮鼠变虎。

此实对大唐帝国天昏地暗的描述。此诗并没有出现在安史之乱中,而应是针对祸端已兆的天宝后期。屈子式的忠诚,距杜甫天宝十载的大声疾呼"边庭流血成海水,武皇开边意未已",当为时不远,两位诗国巨星,无论个性是现实的还是浪漫的,都表达出同样的忧患与批判。当开元末初入长安不遇时,李白就有权相蔽贤的苦闷,在《梁甫吟》中抒发郁闷无路的愤慨:"我欲攀龙见明主,雷公砰訇震天鼓,帝旁投壶多玉女。……阊阖九门不可通,以额扣关阍者怒。白日不照吾精诚,杞国无事忧天倾。"李白叔父李阳冰《草堂集序》说李白是"梁武昭王暠九世孙",这当是李白生前的嘱告,也就是说李白与李唐同宗同姓④。他的个性与禀赋以及出身都与屈原极为相近,所以李白关于长安与国家的诗都流淌着强烈的爱国精神。而且不仅以上两诗显现了天才的追

---

① 李白《古风》"突出地沿袭了陈子昂《感遇》的传统"(宇文所安语),陈子昂诗有"原置瑶池宴,来观农扈春",李白对此,"表现了出色的模仿力"。
② 李林甫为相伊始,即召谏官,训导他们要像"立仗马",即可"食三品料",如果"一鸣",即"辄斥去"。从此玄宗坠入杜言塞听的泥沼里。
③ 李林甫先是排挤掉张九龄,钳制言官,又用罗钳吉网屡兴大狱,诛杀裴敦复、韦坚、皇甫惟明、李邕、杨慎矜、王琚、李适之等。又在天宝初年以顺旨称美安禄山,安之得宠益固。凡才望功业出己之上与势位逼己者,必百计去之。为杜绝边帅入相,使玄宗重用胡人,安禄山由此势重。逼贬名将王忠嗣。在相位19年,至天宝十一年病死,大唐已濒临大乱。
④ 刘昫《旧唐书·高祖》谓李渊为"梁武昭王暠七代孙",与李白都是陇西人。

踪屈辞，像《蜀道难》《鸣皋歌送岑征君》《梦游天姥吟留别》等莫不如此。

玄宗晚年又宠幸杨贵妃，政事悉委于李林甫，接着重用杨国忠，且轻启边衅，使大乱暴发已在眉睫，自己却沉溺于荒淫之中。李白的《乌栖曲》以"吴王宫里醉西施"的描写，暗示奢侈荒宴必然带来麋鹿游于姑苏的亡国之祸，只是没有说破。兴寄深微的暗示又不可避免地包含对现实的讥讽——长安城里昏乱的唐玄宗也同样好景不长！这诗不一定纯出于"虚构想象"（宇文所安语），在玄宗宫里他目睹过无度的酣歌醉舞，可以说《阳春歌》的"飞燕皇后轻身舞，紫宫夫人绝世歌。圣君三万六千里，岁岁年年奈乐何"，以及奉诏之作《宫中行乐词》《清平调词》可以视作此诗谜底的一半。

总之，长安不仅是李白终生希冀的"愿为辅弼"的圣地，也是他大展雄图之地。待诏翰林虽然前后连带不过三年，然而两入长安，使他对大唐帝国的京华烟云有了更深刻的观察与了解，帝国的腐败与唐玄宗的昏乱以及对他的恩遇，在他的诗歌里形成多重的复调，批判长安超过了对长安的向往。长安城由上到下的豪奢与荒唐无不在他笔下得到尖锐的讽刺，虽然他曾经一度成为皇宫的座上宾，轰动过长安一时。李白的伟大之处，也正体现在对长安对唐玄宗庞大豪奢集团的批判上。他的许多名诗大作均以此为焦点，反映他对自己所处的时代，对国家对社会的关注。虽然比不上杜甫那样全面翔实，但在对长安上层集团的抨击上，甚或超过杜甫。他也热爱长安，主要是热爱至尊公卿除外的长安民众，而长安民众的思念与感情，就这样体现在他天才的诗篇里！

二、体味长安人的思念、哀怨及长安诱惑

长安京都辉煌建筑没有牵动李白的惊讶，这位"谪仙人"似乎看惯了天上的琼楼玉宇，对长安帝宅皇居并没有表示多少兴趣；唐太宗与骆宾王的《帝京篇》，特别是卢照邻的《长安古意》，还有初唐大量的应制诗，对长安宫殿雄壮豪华的描写，似乎也没有引起天赋奇才的李白的特别留意，只能在《春日行》《阳春歌》以及上已提及宫中奉诏之作中，依稀看到一点影子。

倒是长安的民众，引起了他的感情波澜。李白两入长安，他不像所崇敬的谢朓总把金陵当作家乡，游子与游宦的双重感受隐藏在心底，而用乐府古题与传统怀人念远题材，抒发了长安民众的思念。他的《长相思》说：

长相思，在长安。络纬秋啼金井栏，微霜凄凄簟色寒。孤灯不明思欲绝，卷帷望月空长叹。美人如花隔云端。上有青冥之高天，下有渌水

之波澜;天长路远魂飞苦,梦魂不到关山难。长相思,摧心肝!

他把"长相思"感情置放于特定的长安。长安男儿不知有多少人在前线或者外地,长安人的思念感情全部凝聚在这首诗中,他凭着自己的心灵描绘她们心底情感的波澜变化。把怀远诗的"陈旧成分结合成一种完全崭新的东西:它们变成了一组视觉和思想片断,迷乱地掠过情人的意识,结果使得这首诗具有一种直接的动人力量。……这是一首类型诗,但诗中所产生的情调与讲述者的情调是一致的:它试图使读者与讲述者等同,让他用自己的眼睛观察诗境,用自己的心灵感受诗境"①。他把自己融入诗中,也融进长安人心中,他似乎是长安人中的一位,完全用长安人的口气写下了"长安的思念",或许也还蕴含着理想不能实现的苦闷。如此说来,对长安就有了两个层面的关注。

比《长相思》更为有名的是《子夜吴歌·秋》,同样写的是秋天夜晚长安女性绵绵不断的思念:

长安一片月,万户捣衣声。秋风吹不尽,总是玉关情!何日平胡虏,良人罢远征?

没有铺排,没有描写,只是凭听觉引起捣衣者与"讲述者"共同的感情波澜,震撼力量更为强烈,好像连长安城也都在震撼之中。值得注意的是把江南民歌的风格引渡到长安城,好像只有末两句带些北方色彩。李白用心灵体察她们,也用南北诗风的交融手法表现她们。"秋风"二句说尽了她们的心思,前人曾主张删掉后两句,那就删掉了李白诗的爽快,何况这是诗人与长安人共同的祝愿与渴盼,分明见得"讲述者"把自己已经定位在"长安人"身上。质朴自然的风格好像是对《长相思》的减省,平易近人得像《静夜思》,同样是千古感人的名作!

属于相同题材者还有《春思》,这诗不一定写于长安,但其描写对象应包括长安:"燕草如碧丝,秦桑低绿枝。当君怀归日,是妾断肠时。春风不相识,何事入罗帏?"从日间的采桑到夜间休息,无不萦绕"良人罢远征"的祈盼。末尾两句,似从南朝乐府名歌《子夜四时歌·春歌》的"春风复多情,吹我罗裳开"的反面化出。从风格手法上看,如同前诗一样,在李白诗中流动着南北诗风融合的意识,在妇女题材中尤为显明。

对长安宫中的上层女性,李白有《妾薄命》展现她们的命运与不幸。以

---

① 宇文所安:《盛唐诗》,三联书店2004年版,第150页。

陈阿娇与汉武帝的故事展开叙述,她从"咳唾落九天,随风生珠玉"的受宠,一经妒深情疏的爱歇,则有"长门一步地,不肯暂回车"的冷落。从而得出:"昔日芙蓉花,今成断根草。以色事他人,能得几时好?"今人有云:"太白供奉翰林期间,为文学侍从,不过以其艳词丽句博取君王欢心而已,谓之'以色事他人',亦其宜也。"①以李白为帝王师之自负,虽一度为词臣,并不一定用以色事他人的弃妇自喻。此诗保持了对汉乐府的复古,无论比兴之有无,起码表示了对妇女的同情。同样的宫怨诗还有《秦女素衣》《怨歌行》《长信宫》《玉阶怨》《怨情》《于阗采花》《长门怨》等,都表现了对这一题材特别关心,究其原因,一来他的诗关于妇女的甚多,二来他在宫中出入两年,见闻感触自多。杜甫在长安奔波整十年,却没有李白的机会,未曾染指于宫怨诗。李杜之别在此题材的取舍上,由此亦可见其一斑。

李白任侠好酒,长安少年的放纵不拘,自然会引起他的注目。《少年子》言挟弹少年,飞猎章台一带,其中的"金丸落飞鸟,夜入琼楼卧",突出了他们的豪奢。《少年行》其二则描绘了一道京华都市少年的风景线:"五陵年少金市东,银鞍白马度春风。落花踏尽游何处?笑入胡姬酒肆中。"金市的奔马,风景点的踏青,成群拥入胡姬的酒店,放浪的笑声,每一片段都极简略,高华流美而又自然真率,使之成为盛唐时同样题材的经典,与有名的《玉阶怨》形成不同风格,都是李白长安短制中的名作。《白鼻騧》前两句目的在于以马衬人:"银鞍白鼻騧,绿地障泥锦";后两句所衬托的人物展示了都市特别风光:"细雨春风花落时,挥鞭直就胡姬饮",此与上诗既接近而又不同,显现长安城风和日丽与细雨春风的不同景观,似乎在说明这是一座充满诱惑活力的大都市。

长安是人文辐辏的大都市,也是各种人物的聚散地,长安东门与东郊灞桥是送别发生最多最出名的地方,是长安一道特别的风景线。李白《灞陵行送别》以类型化手段表现了长安送别共同的伤感:"送君灞陵亭,灞水流浩浩。上有无花之古树,下有伤心之春草。我向秦人问路歧,云是王粲南登之古道。古道连绵走西京,紫阙落日浮云生。正当今夕断肠处,骊歌愁绝不忍听。"此诗不在于送什么人、到什么地,因为长安之送别,要比一般的送别更为感慨,大多是失意者的离京,所以突出灞陵道从古到今的感伤。

李白以上关于长安日常化的诗,充斥着与地方性城市明显有别的独特性与各种风味,也展现他对京华种种不同体会与感触。长安丰富了李白诗的内容,李白诗也让长安人以各种不同的精神风貌展现在人们面前。

---

① 安旗主编:《李白全集编年注释》,第538页。

三、说不完的长安得意

盛唐的长安是繁华的、开放的,也是世俗的,也有后期的腐败。李白正是当长安开始豪奢时兴高采烈地来到京华。唐玄宗对他热烈接待,可能被他本人渲染得更具有戏剧性。他以为自兹会摆弃"蓬蒿人"的境遇,在《别内赴征》说:"出门妻子强牵衣,问我西行几日归?来时尚佩黄金印,莫学苏秦不下机。"他认为自己是做宰相的大人物,故以苏秦自喻。但他毕竟以诗出名,待诏翰林,也只是满足了一点他诗歌的才能。这对李白来说起码得到一定的满足和希望,以为大鹏展翅的机会为时不远。何况玄宗对他的礼遇的隆重,也极为罕见,没有什么人可以比得上。李白是盛唐诗人杰出代表,是南北诗风与中外文化融合的代表,正如他所代表的时代一样,有开放的一面,也有腐败的一面。李白是伟大的,但也有世俗的一面。他有极旺盛的功名思想,也有功成身退的飘逸,有对富贵权势的渴望,也有对入翰林的世俗的夸耀。特别是后二者,在李白关于长安的诗中数量最多,约有 20 首。

他在《驾去温泉宫后赠杨山人》说:"少年落魄楚汉间,风尘萧瑟多苦颜。自言管葛竟谁许,长吁莫错还闭关。一朝君王重拂拭,剖心输丹雪胸臆。忽蒙白日回景光,直上云霄生羽翼",他觉得真像大鹏扶摇直上,这是对征召的夸耀。以下是对权势的炫耀:

> 幸陪鸾车出鸿都,身骑飞龙天马驹。王公大人借颜色,金章紫绶来相趋。当时结交何纷纷,片言道合惟有君。待吾尽节报明主,然后相携卧白云。

杨山人是李白、高适的故友,此题敦煌唐写本作《从驾温泉宫醉后赠杨山人》。跟随玄宗去洗澡,这是很体面的待遇,李白用他流畅的华章向隐居的朋友美美地炫耀了一番,大有过把宦瘾之感。他这样的兴头在从温泉归来时,并没有减退。《温泉侍从归逢故人》又说:"汉帝长杨苑,夸胡羽猎归。子云叨侍从,献赋有光辉。激赏摇天笔,承恩赐御衣。逢君奏明主,他日共翻飞。"这首诗并不高明,但夸耀的兴头更高。跟皇帝洗了一次澡,给看不见的远友写信夸耀,见人亦夸;侍从玄宗去了一趟温泉,就像扬雄随汉成帝跑了一趟长杨苑,而有《羽猎赋》问世,而且还得到"天笔"的激赏,又得到"御衣"恩赐。像这些琐事,本不应该作为诗之题材出现,但他却兴致勃勃沾沾自喜地一一道来。李白的世俗气,还有庸俗气,在这里是不难发觉的。他的《赠岑寥子》也用类似的话来夸美别人:"肮脏辞故园,昂藏入君门。天子分玉帛,百官接话言。毫墨时洒落,探玄有奇作。著论穷天人,千春秘麟阁。长揖不受官,拂衣归林峦。""天子"二句就显得世俗气很浓。这位道士也是"白鹤飞天书"诏请来的,且著论藏之秘府,却拒绝做官。李白对之钦敬,所以在诗末不由自主地说"余亦去金马,藤萝同所欢"。

　　大约作于天宝二年的《玉壶吟》,似乎已感到宫中嫉妒挤压,有"君王虽爱蛾眉好,无奈宫中妒杀人"之叹,然仍不愿离此福地,还处于诱惑中:"凤凰初下紫泥诏,谒帝称觞登御筵。揄扬九重万乘主,谑浪赤墀青琐贤。朝天数换飞龙马,敕赐珊瑚白玉鞭",只是调整到"大隐金门是谪仙"而已。以李白不受拘束的个性,待诏翰林,有很体面的一面,也有官场挤压的不愉快。他本人既没有家庭政治背景为后援,朝中又没有什么官场网络,只好以与同僚套近乎和不与人竞争角逐的低调来保护自己。《朝下过卢郎中叙旧游》说:"君登金华省,我入银台门。幸遇圣明主,俱承云雨恩",一开口先缩短叙谈的距离。然后话题一转:"复次休浣时,闲为畴昔言",此为过渡。然后说到隐居:"却话山海事,宛然林壑存。明湖思晓月,叠嶂忆清猿。何由返初服,田野醉芳樽。"李白的理想是佐时君以匡天下,然后功成身退。侍从词臣,对李白来说算不上大功告成,其所以说要返回林壑叠嶂,多半出于保护自己的目的,以叙旧方式宣扬出去。这还可从作于天宝三年的《同王昌龄送族弟襄归桂阳》流露恋京思想中看得出来:"余欲罗浮隐,犹怀明主恩。踌躇紫宫恋,孤负沧洲言",明显地表示他要待在京都,心里老怀着"明主恩",只好放弃"沧州言"的隐居说法。王昌龄是李白情谊深厚的诗友,时为江宁丞,或因公事来京。李白给他的诗不会有什么水分,因不是同僚,不会有何关碍。

　　李白被放逐出翰林,他在《初出金门寻王侍御不遇咏壁上鹦鹉》诗里,方才有所醒悟,如前所言"明主"只是把他当作词臣而已,犹如能言的鹦鹉。能把他请进来,也能把他赶出去,今日之"落羽""孤鸣"不正是这样吗?《东武吟》①则对两年的翰林经历予以回顾总结:"方希佐明主,长揖辞成功。白日在高天,回光烛微躬。恭承凤凰诏,欻起云萝中",此为诏请之始。以下言入京后之光辉:

　　　　清切紫霄迥,优游丹禁通。君王赐颜色,声价凌烟虹。乘舆拥翠盖,扈从金城东。宝马丽绝景,锦衣入新丰。……因学扬子云,献赋甘泉宫。天书美片言,清芬播无穷。归来入咸阳,谈笑皆王公。

---

① 此题一作《出金门后书怀留别翰林诸公》,故内容为向送者同僚言其出入翰林的始末。

这些话已经说了多少遍了,向同僚,向外地的诗友,向道士,反复无休止地夸耀。被放离京,还要向送别的翰林同事再详作陈述。而陈述口气,无不以词臣的经历为荣。津津乐道如此,真是不避世俗乃至于庸俗之言。接言被放:

> 一朝去金马,飘落成飞蓬。宾友日疏散,玉樽亦已空。才力犹可依,不惭世上雄。

被弃之懊恼沮丧与失落感,显然可见。后两句似乎还给同事或者对将来再返长安寄托了一定的希望。

当李白离开长安以后,便又开始了一如既往的漫游,短暂的两年翰林,便成了炫耀的资本,反复地向各种人重复着这一桩值得骄傲的往事。在向人干谒求助时,也作为光荣的经历与政治资本。夸耀长安自此成了诗的重要主题与题材。在《走笔赠独孤驸马》以攀附语气称羡对方以寻求帮助:"都尉朝天跃马归,香风吹人花乱飞。银鞍紫鞚照云日,左顾右盼生光辉",然后转到自己:"是时仆在金门里,待诏公车谒天子。长揖蒙垂国士恩,壮心剖出酬知己。一别蹉跎朝市间,青云之交不可攀。傥其公子重回顾,何必侯嬴长抱关。"末两句即热切地表示希望能得到帮助。《留别西河刘少府》借刘少府的话说:"谓我是方朔,人间落岁星。白衣千万乘,何事去天庭?"话说得还算是巧妙。在东鲁遇到了要返回长安的族弟,又引起了向往长安、夸耀长安的兴头。在《单父东楼秋夜送族弟沈之秦时凝弟在席》说:

> 遥望长安日,不见长安人。长安宫阙九天上,此地曾经为近臣。一朝复一朝,发白心不改。屈平憔悴滞江潭,亭伯流离放辽海。折翮翻飞随转蓬,闻弦虚坠下霜空。圣朝久弃青云士,他日谁怜张长公?

同时抒发了被放离开长安的哀苦不幸。此诗作于被放次年,便有白发之语。《赠崔侍御》对曾在长安供职者则言:"长安复携手,再顾重千金。君乃轺轩佐,余叨翰墨林。高风摧秀木,虚弹落惊禽。"又表示希望得到援手:"扶摇应借力,桃李愿成阴。"谓自己还有能力,常心系长安:"笑吐张仪舌,愁为庄舄吟。"《送岑徵君归鸣皋山》自比为严光,以炫耀与至尊的密切,这是对隐士的言说:"光武有天下,严陵为故人。虽登洛阳殿,不屈巢由身。余亦谢明主,今称偃蹇臣。"《留别广陵诸公》带有自传性质,历叙少年至中年志向所为,说到出入翰林则言:"中回圣明顾,挥翰凌云烟。骑虎不敢下,攀龙忽堕天。"他经常用严光喻己,炫耀与玄宗有亲密关系,于上引诗已见。在《酬崔侍御》中又说:"严陵不从万乘游,归卧空山钓碧流。自是客星辞帝座,元非太白醉扬州。"漫游淮南时《寄上吴王》其三自我介绍说:"客曾与天通,出入清禁中。襄王怜宋玉,愿入兰台宫。"自己过去为天子近臣,现在愿为吴王幕僚,却未能实现。

从鲁地将往宣城,有《留别曹南群官之江南》:"我昔钓白龙,放龙溪水傍。道成本欲去,挥手凌苍苍。时来不关人,谈笑游轩皇。献纳少成事,归休辞建章。十年罢西笑,览镜如秋霜。"离开长安已经十年,夸耀长安的情结,仍然挥之不去。《书情赠蔡舍人雄》先称美所要效法的谢安"暂因苍生起,谈笑安黎元",接言无辜被弃:"余亦爱此人,丹霄冀飞翻。遭逢圣明主,敢进兴亡言。白璧竟何辜,青蝇遂成冤。一朝去京国,十载客梁园。"即使对官位甚低的司户参军之类,亦要作一番宣传。《赠崔司户文昆季》说自己:"惟昔不自媒,担簦西入秦。攀龙九天上,忝列岁星臣。布衣侍丹墀,密勿草丝纶。才微惠渥重,谗巧生缁磷。一去已十年,今来复盈旬。"末了说出本意:"欲折月中桂,持为寒者薪。路旁已窃笑,天路将何因?垂恩傥丘山,报德有微身。"有用世之心,而天路难觅。倘能垂恩,则恩重如山,倾身以报。话说得恳切如此,竟与"安能摧眉折腰事权贵,使我不得开心颜"判若两人!

有时应酬没有政治地位的秀才,也要炫耀一番。《答杜秀才五松山见赠》就说:

昔献长杨赋,天开云雨歇。当时待诏承明里,皆道扬雄才可观。敕赐飞龙二天马,黄金络头白玉鞍。浮云蔽日去不返,总为秋风摧紫兰。

雄词丽藻的飞扬,却老重复着同样的话头,不免成了一种炫人耳目的套路!对山人之类的隐士的应酬,也要作同样的宣扬。《答高山人兼呈权顾二侯》:"谬挥紫泥诏,献纳青云际。谗惑英主心,恩疏佞臣计。"同样弹着一个老调!像这样的老调重奏还有许多:

早怀经济策,特受龙颜顾。白玉栖青蝇,君臣忽行路。(《赠溧阳宋少府陟》)

龙颜惠殊宠,麟阁凭天居。晚途未云已,蹭蹬遭谗毁。(《赠张相镐》其二)

昔骑天子大宛马,今乘款段诸侯门。(《江夏赠韦南陵冰》)

我固侯门士,谬登圣主筵。一辞金华殿,蹭蹬长江边。(《送杨燕之东鲁》)

乃至受到第二次打击流放夜郎,还对这一段辉煌念念不忘。《流夜郎赠辛判官》说:

> 昔在长安醉花柳,五侯七贵同杯酒。气岸遥凌豪士前,风流肯落他人后。夫子红颜我少年,章台走马著金鞭。文章献纳麒麟殿,歌舞淹留玳瑁筵。

神采飞扬的叙述,自然流走的节奏,高华流美的文字,确实展现出盛唐一流大诗人的渲染魅力,任何读者都会被他的热情所感染,受赠此诗的辛判官可能要对这位天才大诗人的流放持以非常的同情。对此还有更得意的文字,供人观赏他一度的风云腾跃。《赠从弟南平太守之遥》其一的叙述更为出彩:

> 汉家天子驰驷马,赤车蜀道迎相如。天门九重谒圣人,龙颜一解四海春。彤庭左右呼万岁,拜贺明主收沉沦。翰林秉笔回英眄,麟阁峥嵘谁可见。承恩初入银台门,著书独在金銮殿。龙驹雕镫白玉鞍,象床绮席黄金盘。当时笑我微贱者,却来请谒为交欢。一朝谢病游江海,畴昔相知几人在?前门长揖后门关,今日结交明日改。

此诗的文字更加神气飞扬,以至于有些飞扬跋扈!雄笔丽藻,琳琅满目,飘逸飞动,荡人眼目,震人心弦,确实有下笔不休、不可遏阻之势,以致把赠弟的正意只在结尾交代了几句,便匆匆收场。有人认为此诗写于乾元二年(759),再有两年多,便是他的卒年。他在年近60时,意气还如此风发,这或许是他最后一次对长安的炫耀。这位老诗人似乎永葆青春,他的诗总是充斥活力,虽然这对他已是老掉牙的题材,然总是被他描绘得活灵活现。他似乎拥有于模式下写作的天才,比如夸耀长安的模式,之所以尚未被发现,就在于他能驱遣不同的词汇,从各种略有不同的角度,渲染稍微有异的场面与气氛。犹如江湖大侠把手中大刀舞得滴溜溜飞转,好像无数刀在晃动,等他停下来,原来还是那一把刀!然而如此天才,不厌其烦地挥洒在同一内容上,毫不泄气地宣扬这一段光辉,终究不是那么高明,只是用漂亮的文字重复一个庸俗的模式而已!

炫耀长安,用于干谒应酬,尚可理解;然李白有时自言自语,自己向自己夸耀,好像不如此就没有过足瘾,心里就不平衡似的。他的《效古》其一就是这样:"朝入天苑中,谒帝蓬莱宫。青山映辇道,碧树摇烟空。谬题金闺籍,得与银台通。待诏奉明主,抽毫颂清风。归时落日晚,蹀躞浮云骢。人马本无意,飞驰自豪雄。入门紫鸳鸯,金井双梧桐。清歌弦古曲,美酒沽新丰。快意且为乐,列筵坐群公。光景不可留,生世如转蓬。早达胜晚遇,羞比垂钓翁。"他利用五言古诗缓慢的节奏,细嚼慢咽地品味,待诏皇宫与夜宴的每一环节。这诗不是送给别人的,而是专留给自己看,所以文字还算平静。末尾两句理性的选择,是对富贵生活价值的理智肯定。"早达胜晚遇"说得多么明显、裸露、毫不犹豫,连八十多岁始遇的吕望——曾经是他的偶像之一——这时他也看不上眼!这也是他后来反复夸耀这一段"辉煌"经历的原因。面对着这世俗的一面,也影响到他的人格,比如他的诗里就多次宣扬过他的"东山妓""金陵妓"等,他就不是那么全方位的伟大!人格方面的欠缺,必然导致他过分地夸耀富贵与豪奢,待诏翰林的炫耀亦必然成为他得意的模式,从上文不是看得再清楚不过吗?杜甫也夸耀过"忆昔三赋蓬莱宫,自怪一日声辉赫。集贤学士如堵墙,观我落笔中书堂",这种"往时文采动人主"的炫耀,只在迫而不得已的《莫相疑行》用于对别人的回敬,而且很少重复过,于此亦可看出李杜之异同。李白走向世俗的长安,夸耀、渲染她,而且不厌其烦地反复,就像原本还有些可爱的女性,反复上妆涂抹,反倒有些可厌,乃至可弃,因为太世俗,乃至于太庸俗了。

四、日思梦想的长安情结

天宝三年,李白 44 岁,他离开了长安。此后的近 20 年,他始终没有忘记过再返长安。安史乱作的次年,即至德元载所作《赠溧阳宋少府陟》说:"早怀经济策,特受龙颜顾。白玉栖青蝇,君臣忽行路。"他以为被弃是突然的事,还要寻找机会,希望"何日清中原,相期廓天步",同时也不忘记此一节光荣经历。他参加永王璘军事集团,可能认为这是机会的到来,正如《永王东巡歌》末首所言:"试借君王白玉鞭,指挥戎虏坐琼筵。南风一扫胡尘静,西入长安到日边。"自信可以像谢安东山再起那样,可以"为君谈笑静胡沙"。他因此而入狱,甚至于从浔阳狱中刚一出来,就为解救过他的御使中丞宋若思撰作了带有自荐性质的《为宋中丞自荐表》,请求肃宗"收其希世之英,以为清朝之宝","岂使此人名扬宇宙而枯槁当年","伏惟陛下回太阳之高辉,流覆盆之下照,特请拜一京官,献可替否,以光朝列"。此年李白 57 岁,不管肃宗已把他看作"父党",愿不愿意起用,他却渴望"拜一京官",飞回长安,心情迫切到不能自控。

开元末年初入长安时,虽遭"欲渡黄河冰塞川,将登太行雪满山"的碰壁,然而这首《行路难》于此紧接的是:"闲来垂钓碧溪上,忽复乘舟梦日边";当他反复叹息"行路难"后,又接着是"长风破浪会有时,直挂云帆济沧海","日边"与"沧海"应是同义语,都指的是长安①。但经过一时打拼,深感"羞逐长安社中儿,赤鸡白狗赌梨栗。弹剑作歌奏苦声,曳裾王门不称情",发出"大道如青天,我独不得出"的弥天悲愤!长安对他似乎是冰窟一般,或者是难以接近的火焰山,然而一旦离京,又恋念不已。《江夏送友人》的"黄鹤振玉羽,西飞帝王州",友人赴京就引发了他的触动,他是有泪不轻弹、心雄万夫的人物,也不由地"泪下汉江流"了。在东鲁所作《赠从弟冽》说:"羌戎事未息,君子悲涂泥。报国有长策,成功羞执珪。无由谒明主,杖策还蓬藜。他年尔相访,知我在磻溪",看来他准备再次闯入长安,要兑现如吕望第二的诺言。他要摆脱"遂令世上愚,轻我土与尘"的处境,如在《酬张卿夜宿南陵见赠》所打算的"一朝攀龙去"了。

当他被诏二次入京,虽有"游说万乘苦不早"的迟暮之感,但还是有"仰天大笑"的兴奋。二入距一入时间短暂,故李白思念长安的情结全都在二出长安之后。作于天宝三载的《送贺监归四明应制》的"借问欲栖珠树鹤,何年却向帝城飞",却似乎向这位老知音第一次透出了"恋京"的情绪。就在此年春天,在上引的《灞陵行送别》就用非"长安人"的异样感,道出了"我向秦人问路歧,云是王粲南登之古道",后来便踏着这条古道被放离京。

上文已引离京次年所作中送族弟李沈赴秦,此诗极为怀念地说:"遥望长安日,不见长安人。长安宫阙九天上,此地曾经为近臣。"说他想念长安"发白心不改",就像"屈平憔悴滞江潭"怀念首都故国。每逢送人入京,此种情怀就更加激烈。同年之作《金乡送韦八之西京》就说:

客自长安来,还归长安去。狂风吹我心,西挂咸阳树。此情不可道,此别何时遇?望望不见君,连山起烟雾。

客归长安,自己的心也早飞到长安,高高地挂在长安树梢上。萧士赟说:"太

---

① 《世说新语·夙慧》言晋明帝幼时回答父皇"长安何如日远",有"不闻人从日边来"与"举目见日,不见长安"的"日远"与"日近"之别。后来就有"日近长安远"言向往帝京而不至,而见于《西厢记》《桃花扇》。漂泊金陵的东晋,和自己的"长安"(洛阳)分处两地。如是正常时代"日边"即指长安。如张说《和尹从事懋泛洞庭》:"平湖一望上连天,林景千寻下洞泉。忽惊水上光华满,疑是乘舟到日边。"末句话中有话,一是说游湖到天亮,一是说好像在长安曲江乘舟一样。李白固然用伊尹乘舟至日故事,但用语出于张说诗,"日边"则指玄宗所在的长安。日从海出,故"沧海"与"日边"义同,都指驰骋理想之地。

白此诗因别友而动怀君之思,可谓身在江海,心存魏阙矣。"所言甚是。李白一生追求济世济天下的大理想,所以心系长安确是割不断的情结,他的心挂在长安树上是取不下来的。次年在《鲁中送二从弟赴举之西京》亦云:

> 鲁客向西笑,君门若梦中。霜凋逐臣发,日忆明光宫。

长安成了日思梦想的圣地,在他心中占有无与伦比的重要位置。金陵是李白漫游的一个重点,也曾为六朝的帝王都。他把金陵看作是长安的替代,这成了他潜在的心理。《金陵》其一开首即言"晋家南渡日,此地旧长安",谓金陵在东晋仍旧发挥着长安(借指洛阳)的作用,为此写了不少的关于金陵的诗。最著名的要算是《登金陵凤凰台》,说他面对"吴宫花草埋幽径,晋代衣冠成古丘",想到的是"总为浮云能蔽日,长安不见使人愁"。寓目山河,别有怀抱。缘此而特别看重金陵,而看重金陵意在思念长安,这在李白心中、诗中是一个"公开的秘密"。正如他在《答杜秀才五松山见赠》所说的"闻道金陵龙虎盘,还同谢朓望长安",他是把思念长安分化出一部分寄予在金陵上。

他有一首小诗《送陆判官往琵琶峡》,说在越中水国秋夜送人:

> 水国秋风夜,殊非远别时。长安如梦里,何日是归期?

琵琶峡在蜀地之三峡,凡一及西方,李白想到的自然就是长安。长安已进入到他的梦中,铭记在感情的深处,此距离京只有三年多。李白喜爱谢朓诗,也喜爱他歌颂的金陵与游过的敬亭山。《三山望金陵寄殷淑》开头即言"三山怀谢朓,水澹望长安"。在《登敬亭北二小山》说他"送客谢亭北……大笑上青山",然后:

> 回鞭指长安,西日落秦关。帝乡三千里,杳在碧云间!

一个挺立山头据鞍长望的李白,马鞭所指碧云杳渺,夕阳落处,那就是他心目中的长安,他始终惦念着的那个使他轰动一时的帝乡!值得注意的是,诗题中所送者并非要到长安去,而是登山望远时一看到西方,就想到朝思暮想的长安。同样的情怀,听到一阵笛声也会引发对长安的思念。《观胡人吹笛》说:"胡人吹玉笛,一半是秦声。……愁闻出塞曲,泪满逐臣缨。欲望长安道,空怀恋主情。"我们常常觉得杜甫有些愚忠,在此看到李白对唐玄宗还是够"恋主"的。也因为当时对他接待之隆重,没人能比。他的诗欢笑多,流泪少,这里的"泪满缨"应是真诚的,虽然这首诗并不出名。《秋浦歌》最有名的是其十五:"白发三千丈,缘愁似个长。不知明镜里,何处得秋霜?"我们现在可以回答诗末的问题,这组诗第一首:"正西望长安,下见江水流。寄言向江水,汝意忆侬不?遥传一掬泪,为我达扬州。"前人有云:"望长安矣,而结云达扬州者,盖长安之途所经处矣。"(奚禄诒语)于此可说,思念长安正是使"白发三千丈"之原因。长安对他极为重要,是他的政治发祥地,也是他理想的归宿。尤其在他的晚年,这种特殊感情更加强烈:

> 一为迁客去长沙,西望长安不见家。(《与史郎中钦听黄鹤楼上吹笛》)
> 记得长安还欲笑,不知何处是西天?(《陪族叔……游洞庭》其三)
> 西忆故人不可见,东风吹梦到长安!(《江夏赠韦南陵冰》)

对于功名心健旺的李白,长安就是他的"家",所以一想起长安就心花怒放,然而在安史之乱及以后的东奔西走中,始终没有机会到长安。甚至连长安所处的西天,都在迷茫中。他只有凭着夸张浪漫的性格与天赋,凭风借梦吹到飞到长安,自造一种精神的大餐,来抚慰自己的渴望,依赖幻想来圆再返长安之梦。

正是出于这种心理,他把故乡最具代表性的"峨眉山月"与长安帝乡打成一片:

> 峨眉山月还送君,风吹西到长安陌。长安大道横九天,峨眉山月照秦川。

峨眉山与秦川于此重合在一起,描写的整合出于心理的融合。峨眉山的月光与长安大道亦融化在一起。他的这首《峨眉山月歌送蜀僧晏入中京》作于上元元年(760),距自己去世只有两年了,而李白二十四五岁是由"峨眉山月"陪着出川的,终其一生没有回过家乡。不能说他对家乡没有什么思念,然在他那么多的诗中,却很少见到思家的诗。他把思家的感情似乎移位到长安帝乡,帝王师的理想只有在帝乡才能实现。所以他回忆长安,怀念长安,梦断长安,幻想长安,还要批判长安,以至于炫耀长安,心系长安纵跨了他的一生。这里有伟大的人格,也包含世俗的一面;有真诚的流泻,也有作为手段的不节制的庸俗的炫耀。那首妇幼皆知的《静夜思》所说的"举头望明月,低头思故乡",如果要问"故乡"的所指,我们可以有理由地说,那就是"东风吹梦"要到的"长安",因为那对他是更有意义的"家乡"!

第五章　李白诗歌的起兴与比喻特征

李白属于天才型诗人，雕琢与惨淡经营好像与他无缘。他的长篇总是跟随沸腾的情感跳跃，短制又似冲口而出不假思索。他在《古风》其一就开宗明义地说过，装饰性的"绮丽不足珍"，又在其三十五认为"雕虫丧天真"，以及清真、自然与奔放飘逸的诗歌风格，似乎显示他的诗作都属于瞬间挥洒，或是酒后耳热的感情驱使。虽然并非苦吟，但并不妨碍李白对技巧的追求，成为盛唐诗人中运用修辞手法最多最全面的诗人。除了夸张、反复、顶真、呼告引人注目外，还有起兴与比喻颇值得探究。

一、起兴的多样与发展

如果说杜甫是在结构的经营与句式的变化上展现才能，王维是在景物的搭配与动静视听的组合上付出精心，岑参是在边塞诗的夸张与山水、送别诗的拟人呈现才华，那么，李白则广泛运用适合奔放激越、清新自然艺术个性的各种修辞手法。李白的创作宗旨是在"复古"中求变，而且是奇之又奇之变。他认为："梁齐以来，艳薄斯极，沈休文又尚以声律，将复古道，非我而谁与？"又以为："兴寄深微，五言不如四言，七言又其靡也，况使束于声调俳优哉。"①他所说的七言指当时方兴未艾"束以声调"的七律，四言针对《诗经》则不消说。所说的"古道"即指《诗经》的"兴寄深微"的创作手法，并非仅指四言体诗而言。李白诗九百多首，而四言诗只有《来日大难》《雪谗诗赠友人》《上崔相百忧章》几首，均为幽愤之作，且寥寥无几。所以，"李五言不能脱齐梁，则所称四言亦非《雅》《颂》之谓也"（胡应麟《诗薮·内编》卷一）。他所说的"四言"的"兴寄深微"主要是指《国风》的比兴手法，即谓起兴与比喻，包括全诗以比喻为体的手法，前者基本属于修辞手法，后者则为表现手法。起兴就大者言之，亦属表现手法；而就其小者言之，与西方的"象征"比较接近，亦可视为一种修辞。

起兴原本是民歌常用手法，《诗经·国风》最为常见，汉乐府亦每每可

---

① 孟棨：《本事诗·高逸第三》，丁福保辑《历代诗话续编》，中华书局1983年版，第14页。

见。后之南北各地的民歌亦为常用,但在文人诗里并不普及,唐诗亦复如此。如杜甫《新婚别》发端的"兔丝附蓬麻,引蔓故不长。嫁女与征夫,不如弃路旁",结尾的"仰视百鸟飞,大小必双翔。人事多错迕,与君永相望",就被认为是"此诗比体起,比体结"(浦起龙语),实则把起兴看作"比体"。王嗣奭则说:"起来四句,是真乐府,是《三百篇》兴起法。"① 杜甫高明的是以起兴为起结,把修辞拓展到在结构上,不仅用于开头,且施于结尾,前后呼应。这是对《诗经》起兴手法的扩展,但这在杜诗里也不过是偶尔为之。李白以"复古道"自任,又主张"兴寄深微",自然就会对"先言他物,以引起所咏之词"的起兴,特别看重。这主要见于乐府诗与五言古诗,而且运用之多,在唐代诗人中也是首屈一指。

《古风》其六言边戍之苦,开头即用起兴引发下文:"代马不思越,越禽不恋燕。情性有所习,土风固其然。"以下描写惊沙乱日、飞雪连天之酷寒,以及苦战不赏、忠诚难言之苦衷。开头的起兴,则强调了背井离乡之不幸。其十一言年华易逝,发端出之"黄河去东溟,白日落西海。逝川与流光,飘忽不相待",以引起时不我待、人生易老的感慨。此与著名的《将进酒》开头"君不见黄河之水天上来,奔流到海不复回",以引发"君不见高堂明镜悲白发,朝如青丝暮成雪"的所咏之词,用意相近。其十二开端的"松柏本孤直,难为桃李颜"为起兴,引起"昭昭严子陵,垂钓沧波间",高尚其志,不求富贵。以上均用于发端,属于单层一意的起兴,为传统的常见用法。

李白诗的起兴,还有多层次的叙写而一意贯穿式的起兴,此类具有加强情感与烘托气氛、陪衬主题的作用。如《白头吟》的开头:"锦水东北流,波荡双鸳鸯。雄巢汉宫树,雌弄秦草芳。宁同万死碎绮翼,不忍云间两飞张。"论者谓:"此诗首句只是作为引出司马相如和卓文君故事的一种修辞手段,不能作为此诗写于成都的根据。"② 既然"锦水东北流"等不是实写,而且仅是"引出"下文的"一种修辞手段",那么他的辞格只能是"起兴"了。不同的是,表起兴的不是两句,而是多至六句。而且此诗的"兴"还有两处,当叙至相如"将聘茂陵女"时,又言:"东流不作西归水,落花辞条羞故林。兔丝故无情,随风任倾倒。谁使女萝枝,而来强萦抱?"这六句又是一兴,意在引起——"两草犹一心,人心不如草",它和开头之兴,均属于托物起兴。另一处起兴是在临近末尾的"覆水再收岂满杯,弃妾已去难重回",一变而为上句兴起下句。此诗始末与中间三用比兴,不仅是对《诗经》、汉乐府起兴的发展,也可

---

① 王嗣奭:《杜臆》卷三,上海古籍出版社1983年版,第82页。
② 松浦友久:《李白的蜀中生活》,早稻田大学会编《中国文艺研究》1979年第5期,又见詹锳主编《李白全集校注汇释集评》,第583页。

看出李白起兴运用从心,随处而生,娴熟自然。而且与所咏之词打成一片,显得异常流走俊逸,如风行水上,自然成文。用于开头兴起整个故事,用于中间兴起一段情事,用于结尾者,兴起故事结局。或六句,或一句,或五言,或五、七言,随事成文,变化极尽自然。《古风》其五十二的起兴显得更为别致:

> 青春流惊湍,朱明骤回薄。不忍看秋蓬,飘扬竟何托?光风灭兰蕙,白露洒葵藿。美人不我期,草木日零落。

前六句似可都看作起兴,虽然第三、四句夹叙自己感慨,然整体属于托物起兴。所引起的中心之词,只是结末两句,或者说只有"美人"一句,而"草木"句为跌进一层,且与开头以草木起兴的六句呼应。如果辨析不误,那么起兴与中心之词在结构上的多与少构成 n∶1 的形态。把传统的 1∶n——起兴少而中心词多的关系——作了大幅度的颠覆,占绝大篇幅的起兴具有烘托作用,而篇末的中心之词则有画龙点睛的效果,即屈原《离骚》草木零落、美人迟暮之意。

李白诗起兴有时位置并不一定在发端,而在篇中的"枢纽地带"推出起兴。《荆州歌》:"白帝城边足风波,瞿塘五月谁敢过?荆州麦熟茧成蛾,缲丝忆君头绪多,拨谷飞鸣奈妾何!"今人标点都在"荆州"句后作句号,实际上此句是兴而兼赋,由"茧成蛾"引起下句"缲丝";又由"缲丝"(思)谐音双关引发"忆君头绪多",后三句自成一层。这是把兴句用在中间,不仅引发主题,而且在结构上具有承前启后的作用。

至于兴起之词,也不一定是草木虫鱼之类的实物,而是使用格言、寓言、传说、故实,以为起兴,在李白诗中占有很大比例。如《鞠歌行》发端的"玉不自言如桃李,鱼目笑之卞和耻",兴起以下贤士之遭谗被弃。即把"桃李不言"与"和氏璧"的典故组成格言起兴。五律《赠任城卢主簿潜》发端以"海鸟知天风"起兴,引发次句"窜身鲁门东"。首句把汉乐府《饮马长城窟行》的"枯桑知天风,海水知天寒"的格言起兴稍加变化。《于五松山赠南陵常赞府》凡 26 句,开头起兴用了 10 句,占了少半篇幅:"为草当作兰,为木当作松。兰秋香风远,松寒不改容。松兰相因依,萧艾徒丰茸。鸡与鸡并食,鸾与鸾同枝。捡珠去沙砾,但有珠相随。"以格言式的铺写,加上多层对比,意在突出的"所咏之词"——"愿君同心人,于我少留情"。《赠从弟冽》的主旨是"报国有长策""无由谒明主",属于士之不遇主题,故开头以"楚人不识凤,重价求山鸡。献主昔云是,今来方觉迷"作为起兴,领起全诗。把《尹文子·大道上》的寓言化成格言,言时过境迁而不再受到重用。《对雪醉后赠王历阳》开头的"有身莫犯飞龙鳞,有手莫辫猛虎须",引发全诗借酒消愁的忧愤。《对雪奉饯任城六父秩满归京》的"龙虎谢鞭策,鸳鸾不司晨。君看海上鹤,何似笼中鹑",以引起大才不为小用的情怀。《送薛九被谗去鲁》的"宋人不辨玉,鲁贱东家丘",引发友人被谗去鲁的不幸。以下又用"黄金消众口,白璧竟难投。梧桐生蒺藜,绿竹乏佳实。凤凰宿谁家,遂与群鸡匹",引发"笑人不好士"的主旨。《秋日炼药院镊白发赠元六兄林宗》开头说:"木落识岁秋,瓶水知天寒。桂枝日已绿,拂雪凌云端。"引发时运有顺与挫,并以"时来极天人,道在岂吟叹"鼓励对方。严羽即谓发首四句:"亦赋,亦兴,亦比,然点破便俗。"①《送鲁郡刘长史迁弘农长史》开篇的"鲁国一杯水,难容横海鳞。仲尼且不敬,况乃寻常人。白玉换斗粟,黄金买尺薪",以下方言及在"木叶下"之秋"闻君向西迁"。此以故事加上格言为起兴。宋人曾谓开首六句"引古事何须如此絮说,每事但两句固已尽"②,此言乍看不无道理。然李白诗往往两句话说一个意思,特别是起兴的四句或六句亦复如此。作为五古"如此絮说",甚至多到10句,已见于上文,多见于长篇,它和短篇的双句或者五律的单句起兴,是有区别的。这一现象可以看作他的起兴与传统不同的特色。宋人的批评倒显得拘于比兴传统的观念。《鲁郡尧祠送张十四游河北》开头说:"猛虎伏尺草,虽藏难蔽身。有如张公子,肮脏在风尘。"首二句为起兴,第三句的"有如"连接前后,则又为兴而兼比。《登黄山凌歊台,送族弟溧阳尉济充泛舟赴华阴》亦以六句起兴:"鸾乃凤之族,翱翔紫云霓。文章辉五色,双在琼树栖。一朝各西飞,凤与鸾俱啼。"此以鸾凤分飞,起兴送弟之别。《拟古》其八的"月色不可扫,客愁不可道",严羽谓此二句"性情皆从三百篇来,直是无可奈何"(《李太白诗集》卷二十评语),即认为前句为起兴,后句为所咏之事的情感。《代别情人》开头说:"清水本不动,桃花发岸旁。桃花弄水色,波荡摇春光。"以引下文"我悦子容颜,子倾我文章",前四句即为起兴。

综上可见,李白诗中存在大量的起兴,从诗体上看,见于乐府诗、歌行体、五言古诗,乃至于五律;从数量上看,运用极为广泛,无论汉魏六朝,还是唐宋及其以下,在文人诗中可谓空前绝后,在盛唐诗人中更为绝出。其次,这和他"将复古道,非我而谁与"兴衰继绝的文学主张有关,以继承以四言为主的《诗经》与汉乐府比兴手法为己任。可以说,起兴是他心目中"古道"的重要内容。从表现特征看,他不仅以草木虫鱼触目起兴,而且大量继承了汉乐府格言式的起兴,推而广之乃至于熔炼故实为起兴,或者二者兼容。此则属于

---

① 旧题严羽《李太白诗集》评点语,见金涛声等《李白资料汇编》卷十二(唐宋之部),中华书局2007年版,下册第626页。
② 严羽《李太白诗集》评本载明人批语,见詹锳主编《李白全集校注汇释集评》,第4册第1820页。

思而起兴,是对传统的触目起兴的发展。再次,不仅有单句或双句式的起兴,而且扩而大之,有四句、六句乃至十句之长的起兴。如此则有烘托气氛与突出主题、发抒感情的多重功能。复次,一篇之中不仅有一次的起兴,而且有多次起兴。这些多数句的起兴与多次性的起兴,自成起结,在结构上自成层次,或作为下层之领起,在章法布局上具有勾勒的作用。从语意上看,多数句一意的起兴,具有酣畅饱满、兴致淋漓的艺术效果。宋人林希逸说:"诗有六义,后世不传者,兴也。然太白、王建《独漉歌》……首句皆为兴体,何论者前此未及之。"①李白此诗原题为《独漉篇》,开头为"独漉水中泥,水浊不见月。不见月尚可,水深行人没。越鸟从南来,胡燕亦北度",亦非仅首句起兴。晋代《独漉歌》开首言:"独禄独禄,水深泥浊。泥浊尚可,水深杀我!"李白规模步趋,依约古辞,以为起兴。李白诗的起兴不仅两宋人言及者甚少,即明清诗论家亦罕有涉及。然前人宏观式的感悟,特别是对李杜比较,对此尚有触及。如明人陆时雍说:"少陵苦于摹情,工于体物,得之古赋居多。太白长于感兴,远于寄衷,本于十五国风为近。"②前人大多认为李诗出于《国风》,杜诗出于《二雅》。由此可见,"感兴寄衷"则与"十五国风"的起兴息息相关。另外,《国风》中的起兴,原本具有兴而兼比一途。李白又特别嗜爱比喻,所以,他的起兴往往有隐喻性质,或者在起兴后接以"有如……",或者为"余亦……人",使兴而兼比的特色更为明显。总之,李白起兴,就和他思出天外的浪漫风格一样,具有鲜明的与众不同的艺术特色,不仅形成与杜甫迥然不同的个性,亦与其他盛唐诗人具有决然不同的特征。在他的审美世界中,起兴是一种不可或缺的艺术手段。

二、情采横溢的比喻以及与夸张的兼容

比喻与起兴是较为相似的两种修辞手法,比喻可以滋生于起兴之中,以兴为宅,或者比邻而居。因为有些发端的起兴,往往带有比喻的性质,甚至被看作比喻,这种情况就似乎成了兴而兼比。或者说,有时不好分辨彼此。李白喜用比兴是对传统的继承,喜用比喻,则是由联想丰富、明快爽朗的个性生发对明丽美感的追求。比喻在他的诗里是一道璀璨的风景线,犹如一颗颗明珠散落在众多的华章之中,熠熠生辉。

李白对明亮的物象有着特别的关注,明月在他诗里出现最多,据葛景春

---

① 林希逸:《竹溪鬳斋十一稿续集》卷二九《学记》,见金涛声等《李白资料汇编》(唐宋之部),下册第590页。
② 陆时雍:《诗镜总论》,见丁福保辑《历代诗话续编》,下册第1414页。

《李白的宇宙世界》调查,有382首。下面先来看他对月亮的各种比喻。《古朗月行》里有关月亮的许多故事,显示了丰富的想象。诗的开头说:"小时不识月,呼作白玉盘。又疑瑶台镜,飞在青云端。"这里既有童稚般的天真,以盘喻月本为孩儿语,而着以"白玉"的限定,明而圆,光润而莹亮,就像书法的"孩儿体"那样稚嫩;以镜喻月亦为童语,"瑶台镜"则是诗人的妙想,而且必须与仙境的想象相关,当然很浪漫,于是童真的心理和清真飘逸的诗人融为一体。李白诗本来就有天真自然、纯净朗然的特色,这两个连续的比喻闪耀着特殊的光彩,且又与下面诸多神话融润无间。而"飞在青云端"又使静止的喻体变得轻盈飘逸起来,使喻体更加生色。把月亮比作镜子,本来是童稚简单的思维,虽然带有天真的想象,似未越幼年的范畴,然而它在李白诗里反复出现,几乎每次都赋予了新鲜感。《渡荆门送别》的"月下飞天镜,云生结海楼",似乎又和汉代民歌《古绝句四首》其一的"何当大刀头,破镜飞上天"有着依模关系,因为本体和喻体全然一样,后诗只有喻体,属于隐喻。此诗只变作暗喻而已,省略了比喻动词——可以理解为"月之落也,如天镜之飞也"(朱谏语)。李白的本领就在于把月亮描写得那么自然,又那样飘逸!除了明亮的光色,还有"飞天"的动态,又很符合他向往明朗而追求飘逸动态的个性。在他心目中月亮就像世间的镜子"飞"到"天"上一样,几乎使人觉察不出这种比喻的本源。或者说拿出原始比喻的母本,似乎成了多此一举。这正是他化用古句而自然无痕的本领,这也是年轻的李白冲口而出的比喻,似乎还蕴涵着对未来的一种憧憬。

《长门怨》其一的月亮就不同了:"桂殿长愁不记春,黄金四屋起秋尘。夜悬明镜青天上,独照长门宫里人。"同样把月亮比成镜子,但不是"飞",而是"悬"在青天,一动也不动。以往飞动的"镜子"这时凝固不动了,它表现了夜是那么漫长,甚至是永恒的,折磨着"长门宫里人"。动与不动,就像他描写的雪花有大有小,既有"燕山雪花大如席",又有《嘲王历阳不肯饮酒》的"雪花大如手",大小的伸缩就和月亮的动与静一样,全都是情感在起着特殊调节的杠杆作用。与之相近的还有《挂席江上待月有怀》:"待月月未出,望江江自流。倏忽城西郭,青天悬玉钩。"把弯月比作玉钩,已见于鲍照《玩月城西门廨中》的"始见西南楼,纤纤如玉钩",此又可能来自《西京杂记》所录公孙乘《月赋》的"直圆岩而似钩,蔽修堞如飞镜",是说满月从弧形圆岩上升起遮住了大半而似弯钩。李白诗以"青天"为背景,"玉钩"的形象更为突出。而"玉钩"本来就与"挂"相关,因在天上仍用一"悬"字,这同样是宁静之夜,以言待月怀人不至"清景不同游"的遗憾,夜自然显得漫长,而有弯月如钩悬挂天上凝止之感。对于月光洁白明净的一面,李白《酬张卿夜宿南陵见赠》

开头即说:"月出鲁城东,明如天上雪。"以天空之雪比月,当受到汉乐府《白头吟》开头起兴的"皑如山上雪,皎如云间月",雪与月都有洁白明朗的特征,故李白以之作为比喻的两端,以雪喻月则是他的创新。以上明月的描写,是把月亮作为本体。月亮在他诗中流泻着永恒的光芒,更见出色的是把明月作为喻体,去描写美好心仪的人物或形貌姣好的女性。

李白的最高政治偶像有两类,一是布衣宰相如张良、诸葛亮,或者像谢安那样;另一类就是以鲁仲连为代表有纵横家侠士双重身份,作一番为国排难解纷的大事业的人物。归根结底这两类人物的共同点是功成身退。如此高风亮节正是李白的最高政治理想,特别是像后者出其不意地干出惊天动地的业绩,是他挥之不去的情结。所以鲁仲连在他的诗里不停地闪烁异样的耀眼光彩。《古风》其十就是其中的名篇:

齐有倜傥生,鲁连特高妙。明月出海底,一朝开光耀。却秦振英声,后世仰末照。意轻千金赠,顾向平原笑。吾亦澹荡人,拂衣可同调。

由洒脱不羁的"倜傥",而发非常不群的烈风英声,最后归入却金拂衣、不慕荣利的放浪自适的高士境界。"李白则以其特殊的个性与气质将之与名士风气融合一身,形成'道可济物,志栖无垠'的人生理念",把"倜傥不群为总体特征的行为方式","发挥到了极致"①。《在水军宴幕府诸侍御》有"所冀旄头灭,功成追鲁连",《五月东鲁行》曾说:"我以一箭书,能取聊城功。"至于功成身退的言论就更多了。他把鲁仲连比作明月,一旦乍出海底,光辉射,照耀天下。此诗高迈,而这比喻尤为光芒万丈,英气逼人。曹植《赠丁翼(廙)》的"大国多良才,譬海出明珠",李白之喻虽出于此,然两句一意,精力弥满,更具有光彩四射的出蓝之色。自《诗经·陈风·月出》以月亮"喻妇人有美色之白皙也"(《郑笺》语),宋玉《神女赋》则有"其始来也,耀乎若白日初出照房梁;其少进也,皎若明月舒其光"。曹植、李白把描写女性容貌的光艳白皙,移作名士的才能与光彩,而且把喻体的一句,以他善于两句一意的才能推展为两句,更显得光耀万丈,才华横溢。《古风》其二十七即以月喻女:"燕赵有秀色,绮树青云端。眉目艳皎月,一笑倾城欢。"眉弯目亮则切合月之特征。无论喻男才还是喻女貌,均属对美好人物的赞美。

以上均为以实比实,还有以虚比实。《自梁园至敬亭山,见会公谈陵阳山水,兼期同游,因有所赠》:"相思如明月,可望不可攀。何当移白足,早晚

---

① 赵昌平:《鲁仲连、赵蕤与李白》,《文学遗产》2001年第1期。

凌苍山?"此为怀友之作,"白足"一典是对僧人会公的美词。此用月之高不可攀喻友人远不可见,在语言形态上属于解释性,然本身似乎还可以看作喻中含喻,即喻中生喻,把友人比作明月。于是月之明与高都成为比喻的相似点。其实喻友为月亦见于李其他诗,《哭晁卿衡》说:"日本晁卿辞帝都,征帆一片绕蓬壶。明月不归沉碧海,白云愁色满苍梧。"明月可以从碧海升起,那么也可以落入其中。所以,就把日本友人溺海遇难的误传比喻成"明月不归沉碧海"。溺海为不幸,而友人又是有才华的学人,故以明月喻其人,用美丽的比喻写悲伤之事,就像王夫之《姜斋诗话》所说的"以乐景写哀,以哀景写乐,一倍增其哀乐",属于美丽的哀伤,或者是哀伤的美丽,在悲恸中而不失美感。这种以物喻人的方式,倾注一定的思想感情。以上是"方于貌"或"譬于事"。月之圆缺、明亮、高远都涉及了。《越女词》其五:"镜湖水如月,耶溪女如雪。新妆荡新波,光景两相绝。"上文已及李白写月之东出为"明如山上雪",这里的月与雪的对喻,均就明莹洁白而言,或前者是把"月光如水"的常语的本体与喻体作了颠倒调换,女之与水、雪、月交相辉映,所以有"光景两相绝"的美感。这不仅出现了一种新辞格,而且喻体彼此之间相映生辉而焕发出一种美趣。而如此对喻的两喻体的相似性,对烘托景物的整体气氛具有重要作用。李益《夜上受降城闻笛》的"回乐峰前沙似雪,受降城外月如霜",似不用力,天然超妙,同李白最为相近。前已所及喻吴地少女除了"眉目如星月",还有"履上足如霜,不着鸦头袜",亦具有同样效果。《幽州胡马客歌》的"弯弓若转月,白雁落云端","转月",古今注家均不作解。收词最多的《汉语大词典》亦失收,当为李白创词。常言弓如满月,此却言"转月",似乎以月之转动形容拉弓渐至张满,虽相似性尚欠明晰,但也说明了李白对月之喜爱,想方设法以之作为喻体形容各种事物。

　　李白比喻的另一个显著特点,是把夸张与比喻往往兼融为一体,这也最能体现他浪漫不羁的艺术个性。"燕山雪花大如席",从内容上看属于夸张,其间缺乏相似性,从语言形态看却是比喻,可以称之为比喻性的夸张,或者夸张式的比喻,反正很难分清是夸张还是比喻,而从外在形态、内在意义各取一端。"雪花大如手",虽然缩小了不少,仍可作如是观。著名的"飞流直下三千尺,疑是银河落九天","疑是"义同犹如,辞格亦属此类。"桃花潭水深千尺,不及汪伦送我情",似属于强喻,但前句的夸张则表明它亦属此类。其他如《古风》其七:"两两白玉童,双吹紫鸾笙。去影忽不见,回风送天声。举首远望之,飘然若流星。"末句犹如《西游记》天神远去的特技镜头,是夸张也是比喻,二者互融得非常生动。其十八言公侯"鞍马如飞龙,黄金络马头。行人皆辟易,志气横高丘",首末两句一为明喻,一为夸张,二者又相互蕴涵,飞扬跋扈的骄横如在目前。《梁甫吟》的"东下齐城七十二,指挥楚汉如旋蓬",夸张加上比喻的双重描写,迅疾如秋风之扫落叶。《侠客行》的"三杯吐然诺,五岳倒为轻。眼花耳热后,意气素霓生",此诗每四句一层,此四句的二、四句都是暗喻,且都置于叙述句后,属于两层夹写,侠肝义胆,豪兴酣畅。《妾薄命》的"汉帝重阿娇,贮之黄金屋。咳唾落九天,随风生珠玉",后两句连续分用夸张与比喻,"咳唾"既是前句主语也是后句主语,就把两种辞格紧紧拧在一起。《君子有所思行》:"万井惊画出,九衢如弦直。渭水清银河,横天流不息。"第二、三句分别为明喻与暗喻,而且都具有描绘与领起作用,"清银河"又属夸张,合起来颇具张力。《秋浦歌》其十五:"白发三千丈,缘愁似个长。不知明镜里,何处得秋霜?"好像是不假思索,冲口而出,实际包含了三个辞格,第一句为夸张,次句为比喻式的夸张,末句是隐喻,二十字用了如此多的辞格,即可见出他对比喻和夸张的喜爱。《长相思》凡13句,居中一句"美人如花隔云端",为单数散句押韵,位置居中,又把前后两个六句分成两段,此句在结构上有分疆划界之作用,犹如一条扁担两头挑起同样重的东西,而"如花"为比喻,"隔云端"又是夸张,一句中连续用了比喻与夸张,因是全诗的主题句或关键句,故加双重形容。《怨歌行》的"十五入汉宫,花颜笑春红",两句是暗喻。《襄阳歌》的"遥看汉水鸭头绿,恰似葡萄初发醅。此江若变作春酒,垒曲便筑糟丘台",前两句为一明喻,而首句又包孕一个暗喻;后两句为假设性比喻,修辞学称为假喻,次句又为夸张。四句全以修辞为手段,多维度描写汉水之清莹与浩茫。《梁园吟》的"平头奴子摇大扇,五月不热疑清秋。玉盘杨梅为君设,吴盐如花皎白雪",前两句构成明喻,末句又是明喻加上暗喻,修辞学称为联喻。《金陵歌送别范宣》的"金陵昔时何壮哉,席卷英豪天下来。冠盖散为烟雾尽,金舆玉坐成寒灰","席卷"为隐喻,"为"与"成"均为比喻动词,所在两句均为明喻。歌行体诗往往四句一层且转韵,此为四句一韵,修辞集中,酣畅淋漓地表现了时代的变革。

就是短诗,比喻之集中亦复如此。《横江词》其一:"人言横江好,侬道横江恶。一日三风吹倒山,白浪高于瓦官阁。"后两句即暗喻式的夸张与强喻连用。其四的"浙江八月何如此?涛似连山喷雪来",首句为设问,次句为明喻加暗喻,一个本体连发两喻,是为联喻,前者又为明喻式的夸张,极有气势。《江上赠窦长史》的"人疑天上坐楼船,水净霞明两重绮",则为明喻与两个暗喻的连用,把水比作天、比作绮为一本多喻,而把水与霞都比作绮又属多本一喻,修辞学称为博喻与约喻。《江夏赠韦南冰》的"西忆故人不可见,东风吹梦到长安。宁期此地忽相遇,惊喜茫如堕烟雾",一、三句为叙述句,分别领起的描写句,次句亦近夸张,末句为比喻。从表现手法上看,则是由一点一染两次构成,具有强烈的抒情功能。《寄韦南陵冰……》的"月色醉远客,山花开欲燃。春风狂杀人,一日剧三年","剧"犹言如、似①,此句与"一日不见,如隔三秋"意同,故为强喻,前句则为夸张。"花欲燃"意谓花红如火,实为夸张式的比喻亦是由两个一点一染的方式构成。《早秋单父南楼酬窦公衡》的"别君若俯仰,春芳辞秋条。太山嵯峨夏云在,疑似白波涨东海",首末两句均为明喻,且都具有夸张的特点,次句又属于修辞上的"错位"。《登太白峰》的"举手可近月,前行若无山",则为夸张与比喻的连用。《望庐山五老峰》:"庐山东南五老峰,青天削出金芙蓉。九江秀色可揽结,吾将此地巢云松。"第二、三句为暗喻的连用。"青天"作为背景,使像"金芙蓉"的五老峰轮廓异常鲜明,就像"削出"来的一样,如此看来此句又是联喻。

综上可见,李白诗审美趋向光明朗丽,因而对明月情有独钟,在修辞上不仅以之为本体,从圆缺高亮的不同角度,反复描写,而且又作为喻体,描写向往的人物与事物,其中有虚有实,并且比喻的两端反复变化。其次,把比喻与他特别擅长的夸张融为一体,或者连续使用,或用叙述句和设问句领起,突出下句辞格描写,或者把它们交错在点染结构的四句里。这种四句组合的句群,多见于歌行体和五古长篇,极尽描写夸饰之能事。比喻与夸张的配合,最能发抒热烈奔放的情感,同时也显示描写富有想象的才能。而且往往带有跌宕的动态性,笔端飞动,加上喻体常出之朗丽的意象,很能展现他的艺术个性与特征。

三、比喻的连用与对比、对偶的交融

对比是通过强调事物之间的差异,而突出一方,可表达强烈的思想感情。一旦与比喻融为一体,物象更为鲜明,情感更为跌宕。李白对此也充满特别的热爱,往往成为对上层社会批判的利器。《古风》其十四:"奈何青云士,弃之如尘埃!珠玉买歌笑,糟糠养贤才。""青云士"比喻朝中权臣,前两句由两个比喻构成对比;"歌笑"借代舞女,后两句又成为对偶式的对比,非常"慨痛,一字一泪"(严羽语)。此四句为一层,亦是一句群,合构成果前因后的倒置复句,交织着悲愤与遗憾!李白诗常以今昔为对比,强调其间极大的反差,形成表达强烈感情的模式。《妾薄命》:"君情与妾意,各自东西流。昔日芙蓉花,今成断根草。"前两句把君王的弃置喻作水之分流;后两句一明一暗两喻又构成对比,宠幸与抛弃的冷热对比极为鲜明。《长相思》的"昔时横波

---

① 说见魏耕原《唐宋诗词语词考释》,商务印书馆 2006 年版,第 100—103 页。

目,今为流泪泉",前喻言其美,后喻言其悲,两喻体都与水相关,又构成今昔不同的对比。这种对偶比喻,极具夸张意味。《代别情人》的"昔作一水鱼,今成两枝鸟",把昔日的绮思与今之分离表达得明快、浅近,自然得似不经思索。《去妇词》:"忆昔初嫁君,小姑才倚床;今日妾辞君,小姑如妾长。"四句隔句偶对,前后又形成对比,末句又用了比喻,表达了依依不舍的情思。

连续运用比喻,可以表达感情的强烈。《白头吟》叙至相如异心,接言:"东流不作西归水,落花辞条羞故林。兔丝故无情,随风任倾倒。谁使女萝枝,而来强萦抱?两草犹一心,人心不如草!"句句为喻,喻后生喻,接连不断,所有的比喻都围绕离异的中心。"兔丝"四句前后两喻形成对比,又在"东流"两句两喻之后,此为喻后生喻;"两草"两句既是弱喻,属于两种可逆性比喻,又带有对比性。"两草"又从"兔丝"与"女萝"中生出,此又为喻中生喻。刘熙载说"太白诗以庄、骚为大源",于此处最可见出李白对庄子连续以寓言为喻的妙用。与此相同者,又如《古风》其三十七:"浮云蔽紫闼,白日难回光。群沙秽明珠,众草凌孤芳。"四句四喻全围绕遭谗被弃而发。《远别离》:"君失臣兮龙为鱼,权归臣兮鼠变虎。或云尧幽囚,舜野死。九疑联绵皆相似,重瞳孤坟竟何是?帝子泣兮绿云间,随风波兮去无还。"亦是句句比喻。由于此诗隐喻时事,作年只能大致归入天宝十三载以前。"鼠变虎"当指李林甫之专权,安禄山之跋扈。萧士赟说:"此诗大意谓无借人之国柄,借人国柄,则失其权,失其权则虽圣贤不能保其社稷妻子,其祸有必至之势。……所谓皇英之事,特借之以隐喻耳。……'尧舜当之亦禅禹'而下,乃太白所欲言之事,权归臣下,祸必至此。"①此诗以比兴为体,通篇比喻,有喻其已然者,如"君失臣"二句,有喻将然者,"或云"以下即是。可见出以屈子辞作为体干,此为李白诗比喻具有浪漫奇特的色彩,所引前六句均为对偶,又有疑问插入其间。

比喻与对照、对比的结合,除了表达爱憎分明的情感,还可以具有强烈的讽刺功能。《古风》其二十三的"人心若波澜,世路有屈曲","世路"喻指人生之路,则由两喻构成对照性的偶对,加强了讽世的作用。《鞠歌行》:"秦穆五羊皮,买死百里奚。洗拂青云上,当时贱如泥。"后两句由两喻构成今昔对比,且时序倒置,此二句又与前二句形成对比,感慨中寓有讽刺,意在突出反差之悬殊与跌宕。《箜篌谣》:"周公称大圣,管蔡宁相容。汉谣一斗粟,不与淮南春。兄弟尚路人,吾心安所从!他人方寸间,山海几千里。轻言托朋友,对面九疑峰。多花必早落,桃李不如松。"前四句为两个讽喻,它的本体就是第五

---

① 萧士赟:《分类补注李太白诗》,见王琦《李太白全集》卷三注引,中华书局 2006 年版,上册第 159 页。

句"兄弟尚路人",实际上这五句又是一个博喻,即一个本体同时表现两个喻体。再由兄弟言至"他人",后六句又是三个并列性比喻。而末两句比喻,一为因果式比喻,一为弱喻。以上12句共用五喻,比喻形态多种多样,用句多少也有变化。《古风》其二十五:"世道日交丧,浇风散淳源。不采芳桂枝,反栖恶木根。所以桃李树,吐花竟不言。"前四句构为一喻,而且是迂回式的递喻。最后两句既是喻后生喻,而且又是反喻。反喻的特点同中有异,相似点的同就是"桃李"与"芳桂""恶木",都属植物;所异在于"不言"正是反喻所强调的。《鸣皋歌送岑征君》:"鸡聚族以争食,凤孤飞而无邻。蝘蜓嘲龙,鱼目混珍。嫫母衣锦,西施负薪。若使巢由桎梏于轩冕兮,亦奚异乎夔龙蹩躠于风尘?"全都是隐喻,而且全都是对比,用语或单句或复句,或长句或短句,极尽变化,正是以各种对比性的隐喻,反复批判讽刺上层社会贤愚倒置的现象。此与讽刺批判世风浇薄出于同一对比手法。《赠郭季鹰》:"耻将鸡并食,长与凤为群。一击九千仞,相期凌紫氛。"《楚辞·卜居》:"宁与黄鹄比翼乎,将与鸡鹜争食乎!"宋玉《对楚王问》:"凤皇上击九千里,绝云霓,负苍天,翱翔乎杳冥之上。夫藩篱之鷃,岂能与之料天地之高哉!"刘桢《赠从弟》:"凤凰集南岳……奋翅凌紫氛。岂不常辛苦,羞与黄雀群。"李诗合用三家比喻与字面,前二句为对偶,后两句喻后生喻。三个比喻一个本体,合起来又是博喻,从人格、才能、志趣多维度称美友人。

至于比喻与对偶结合,有时还加上夸张等辞格,可以把一种观念或感情发抒得透彻、到位、饱满,兴致淋漓,没有任何阻隔。《古风》其二十八:"容颜若飞电,时景如飘风。草绿霜已白,日西月复东。华鬓不耐秋,飒然成衰蓬。"前两句为偶对的比喻,中两句又是对偶式的描写,后两句的比喻与前合共遽发时不我待之慨。《自代内赠》:"妾似井底桃,开花为谁笑?君如天上月,不肯一回照。"采用折扇对,把彼此分置于单数句,且均用明喻,两句的宾语都作偶数句的主语,形成一与三句的对偶,虽然二与四句失偶,但一与二、三与四再次使用对比,弥补了这一不足,前后显得匀称,是可称为精美的艺术形式,把委婉的怨望表达得非常得体。

李白诗善于经营发端,严羽《沧浪诗话》曾言"太白发句,谓之开门见山。"著名的《梦游天姥吟留别》开头即说:"海客谈瀛洲,烟涛微茫信难求。越人语天姥,云霞明灭或可睹。"亦采用折扇对即隔句对,而且句式一短一长,长短交错,并且前后总体上构成强喻,突出了对天姥山的向往。《少年行》在结尾处亦用了这种形式:"遮莫枝根长百丈,不如当代多往还。遮莫亲姻连帝城,不如当身自簪缨。"在折扇的隔句对中,首句为暗喻,第三句为夸张,连帝城,犹言满帝城,这就把对偶、比喻、夸张糅合在一起,把道理讲得透彻无碍。同题又有："赤心用尽为知己,黄金不惜栽桃李。桃李栽来几度春,一回花落一回新。""栽桃李"为暗喻,第三句是顶真,又是比喻,论者或称为"顶喻",末句承前句顺流而下,又是一喻,似可称为"联喻"。四句在语态上不属于折扇对,然在语意上极为接近,所以四句环环相扣,蒂萼相生,依次而来,极为自然而透彻。

李白的长诗充斥各种比喻与其他修辞,短诗有时全用修辞组成。《春思》说:

燕草如碧丝,秦桑低春枝。当君怀归日,是妾断肠时。春风不相识,何事入罗帷?

前四句前后构成两次对偶,起首二句不同空间形成的如春似夏的季节错位,突出地域之悬隔;中两句是同一时间的共同心情。时空之错位与心情之相同曲曲传递出思妇的种种挂念与悬想。正是长期的分别造成寂寞孤独,而如此心态却用突然的诧异表现出来,又用拟人——"春风不相识,何事入罗帷",就更能见出她的孤寂无聊。回头看第一句又是一个比喻,属于悬想,表达无时不在的挂念。一、三句是对彼方思念的悬想,二、四句则属于自处的实景实情,这样说来,前两个对偶又都是虚实相对。《估客乐》全诗由一个明喻构成:"海客乘天风,将船远行役。譬如云中鸟,一去无踪迹。"前两句为本体,后两句为喻体,除了比喻,再也没有多余的话,因为比喻把话说得再明白不过了。《戏赠郑溧阳》亦属此种情况:"陶令日日醉,不知五柳春。素琴本无弦,漉酒用葛巾。清风北窗下,自谓羲皇人。何时到溧里?一见平生亲。"把做县令的友人比作陶渊明,诗中涉及的五事,也就是五喻,以之称美其人,也就成了博喻。全诗末句点出思念,其余都是隐喻。《初出金门,寻王侍御不遇,咏壁上鹦鹉》:"落羽辞金殿,孤鸣托绣衣。能言终见弃,还向陇山飞。"此以鹦鹉自喻,被逐犹如"落羽","寻友不逢,譬之孤鸣"(唐汝询语)。"绣衣"喻王侍御,"能言"句喻以才见忌,末句喻赐金还山。除了"绣衣",全诗的本体就是诗人自己。修辞基本如同上诗,属于博喻。不过,这种博喻既不是描写本体的某种性状或特征,也不是对各个局部或几个方面的描写,而是叙写本体处于运动中的不同情况。从诗体看,则属于比兴体。

李白的比体诗数量甚多。专论此体的陈沆《诗比兴笺》就选了57首,仅比选数最多的韩愈少一首。这是继承《国风》、汉魏乐府与古诗的必然结果,也包括对陈子昂、张九龄五古的宗法。这些比体诗除了五绝以外,往往较长,大量运用隐喻的手法,是李诗的一大宗。陈沆说:"夫才役乎情者,其色耀而不浮;气帅乎志者,其声肆而不荡。不浮故感得深焉,不荡故趣得永焉。时诵李诗,惟取迈逸,致使性情之比兴,尽掩于游仙之陈词。实末学之少别裁,非独武库有利钝也。"①游仙诗与比体诗,是李白诗风格不同的两面,陈氏之论有抑彼而扬此之嫌,然对比体诗的风格把握尚为确切。对比体诗这一大宗,并非从修辞的比喻所能范围,值得专文讨论,故此处从略。对于李白的对偶,赵翼说:"青莲集中古诗多,律诗少,五律尚有七十余首,七律只有十首而已。盖才气豪迈,全以神运,自不屑于缚于格律、对偶,与雕绘者争长。然有对偶处仍自工丽,且工丽之中别有一种英爽之气溢出行墨之外。如'洗兵条支海上波,放马天上雪中草'(《战城南》),'天兵照雪下玉关,虏箭如沙射金甲'(《胡无人》),'边月随弓影,胡霜拂剑华'(《塞上曲》),'笛奏龙吟水,箫鸣凤下尘'(《宫中行乐》),何尝不研炼,何尝不精彩?"②这些以金玉、龙凤、海波、雪草的装饰,正体现高华或壮阔的一面,未免装饰研炼过度。就五律而言,诸如《塞下曲》的"晓战随金鼓,宵眠抱玉鞍",不如颔联"笛中闻折柳,春色未曾看"的一气运转,不受拘束;《江夏别宋之悌》的"谷鸟吟晴日,江猿啸晚风",不如颔联"人分千里外,兴在一杯中"的自在清逸;《赠孟浩然》的"醉月频中圣,迷花不事君",不如颔联"红颜弃轩冕,白首卧松云"的流走轩昂。《秋登宣城谢朓北楼》颔联"两水夹明镜,双桥落彩虹"的明丽,不如颈联"人烟寒橘柚,秋色老梧桐"的"清老秀出,是天际人语"(《唐诗镜》)。

李白的对偶名句流动自然,如《听蜀僧濬弹琴》中两联"为我一挥手,如听万壑松。客心洗流水,余响入霜钟",第二、三句两喻,前喻琴声,后喻听后美感,紧密相连,以次而来。第一句为领起,第四句如乐声结束时起伏之拖调。《送友人》中两联"此地一为别,孤蓬万里征。浮云游子意,落日故人情",前二句似对非对,后两句暗喻相互映发,都极其自然。其中的流水对,都能见出李白诗清真俊逸的艺术个性。对偶一旦与比喻结合起来,情采就更为焕发。《望江汉柳色赠王宰》的"树树花如雪,纷纷乱若丝",《清溪行》的"人行明镜中,鸟度屏风里",《巴女词》的"巴水急如箭,巴船去若飞",或取法六朝之绮丽,或效法民歌之爽朗,明丽自然,轻盈而飘逸。

有时先设一喻,再作描写,或先一句或数句叙写,后作比喻,均配合紧密,间不容发,显得才思横溢。如《前有樽酒行》其二的"胡姬貌如花,当垆笑春风",《宫中行乐词》其一结尾的"只愁歌舞散,化作彩云飞",《送韩准……》的"相思若烟草,历乱无冬春",《白鹭鸶》的"白鹭下秋水,孤飞如坠霜",《泾溪东亭寄郑少府谔》的"白鹭闲时散飞去,又如雪点青山云",《酬崔十五见诏》

---

① 陈沆:《诗比兴笺》卷三,第131页。
② 赵翼:《瓯北诗话》卷一,人民文学出版社1982年版,第4页。

的"尔有鸟迹书,相诏琴溪吟。手迹尺素中,如天落云锦。读罢向空笑,疑君在我前",《洞庭醉后送绛州吕使君……》的"昔别若梦中,天涯忽相逢",《送郗昂谪巴中》的"予若洞庭月,随波送逐臣",严羽谓比喻后的叙述说:"此等落句,从天风吹来,飘忽不自觉,乃入玄中。气意情深,于'送逐臣'更切。"①《酬岑勋见寻……》的"喜兹一会面,若睹琼树枝",《游泰山》其三的"平明登日观,举手开云关。精神四飞扬,如出天地间",《同友人舟行游台越作》的"古人不可攀,去若浮云没",《大庭库》的"古木翔气多,松风如五弦",《登巴陵开元寺西阁赠衡岳僧方外》的"衡岳有开士,五峰秀真骨。见君万里心,海上照秋月",《送祝八之江东赋得浣纱石》的"西施越溪女,明艳光云海",可谓"从来赋美女无此旷荡之想"(严羽语)。从以上喻体看,体现出爽朗、飘逸与清旷的审美风格,这与他明朗豪迈的诗风相吻合。

李白诗的比喻创造性,还见于对辞格的探求。上文提及的对比式比喻、比较式比喻、对照性比喻、博喻、强喻、弱喻、联喻、递喻等,以及对博喻动态的发展与夸张、对偶、起兴的融合,还有不少新的辞格。《清平调词》其一:"云想衣裳花想容,春风拂槛露华浓。若非群玉山头见,会向瑶台月下逢。"首句从语法看是倒装,从修辞看则是倒喻——本体与喻体颠倒了位置。白居易《长恨歌》的"芙蓉如面柳如眉",刘禹锡《竹枝词》的"花红易衰似郎意,水流无限似侬愁",即效此格。比喻辞"想"字不仅谐音像,且有向往、艳羡意味,将普通字用得超妙。此句"'春风拂槛'想其绰约,'露华浓'想其芳艳"(黄叔灿《唐诗笺注》语),如此则又带并喻性质。后两句又似"假喻"与"递喻"的结合。这两句又是歇后语性质,其谜底是西王母与天妃仙娥一类美丽的女神仙,句式又采用非此即彼的选择复句。《寄崔侍御》的"此处别离同落叶,明朝分散敬亭秋",前句说此地一别如同辞条之落叶,后句说明各奔东西犹如分散之秋叶,把比喻与互文结合起来,同一喻体就有了变化。《宿鳆湖》的"白雨映寒山,森森似银竹",比喻酷肖,而且奇特。"森森"形容猛雨与竹林,双关得高妙。而"银竹"本身又是隐喻,此为喻中又生一喻。白雨自上而下,而用自下而上拔地而起的竹子比似得奇肖,显得更为奇妙。《赠韦侍御黄裳》其二的"我如丰年玉,弃置秋田草",是说"我"才如玉,却赶上丰年被看作尘土,又像秋田之草被人弃置。这又是喻后生喻。《上李邕》:"大鹏一日同风起,抟摇直上九万里。假令风歇时下来,犹能簸却沧溟水。"先喻己如高飞之大鹏,又用假喻,反复渲染"天生我材必有用"。李白比喻有生新奇特的一面,把大小悬殊不同事物相互比照,显得新颖透彻。《古风》其二十的"兹山

---

① 旧题严羽《李太白全集》评语,见金涛声等《李白资料汇编》,下册第641页。

何峻秀,绿翠如芙蓉",是从颜色着眼而泯去大小之别。《望庐山五老峰》的"庐山东南五老峰,青天削出金芙蓉",这又从形状与颜色上着眼以大比小,新鲜可爱。《庐山谣寄庐侍御虚舟》的"庐山秀出南斗傍,屏风九叠云锦张",又从形状、颜色着眼,无论其轻重,显出飘逸奇丽的风采。

  总之,李白不仅是盛唐用比喻最多的诗人,而且辞格上多有创新,比喻的形态多种多样,在盛唐诗人中可谓首屈一指。后来苏轼追踪李白,就在比喻上翻新出奇,好像要和他的偶像一争高低。李白比喻的喻体往往明朗鲜丽,生新奇特,但又非常自然,信手拈来,这与他长于幻想、联想有关。如果说幻想是诗人艺术表现的一只翅膀,那么由联想而生发的比喻则是另一只翅膀,双翅并举,才能翱翔于诗国的上空。李白才情富赡,他的比喻不仅仅单用以显峥嵘,而且把诸多比喻,如泉之涌出,连续不断;如天女散花,天地间香气氤氲。他的感情总处于激荡的跳跃之中,不像王维那样的闲静,因而他的比喻总体呈现出飘逸奔放的动态。就是偶尔一用的静态比喻,也给人飞动之感。如《赠武十七谔》的发端"马如一匹练,明日过吴门。乃是要离客,西来欲报恩",首句忽然驰入,一看次句便成飞奔的马,虽然白练是静止的。李白又是夸张的天才,他的夸张往往又与比喻水乳交融,不可分辨。"白发三千丈"是夸张,"缘愁似个长"又是比喻,而前者亦包含比喻。"飞流直下三千尺"是夸张,也是比喻;"疑是银河落九天"是比喻,也是夸张。他很注意本体与喻体的距离要远,区别越悬殊越好,而相似点越近越同越好,所谓"物虽胡越,合则肝胆"的比喻,随处可见。如把偌大庐山比作荷花,或喻之以色,或拟之以状,无不毕肖。夸大与缩小在手中犹如魔术,一会儿说"雪花大如席",一会儿又是"雪花大如手",都有可爱之处。他经常用花比喻女性,本为陈套,但在他笔下次次出新。《古风》其四十九"美人出南国,灼灼芙蓉姿",《东山岭》的"我妓今朝如花月,他妓古坟荒草寒",《越中览古》的"宫女如花满春殿",喻体相同,变化多端,或用描写,或用对比,或使之"笑"于春风之中,或与月连喻,无不楚楚动人,新鲜可爱,而无任何陈腐气息。如前所言,李白诗常用两句话说一个意思,见于对偶或对比,特别是把一个比喻用两句表达,极为酣畅恣意,如《白头吟》的"覆水再收岂满怀,弃妾已去难重回",《宣州谢朓楼饯别校书叔云》的"抽刀断水水更流,举杯消愁愁更愁",都是倒喻,也是对偶。《白纻辞》其二的"愿作天地双鸳鸯,一朝飞去青云上",前句带起后句,一气旋转,这些都充满飞扬酣畅的风采。

  另外,李白特别喜爱动词"吹",使用"吹"字时,夸张与比喻也一齐飘动起来。《早秋赠裴十七仲堪》发端即道:"远海动风色,吹愁落天涯",是说愁绪还能吹到天涯。《寄东鲁二稚子》的"南风吹归心,飞堕酒楼前",是比喻又是夸张,前人曾谓"太白善用'吹'字,都在意象之外"(严羽语),则就夸张而言,然夸张的前提与基础则是比喻。《峨眉山月歌送蜀僧晏入中京》的"峨眉山月还送君,风吹西到长安陌",《赠何七判官昌浩》的"心随长风去,吹散万里云",《金乡送韦八之西京》的"狂风吹我心,西挂咸阳树",《送崔氏昆季之金陵》的"秋风渡江来,吹落山上月",《独酌》的"东风吹愁来,白发坐相侵",《愁夕旅怀》发端的"凉风渡秋海,吹我乡思飞",《流夜郎闻酺不预》的"汉酺闻奏均天乐,愿得风吹到夜郎",《大堤曲》的"春风复无情,吹我梦魂散"(此二句又见《寄远》其五,次句末字作"断"),以上的"吹愁""吹心""吹月""吹乡思""吹梦",以及吹人到某地,明显属于夸张式的比喻。还有多重句式的,如《金陵听韩侍御吹笛》"韩公吹玉笛,倜傥流英音。风吹绕钟山,万壑皆龙吟",前两句为本体,后两句为喻体,就是用"风吹"把前后联结起来;《与诸公送郎将归衡阳》"回飙吹散五峰雪,往往飞花落洞庭",是说风吹山雪,就像飞花落满洞庭湖,前句为本体,后句为喻体,都是"吹"的比喻用法的变用。

对于李白这样的浪漫诗人,以往只是注意他的夸张、拟人、反复、顶真、呼告等修辞手法,而对比兴——起兴与比喻,关注不够。起兴使李诗增加了深度与含蓄,也增加了理解的难度。所以,"读李集者,莫视之过浅;读杜集者,莫视之过深。盖李诗托兴未始不深远也,而以清爽之气掩之;杜诗赋景未始不自然也,而以沉郁之气掩之"①。读李诗的难度主要体现在以比兴为体的诗中,以及乐府诗与古诗大量的起兴所引发的真正含意,还有歌行体比兴寄托的用意。同时也见出对传统"古道"的继承与弘扬,也可见出极富想象的才情。李白的清真、自然、俊逸、奔放、明朗昭晰的审美风格,在比喻中得到了充分的展现。他扩大比喻的容量与能量,前者见于对夸张的兼容,后者体现了对比修辞格的创新与连用。可以说想象与联想是李诗艺术的灵魂,把握这两大特征,会对李白诗的艺术个性更有全面深刻的领略和理解。

---

① 应时:《李杜诗纬·李杜集散论》,见裴斐等《李白资料汇编》(金元明清之部),中华书局1994年版,第689页。

第六章　李白诗的拟人、呼告与顶真、反复

李白诗流畅自然,似乎不假修饰;或者奔放激越,冲口而出,好像不大讲究修辞。要说修辞,就是天才般的夸张显示出最具个性的艺术色彩。李白诗感情与气势强烈动人,然而其中贯穿诸多修辞手法,使情感与气势更加张扬奔涌;二者相辅相成,这里仅就情感与气势相关的几种修辞予以讨论。

一、天真的拟人

李白是感情充沛的诗人,不乐意把自己的喜怒哀乐掖着藏着,遮遮掩掩起来,或者吞吞吐吐,不愿告人。他总是兴高采烈地或郁愤难耐地把一腔情绪抖擞出来,输肝剖胆地倾泻,只求酣畅,没有保留。即使涉及难言之事,并不是像他在《送裴十八图南归嵩山》其一中所说的"举手指飞鸿,此情难具论",而是谁都会感受得到其中的愤慨或愤怒。或许与此有关,他待诏翰林拥有轰动一时的开头,却好景不长。他洋溢的感情,除了抒发追求政治理想,揭露上层社会的黑暗,便是对大好河山的尽情歌颂。他"一生爱入名山游",而且能"兴酣落笔摇五岳",对人生、社会、自然的叙述与描写,批判与赞美都占有一定的位置。他对自然山水的歌颂绝不似王维那样平静温和得不动声色,也不像杜甫的凝重带着苦涩,虽然他们都有共同的雄伟壮丽的一面。他和大江长河名山巨川融为一体,尔汝天地日月,友于花鸟草虫,以零距离的高唱去赞美。他模山拟水的诗可分三类,一是歌行大篇的铺排描写,如《蜀道难》《梦游天姥吟留别》《鸣皋歌送岑征君》等;二是五律、五七绝简洁描写;三是五古、乐府诗,以山水自然景观作为抒怀的陪衬,或者作为起兴以引起对社会各种不平现象的批判。前者往往借自然隐喻社会,而拟人手法大多集中在第三类。

他的拟人手法表现最为明显的,是借写自然草木花鸟以发对社会的抨击,或者用于咏怀、送别、写景之中。《古风》其二十五讽刺世道浅薄,有志者只能抱道高隐。发端即言:"世道日交丧,浇风散淳源。不采芳桂枝,反栖恶木根。"以隐喻揭露贤愚倒挂。接言"所以桃李树,吐花竟不言",此是对《史记·李将军列传》的"桃李不言,下自成蹊"的反用,这里"不言"的否定命题

实际包含肯定,并以此意作为前提。即谓桃李本来能言,只因世道贵恶木而轻芳桂,所以"竟不言"。"竟"字见出愤懑,从桃李能"言"而"不言"则灼然可知,而且都属于拟人。此与他的《溧阳濑水贞义女碑铭》"粲粲贞女,孤生寒门。上无所天,下报母恩。春风三十,花落无言"的末二句,用法相同而用意有别。《山人劝酒》称美商山四皓,开头说:"苍苍云松,落落绮皓。春风尔来为阿谁? 蝴蝶忽然满芳草。"第三句对春风发问,以尔汝称之。再观下二句写四皓"秀眉霜雪颜桃花,骨青髓绿长美好",则可知春风似特为四皓而来,"春风"拟人就更为显见。《长歌行》言时光易逝,功名应该早成,则先出之草木的拟人化:"桃李待日开,荣华照当年。东风动百物,草木尽欲言。"末句言草木当春恣意伸展,此数语亦为起兴,目的在于引起以下"功名不早著,竹帛将何宣"。"尽欲言"的假设前提即草木能言,故这两句之意当包含《古风》其一"群才属休明,乘运共跃鳞"的意味。所以,此处的拟人内涵丰富,蓬勃生动,特具张力。五律《鲁城北郭曲腰桑下送张子还嵩阳》前半的"送别枯桑下,凋叶落半空。我行懵道远,尔独知天风",化用了汉乐府《饮马长城窟行》"枯桑知天风"句,故"尔"指"枯桑",末句的"与桑言"既奇特,又体贴,就是用了拟人的效果。草木之言与知,本属诗人感情的移位,感情有哀有乐,所以也可以移位于草木。《独酌》说:"春草如有意,罗生玉堂阴。东风吹愁来,白发坐相侵。独酌劝孤影,闲歌面芳林。长松尔何知,萧瑟为谁吟。"前两句为明喻,在李白笔下草木能言有知,当然可以"有意",此又为假设性比喻兼融拟人。"东风"吹来的不是和煦温暖,而是"吹愁来",这更是"有意"的拟人,因而顿觉"白发相侵"。"独酌劝孤影",影子可以"劝","长松"可以"吟",当然又都拟作人了,此从陶渊明《杂诗》"挥杯劝孤影"来。以上"春草""东风""孤影"、"长松"都被赋予了拟人化的特征。《宫中行乐词》其七前半的"寒雪梅中尽,春风柳上归。宫莺娇欲醉,檐燕语还飞",描写皇宫春景,次句不言"风吹"而说"风归",一来是说一年一度的春风又回来,二来宫中自是春风归来之所,正如此诗末句所说的"行乐好光辉"。春风就像宋玉《风赋》所说的"大王之雄风"。至于春风吹得柳绿而摇,似乎还在其次。所以归字就有了特定的"人化"意味。"莺娇""燕语"虽然是常语"鸟语花香"之意,不过,"娇"得"欲醉",大有贵妃醉酒之风光。这是借助视听觉"通感"带来了拟人化的效果。"燕语"就是燕鸣、燕啼、燕叫,后者是自然的实写,前者则为拟人。在这个拟人化的小世界里,充溢欢乐气氛。齐梁宫体诗与初唐应制诗,都有以动词拟人的用法,但用得如此集中而婉丽则不多见。以写人的动词移用至草木花鸟,还有《渌水曲》的"荷花娇欲语,愁杀荡舟人",不仅摇曳艳丽之状顿出,而且"欲语"对话的情状可见。《书情赠蔡舍人雄》的"尝高谢太傅,携妓东山门。楚舞醉碧云,吴歌断清猿",吴楚之歌舞使云可陶醉,使猿停止长鸣而静听。"能言歌舞之力,'醉'字更异"(严羽语)的特征,就是拟人的魅力。《咏槿》其一"园花笑芳年,池草艳春色","笑"之拟人则不消说,"艳"之动用亦有相同意味。《望夫山》的"江草不知愁,岩花但争发","愁"与"笑"本是人之哀乐,而移用无知之花草。"不知愁"是说只知道快乐,所以草长花发。"江草"与"岩花"为互文,花亦"不知愁",且"争发",竞相开放,两句均为相似。《待酒不至》的"山花向我笑,正好衔杯时",前句即是说山花向我盛开,用一"笑"字,则情与景俱出。"笑""语""哀""愁",可以说是李白对花鸟草木的拟人化的"关键词"。如《宫中行乐词》其五的"宫花争笑日,池草暗生春",《陪族叔当涂宰游化城寺升公清风亭》的"清乐动诸天,长松自吟哀",诸如此类者甚多。"笑"字在李白拟人化的"关键词"里,最为耀眼出色,洋溢着诗人豪爽乐观的艺术个性。除了上文言及"园花笑芳年""宫花争笑日""山花向我笑"以外,还有《春怨》:"白马金羁辽海东,罗帷绣被卧春风。落月低轩窥烛尽,飞花入户笑床空。"严羽便看到了这个特点:"月窥花笑,故是太白惯语,终伤纤巧。"①"笑"与"窥"以"落月"与"飞花"的拟人化刻画了闺房的寂寞,还有思妇的心理。虽与"仰天大笑出门去"的"大笑"有豪迈与纤巧之别,然终是太白两种不同的笔调。

采用拟人手法时,简洁者则几句或一句叙写,一句拟人,或先一句拟人然后再叙写,二者相映生发,别有情趣。《秋浦清溪雪夜对酒客有唱山鹧鸪者》:"客有桂阳至,能吟山鹧鸪。清风动窗竹,越鸟起相呼。"人之"吟"与鸟之"呼"引发一种共鸣,"越鸟"自然成了一种"听众",前呼后应,情趣盎然。前三句对末句的拟人起了烘托作用。著名的《独坐敬亭山》即用两句叙写,而后推出拟人:"众鸟高飞尽,孤云独去闲。相看两不厌,只有敬亭山。"我看青山不厌为常语,青山看我"不厌"则为奇语。"'相看'下着'两'字,与敬亭山对若主宾,共为领略"(黄叔灿《唐诗笺注》语);前两句言"独坐","三四句偏不从独处写,偏曰'相看两不厌',从不独处写'独'字,倍觉警妙异常"(李锳《诗法易简录》语)。俞陛云说:"后二句以山为喻,言世既与我相遇,惟敬亭山色,我不厌看,山亦爱我。夫青山默默无情,焉知憎爱,而言不厌我者,乃太白愤世之深,愿遗世独立,索知音于无情之物也。"②"对若宾主"与"警妙异常",则已感觉到"索知音于无情之物"的拟人化效果,而"愤世之深"则是拟人化的用意。

---

① 旧题严羽评点《李太白诗集》卷二十,明崇祯二年刻本。又见金涛声等《李白资料汇编》(唐宋之部),下册第 657 页。
② 俞陛云:《诗境浅说续编》,上海书店 1984 年版,第 11 页。

李白的拟人,一方面与前人一样,置于对景物的描写,只求生动活泼,而与作者本人的感情交流并不明显,如《代别情人》的"桃花弄水色,波荡摇春光",摇曳的桃花倒映在水中,犹如与水嬉戏,如此的拟人已见于大小谢,如大谢的"绿筱媚清涟"已着先鞭。这类客观化的拟人,在李白的笔下往往见出热烈之景象,但非其主要倾向。而主观化的拟人,最能见出他的个性与艺术才华。如《春思》的"春风不相识,何事入罗帏",严羽说:"'识'字说得春风有心眼,却又不落尖巧。"①是说无事之风尚来,反衬至亲之夫不能归来,写思妇心理细腻。简文帝萧纲《夜夜曲》的"只恐多情月,旋来照妾床","不识"之风与"多情月"似相反实相同。识与不识与多情与否均属拟人手法。盛唐蒋(一作"薛")维翰《春女怨》的"儿家门户重重闭,春风因何得入来",亦同此类。《陪族叔当涂宰游化城寺升公清风亭》的"且就洞庭赊月色,将船买酒白云边"、其五"淡扫明湖开玉镜,丹青画出是君山",前言可向洞庭赊欠赏月之账,后言清风好似洞庭湖的"清洁工",可以"淡扫"抚平水面,均出之拟人。至于《九日龙山饮》:"九日龙山饮,黄花笑逐臣。醉看风落帽,舞爱月留人。"流放夜郎,故觉见笑于黄花;"吾爱月之留人,不觉歌舞之淹留矣"(朱谏语),亦非纯属为了景物刻画之生动,而是倾注浓郁之情绪。像《劳劳亭》的"天下伤心处,劳劳送客亭。春风知别苦,不遣柳条青",同样不在于刻画景物形态,而赋予了人之情感。《登黄山凌歊台送族弟溧阳尉济充泛舟赴华阴》发端的"鸾乃凤之族,翱翔紫云霓。文章辉五色,双在琼树栖。一朝各飞去,凤与鸾俱啼",本属人之"啼"移位于鸟,以起兴送弟之孤苦,属于动词的拟人化,此类看似客观实为主体情感之外化。

李白拟人最为生动的是物我融化,彼此不分,挥云喝月,尔汝草木,把庄子的"齐物论"转化为天真亲切的拟人,浪漫不羁的个性得到尽情发挥,天马行空的艺术个性极力奔逸。如《赠卢司户》的"秋色无远近,出门尽寒山。白云遥相识,待我苍梧间",就像远远呼唤旧朋老友,"白云"成了熟悉不过的知己。还有《拟古》其十的"琴弹松里风,杯劝天上月。风月长相知,世人何倏忽",他把"风月"看得比"世人"还要紧,视为"长相知",彼此无间。特别是他的名诗《月下独酌》其一,打破了拟人的单一化或局部化,把此前历来用在一两句的习惯用法,贯穿到全篇中去:

花间一壶酒,独酌无相亲。举杯邀明月,对影成三人。

---

① 严羽评点《李太白诗集》卷二十,见金涛声等《李白资料汇编》(唐宋之部),下册第616页。

拥有大鹏之志的李白是寂寞的，天才往往被孤独所追逐，世俗世界对他确是"无相亲"，就像他在《古风》其十三所说的"君平既弃身，世亦弃君平"。杜甫入川后诗每多"独"字，李白赐金还山后同样如此。故"独"字是一篇感情之前提与背景。本来花间美酒，赏心乐事，却有无限之愁。杜甫以幽默与诙谐对付愁，李白则以带有浪漫色彩的拟人化解愁，破愁为乐，开辟出自家的乐园。他有他的"老友"，即明朗开怀的明月，只要"举杯"一"邀"，即可招来。"举杯邀明月"——这简直是一尊纯真热忱的雕像，诗中的李白成了现实中的李白的"代言人"，月来影至而成"三人"，既有庄子"天地与我并生，而万物与我为一"的精神，又有陶诗《形影神》的色彩，还应说更为飞扬飘逸，更为神采洋溢，更为兴高采烈。然而在如痴如幻的憧憬中，李白还有一丝清醒：

　　月既不解饮，影徒随我身。暂伴月将影，行乐须及春。

他似乎还有童稚般的聪慧，然而又是追求幸福能够保持乐观心态的成人，使他的"梦幻曲"中蒙上了梦中有真、真中有幻的薄纱。然而他的幻想却又成真：

　　我歌月徘徊，我舞影零乱。醒时同交欢，醉后各分散。

曹植《七哀》的"明月照高楼，流光正徘徊"，是自然客观的月，也是思妇眼中的月。李白的月纯属主观的，情感的，梦幻的。月之赏我歌舞，我之歌舞就越发兴高采烈。月与我之"交欢"应是"醉"，偏偏说是"醒"，"分散"是"醒"，又说成是"醉"。醉乎，醒乎？他在《山中与幽人独酌》说："两人对酌山花开，一杯一杯复一杯。我醉欲眠卿且去，明朝有意抱琴来。"这才是真醉。而看此诗末二句"永结无情游，相期邈云汉"，对离去明月的殷勤嘱咐，又分明是"醉"语。拟人化使人与物、"醉"与"醒"，时真时幻，难以分清。与月之"交欢"实际基于现实的孤独与寂寞，乃至痛苦。李白以欢乐发散寂寞，杜甫以涕泪发抒惊喜；杜以真实感人，李以奇思旷想使人"可仰而不可及也"（朱谏语），其中的关键就在于把拟人用到极致，无中生有，忽物忽人，无情有情，若远若近。他在《春夜宴从弟桃花园序》说"阳春召我以烟景，大块假我以文章"，这种文之诗化同样用了拟人。

　　除了拟人还有拟物，但拟物并不多见。陈望道的《修辞学发凡》曾把刘邦的《鸿鹄歌》归入拟物。若以此推，《诗经·魏风·硕鼠》《豳风·鸱鸮》与汉乐府之《飞来双白鹄》《枯鱼过河泣》等均看作通篇拟物。李白的拟物，往往带有夸张的意味。《江夏赠韦南陵冰》的"西忆故人不可见,东风吹梦到长安",《赠何七判官昌浩》的"心随长风去,吹散万里云",《西乡送韦八之西京》的"狂风吹我心,西挂咸阳树",都可以看出拟物的手法。《古风》其九称赞鲁仲连——"明月出海底,一朝开光曜",似为借喻,看作拟物似更生动。同题其十二称美严子陵的归隐——"清风洒六合,邈然不可攀",亦当属于拟物的魅力。李白诗的比拟还有一种以物拟物,同样带有李白式的飞动。《观元丹丘坐巫山屏风》:"昔游三峡见巫山,见画巫山宛相似。疑是天边十二峰,飞入君家彩屏里",后二句总体为比喻,又把巫山拟作飞鸟,当是两种辞格的兼融。《见野草中有名曰头翁者》:"醉入田家去,行歌荒野中。如何青草里,亦有白头翁?折取对明镜,宛将衰鬓同。微芳似相诮,留恨向东风。"先是以人之白头者名草为"白头翁",此为拟人。又以草之"微芳"拟人之"相诮",此为拟物,拟物与拟人同见于一篇之中。

总之,李白的比拟带有与众不同的个性色彩,飘逸自然、兴致勃发、光彩照人是其特色。杜甫入蜀之后的拟人,主要见于七绝,以幽默的语气同一草一木对话。岑参的拟人主要见于五律,以动词的拟人化见出尚奇的倾向。王孟、高适于比拟手法似不大感兴趣。相比之下,李白使用比拟的兴致最高,手法也最多样,或仅着一动词拟人,却具浪漫之色彩,与单纯描写物态,或夸张某种特征有别,带有强烈的主观色彩。他更出色的是物我交融式拟人、拟物,奇思妙想,横空而出。笔下又常携带一种长风浩气,鼓荡其间,或光彩照人,或英气逼人,打破了物我之间的阻隔,缩短了与读者的距离,具有鼓动性的强烈魅力,焕发出独立的艺术风采。

二、热切召唤的呼告

呼告,通俗简单的说法就是"打招呼"。其目的在于唤起对方的注意,并不需要语言上的特别修饰,所以常常出现在口语里,是一种最为素朴的修辞,因而出现得很早,在《诗经》《尚书》里已大量出现。特别是在诗歌中,它的作用不仅是唤醒读者,而是比日常用语"打招呼"更强烈,包含更明显的感情,往往出现在情绪激动按捺不住的时候,或者悲愤难以控制。与比拟相较,后者具有生动描写事物的功能,就需要文学发展到一定的成熟阶段。诗中的拟人,似乎要等到第一个大力描写山水的谢灵运,才能在他诗里有所发现①。

---

① 曹道衡、沈玉成《南北朝文学史》表示"在中国文学史上大量运用拟人手法而取得成功者,谢灵运应当是最早的一位作家"。人民文学出版社1998年版,第54页。

然而呼告不仅在《诗经》就已经出现，而且运用之多颇为惊人①。主要以呼人、呼物两种形式出现，前者如《邶风·日月》的"父兮母兮，畜我不卒"，《郑风·萚兮》的"叔兮伯兮，倡予和女"；后者如《日月》的"日居月诸，东方自出"，《魏风·硕鼠》的"硕鼠，硕鼠！无食我黍"。呼告的对象是人，可在可不在，是物则带有人性化性质，为物之人化。

李白的呼告，在继承前人的基础上，运用之多在盛唐最为昭著，方法也最为多样。大约可分为四种：一为泛称呼告，二为感叹呼告，三为呼人，四为呼物。所谓泛称呼告，即是"君不见""君不能"，以对面性的第二人称"君"——相当于"您"，又可以泛指任何人，首当其冲的当然是读者。最早使用这一形式的是诗风"俊逸"、为李白所追慕的鲍照，他的《拟行路难》其五的"君不见河边草，冬时枯死春满道。君不见城上日，今暝没尽去，明朝复更出"，其十仍然以此发端："君不见蕣华不终朝，须臾淹冉零落销。盛年妖艳浮华辈，不久亦当诣冢头。"其十一亦如此："君不见枯箨走阶庭，何时复青著故茎。君不见亡灵蒙享祀，何时倾杯竭壶罂。"其十四发端亦言："君不见少壮从军去，白首流离不得还。"以下其十五、十六、十七，均用"君不见"发端。汉代《古诗》的"四坐且莫喧，愿听歌一言"，以及鲍照《代堂上歌行》的"四座且莫喧，听我堂上歌"，还有《琴苑要录》所载《琴引》的"酒坐俱勿往，听吾琴之所言"，均属于泛化呼人。李白歌行体取法鲍照，为人所熟知，在"君不见"的使用上最为显著。《梁甫吟》《将进酒》《答王十二寒夜独酌有怀》各使用两次，《少年行》《携妓登栖霞山孟氏桃园》中各见一次；另有"君不能"，见于《寒夜独酌有怀》两次。在使用位置上，既有像鲍照那样用在开头，如《将进酒》之发端："君不见黄河之水天上来，奔流到海不复回！君不见高堂明镜悲白发，朝如青丝暮成雪"，把鲍照"君不见"所在五言或八言，一变而为十字句，《少年行》亦在开头，同样也是十言句。句式的加长，浩气奔涌，一来使沸腾的情感成为全诗的基点，二来横空突出，如瀑布飞流直下，有爆发性的惊人力量；奇情壮思，悲慨淋漓，又如来自天外。王尧衢说："此篇用长短句为章法，篇首用两个'君不见'领起，亦一局也。"②正是从结构着眼看出呼告的作用。更多的是用在中间或结尾，在结构上起到分段划层的提顿作用，或有收束全诗震撼性的效果。前者如《梁甫吟》开头开门见山，以"长啸《梁甫吟》，何时见阳春"发起，紧接以"君不见"领起八句，铺叙姜尚如何"风期暗与文王亲"，是为首层；然后再以"君不见"同样领起八句，铺叙郦食其又怎样"东下齐城七十二"。前层末

---

① 《诗经》中"呼人"59 例，"呼物"亦为 59 例，说见李丽文《诗经修辞研究》，台湾万卷楼 2009 年版，第 148、151 页。
② 王尧衢：《唐诗合解笺注》卷三，河北大学出版社 2004 年版，第 103 页。

言"大贤虎变愚不测,当年颇似寻常人",转入次层;次层末言"狂客落拓尚如此,何况壮士当群雄",引发下层"我欲攀龙见明主"而不遇一层,都围绕理想与现实的矛盾,表达受挫而等待时机进取的信念。《襄阳歌》则用于篇中,全诗分为两层,前18句言纵酒放旷,末两句"咸阳市中叹黄犬,何如月下倾金罍",点出其缘由在于富贵不永,事事变化无常。以下10句,以"君不见"把全诗分为两半,先以羊祜碑的"龟头剥落生莓苔",见出前人功德归于凄凉,不如与酒为伴。前半因酒及事,后半以事及酒。两番颠倒,中间又以"君不见"再度唤醒主题,即饮酒之因。呼告正用在位于枢纽的中心地带。《登高丘而望远海》《携妓登栖霞山孟氏桃园》亦用在中间,震醒全篇。《行路难》其三用于结尾部分,回震全诗。

"君不见"用于结尾,见于《答王十二寒夜独酌有怀》:"君不见,李北海,英风豪气今何在?君不见,裴尚书,土坟三尺蒿棘居。少年早欲五湖去,见此弥将钟鼎疏。"全诗51句,以揭露天宝后期贤愚倒置为中心,既有"吟诗作赋北窗里,万言不值一杯水"的压抑,也有对"鱼目亦笑我,谓与明月同"的憎恶与愤慨,还有对"骅骝拳局不能食,蹇驴得志鸣春风"的愤然不平。前半以两个"君不能"对斗鸡之徒与以杀伐猎取高位的否定,结尾又以李邕、裴敦复被李林甫杖杀的现实,前呼后应,以见败局难挽,事不可为。四次呼告,在全诗起了重要作用。由此可见,"君不见""君不能"式的泛称呼告,主要用于咏怀式的政治抒情诗中,感情激发,愤不可遏,而且在结构带有分峰别岭的标志性质,对多层次的长诗有钩玄提要的作用。

李白诗呼告的第二种类是由情感浓厚的几个感叹语气词连缀构成,属于感叹呼告。虽然出现无多,但自他始发为创格,把几个叹词浇铸打锻在一起,独立成句,突发出惊诧、神奇、感叹、歆歔种种意味。著名的《蜀道难》一起首便呼喊、惊叹出——"噫吁嚱"的呼告,然后再出现谓语"危乎高哉",最后才揭示一连串感慨惊叹的对象——"蜀道之难难于上青天",此为主语。两番倒装,语意逻辑应是:"蜀道之难难于上青天,危乎高哉!噫吁嚱!"为了加强惊奇效果,则以情感的强度为次序,排成感慨、惊叹、夸张的次序,组成了3—4—9言长短参差的复句,由短促紧迫而至长句直伸,形成了抑塞跌宕、一气转折的句群。置于篇首,则有雷电齐鸣风雨交加之气势。殷璠曾说此诗"奇之又奇,然自骚人以还,鲜有此体调也"(《河岳英灵集》语),以此而看"噫吁嚱"呼告亦有同感。此诗发调,"陡然狂呼,振起一篇精神,喑哑叱咤,千人皆靡,非太白力量,后面如何应得转?"[1]

---

[1] 旧题严羽评点《李太白全集》载明人批语,见詹锳主编《李白全集校注汇释集评》,第301页。

第三种呼告是对具体人的召唤,这种呼人又可分为呼他人与呼自己。先看前者。《将进酒》可看作"饮酒三部曲",由两个"君不见"领起人生苦短,此为饮酒之因;第二层由"岑夫子,丹丘生"两个酒友人名呼告,引起纵酒的深层原因是"古来圣贤皆寂寞";第三层六句,"五花马,千金裘"两个物名呼告置此层中间,具有承上启下之作用,表达痛饮的目的是"与尔同销万古愁"。三种呼告:泛称呼告、人名呼告、物名呼告,分别领起或勾锁各层,这在李白诗中又是一创举新格,接二连三地掀起三次高潮,主题亦由首层"人生得意须尽欢,莫使金樽空对月",逐渐加深。呼告次数与种类之多,呼告又兼负感情的掀动与层次的转换,以及推动主题的层层加深,不仅在李白诗中少见,在诗史上亦属新面貌,故能成为名诗。物名呼告,还有《襄阳歌》的前半饮酒曲中的"鸬鹚杓,鹦鹉杯",后半又归结饮酒曲时的"舒州杓,力士铛,李白与尔同生死",分别两次起了推波助澜之作用,都把情感推向高潮。人名呼告还有《日出入行》的"羲和,羲和!汝奚汩没于荒淫之波"。

李白在诗中屡屡直呼己名,确是空前绝后的一道独特风景线,而且浇铸成呼告手法,更为醒人耳目。如上诗的"李白同尔共生死",《赠汪伦》的"李白乘舟将欲行",这些用于句首的"李白",都可从句子分开,亦可看作人名呼告的一种。还有《公无渡河》的"有长鲸白齿若雪山,公乎公乎挫骨乎其间","公乎公乎"则属于尊称性的呼告。自呼其名,是一种真率,不避己讳,也是一种自信。对李白这样的人来说,未尝不是一种自我张扬!与此相类的《蜀道难》的"嗟尔远道之人胡为乎来哉",则与"君不见""君不能"相类,"远道之人"亦可看成准呼告。自鲍照创为"君不见"的呼告后,往往见于后来的歌行体。比如王翰的《古娥眉怨》、崔颢《行路难》、郭振《古剑篇》、张说《邺都引》、高适《行路难》其一与《古歌行》、岑参《走马川行奉送……》《函谷关歌送……》等,都用于篇首。岑参《胡笳歌送颜真卿使赴河陇》则变而出之"君不闻胡笳声最悲,紫髯碧眼胡人吹"。"君不见"用于中间者,如高适《邯郸少年行》,用于结尾者如高适《燕歌行》。

综上可见,以上诸人大约一篇之中只用一次,且所见篇数并不多。所用呼告形式均属泛称呼告,种类单纯。而李白发展了呼告的形式种类,使呼告形态多种多样;而且一篇多用,又有多种形态;另外在结构上有分层划段的作用,更显得变化多端。特别值得一提的是,他的呼告始终倾注饱满沸腾的情感,随着情感的起伏而变化;再则,他的主题句往往置于呼告之后,具有振聋发聩的作用。由李白与以上诸家可以看出,呼告主要用于歌行体长诗,其后又加上七言组成,此种句式可分可合,故今人标点往往无一,它本身可以是三言,也可以是两言,也可以是多言句,形式灵活机动。

三、奔放的反复与回环的顶真

　　一句话,或一短语,或一个词,连续或间断地出现一篇诗文中,就成为反复。一般说来,它是此篇的"关键词"或主题词。就像音乐的重要音符,由于频频出现,最易形成流走奔放的旋律,增强了诗文的音乐性。反复之本身,就是情感的一种呼唤或强调,每反复一次即强调一次,亦增加一种旋律的回应,使用恰当,就像一串闪光的珍珠。再三显现的形式,"如街上的列树,庆节的提灯,也往往能够给予观者一种简纯的快感"①。反复不像比拟主要见于诗中,而是诗文平分秋色。《诗经》的重章与叠句都属于反复,而且大量出现的原因,本身即与能唱的歌有关。《周南·芣苢》凡12句,"采采芣苢"就占了6句,而"薄言采之"只是其中动词不停更换,而句式相同,也反复了6句,所以这诗可以说是一首反复的精品;《豳风·东山》凡四章,每章前四句全同,亦为反复。至于《尚书》《左传》《论语》《庄子》《孟子》也存在不少反复,特别是在人物对话中所见为多。

　　李白诗以"将复古道"为己任,他很看重四言,但所写四言诗却寥寥无几,而对《诗经》四言的比兴、反复却极为重视。前者我们已有讨论,下面专谈反复。反复在李白诗的修辞中,可能是运用最多、形态变化最大的一种。大致看来,有八种形式:一是当句反复,二是对偶句反复,三是关键词反复,四是辞体句式的"兮"之反复,五是赋体句式的"之"与"于"的反复,六是民歌句式的反复,七是略加变化的反复,八是反复与呼告的兼融。

　　当句反复,主要出现在句内对的对偶句中,位置集中在开头或结尾,有的用在篇中。诗体主要是乐府或五古。如《江上望皖公山》发端的"奇峰出奇云,秀木含秀气",此类在六朝诗中多见,为李白所取法。在句内对偶中出现重字,两句又同一句式,互为对偶,此为复音词的定语相重。或可能受到孟浩然的启发,孟诗《梅道士水亭》的"傲吏非凡吏,名流即道流",此为复音词的名词重复,李诗则换作首字定语重复。此可能把隔字叠用同字的双拟对,推衍到隔两字反复。苏轼《忆江南》的"休对故人思故园,且将新火试新茶"即属此类。错位反复偶对者,如《赠王判官》的"中夜天中望,忆君思见君"。另外一种句内反复并构成偶句,相同的两单音名词用一连词连接,如《赠南陵常赞府》的"鸡与鸡并食,鸾与鸾同枝"。句内反复,由于间隔字无多,音调急促,复沓流畅。还有带上次句一并反复,《双燕离》:"双燕复双燕,双飞令人

---

① 陈望道:《修辞学发凡》,上海教育出版社1979年版,第199页。

羡",此为发端,再加上末尾的"双飞难再得,伤我寸心中"就更连成一气。还有非偶句的反复,《于阗采花人》的"于阗采花人,自言花相似"即属此类。

借用连绵对反复,即在相邻的两个音步中连用同字。《夜坐吟》的"冬夜夜寒觉夜长,沉吟久坐坐北堂",《挂席江上待月有怀》的"待月月未出,望江江自流",《宣城谢朓楼饯别校书叔云》的"抽刀断水水更流,举杯消愁愁更愁",《蜀道难》的主题句"蜀道之难难于上青天",均属此类。此类反复,当句连绵不断,加上偶句又有续续相生之感,节奏感异常显明。

两句偶对反复者,内容属于汉乐府格言训诫类者,一般用在篇首。《行路难》其三的"有耳莫洗颍川水,有口莫食首阳蕨",实际上把一个道理重复了两次,也就是用两句话说了同一个意思,由于句长,所以显得舒缓不迫。《野田黄雀行》的"游莫逐炎州翠,栖莫近吴宫燕",《箜篌谣》的"攀天莫登龙,走山莫骑虎",《猛虎行》的"朝作《猛虎行》,暮作《猛虎吟》",此因句短,故紧促急迫,以上均用于发端。也有用在篇中者,《答王十二寒夜独酌有怀》的"达亦不足贵,穷亦不足悲",《长相思》的"一鸟死,百鸟鸣;一兽走,百兽惊",《扶风豪士歌》的"脱吾帽,向君笑,饮君酒,为君吟",此为三言句反复。《远别离》的"君失臣兮龙为鱼,权归臣兮鼠变虎",此为七言句反复。

又有三句即三三七言句式的前两句反复,《下途归石门旧居》的"隐居寺,隐居山,陶公炼液栖其间",《飞龙引》其二"造天关,闻天语,屯云何车载玉女",此均见于篇中,而与首尾两个同样句式呼应。因句短又反复前两字,韵律显得特别轻快,又有三三五五句的反复,《君马黄》的"君马黄,我马白。马色虽不同,人心本无隔"。

借折扇对即隔句对,反复感叹见意。《少年行》:"遮莫枝根长百丈,不如当代多还往,遮莫姻亲连帝城,不如当身自簪缨。"奇数句与偶数句各自对偶,各自均有反复之词。《去妇词》的"忆昔初嫁君,小姑才倚床。今日妾辞君,小姑如妾长",《战城南》开端的"去年战,桑干源。今年战,葱河道",或叙写事态,或描写情景,效果都能达到饱满程度。

利用歌谣形式反复。在盛唐诗人中,李白最擅长取法民间歌谣。歌谣中的反复与他对反复的偏爱,一拍即合。《上三峡》就是其中突出的一首:

> 巫山夹青天,巴水流若兹。巴水忽可尽,青天无到时。三朝上黄牛,三暮行太迟。三朝又三暮,不觉鬓成丝。

全诗八句,似乎把两首五绝缀在一起。黄牛山在今湖北宜昌市西北,从南朝以来流行一首行者之歌:"朝发黄牛,暮宿黄牛。三朝三暮,黄牛如故。"①十六字中,有当句反复,对句反复,承前反复,与隔句反复。李诗的后四句亦用对句反复与承前反复,就像这首歌谣的改写。前四句第二、三句的"巴水",第一、四句的"青天",也构成反复,变化而出之。此种在意脉上的错位勾连,杜诗为多。如《桔柏渡》前四句:"青冥寒江渡,架竹为长桥。竿湿烟漠漠,江永风萧萧。"杨伦即谓后二句"倒承"前两句②。那么李诗的如此反复也可以称"倒承反复"。这种如谣如谚的反复还见于他的绝句,《宣城见杜鹃花》:"蜀国曾闻子规鸟,宣城还见杜鹃花。一叫一回肠一断,三春三月忆三巴。"四句全偶对,后两句的反复同字,亦偶对整饬,增加了诗的流动,全在于句内反复加上偶对的整齐。

呼告之反复与短语之反复,在李诗中也为反复的重要特征,发端长句之反复,在长篇大制中,李白喜欢一上手就奔突出长句,且用对偶与反复兼融的形式。《宣州谢朓楼饯别校书叔云》发端说:

弃我去者昨日之日不可留,乱我心者今日之日多烦忧。

不仅两句之"日"在本句反复,而且"我……者"与"日之日"前后反复,又构成长句的偶对。两句均用动词打头,有喷薄而出之势,但又用"者"与"之"的两次顿挫式的停顿,就显得抑塞阻涩的郁懑在奔突,在寻找发泄口。如果从两"者"之后点断,则又形成折扇对,可分可合,可塑性极强。再如著名的《将进酒》,则借助"君不见"的呼告构成接近折扇对的反复。把呼告与反复兼融,也是李白诗善用之手法。《答王十二寒夜独酌有怀》中间的两"君不能"与末尾两"君不见",亦属这种形式。呼告的连续也构成反复,如《日出入行》的"羲和,羲和",《公无渡河》的"公乎公乎挂骨于其间"。还有《行路难》其一的感叹连续"行路难,行路难",《江南陵题五松山》结末的"归去来,归去来,宵济越洪波",均属于短语连用式的反复。《扶风豪士歌》的"梧桐杨柳拂金井,来醉扶风豪士家。扶风豪士天下奇,意气相倾山可移",《峨眉山月歌送蜀僧晏入中京》的"峨眉山月还送君,风吹西别长安陌。长安大道横九天,峨眉山月照秦川",均属于短语反复,前者"扶风豪士"则与准顶真兼融,后者则镶嵌相隔两句之首。《白毫子歌》发端"淮南小山白毫子,乃在淮南小山里",

---

① 《太平寰宇记》卷一百四十七"峡州夷陵县"条:"黄牛山,盛弘之《荆州记》云:南岸重岭叠起,最外高崖间有石状如人负力牵牛,人黑牛黄,成就分明。此岩既高,加以江湍纡回,虽途经信宿,犹望见之,行者歌曰……"

② 杨伦:《杜诗镜诠》卷七,上海古籍出版社 1998 年版,上册第 307 页。

后句反复则置于句末。《万愤词投魏郎中》的"好我者恤我,不好我者何忍临危而相挤",则又为短语反复与对比兼融。

另有数词与名词重叠的复音词,则与复音形容词有别。《秋浦歌》其十:"千千石楠树,万万女贞林,山山白鹭满,涧涧白猿吟。君莫向秋浦,猿声碎客心。"全诗前四句均以此类词打头,形成一种节奏,末二句作一收束。《召南·采蘩》前二章偶句四用"于以",《古诗十九首》其二"青青河畔草"一首连用六句句首复音形容词,李白诗或受此启发,在反复中亦备一格。《赠黄山胡公求白》开头四句,"白"字就出现了五次。

李白还有不少骚体和赋体诗,用于前者的"兮"和用于后者的"之"与"于",都见于句腰。《鸣皋歌送岑征君》全诗53句,用"兮"字17次,且有句腰与句末之变化;前半用"之"6次,"而"9次主要用于后半,"于"字分散于前后4次。《梦游天姥吟留别》7个"兮"全见于后半写景处。《远别离》的"之"字8次,"兮"字7用全见于句腰。《公无渡河》的"之"字三见,两次用于句末作宾语。《幽涧泉》"兮"字三见而用于前半首,"而"字两见,"以""于""之"各一见,主要用于后半首,《蜀道难》"之"字凡八见。

以上均为字法、句法上的反复,已可见出反复之多样。然李白诗的反复更重要的体现在篇法中的反复。首先是关键词的反复,《胡无人》的"胡"字反复六次,发端以"严风吹霜海草凋,筋干精坚胡马骄",后半篇则连用:"敌可摧,旌头灭,履胡之肠涉胡血。悬胡青天上,埋胡紫塞旁。胡无人,汉道昌。"或句内反复,或偶句相对反复或首尾反复,把全诗联结在一起。《把酒问月》关键词是"月"和"明月",前者五见,后者两见,且首尾两句俱有"月"字,主要见前于开头与结尾,把整首诗包裹在一起。《月下独酌》其一,"月"与"影"各四见,"我"字三见,全属关键词。《峨眉山月歌送蜀僧晏入中京》的"月"字六见,"峨眉"五见。《送裴十八图南归嵩山》其二:"归时莫洗耳,为我洗其心。洗心得真情,洗耳徒买名。"顶真把前后四句连缀成一片,结构承先启后,气势宏畅。加上"洗"字的四见又成为贯穿四句的一条线索,二者兼容紧密无间。《白云歌》则几乎全把关键词连成一片:

楚山秦山皆白云,白云处处长随君。长随君,君入楚山里。云亦随君渡湘水。湘水上,女萝衣,白云堪卧君早归。

"白云"三见,而用于首末,中间还有单用一"云"字;"君"字五见于五句,"山"字三见,再加上前四句的三次顶真,第五与第六句再一顶真。全诗句与句之间几乎不可分割,连成一片。反复性的回环,顶真式的复沓,蒂萼续续相生,或如珠转玉盘,流动自然又如清风白云舒卷飘逸。《月下独酌》其三则为饮酒之词,前半四见"爱酒",又有"酒量"与"酒星"与酒相关的星名与地名。其他的"天""地""天地""圣""贤"各两见,而这些反复字都与"酒"相关。《庐山谣寄卢侍御虚舟》则三见"庐山",《忆旧游寄谯群元参军》历述彼此四次聚散离合,以彼此为线索,其中"余"字三见,分置首、中、尾;"我"字五见,"君"字七见。三者合共15次。其中对举者,如"我向淮南攀桂枝,君留洛北愁梦思""余既还山寻故巢,君亦归家渡渭桥",都见于其中两次分手的叙写。由于这些关键人称代词的勾勒,四次聚合分离便历历在目,井然有序。《蜀道难》则以关键句"蜀道之难难于上青天"为全诗的主脑,所以分置在首、中、尾,一篇之中三见其意,诗之结构亦缘此区别。

  反复带有很强的节奏感,复沓的旋律,回环式的呼应,则加强了诗的音乐性,情感亦随之反复变化,或渐至高度,或往复唱叹,或顿挫感慨,随着句式的长短或急促紧迫,或悠扬舒缓,或由快而至缓慢,或由缓慢而至急促,变化不一。反复本身所具有的音乐美感,在《诗》《骚》、汉乐府以及民间歌谣中最为显见。李白诗志在复古,对以上的反复都全方位地继承。他又是盛唐写作乐府诗数量最多的诗人,而在音乐性极强的歌行体上无不展现他回环往复,复沓流畅的特色。他又对歌谣极为重视,如"君歌《杨叛儿》""醉客满船歌《白纻》""歌吟《渌水》动三湘""兴发歌《渌水》""弹剑歌《苦寒》""哀哀歌《苦寒》""越女歌《采莲》""笑坐雕鞍歌《落梅》"①;李白诗中还有不少的表达歌唱的"歌""吟""唱",以及"长歌""长谣""长吟"等②,这些都和音乐相关,而反复则是歌辞中重要手段,这也是李白诗其所以用了如此多反复的原因。李白诗对歌谣、乐府诗与能吟之《楚辞》和能唱的《诗经》的继承,是复中有变,手法之多种多样,形态千变万化,所以能度越前人,出入《诗》《骚》。

  与反复近似的是顶真,顶真是比邻两句的尾与首舳舻相连,蒂萼相生,连续不断,也可以说是一种特别的反复。由于"用前一句的结尾来做后一句的起头,使邻接的句子头尾蝉联而有上递下接的趣味"③。与古人称为"连珠"相同,所谓"历历如贯珠,易睹而可悦"(任昉《文章缘起》),即是顶真的特点。《诗经》中的顶真共有116次,长篇《雅》最多,《风》次之④。如《大雅·文王》第三章中的"思皇多士,生此王国。王国克生,维周之桢",即第四至第七章

---

① 以上分见《杨叛儿》《陪族叔……版洞庭》其四,《自汉阳病酒归寄王明府》《玩月金陵……》《献从叔当涂宰阳冰》《冬夜醉宿……》《秋登巴陵望洞庭》《襄阳歌》,并详见吉文斌《李白乐辞述论》,凤凰出版社2011年版,第52—53页。
② 李丽文:《诗经修辞研究》,第367页。
③ 陈望道:《修辞学发凡》,第216页。
④ 同注②。

则为章与章的顶真。汉乐府《平陵东》凡 12 句,其间则三用顶真。台湾学者一般把顶真的用途分作三种:句中、句间、句段。所谓"句中"非在一句之中,而是在上下两句之间,即前为单数句而后为偶数句,实即一联。故可称联中顶真与联间顶真。前文提及的"楚山秦山皆白云,白云处处长随君。长随君,君入楚山里",前二句、末二句均为联中顶真,中二句则为联间顶真。《月下独酌》前六句的"天若不爱酒,酒星不在天。地若不爱酒,地应无酒泉。天地既爱酒,爱酒不愧天",前两句与后两句都联中顶真。《夜坐吟》的"掩妾泪,听君歌。歌有声,妾有情。情声合,两无违",则联间顶真。《前有樽酒行》其二的"胡姬貌如花,当垆笑春风。笑春风,舞罗衣,君今不醉欲安归",此为由五言接下三言之顶真。

　　李白诗的顶真,往往与反复、比喻等交错在一起,且融化自然,连成一片。《相逢行》的"邀入青绮门,当歌共衔杯。衔杯映歌扇,似月云中见。相见不得亲,不如不相见。相见情已深,未语可知心。胡为守空闺,孤眠愁锦衾。锦衾与罗帏,缠绵会有时",有比喻,也有反复,顶真更多。借助联间三次顶真刻画心理与推动情节的进展;而"'相见'二句转舌出声,何其浑成而圆妙也"①,就指此二句一首一尾的反复非常自然浑融。位于联间的顶真,由于前后的字一经"碰撞",便发生出一种"火花"——滋生出若许相同的字来,扩大了表达的艺术效果。《长干行》的"门前迟行迹,一一生绿苔。苔深不能扫,落叶秋风早",两个"苔"字一经顶真,滋生出许多"苔"字,便成了满院的绿苔,状出了思妇的寂寞处境。《战城南》的"秦家筑城备胡处,汉家还有烽火燃。烽火燃不息,征战无已时",就有遍地烽火的效果。《去妇词》的"相思若循环,枕席生流泉。流泉咽不扫,独梦关山道。及此见君归,君归妾已老",前一顶真见出流不尽的相思之泪,后一顶真见出"君归"已晚,有懊恼不迭的遗憾!"君归"的反复起强调的作用,也有转折的效果。

　　总之,呼告是李白用来加强情感,带有爆发性质把感情推向高潮;反复增强了节奏,赋予了音乐般的旋律,同时也可起到主题关键词的频频出现;顶真有以少胜多的能力,也在局部结构上有连锁作用。呼告与反复有时融为一体,而反复又与顶真交错使用,都起到丰富效果。李白的感情激越、流畅、奔放,则与这三种修辞的大量使用,具有密切的关系。

---

① 旧题严羽《李太白诗集》评点载明人批语,见詹锳主编《李白全集校注汇集释》,第 2 册第 850 页。

二编

王维论

第七章　王维长安诗与盛唐气象①

盛唐后期三大诗人李白、杜甫、王维,三种思想,三种人生态度,三种风格,焕发出盛唐气象最耀眼的光彩。其中王维由于诗作出手早,入京早且久居,加上他的多才多艺,故早获盛名。在盛唐气象的建构中,在对大唐帝京的歌颂与描写中,王维具有李杜不可替代的作用,甚至于带有更多的经典性和接受性,而被称为"一代文宗"。

一、高华流美的京华歌手

王维自 15 岁入京,至 61 岁时亦卒于京,前后 46 年。在此期间,开元九年,因伶人舞黄狮子,谪济州司仓参军 4 年;至十五年改官淇上,次年又隐居于此,前后凡两年;二十二年秋赴洛阳,旋隐嵩山,次年不久拜右拾遗于洛阳;二十四年冬随玄宗回长安,次年夏赴河西使幕,二十六年冬返长安;二十八年冬知南选而至岭南,次年春归,隐居终南山;天宝四载,先后出使榆林、新秦、南阳;十四载六月安史陷长安,被缚送洛阳,至德二载九月后收复两京而回长安②。在这 46 年间,王维前后 7 次离京,总计为时 10 年。如果除去两次在东都洛阳的前后共 4 年,实际上离京外仕或暂隐也只有 6 年。开元九年正月丁母忧,十一年三月服阕返京。所居辋川,本属京县,故不计入离京。所以王维一生在长安凡 36 年,加上在洛阳 4 年,共计 40 年,长安可以说是王维真正的故乡,成长于斯,成名于斯,建别墅于斯,所以他对长安具有非常浓厚的感情。

李白和王维同年生,享年亦同。而李白直到天宝元年 42 岁时——与陶渊明辞官之年纪大致相仿——方入翰林,天宝三载即被斥逐,为时不到两年。如果加上学界比较认同的"二入长安",总计在长安不足 3 年。李白对长安

---

① 王维诗所显示的"盛唐气象",已引起关注。史双元《王维诗歌与"盛唐气象"》,《南京师大学报》1986 年第 4 期;吴在庆《王维与盛唐气象及风韵》,《王维研究》第 1 辑,中国工人出版社 1992 年版;邱瑞祥《王维的古体诗与盛唐气象》,《贵州大学学报》1995 年第 4 期;师长泰《王维七律与盛唐气象》,《唐都学刊》1999 年第 3 期,角度不同,均可参看。

② 以上王维仕历,据陈铁民《王维年谱》,《王维论稿》,人民文学出版社 2006 年版。

很向往,但长安却没有他长久的立足之地,主要是放荡疏狂的个性不愿"折腰事权贵"。杜甫自35岁至44岁在长安困守了10年,也是他诗作的第一高潮,为大唐长安正负两面留下史诗般的画卷。然而杜甫入京之时,王维已经46岁,成为名满寰宇的大诗人,拥有30年的创作经验。杜甫对王维的尊仰犹如李白对孟浩然的赞美,晚年作于夔州的《解闷》其八说"不见高人王右丞,蓝天丘壑漫寒藤。最传秀句寰区满,未绝风流相国能",就视其为名满天下的前辈。不仅如此,王维15岁入居长安,就开始展露歌喉。据王集题下注,自15岁至21岁存诗10首,其中《九月九日忆山东兄弟》《洛阳女儿行》《桃源行》《息夫人》《燕支行》都是他的名诗,可见他早有所成。他的诗集中第一首诗《过秦皇墓》,写于开元三年,而李白今存最早诗要在5年之后,杜甫则更在21年之后。王维诗作的发轫几乎与开元时代同步,也大致上与盛唐时代相始终。盛唐诗创始者之一的张九龄与盛唐前期最大的诗人孟浩然同在开元二十八年卒,此时40岁的王维已名满京华,成为"一代文宗"。盛唐诗的接力棒必然由他接递,而率先成为有唐一代第一位大家。他的早成,特别自少年时代就目睹长安繁华景象,歌颂长安的历史责任必然落在他的肩上,杜甫可以说是他的继承人与变革者。

  王维自开元三年伊始,就目睹长安繁盛强大的巨变。他手中又有几种利器:一是绘画,"世称高绝"(窦臮《述书赋》),"山水之妙,胜于李思训"(窦蒙《述书赋注》)。二是音乐,据说此前就是凭借琵琶新声《郁轮袍》使公主欢心,《旧唐书》本传所说的"凡诸王、驸马、豪右、贵势之门,无不拂席迎之,宁王、薛王待之如师友",唐代宗就说过"朕尝于诸王座闻其乐章",可见精通音乐对介入上层社会起了极关键重要的作用。三是书法,《新唐书》本传说"维工草隶",唐人称楷书为"隶书",唐人又极重楷书与草书,特别看重王维的岐王李范,就"好学工书,雅爱文章之士","又多聚书画古迹,为时所称"(《旧唐书·睿宗诸子传》),王集中随从、奉和岐王的诗有三首。四是诗歌,《旧唐书》本传谓"维以诗名盛于开元、天宝间"。代宗《答王缙进王维集表诏》说:"卿之伯氏,天下文宗。位历先朝,名高希代。抗行周雅,长揖楚词。调六气之终篇,正五音于逸韵。泉飞藻思,云散襟情。诗家者流,时论归美,诵于人口,久郁文房。"①俨然将王维视为开元之际诗坛最典范的权威代表。五是门第,王维出于河东王氏,且是太原王氏的分支;其母博陵崔氏,亦为著姓。如此双料背景,在唐代诗人名家中亦为罕见,所以他充满自信,年少即游居京师,在上层社会中游刃有余。六是风姿,《集异集》说"维妙年洁白,风姿都

---

① 董诰《全唐文》卷四十六,上海古籍出版社1990年版,第220页。

美",而且"风流蕴藉,语言谐戏,大为诸贵之所钦瞩"。七是兄弟联袂,维弟王缙长于散文,"昆仲宦游两都"(《旧唐书》本传),"兄弟并以科名文学冠绝当时,故时称'朝廷左相笔,天下右丞诗'也"①。综上七端,王维在京都很快进入上层社会,得到诸王、公主、豪贵者的欢迎,而且获得极高的盛誉,这在特别重视文学艺术的唐代,显得既特殊,又自然。

王维自开元二十三年拜右拾遗后,除几次短暂外使,绝大部分岁月位居京官,使他的诗集里留下了 17 首应制、应教的宫廷诗。以往学界对此很少予以关注,近年始有论及,多是从文化角度讨论②;至于与盛唐气象之关系,则语焉不详。王维应制诗继承了齐梁与初唐以来宫廷诗的传统,而且集书画、音乐、诗歌于一身,只有后之苏轼可与之比拟,使这类毫无生气的上层社会应酬之作,以高华流美的形式展现大唐盛世的恢宏气象。应制诗来自上层社会的游览、宴会,原本就和描写山水、都市建筑结合在一起,亦可称之为都市山水诗。建安诗中带有应教性质的"公宴诗"已发其端,永明新体诗一题众作的大量咏物诗、唱和诗,则扩而大之,谢朓《奉和随王殿下》16 首即为其中显例。王维上承小谢,近取沈宋,可以说是应制诗的经典诗人,与他的山水诗在创作上亦有互动关系。20 岁时所作《敕借岐王九成宫避暑应教》就显露了他的描摹才华:

> 帝子远辞丹凤阙,天书遥借翠微宫。隔窗云雾生衣上,卷幔山泉入镜中。林下水声喧语笑,岩间树色隐房栊。仙家未必能胜此,何事吹笙向碧空?

首尾叙述与赞美,中四句写景,这是初唐沈宋七律应制诗的基本格局。然此诗如换掉首联,即可视为山水诗。颔联把窗幔衣镜与云泉结合起来,显然有大小谢、吴均的思路。颈联似取法宋之问《三阳宫石淙侍宴应制》的"岩边树色含风冷,石上泉声带雨秋",其中四个动词稳当精练,只是句式一致而缺少变化。前人言此诗:"鲜润清朗,手腕柔和,此盛唐之足贵也。""右丞诗中有画,如此一诗,更不逊李将军仙山楼阁也。"③前者正是从盛唐气象的特征着

---

① 朱景玄:《唐朝名画录》,于安澜《画品丛书》,上海人民美术出版社 1982 年版,第 80 页。
② 参邓乔彬《长安文化与王维诗》,《文学评论》2001 年第 7 期;日本学者入谷仙界《论王维的应制诗》,《钦州师范高等专科学校学报》,2003 年第 12 期;王志清《王维:应制七律第一人》,《文史知识》2009 年第 1 期;高萍《王维应制诗与盛唐帝都文化》,《王维研究》第五辑,江苏大学出版社 2011 年版。
③ 分别为清黄培芳《唐贤三昧集笺注》卷上、黄生《增订唐诗摘抄》卷三,均见陈铁民《王维集校注》卷一,中华书局 1997 年版,第 26 页。

眼,后者则指出其个性特色。尾联为应制诗必不可少的套语,出之"颂圣口吻",才能得体。从此诗及《桃源行》均可显示出王维描写山水的艺术天才。王维应制诗最为有名的是《奉和圣制从蓬莱向兴庆阁道中留春雨中春望之作应制》:

> 渭水自萦秦塞曲,黄山旧绕汉宫斜。銮舆迥出千门柳,阁道回看上苑花。云里帝城双凤阙,雨中春树万人家。为乘阳气行时令,不是宸游重物华。

《唐诗别裁集》谓"应制诗应以此篇为第一",亦是盛唐气象高华、温丽、明畅、宏阔等特征在应制诗中的最佳体现。先从山川把长安方位大势横抹而出,"秦塞"与"汉宫"又展示帝都博大厚重的历史积淀①。再言行经路线,次言春雨中远眺。特别是颈联二句,俨然一幅"长安春雨图",巍峨华滋,雍容典雅而气势磅礴,秀整浑厚而兴象高华,精当地展示了这座当时世界第一大都市的整体面貌与风采。大唐帝国经济实力通过建筑与"万人家"——拥有百万人口而展现出来。从结构看,"一二远景,五六近景,二联全景,三四半景"(黄生语),又称为"人工备绝,更千万人不可废"(王夫之语)。沈佺期《兴庆池侍宴应制》的名句:"汉家城阙疑天上,秦地山川似镜中",似乎被溶化在首、颔两联中。末尾的回护,与宋之问《龙门应制》结末的"吾君不事瑶池乐,时雨来观农扈春",颂圣口吻如出一辙。盛唐之"盛"于此得到精致的表现,也给盛唐气象增添了一抹亮丽的光彩。

王维诗兼备众体,包括不大常见的六言诗与骚体诗在内,应制诗亦复相近。五律《从岐王夜宴卫家山池应教》则有向日常生活化发展的趋向:"座客香貂满,宫娃绮幔张。涧花轻粉色,山月少灯光。积翠纱窗暗,飞泉绣户凉。还将歌舞出,归路莫愁长。"此诗不仅末尾没有颂美的套语,和一般的应制应教诗很不同,而且只要去掉次句的"宫娃",则与山水诗没有两样,只是把"粉色""灯光""纱窗""绣户"与自然风光交错描写。此与上引九成宫诗都作于开元八年20岁时,看来他尝试把谢朓都市山水诗引渡到应制诗中。而大自然的优美把长安点缀得更加壮丽,此诗中的卫家山池不过是小小的景点而已。看"山月少灯光"句,不由想到现代化城市看不到月光的感受。这在当时又是多么豪华!而《奉和圣制赐史供奉曲江宴应制》描写宠臣随玄宗曲江游宴:"侍从有邹枚,琼筵就水开。言陪柏梁宴,新下建章来。对酒山河满,

---

① 王维在《奉和圣制上巳于望春亭观禊饮应制》中,又把这两句压缩为"渭水明秦甸,黄山入汉宫",然终不如此两句阔远宏整。

移舟草树回。天文同丽日,驻景惜行杯。"曲江为长安城内一大景点,玄宗和他的翰林供奉从禁中唱和后,又来此就水开筵。举起酒杯,则山河满目;移舟江上,树木好像向后倒去,当空丽日似乎停止行进,这一切使人们更珍惜曲江宴会。

王维在应制诗中展示了长安城的各种画面,有全景,有俯瞰,有聚焦于一点,也有移动式的连续镜头。《奉和圣制登降圣观与宰臣等同望应制》就采用了后一形式:

> 凤扆朝碧落,龙图耀金镜。维岳降二臣,戴天临万姓。山川八校满,井邑三农竟。比屋皆可封,谁家不相庆。林疏远村出,野旷寒山静。帝城云里深,渭水天边映。佳气含风景,颂声溢歌咏。端拱能任贤,弥彰圣君圣。

降圣观在骊山华清宫,为纪念老子而建。此诗四句为一节,凡分四节。先言行宫的宝座伸入空中,皇帝的龙图大放光彩。又像周代甫侯、申伯那样的贤臣辅佐,治理万民,可使天下祥和。此诗可能作于天宝七载冬,大唐长安表面上还一片升平,或者说还停留在开元时代的兴奋中,但也看出对清明政治的颂美与向往。再言天子的侍卫布满骊山,关中平原农事已告结束。君主圣明,故家家都有贤人可为国家所用,天下一派欣欣向荣。次言远望,"林疏"四句写出广袤的关中平原与远眺中的长安与渭河,最为真切而传神。最后四句亦为应制套语,首句为过渡,见出针线之细密。此诗层次清整,这也是王维诗的一大特征。若从思想看,与杜甫后此七年的《自京赴奉先县咏怀五百字》中经骊山一节以沉痛悲愤揭露玄宗集团穷奢极欲则有霄壤之别。然杜甫作自家诗,说自家话,王维的应制诗则是为皇帝作诗,说天子爱听的话。张说集有64首应制,张九龄也有31首,也都是拣好听的说,这也是此类诗不为人所看重的原因。从王维此诗可看出他对玄宗的信赖与对长安郊县行宫的关注,虽然应制使之充斥了不少虚美之词。

王维应制诗描写了长安的各个方位,如前所言,展现了都市建筑与自然风光的融合,使美丽的京华多侧面地矗立于读者眼前。如《奉和圣制御春明楼临右相园亭赋乐贤诗应制》中的"小苑接侯家,飞甍映宫树。商山原上碧,浐水林端素",就是写城东李林甫的府邸,前两句说右相李林甫的园亭地近兴庆宫,高耸的屋檐亦距宫树不远。史载:"林甫京城邸第,田园水硙,利尽上腴。城东有薛王别墅,林亭幽邃,甲于都邑,特以赐之,及女乐二部,天下珍玩,前后赐与,不可胜纪。宰相用事之盛,开元已来,未有其比。"①这几句写景倒给我们留下意想不到的李府富拟皇家的史料。此为在城东楼上的俯视,后四句为远望,以平原与树林为陪衬而见出山碧水素。四句景观远近变化,而且相互陪衬,空间显得辽远,景物历历在目,使人心驰神往。《从岐王过杨氏别业应教》颇值一观,是一首漂亮的五律:

> 杨子谈经所,淮王载酒过。兴阑啼鸟换,坐久落花多。径转回银烛,林开散玉珂。严城时未启,前路拥笙歌。

写游览别墅,起首借典故作叙述,说清彼此。颔联谓景色宜人,耽玩已久。主客情景四者交融,精雅舒缓,自然入妙,赢得后人一片喝彩。王安石《北山》"细数落花因坐久,缓寻芳草得归迟",显系本此。胡应麟曾把杜审言"风光新柳报,宴赏落花催"与此相较,谓:"皆佳句也。然'报'与'催'字极精工,而意尽语中;'换'字与'多'字觉散缓,而韵在言外。观此可以知初、盛次第矣。"②王士禛亦谓晚唐杜荀鹤《宿羽亭侍宴应制》"风暖鸟声碎,月高花影重",以及《春宫怨》"晓来山鸟闹,雨过杏花稀",晚唐周朴佚诗"布谷叫残雨,杏花开半村",皆为佳句,然却不如这两句"自然入妙,盛唐高不可及如此"③。由此可见"韵在言外"与"自然入妙",即含蓄与自然也是盛唐诗歌的审美标志之一。"径转"二句因"银烛"与"玉珂"而见出,显示出富贵游④,其中四动词互为呼应,"回"与"散"用得极为精确。且此两句交代夜游,为结末张目。白居易《宴散》的"笙歌归院落,灯火下楼台",当亦受此诗后四句启发。把此诗置于王维的山水诗中亦无逊色。《奉和圣制幸玉真公主山庄因题石壁十韵之作应制》则是五言排律。不免张皇使大,然亦有"谷静泉愈响,山深日易斜",前句从听觉揭示动静之特殊关系,后句则从视角在特定环境中体现出的异样的感觉,不仅写景出色,而且透露出两种不同的审美规律。最后,我们再看展现泱泱大国气象的《奉和圣制暮春送朝集使归郡应制》:

> 万国仰宗周,衣冠拜冕旒。玉乘迎大客,金节送诸侯。祖席倾三

---

① 《旧唐书·李林甫传》,第 10 册 3238 页。
② 胡应麟:《诗薮·内编》卷四,第 68 页。
③ 王士禛:《带经堂诗话》卷二《推较类》,人民文学出版社 1982 年版,第 52 页。其中把"布谷"两句误为元人诗。
④ 黄生《增订唐诗摘抄》说:"贵人出游,着不得寒俭语,然铺张太盛,又未免顾宾失主。此妙在过杨处,只淡淡打发三语,而车骑笙歌之盛,却从归途写出,用笔之斟酌如此。"见黄生等《唐诗评三种》,黄山书社 1995 年版,第 22 页。

省,褰帷向九州。杨花飞上路,槐色荫通沟。来预钧天乐,归分汉主忧。宸章类河汉,垂象满中州。

在描写上此诗并无出色之处,然在展现大唐风采上却值得注目。朝集使是各州郡登记全年人口、钱粮、狱讼诸事上报朝廷的专职,每年十一月汇报,次年春返回。诗作于天宝年间,一片升平景象。"宗周"借指长安,"衣冠"与"大客"谓朝集使。前六句言天下一统,各郡尊仰长安,朝集使来拜见皇帝,以玉车相迎。归郡前授以权节信符,中枢三省大员都来参加送别宴会,然后各回本郡。"杨花"二句以写景点明"暮春"。他们来朝可与君王同乐,回到本郡则可分天子之忧。玄宗送其归郡就像星河那样灿烂,可以光照天下。送朝集使归郡属于朝廷大典,诗以叙述与描写展示了送迎的全历程,措语庄重雍容。加上"金""玉"与代表朝廷的专有名词的点缀,以及起末的"万国"与"九州"、"冕旒"与"宸章"的包裹,气势极为堂皇,大唐顶峰期的统一安宁,国势的强盛,以及京都的豪富,都得到简括而饱满的展现。此诗在思想与艺术上虽无足可道,然在张扬盛唐气象上是不可或缺的。

总之,应制诗是在特定环境下的恭维诗,属于谀美文学,而且要得体,即不能说煞风景话与自家话,故缺乏真实情感,所以向来沦为下乘,不值一提。王维接受了谢朓都市山水诗与沈宋张皇夸大的写法,把对景物的描写更自然地融入应制诗中,其中不乏名篇与名句,并非全都是应景过时的东西。描写国家大典、重要节日,公主宰臣的别墅,以及对边将的送别、元宵观灯、春望、观禊饮,乃至于赐宴、夜宴、侍宴、上寿、赐樱桃等,无论巨细,都得恭颂。然而他却从地理位置的优越与庄园的遍布等各个方面展示整个长安城,包括京郊华清宫与关中西部的九成宫。涉及当时的政治与国势、园林与建筑、水源与绿化。他是作为帝都最为优秀的诗人来完成这些应命的,客观呈现了盛唐气象蓬勃昂扬的精神,尽管属于外在现象,但毕竟展现了这个世界大都市的概貌,而这些应制诗并不一定都是干枯的木乃伊或者华美的僵尸。

二、王维眼中的长安

王维描写长安的诗除了 17 首应制诗外,还有大约 25 首直接刻画长安,或与之相关的诗。这些诗说的是自家话,不受外界约束,高华明畅地昭示了盛唐的青春气息,以及健迈的理想与尚侠精神,更为广阔而深入地展示了长安风采与盛唐气象。

王维自 36 岁以左拾遗的身份从洛阳东返长安,以后大都居位京官,长期的京官生涯给他的诗中留下了四首同题"早朝"诗。其一：

> 皎洁明星高,苍茫远天曙。槐雾暗不开,城鸦鸣稍去。始闻高阁声,莫辨更衣处。银烛已成行,金门俨驺驭。

星高天远,曙光透亮,言上朝之"早"。京华国树为槐,被晨雾笼罩,城上乌鸦声逐渐远去,整个都市生态平衡,百万人口与自然又那么和谐。宫中报时声已可听见,但官员休息室还处于黎明时的模糊之中。紫禁城内的银烛列行等候,官员们的车子严整地排在宫门外。此诗叙写平日间的早朝的全部流程,以视觉听觉处处显示出一个"早"字来。前后分成两节,由远至近,不同时间的景物与气氛描写得异常逼真。诗人似乎作为导游,让读者跟着他上了一次早朝。另一首同题亦为五律：

> 柳暗百花明,春深五凤城。城乌睥睨晓,宫井辘轳声。方朔金门侍,班姬玉辇迎。仍闻遣方士,东海访蓬瀛。

此与上诗所用第一人称不同,特地用第三人称口吻,且借秦汉指唐,其原因就在结末直接讥讽玄宗好仙道之术。玄宗晚年"自持承平,以为天下无复可忧,遂深居禁中,专以声色自娱,悉委政事于李林甫"①。而且,"玄宗御极多年,尚长生轻举之术。于大同殿立真仙之像,每中夜夙兴,焚香顶礼。天下名山,令道士、中官合炼醮祭,相继于路。投龙奠玉,造精舍,采药饵,真诀仙踪,滋于岁月"②。由此可见,安史乱前的王维还有一定的勇气与锐力,而与此诗作年相差不远的杜甫《兵车行》"边庭流血成海水,武皇开边意未已"颇为接近。然而前人以为王诗此二句,"明以秦皇、汉武讥其君矣,不若宗楚客'幸睹八龙游阆苑,无劳万里访蓬瀛',为有含蓄"③。宗诗题为《奉和幸安乐公主山庄应制》,应制诗当然要有颂美的话,而这两句是说:有幸陪同英俊们游览了公主的山庄林苑,就用不上到万里外访寻蓬莱仙境了,则与前引王维九成宫诗结语为同一用意,这是恭维山庄比仙境还美,并非"含蓄"的讥讽,是应制诗少不了的露骨套语,反过来看王维这诗的结尾就更有意义了。

天宝元年王维为左补阙时,在《春日直门下省早朝》写道：

---

① 司马光:《资治通鉴》卷第二百一十六,"玄宗天宝十一载",中华书局2003年版,第6914页。
② 《旧唐书·礼仪制四》,中华书局1987年版,第3册第934页。
③ 胡震亨:《唐音癸签》卷十一,第112页。

> 骑省直明光,鸡鸣谒建章。遥闻侍中珮,暗识令君香。玉漏随铜史,天书拜夕郎。旌旗映阊阖,歌吹满昭阳。官舍梅初紫,官门柳欲黄。愿将迟日意,同与圣恩长。

诗分两层,前六句写在门下省值夜班时看到早朝的情景,后六句为大明宫内景观。五言容纳不了过多的修饰,故全诗充斥不少宫殿与官职的名称,末尾照常颂圣,只是用"迟日"与第五联的"梅初紫""柳欲黄",合点题目的"春日"。发端为流水对,矜持而自然。"遥闻"两句听、嗅觉兼用,不用此时不起作用的视角,突出"早朝"。后六句则全出之视觉,因彼时天已大亮。"旌旗"四句从排场与花柳两层夹写,见出大明宫当时绚烂鲜明的辉煌与风光。此诗写得如闻如见,在耳在目,名词与动词的位置每联都有变化,都可见出王维诗巧妙精致的一贯特色与风格。早朝诗最著名的则是《和贾至舍人早朝大明宫》:

> 绛帻鸡人报晓筹,尚衣方进翠云裘。九天阊阖开宫殿,万国衣冠拜冕旒。日色才临仙掌动,香烟欲傍衮龙浮。朝罢须裁五色诏,珮声归到凤池头。

此诗作于乾元元年暮春,先年春安禄山被其子庆绪所杀,叛军情势急转直下,然肃宗不听李泌直取范阳而后复两京之上策,为了固己皇位,示天下以大功,不思后患,于九、十月先后收复两京,史思明与安庆绪所属北海节度使、平原太守、清河太守投降,枝党离析。玄宗自蜀返京,肃宗大赦天下。乾元元年立张妃为皇后,形势一时振奋人心。就在这种情况下,中书舍人贾至以极其兴奋热烈的心情作了《早朝大明宫呈两省僚友》,当时杜甫、岑参、王维均参与和作。四诗都写得典雅整密,伟丽精细,为前人所艳称①。然亦有异议者,方回云:"四人《早朝》之作,俱伟丽可喜。……然京师喋血之后,疮痍未复,四人虽夸美朝仪,不已泰乎?"②今人亦有同感:"少年时读这些诗时,脑海中总会朦朦胧胧地显现出一派太平盛世、国泰民安的景象。后来……知道这些诗并非作于'开元全盛日',而是作于两京初复、战乱远未结束的多事之秋,这就不能不令我感到有点不是滋味。处在那种国步艰难,正须励精图治的非常时期,做皇帝的居然有这么好的兴致扮演盛世明君,大摆其谱,显示他君临万

---

① 如赵殿成《王右丞集笺注》卷十说:"《早朝》四作,气势雄浑,句调工丽,皆律诗之佳者。结句俱用凤池事,惟老杜独别,此其妙处不容掩者也。"
② 方回选评,李庆甲集评校点:《瀛奎律髓汇评》卷二,上海古籍出版社1986年版,第61页。

方的无比威仪,作为臣子的居然忘记了前不久的坎坷遭遇和目前的政治纠纷,温文尔雅,兴会弥长地大唱起粉饰太平的赞歌来,能说这是正常的吗?"又说只有两点"认识价值",一是"间接反映出肃宗目光的短浅、心胸的狭窄,当他一旦正位大明宫,似乎就万事大吉,不遑虑其他了";二是"开元以来,承平日久。……安禄山之乱,固然引起了巨大的震动,令一些有识之士转而面向残酷的现实,但两京的收复,二帝的还京,加上肃宗重礼仪,搞了一系列诸如祭祀、上尊号、封赏、大赦等告成活动,这又给大多数统治者带来了极其绮丽的'中兴'好梦"①。以上两家之论不无道理。然而对王维下过功夫的赵殿成斥方回之论为"宋人腐语,尤属可嗤"。这些早朝诗确实具有时代的错位,存在把战乱中的暂息看作升平的滑稽感。然而安史突乱的颠覆,一年多后忽逢局势突转,虽然把李泌对平叛预计的两年被肃宗延宕到五年,但在当时毕竟忽如暴雨中的转晴,带来了一定的兴奋与激动,这也是肃宗费尽心思以求的,所以这四首诗实质上带有应制诗的底色。

其他直接描写长安的,还有作于天宝年间的七言歌行《同比部杨员外十五夜游有怀静者季》描述元宵节"万户千门辟""倾城满南陌"的"共道春灯胜百花"的景象。《登楼歌》则采用骚体,前半描写长安位置的宏阔:"聊上君兮高楼,飞甍鳞次兮在下。俯十二兮通衢,绿槐参差兮车马。却瞻兮龙首,前眺兮宜春。王畿郁兮千里,山河壮兮咸秦。"确能抓住长安与关中平原关系的整体感。五律《同崔员外秋宵遇直》写在宫内值夜班,中四句专摹写夜景:"九门寒漏彻,万井曙钟多。月迥藏珠斗,云消出绛河。"另外还有两首骊山温泉之作,一是五排《和仆射晋公扈从温汤》,起首四句描写仪仗壮观:"天子幸新丰,旌旗渭水东。寒山天仗外,温谷幔城中。"另一首是《和太常韦主簿五郎温汤寓目之作》,堪称名作:

    汉主离宫接露台,秦川一半夕阳开。青山尽是朱旗绕,碧涧翻从玉殿来。新丰树里行人度,小苑城边猎骑回。闻道甘泉能献赋,悬知独有子云才。

"离宫""小苑"均指华清宫,骊山顶上有露台乡,是汉武帝欲作露台之所在。起二句点明时地,被称为"冠裳宏丽,大家正脉"(胡应麟语),本为叙写却出之描写,连同中四联均作铺排写景,远近区别分明。首句为近,次句为远;颔联为近,颈联为远。结末切题目的酬和,组织得都很精密。由此可见善于发

---

① 陈贻焮:《杜甫评传》,上海古籍出版社 1982 年版,第 428 页。

端,结构严密,是王维诗另外两大特征。此诗雄浑富丽,清俊蕴藉,被前人看作"盛唐正轨",这正是从盛唐气象的高华流美、雄浑宏大的角度判定出的。

以上所写长安诗,多出之酬和诗,酬和诗本须庄重而富有装饰。王维眼中开元时代的长安是宏丽伟壮的,作为一个神圣的偶像反复得到歌颂。除过和贾至的早朝诗,这些诗都作于开元后期与天宝年间,在一定程度上反映了鼎盛期的时代气息。它们像唐画,也像唐三彩的瓷塑,鲜丽丰腴,高华富艳,多姿多彩,都是那个富有张力的社会的共同产物。

三、长安的分切镜头

作为后盛唐的大诗人,王维不仅代表京都诗人歌颂长安,而且以长安骄子的情怀,描绘了长安人生活的各种片段,其中充满朝气蓬勃的时代气息,洋溢着升平盛世的自豪,闪动着理想的憧憬,跳荡着少年人的青春以及豪迈的游侠精神。

他的《冬日游览》先记述了长安东郊的广袤,是伸向全国各地的通道:"步出城东门,试骋千里目。青山横苍林,赤日团平陆。渭北走邯郸,关东出函谷。"然后回到政治中心长安:

> 秦地万方会,来朝九州牧。鸡鸣咸阳中,冠盖相追逐。丞相过列侯,群公饯光禄。

这是万方朝会的大都市,天还未亮就沸腾起来,丞相、列侯、群公布满大道,追逐往来,使人眼花缭乱,然而此为国家神经的中枢,一切决策从这里发布全国。我们似乎可以看到诗人对自李林甫执政以来朝政混乱的不满,而有微讽。这是他在东门外散步时看到与想到的,是他眼中、心中的长安。写此诗时的情怀并不见佳,故末尾说"相如方老病,独归茂陵宿"。此诗可能作于开天之际隐居期间,开元末年春因知南选自岭南归,便隐居终南山,故以因病免官家居的司马相如自喻。直至暮年所作《瓜园诗》,眼中的长安始终是如此的美好:"蔼蔼帝王州,宫观一何繁。林端出绮道,殿顶摇华幡。"这本是朋友一次聚会的和诗,也不忘记把树木簇拥的长安城当作最美丽的风景线。另外,还有两首听鸟鸣诗,以小见大地写出禁城中的绿色世界。《听宫莺》说:"春树绕宫墙,宫莺啭曙光。忽惊啼暂断,移处弄还长。隐叶栖承露,攀花出未央。游人未应返,为此始思乡。"本是咏莺,却带出绿树围绕的禁城皇宫。长安宫中广植花木,已在上引的几首早朝诗中看得清楚。《听百舌鸟》把鸟与皇宫融合起来:"上兰门外草萋萋,未央宫中花里栖。亦有相随过御苑,不知若个向金堤。入春解作千般语,拂曙能先百鸟啼。万户千门应觉晓,建章何必听鸣鸡。""上兰"本为汉宫观名,此借指唐之禁苑。无论宫内宫外,不是萋萋草地,就是花木成片,不然怎么有那么多"千般语",能唤醒千门万户的偌大皇宫。这简直是花园皇宫,公园长安!不仅花草可供观赏,而且宫内果树之实还可分赐大臣。《敕赐百官樱桃》就摄取了这样的镜头:"芙蓉阙下会千官,紫禁朱樱出上兰。才是寝园春荐后,非关御苑鸟衔残。归鞍竞带青丝笼,中使频倾赤玉盘。饱食不须愁内热,大官还有蔗浆寒。"唐代鼎盛时期的京官至少有七八百人,把他们集合在宫阙下,每人"敕赐"一青丝笼樱桃,宦官们还不停地用盘子运送,可见宫内不知栽植了多少樱桃树,"御苑"几乎成了果园。特别是"归鞍"两句,又是多么热烈而有趣的画面!首联贴题,"三四言其新,五六言其多,七八用补笔跳结,意更足,法更妙,笔更圆活"①。此诗可算是京官生活化的诗,给长安城平添一道异样的风光。

或者切取生活中一截横断面,描写长安贵族的日常生活的豪奢。如《奉和杨驸马六郎秋夜即事》:"高楼月似霜,秋夜郁金堂。对坐弹卢女,同看舞凤凰。少儿多送酒,小玉更焚香。结束平阳骑,明朝入建章。"只切取驸马夜生活的一截,仅叙写酣歌醉舞,可与顾闳中《韩熙载夜宴图》对看,生动地展现出上层贵族的奢华场面。《羽林骑闺人》同样为秋夜,则叙写待夫不至的内心活动:"秋月临高城,城中管弦思。离人堂上愁,稚子阶前戏。出门复映户,望望青丝骑。行人过欲尽,狂夫终不至。左右寂无言,相看共垂泪。"她的丈夫是皇宫的警卫,到了该下班时还不见回来。她徘徊观望,街上已没有几个人,丈夫还不见个人影儿。婢女们悄然无语,只陪女主黯然流泪。同样切取了一截横断面,却哀乐不同,这也是长安城生活应有的内容,故与一般的思妇诗颇有些不同。

尚侠是盛唐流行的风气,也是盛唐诗人的流行题材。温和而不激奋的王维也不例外。他采用最为擅长的七绝,撷取一个片段或一个镜头,稍加描写,便给盛唐七绝平添特别的亮彩。《少年行》其一说:

新丰美酒斗十千,咸阳游侠多少年。相逢意气为君饮,系马高楼垂柳边。

四个句子都在跳动,每个句子相互之间都不相连,然而豪爽的"意气"使之连

---

① 张谦宜:《絸斋诗谈》卷五,见丁福保辑《清诗话续编》,第 846 页。

成一体。偶然一遇,不惜"为君"挥金畅饮。实写只有末句,不仅见出"情景如画"(黄叔灿语),而且以实传虚,旁衬出意气如何相倾地"为君"豪饮。王维30岁后素食,诗中言及酒非常少见。此当而立岁以前所作,以少年的热情挥写,真能表现盛唐气象之精神。此诗似乎是李白同题诗的姊妹篇:"五陵年少金市东,银鞍白马度春风。落花踏尽游何处,笑入胡姬酒肆中。"同样跳动着朝气蓬勃的时代脉搏,同样都具有鲜明的艺术个性。"五陵年少"、"咸阳游侠",都是指称意气风发的长安少年,都带有雄厚的历史积淀,标志着京华长安的骄傲,显示出长安人的豪迈。《送元二使安西》是王维名诗之一,"渭城朝雨"与"客舍青青"把我们带入空气新鲜的春色盎然之中,而"劝君更尽一杯酒,西出阳关无故人",同样是那样澄澈、清爽、温情!从最繁华的都市而远赴荒漠的阳关之西,这是多么大的落差!又怎能不"劝君更尽一杯酒"?这"一杯酒"里蕴涵着长安友人多少情谊!长安是大唐的代表,作者是长安诗人的代表,这里没有官员的冷漠,亦无京华人的排外,只是淳厚的家常话,然在当时就唱遍大地,诵于人口①,感动着一代又一代的人,而被推为盛唐绝句之冠,而且"阳关无故人"之句,"盛唐以前所未道"(李东阳语),这也正是盛唐精神其所以使人感动的地方,盛唐气象其所以让人向往的原因。

盛唐时代是文治武功兼备的时代,所以边塞诗写得慷慨激昂。北宋重文偃武,故国境迫促,边塞诗也渐趋稀少。王维是全方位的艺术家,并不会使枪弄棒,盛唐的时代风气,不但使他写了不少的边塞诗,而且留下了脍炙人口的《观猎》,这是长安郊区的一次打猎,"忽过新丰市,还归细柳营"——是从长安之细柳而到骊山之新丰,又回归到细柳的大营。新丰自南朝以来即出名酒,梁元帝萧衍就曾说过"试酌新丰酒,遥劝阳台人",前文所及"新丰美酒斗十千"已见名贵。细柳营是西汉名将周亚夫的驻地,汉文帝须下车方能进辕门见他。两地名显示出汉代以来长安厚重的历史积累,给将军猎间豪饮还包蕴着为平日治军的肃严平添了几分精彩。而打猎结束的"回看射雕处,千里暮云平",又把长安所处的关中平原的腹部展现得那样辽阔,而猎者的豪兴之淋漓,则不言而喻。这四句"奇笔写生,毫端有风雨声"(王夫之《唐诗评选》语)。此诗起首"风劲角弓鸣,将军猎渭城"发端突兀,倒戟而入,峭拔轩昂,犹如书法中起笔的点画,侧势用笔,先出之逆锋,然后回锋收笔,而有高峰坠石之声势。"草枯鹰眼疾,雪尽马蹄轻"正面写"猎"字,笔挟风霜,壮怀激

---

① 郭茂倩《乐府诗集》卷八十:"本送人使安西诗,后遂被于歌。刘禹锡《与歌者诗》云:'旧人唯有何戡在,更与殷勤唱《渭城》。'白居易《对酒诗》:'相逢且莫推辞醉,听唱阳关第四声。'即'劝君更进一杯酒,西出阳关无故人'也。《渭城》《阳关》之名,盖因辞云。"李东阳《麓堂诗话》:"此辞一出,一时传诵不足,至为三叠歌之。"

烈,愈见精神。不仅点明时令,且为下联铺垫张目。全诗紧凑严密,上密下疏,神完气足,犹如与之同时李邕的行草——"气体高异,所难尤在一点一画,皆如抛砖落地"(《艺概·书概》)——同样昭示着盛唐气象所蕴涵风骨的力量美,显示着饱满的张力与气势。

总之,王维的长安诗题材多样,体裁比较广泛,风格也较多样。他以帝乡为故乡,生活于京华,终老于京华。他是京华的骄子,也是长安诗人的杰出代表。无论应制、应教诗,还是奉和应酬诗,这些本有拘束而缺乏感情的题材,他都赋予了时代的活力,其原因无不与京都长安所显示的高昂的国势息息相关。特别是反映长安人日常生活的送别诗、闺怨诗、游侠诗,更具有盛唐时代的精神与盛唐气象的活力,具有永恒的魅力而永远感动后人。按理,他写的"近天都"的终南山与香积寺,以及最能代表艺术本色的在长安所写的山水田园诗,都应该视为"长安诗",一来没有直接反映长安京都的风貌,二来须专文讨论,此不赘言。闻一多曾说:"王维替中国诗定下了地道的传统,后代中国人对诗的观念大半以此为标准,即调理性情,静赏自然,他的长处短处都在这里。"①这主要是就他的山水田园诗而言,而他的长安诗亦当作如是观。

---

① 郑临川记录,徐希平整理:《笳吹弦诵传薪录——闻一多、罗庸论中国古典文学》,上海古籍出版社2002年版,第121页。

第八章　王维山水画和山水诗
　　　趋向与规律的融合

自苏轼对王维提出"诗中有画"与"画中有诗"的著名论断之后，前者往往成为讨论的热点，后者则很少有人言及，至于二者之关系，及王维山水画对其山水诗有何影响，则更少有人问津①。一来此属于学科交叉命题，存乎视野与学识的限制，二来王维山水画存世几近于无，故无人涉足。然王维画的著录，以及绘画史家、收藏家、鉴赏家之记述颇为林林总总，不绝如缕，不失为莫大之襄助。考察王维山水画如何融注到他的山水诗，甚至影响到审美趣向与规律，将给我们的研究提供新的理路与别一视域。

一、王维山水画的审美趋向与规律

唐代文治武功盛称于世，而且诗歌极为繁荣，所谓"唐诗晋字汉文章"，在中国文学艺术的极品中位居前列，最为盛传。其实唐代的书法、绘画、音乐、建筑、雕塑都达到相当的艺术高度。唐代诗人兼书法家，甚至兼为画家，不可胜举。其中最著名的莫如王维，诗、画、书法、音乐集于一身。最为引人注目的诗与画，声名最著。最早记述王维画迹的，是他自己在《偶然作》其六所说："老来懒赋诗，惟有老相随。宿世（当代）谬词客，前身应画师。不能舍余习，偶被世人知。名字本皆是，此心还不知。"②"宿世"为佛教语，即前生，然与后句"前身"语复。当以《唐诗纪事》及唐人记述俱作的"当代"为是。两句意谓：我原本应为画师，却被谬称为诗人。然"名字"两句补充说：我用佛家中人维摩诘作为名与字，本不应该贪图诗人或者画家的虚名。徐渭、吴昌

---

① 刘刚：《关于王维山水画论和山水诗诗法》，《王维研究》第4辑，辽海出版社2003年版。可参看。
② 陈铁民《王维集校注》第70页该诗注一谓此诗："作于开元十五年……其六'老来懒赋诗'乃王维晚年之诗，与前五首非同时而作，且据有关记载，诗题应为《题辋川图》。"又在第477页《题辋川图》注一据朱景玄《唐朝名画录》、张彦远《历代名画记》等，谓王维画《辋川图》常自题为"当（即指'宿'）世"二句，故此诗当作《题辋川图》，不应曰《偶然作》。今按唐人乃至五代、北宋画，很少题款，更无题诗者。以上记述均未言于图上题写全诗，只是撷取其诗二句，以作移用。

硕、齐白石等以画名者,常谓己画第二、第三,甚至第四,意在称扬另外的擅长。

唐人画史记述王维画迹者不少。李肇《国史补》卷上说:"王维画品妙绝,于山水平远尤工。今昭国坊庚敬休屋壁有之。"①其人在宪宗元和年间(806—820)曾做过中书舍人,距王维卒年不远,且据目睹所记,当最为可信。武宗会昌(841—846)时人朱景玄《唐人名画录》以神、妙、能、逸四品论画,置王维于妙品,云:"其画山水松石,踪似吴生,而风致标格特出。今京都千佛市西塔院有掩障一合,画青枫树一图。又尝写诗人襄阳孟浩然马上吟诗图,见传于世。复画《辋川图》,山谷郁郁盘盘,云水飞动,意出尘外,怪生笔端。常自题诗云:'当世谬词客,前身为画师',其自负如此。慈恩寺东院与毕庶子、郑广文各画一小壁,时号三绝。故庚右丞宅有壁画山水兼题记,亦当时之妙。故山水、松石并居妙品。"②宣宗大中年间(847—859)张彦远的《历代名画记》云:"王维……工画山水,体涉古今。人家所蓄,多是右丞指挥之工人布色,原野簇成,远树过于朴拙。复务细巧,翻更失真。清源寺壁上画辋川,笔力雄壮。常自制诗曰:'当世谬词客……(共四句)'诚哉是言也。余曾见破墨山水,笔迹劲爽。"③《旧唐书·文苑下》本传说:"维尤长五言诗,书画特臻其妙,笔纵措思,参于造化,而创意经图,即有所缺,如山水平远,云峰石色,绝迹天机,非绘者之所及也。"《新唐书·文艺传》亦云:"维工草隶,善画,名盛于开元、天宝间,豪英贵人虚左以迎,宁、薛诸王待若师友。画思入神,至山水平远,云势石色,绘工以为天机所到。学者不及也。"

以上为唐人所记,再看宋人所言。北宋初郭若虚《图画见闻志》卷五"王维"条曰:"善画山水、人物,笔踪雅壮,体涉古今。"④以下记《辋川图》诸语与朱景玄相同。沈括《梦溪笔谈》卷十七:"书画之妙,当以神会,难以形器求也。世之观画者,多能指摘其间形象位置,彩色瑕疵而已,至于奥理冥造者罕见,如彦远《画评》,言王维画物多不问四时,如画花往往以桃、杏、芙蓉、莲花同画一景。予家所藏摩诘画《袁安卧雪图》,有雪中芭蕉,此乃得心应手,意到便成,故造理入神,迥得天意,此难可与俗人论也。"同卷又言:"王仲闻至阅吾家画,最爱王维画《黄梅出山图》。盖其所图黄梅、曹溪二人,气韵神俭皆如其人。读二人事迹,还观所画,可以想见其人。"⑤东坡题跋有超出前人记述的说法:"唐人王摩诘、李思训之流,画山川峰麓,自成变态,虽萧然有出

---

① 李肇:《国史补》卷上,上海古籍出版社1979年版,第18页。
② 朱景玄:《唐朝名画录》,见于安澜《画品丛书》,上海人民美术出版社1982年版,第80页。
③ 张彦远:《历代名画记》卷十,人民美术出版社2005年版,第191页。
④ 同上。
⑤ 沈括:《梦笔溪谈》卷十七,辽宁教育出版社1997年版,第92、93页。

尘之姿,然颇以云物间之。作浮云杳霭与孤鸿落照,灭没于江天之外,举世宗之,而唐人之典刑尽矣。"①黄伯思《东观余论》卷下《又跋辋川图后》:"世传此图本,多物象靡密,而笔势钝弱,今所传则赋象简远,而笔力劲峻,盖摩诘遗迹之不失其真者,当自李卫公家定本所出云。"② 葛立方《韵语阳秋》卷十四说他在昆陵孙润那里见到王维画孟浩然像,有唐人陆羽序,还有宋人张洎题识:"观右丞笔迹,穷极神妙,襄阳之状,颀而长,峭而瘦,衣白袍,靴帽重戴,乘款段马,一童总角,提书笈负琴而从,风仪落落,凛然如生。"元人汤垕《画鉴》:"王右丞维工人物山水,笔意清润,画罗汉佛像至佳、平生喜作雪景、剑阁、栈道、骡纲、晓行、捕鱼、雪渡、村墟等图。其画《辋川图》世之最著也。盖其胸次潇洒,意之所至,落笔便与庸史不同。"③

王维画存留绝少,然宋人记述甚夥,至明清时的著录甚至带有神秘意味。晚唐张祜《题王右丞山水障》其二就已感慨:"右丞今已殁,遗画世间稀。"到宋代更视为奇物可宝。北宋范纯仁《和韩子文题王摩诘画寒林》说:"摩诘传遗迹,家藏久自奇。高人不复见,绝技更谁师。"米芾《画史》就已指出:"世俗以蜀中画《骡纲图》《剑门关图》为王维甚众,又多以江南人所画雪图命为王维,但见笔清秀者即命之。"并感叹如此赝品者,"其他贵侯家不可胜数,谅非如是之众也"。唐人以壁画为多,已见于上文李肇、朱景玄、张彦远之记述。特别是安史之乱后,长安屡遭沦陷,壁画荡然无存。郑嵎《津阳门》诗说:"烟中壁碎摩诘画,云间寺失玄宗诗。"壁画不易留存,绢纸之画,亦复如此。故唐人画留存世者,每人至多一二幅,如凤毛麟角,异物珍品。至北宋便视为奇货可居,故范纯仁、米芾慨叹之。又因王维是大诗人,画更为名贵。故摹本纷出,赝作不绝,真伪混杂,甚至"但见笔清秀者即命之"。《宣和画谱》记内府所藏王维画126件,伪作亦恐充斥。对于历来记述王维画迹,唐人所言,最可珍贵。北宋前期还较为可靠,汤垕《画鉴》以鉴别真伪为主。"凡所辨论,皆甚精到"(余绍宋《书画书录解题》),至于明清所述则桧曹以下可以无论矣。

综上唐宋对王维画迹所言,我们可以得出以下数端:其一,王维画并非专长山水一门,人物甚至不亚于山水。因五代至北宋,山水才蔚为画中大宗,故愈加看重。宣和内府所藏王维画人物73幅,山水53幅,虽不尽真,二者比例大致可见。朱景玄《唐朝名画录》亦谓王维写真、山水、松石、树木并长。

其二,王维山水画的风格,最早所论者封演云:"玄宗时,王维特妙山水,

---

① 苏轼:《题跋·又跋汉杰画山二首》,《苏轼文集》卷七十,中华书局2008年版,第2213页。
② 黄伯思:《东观余论》卷下,《又跋辋川图后》,《四库全书》本。
③ 汤垕:《画鉴》,于安澜《画品丛书》,上海人民美术出版社1982年版,第407页。

幽深之致,近古未有。"①张彦远《历代名画记》卷一《论画山水树石》则谓之"重深",所谓"重深",近于构图上的深远布局。这可能是就代表作"郁郁盘盘"的《辋川图》等发论。五代荆浩则言:"王右丞笔墨婉丽,气韵高清,巧写象成,亦动真思。"②后于封演而早于张彦远的李肇则认为山水以平远尤工,两《唐书》亦同。特别是苏轼所言的"唐人典刑"最为详细,所言山川峰麓不仅有"出尘之姿",而且"颇以云物间之,作浮云杳霭与孤鸿落照,灭没于江天之外"。只有平远构图才能有"江天之外"之感,高远与深远都很难达到这种效果。北宋山水画大家郭熙说:"自近山而望远山,谓之平远","平远之色有明有暗","平远之意冲融而缥缥渺渺","其人物在三远也……平远者冲澹"③。王维性格原本冲和蕴藉,中年后尤其如此,所以李肇有"于山水平远尤工"的论断。张彦远的"原野簇成,远树过于朴拙"云云,绝非高远、深远景物,亦非平远莫属。从五代至宋山水画大盛,故两《唐书》与苏轼之论其"平远"更加明了突出。中唐皎然《观王右丞沧州图歌》诗云"便有春渚情""飒然风至草不动""犹言雨色斜拂座,乍似水凉来入襟",亦非高远、深远所能及,春渚与望而无际的春草,当属平远中所见。张祜《题王右丞山水障》其二谓其所画"咫尺江湖尽,寻常鸥鸟飞。山光全在掌,云气欲生衣",山光水色,云气缭绕,鸥鸟远飞,亦为平远中景色。总之,王维山水画以平远为主,也以平远最具特色。

其三,王维山水画的风格,荆浩谓之"气韵高清",苏轼称其"萧然有出尘之姿",米芾言当时人目为"清秀",他自己认为特征是"笔细",黄伯思以为"赋象简远,而运笔劲峻",《宣和画谱》以为"思致高远","无适而不潇洒"。葛立方《韵语阳秋》引窦蒙《画拾遗》言"其用笔清润秀整"。综上所言的高清、清秀、清润、高远,则秀润清远,用笔细劲,物象简远,为其主要风格。

其四,常以孤鸿鸥鸟点缀于江天之外,以见辽远,见于张祜诗中,苏轼更视为"唐人之典刑"。

其五,时间选择黄昏落日,即苏轼所谓"孤鸿落照"。黄公望《王维秋林晚岫图诗》其一:"群山蠢蠢凝烟紫,万木萧萧向夕黄。"其二:"秋风荏苒泛晴光,处处村村带夕阳。一段深情谁得似?故知辋口味应长。"邓文原《题王维秋林晚岫图诗》:"千峰影凝宛神州,中有仙翁寤寐游。林麓渐看红叶暮,风烟俄入野塘秋。摇摇小艇寻谿转,寂寂双扉向晚投。我欲探幽未能去,画中

---

① 封演:《封氏闻见记》卷五《画图》,辽宁教育出版社1988年版,第26页。
② 荆浩:《笔法记》(一名《山水录》),见沈子丞《历代论画名著汇编》,文物出版社1982年版,第49页。
③ 郭熙:《林泉高致·山水训》,沈子丞《历代论画名著汇编》,文物出版社1982年版,第71页。

真境许谁俦。"祝允明《怀星堂集》卷二十五《王右丞山水真迹歌》:"生烟漠漠中有树,树外田家几家住。重峦复坞随不断,茅舍时时若菌附。两人并向鱼梁涉,一鸟遥从翠微度。行云澹映荒水陂,似有斜阳带微昫。"以上记述均为黄昏斜阳景观。

其六,画中有诗,即所画景象境界,带有浓厚的抒情意味。荆浩谓王维画宛丽高洁,"亦动真思",即谓有真实的思致和感情。苏轼《凤翔八观·王维吴道子画》:"摩诘本诗老,佩芷袭芳荪。今观此壁画,亦若其诗清且敦。"这和著名的《书摩诘蓝田烟雨图》的"诗中有画""画中有诗",论断一致。晁补之《鸡肋集》卷三十四《捕鱼图序》:"右丞妙于诗,故画意有余,世人欲以语言粉墨追之,不似也。"所谓"画意有余",即充满诗意,而非单纯的线条与颜色所能为,全凭构思立意,包涵画外要有意味,就是常语所说的"诗情画意"。

以上六端,特别是平远构图,风格的清润秀整与物象的简远,用笔细劲,孤鸿鸥鸟的点缀,落照斜阳的选择,以及其中充满的抒情性,必然影响到王维诗歌的构思与表现。

二、"诗中有画"的重新考察

王维"诗中有画",以往论者专从构图的具体形成、颜色的选择与光线的对比等绘画形式美给予关注①,多属于形而下之的范围。而从题材风格、审美趣向、对景物的选择,以及时空的审美观念的体现与抒情性,则罕见加以考虑者。而此一角度正属于形而上之范畴,在学理上具有的意义,似乎更为重要。

首先,王维山水画有深远与平远,而高远甚少,且以平远为主,这从后人摹本《辋川图》可见其深远;据传《江干雪霁图》(又称《长江雪霁图》),近岸坡石,树木刻画精细,远山岗峦起伏连绵不断,峰头并不凸峭;山脚远树用笔劲爽,远山无皴,仅在山头山凹点染小树而已。彼岸水鸟与空中群鸟成队远飞天边。近岸依石屋宇细笔勾出,或丛竹或树木掩映其间,屋前平地点缀一二人物。远处小桥横跨,河流平静无波。整幅画面,一片静穆恬淡气象,无论远山或远去的飞鸟,具有飘然物外之思。《宣和画谱》所藏的《山庄图》《山居图》《栈阁图》《雪山图》《雪渡图》《山谷行旅图》《雪江诗意图》《江赏胜图》《雪景山谷图》《雪景待渡图》《群峰雪霁图》等,似乎都可从此《江干雪霁图》

---

① 探讨王维诗中有画的论文,主要见于文达三《论王维诗歌的绘画形成美》,载《中国社会科学》1982 年第 5 期,金学智《王维诗中的绘画美》,见《文学遗产》1984 年第 4 期。而不同意的反论,则有蒋寅《对王维"诗中有画"的质疑》,《文学评论》2000 年第 7 期。

想见其一二。结合前引著录的描述,平远山水应是构图最为显著的审美特征。他画的山没有主峰,不区别"君臣上下",近处树木也不"先理会一大松,名为宗老"(均郭熙语)。

  清人方薰说:"凡作画者,多究心笔墨,而章法位置,往往忽之,不知古人丘壑生发不已,时出新意,别开生面,皆胸中先成章法位置之妙也。一如作文,在立意布局,新警乃佳。不然,缀辞徒工不过陈言而已。"①当代已故的花鸟画家潘天寿言:"置陈布势,要得画内之景,兼要得画外之景。然得画内之景易,得画外之景难。"②此则更进一层,由画的布局构图,要滋发"画外之景",给人以想象与生发。李苦禅则言:"一幅写意画魄力如何,先不在于笔墨而在于章法布局,要里出外进,大开大合。……画虽有限而意无穷,这是画外求画的办法。只在画里求画是小家气。"③方薰以书法的"意在笔先"论画之构图,应先为经营,今人则强调画要得"画外之景"与"画外求画",所谓"画虽有限而意无穷",实际上是把诗的"言已尽而意无穷"的说法移到画上,或者说在构图的章法布局要求具备诗意。对于平远构图,清人戴熙说:"平远山不可令如石堆,须有望不尽之意。平远山如蕴藉人,可谓善貌平远者矣。"④清人华琳说:"唯三远不易。然高者,由卑以推之;深者,由浅以推之;至于平,则必不高,仍须于平中之卑处以推及高。平则不甚深,亦须于平中之浅处以推及深。推之法得,斯远之神得矣。"⑤此言"推法"即对比之法。以诸家所言,看王维《江干雪霁图》,则在李思训《江帆楼阁图》的高远以及旧题李昭道《明皇幸蜀图》的深远之外,开辟了平远的新面貌。至此三远全备,故苏轼有"唐人典刑尽矣"的说法。

  王维诗诸体具备,题材广泛,就像在画中兼备人物、山水一样,那时花鸟还没有独立为一画科,或如其书法楷草兼备一样。他的写景,无论山水、送别、边塞,多以平远的景观为主。一般论王维诗,均分为前后两期,然在采取平远构图上,似乎是其前后始终一贯的宗旨。一个诗人无论命运的否泰逆顺,他的审美趣向是不会有翻转性改变的。王维诗描写平远景象的大约有50首,占其山水诗的绝大部分。19岁所作《桃源行》就呈现了两个平远画面:

    渔舟逐水爱山春,两岸桃花夹古津。坐爱红树不知远,行尽青溪不

---

① 方薰:《山静居论画》卷上,沈子丞《历代论画名著汇编》,文物出版社1982年版,第584页。
② 潘天寿:《听天阁画谈随笔》,陈洙龙《山水画语录类选》,人民美术出版社2010年版,第118页。
③ 参见李燕《深深内蕴的力量,跃跃勃发的生机》,《中国名家名画作品集》,天津人民美术出版社2005年版,第6页。
④ 戴熙:《习苦斋题画》,陈洙龙《山水画语录类选》,人民美术出版社2010年版,第32页。
⑤ 华琳:《南宗抉密》,同上。

见人。山口潜行始隈隩,山开旷望旋平陆。遥看一处攒云树,近入千家散花竹。

"山口"句,把两个平远画面隔开,前者是"春来遍是桃花水"式的平远,后者是桃花源里人家,云树攒集,花竹掩映。在陶渊明描写的基础上,加上了青年诗人蓬勃想象,画面充满了大自然生命的活力,色彩鲜润华滋,所以前人曾言此诗:"比靖节作,此为设色山水,骨格少降,不得不爱其渲染之工。"① 设色山水与水墨山水并无高低之别,而把此诗作画看,倒得其所以。此种平远画面,安宁祥和而富有生机,而且有引人入胜的魅力。淡化了神秘,而增强了冲澹,正与旷望的平陆所呈现的平远分不开。明人仇英所画的《桃源仙境》重山叠岭充塞画面,鲜丽的颜色对比强烈,宣扬了一种世俗欲望,而与王维诗的画面形成两种仙凡不同的"桃源境界"。

他的田园诗几乎全是平远景象,这与他在淇水、郑州、辋川的经历有关。《宿郑州》是贬往济州途中所作,本为行役诗,中间却描绘了一幅田家图:"宛洛望不见,秋霖晦平陆。田父草际归,村童雨中牧。主人东皋上,时稼绕茅屋。"以"平陆"为背景,全从远望中写出,田父、村童、主人等人物,而与草际、庄稼、雨中、茅屋配合得很协调。这是他最早关于田园的描写,很有些接近孟浩然《田家元日》"野老就耕去,荷锄随牧童"的写法,但他更注意农村景物与人物的配衬。而《新晴野望》则写得更为出色:

新晴原野旷,极目无氛垢。郭门临渡头,村树连谿口。白水明田外,碧峰出山后。农月无闲人,倾家事南亩。

犹如一幅水墨画,只在远山略施墨绿。旷野显示了平原的辽阔,"无氛垢"增强了"新晴"的可视性。郭门紧靠着渡头,村树一直通向谿口,穿越田野的河流呈现耀眼白光,近山后面的远峰,颜色如黛。山脚下的田野一片忙碌,家家老幼都在田间,人物于此作田园风光的点缀。田园描写比起孟浩然《过故人庄》"绿树村边合,青山郭外斜",要精细得多。特别是河流的明净,山峰的层次,描绘得山清水秀,清润爽劲。这一切都置于平远的框架与视野中,使人惬意舒适、蕴藉宜人。旧题王维《山水论》说画山"要分远近,远山不得连近山,远水不得连近水";又在《山水诀》里说:"夫画道之中,水墨为最上。肇自然之性,成造化之功。或咫尺之图,写百里之景。东西南北,宛尔目前;春夏秋

---

① 张谦宜:《絸斋诗谈》卷五,见郭绍虞辑《清诗话续编》,第844页。

冬,生于笔底。初铺水际,忌为浮泛之山;次布路歧,莫作连绵之道。……水陆边人家可置,村庄著数树以成林。"观此可知,王维此诗正是以山水画家的眼光观察景物,描写他的田园风光。有时则把隐居诗与田园诗结合在一起,《辋川闲居赠裴秀才迪》即属此类:

> 寒山转苍翠,秋水日潺湲。倚杖柴门外,临风听暮蝉。渡头余落日,墟里上孤烟。复值接舆醉,狂歌五柳前。

墟里孤烟、柴门均是陶诗的经典意象,采用过来,说自己倚杖柴门,迎风听蝉,好像田家野老在等待牧童,以示"隐居"的安闲心态。渡头唯余落日,显得寂静。村里炊烟直上,又那么安宁。"上"字使一时情景如见。前六句分成三层,移步换景地展现了隐居环境,寒山、秋水为居处的大环境。"倚杖"二句叙写自己,"渡头""墟里",则是村里村外。末二句回应题目,关合裴迪和自己。全诗"自然流转,而气象又极阔大"(高步瀛语),所写三个处所全用暗转,游目骋怀,很像山水画中的散点透视,故显得"自然流转";又采用平远眺望,所以气象阔大。《山水诀》所说的"渡口只宜寂寂,人行只是疏疏",也可在这首诗里看到。以上两诗,不仅诗中有画,而且可以说他以山水画的经验选择自然景观,而予以描写。同类诗作还有《辋川闲居》的"时倚檐前树,远看原上村。青菰临水拔,白鸟向山飞。寂寞於陵子,桔槔方灌园",视野处于"远看",故展现平远景观。闻一多曾说"王维还有爱树的癖好,对树非常欣赏"①。即举此诗"时倚"二句与《漆园》"偶寄一微官,婆娑数株数"。对山水画家来说,树、石、山、水为四大硬件,其中树木最为重要。画论有如此说法:"林木者,山之衣也,如人物衣装,使山无仪盛之貌,故贵密林茂木,有华盛之表也。木少者,谓之露骨,如人少衣也。"②明末清初的龚贤甚至在《画诀》中说"学画先画树"。王维对树的癖好,实际上是山水画家不可缺少的素养。树在诗人眼中,又是一种人格的体现。他在《与卢员外象过崔处士兴宗林亭》写道:"绿树重阴盖四邻,青苔日厚自无尘。科头箕踞长松下,白眼看他世上人。""绿树"与"长松"无不是一种品位与人格的标志。《田家乐》其五的"山下孤烟远村,天边独树高原",其七的"酌酒会临泉水,抱琴好倚长松",都让人醉心不已。回头再看"时倚檐前树",真是对树有无比的亲切,"远看"的"原上村",不消说也是"绿树村边合",或者是"绿树重阴盖四邻"。临水而"拔"的青菰充满蓬勃的生机,向山而飞的"白鸟",被青山碧水衬托得更

---

① 郑临川:《闻一多论古典文学》,重庆出版社 1984 年版,第 137—138 页。
② 韩拙:《山水纯全集·论林木》,沈子丞《历代论画名著汇编》,文物出版社 1982 年版,第 139 页。

"白"。鸟之"翻"与菰之"拔"似乎荡漾出自然内在和谐的一种自在生机,散发出自然律动的和弦,这是王维诗的精致处,也是超过前辈孟浩然诗的高明处。在这明净的世界里,只有像於陵子这样的隐士,正在寂寞地灌园。这种诗如清凉剂,远离都市喧嚣纷扰,心灵得到清净与复苏。如此效果,正是从"远看"之平远中写出一片蕴藉世界,被红尘异化的灵府回归到本我。《春园即事》的"开畦分白水,间柳发红桃。草际成棋局,林端举桔槔",一句一景,四句合成一片春意盎然景象,犹如一幅略施淡彩的水墨画,格外清新鲜丽。白水、间柳中艳发红桃,以及草际隔开"棋局"般的水田,还有"林端"高举的吊水的桔槔,无不从远望中一一摄取而来,它使我们想起金陵画派钱松喦所画的许多"锦绣江南"中棋盘似的稻田。六十年前西安南郊遍地水稻,蓝田辋川水系更旺。此诗作于辋川,是对实景作了如画的描绘。

王维早年隐居淇上,有《淇水田园即事》:"屏居淇水上,东野旷无山。日隐桑柘外,河明闾井间。牧童望村去,猎犬随人还。"观末二句则知道此诗写黄昏景观。夕阳从桑柘间露出馀辉,光线已经黯淡,故"闾井间"的河水显得格外明亮,忙碌一天的牧童与猎人都向村子走去,原野上一片寂静。全部景观都处在旷野中,自成平远景观。平远与视线平行,不像仰视中的巍峨突兀的高远,以天空为背景,故物色清明,有阳刚之美,而阳刚之美具有震撼作用。俯视之深远,色彩晦暗,物象繁杂细碎,或者细小模糊,容易引发刺激性感情的大起大伏。平远与视线的平行带有心理的平衡作用,不阴不阳,不火不燥,始终保持在恒温平静状态,精神总处于冲融淡静的适意境界。这种审美的状态在田园名作《渭川田家》中发挥到极致:

> 斜阳照墟落,穷巷牛羊归。野老念牧童,倚杖候荆扉。雉雊麦苗秀,蚕眠桑叶稀。田夫荷锄至,相见语依依。即此羡闲逸,怅然吟《式微》。

墟落、荆扉、穷巷,同样是陶诗的经典意象;"荷锄""依依"仍然是陶之田园诗的经典语汇。唐代北方的村庄,不一定称"墟落",而且末尾两句俨然是局外人的叹羡,标志诗人并没有像陶诗那样把自己融入田园中,然而在描绘田园美上,我们不能说没有骎骎然后来居上的魅力。陶诗"暧暧远人村,依依墟里烟",毕竟是在真实的观察中融注了冲融的感情,至于平远取景角度则是不自觉的。作为山水画家的王维,他把山水画移步换形的散点动态视角移入田园诗,从村外总体关照,进入了村内野老倚仗的大特写;又由村内转出村外,推展出麦野桑园的广阔镜头,然后聚焦到田父荷锄依依相语上。这一切都沐浴在斜阳的余晖之中,所有景观与镜头都纳入了平远的框架。野老的等候惦念,麦野田夫的话语依依,田园情事洋溢着浓郁的生活与人情味,这是在官场从来没有的。"雉雊麦苗秀",初夏光景,动植物都处于生长繁衍的黄金时期。"蚕眠"而"桑叶稀",又给"穷巷"带来了多少丰收的希望。村子里老少之欣然跳跃在朴素的连续画面里。至于田园的节日,更洋溢热烈的气氛。《寒食城东即事》写道:"清溪一道穿桃李,演漾绿蒲涵白芷。溪上人家凡几家,落花半落东流水。蹴鞠屡过飞鸟上,秋千竞出垂杨里。"画面仍以清溪两岸人家的平面结构,来容纳节日热闹的景象。

总之,王维田园诗无论是远眺式静态焦点透视,还是移步换形或随目所及动态的散点透视,都是以游目骋怀的安适或者隐士的心态描摹田园风光,总是以平远的审美选择把握景物情事。就前者来说唐代田园诗的先行者王绩、孟浩然与王维并无什么两样,然就后者而言,孟浩然和王绩只是对具体田园具体景物进行选择与安排,都缺乏平远审美角度有意识的选择,换句话说,他们少了王维那样绘画的眼光与对最佳审美构图形式有意识的追求,缺乏如画的美感。

三、"三远"与王维山水诗

无论王维还是孟浩然,他们的山水诗总是多于田园诗,虽然王维缩短了二者之间的差距。从描写对象上看,行役诗与送别诗往往都有对山水的实地描写与想象,这和山水画处理同样题材是一致的,所以都可纳入山水诗的视野。从绘画角度看,唐代只有人物、山水、鞍马之分,而没有田园画的设科分类,它只能归入山水画大类之中,从山水画的起源到现在,这种情况始终没变过。

"三远"主要专就山水画而言,田园题材不过是山水画的小小分支。山水画家以自己个性与审美趣向对三远有不同的选择,从山水画的遗迹看,张僧繇《雪山红树图》与李思训《江帆楼阁图》属于高远,而展子虔《游春图》和王维《江干雪霁图》为平远,李昭道《明皇幸蜀图》《春山行旅图》均为深远,五代董源《夏景山口待渡图》《寒林重汀图》《龙袖骄民图》《潇湘图》全为平远,而荆浩《匡庐图》《雪景山水图》与关仝《秋山晚翠图》《关山行旅图》,以及巨然《层岩丛树图》《秋山问道图》《雪景图》则全是高远。五代是山水画的成熟期,"三远"趋于定型。北宋是山水画的发达期,三远区别更加明显,李成《寒林平野图》《晴峦萧条图》有平远与高远之别,范宽《溪山行旅图》《雪山萧索图》《雪景寒林图》则全为高远。大体来说,南人崇尚平远,北人看重高远,不仅与自然地理相关,亦与审美选择息息相关。当代山水画里,钱松嵒和亚明同属于金陵画派,钱以高远为主而附之以深远,亚明则以平远为主而附之以高远。同是长安画派,同是画秦岭与华山,石鲁以高远间带深远,赵望云与何海霞则多见平远与深远。山水有江南一片风景的平远与北方高山大壑之别,人亦有取法阳刚的巍峨与冲融的平远之分。

无论怎么看待,王维的山水诗与山水画都很特别,他是北人,且仕宦以长安为主,所到今之山东、河南、甘肃都在北方,足迹所涉的襄阳,存诗亦仅数首。又与李白同处于热血澎湃的盛唐,李白山水诗无论天姥、匡庐、华岳都以高远与深远为主。王维大量的山水诗却以平远为主,后之杜甫山水诗虽与李白的风格有异,然取法高深则是一致的,所以王维的山水诗在盛唐尤为特殊。从时代风格看,描绘对象以及北方诗人的角度,似乎带有很大的偶然性,但从他"无可无不可"的人生观与山水画取法平远上看,都具有显明的必然性。

王维的山水诗很少采用高远与深远结构,有者不过两三首而已。华山以高峻险峭出名,他的《华岳》也就随物赋形:"西岳出浮云,积翠在太清。连天凝黛色,百里遥青冥。白日为之寒,森沉华阴城。"抬头仰视的高远,诗人采用略带夸张的手法,然毕竟与李白笔下的华山有较大区别。《崔濮阳兄季重前山兴》写隐居辋川的秦岭:"悠悠西林下,自识门前山。千里横黛色,数里出云间。嵯峨对秦国,合沓藏荆关。"亦是以高远布局为主,呈现阔大景象,故而"略近青莲"(清人黄培芳语)。游蜀所作《晓行巴峡》的"水国舟中市,山桥树杪行。登高万井出,眺迥二流明",仰视与俯瞰兼见,高远与深远并出,巴山蜀水的峻险写来如画。此与"漠漠山水飞白鹭,阴阴夏木啭黄鹂"显然有高远、深远与平远的角度的区别。《送梓州李使君》亦写巴山蜀水:"万壑树参天,千山响杜鹃。山中一夜雨,树杪百重泉。"当代山水画家李可染即以高远构图表达这几句的诗意。郭熙的"三远"说:"自山下仰山巅,谓之高远;自前山而窥后山,谓之深远;自近山而望远山,谓之平远。"此是纯就山发论,平远还应包括自平原而望平原,亦应谓之平远;自山巅或高楼而望平处,亦应谓之平远。如钱松嵒《常熟田》即属后者,景象很为壮观。前者应包括王维的田园诗与山水诗,后者的俯瞰临远,王维也偶有描写。如《登辨觉寺》的"窗中三楚尽,林外九江平",在皇家阁道上春望应制诗的"云里帝城双凤阙,雨中春树万人家",《别弟缙后等青龙寺望蓝田山》的"登高不见君,故山复云外。远村蔽行人,长天隐秋塞",便都是俯视中的平远,不过这些并非王维山水诗的主体。王维的平远,就像山水画《雪溪图》《江干雪霁图》那样,观察者与景物处在同一水平线上,采用的平视与高远的仰视、深远的俯视是有区别的,审美感觉也有很大差异。王维着意观赏游览的山水诗并不多,包括《辋川集》

小诗五绝,也只是对隐居环境的描写,他不像大谢那样专为徜徉山水而多为游览之作,而像小谢那样把山水描写渗入日常生活之中,大量见于送别与行役之作中。《冬晚对雪忆胡居士家》由雪夜寒冷而念及友人:

> 寒更传晓箭,清镜览衰颜。隔牖风惊竹,开门雪满山。洒空深巷静,积素广庭闲。借问袁安舍,翛然尚闭关?

诗中对雪景的描写,清肃冷静的气氛更为接近他的《雪景图》。"隔牖"两句的错觉描写,似乎受到陶诗"倾耳无希声,在目皓已洁"的启迪。面对清晨"开门雪满山"的景象与"洒空"遍地的白雪,并没有像陶诗那样渲染"劲气侵襟袖,箪瓢谢屡设"的寒冷与萧索,他始终未脱离官场的生活,并没有那么尴尬与拮据。故持以纯观赏的感受来"对雪"的,"洒空""积素"的大雪,给他带来"深巷静"与"广庭闲"的感受。闲静是王维山水田园诗一贯追求的审美境界,所以冲融的平远也是一贯采用的视角,而平远的视角更加强了这种蕴藉的感受。胡居士可能是陶渊明类的坚隐固穷之士,所以引起了他的关切。王维在盛唐诗人中特别显得足涉南方不广,只因南选到过岭南庐山一带,他在《汉江临泛》中作了精心略带震撼的描绘:

> 楚塞三湘接,荆门九派通。江流天地外,山色有无中。郡邑浮前浦,波澜动远空。襄阳好风日,留醉与山翁。

他以山水画家特有的眼光,捕捉了山水的异样感觉,尤其是宽绰的汉江波澜起伏与辽阔不尽。当时的襄阳是名亚一扬二蜀的经济发达地区,水上交通方便。诗人以平远的视角随江流伸向了天地之外,游目骋怀之中,远山若有若无,最能展现平远眺望的极致,使人心驰神往。柳宗元《始得西山宴游记》所说的"萦青缭白,外与天际","悠悠乎与颢气俱,而莫得其涯;洋洋乎与造物者游,而不知其穷","心凝形释,与万化冥合",都似乎于此具有相近的与物为一的审美感受。王夫之却批评此二句与杜甫《后游》"江山如有待,花柳自无私",都是"张皇使大,反令落拓不亲"①。然王为眼前景,杜为议论,二者不同,而以此论王诗尤不妥。"郡邑"二句言江水波澜起伏,人在行驶的船上,滋生城镇好像"浮"在"前浦"之上,天空也如被波澜摇动起来,不同空间的叠合所形成的错觉,是瞬息惊讶的美感。王维是不动声息捕捉自然景观的好

---

① 王夫之著,戴鸿森笺注:《姜斋诗话笺注》卷二《夕堂永日绪论内编》,第92页。

手,他写了各种各样的"错位景观"。此种写法肇始于谢朓,而被王维发扬光大①。此诗以汉江为中心,视线在暗中不停移动,利用五律四联自然分层,想象中的"三湘""九派"的大背景与中两联近、中、远景的交错,层次却极为分明。特别是所有景观都是从平远中望出,而具有冲和淡雅高旷缥缈的审美情趣,显现王维山水诗的本色与个性。《山居秋暝》也是一首生活化的山水名作:"空山新雨后,天气晚来秋。明月松间照,清泉石上流。竹喧归浣女,莲动下渔舟。随意春芳歇,王孙自可留。"既是"山居",然观"竹喧""莲动""渔舟",必是山间空旷平缓地带,所见景物均非高远或深远之感觉。就像山雨刚过,秋天日暮的清凉笼罩一切一样,景物都处于平远的视角之中。东升的明月从松林空隙透过明亮光束,泉水清得能显出河床的石块,要不是潺潺的微响,几乎察觉不出水来。这两句清润劲爽与他的山水画风格非常接近。"竹喧"两句都用了果前因后的倒装,两动词都置于主语之前而出现再次倒装,意新理惬,精微地捕捉了画中人物与景物发生的微妙关系。与简洁的前两句相较,未免有些"婉琢",就是在王维诗里也较少见,但还是耐人寻味的,打破了清凉沁人的"空山"静谧,而且直奔题目。浣女与渔人也是山水画中常见的人物,所以这诗确有"在泉为珠,著壁成绘"的美感,与他的画往往在描写山水田园中引起的静谧共鸣,相互渗透,相互影响②。

《终南山》为专意游山之作,其山所属秦岭本为大山,高峻巍峨,然起首"太乙近天都,连山到海隅",却先推出一平远镜头。次联出句"白云回望合",更加深了这种远眺感觉。对句"青霭入看无"方导入山中。两句写云之有无如横岭侧峰的观照,极尽云之远近所引发观察的变化。后四句的"分野中峰变,阴晴众壑殊。欲投人宿处,隔水问樵夫",前后各两句则均为深远。此诗以平远入,而以深远结束,以小见大与俯视的结合,很巧妙地体现秦岭的高大深远的气象,平远在这里不仅起了陪衬作用,而且只有平远广角镜头才能展现秦岭整体漫延无际的阔大。王维的山水描写在送别、酬赠、行役诗大量存在,这在盛唐诗中原本为普遍流行的现象,然而他却始终保持以平远蕴藉的角度与风神:

桑榆郁相望,邑里多鸡鸣。秋山一何净,苍翠临寒城。清川兴悠悠,空林对偃蹇。青苔石上净,细草松下软。(《赠房卢氏琯》)

---

① 详见魏耕原《谢朓诗论》第十四章"山色水光:谢朓诗法对王维的启迪",中国社会科学出版社2006年版,第244—250页。
② 不仅诗画交流,诗文亦复如此。《春夜竹亭赠钱少府归蓝田》写道:"夜静群动息,时闻隔林犬。却忆山中时,人家涧溪远。"《山中与裴迪秀才书》:"夜登华子冈,辋水沦涟,与月上下。寒山远火,明灭林外。深巷寒犬,吠声如豹。村墟夜舂,复与疏钟相间。"二者的境界极为相似。

苍茫秦川尽,日落桃林塞。独树临关门,黄河向天外。(《送魏郡李太守赴任》)

松风吹解带,山月照弹琴。君问穷通理,渔歌入浦深。(《酬张少府》)

隔河见桑柘,蔼蔼黎阳川。望望行渐远,孤峰没云烟。(《至滑州隔河望黎阳忆丁三寓》)

河曲闾阎隘,川中烟火繁。(《早入荥阳界》)

天波忽开拆,郡邑千万家。行复见城市,宛然有桑麻。回瞻旧乡国,淼漫连云霞。(《渡河到清河作》)

以上是酬赠与行役中的山水描写,而送别中尤多精心描绘。如《送綦毋秘书弃官还江东》的"秋天万里净,日暮澄江空。清夜何悠悠,扣舷明月中",《齐州送祖三》的"天寒远山净,日暮长河急",《送从弟蕃游淮南》的"送归青门外,车马去骎骎。惆怅新丰树,空余天际禽",《送崔兴宗》的"塞迥山河净,天长云树微",这些景色,无论南北,或眼前实景,或设想中的情景,都以平远框架摄取可以表情达意的物象,即便是边塞诗亦无例外:

沙平连白雪,蓬卷入黄云。(《送张判官赴河西》)

都护军书至,匈奴围酒泉。关山正飞雪,烽戍断无烟。(《陇西行》)

笳悲马嘶乱,争渡金河水。日暮沙漠陲,战声烟尘里。(《从军行》)

画戟雕戈白日寒,连旗大旆黄尘没。叠鼓遥翻瀚海波,鸣笳乱动天山月。(《燕支行》)

居延城外猎天骄,白草连山野火烧。暮云空碛时驱马,秋日平原好射雕。(《出塞》)

所写无论作战、行军、出猎,还是关山、烽戍、瀚海,或者是飞雪、烟尘、白草、野火,以及画戟、旗旆、叠鼓、奔马,都置于广漠无限的西北天山下与沙漠上,显示出辽远的景象。他的名诗《使至塞上》"大漠孤烟直,长河落日圆",之所以使人一见不忘,亦与平远视角容易拓展广袤无际的深广空间有关。还有描写关中平原上奔驰的《观猎》"草枯鹰眼疾,雪尽马蹄轻。忽过新丰市,还归细柳营。回看射雕处,千里暮云平",句句无不与平远相关,而这里体现的不是冲和,却是豪兴淋漓,此则与沙漠关山和射猎奔驰的辽远息息相关。

郭熙曾言:"真山水之川谷,远望之以取其势,近看之以取其质。真山水之阴晴,远望可尽,而近者拘狭不能得明晦隐见之迹。"①远望是看整体,故能取其大势。近看只能观察局部,或石或土,或圆或方,或柏或松,或直或曲,故谓"取其质"。局部是整体的一部分,只有远望才能把握大势与其局部。徐复观对此认为:"远望是观照中主要的方法。由远望以取势,这是由人物画进到山水画,在观照上的大演变。……所谓'远望',不是地平线的远望,而是在登临俯瞰的情形下的远望。山水画源于对山水的欣赏,而我国对山水的欣赏,很早便是'登山临水'的方式,因为这才可以开阔游者的胸襟。在登山临水时的远望,可以望见在平地上所不能望见的山水的深度与曲折。中国的山水画常画出平视所无法望见的深度,乃是由此而来。"②郭熙的"平远",指"自近山而望远山",则与"自山前而窥山后"的"深远",似乎无多大区别,都属于俯视的临远。只有登高临远才能看到深远与繁复,而且排除了平地上的远望。然郭熙"平远之意冲融而缥缥缈缈","平远者冲澹",也正是平地上远望山水景物的感受。徐氏受郭熙影响,排除了"平视"远望。如前所言,山水画的远望有不少便是平视,王维当是最早的典型,而且他的山水画与山水诗、田园诗,以及送别、酬赠、边塞都是平地上的远望,至于仰视高远与俯视的深远,甚至俯视的平远,在他的观照方式中都没有占到主要位置。

四、浮云、落照、飞鸟的抒情性

前引苏轼论王维山水画为"唐人典刑",其特征是"作浮云杳霭与孤鸿落照,灭没于江天之外"。浮云杳霭与江天之外,以形空间的遥远;孤鸿一般表示秋节,落照则为一日之暮,二者均显示特定的时间。黄昏是最具情感的包孕性片段,可用于思考将要结束的一天与过去,也可瞻望悬猜将来,集现在、过去、未来于一刻,含已然、未然、必然于一时;落照色彩鲜丽,光线柔和,变化迅速而悄然。其间的景物阴暗层次分明,对比显明,较早晨、中午更容易引人意兴无穷。建安诗歌其所以慷慨凄凉,就是因为人生的短暂与建功立业理想之间存在矛盾,而把这种人生的思考发为感慨,就形成诗歌的抒情性,予以感慨的议论则属于哲学的范畴。所以落日时光能引发诗人的抒情性,又使景物富有层次的明暗的美感,这也是王维所建构的"唐人典刑",为什么除了山川峰麓,还要有浮云、孤鸿、落照的原因。

王维山水诗,包括送别、酬赠、边塞在内,有不少诗都包括在浮云、孤鸿、落照这三种意象之内。如上文所及的《山居秋暝》与《观猎》之于黄昏,《渭川

---

① 郭熙:《林泉高致·山水训》,沈子丞《历代论画名著汇编》,第67页。
② 徐复观:《中国艺术精神》,春风文艺出版社1987年版,第298页。

田家》与《使至塞上》之于落日,《终南山》与《辋川闲居》之于白云与飞鸟。王维在诗歌上主张"盛得江左风,弥工建安体",他的前期之作与咏怀、边塞题材得益于建安诗风,他的后期之作与大部分山水田园之作则受到陶谢的沾溉。特别是以写平远眺望间之黄昏、飞鸟的谢朓对他的影响尤巨①。还有老辈诗友孟浩然即以写黄昏景物见长对他有零距离的启发,他的名句"长河落日圆"的"圆"字也显示了对落日观察的敏捷与精细。在《赠裴十迪》开口即说:"风景日夕佳,与君赋新诗",认为日夕之风景是山水诗的最佳题材。《蓝田山石门精舍》发端同样即言:"落日山水好,漾舟信归风。探奇不觉远,因以缘源穷",觉得黄昏是探奇穷胜的最佳时光。对白云又有无限的兴趣与向往,看他名句"行到水穷处,坐看云起时",就可知道其兴趣之浓胜过爱树。再看《和使君五郎西楼望远思归》结尾的"故乡不可见,云水空如一",《送宇文太守赴宣城》开头的"寥落云外山,迢递舟中赏",还有《送别》所写的:

下马饮君酒,问君何所之? 君言不得意,归卧南山陲。但去莫复问,白云无尽时。

这里的问答与叙述全都归结在末尾一句,无尽之白云增加了无尽之向往与悠然不绝的情感。它如《归辋川作》的"悠悠远山暮,独向白云归",《酬比部杨员外暮宿琴台朝跻书阁率尔见赠之作》的"羡君栖隐处,遥望白云端",这些白云无不蕴涵人生的一种情趣与向往,也带有袅袅不绝的抒情性。

《登裴秀才迪小台》则把浮云、飞鸟、落日一齐展现在眼前:"端居不出户,满目望云山。落日鸟边下,秋原人外闲。遥知远林际,不见此檐间。"俯瞰下的眺望,也是"平远"的一种形态,满目云山,落日鸟边,是临望的中心景观,把望者的情绪伸到秋原世外的远林之际的友人,故末尾希望友人"好客多乘月,应门莫上关",准备夜访。《归嵩山作》是短暂隐居时所作:"清川带长薄,车马去闲闲。流水如有意,暮禽相与还。荒城临古渡,落日满秋山。迢递嵩高下,归来且闭关。"诗中的意象与词汇都有吸收谢朓与陶诗的痕迹②,然而把暮禽、落日与流水、秋山,以及荒城、古渡组合起来,却是王维以山水画家眼光的综合选择,发抒了一种闲适淡泊的意趣,这正是平远所带来的最显

---

① 详见魏耕原《谢朓诗论》第十五章"构图与意向:谢朓对王维山水诗与画的沾溉",第267—268页。
② 如谢朓《送江水曹还远馆》"高馆临荒途,清川带长陌",《和沈祭酒行园》"清淮左长薄,荒径隐高蓬",陶诗名句"山气日夕佳,飞鸟相与还","闭关"亦是陶诗习见语汇的稍加变化。

著的审美特征。《青龙寺昙壁上人兄院集》说"眇眇孤烟起,芊芊远树齐。青山万井处,落日五陵西",青龙寺位于长安城内最高处乐游原上,所写景物均出现在俯视的平远之中,加上了孤烟、远树、青山、落日,使人意绪飞往远方。特别是他《辋川集》中的《华子冈》,以最简洁的语言表达同样无尽的情思:"飞鸟去不穷,连山复秋色。上下华子冈,惆怅情何极。"怅然不尽的情感,全由远方的飞鸟与满山的秋色引发而起。《鹿柴》的"空山不见人,但闻人语响。返景入深林,复照青苔上",把夕阳余晖拉近了,缩小了,只聚集到几点青苔之上,但同样散发"惆怅情何极"的魅力。还有那首似乎只能出现在盛唐时代的《木兰柴》:

秋山敛余照,飞鸟逐前侣。彩翠时分明,夕岚无处所。

同样是秋天,同样是落照,同样有飞鸟和云岚,然而没有萧瑟与衰飒,也没有惆怅与感伤。有的是绿色树林被夕阳余晖涂上了一层"彩翠"鲜丽的光色,秋山也染上橘红色的光泽,飞鸟追逐前边的伴侣,山岚被风吹散。这种纯粹的自然风光描绘,确实是为"终南写照",没有任何的比兴与寄托,似乎也没有夹杂任何个人感情的色彩,或者时代的气息。然而在欣赏自然的同时,也是对自己生活咀嚼与体认,诗人所处盛唐时代在作者眼中心中,不正是这样的色彩斑斓吗?起码"余照"映发的"彩翠",也"分明"在心中亮起一道人生的风景线,"逐前侣"的飞鸟,也召唤诗人应该飞到诗国高潮的前沿,同样展现亮丽的风采。

  总之,王维山水诗与山水画,在题材、视角、意象的选择上,相互影响,相互渗透,"有声画"与"无声诗"在王维手中得到双向交流,当然其中不排除晋宋以降山水诗的传统影响,还有同时代诗人的启迪,而形成自家的艺术个性与特征。这就是殷璠所说的:"维诗词秀调雅,意新理惬,在泉为珠,著壁成绘,一句一字,皆出常境。"[1]苏轼秉承了这一品格,而且与王维同样的多才多艺,敏捷地感受到王维"诗中有画"与"画中有诗",二者相得益彰。这一双向判断,对北宋以降的诗画日益交融,又发生深远的不可估量的影响。

---

[1] 殷璠:《河岳英灵集》卷上,见李珍华、傅璇琮《河岳英灵集研究》,第 148 页。

第九章　论王维"诗中有画"的模式

王维"诗中有画"有积极一面①,也有程式化的消极一面,后者则是他的山水画的经验与技巧对写诗的负面影响,诸如诗中的"二维空间叠合",以"外"字暗示遥远的空间,用"掩扉"表示封闭空间,动静视听的组合,青与白的颜色选择,以及动词拟人化,都是绘画的程式给诗歌带来的种种模式。单看某一首诗的某一联,大都精美,但合在一起,固定的框架与模式的套路就赫然显露。这说明他的山水画对山水、田园诗的影响,而有抱阳而负阴的两方面影响。以往仅看到前者,然对后者却忽焉不察。

一、山水诗"二维空间叠合"的模式

王维在盛唐文学艺术苑林中是最具才华的全能巨匠,不仅诗歌兼擅众体,而且律诗精致,绝句尊为极品;至于绘画、音乐、书法,亦名著当时。两《唐书》本传称其"书画特臻其妙",工草书与楷书。中唐窦臮《述书赋》说:"诗入国风,笔超神迹,李将军世称高绝,渊微已过;薛少保时许美润,英粹合极。"其兄窦蒙《述书赋注》说:"诗通大雅之作,山水之妙,胜于李思训。弟太原少尹缙,文笔泉薮,善草隶书,功超薛稷。二公名望,首冠一时。时议论诗则曰王维、崔颢,论笔则曰王缙、李邕,祖咏、张说不得预焉。"②可见王维在开元天宝之际,诗与画声名响亮。再加上音乐才能,经常出入岐、薛诸王与公主府邸,又久居京官,在李、杜尚未彰显之时声名独步,俨然成为一代文宗,尤其是诗与画,而为世人注目。

王维既是山水诗大师,又是山水画的一代宗匠,他自己在晚年不无自负

---

① 王维"诗中有画",从 20 世纪 80 年代以来讨论者甚多。蒋寅《对王维"诗中有画"的质疑》,《文学评论》2000 年第 4 期。刘石《诗画平等观的诗画关系——围绕"诗中有画"说的若干问题》,《文艺研究》2009 年第 1 期。尚永亮《"诗中有画"辩——以王维诗及其相关误解为中心》,《社会科学研究》2010 年第 1 期。
② 见张彦远《法书要录》卷六,人民美术出版社 2005 年版,第 204 页。

地说:"[宿世](当代)谬词客,前身应画师。不能舍余习,偶被世人知。"①唐初画师的地位并不高,王维说自己在当代不配做诗人却被世人当作诗人,前生本是名副其实的画师。这说明在当时他的诗名高于画名,其所以抑诗扬画,只是说在诗上有资格与地位而已,以后的徐渭、吴昌硕,乃至近代的白石,都有颠倒自己诗书画印次序的说法,王维算是开了个头。诗与画对全才王维来说最为突出,超过了书法与音乐。而绘画与诗歌的关系,比起书与乐更为密切,王维特别拈出二者,也说明二者存在一定的相互影响。

与王维同时的殷璠,在《河岳英灵集·序》里即以王维、王昌龄、储光羲为当时代表诗人,并说:"维诗词秀调雅,意新理惬,在泉为珠,著壁成绘,一句一字,皆出常境。"②谓其诗秀雅精致,温润如珠,上壁似画。此即苏轼"诗中有画"之论所由出。苏轼亦为全才,书画皆精,对王维的艺术交融理路则有更深一层了解。唐画真迹绝少,王维画只有一二幅摹本,"画中有诗"几无从说起,而"诗中有画"却成为定论。近三十年来,不少学者专从构图、颜色等绘画技巧来论王诗,以及诗中如何具有禅意,形成两个新视角。前者显示了一定的深入,而后者略显游离王诗之外,未免有些空泛。或者抓住一二切合点,以求统观整体,未免有以偏概全的趋向,但毕竟较之过去,总体上开拓了新的思维。我们从王维山水画的著录内容,结合王维诗描写的角度、意象、风格,不难发现二者之间确实存乎若许共同的审美规律与趋向③。

在进一步从"诗中有画"的角度,反复观察王维诗时,发现绘画的原理与技巧对诗的影响确实广泛,甚至形成种种套路与模式,不断地出现诗中,可以称为"诗中有画"的"模式"。山水画的构图是由观察景物的不同角度构成的,有所谓高远、深远、平远之分,但由于"散点透视"的基本理念,在三远中远处的景物总会高出近景。王维的诗与画大都以平远眺望为主,在绘画里可以用远淡近浓以显示空间远近的区别,画面空间也得到协调,所谓"平远之意冲融而缥缥缈缈","平远者冲澹"(郭熙语),则最适合王维这样温和的诗人。他的画据著录如此,诗亦复这样。诚如时下论者指出,王维把远近不同景物,即处于二维不同空间景物"叠合"起来,远景凌驾于中景之上,形成一维扁平视觉上的"错觉",而突出远近不同空间景物所形成的陌生美。需要指出的,这种写法不仅与山水画有关,也与六朝山水诗描写技巧具有渊源。这种"扁平景观"最早见于谢朓的山水诗,诸如"云端楚山见,林表吴岫微"

---

① 王维集列为《偶然作六首》其六,唐人朱景玄《唐朝名画录》、张彦远《历代名画记》、宋郭若虚《图画见闻志》,均谓此四句是自题所画《辋川图》,并谓"宿世"作"当世",计有功《唐诗纪事》作"当代",甚是。
② 李珍华、傅璇琮:《河岳英灵集研究》,第148页。
③ 详见本书第八章。

"白水明田外,孤顶松上出""池北树如浮,竹外山犹影"①,便都是由平远中望出。谢朓是书法家,而非丹青手。他的这种描写带有观赏山水时的惊异与欣喜。王维是山水画高手,对于这种"扁平景观"所形成的"错觉"与"陌生感"的审美愉悦,当然是敏感的,他也是捕捉这种"错觉美感"的高手。绘画经验与诗艺传统的继承使他在观察景物时予以特别的注意,在诗里也乐此不疲地反复描写,久而久之,便形成一种套路,一种模式。这种"二维空间的叠合"模式成为精妙的模板,在他山水诗里到处都呈现着如此类型的印记。

在《奉和圣制御春明楼临右相园亭赋乐贤诗应制》说:"商山原上碧,浐水林端素。"如果说碧绿的商山好像坐落在白鹿原上,则属于经验的判断;那么浐水在林木的梢头闪着白光,即属于视野中的"错觉",就很异样,比谢朓"林表吴岫微"就更富有审美的刺激,更为新鲜。这种"缘木求鱼"的写法,却有反道合常的原理。这要比起"登降圣观"那首应制诗的"林疏远村出,野旷寒山静",空间感的差别更大,更让人注目。林端有了河,也可以有莽莽大江。《登辨觉寺》就说:"窗中三楚尽,林上九江平。"出句出自大谢以门窗取景方式,对句不消说取法小谢。此俯视景象,寺在峰上,故遥远景物空间缩短,可"目尽三楚,坐瞰九江"(何焯语),一望千里。九江跑上了林端,较"浐水林端素"更为广大旷阔而有气势。《北垞》的"北垞湖水北,杂树映朱阑。逶迤南川水,明灭青林端",后两句只是改变句式,次句借用出句宾语为主语,增大了复音动词的空间,使水闪动的光感更为显明。

树端除有河有江有湖外,还有桥梁、桔槔、道路,以及郡邑,甚至宫阙。《晓行巴峡》说:"水国舟中市,山桥树杪行。登高万井出,眺迥二流明。"看后二句知前二句为仰视:山上的桥从树梢上跨过。此种景象犹杜甫《北征》的"我行已水滨,我仆犹木末"。此言树上有桥。《春园即事》:"开畦分白水,间柳发红桃。草际成棋局,林端举桔槔。"此为平远景物,末句说打水的吊杆在树梢上高举,吊杆当在山坡之上,故林端而在其下。《瓜园诗》:"蔼蔼帝王州,宫观一何繁。林端出绮道,殿顶摇华幡。"这是从田园远望京城,长安城南往往丘陵隆起,皇亲显宦的别墅山庄罗列其上,故能看见整洁漂亮的大道伸到树端之上。《送崔五太守》:"剑门忽断蜀州开,万井双流满眼来。雾中远树刀州出,天际澄江巴字回。"刀州即益州,第三句是说从雾树梢头露出益州,或者干脆说,群邑坐落在树梢之上,或许更合诗意。不仅郡城在树上,还有宫阙。《奉和圣制与太子诸王三月三日龙池春禊应制》:"金人来捧剑,画鹢去回舟。苑树浮宫阙,天池照冕旒。"后二句似写天池之倒影。苑树梢头的宫

---

① 以上诗题分别是《休沐重还丹阳道中》《还涂临渚》《新治北窗和何从事》。

阙倒映水中，好像宫阙浮动在树梢之上。巧妙地描写见出观察之细致，捕捉之敏捷。《奉和圣制从蓬莱向兴庆阁道中留春雨中春望之作应制》的"黄山旧绕汉宫斜，銮舆迥回千门柳"，后句是说皇家的车子高高行进在千门万户前的柳树上，这是俯视中的叠合错位。以上九例，都是以树木为坐标，建筑、道路、桥梁、城郭、宫殿、车子、河流、大江都出乎其上。单看其中任何一处的描写，无不觉其新鲜有趣，给人异样美的感觉，但合拢在一起，便豁然顿悟，原来都是一个模式，新鲜感如果不是不翼而飞，也自然会有些减弱。

　　作为坐标的树木，可以更换，然"二维空间叠合"的模式，一仍照旧地频频出现。著名的《汉江临泛》的"郡邑浮前浦，波澜动远空"，郡邑好像一上一下地浮动在前边的水面上，波澜使蓝天白云都在晃动。确实是天生的好偶句，但和他"二维空间叠合"模式一旦联系起来，就会觉得好像把看到的好景观，填充在统一模式的框架中，美感就会淡化了几许，只是坐标改换了一下。《奉和圣制上巳于望春亭观禊饮应制》的"楼开万井（一作户）上，辇过百花中"，出句言皇家的阁楼位于千家万户的屋顶上。虽然用的是统一模式，但建筑缺乏一种动态的美感，故不能与上诗同日而语。《游化感寺》的"郢路云端迥，秦川雨外晴"，看到的是郢路伸入云端，一经技巧处理，便变成了路在云上伸得更远，模式化的痕迹就过于明显。而《新晴野望》的"白水明田外，碧峰出山后"，"碧峰"为近景，犹如山水画中远山渲染以石青的碧色，显示出不同空间的远与近，属于自然的写生，不施加任何人工的技巧，倒显得清新自然。若用"二维叠合"模式套成"碧峰出山端"就不伦不类了。

　　综上可见，以远望观察景物，常常会出现远近景物叠合，给人新颖的异样，一经入诗自成好句，然而一旦把这种特殊错觉固定下来，再现于笔下，变为固定的模式，诗句就不过改换不同的物象罢了。奇异一旦僵化，就是神奇也会变成腐朽。王维以上诗大多成为名句，并没有全部丧失新鲜性，其原因在于这种种现象原本存在于大自然中，他所使用的模式足能唤起人们观察事物的特殊感觉，再加上语言简洁形象，一般也不容易发现其中隐含的模式。但从创作角度看，诗人如果把他喜爱的形式反复使用，而不能超越自己，就未免显得格式化，甚至模式频用而僵化。有意味的形式反复使用，是盛唐诗人的通病，于大家名家在所难免，犹如漫游诗人李白见了许多县令，都要用五柳、采菊去应候一番；或如杜甫见到好的景物都要用四句四景的方式构成绝句。王维当然也不能免俗。

　　远近不同的景物，在绘画里总要借助虚实、浓淡、明暗等方法予以区别处理，所谓"远山无皴，远水无痕，远林无叶，远树无枝，远人无目"一类画诀，即言此理。不过，唐人山水画尚无皴法，皴法到了五代荆浩、关仝的时代方才诞生。李思训的金碧山水,则以颜色的浓淡加以处理。而传为王维的《江山雪霁图》就是以钩斫描画山的轮廓,远山与近山方法无别。美术史家滕固曾说:"王维在山水画上划时代的意义,正是盛唐时代予山水画独立而发展的意义。不过我们不要相信董其昌们的感情的赞扬,他认为王维一变钩折法而为渲染法,哪有这回事? 他的画富有诗意,我们毫不否认。而有所谓后代那样的皴法和渲染法,实在找不出来。他的作品还是停留于钩折法的阶段里。……诗情禅味满充在他胸中,他偃息于自然,低首于命运;他的为人,没有吴道玄的热狂,没有李思训的谨严,而有他自己的蕴藉潇洒的特质。当山水画成立之初,突破成法,容易作自己的开发。王维在这当儿,开展了'抒情的'一面,和吴氏'豪爽的'李氏之'装饰的'那类特质并行。"① 王维山水画没有皴法,没有渲染,即无墨色渲染的浓淡以分远近,所以远山的画法就和近山没有多大的区别。而这种初期山水画的画法,也和不大远的景物与中景或近景的"叠合"的观察"错觉"非常接近,所以同样也很逼真。

王维把远近景都用钩斫所形成视觉"叠合"的画法,以及小谢诗远近景"叠合"的写法结合起来,形成了他的山水诗中的一种"特技"。他又是观察景物非常精心而敏捷的画家和诗人,所以在诗中反复不停地出现种种不同景物造成的"叠合",这给他的山水诗增添不少名篇与名句,一旦使用过于频繁,就是再精美的形式,也会变成一种模式,成为一种趋于一律的印记,这便给他带来了"二维空间叠合"模式的负面效果。以往只看到绘画予其诗的描写的多种积极的影响,包括叠合在内,得到不少论者的称美。然而事物往往是两方面的,抱阳之中也有负阴的一面,积极也包含有消极,长处短处都在这里,王维山水诗的成功与不足均与此休戚相关。

二、画的"深远"与诗暗示空间的"外"以及封闭的"掩扉"

山水画"三远"中的"深远",是表达居高远眺的鸟瞰视角所见到层层无尽的远景。一般来说,仰视的高远,雄强伟壮;平视的平远,则冲淡蕴藉;俯视的深远,其色深晦,其意"重叠"。"高远者明了"而"不短","深远者细碎"而"不长","平远者冲淡"而"不大"(郭熙语)。故传统的山水诗以平远为主,附之以高远,后者如范宽的《溪山行旅图》,前者如黄公望的《富春山居图》。王维艺术个性温和而好静,他的《江山雪霁图》即为平远,平远的特征是安详冲融。据传所谓的《辋川图》则重山叠嶂,带有深远意味,就让人生疑。无论

---

① 滕固:《唐宋绘画史》,阎丽川《诸家中国美术史著选汇》,吉林美术出版社1992年版,第993—994页。

古今山水画,以深远取法者甚少,像唐之无名氏或谓李昭道《明皇幸蜀图》远山重重叠叠,画面细碎,在宋元山水画里就极为少见。若从空间呈现角度看,高远是近距离的眼前空间,平远是远距离的遥远空间,深远是眼底空间外的空间。绘画作为视觉艺术,要受到视野空间的限制;诗歌属于时间艺术,对深远空间则可用指示性或暗示性方式表示。不仅可以避免光色深晦与物象的细碎,而且所开拓的深远空间也给人以诗意的遐想余味。

王维诗在山水画深远的启迪下,往往把视野被遮蔽或看不到的空间,特意指示出来,让人情思飞越。说起来,方法极为简单,不外乎就是一个"外"字。正如"二维空间叠合"必须具有近处一个坐标,它的深远暗示或指示就是利用可观空间某物作为坐标,然后于其后加上一个"外"字,顿时情思就会飞越到想象的空间。人之心理往往有一个"求视欲",愈是看不到的愈想看,看不到的激发想象,想象看不到的地方。想象空间是诗人的"殖民地",可以满足诗人与读者的"欲望",是一片虚幻神奇的"土地"。前文所及谢朓的"白水明田外"与"竹外山犹影",两"外"字都表近空间以外的远空间的"白水"与"山",这都是可以看到的空间,只是用"外"字把空间的远近区别起来。它如《答王世子》的"飞雪天山来,飘聚绳棁外",暗示遥远空间者如《和宋记室省中》的"落日飞鸟远,忧来不可及"。前之"外"划分了室之内外,后则不用"外",而以"飞鸟远"暗示远"不可及"之空间。这些"外"字与暗示对同样以山水诗为主要题材的王维有着强烈的诱惑力。

王维在谢朓用"外"字表示可视之远空间的基础上,推广到视之不见的更远空间,这种遥远空间在一定情况下也是山水画深远视觉效果所要表达的。由于深远的"重晦""重叠""细碎"与王维画求清爽、明亮的平远视觉不合,所以他的山水诗远景均简洁明了,不作细致刻画,或者采用暗示或指示表现出来,留下了充分的想象余地,而有"此时无形胜有形"的艺术效果。这多少得益小谢诗的启迪,更重要的是他从观察景物的深远与平远的比较中有所发现,也是在乐于采用平远视觉中感受与想象到的。《送魏郡李太守赴任》说:"苍茫秦川尽,日落桃林塞。独树临关门,黄河向天外。"正是在平远的眺望中,思绪飞到友人要去的遥远之地,用"向天外"表达出来。"外"的指示性,告诉那是视力不及之外,只能供想象去驱驰。《扶南曲歌词》其一:"香气传空满,妆华影泊通。歌闻天仗外,舞出御楼中。""天仗外"犹言楼外,而"天仗"处的舞蹈,却是外人看不到的,而只能听到歌声。《送高适弟耽归临淮作》说:"孤帆万里外,淼漫将何之?江天海陵郡,云日淮南祠。杳冥沧洲上,荡漭无人知。""万里外"当然为视野所不及,故接着是关切地一问。以下的"海陵""淮南",则是关注友人之想象。《和使君五郎西楼望远思归》:"高楼望所思,目极情未毕。枕上见千里,窗中窥万室。悠悠长路人,暧暧远郊日。惆怅极浦外,迢递孤烟出。"前四句写远望,后四句为所想。"极浦"的"孤烟",是看得见的,而"极浦外"不是所见,而是出之想象,想象友人远去的孤独。《别弟缙后登青龙寺望蓝田山》:"陌上新离别,苍茫四郊晦。登高不见君,故山复云外。"说登高不见其弟,何况家乡又还在白云之外,开拓了空间,展示对其弟之挂念。《早入荥阳界》的"前路白云外,孤帆安可论","孤帆"不是看见的,而是经验的判断,"白云"则充当了坐标,由"外"字指示出来。《酬虞部苏员外过蓝田别业不见留之作》的"唯有白云外,疏钟闻夜猿",疏落的钟声间杂猿鸣,是看不见的,故用"白云外"隔断,而以听觉之声音表示更远空间的存在,显示出山间的夜寂。《汉江临泛》的"江流天地外,山色有无中",后句可画,前句则非,就因"外"字,伸展到想象之空间,非视力所及,故不易画出。"外"的指示与暗示的双重作用,都很明显。《送祢郎中》的"东郊春草色,驱马去悠悠。况复乡山外,猿啼湘水流",末句即是"乡山外"所想象的地方,这是加倍写法。其他如:

乡树扶桑外,主人孤岛中。(《送秘书晁监还日本国》)
岛夷九州外,泉馆三山深。(《送从弟蕃游淮南》)
九河平原外,七国蓟山前。(《送魏郡李太守赴任》)
寒山天仗外,温谷幔城中。(《和仆射晋公扈从温汤》)
春池百草外,芳树万年余。(《和尹谏议史馆山池》)
青山万井外,落日五陵西。(《青龙寺昙璧上人兄院集》)

以上六例的"外"均带指示性,与前例的暗示性不同。指示性在于区别两种事物所处的不同地位,或相距甚远,如前三例;或距离较近,如后三例。远者为看不见之所,近者则在视野之内。故前三例与前例相近,不同之处则在句首把远处交代清楚,带有强调意味,而与前者突出想象则有区别。然无论哪种情况,"外"字都置于单数句之末,则是共同的。《答裴迪辋口遇雨忆终南山之作》:"森森寒流广,苍苍秋雨晦。君问终南山,心知白云外。"提前把"外"字指示的终南山交代已清,"外"字自然到了偶数句末。这看似例外,实际只是用了倒装句,次序自然颠倒起来。意即"心知白云外",就是君所问的终南山。

王维田园诗的几个名句,还用了"外"字的第二种指示形式:

白水明田外,碧峰出山后。(《新晴野望》)

日隐桑柘外,河明闾井间。(《淇上田园即事》)

"白水"与"日隐"都是"外"字要指示的物象,如此安排,一是指出两种景物间的距离远近,一是描写二者之间微妙的关系。"白水"句原本把小谢名句"白水田外明"作了调整,把"外"字置于句末,则是王维指示空间常用法。当然也有例外,如《过福禅师蓝若》:"竹外峰偏曙,藤阴水更凉。"然而即使例外,亦与小谢《新治北窗和何从事诗》的"池北树如浮,竹外山犹影"相关,王诗即从后句脱出,则无疑问。犹如前及王诗的"惆怅极浦外",即从小谢《临溪送别》的"怅望南浦时"脱出一样。王诗有些"外"字,仅表以外,并无暗示,只有指示作用。如《苦热》的"莞簟不可近,絺绤再三濯。思出宇宙外,旷然在寥廓",此与前文具体指示某地就有区别,亦与《赠焦道士》的"坐知千里外,跳向一壶中"用法相同。有时偶用散文句法,即打破"外"置单数句末的惯例,如《泛前陂》:"秋空自明迥,况复远人间。畅以沙际鹤,兼之云外山。"另外,也有一般仅指方位的用法,别无他意,如《辋川闲居赠裴秀才迪》的"倚仗柴门外,临风听暮蝉",《班婕妤》其三"宫殿生秋草,君王恩幸疏。那堪闻凤吹,门外度金舆"。不过这些常见的用法,对王维来说,却属于例外了。

　　表达纵深或遥远空间的"外",在王维诗中大都形成一种艺术的暗示作用,使用率一高,就成为一种空间模式,即模式化的空间。如前所言,此与山水画注意纵深景物有关,成为诗人兼画师的负面。

　　与拓展的空间相对,是封闭的空间,常常使用的关键词就是"闭关""掩扉"等。传统的山水画,除了传为关仝的《关山行旅图》、董源的《潇湘图》、王希孟的《千里江山图》、赵芾的《江山万里图》、唐棣的《霜浦归渔图》、吴伟的《长江万里图》等,绝大部分都是展现大好河山的奇丽景观,但大都追求宁静肃穆的审美趋向,往往形成一种封闭空间,表达避世或隐士情怀。就是其中有村居、渔翁的点缀,亦不离此范畴。据《宣和画谱》著录王维画题,诸如山庄、山居、唤渡、运粮、捕鱼、鱼市、渡关、羁旅等题,恐亦作点缀,仍带有封闭性空间的特征。这种封闭式的山水画,当然是他人生情怀的趋向与写照。虽然一生久居京官,但职位总不那么显眼,再加上张九龄被排挤终至罢相,以及安史乱起陷身伪职,使他早年并不那么激奋的进取心逐渐消退。特别是对佛教又极感兴趣,又性好宁静,不大关怀社会的变化,心态总处平静的温和状态。他早期的隐居或闲居,都带有养望待时的性质。如34岁时闲居长安就献诗张九龄,以求引荐。所以,他对陶渊明隐居不仕并不赞成,而采用亦官亦隐的折中,又对陶之"门虽设而常关""荆扉昼常闭"与"灵府长独闲"生活态度极为欣赏。他又是陶之田园诗的追随者,无论山水诗还是山水画,都带有一定的封闭性,安静的描写中,散发显明的惬意。故"闭关"与"掩扉"成为标志性关键词。

早年在济州官舍所作《喜祖三至留宿》就说:"门前洛阳客,下马拂征衣。不枉故人驾,平生多掩扉。"《赠祖三咏》亦说:"高馆阒无人,离居不可道。闲门寂已闭,落日照秋草。"连官舍之门亦觉为"闲门",而且常闭。至于隐居,那就是后来隐居终南《答张五弟》所说的"终年无客长闭关,终日无心长自闲"的心态。如此生活观念与方式,真是不食人间烟火而"万事不关心"了,然这时他不过二十五六岁。《淇上田园即事》亦为隐居时作,却言"静者亦何事,荆扉乘昼关",全从陶诗"荆扉昼常闭"脱出。《归辋川作》说黄昏时"悠然远山暮,独向白云归",看见"东皋春草色",则"惆怅掩柴扉",看来掩扉时并不那么平静,故前人谓为"仕而不得意之作"(顾可久语),然心之不平还说得含而不露。《归嵩山作》:"荒城临古渡,落日满秋山。迢递嵩山下,归来且闭关。"时属隐士,心情颇为无奈。《山居即事》发端即言"寂寞掩柴扉,苍茫对落晖",关起门来必然感到更寂寞,看来他也是不甘于寂寞的人,不像陶渊明真的关起门来,决意不出,这也是后来采用亦仕亦隐的原因。《送别》:"山中相送罢,日暮掩柴扉。"以上除末了一首,都作于28岁隐居淇上至41岁隐终南山期间。这正是年富力强之时,而并非安史之乱后之晚年。

在赠朋友的诗中,"闭关""掩扉"亦为关键词,是不可少的话头。《戏赠张五弟諲三首》其二:"张弟五车书,读书仍隐居。""闭门二室下,隐居十年余。"《济州过赵叟家宴》:"虽与人境接,闭门成隐居。""闭门"于此为隐居的代名词。《送高适弟耽归临淮作》:"自尔厌游侠,闭户方垂帷。"此犹《济上四贤咏·崔录事》的"少年曾任侠,晚节更为儒",谓隐居研读经典。《冬晚对雪忆胡居士家》的"借问袁安舍,翛然尚闭关",谓胡居士隐居贫寒而坚不出仕。《送崔九兴宗游蜀》:"送君从此去,转觉故人稀。徒御犹回首,田园方掩扉。"崔为王之内弟,长期隐居,末句即指隐居之家园。他把这些朋友都当作同类型人,用于已之"闭关""掩扉",也用在性情相同的朋友上。

总之,"闭关""掩扉"在王维诗里具有符号性,是指"永日垂帷绝四邻"的隐居生活,这是一个封闭的空间,是王维理想中的建构。他41岁前或仕或隐,仕隐不定;而后则亦仕亦隐,仕与隐不分。前半生间隔性隐居,总共不过五六年。但好静性格使他总徘徊在仕隐之间,所以后半生20年亦仕亦隐,名仕实隐,故在政治上并没有多大建树。入仕不久,隐居的思想如影随形,所以"闭关""掩扉"作为隐居的代名词,频频出现在田园、山水、咏怀、酬赠、送别等诗中。这似乎是成为名士、雅士的招牌,也是他诗里又一个模式,深深的印记,频频地出现在许多诗里。另外,与之呼应的还有一个"闲"与"静",如上文已及的"闲门寂已闭",二者就紧紧地拈在一句里。他如《林园即事寄舍弟紞》的"心悲常欲绝,发乱不能整。青簟日何长,闲门昼方静",以萧散的"闲静",以"销忧冀俄顷"。《青溪》的"我心素已闲,清川澹如此。请留盘石上,垂钓将已矣",以"心闲"表示将要隐居。《渭川田家》的"即此羡闲逸,怅然吟式微",用意亦同。《酬张少府》发端即言"晚年唯好静,万事不关心",是晚年的宣言,也是他一生的总结。《送孟六归襄阳》的"杜门不复出,久与世情疏",也是"闭关""闲静"的表抒。《登河北城楼》的"寂寥天地暮,心与广川闲",《晚春归思》的"向晚多愁思,闲窗桃李时",《过李楫宅》的"闲门秋草色,终日无车马",《饭覆釜山僧》的"晚知清净理,日与人群疏""一悟寂为乐,此日闲有余",《登裴秀才迪小台》的"落日鸟边下,秋原人外闲",《春日上方即事》的"北窗桃李下,闲坐但焚香",《济州过赵叟家宴》的"深巷斜晖静,闲门高柳疏",都是对隐居的表达或向往。就是应制诗,也带着这种情调。《奉和圣制登降圣观与宰臣等同望应制》说:"林疏远村出,野旷寒山静。"在送人归安西的应制诗说:"落日下河源,寒山静秋塞。"我们在读古人山水画名作时,无不散发"静"与"闲"的意味,直接或间接宣扬隐居的生活方式,王维山水画未必能免于此,而山水诗的"闲"与"静"似乎也是少不了的字眼,然而多到王维诗的程度,恐怕无人能出其右。他的山水画的情调对其诗的影响,以至于成为"闲静"而"闭关"的模式,由此不是看得更为清楚吗?"闲"与"静"成为又一关键词,是他又一显眼的模式化标记。与之相关的还有"清"与"净",可以说是"闲"与"静"的副产品,则毋庸多言了。

三、动静、颜色与拟人化的模式

对于诗与画,前人称诗为"有声画"或"无形画",谓画为"无声诗"或"有形诗",诗与画的功能与缺陷在交流融合中得到互补。诗非画,画亦非诗,然诗可以表达画中没有的声响,而画可以看作没有声响的诗,可以把诗中景物呈现得逼真生动。"词客"与"画师"兼于一身的王维,把诗与画融合得更为紧密而自然。《宣和画谱》说:"观其思致高远,初未见于丹青,时时诗篇中已自有画意。由是知维之画出于天性,不必以画拘,盖生而知之者。故'落花寂寂啼山鸟,杨柳青青渡水人',又与'行到水穷处,坐看云起时',及'白云回望合,青霭入看无'之类,以其句法皆所画也。"[①]郭熙《林泉高致·画意》说:"余因暇日阅晋唐古今诗什,其中佳句有道尽人腹中之事,有装出目前之

---

① 《宣和画谱》卷十,湖南美术出版社1999年版,第211页。

景",可发"画之主意","境界已熟,心手相应,方始纵横中度,左右逢源"。其子郭思又补充说:"思因记先子尝所诵古人清篇秀句,有发于佳思而可画者,并思亦尝旁搜广引,先子谓为可用者,咸录之于下。"①所录有羊士谔《望女几山》、长孙佐辅《寻山家》、窦巩《寄南游兄弟》,名句就有王维的"行到水穷处,坐看云起时"。其他如杜甫"舍南舍北皆春水,但见群鸥日日来"与"远水兼天净,孤城隐雾深",姚合"天遥来雁小,江阔去帆孤",韦应物"春潮带雨晚来急,野渡无人舟自横",郑谷"相看临远水,独自坐孤舟"等,及宋人名句。这些"清篇秀句"都有一个共同特点,全都属于视觉范畴。其中偶有例外,如魏野的"数声离岸橹,几点别州山",摇橹的几声虽画不出,然橹之摇状却无问题。李后村的"犬眠花影地,牛牧雨声陂","雨声"画不出,土陂的湿润却可状出,或者用几丝的雨线亦可表出。这些非画家的诗人,是以视觉最敏锐的物象为描写的主要对象,此即画家特意所选可画者的原因。

然而,像王籍《入若耶山》的"蝉噪林愈静,鸟鸣山更幽"名句,就给画家出了绝大的难题,怎么也不好画。像宋代画院的著名考题"踏花归来马蹄香",专以视觉为能事的画者就很棘手,而想出以蝴蝶飞舞马蹄左右的招儿,仍用视觉补充它本身的不足,用视觉代替嗅觉仍然是个笨办法。在大小谢的山水诗里,把视听觉结合来写,可以说是无意为之,或不经意出之,但不是作为技巧规律。大谢的"池塘生春色,园柳变鸣禽",只是久病后临窗一望,耳目一亮所致,恐非特意经营视听兼备;而小谢的"余霞散成绮,澄江静如练",比喻精巧,匠心所运则不消说,然而却是合掌式的纯视觉偶对。山水诗发展到盛唐,积累了丰富的经验,视听兼具的景物描写愈来愈多,作为一种技巧规律,或可被诗人有所意识,然似乎没有专从此道大放厥词。王维具有画家敏锐的视觉,也有诗人灵动的听觉,视听互补,诗画兼济,成了他的山水诗不可或缺的手段,或者说执意以求的方式,使用之多,超过了同时代的诗人,迈越前人更不消说。

比如《从岐王过杨氏别业》的中四句写景:"兴阑啼鸟换,坐久落花多。径转回银烛,林开散玉珂。"可以说第二、三句属于画家的眼光,一、四句则是诗人的听觉。如此视听的组合与参差的排列,是要用诗人与画师的双重身份去经营的。此诗作于开元八年,即20岁时,可见起步之早。同时的《从岐王夜宴卫家山池应教》的"积翠纱窗暗,飞泉绣户凉",又是把视觉与触觉结合起来。应教、应制诗的写景状物,属于技巧性的竞赛,王维特意展示了他的诗人兼画家的双重手段。王士禛说:"晚唐人诗:'风暖鸟声碎,日高花影重',

---

① 郭熙:《林泉高致·画意》,沈子丞《历代论画名著汇编》,第72页。

'晓来山鸟闹,雨过杏花稀';元人诗'布谷叫残雨,杏花开半村',皆佳句也。然总不如右丞'兴阑啼鸟缓("换"字的误记),坐久落花多'自然高妙,盛唐高不可及如此。"①这些佳句均为视听兼写与王之手法无二,王维只是"自然"而泯化无迹而已。《敕借歧王九成宫避暑应教》中四句:"隔窗云雾生衣上,卷幔山泉入镜中。林下水声喧笑语,岩间树色隐房栊。"后二句即视听结合,前二句特意强化景物的动态感。黄生说:"右丞诗中有画,如此一诗,更不逊李将军仙山楼阁也。'衣上'字,'镜中'字,更画出景中人来,尤非俗笔所办。"②也就是说"生""入"这些动词显示出人物的活动,使画面增加了诗意。

著名的《渭川田家》就是多种动静视听结合的杰作。前四句的"斜阳照墟落,穷巷牛羊归。野老念牧童,倚杖候荆扉",似乎都可画出,动词"照""归""念""候",似乎也可从颜色、人物表情与动态中画出,然终乏时间的运动与心理的活动感。后四句的"雉雊麦苗秀,蚕眠桑叶稀。田夫荷锄至,相见语依依",前二出句为因果句,句中有视听,对句由室外"桑叶稀"而想到室内"蚕眠",属于果前因后,均非画家所能办。后者田夫荷锄相语可画,但"语依依"则费斟酌,因为热情淳朴的语声如同"雉雊"声,谁也画不出来。全诗由村外到村内,再由村内至村外,用连环画似可交代,然不能画出如此效果,因为此诗不仅句与句视听结合,而且一句也有视听共现。就好像城里人去乡下走一走,不仅看一看,还要听一听,都有新的感受,都巧妙地组合在一首诗里。《山居秋暝》的"明月松间照,清泉石上流。竹喧归浣女,莲动下渔舟",前二句状景,后二句写人,日暮泉流是听到的,后者又都是使动对偶句加上果前因后,四句排列又是视—听—听—视。这可以说是视听模式出色一种,开头结尾搭上叙述与言情,就构成一首五律。《春中田园作》发端的"屋上春鸠鸣,村边杏花白",盎然春意即扑入耳目视听之中。《过李楫宅》的"闲门秋草色,终日无车马。客来深巷中,犬吠寒林下",前二句的庄园静谧,似专为后二句视听兼写作了提前的准备,后二句又成为视前听后的倒装句,这些都可见出王诗的精致。《韦侍郎山居》的"啼鸟忽临涧,归云时抱峰",前听而后视,似乎不免有些经营痕迹,也显示了对视听结合的嗜好和喜爱。《瓜园诗》的"前酌盈尊酒,往往闻清言。黄鹂啭深木,朱槿照中园",无论叙述与描写,两联都按视听组合安排,次序井然。《冬晚对雪忆胡居士家》的"隔牖风惊竹,开门雪满山",前听而后视的流水对本为因果关系,却出现了听觉判断的错误,饶有意趣。所谓"得蓦见之神,却又不费造作"(张谦宜语),实际上从陶诗"倾耳无希声,在目皓已洁"的特殊视听受到启发。《酬张少府》的"松风吹

---

① 王士禛:《带经堂诗话》卷二《推较类》,第52页。
② 黄生:《增订唐诗摘抄》卷三,黄生等《唐诗评三种》第196页。

解带,山月照弹琴",画飘带可表风声,状弹奏可传琴声,但总缺乏琴声的质感,也没有风声飘动琴声那种感觉。《送李判官赴东江》"树色分扬子,潮声满富春",就把赶路人急切的视听觉都写出来了。《送梓州李使君》的"万壑树参天,千山响杜鹃。山中一夜雨,树杪百重泉",前两句的描写亦好像为后二句作铺垫,却又是视—听—听—视的排列,错综变化,却自然不觉费力。《李处士山居》"清昼犹自眠,山鸟时一啭",听觉效果特别响亮,就得力于"眠"的静态陪衬。就是为上层人物死亡所作的挽歌,他都频用这种技巧。《恭懿太子挽歌五首》其一的"树转宫犹出,筇悲马不前",其二的"人向青山哭,天临渭水愁",其五的"五校连旗色,千门叠鼓声";《故天子太师徐公挽歌四首》其二的"闻诗鸾渚客,献赋凤楼人",其四的"风日咸阳惨,笳箫渭水寒";《故西河郡杜太守挽歌三首》其二的"容卫都人惨,山川驷马嘶",其三的"旌旗转衰木,箫鼓上寒原";《故南阳夫人樊氏挽歌》的"凝筇随晓筛,行哭向秋原",无论是一句听一句视,还是一句中视听共见的描写模式,成了这种应酬诗最为明显的工具。

他如《游悟真寺》的"草色摇霞上,松声泛月边",造句别致,亦是明显的视听模式。《沈十四拾遗新竹生读经处同诸公之作》的"嫩节留余箨,新丛出旧栏。细枝风响乱,疏影月光寒",前二句纯是视觉,第三句视觉中有听觉,以求描写角度不至于单调。当然纯视觉描写不是没有,但总在其中寻求些变化。《田家》的"夕雨红榴拆,新秋绿芋肥。饷田桑下憩,旁舍草中归",后二句的动态使前二句的静态描写避免了板滞,虽然全都出于视觉。纯听觉者如《秋夜独坐》的"雨中山果落,灯下草虫鸣",因是夜晚,故均属于听觉世界。像《积雨辋川庄作》的"漠漠水田飞白鹭,阴阴夏木啭黄鹂",前人谓"写景自然,造意又极辛苦"(刘须溪语),夏日久雨过后的景象确实描写"自然",视觉、听觉与静态、动态的四种关系配合显得"辛苦",也是因为模式化很明显。

王维视听组合描写,如同"二维空间叠合"模式一样,单看每一处,则无不生动,若把它组合在一起,其间的技巧性、模式化就显而易见。虽然本身有招人注目喜爱之处,然使用过于频繁,即使精心安排,模式的框架仍赫然显露,总没有他所宗法陶诗的"暧暧远人村,依依墟里烟"那样自然①,因前后句有割舍不断的关系。王维的视听模式,则往往没有或无暇顾及这一层最重要的关系。

画家对颜色对比、衬托的使用,要比诗人丰富得多。而且一幅画,包括一部影视剧都有它的主色调,后者如《红高粱》与《菊豆》的颜色迥异,而山水画

---

① 王维《和使君五郎西楼望远思归》的"悠悠长路人,暧暧远郊日",即学陶诗此二句。

中钱松嵒的大红大黑与宋文治以青带白则完全两样。王维说自己"吾生好清净,蔬食去情尘",虽是《戏赠张五弟𬱖》的话,但非戏言。故三十丧妻不续,焚香净琴,不仅蔬食好佛而已。他的所好之道,就在清净闲静之中。他是画家,故对暖色红、黄,以及金、玉字眼不那么看重,却偏爱冷色调青与白。正像他山水画绝不是李将军的金碧山水,亦非赭石那样带有些微暖色的,而是全由水墨点染。虽然诗中的色彩以青与白之类为主,但是他的山水、田园诗的景物却描绘得那样朝气蓬勃,从而显示盛唐时代兴盛气象,《瓜园诗》"素怀在青山,若值白云屯",句虽不对偶,颜色字则并现。这种个性与时代、效果与手段的双重二律悖反,引人深思。先看青与白:

  青草肃澄陂,白云移翠岭。(《林园即事寄舍弟𬘓》)
  白云回望合,青霭入看无。(《终南山》)
  青草瘴时过夏口,白头浪里出溢城。(《送杨少府贬郴州》)
  青菰临水拔,白鸟向山翻。(《辋川闲居》)
  九江枫树几回青,一片扬州五湖白。(《同崔傅答贤弟》)
  山临青塞断,江向白云平。(《送严秀才还蜀》)
  尚忆青骡去,宁知白马来。(《哭褚司马》)
  日落江湖白,潮来天地青。(《送邢桂州》)

以上八例除"青骡"两句非是写景,其余全为描写山水,且有分置于句首、句腰、句末之不同;白者为云、湖、鸟、浪,青者为草、树、天地、菰。题材有山水、田园、送别、哀亡。这是王维诗的主色调,其风格很接近今人宋文治的青绿山水画。另外,接近青与白的,还有碧与素、青与黛、白与碧、白与绿、青与碧、青与绿。如:

  商山原上碧,浐水林端素。(《奉和圣制御春明楼临右相园亭赋乐贤诗应制》)
  连天凝黛色,百里遥青冥。(《华岳》)
  白水明田外,碧峰出山后。(《新晴野望》)
  不为碧鸡称使者,唯令白鹤报乡人。(《送王尊师归蜀中拜扫》)
  忍别青山去,其如绿水何?(《别辋川别业》)
  绿树重阴盖四邻,青苔日厚自无尘。(《与卢员外象过崔处士兴宗林亭》)
  清溪一道穿桃李,演漾绿蒲涵白芷。(《寒食城东即事》)

青山尽是朱旗绕,碧涧翻从玉殿来。(《和太常韦主簿五郎温汤寓目之作》)

以上八例只有第七、八例两颜色字融入一句,其余分别处于五言之句首、句中、句末与句之第四字,七言则为句首与第三字的位置,题材同样广泛。这些颜色字,均是"青"与"白"的派生词。王维诗至此可以说是一幅幅青绿山水图,对颜色的选择与他的清静的"闭关""掩扉"出于同样的审美追求。对于暖色他并不全然拒绝,而是用于冷暖色的对比衬托中。如绿与红:《山居即事》的"绿竹含新粉,红莲脱故衣",《早春行》的"不及红檐燕,双栖绿草时",《游悟真寺》的"买香然绿桂,乞火踏红莲",《田家》的"夕雨红榴拆,新秋绿芋肥",《田园乐七首》其六"桃红复含宿雨,柳绿更带朝烟",《辋川别业》的"雨中草色绿堪染,水上桃花红欲燃",后者则为名句。白与黄者:《燕支行》的"画戟雕戈白日寒,连旗大旆黄尘没",《送张判官赴河西》的"沙平连白雪,蓬卷入黄云",还有"漠漠水田飞白鹭,阴阴夏木啭黄鹂",主要用于边塞诗中。其他的白与朱、青与赤、白与红、白与丹,都是偶尔为之,用例无多。值得一提的是,还有红与黑刺激性的对比,在青与白主色调中显得尤其特别。《送秘书晁监还日本国》的"鳌身映天黑,鱼眼射波红",这是对船行大海之危险的极而言之;《河南严尹弟见宿弊庐》的"古壁苍苔黑,寒山远烧红",此则为了描写冬天景物干燥异样,均属偶尔为之。

"青"与"白"之类的冷淡色彩,则是王维诗的主色调,也是他心目中理想的颜色,故可视为写景的颜色模式。

如同对青、白色的钟爱,拟人化的描写也是王维描山摹水的常见手法。拟人最早多见于大小谢诗,大谢如"白云抱幽石,绿筱媚清涟",小谢如"风碎池中荷,霜剪江南绿"。到了初盛唐之际的应制诗,这种把草木拟人的手法很取巧,也很讨好。如苏颋《奉和春幸望春宫应制》的"细草偏承回辇处,轻花微落奉觞前",对句一作"飞花故落舞筵前",均为拟人手法①。张说《先天应令》的"梅花百般障行路,垂柳千条暗回津",说的花草树木都在以不同手段欢迎天子出游。王维自然熟悉其中诀窍,特别是大谢诗给他更多的启导。《晦日游大理韦卿城南别业四声依次用各六韵》的"园庐鸣春鸠,林薄媚新柳",《韦侍郎山居》的"啼鸟忽临涧,归云时抱峰","媚"与"抱"直用大谢拟

---

① 赵谦《初唐七律音韵风格的再考察》指出此时七律富丽堂皇,"用拟人化手法写物会人意,物我同乐。旨在表明皇威不啻统摄万民,且统摄万物。例举苏颋此联,还有沈佺期《大明宫》的'山鸟初来犹怯啭,林花未发已偷新',武平一《兴庆池》'波摇岸影随桡转,风送荷香逐酒来'"。见《文学遗产》1990 年第 3 期。

人化的动词。《东谿玩月》的"月从断山口,遥吐柴门端""清灯入幽梦,破影抱空峦","吐"字发于杜甫的"四更山吐月","抱"字颇有新意。《送丘为往唐州》的"槐色阴清昼,杨花惹暮春",受大谢"松萝欢蔓延,樛葛欣累縈"给植物赋予人的情感的启发。李贺诗"古竹老梢惹碧云",温庭筠诗"暖香惹梦鸳鸯锦",则又取法王维。《过沈居士山居哭之》的"野花愁对客,泉水咽迎人",《重酬苑郎中》的"草木尽能酬雨露,荣枯安敢问乾坤",《既蒙宥罪旋复拜官伏感圣恩窃书鄙意兼奉简新除使君等诸公》的"花迎喜气皆知笑,鸟识欢心亦解歌",《杂诗》其三的"已见寒梅发,复闻啼鸟声。心心视春草,畏向阶前生",《书事》的"轻阴阁小雨,深院昼慵开。坐看苍苔色,欲上人衣来",《戏题辋川别业》的"藤花欲暗藏猱子,柏叶初齐养麝香",《戏题盘石》的"可怜盘石临泉水,复有垂杨拂酒杯。若道春风不解意,何因吹送落花来",以上的动词,本属人之喜笑哀乐,一经拟人,全转嫁到植物、白云、月亮上,其中生动者为人爱读,不少流为一般。正像后两例题目所示,颇有些游戏笔墨。大谢拟人手法约有 18 例,不仅有动词,还有作动词用的名词,以及形容词,甚至于联绵词也用于拟人①。然王维只在动词上拾人巧慧,转成"动词拟人化"模式,这和以上其他诸种模式,在创作思维与优劣得失上都存在共同的趋向。后来比王维小 14 岁的岑参,追求奇丽的诗风,专取夸张或很重的动词予以拟人化,用来描写山水,又成新的模式。由王维的平和一变而为奇丽,而单一的动词的模式却未变②。只有杜甫在他的七绝里,拟人化不局限于某一词,形成草木与创作主体的亲切"对话",并且带有幽默诙谐的风格。

综上所论,在盛唐诗人中,王维与岑参都是注重技巧的诗人,对自己喜爱的程式往往反复使用,所以在诗艺上模式化最为显明,而岑参尤甚③。王维性格平静温和,从不过度地大喜大悲,就是发牢骚,也不会招人生气。他的感情始终保持在恒温的状态,因为持有"无可无不可"的人生观念,对社会的任何变化持以冷漠,而对于幽静的山林与安宁的田园却具有特殊的兴趣。他以温润雅洁的语言描绘所钟情的大自然,而对有着切肤之痛的安史之乱只留下了一首黯然神伤小绝句。同时这与他所喜爱的山水画在审美上息息相关,沉浸于自然而疏远于社会。他的水墨山水与李思训金碧山水标志着山水画形成伊始的不同风格;他在山水诗上也成为领军人物,诗与画都为盛唐气象增加蓬勃旺盛的活力。至于所形成的诸种模式,从另一角度看,都是出色之处,只不过不变成法,使用过多罢了。

---

① 参见魏耕原《谢朓诗论》,第 204 页。
② 参见魏耕原《盛唐名家诗论》,中国社会科学出版社 2015 年版,第 511—514 页。
③ 同上书,第 514—526 页。

三　编
杜甫论

第十章　杜甫白话七律的变革与发展

  诗至盛唐，诸体大备，最后晚成者是七言律诗。初唐七律大约72首，盛唐发展到300首，而杜甫独有151首，竟然占到盛唐七律的一半。"初唐英华乍起，门户未开"，杜甫"胸次闳阔，议论开辟，一时尽掩诸家"①，而为大成，把七律的发展推向高峰，而且影响中、晚唐得以长足进展，下及宋元明清，沾溉百代。前人论述几乎汗牛充栋，然多从体制艺术着眼。如果结合内容、语言与风格，就会发现杜甫对盛唐七律高华伟丽和畅达温润风格的扭转，而形成雄壮悲凉、凝重坚实、博大深沉等多种风格，特别是质朴自然的白话七律，种种诗歌史现象，向来注意者无多，或偶有微词。就其发展变化，尚待进一步讨论。

一、走向日常生活的白话七律

  与早熟的五律相较而言，七律在唐人诸体中是最宜装饰的峨冠博带式的载体，是永明体发展到初盛唐的一大结果，也是中国文人诗的最后一种诗体。以声律对偶与约句准篇为标志的律诗与宫廷文学不可分而论之，从唐太宗至武则天的宫廷不仅是政治中心，而且是诗歌发展的核心区。皇家园林的苑池，诸王、公主的府邸与山庄，重臣显宦的别墅，凡是高级官员集会的场所，诸如游苑、侍宴、出游、扈从、从幸、守岁、立春、人日、遇雪、春雨、咏物、夜宴、移宅、寺观、山池、打球、早朝、送别、祓禊、临渭、听乐、观妓、挽词，无论在两京之长安与洛阳，均为皇家沙龙式的官员群体的应制奉和题材。五、七绝与五、七律的诞生与形成，均与此脱离不了关系。一题同作形成了批量化的生产。如七绝《饯唐永昌》，刘宪、李乂、崔日用、马怀素、李适、薛稷、阎朝隐、徐坚、沈佺期等均有同题之作。这些集体和作，绝大多数以描写皇宫建筑、苑林池馆的景物为主，齐梁以来的山水诗与宫体诗对山水草木池苑宫观的描写与大谢自然景物拟人化的手法，以及丽词华藻的偶对，自然成了追踪依摹的对象，颂圣美化与应酬必然成为唯一的需要与追求。富丽温润与雅和畅达是官员作手

---

① 沈德潜：《唐诗别裁集·凡例》，中华书局1975年版，第4页。

们共同追求的目标与整体风格,不需要任何个人真实情意的介入,更拒绝一己哀怨与不幸的些微渗透。在近体诗常见的四种形式中,富有装饰性的七律最为适宜。

然七律必须建立在五律非常成熟的基础上,所以它只能姗姗晚到,于武则天时代,即沈宋活跃于宫廷时期趋于成型。由于七律源于七言乐府的基因,歌行体之反复回环习见于初盛之际的七律,如姜皎《龙池篇》的"龙池初出此龙山,常经此地谒龙颜",蔡孚同题的首尾的"帝宅王家大道边,神马潜龙涌圣泉","莫疑波上春云少,只为从龙直上天",前者反复回环以求流畅,后者以求呼应,出于颂圣的要求均不避"龙"的重字。至于沈佺期的同题更为名篇,其中反复为人熟知。被严羽视为盛唐七律第一的崔颢《黄鹤楼》,即顺此格奔来。影响以至李白,《登金陵凤凰台》《鹦鹉洲》一再模仿此格。初唐七律声调高朗,辞藻缛靡明密,然受应制与六朝绮丽的影响与约束,只是"英华乍起"而已。虽然对以后七律的发展,在对偶技巧与描写技能上奠定了一定的基础,甚至七律峨冠博带宜于修饰的"正宗"风范也因此以成①,但是题材单一,风格单纯,尚有待进一步发展。即使杜审言《春日京中有怀》抒一己之怀,中四句的偶对呆板仍不脱应制之格局,只是在首末四句略见自家情怀。

从初唐开始创作的张说力图以写景的疏朗与议论的开张改变以往的密丽,《巡边在河北作》中四句以议论作对偶,《幽州新岁作》颔联"共知人事何尝定,且喜年华往复来",议论宏阔苍莽,颈联"边镇戍歌连夜动,京城燎火彻月开"伟壮雄丽。前者发端的"去年六月西河西,今年六月北河北",后者的"去年荆南梅似雪,今春蓟北雪如梅",仍均出之乐府歌行手法,在七律的变革中带有过渡的痕迹。对于盛唐七律之风格,胡应麟说:"王、岑、高、李,世称正鹄。嘉州词胜意,句格壮丽而神韵未畅;常侍意胜词,情致缠绵而筋骨不逮。王、李两家和平而不累气,深厚而不伤格,浓丽而不乏情,几于色相俱空,风雅备极,然制作不多,未足以尽其变。杜公才力既雄,涉猎复广,用能穷极笔端,范围今古,但变多正少。"②高岑或"神韵未畅"或"筋骨不逮",尤以王、李虽未尽其变,而"风雅备极",是为正宗。其中李颀雄浑工密婉丽,则最为杰出,可以"独步千载"。如此轩轾,出于正宗与变调的眼光,以壮丽风雅、和平深厚为正宗,以穷极变化雄深苍凉为变调,虽对每家的评鉴至为恰当,然对

---

① 许学夷《诗源辩体》卷十三说:"七言律,始于梁简文、庾信、隋炀帝,至唐初诸子,尚沿梁陈旧习,惟杜(审言)、沈、宋三公,体多整栗,语多雄伟,而气象风格始备,为七言正宗。"宋荦《漫堂说诗》:"初唐如花始苞,英华未畅。盛唐王维、李颀、岑参诸公,声调气格,种种超迈,允为正宗。"总之,无论如何,杜甫是不会列入"正宗"的。

② 胡应麟:《诗薮·内编》卷五,第83页。

诸家升降未见其允当。

  七律至王、岑、高、李四家，虽然门户始开，但制作不多，廊庑尚窄。李颀七律只有七首，送别与寄赠、题咏各两首，另首"闻梵"近于咏物。高岑亦大致相同。王维七律20首，数量稍多。然应制与宫廷相关者六首，其余则与前三家无多大区别，只是多出几首边塞、山水、田园之作，亦可看作迈出了一步。胡氏对七律正宗与变调定位未免受到了盛唐正音的拘囿，但能看到杜甫七律"穷极笔端，范围今古"与"变多正少"，确实涵盖了主要趋向。杜甫确是以创变为宗旨的全能诗人，唐诗诸体在他笔下无体不有而无体不变。五古叙事的大篇超逸出汉乐府与建安诗的"家庭问题"而走向与社会问题以及自传体的结合，绝出于盛唐；七言歌行全为自制新题，即事发抒，无所依傍。五七言绝句，除过一二首悠扬摇曳外，直与李白、王维、王昌龄迥别，掉臂独行，别开异径。杜甫的创变先着力于古体，后深入近体，全方位显示以"变革"为中心的趋向。盛唐四家七律主要用于送别、山水、酬赠等方面，与初唐相较，迈出了一步，由宫廷走向江山，从台阁迈向友情。但自家的喜怒哀乐似乎不适宜于这种以装饰描摹为主的诗体，社会交往似乎成了它的主要功能。杜甫则打破了这两层界线，凡古体能表达的景象、情绪，七律也可承担。

  先从个人的情怀入手，用七律发抒心中的种种郁闷与不快。作于早年的三首，有题咏、宴饮、山水，虽与王维等人无别，似乎是对这一新体的尝试，然在风格的凝重与句式的打锻上已与上四家显然有别，为将来的创变打下基础。天宝末年两首寄赠厚重雄博，已透漏出后来主体风格的端倪。其中《赠献纳使起居田舍人澄》的结联"扬雄更有河东赋，唯待吹嘘送上天"，若与李颀《寄司勋卢员外》结联"早晚荐雄文似者，故人今已赋长杨"比较，语近而意似，然高朗流畅却高出七律圣手李颀若许。这些均可看作汲纳与试验的准备期之作。

  把外在应酬游览转移到其真实感情的发抒，似应是写于安史乱中的《送郑十八虔贬台州司户……》，当时从鄜州回到长安，时为至德二载冬，杜甫已到中年。此诗摆脱了以上四家预设行者沿途景物的行程，无一句写景，只有"鬓成丝"三字为描摹，叙述、议论、言情融为一片。颔联"万里伤心严谴日，百年垂死中兴时"，把友人的不幸不仅纳入广阔绵延具有对方特殊处境的时空里，而且当时局好转的"中兴时"，却因"陷贼"而遭"严谴"的重贬，巨大的反差中涌动痛惜不尽的同情与不平。"万里""百年"的偶对，也昭示了以后时空对偶的重要范式。接着颈联以"苍惶""邂逅"两个联绵词工致的偶对，非常恰切表达了题目"阙为面别"的遗憾。细看前联出句顺序应为"严谴万里伤心日"，后联既似流水对，又似果前因后的倒置，在似与不似之间流泻而出。这四联不需要任何装饰,然而确实"万转千回,清空一气,纯是泪点,都无墨痕"(卢德水语),而与盛唐七律正格迥异,虽然"色相俱空",然却不平和,且无丝毫浓丽,但却是名作。故论者有云:"乃是一首可遇而不可求的,在多种机缘凑泊之下所形成的特殊作品,而并不能代表此一阶段之常度的成就。"①如果单就七律看,此诗确实显得很"孤立",然若置于安史乱中它体之作,如五古《羌村三首》《彭衙行》,以及此后的五古《赠卫八处士》、"三吏三别"等质朴如话的诗,感情之深痛如此者比比皆是,而且前此的律诗水准并不低。所以,只能说这是他的七律第一个亮点,正显示出对盛唐正格七律的扭转。如果从执意创新的角度看,亦是题中应有之义②。同时,这也预示他的七律从此踏入革新的起点。

　　回到收复后的长安,杜甫仍任左拾遗,但肃宗视他与房琯为父党。虽身居谏官,然并不得志,实质没有多少发言权,因而郁郁不欢,他用《曲江二首》抒发了当时苦闷的心情。望着飘落的春花,其一说:"一片花飞减却春,风飘万点正愁人",把一叶落而知秋变作对春去的怅然。时局和时令都进入春天,然而正如同时所作《曲江陪郑八丈南史饮》说的"自知白发非春事,且尽芳樽恋物华",看来他成了新朝"多余的人"。既然政治上的春天不属于他,他只能说:"且看欲尽花经眼,莫厌伤多酒入唇。"这种用动荡的单笔白描式的叙写,感觉不出偶对,甚至很有些不像律诗。出句与其说是描写,还不如说是议论——春天眼看就要完了,这才是实际要说的。对句的"伤多",又是流播百姓口头间的俚语俗词。如此原汁原味的口语,原本与庄重的律诗是风马牛不相及,却用来"装饰"作定语,以表达"过多"的意思③。以之与"欲尽"偶对,这是少与多的对偶,句法为上五下二,亦为新奇。只有读到颈联"江上小堂巢翡翠,苑边高冢卧麒麟"——噢!这才是偶对,这才是七律呀!所以,我们不能小觑"伤多"一词,它预示了杜甫要向民间口语汲取活泼的语料,换句话说,他对七律的堂皇将要进行词汇上的彻底变革。这在其二的"酒债寻常行处有,人生七十古来稀",显得更到位了,干脆以口语句进入七律,而且形成偶对。我们习惯欣赏下联"穿花蛱蝶深深见,点水蜻蜓款款飞"式的偶对,而

---

① 叶嘉莹:《论杜诗七律之演进及其承先启后之成就》,《迦陵论诗丛稿》,上海古籍出版社1984年版,第81页。
② 葛晓音《初盛唐七言歌行的发展》说:"杜甫……在盛唐七言散句化的基础上,进一步使七言句能自由地适应古语、俗语和当代口语等一切语言的自然节奏,使七言体的表现力得到最充分的发挥,达到了完全独立自足的境界。"
③ "伤"字的"过于"义,已见于孟浩然《闺情》:"一别隔炎凉,君衣忘短长。裁缝无处等,以意付情量。畏瘦疑伤窄,防寒更厚装。半啼封裹了,知欲寄谁将?""伤窄"即"过窄"。孟诗注重口语汲取,很受杜诗推崇。从"过"字俗义,即可见一斑。参见魏耕原《盛唐名家诗论》,第154页。

"寻常""七十"的口语习见词,用之于七律则换上了不经人道"新面孔"。这种"陌生美"有待于人们的再认识,杜甫向日常的白话律诗愈加走近了。

作于同时的《曲江对酒》的"桃花细逐杨花落,黄鸟时兼白鸟飞",桃花小而轻故曰"细逐","黄鸟""白鸟"则语如童稚,"时兼"则为精约的雅言,如此写景与对偶,似乎在进行文白交杂的试验,亦属七律革新的范畴。句式亦带民歌特色,开宋诗一大法门。杨慎云:"梅圣俞诗'南陇鸟过北陇叫,高田水入低田流',山谷诗'野水自添田水满,晴鸠却换雨鸠来',李若水诗'近村得雨远村同,上圳波流下圳通',其句法皆自杜……来。"①颔联"纵饮久判人共弃,懒朝真与世相违","判"亦俗词,仇注说:"《方言》:'楚人凡挥弃物谓之判。'俗作'拼'。"此谓拼命,不要命。这种俗义也是杜甫最早用之入诗,劈开一条通道,在中晚唐诗与宋词即成为习见词②。如此议论,可谓"色相俱空",然非雅言,以粗语发泄牢骚,愈见心中郁懑。还有《题郑县亭子》中四句:"云断岳莲临大路,天清宫柳暗长春。巢边野雀群欺燕,花底山峰远趁人。"前两句,高腔大调,为大景;后两句转入小景,且不说其中寓意,"趁"为追逐义,亦为口语俗词,亦为杜甫最早入诗③。总上三诗可以看出,杜甫在语料与句式上向民间口语撷取,不仅施于古体诗,而且用于七律,欲建设一套新的话语的努力端然可见。语料与语序是他构造白话律诗最基础的工序。有了这些准备,全新面貌的白话七律不久将会呈现。

二、白话七律的创建

有了白话词汇语料与民歌句式的准备,杜甫将要背离盛唐高华流美的浑厚风调,除了建立雄沉博大、厚重凝练、质苍老健的主体风格,另外放手创作全新的陌生风貌的白话七律。对他来说,既是日常生活抒情言志的需要,也有扭转盛唐带有歌颂升平风华的温丽七律的意图,具有表现日常生活琐事与审美选择的双向追求。这种追求,在他与肃宗、代宗政治中心愈远的时候,追求愈强烈。当他被排挤出中枢机构,被贬放到华州司功参军之时,论者以为这既是他政治上的一个转捩点,也是创作上的一大关键点。需要进一步指出的是,这也标志着他的七律,尤其是白话律诗,将要迈入新的进程。

作于华州的《望岳》就是用白话写的七律山水诗,其中"诸峰罗立如儿

---

① 杨慎:《丹铅总录》卷十九"梅圣俞诗条",《丹铅余录》,上海古籍出版社1992年版,第566页。
② 参见张相《诗词曲语辞汇释》"判"字条,中华书局1979年版,下册第641页。
③ 《汉语大词典》"趁"字条,首列诗例为于鹄《题美人》:"秦女窥人不解羞,攀花趁蝶出墙头",其实是宗法杜诗。杜诗《催宗文树鸡栅》"驱趁制不禁,喧呼山腰宅"中,"趁"为"驱"的同义词,"驱逐"义。

孙"的比喻,"安得仙人九节杖,拄到玉女洗头盆"的流水对,都体现于白话修辞与句式的功能,显得生动活泼,还有几分可爱与幽默。黄生说:"'玉女洗头盆'五字本俗,先用'仙人九节杖'引起,能化俗为妍,而句法更觉森挺,真有掷米丹砂之巧。"①似对这种俗语有所察觉,然却未发现企图建设白话律诗的努力。《早秋苦热堆案相仍》可以说是正式拉开了白话律诗的序幕,也是尽力拨转盛唐伟丽风格的亮点:

> 七月六日苦炎蒸,对食暂餐还不能。常愁夜来皆是蝎,况乃秋后转多蝇。束带发狂欲大叫,簿书何急来相仍!南望青松架短壑,安得赤脚踏层冰!

单看每一句,俨然是七言古诗的句式,疏质野放,不加任何修饰。连此前七古从来都不上的"蝎"与"蝇",都派入了偶对。全用白话,更不用雅言作陪衬或缓冲。它来自生活,又走向生活,鲜活的力量,饱满的张力,生动的刻画,全方位地呈现了白话律诗的全新面貌。它的陌生是对盛唐七律正格极具强力的反拨,以致有人惊呼:"此必赝作也。命题既蠢,而全诗亦无一句可取。纵云发狂大叫时戏作俳谐,恐万不至此!风雅果安在乎!"②若依盛唐七律正格,确实"无一句可取",然而这正是杜甫所追求的变格变调。正是冲着"风雅备极"温和高华风格的逆向运动,或是一种冲击。他的五、七古的大段议论,后来七绝的排列直硬,莫不是创新驱动所形成的。所谓"老杜每有此粗糙语"(浦起龙语),还说得比较靠谱。由送郑虔诗至此,经过不懈的努力,正式的白话七律终于形成。有趣的是,高适的《封丘作》与此题材与语言均有相近处,然出之以七古,用此"粗糙语"作七律,只能由才力雄厚立意创新的杜甫来完成。时为乾元元年,杜甫47岁,正处于创作的第一高潮中。

此后弃官奔波,直至入蜀安居,杜甫又继续作了一系列的白话七律,进入又一高潮。成都草堂生活与环境,给他提供了新的诗歌素材,他把目光由世事转向了大自然与日常生活琐事。《卜居》的"无数蜻蜓齐上下,一双鸂鶒对沉浮",安宁的环境,乡间的野趣,连语言也带有一定的野味,让他从昆虫小鸟中发觉生活的可爱。《狂夫》的"万里桥西一草堂,百花潭水即沧浪",指示方位,就像是给问路人的回答,全是口头语。《江村》的"老妻画纸为棋局,稚子敲针作钓钩",《南邻》的"惯看宾客儿童喜,得食阶除鸟雀驯。秋水才深四五尺,野航恰受两三人",就像乡间农夫在拉家常,而非正襟危坐所作的七律。

---

① 仇兆鳌:《杜诗详注》卷六引,中华书局1979年版,第2册486页。
② 仇兆鳌:《杜诗详注》卷六引朱瀚语,第2册488页。

特别是《宾至》叙述接待来客的经过,有乍见面的寒暄:"幽栖地僻经过少,老病人扶再拜难";有对来访者的客气与致意:"岂有文章惊海内,漫劳车马驻江干";有招待不丰的抱歉:"竟日淹留佳客坐,百年粗粝腐儒餐";有临别时的客套:"莫嫌野外无供给,乘兴还来看药栏"。通首全为日常用语,全为单笔散行,从头至尾宾主反复交叉。朱瀚说:"一主一宾,对仗成篇,错综照应,极结构之法。起语郑重,次联谦谨,腹联真率,结语殷勤。如聆其謦欬,如见其仪型。"①其实全从主位中说到宾,郑重带有傲岸,谦谨带有嘲讽。无论怎么说,如听人话语,几乎是口语。把口语融入诗中到如此程度,可谓炉火纯青!《客至》亦是一篇待客之作,同样全用白话,然而话语的意味却迥然不同:

　　舍南舍北皆春水,但见群鸥日日来。花径不曾缘客扫,蓬门今始为君开。盘飧市远无兼味,樽酒家贫只旧醅。肯与邻翁相对饮,隔篱呼取尽余杯。

口语纯净得没有任何"杂质",即唯一的雅言"兼味",也被溶化掉,因用于真诚的开释,显得更为亲切。起联村舍之景话外有话,言草堂寂静,世情冷淡而无人来,只有群鸥不弃,亦为下面喜客作陪衬。"喜客来,先说无人来,是用逆笔"(何焯《义门读书记》)。次联把客至而有空谷足音与蓬门生辉一类的话说得极为自然亲切,不仅因用了流水对,而且互文见义。黄生说:"花径不曾缘客扫,今始为君扫;蓬门不曾缘客开,今始为君开。上下两意,交互成对。"②如此看就更热情了。从平日接客的絮语烦言中提炼得如此鲜明简洁,而又不失口语风味,想见柴门迎客一言一语的意态神情,足见杜诗对白话揣摩冶炼之功夫。颔联说菜少酒薄,不成敬意;又抱歉"市远"而"家贫",忙乎不过来,也没有能力置办,只好如此将就。这一大堆客气话,解释的话,希望谅解的话,只两句就交代得周详备至,而且热情洋溢,即在"盘飧无兼味"与"樽酒只旧醅"中间插入了"市远"与"家贫",而且杯盘间频频致意与殷勤款待的情状宛然如见。末联就客生情,提议与邻翁对饮,亦见宾主相欢无隔,平添了不少热闹气氛,而且"隔篱"显明田夫野老身份,"呼取"见出与农夫的亲密无间,犹如陶渊明《移居》其二"过门更相呼,有酒斟酌之"那样的直率。如与《宾至》合观,亲与疏、热与冷、开诚与傲岸的差异就不能以道里计,然而都是用日常的用语来表达,真让人叹美他的说话本领,以白话为七律真是到了

---

① 仇兆鳌:《杜诗详注》卷九引朱瀚语,第488页。
② 黄生《唐诗评》卷三,见《唐诗评三种》,第214页。

叹为观止的化境。

　　经过"一年四行役",杜甫从大乱中漂泊到成都卜居以后,很有点陶渊明经过反复思考终于弃官归里,身心得到安息,咀嚼幽静居所与闲适的生活,像陶一样集中写起田园诗。他安下心来,写下许多久蓄于胸、时断时续的白话七律,除了以上几首以外,还有一首《江村》:"清江一曲抱村流,长夏江村事事幽。自来自去堂上燕,相亲相近水中鸥。"反复与叠用的对偶手法,轻松流动的语调,使饱受战乱创伤的心理得到安宁与静息,观赏起卜居的江村,注视屋内屋外的燕子与水鸥,同样感到一种自适与亲近。陶渊明端详"方宅十余亩,茅屋八九间",杜甫在《为农》中说"江村八九间",甚至有了"卜宅从兹老"的想法。此诗的下半说:"老妻画纸为棋局,稚子敲针作钓钩。但有故人供禄米,微躯此外更何求。"和丧乱的奔波相比,一家人温饱之后有了闲暇,确实感到满足。以嬉戏琐事入律诗,此前是没有的。王维七律《辋川别业》《积雨辋川庄作》描写田园风光,伛偻丈人与争席野老也只是画面上的点缀,犹如山水画中的人物,远人无目,更不会有明确个性。张谓七律《春园家宴》按理该有家人日常的生活了,然而看到的是"大妇同行少妇随",说的只是"竹里登楼人不见,花间觅路鸟先知",仅是把场景由屋外移到园内。孟浩然的田园诗里更看不到自家人的活动,七律更付阙如。杜甫以老妻稚子的一举一动入诗,只有在初唐王籍诗里依稀可见,但那时七律尚未出现。所以杜甫描写村居的这些诗,自然要用"家常语"与日常话。用质朴的白话来写日常平凡生活的七律,确实属于创举,带出一种新风格新面貌。王孟与储光羲用五古追踪陶诗,杜甫却用七律,这本身有极大的距离,然而他与陶诗走得似乎更近,更亲切。

　　值得一提的是,这时还有一首写于卜居次年的《进艇》,也是用白话写成,仍旧写他的闲居生活。开头仍用这时的白话律诗常用的反复:"南京久客耕南亩,北望伤神坐北窗。"浦起龙说是"有意嵌入'南''北'字,殊减趣"。清人邵子湘谓,语颇"村气"。反过来看,杜甫确实是"有意"向民歌取法。此时所作的言及自己生活的诗的发端,大都如此。如《卜居》的"浣花溪水水西头,主人为卜林塘幽",《野老》的"野老篱边江岸回,柴门不正逐江开",还有《客至》《江村》以及《至后》莫不如此。这种反复似乎与乐府风调如崔颢《黄鹤楼》发端有些区别,不着意于流畅,而强调的是停顿,好像更接近民歌风调,以便与所写内容所用白话风格相一致。王嗣奭说:"读起语,知非真快心之作,所谓'驾言出游,以写我忧'者。公艰难入蜀,得携妻子,此不幸中之幸也,故形之于咏歌。"①以此看发端则所言甚是。此为痛定而未忘却长安。接言"昼引老妻乘小艇,晴看稚子浴清江",又是一组全家福式的娱乐图,家庭消闲娱乐一再见之于诗,似有意为之,而非偶然情怀欣然所至。连带眼前景物都带有愉悦的自足:"俱飞蛱蝶元相逐,并蒂芙蓉本自双。"借物见意,亦是民歌常用作比喻的意象。末言"茗饮蔗浆携所有,瓷罂无谢玉为缸",这不仅是对简朴生活的满足,也显示出对审美的选择:舍玉器而用瓷具,正是其所以拨转盛唐七律浓丽高华风格的审美趋向所昭示,而有意以白话为之的流露或者表白。

就在作这些村居的白话七律的同时,杜甫看到春水猛涨,由此而联想到作诗的进境。《江上值水如海势聊短述》说:"为人性僻耽佳句,语不惊人死不休。老去诗篇浑漫与,春来花鸟莫深愁。新添水槛供垂钓,故著浮槎替入舟。焉得思如陶谢手,令渠述作与同游。"所谓"性僻",是说诗学审美趋向与人有异。观其所论,出语务必惊人,此为其一;所谓"漫与"的自谦,实即"纵心所欲不逾矩",此其二;其三则尚友古人,以陶谢为法。此以七律论诗,所论以七律为主当无疑。此诗作于一系列白话七律之后,应当也包括对这些诗在内的总结。而且可以肯定,是以白话七律为主而言。不然,何以当头即言"性僻",既然语须惊人而又何言"漫与"?正因为如此,故以陶谢为法。他的《发秦州》《发同谷县》两组 24 首纪行诗即取法大谢,即使在草堂所作的白话律诗也可看到这种痕迹,如《狂夫》的"风含翠篠娟娟净,雨裛红蕖冉冉香"。不过对陶诗最为倾心,只要看看《王十七待御抡许携酒至草堂……》这首携宾来临诗的前半说的"老夫卧稳朝慵起,白屋寒多暖始开。江鹳巧当幽径浴,邻鸡还过短墙来",就可知与陶诗可谓息息相通。所以,这诗既可以看作白话律诗的总结,也看作为此而发的"宣言书"。因而宋人杨大年说他是"村夫子",犹如谓陶诗为"田家语",然而这对集大成杜甫来说,正是所极力追求的"惊人"境界。

三、口语虚词的魅力

陶诗无论田园还是咏怀,都有不少的议论,议论则需要虚词表达其间的转折、递进等思理的变化,所用虚词竟达五十多个,然而不失为一流的诗②。杜诗亦好议论,又好陶诗,虚词之多自然是题中应有之义。实词如果似骨骼,虚词则如血气性情,用于言情,更是不可或缺。在杜甫的白话七律里虚词主

---

① 仇兆鳌:《杜诗详注》卷十引,第 819 页。《杜臆》文字与此有别。
② 魏耕原:《陶渊明诗的散文美》,《文学遗产》2008 年第 6 期。又见《陶渊明论》。

要用于复杂情意的表达,如《有客》名句"岂有文章惊海内,漫劳车马驻江干",打头两虚词就对发抒傲岸与嘲讽起了绝大的作用。正如他对民间语料的采撷,杜甫也很注意汲取日常口语的虚词。如口语表示"同样"义的"也",相当于文言的"亦",就见于七律《野人送朱樱》的"西蜀樱桃也自红,野人相赠满筠笼。数回细写愁仍破,万颗匀圆讶许同",一起首就用了"也"字,看了前四句,很难清楚它的意思。下半说:"忆昨赐沾门下省,退朝擎出大明宫。金盘玉箸无消息,此日尝新任转蓬。"原来首句的"也"字有个比照的前提,那就是后四句所说的皇家苑林樱桃是那样的红:昔日以金盘玉箸赐给门下省,自己高高兴兴地"擎出大明宫",今日漂泊转蓬之际得到农夫赠送,而京都没有音讯,所以顿生"西蜀樱桃也自红"的感慨。首句从百转千回的回忆中先倒折出来,"也自红"力量就显得很重。吴汝纶说这句:"倒摄后半,章法奇警,所谓'笔所未到气已吞'也。"①方东树说:"此小题也,前半细则极其工细,后发大议论则极其壮阔……而后半妙处即在首句'也自'二字根出,所谓律诗也。"②"也"字作为副词最早见于诗、赋者,有庾信《镜赋》"不能片时藏匣里,暂出园中也自随",岑参《赴北庭度陇思家》"西向轮台万里余,也知乡信日应疏",杜诗用法与庾赋相近,然与"也"后的"自"义有别③,而且关系全诗的结构,倒逆先出,有翻天覆地的大力。还有"愁仍破"的"仍"回应"细写"——小心倒入笼中,"仍"字也用得至为精细。"讶许同"惊讶如此同样大小。仇注引庾信诗"讶许能含笑"以代词"许"入诗,亦很新鲜。杜甫注意前人或同时人诗中的虚词,即由此非白话的七律亦可见出。如果与王维题材相近的《赖赐百官樱桃》一经比较,杜诗虚词特色就更显明了。

至于白话律诗,所用虚词就更多。广德元年(763)春史朝义部将田承嗣、李怀仙先后归降,史朝义自缢,安史之乱终告结束。杜甫闻喜写下了"生平第一首快诗"(浦起龙语)——《闻官军收河南河北》。他兴奋地手舞足蹈,也像平常人一样,要把这振奋人心的喜讯和自己欢快的心情迅速转告别人。故诗中热烈激动的口语,八个虚词分布在每一句里。首句表达消息出人意料,因安史之乱已长达八年,不知蔓延到何时。诗人又在偏远的西南,故用"忽"表达闻讯惊讶之感。次句见出乍闻的惊喜振奋与喜极而悲的瞬间心理的动荡。《羌村三首》其一的"妻孥怪我在,惊定还拭泪"的悲喜交集的惊疑——发愣——喜极——流泪的过程,以及《自京窜至凤翔喜达行在所》其二的"喜心翻倒极,呜咽泪沾巾",均与此类似。首联的"忽"与"初"起了一定

---

① 高步瀛:《唐宋诗举要》卷五引,下册第 576 页。
② 方东树:《昭昧詹言》卷十七,第 414 页。
③ 庾信赋的"也自随"谓之也应随,杜诗"也自红"似言也如此红。

作用。次联的"却看"犹言再看,此句要把欣喜传递给妻子,然妻子"愁何在"——已不复愁矣,故对句有"漫卷诗书"的狂喜。千回百转地喜而不愁,喜极而狂地喜悦欢跳,借"却""何"与"欲"表达得千回百折,曲尽其情。颔联急促的"须"与兴奋的"好"——恰好,时在春天回乡,正好赶上"青春作伴",以助行色,"放歌纵酒""青春还乡",一气旋转。末联预想还乡路线,"即从"与"穿"配合,"便"与"向"呼应,打头两虚词又呼应一气,使四个带有重字的地名立即飘动起来,大有飞流直下之势,甚至感觉不出还是对偶句。王嗣奭说:"此诗句句有喜跃意,一气流注,而曲折尽情,愈朴愈真,他人绝不敢道。"顾宸曰:"此诗之'忽传''初闻''却看''漫卷''即从''便下',于仓促间写出欲哭欲歌之状,使人千载如见。"①前者所言的"朴真",即如白话;"他人绝不敢道",即谓七律没有如此作法。后者则指出这些虚词在此诗中的表情功能与艺术魅力,其实,这些都在"语不惊人死不休"的追求范围。

有时把虚词与口语实词结合,更能发抒一种特殊的情感,使语言充满情感的弹性与张力。同年所作《送路六待御入朝》便是虚实两种俗词合构的名作。先追怀以往的悬隔:"童稚情亲四十年,中间消息两茫然",以下从此生发说到现在:

> 更为后会知何地?忽漫相逢是别筵。不分桃花红胜锦,生憎柳絮白于绵。剑南春色还无赖,触忤愁人到酒边。

中两联打头的"更为""忽漫"为虚词,"不分""生憎"为虚词与动词的结合,便有若许曲折,种种遗憾与不顺心。颔联为倒置句,故用"更为"先伸进一层,表示浓重的怅然。然后以"忽漫"领起说到忽逢即别的遗憾。"不分"即不满、讨厌,与表最讨厌的"生憎"为同义词,后者见于卢照邻与骆宾王诗。而"不分"则为杜诗首用其义,沿用到现在,二者均为当时口语。王嗣奭说:"'桃花''柳絮',寻常景物,句头添两虚字,桃柳遂为我用。"②末联的"无赖"亦为口语词,则与"生憎"与"不分"呼应为一片,而前置之虚词"还"进一步引出别易会难的黯然伤神。另外"知何地""是别筵""白于绵"中的虚词,与"还"字位置都处于句末的三字中,而与句首虚词呼应极为紧密。这些虚词对表达"始而相亲,继而相隔,忽而相逢,俄而相别"(朱瀚语),都平添了无限悲伤与惆怅。如果换作实词,情感恐怕不会有如此的感人力量。此诗前四句言送别之情,"一气滚注,只如说话"(清人李子德语),说话说成七律,确为老

---

① 王、顾所言,俱见《杜诗详注》卷十一,第 968 页。
② 王嗣奭:《杜臆》卷五,第 161—162 页。

杜绝大本领!

次年所作《将赴草堂途中有作先寄严郑公》求人资助修整草堂,是以诗代简的组诗。其四云:"常苦沙崩损药栏,也从江槛落风湍。新松恨不高千尺,恶竹应须斩万竿。生理只凭黄阁老,衰颜欲付紫金丹。三年奔走空皮骨,信有人间行路难。"栏槛当补,乱竹须除,以及生活养老,全仗严武,故全用口语叙说。而且用了不少虚词:"常苦""也从""恨不""应须""只凭""欲付",或与动词配置前后,或作复音词或单用,与实词一经搭配,便把种种仰仗一一道来。颔联虽为粗语,然"寓锄强扶弱意"(浦起龙语),双关彼此,故为名句。全诗如晤对老友,絮道家常之艰难,娓娓动人。

杜甫自许"晚节渐于律诗细",如果从白话七律看,越作越精到。后期此类诗虚词见多,运用从心所欲,亦见一端。而且此类诗往往即成名作,《又呈吴郎》即为著例。此前因己事有《简吴郎法司》,此则为邻说情,故曰"又呈",则又是以诗代简。既是用作书信,措语则应如"说话";且为人说情,更需措语委婉。实词多则骨硬,虚词多则语活。故以贴近谈心的素朴语说起先前"任西邻"打枣,因熟知邻妇"无食无儿"之孤苦。中四句简直不是偶对,不是律诗应有的模样,百转千层,莫非劝导。看它四种句式全用虚词斡旋,八面出锋,彼此开释,极费用心:不为……宁……,只缘……转须……。即……虽……,便……却甚……。散文里的因果、转折、假设、递进四种复句,全派上用场,而且凝缩复句为单句,而变为杂糅的复合句。"不为"句虽开释邻妇,亦是对吴郎的开导。"只缘"句双双说到。"即防"句回护邻妇,亦暗含劝慰吴郎。"便插"句似专就吴郎,而邻妇的"恐惧"亦包孕其内。四句如水之容器而随圆就方,无处不到。其间"极煦育邻妇,又出脱邻妇;欲开示吴郎,又回护吴郎"(卢世㴶语),句句处处语关彼此,无不体贴入微。末尾又变密为疏,把"已诉""正思"分置两句,又是一递进复句。浦起龙说:"末又借邻妇平日之诉,发为远慨,盖民贫由于'征求','征求'由于'戎马',推究病根,直欲为有民社者告焉,而恤怜之义,自悠然言外。"①如此深长之用意,却用如此写话之语言,真如对人面语,句句打动人心。特别是十四五个虚词使语言委婉入微,真情至性,动人心扉,渗入心底,把语言的弹性与张力发挥到极致。而看这形式又是一首七律,确有"唐人无此格调"(仇兆鳌语)之同感。

值得一提的,杜甫在非白话律诗之中,往往渗入白话式的对偶,不仅前后风格统一,而且别有一番风味。如在草堂所作《送韩十四江东省觐》前半出之白话:"兵戈不见老莱衣,叹息人间万事非。我已无家寻弟妹,君今何处访

---

① 浦起龙:《读杜心解》卷四之二,中华书局1981年版,第671页。

庭闱",颔联对句因言对方,故句尾缀以雅词"庭闱"。而颈联却是"黄牛峡静滩声转,白马江寒树影稀",物色浓丽,与前疏密相间,设想一路的辛苦与离别的寂凉,心注对方的情意则为一致。而且尾联"此别应须各努力,故乡犹恐未同归",又出之以口语,化密为疏,夹在中间的"黄牛"一联就融在其中。《送王十五判官扶侍还黔中得开字》颔联"青青竹笋迎船出,白白江鱼入馔来",口语叠音词使两句轻松欢快,中间还暗藏孝敬母亲两典使人不觉。颈联则出庄重语:"离别不堪无限意,艰危深仗济时才。"四句看似轻重悬隔,实际以孝忠互为联系。《见萤火》颔联"忽惊屋里琴书冷,复乱檐前星宿稀",整饬而雅致;下联则接以"却绕井栏添个个,偶经花蕊弄辉辉",全用白话,生动有趣地把萤火虫飞来飞去前后连成一片。或者白话与雅言间行交错,《白帝》一、三联是:"白帝城中云出门,白帝城下雨翻盆。""戎马不如归马逸,千家今有百家存。"纯属民歌疏朗的反复语调。而二、四联却是"高江急峡雷霆斗,古木苍藤日月昏。""哀哀寡妇诛求尽,恸哭秋原何处村。"整密凝重。合在一起,情景一致,没有不协调之感。

胡适为了张扬白话文学,为此专作了一部《白话文学史》。对本来矜持而讲究的七律,他自然极为反感:"律诗本来是一种游戏,最宜于应试,应制,应酬之作;用来消愁遣闷,与围棋踢球正同一类。老杜晚年作律诗很多,大概只是拿这件事当一种消遣的玩艺儿。……但他的作品与风格却替律诗添了不少声价,因此便无形之中替律诗延长了不少寿命。"这实在是因矫枉过正而激生的一种偏见,甚至推及到他所尊重的杜甫,说他的律诗是"消遣的玩艺儿"。偏见往往扭曲理智,而有违心之论。不过,他还说:"老杜作律诗的特别长处在于力求自然,在于用说话的自然神气来做律诗,在于从不自然中求自然。"①这确实是一种敏锐颖透的卓见,值得深长思之。但他所说的"特别长处",却又有些走调。所谓用说话作律诗,在杜诗中并不多见,只不过是相题制宜,根据内容与感情的需要,是追求变调中的一种。并非他创作的主体,否则他也不能成为唐诗的集大成者。

总之,七律在杜甫手里完全成熟起来,发展成为盛唐诗的重要诗体。他也有盛唐正宗正格之作,如在任左拾遗作的《腊日》《奉和贾至舍人早朝大明宫》《宣政殿退朝晚出左掖》《紫宸殿退朝口号》《题省中壁》等,比起王维、岑参并不逊色。但他意识到这种颂美文学已时过境迁,只不过是收复长安时的一时兴奋与不久即为幻灭的期望。万方多难的时代,艰难漂泊的坎坷,促使他对律诗进行了长期的思索,也激增变革律诗的创新欲望。当他一旦远离朝

---

① 胡适:《白话文学史》,上海古籍出版社1999年版,第210、213页。

廷，定居草堂，此前在关中试作的说话般的白话七律，就成了最偏爱的形式。他尝试用来叙写安宁的日常生活，也用来抒写最常见的送别，甚至重大的政治新闻。这时期的成功，使他留下不少的此类名作，为他声价极高的七律增添了新的品种。这些诗的创作意识带着审美上明显的"性僻"观念，他以"浑漫与"的精神吸纳口语俗词与民歌句式，大量运用习见易懂的虚词，加上内容的日常生活化，使他的七律发生了巨变，以全新的陌生面孔，显示了七律变格变调最鲜明的调子。虽然白话七律在其后期创作中，特别是夔州七律中，占不到主体，但在变调中却显出生动活泼亲切感人的艺术力量。前人对此每有微词，今人也未能引起足够的重视，因为夔州所作的关于白帝城诸诗，以及《登高》《登楼》《宿府》等，特别是大型组诗《秋兴八首》《咏怀古迹五首》，甚至包括《诸将五首》，使他的七律异彩纷呈，千变万化，博大、沉雄、深厚、质苍、伟丽、苍凉、老健，纵横捭阖，不可一世，达到巅峰；充满郁愤不平与苦闷焦虑，以及厚重坚硬甚或阻涩的风调，显然与温润安和婉丽高亢的盛唐正宗七律格格不入，同样体现了变革创新的精神。然而杜甫也没有舍弃曾经倾心的白话七律，也创作有《九日》等诗歌。读者只有把久被忽视的白话七律予以重视，也才能进一步发现杜甫草堂和夔州七律变格的趋向，同时将文白夹杂的七律合观，才能全方位把握杜律的多种风格，以及与盛唐七律相较有所变异的特质。

第十一章　杜甫歌行论

盛唐歌行体诗数量多者李、杜、高、岑四家,李、高、岑三家因其名篇多为歌行,或多为边塞,论者多有涉及。杜甫五律、七律与五古历来特被论者看重,因而对其歌行名作,仅论及个别篇章。歌行体近多年为世注目,而杜之作虽渐渐为人注意①,尚须进而论之。

一、长于铺叙的风采

最能见出盛唐诗风采的,是以气势与风情见长的七言歌行与七绝。李白与王维于此两体是最完美的大家,王昌龄则居七绝圣手之位。单就此相较,杜甫只能排在诸体兼备的位置。尤其是光芒万丈的五、七言律诗,使他的歌行诗多少被遮蔽了。虽然此类之作曾经引起过去论者的注意,如胡应麟说:"李、杜歌行,扩汉魏而大之,而古质不及;卢骆歌行,衍齐梁而畅之,而富丽有余。"②对歌行在初盛唐的演变,言之甚是且精辟,但毕竟过于概括。近年葛晓音的讨论详甚,谓由齐梁至盛唐的歌行的发展,是"由偶至散,由繁至简,由重声情到尚气势"。李白歌行受到古乐府的影响,杜甫努力重建歌行的体调新格。一方面从汉魏五言歌行诗去寻找新的规范,吸取对话、问答、叙事方法,另一方面打破初盛唐歌行语言畅达易晓,以艰涩拗口的字法句法取得声情顿挫的效果。其次又好用仄声韵,声调短促与初盛唐迥然有别。常用散文化的单句,且杂用古文和白话句式,把盛唐歌行的散句化发展为句式的散文化,并与结构的顺序和穿插议论相适应,筋脉连贯,布局分明,与李白歌行形成较大差异。再次,把传统的复沓结构发展到极致。故与七言古乐府背离,

---

① 金启华《论杜甫的七古》,《杜甫研究学刊》1982年第1期;丁浩《杜甫七古章法偶拾》,《杜甫研究学刊》1993年第3期;薛天纬《李杜歌行论》,《文学遗产》1999年第6期;辛晓娟《杜甫七言歌行艺术研究》,《北京大学学报》2012年第3期,又有《杜甫歌行中"尚奇"特质》,《西南民族大学学报》2014年第1期,见所著《杜甫歌行艺术研究》,清华大学出版社2013年版。
② 胡应麟:《诗薮·内编》卷三,第47页。

转而接近七古,使七言体的表现力得到充分发挥,达到了完美独立自足的境界①。以上论作将歌行的表现形式把握得精致周备,本文在其基础上不过补苴罅漏而已。

依浦起龙注本,杜甫七古为141首,恰占其诗歌总数的十分之一。题目有"行"者45题,凡47首;题目带"歌"者28题,凡34首;题目"歌行"并俱者6首;题目有"引"者2首;自命三字新题者约9首。这些诗又占了他的七言诗的大半。

杜甫歌行无论叙事、记事、写人、山水、咏物、咏怀,大量采用铺叙手法,往往就物象或场面,或叙事环节,极意集中笔墨进行淋漓尽致的铺张描写。加上他常常采用的对比结构,前后形成极大的跌宕顿挫,从而更加突出主题。如此铺叙,不仅见于歌行,在他的五古、五排也得到尽意倾情的展现。《自京赴奉先县咏怀五百字》中段对骊山行宫玄宗与朝臣奢侈生活的铺排描写,不仅与末段幼子饿卒,以及"失业徒"与"远戍卒"形成强烈对比,而且突出"朱门酒肉臭,路有冻死骨"的严肃重大的主题,并且使前大段议论有了着落。使"穷年忧黎元"以及末尾"忧端齐终南"的主题句,前映后照而连成一片。其实所任右率府胄曹参军,不过是看管兵器的八品小官,没有权利资格目睹骊山上的挥霍,然而如此推想也正是基于长安十年耳闻目睹之积淀。如果删去这段"想象之词"就只有一个耳目可及的视角了。杜甫是既关注上层的"葵藿倾太阳"式的忠实者,又怀有注视"平民固骚屑"的热肠,始终关注着迥然不同的两个世界,他和向往上层社会又批判他们酿造不平的李白是有区别的。就是前段大片议论,也当属于铺张扬厉之手法。这种铺叙性议论更是杜甫的独创,同样见于《北征》末段。还有途中琐细的酸枣与到家对儿女的描写都采用铺叙的手法,也同样具有重要的意义。这是杜甫对汉乐府《陌上桑》《孔雀东南飞》《十五从军征》等篇的写法,以及汉赋的铺张扬厉的双向汲取。对铺叙的重视与钟爱如此,同理可得,宜于铺叙的歌行体,在他手中必然绽放出异样的风采。

最早的歌行大篇《兵车行》的哭泣送行场面,《丽人行》贵妇与宫女的服饰,钟鸣鼎食的进餐场面,均采用铺叙或铺张描写,都达到了强烈的艺术效果。前者送行的哭声不仅与结末的鬼哭声相呼应,且与中间主题句"边庭流血成海水,武皇开边意未已"相照应。《丹青引》中间两节铺叙更是匠心独运,一是重绘凌烟功臣,一是画马。曹霸本以画马出名,而先言学书与画功臣,看似闲笔与中心无关,然叶燮说:"先以画功臣作宾,章法经营极奇而整。

---

① 葛晓音:《初盛唐七言歌行的发展》,《文学遗产》1997年第5期。又见《诗国高潮与盛唐文化》。

此下似宜急转韵入画马,又不转韵,接'良相''猛士'四句,宾中之宾,益觉无谓,不知其层次养局,故纡折其途,以渐升极高极峻处,令人目前忽划然天开也。至此方入画马正面,一韵八句,连峰互映,万笏凌霄,是中峰绝顶处。"①叶氏只看到画人是画马的陪衬,尚未领会到除此作用外,经丧乱漂泊而"屡貌寻长行路人"尴尬而升平时"必逢佳士亦写真"的矜持,不仅补足他又是人物画家,前画功臣就有了立足处,而且一个宫廷大画家沦落穷途,丧乱前后的强烈对比,正是这两节铺叙所增色的效果。

场面铺叙除了《兵车行》的送行与《丽人行》的服饰以及进餐外,还有与《丹青引》立意相同的《观公孙大娘弟子舞剑器行》。诗人在童稚时见过公孙大娘之舞,五十年后又偶然目睹弟子之舞。故开头以两句回忆便立即进入铺叙,先以观者神色顿变作陪衬,接以四个排喻铺叙公孙弟子舞的全过程。显示了开元时人物才艺的鼎盛,反衬"风尘澒洞昏王室"以后,"梨园弟子散如烟,女乐余姿映寒日"的凄凉。详与略的经营与反衬的铺叙,于此发生出震撼的效果,既使王朝与艺人今不如昔双向共振的主题突出,又具有强烈感染的艺术张力和感慨淋漓的艺术效果。

以上是叙事、记事、写人的铺叙作用,再看山水、咏物之作。《渼陂行》发端两句叙游接以遥望、泛舟,极言水盛遇险,此为一层铺叙。然后写风恬浪静时棹讴齐发,凫鹭惊飞,从水边泛入湖中一层铺写。接写夜月水景仿佛骊龙吐珠,仙景俱臻,托假象以写真景,又是别一番风光。三层铺张描写,三种不同景观,奇中有奇,回衬突出开头——"岑参兄弟皆好奇,携我远来游渼陂"。游览山水,景物的铺张描写本为题中应有之义,然在景中景外有一中心,即以奇人奇景,散发出尚奇的审美趋向。如此写法成为后之韩孟诗派追奇凿险的先导。所以,前人有云:"'好奇'二句,乃全篇之眼。岑生人奇,渼陂景奇,故诗语亦奇,'骊龙'四句,设想更奇。"②此诗铺写湖景,有实写,有夸张,有想象和虚写,足见杜甫铺写手法的多样。就此而言,与李白《蜀道难》《梦游天姥吟留别》颇有相近之处。《茅屋为秋风所破歌》发端五句,直奔题目铺叙描写,其中"高者""下者"两句直用赋体句式,犹如《渼陂行》多角度描写亦同样源出于赋。中段屋漏的铺写,承上启下,结尾自然迸发"安得广厦"的设想与期望。后来白居易的讽喻诗,就专走先铺叙后推出主题的这一路。《乐游园歌》作于早年献三大礼赋遭忌而不为用,而中间以"青春波浪"六句排偶,浓墨重彩铺写皇家苑林曲江,渲染出富丽堂皇、欢歌醉舞的景象,似乎把七律的偶句聚拢起来,反衬出末尾"圣朝已知贱士丑"的苦闷与寂寞。以七律偶句

---

① 叶燮:《原诗》外篇(下),人民文学出版社1979年版,第73页。
② 仇兆鳌:《杜诗详注》卷三引张𫄨语,第182页。

入歌行,接近初唐歌行体,杜甫偶尔为之,亦是一格。

咏物在杜甫的歌行中为一大宗,亦最见铺叙之所长。他一生自始至终写了许多的咏马诗,为其诗的雄健壮迈增添不少风采,仅歌行体就有五六首之多。早期的《高都护骢马行》除首末的叙述与言志外,"雄姿"六句全用铺张描写,叙写马的性格、骨气与才气,也寄托了自己建功立业的理想。《骢马行》受人邀请描写皇家赐予的御马,故铺写下笔矜持,造句用语考究:"宿昔传闻思一见,牵来左右神皆竦,雄姿逸态何崷崒。顾影骄嘶自矜宠,隅目青荧夹镜悬。肉鬃碨礧连钱动。"虚实合叙构成了铺张的完整,使骏马的神态风采逼现。措辞特意借助大赋的连绵形容词,班固《西都赋》的"岩峻崷崒",木华《海赋》"碨磊山垄",则把形容山之高峻与不平施之于马。《瘦马行》开头八句,除首句点明题目外,以下铺写皮干毛暗,其中"骨骼硉兀如堵墙",亦见于郭璞《江赋》"巨石硉兀以前却"。接言此马"去岁奔波逐余寇",今日"见人惨淡苦哀诉"。借一匹被宦官遗弃的官马想见陈陶、青坂败绩的惨状,有着时代灾难的影子。《天育骠图歌》开头的"吾闻天子之马走千里,今之图画无乃是",用散文句式发端,则与《丹青引》起首"将军魏武之子孙,于今为庶为清门",作法相同。又如《题李尊师松树障子歌》《逼侧行赠毕曜》《苦战行》《狂歌行赠四兄》《醉歌行赠公安颜十……》等,均同此法。《魏将军歌》"翠蕤云旆相荡摩",前两词,一见于司马相如《子虚赋》"错翡翠之葳蕤",一见班固《西京赋》的"栖鸣鸢,曳云旆"。杜甫曾结撰三大礼赋,精熟《文选》,对汉、晋大赋必当了然于心。由于对于赋的铺叙倾心,其句式与连绵形容词必然流注笔下。

总之,杜甫的铺叙在歌行长篇中属于习用手法,也形成重要特征。不仅与初唐不同,而且与李白、高适、岑参、王维诸家有别。其间区别在叙事、记事、咏物、写人的题材上的铺叙。初唐歌行亦以铺叙为主,但非就某个场面,或某个物象,或某个人物。而是散点性的,杜甫则更为集中。同时铺叙对于结构的经营,前后大幅度的对比,虚实描写的交错映衬等方面,都起到了重要作用。他的铺叙不仅取法汉乐府,更重要的是与汉、晋大赋在咏物上具有密切关系,从而形成了与李、高、岑不同的艺术个性特征。

二、议论的深刻与多样

杜诗好议论,在五古中特别显著,人所能详。他的七言歌行同样具有以议论见长的特征。歌行原本是描写言情的体制,散点性描写尤甚,故初唐"词极藻艳,然未脱梁陈也"(胡应麟语)。议论需要思想,还要发之以情感。

议论醒豁,思理深沉,若能变化多方,必然横绝跌宕。加之运以气势,就会有雄逸豪宕的风神。李杜歌行大致用力于此,而杜甫尤甚,故能趋向于沉郁顿挫的风格。

议论在诗史上,可以说是不绝如缕。诗虽以言情写景为大宗,然"诗言志"亦是传统之一。"志"可以借物比兴寄托,亦可直而言之,发为议论。吴小如有段话说得好:"从《诗经》《楚辞》开始,诗里就有议论说理的成分了。《雅》《颂》不必说了。……至于《离骚》《天问》和《九章》,就更不必说。汉代五言诗,下及建安、黄初正始,许多著名作家的诗中都不乏以文为诗的显著例证。晋代玄言诗不必说了,就魏晋南北朝这一阶段的诗人的作品而论,陶渊明的成就最高。偏偏陶诗的议论最多,散文式的诗句也最多。唐代诗人对宋诗影响最大的凡四家,即杜甫、白居易、韩愈、李商隐。试看他们哪一家的诗里没有以文为诗的作品?……这里面有一个规律。一个人写诗(主要指唐朝人),要想跳出齐梁唯美主义(宫体诗)和形式主义(基本上指格律诗)的束缚,就得求助于诗歌的散文化。陈子昂首先提倡'建安风骨',李白继之而发扬光大,而他们的作品,就都存在着诗歌散文化的显著痕迹。"① 把诗史中的议论梳理得很清晰,然其中的"规律"似可看作对诗之言情写景的补充与需要。格律近体与议论并无多大的矛盾,杜甫的律绝就有大量议论,如七律《诸将五首》,五律《有感五首》,七绝《戏为六绝句》等,均为大型组诗的名作,同样都以议论为主。至于宗法杜甫的宋代律诗与绝句,亦复如是。议论在《诗经》的《小雅》与陶诗为绝大本领。陈子昂倡导建安风骨,但他也有向齐梁诗效法的一面②。推重陈子昂的李白与杜甫同样软件硬件两手一起抓,杜甫集其大成,而李白亦有不可忽视的清丽的一面。陶诗的议论不仅见诸《杂诗》《饮酒》之类,亦见于田园之作③,杜甫对他的接受也是双向的。

杜甫歌行体的议论,首先是采用长篇的议论,气派之大,前无古人。杜诗的议论是多样的,或用以文为诗来议论,或以形象化诗语来议论,风格或质朴,或壮丽,然感情始终热烈激扬,故不失为诗,而且多有名作。《洗兵马》为自制新题歌行,当时长安收复已经三年,即乾元二年春二月。安史叛军被郭子仪等九节度使围于邺城,肃宗恐郭功大难以控制,故不设统帅。杜甫在诗中建议独任其人,并对国家将相的任命,官员的分封,回纥助兵居于长安,玄宗与肃宗之关系,以及春旱望雨,发出种种警示与劝诫,并希望早日结束平叛。其中既有形势好转的兴奋,又有对肃宗种种弊政的深忧;有出于讽诫警

---

① 吴小如:《宋诗导论》,《当代学者自选文库·吴小如卷》,安徽教育出版社1999年版。
② 魏耕原:《传统的双向抉择:陈子昂对齐梁诗的阳奉阴违》,《谢朓诗论》,第287—305页。
③ 魏耕原:《陶渊明诗的散文美》,《文学遗产》2008年第6期,又见《陶渊明论》。

告的严厉指斥,也有对走向复兴的热情歌颂。就在次月邺城大败,似乎是杜甫的担忧不幸言中,安史之乱又延续了三年。诗中呼呀"独任朔方无限功",又称许"郭相谋深古来少","使肃宗果能'独任朔方'而不间于阉竖,则太宗之业可复完矣。即此一语,系唐室安危,可以诗人目之哉?"①此诗犹如一篇时政大评论,通篇48句,多为议论,措辞壮丽,声调洪亮,雄浑阔大。王嗣奭说:"句似排律,自成一体。而笔力矫健,词气老苍,喜跃之象浮动笔墨间。"②诗作于河北传捷"只残邺城不日得"之时,不胜欣喜,然形势又不容乐观,故全篇志喜致诫,喜忧兼具。如言"已喜皇威清海岱,常思仙杖过崆峒。三年笛里关山月,万国兵前草木风",至德二载十月肃宗已还长安,故前二句是喜今追昔,痛定思痛,丧乱中的期盼得来之不易。后二句言丧乱三年多以来,万国饱受风声鹤唳的煎熬,在欣然和雅中饱浸忧郁凄唳之思。肃宗好鬼神,中兴稍加有望,郡县争献祥瑞:"寸地尺天皆入贡,奇祥异瑞争来送。不知何国致白环,复道诸山得银瓮",颂中有刺,洪亮的声调中实寓嘲讽。此诗首尾与中间过渡稍见散句,绝大篇幅偶对整丽。中间诸事纷繁,四节一气而下。议论出之以壮词丽句,雄浑阔大,声韵铿锵,且井然有序,对时事了如指掌。杨伦说:"此及《古柏行》多用偶句,对仗工整,近初唐四家体,少陵偶一为之,其气骨浓郁,则仍系公本色。"③卢骆歌行的铺张用以纯客观的描摹,结尾出之以描绘性的议论,杜此作纯用于议论,对工整壮丽的偶对则有所取法,所用之途则区别甚大。所言事关重大,议论博大深刻,所以"气骨沉雄",有自家本色,亦可看出不薄"当时体"的集大成意识。

纯发议论在歌行短篇中,尤其杜诗中最为多见。这些或就某种社会现象,或就某事而生发,议论出愤然不平或人生大道理。多以气势见长,指斥愤然郁勃,或层层推理引人深思。如《贫交行》是他歌行中最短的:

> 翻手作云覆手雨,纷纷轻薄何须数。君不见管鲍贫时交,此道今人弃如土。

世情浇薄,交道不永,可发深长大感慨、大议论,然语短而慨深,王嗣奭谓为"唐人所绝少者"。盛唐绝句有时全发议论,像张谓《题长安主人壁》:"世人结交须黄金,黄金不多交不深。纵令然诺暂相许,终是悠悠行路心。"内容与此就很相近。李颀《缓歌行》中间同样说:"结交杜陵轻薄子,谓言可生复可

---

① 王嗣奭:《杜臆》卷三,第79页。
② 同上书,第78页。
③ 杨伦:《杜诗镜铨》卷五,第218页。

死。一沉一浮会有时,弃我翻然如脱屣。"高适则以相同的内容发为较长的歌行体。《邯郸行少年行》中间有云:"未知肝胆向谁是,令人却忆平原君。君不见即今交态薄,黄金用尽还疏索。"杜甫好像从长篇中抽出一节独立起来,或者把七绝一变为歌行。杜甫久居京华,残杯冷炙,高眉低眼,饱经冷落,故有此讽世之作,以议论予以抨击。而在小诗里楔进"君不见"的呼告,亦属罕见。

或用八句杂言或齐言的歌行短制,或以比兴发端,或用典故暗喻,亦纯出之议论,发为感慨。《去矣行》以"君不见"发端,五言、七言杂行,抑塞磊落,一发辞去右卫率府参军掉头不顾的浩然之气。前四句以比兴发端:"君不见鞲上鹰,一饱即飞掣。焉能作堂上燕,衔尾附炎热",喷薄而出,虎虎有生气。以比兴两层夹写,又构成对比,出之汉乐府而有别,且全然用作决意辞去的议论。后四句之为赋亦为议论之词。《折监行》为七言八句,为中官横恣而无人死谏发慨。全诗几乎句句用典,而且古典与今典交见,发为议论,慨叹大臣衔口饱食,缄默如娄师德而无人似宋璟之直谏,故以西汉朱云折槛直谏为讽。此借典故的隐喻性议论,一连串典故即形成通篇之议论,在他的歌行体中也是独出的一格。《蚕谷行》亦七言八句,全为议论,主题是反对内乱,希望铸甲为农器,带出如此才能蚕谷可成,体制亦殊。大历三年(768)商州、幽州、广州、桂州内乱,吐蕃又连年进犯。故上半言:"天下郡国向万城,无有一城无甲兵。焉得铸甲作农器,一寸荒田牛得耕",为感于时事而发。《苦战行》《去秋行》体制亦同上诗,同样为时事而发。《大麦行》体制如前,胡羌犯边,川民扰乱离散,诗则为民代言。在八句歌行里以《缚鸡行》最为有名,前二句叙卖鸡,引发后五句的议论,鸡虫之得失,实际上类似鱼与熊掌不可兼得的二难选题。问题背后还潜伏了一个问题:"天下皆可作虫鱼观,我心何必虫鱼见也"(《杜诗阐》语),"计无所出,只得'注目寒江倚山阁'而已"(《杜臆》语)。虫鱼得失显然不属于清言玄谈,必与"天下"有关,只是不愿明说,也不好明说罢了。如果猜详,虫当指任人宰割的百姓,鸡或许指扰民盘剥的地方官吏。让小民作为食物被吞食,或者造反推翻官吏,杜甫都不乐意选择,只能"注目寒江倚山阁",进入深沉的思考,继续苦恼自己。这一笔很漂亮,使全诗带上耐人寻味的效果,犹如法帖末字最后一画的出锋式拖笔,正缘于此,此诗常被选家垂青。至于同样的八句最后一笔全出议论的歌行,就显得逊色多了。

杜甫绝大部分歌行的议论,分别采用三种最常见的形式,一是篇中或篇末用议论来点题,用叙述描写来议论的多而纯粹的议论少。二是前半叙述描写,后半议论揭示意义,呈现一分为二结构。三是夹叙夹议,以描写与叙述为主,间见侧出带出少量议论。第二种叙写议论各半,结构简单。一、三两种方法灵活,所以名篇都集中在这两类。先看篇中或篇末带出的少量议论。《兵车行》以抓丁场面和问答对话为主体,在对话中间插入——"边庭流血成海水,武皇开边意未已"——是为一篇之主脑:片言居中,全篇振动。对话的尾声以"役夫"推出反常的逆反心理:"信知生男恶,反是生女好"等四句,如此倒挂的小民观念,应是此诗的副主题,与"边庭"两句形成前因后果的关系,也使穷兵黩武带来的灾难与恶果更为深刻醒目。同是早年名作《丽人行》因描写对象不同,出以富丽堂皇的渲染,甚至连每一局部都不放过,对丽人衣着与进餐两次铺张扬厉的描绘,极尽铺采摘辞之能事。至末尾以"后来鞍马何逡巡,当轩下马入锦茵"的描述,带出全诗的主题:

　　杨花雪落覆白蘋,青鸟飞去衔红巾。

犹如化学的某种剂料,一经滴入,全都变了颜色。美妇人一下子变为丑妇人,两句化美为丑旋转乾坤的议论,却出之物色与故事的暗示性描写,视角物象显明,使隐语挥发出不可按捺的反弹性,迸发出强烈的化美为丑的艺术力量。本来是戟手破口大骂,却用如此的"雅言",又和全诗形成统一的风格,的确展现了杜甫深沉辛辣的讽刺才能。

　　夹叙夹议者如《丹青引》《观公孙大娘弟子舞剑器行》,以及《古柏行》,均是脍炙人口之精品。前者犹如史家纪传体,但又有区别,只选择了几个片段而已。而与《史记》中的蔺相如传最为接近,然仍有不同的就是议论。先用四句倒叙发端,接以顺叙初学书法接上。却用"丹青不知老将至,富贵于我如浮云"的散文议论句,犹如青山突然被一缕白云隔断,使山显得更高,更见精神!使其人的艺术精神与人格魅力突兀矗立!经过今昔多层的大幅度对比后,又用议论结尾:"穷途反遭俗眼白,世上未有如公贫。但看古来盛名下,终日坎壈缠其身",引发多少欷歔,多少感慨!又与"丹青"二句遥相呼应,形成大顿挫,大反差,又一番大感慨!杜甫在《寄柏学士林居》就说过:"自胡之反持干戈,天下学士亦奔波",《莫相疑行》里说自己"往时文彩动人主,今日饥寒趋路旁",同样"漂泊西南天地间",又"同是天涯沦落人",故感慨"惋伤"。如果把这几句议论去掉,则纯粹就事言事,则失去深沉广博的历史厚度。浦起龙说:"'先帝'六句,往事之概,此本旨也。言公孙而统及女乐,言女乐即是感深先帝。故下段竟以'金粟堆'作转接,此下正写惋伤之情。"①指出这几句议论在诗中的重要性。《古柏行》则采用夹叙夹议,咏柏寄慨,"篇

---

① 浦起龙:《读杜心解》卷二之三,第316页。

终结出材大难用,此作诗本旨发兴于古柏者"(王嗣奭语)。首四句直起铺写夔州古柏的高大,接以咏叹发为议论:"云来气接巫峡长,月出寒通雪山白。君臣已与时际会,树木犹为人爱惜","气接""寒通"不仅"从高大处见其耸峙阴森气象耳"(仇兆鳌语),而且引出下文成都之柏。"君臣际会"二句则由树而思人,由人而至树。次段前后各四句,前铺叙成都武侯祠之古柏,后四句则议论:"落落盘踞虽得地,冥冥孤高多烈风。扶持自是神明力,正直元因造化功",此就夔柏发论,与前段连成一片。末端八句则合两地就柏言人,"丘山重""谁能送"言材大难用。"容蝼蚁"与"宿鸾凤",是说虽因蚕食赤心已尽,但仍德辉功著,余芳远播。结语"志士幽人莫怨嗟,古来材大难为用",就柏、就孔明,还有自己与古往今来的"志士幽人",发一千古浩叹,其中"大厦将倾要梁栋""不露文章世已惊"等语,莫不与自己的期望与抱负处境相关。全诗的前两节议论夹在两层描写两地古柏之后,末段议论连树带人与自己融为一体。议论在此诗里起到提纲挈领与总结融化全篇与揭示主旨的作用,没有这些议论,则不过是单纯的咏物诗而已。他如《醉时歌》《苏端薛复筵简薛华醉歌》亦采用夹叙夹议形式,显得灵活多样,变动多姿。

  至于前半叙写而后半议论的两节安排,则为魏晋六朝五言古诗所习见,杜甫也将此布局用于歌行,多见早年所作。作于天宝五年自齐赵漫游西归的《今夕行》,前四句写客舍守岁,相与博戏。后四句则发抒豪荡之英气:"英雄有时亦如此",以刘毅自况。由此可见杜甫还有豪迈不羁的一面。还有入川后的《石笋行》《石犀行》均以"君不安"发端,又都以"安得壮士"结尾,前半叙写,后半又都发为议论,假象立言,发挥主意。《桃竹杖引赠章留后》《锦树行》《清明》等诗,亦为此制。这类作品为数不多,结构变化不大,名作亦少。

  总之,杜甫以议论为诗,也反映在歌行体制里。其议论的形式,或以描写,或以比兴,或以典故,或以对比,或以叙述,运用多方,不拘一格。在诗中的位置亦变化不定,或在发端,或居于中间,或通篇发论,或夹叙夹议,亦灵活多样。无论长篇,或是短制,或是组诗,都有议论存乎其间。就题材看,有纪实的史诗与人物诗,有山水诗与游览诗,以及时政评论与酬赠、题画诗。其中咏物诗所占数量不少,诸如咏马、柏、犀、笋、棕、杜鹃、白凫、朱凤等,带有遇事触物成咏的性质,这也是与初、盛唐歌行大有区别之处。比如因探亲向人借马,即有《徒步归行》,以诗代书札,或如今日之"借条",即此一端,即可见歌行运用之广泛。诗中要紧话只有"白头拾遗徒步归"与"须公枥上追风骠",其余则大多为无处不在的议论。

三、变化多方的结构艺术

　　杜甫是善于经营结构的大诗人,这在他的叙事诗里最为突出。以歌行叙事或纪事,在盛唐只有崔颢《江畔老人愁》《邯郸宫人怨》,以朝代更换引起家庭的盛衰和宫女宠幸与被弃为题材,带有泛化或概括性质。结构均以今衰昔盛为对比。王翰《飞燕篇》《古蛾眉怨》的今昔对比结构是盛唐歌行篇制之发端。张说《邺城引》虽以怀古为题材,仍然不离对比结构之格局。李白歌行变化无方,天马行空,全以气势的奔驰与感情跳跃为能事,灭尽针线,大而化之,故不宜于叙事,他也不乐意在叙事上出手,连题目大多都是乐府旧题。杜甫立意创新,凡叙事歌行,均为"即事名篇,无所依傍",结构布局可谓"意匠惨淡",苦心经营。

　　首先,在叙事的完整性上突出重心,以叙述或铺叙与议论结合,或详略对比,发端与结尾变化多端,前后呼应,组成严密的艺术整体。无论描写之生动,议论之深刻,都具有打动人心的艺术力量。如《兵车行》本属于纪事诗,而与一般叙事诗的开头、发展、高潮、结尾所具有诸种环节有别。然纪事诗带有笼括性,难于深入而细致。而本篇仅通过送行场面和一番对话,便给我们留下极为深刻的印象。其原因在事件本身不仅高度概括了天宝年间的同类型事件,而且具有叙事诗生动具体的特征。在看似送行场面加对话的简单布局中,却开辟了一片惊心怵目的天地。开篇"车辚辚,马萧萧"与"牵衣顿足拦道哭,哭声直上干云霄",这一片行军声与送行者的哭声,诉诸听觉的强烈震动,加上"尘埃不见咸阳桥"的渲染,以及"牵衣顿足"的细节描写,构成了动人心魄的大场面。而结尾由"生男埋没随百草"又引发一片哭声:"君不见青海头,古来白骨无人收。新鬼烦冤旧鬼哭,天阴雨湿声啾啾",与开头的哭声合为起结,然爷娘妻子哭声,却变成儿子或丈夫死后的新鬼旧鬼的哭声。这一转变的原因,便是居于全篇中心的主题句"边庭流血成海水,武皇开边意未已"。"行人"中的十五防河,四十营田,"归来头白还戍边"便是开边不已带来的不幸。而且"山东二百州,千村万落生荆杞",普天之下,莫不如此!长期的穷兵黩武,父老的租税从何而出,而且把男尊女卑的观念扭变为男恶女好。从全诗叙述片段看,似乎把汉乐府的《十五从军征》《战城南》与建安诗人陈琳《饮马长城窟行》融化其间。杜甫正是以海涵地负的胸襟与容纳百川的艺术气度,经心组织,由一次送别而想到全国的兵祸,还想到他们的将来与社会心态的变化。头绪纷繁的战争恶果又全都由对话推出,组织严密巧妙,可谓匠心独运。

或者用先染后点组织结构,突出主题与用意。《丽人行》对杨氏姊妹游冶富丽豪奢一路写来,姿态服饰、饮食精美的两层铺叙,都用了先染后点手法。首层铺叙描摹后,即以"就中云幕椒房亲,赐名大国虢与秦",点明华美富丽者的尊贵身份。第二层宴饮铺写之后带出后来者"当轩下马入锦茵",此人谁何?先用隐喻杨花浮萍与青鸟衔巾揭穿与"丽人"龌龊关系,此为一点;再结以"炙手可热世绝伦,慎莫近前丞相嗔",再次点出。全篇全由点染构成,点时不生枝节,染时不动声色;染为外表之美,点为内在之丑。一经结合则化美为丑,变化神奇,结构独出一格,别具匠心。同样为点染手法,而《观公孙大娘弟子舞剑器行》则又有变化。对于今昔两次不同的剑舞,昔详而今略,然后以"风尘澒洞昏王室"与"梨园弟子散如烟"一点,把今舞置于丧乱的大背景中;而且对昔日之舞的由始至终的尽意渲染,反衬出时代的巨大变迁。并且想到"金粟堆南木已拱,瞿塘石城草萧瑟",更见出今日之悲凉。时代巨变与观舞都滋发"乐极哀来"的"惋伤"。这就把初盛唐歌行今昔对比的两分结构变得更为丰富多彩了。

以绝大篇幅先叙述,篇末以议论点题,从而构成"n∶1"的以少胜多的结构,在杜甫的咏物诗与纪事诗里所用最多。《诗经》里就多次运用到这种布局,如《豳风·七月》第七章叙写庄稼上场、脱粒与修葺公家房子。然后写到修自家屋子时,则言"亟其乘屋,其始播百谷",以叙为议;修己屋方才开始,春播又将开始——我们庄稼汉忙得够呛!《东山》四章每章末二句则直用抒情式的议论,如第四章想起过去新婚的热闹,而今多年从军,不知家中近况如何,故言:"其新孔嘉,其旧如之何。"如此"n∶1"结构在杜诗中运用普遍,如七律《闻官军收河南河北》只首句叙述"剑外忽传收蓟北",以下均为得到喜讯的感受及打算,则把"n∶1"结构变为"1∶n"。此从前者化出,用于特殊情况。而前者最为常见,符合一般的情感与逻辑思维,主要见于咏物诗与纪事诗中。杜甫咏马诗大都如此安排,歌行体者如《骢马行》先用八韵写质相不凡、才力卓绝,末节以"吾闻"领下,发奇材当得大用之论。《天育骠骑图歌》先铺叙意态雄杰,次叙画马之原因,末乃抚图兴叹:"如今岂无騕褭与骅骝,时无王良伯乐死即休",以发艰塞不遇之慨。全凭末尾议论由物至人,主题得以深化。《题壁上韦偃画马歌》仅八句,前六句言画之所来与两马姿态。末两句突发"临危安得真致此,与人同生亦同死",所表达的希求为国事用的感慨,浦起龙说是"见公本色",从结构与立意两角度看,都能显出杜甫的本色。此类结构最著名者为《茅屋为秋风所破歌》,以绝大篇幅围绕题目叙写,至末尾迸发

"安得广厦"使"寒士俱欢"的呼号,并愿付出"吾庐独破受冻死亦足"的代价,无论情感与立意都上升到悲天悯人与舍生取义的高度,感召百代,甚至成为后来元白诗派的经典范式。《白丝行》先用六韵铺写舞衣来之不易。结言:"香汗清尘污颜色,开新合故置何许",因喜新厌旧,一经尘染汗沾便弃置一旁。又以之比附人情"君不见才士汲引难,恐惧弃捐忍羁旅",由物及人,而发轻易被人弃捐之慨。后来白居易的《缭绫》《轻肥》等诗便从此路走来。

再次为对比结构。对比在杜甫手里往往形成由局部的修辞手法,再一变扩展为结构的大幅跌宕,形成顿挫淋漓的结构艺术。今与昔,盛与衰,得意与不幸,冷与热,一经对比,顿生强烈反差。如果安置于整体结构的前后,所产生震动效果更强。就整体看,《丹青引》与《观公孙大娘弟子舞剑器行》均属此类,加上杜甫长于铺叙的才能与以小见大的构思,即成名篇,已见于上文。不过,杜甫歌行体的安排有时并非前后对比的二分结构,而是交错构成。如《莫相疑行》以今日坎壈与昔日曾有过的辉煌的对比为基本框架,而生发世情之浇薄与虚伪。起首先言现在的老而无成:"男儿生无所成头皓白,牙齿欲落真可惜"。然后立即穿过时空阻隔,飞到过去:

> 忆昔三赋蓬莱宫,自怪一日声煊赫。集贤学士如堵墙,观我落笔中书堂。往时文采动人主,此日饥寒在路旁。

前四句渲染出光辉照人得意的过去。与发端二句形成一处对比。五、六两句承上启下,第六句导入今日的失意:"晚将默契托年少,当面输心背面笑。寄谢悠悠世上儿,不争好恶莫相疑"。今日之被人上下其手又与前献赋之光亮形成第二次对比。就与第一次对比交错成两次反复对比,两次跌落,慨叹自然更深沉!反差性极大的对比,初盛唐歌行往往施之以昔盛今衰的题材,杜甫《哀江头》则以之写安史之乱引发的巨变,所带来今昔之绝大反差。诗的起首四句言今日曲江的冷落寂寞。接以"忆昔霓旌下南苑"八句,铺叙昔日杨贵妃随玄宗游苑射猎的繁华热闹。倒叙的手法使昔之骄奢淫冶与今之荒寂对比,显得更为强烈明显,使国破家亡的痛苦涌发出无限的哀悼:"明眸皓齿今何在?血污游魂归不得";而有"人生有情泪沾臆,江草江花岂终极"的哀惋,所以诧怪草木无知,年年依旧,蒲柳自绿,无动于衷!

在夔州回首往事,引发今非昔比的诸多感慨,又往往形之于诗,《忆昔》其二即是其中之著者。先依次展开一幅每被论者看重的开元盛世的画面:"忆昔开元全盛日,小邑犹藏万家室。稻米流脂粟米白,公私仓廪俱丰实。

九州道路无豺虎,远行不劳吉日出。齐纨鲁缟车班班,男耕女桑不相失……"接着突然推出血与泪,兵与火交织的惨景:

> 岂闻一绢直万钱,有田种谷今流血。洛阳宫殿烧焚尽,宗庙新除狐兔穴。伤心不忍向耆旧,复恐初从乱离说。

杜甫未尝不是从开天走到安史之乱的"过来人",他对长安沦陷的烧杀掳掠有切肤之痛。而代宗广德元年冬,吐蕃陷京,杜甫在成都严武幕府中,当有流离者漂泊西南,从而获悉当时情景,于次年追论往事,以两种不同的历史画面,给我们留下了深沉的历史浩叹。与此正反对比不同的,则是一代不如一代的等而下之的对比。其一前后两段均用"忆昔"领起,形成过去的过去与过去之间的对比。前言"关中小儿坏纪纲。张后不乐上为忙",讽刺肃宗恢复长安后,专任李辅国,独宠张良娣,使安史之乱得以延续,祸及父子,给代宗留下个烂摊子,"至令今上犹拨乱,劳心焦思补四方"。后言代宗未立前尚有作为,即位而复以宦官程元振用事,闲置郭子仪为留守,"致使岐雍防西羌。犬戎直来坐御床,百官跣足随天王"。西京再陷,车驾蒙尘,又坠入大乱。这种对比真如"一蟹不如一蟹"之概,历史悲剧的反复重演,而使人有扼腕之叹。

杜甫歌行组诗的结构,其中变动不居者为《乾元中寓居同谷县作歌七首》。一自叹冻馁,二叹命托长镵,三叹诸弟各在一方,四叹其妹孤苦,五叹处穷谷之凄苦,六叹同谷龙湫之险恶,七叹身老无成。七歌悲放奇宕,哀恸淋漓,一怀愁苦,似乎不择地而出,如二歌涉及妻孥的"男呻女吟",三歌有"胡尘暗天",四歌言及"箭满眼"与"多旌旗",七歌并及逃难的旧相识。看似杂无头绪,所以前人论及源流,或谓稍近骚意,或言仿张衡《四愁诗》,或言与《胡笳十八拍》有关。笔者以为与陶渊明《咏贫士七首》最相关联,陶之前二首自叹其贫,以下分咏历史上五位贫士。杜甫以自叹自为起结,复以念弟妹居中,其前后以生存、环境作陪衬。大体以自己一家离散与丧乱的不幸为主体,故间或涉及战乱,基本结构还是有脉络可寻。陶诗咏贫士其实就是咏自己与隐士之人格,杜甫此作与之相通,由离乱而及丧乱,加上"呜呼"与"兮"字频用,就显得更为奇崛。另外还有《前苦寒行》《后苦寒行》,前者以汉代与今而分,后者以雪与风之寒而分。《忆昔》二首则以不同时代而分,结构至为简单,却在壁垒森整的对比或跌进中,倾注满腔热情与悲愤。

总之,杜甫的歌行诗,虽然不像李白那样变幻莫测,鱼龙百变,但以他博大、厚重、深沉的审美追求,亦能大而化之,变化多方。在结构的经营上随题制宜,千变万化。加上铺叙的生动逼真,以及议论的深刻惊动,三者合在一起,形成了在歌行体上,节次波澜、离合断续的多种变化,除李白以外,居于难以比拟的地位,而且具有自己的海涵地负而"高、大、深俱不可及"(刘熙载语)的个性特征。正如沈德潜所说:"少陵歌行如建章之宫,千门万户;如钜鹿之战,诸侯皆从壁上观,膝行而前,不敢仰视;如大海之水,长风鼓浪,扬泥沙而舞怪物,灵蠢毕集。与太白各不相似,而各造其极,后贤未易追逐。"[1]从风格论上看,所言甚是。本文即由此就其大端作表现方法的探讨。

---

[1] 沈德潜:《说诗晬语》,人民文学出版社1979年版,第210页。

第十二章　杜甫组诗论

杜甫从步入诗坛的开元二十四年伊始,至大历五年过世,即24—59岁的35年的创作历程,精心制作了大量的组诗,以及名为单篇,实则合起来就是组诗——即未标明的组诗,数量极为庞大。这不仅在盛唐独一无二,即就初、中、晚唐看,亦极为罕见,而且回溯先唐八代诗史,亦是前无古人。过去的研究目光仅集中在《羌村三首》、"三吏三别"、《秦州杂诗二十首》《戏为六绝句》《秋兴八首》《咏怀古迹五首》,且属单组讨论。而就全部组诗及未标明的组诗予以讨论,问津者不多①,这不能不说是极大的遗憾。

一、组诗、连章诗的界义与杜甫组诗的概况

未进入正题以前,首先要划清组诗的界域,以及连章诗的范围,还有我们提出的"未标明的组诗"的判断标准。前人对组诗与连章诗并没有明确界义,甚至于把二者自觉不自觉地混为一谈,如仇注经常把组诗中每一首称为"章"。而在今人编纂的《唐诗大辞典》里,没有组诗条目。朱东润曾说:"组诗这个名词是近代开始运用的,古代并没有这个名词。"②现行最大辞书《汉语大词典》"组诗"条说:"指同一诗题,内容互相联系的几首诗。"说得简明且基本正确。那么著名的《古诗十九首》似可看作此类,但它并非一人所作,连题目也是后来人命名的。屈原《九歌》11首,内容相似,风格一致,又同是在民歌祭歌影响下的一组诗,应是文人最早的组诗。旧题汉高祖的唐山夫人有《安世房中歌》十七章,逯钦立《先秦汉魏晋南北朝诗》认为:"于乐分十七章,于辞实为十七首。《郊祀歌》仿此。"《汉书》谓汉武帝时的《郊祀歌》为十九章,每章均有题目。以上两首诗似均为组诗。东汉末秦嘉有《赠妇诗三首》,当是东汉文人最早的组诗。至建安,孔融有《六言诗三首》,王粲有《从军诗五首》《七哀诗三首》,刘桢有《赠五官中郎将诗四首》《赠从弟诗三首》,阮瑀

---

① 马承五:《试论杜甫七律组诗的连章法》,《杜甫研究学刊》1985年第2期。侯孝琼:《试论杜甫的连章律诗》,《杜甫研究学刊》1996年第2期。叶黛莹、尚永亮:《论杜甫格律组诗的艺术开创》,《江海学刊》2011年第2期。可参看。
② 朱东润:《杜甫叙论》,人民文学出版社1981年版,第162页。

有《咏史诗二首》，应玚有《别诗二首》，曹丕有《燕歌行二首》《黎阳作三首》，曹植有《鼙舞歌五首》（且五首均以"××篇"为名）、《送应氏二首》《杂诗七首》。曹操《步出夏门行》有作一首，有作四解四题《观沧海》《冬十月》《河朔寒》《龟虽寿》。以上诗大都有联系，阮瑀咏史分咏三良、荆轲，从咏史看，还是有联系的。而曹植《鼙舞歌五首》内容相互联系并不明显，只是属于同一乐曲。组诗在建安时期普遍兴起，几乎人各有作。以后陆机、潘岳、张协、左思、郭璞的名作几乎都是组诗，特别是陶渊明有组诗八篇 72 首，占其诗一半以上①。而他的《饮酒二十首》各诗之间，联系就不容易看出来，正如其诗序所言"辞无诠次"，没有一定次序。左思《咏史八首》的写作时间从他的青年到中年以后，并称为组诗。鲍照《行路难十八首》内容亦很庞杂，庾信《拟咏怀》亦复如此。至于阮籍《咏怀》八十二首，几乎囊括了他的绝大部分作品，也只是一个题目，其间缺乏联系，自不待言，是否为组诗就不好说了。总之，一个诗人在同一题目下，内容有联系与否，似乎都可称为组诗，且作年没有多大悬隔。

再看连章诗，其名亦晚起，然其历史要悠久得多。但连章诗与组诗常被近人至今混淆。如上引朱东润的两句话之后，接云："《诗经》三百篇里所说的'《葛覃》三章章六句'就是这件事。这是说这组有三首诗，每首六句。后来的作品，古诗有时是分组的，例如曹植《赠白马王彪》就是，但是经常是不分组。……至于同一诗题之下的多首律诗，例如杜甫早年《游何将军山林十首》其实也不成为组，因为这只是同一诗题之下的多首律诗，每首都可以独立，没有前后照应，因此不能成组。"②不仅把连章诗混到组诗里，又把组诗看成非组诗。若谓《诗经》的分章诗即组诗，那么选《诗经》的诗，从古迄今谁也不会只选某诗中的一章，这是把连章诗即一首诗看成由几首组成的组诗。有此误解，则连章诗《赠白马王彪》也被视为组诗。而确属组诗的如所举杜诗，本是同一题目而内容范围相同的组诗，却被否定掉。这又是误后出误。至于杜甫此诗的照应，前人言之甚悉："凡一题而赋数首者，须首尾布置，有起有结，每章各有主意，无繁复不伦之失，乃是家数。观此十章，及后五章，可见。"③《诗经》除过单章者，均为连章。至于屈原《九章》，王逸注说："章者，著也，明也。言己所陈忠言之道，甚著明也。"④显与《诗经》每诗的分章不同。东汉中期张衡的《四愁诗》利用汉赋全面的写法，分东南西北四咏，不能独立

---

① 魏耕原：《陶渊明论·陶渊明组诗论》，第 111 页。
② 朱东润：《杜甫叙论》，第 162 页。
③ 仇兆鳌：《杜诗详注》卷二引赵汸评语，第 147 页。
④ 洪兴祖：《楚辞补注》，第 121 页。

分开,似为连章诗。徐幹《室思》,逯钦立《先秦汉魏晋南北朝诗》题下注"六章",曹植《赠白马王彪》则分七章亦无疑议。连章诗的数量要比组诗少得多,它本是由能唱的乐诗发展而来,后来逐渐与音乐脱离关系。连章诗各章联系紧密,互相不能倒置,选家也不能只选其中某章,因为它只是一首诗,与组诗由多首组成不同。而组诗可以从中选其重要者,连章诗则未曾被这样挑选。

所谓"未标明的组诗",与由几首组成而只有一个题目的组诗不同,每首都有各自的题目,题目字数相等或大致相等。内容或题材具有一定联系。可以作于一时,也可以出现在相距不长的时段内。所以它们的位置可以并连,也可以相互间有隔断。即可看作"未标明的组诗"。此类无组诗之名而有组诗之实,从弃名求实出发,可称作"无组诗之名的组诗"。它的发展似乎也有个渐进的过程,这在鲍照集里最为明显。他的组诗如《吴歌三首》《幽兰五首》《中兴歌十首》,一眼可辨。而"未标明的组诗"就要费些神,如《登庐山》《登庐山望石门》《从登香炉峰》,只是诗题稍有参差,内容联系之紧密,自不待言,似可作如是观。再如《上浔阳还都道中》《还都至三山望石头城》《还都口号》《行京口至竹里》,这几首如果统一名为"还都道中",未尝不是标准的组诗。如就内容看,这四首诗联系之紧密,要比《拟行路难十八首》明显得多,当无疑义。总之,"未标明的组诗"的辨察并不容易。

有了上面的分疆划界,讨论杜甫组诗就方便得多了。首先面临的"未标明组诗"的确定。如《羌村三首》与"三吏三别",前者为组诗毫无疑虑,后者称为组诗也不会引来多大分歧。六首诗源于邺城大败的背景,主题围绕抓丁,均是三字题,否定此说者不会多。但如果要说《兵车行》和《丽人行》是一组诗,或者说《丹青引》与《观公孙大娘弟子舞剑器行》是一组诗,反对者一定很多。然平心细想,《兵车行》指斥穷兵黩武的不义之战,此是对外;《丽人行》揭露上层社会的豪奢无度,此为对内,都是玄宗弊政的两大毒瘤。前者作于天宝十载,后者一般认为是十二载春,时间相隔不长。又同样是三字题的歌行诗,又都用了铺排,仅有质朴与华美之别。这两诗都作于安史乱前,后两诗则作于平叛以后。《丹青引》一般认为大概作于代宗广德二年,而《观公孙大娘弟子舞剑器行》则为大历二年,虽隔三年,地点亦有成都与夔州之别,若看作组诗肯定见笑于大方之家。此两诗看似风马牛不相及,然叙写艺术人才在安史之乱前后地位的转折是相同的,而且以小人物的跌落而见出大唐由盛转衰的主题也是一致的,并且都是以"引""行"作为标志的歌行体,都是采用顺叙与铺叙组成的长篇。设想杜甫本人在写前首时不一定想要它成为组诗中的一首,而遇到公孙弟子以后,他不能不想到曹霸。而且《丹青引》的成功,也为写剑器舞提供了创作的经验与媒介。所以两诗结构、主题、表现手法等也是相同的。如果认为此两诗是一对双璧,那么说是实际属于一组诗,即"未标明的组诗",当不会有大谬。

杜诗最负盛名的长篇是《自京赴奉先县咏怀五百字》与《北征》,分别作于天宝十四载冬与肃宗至德二年秋,虽然相差不到两年,但却分属安史大乱前后。两诗都是告假探亲,都有大段的议论,都把一家的不幸与国家的衰败联系在一起。区别仅在于指斥玄宗的奢侈与批评肃宗平叛部署的不当,以及幼子饿死与子女衣着补缀与化妆滑稽的幽默有别,还有过渭桥的艰难与翻沟越岭的不同,故学界公认它们亦是杜诗的一对双璧。在笔者看来是一对巨璧,因为它们在内容与主题上联系太紧密了,所以把它们看作组诗,同样不会有大错。翁方纲说:"此篇与《北征》相为表里。"①即把此二首看成一组。同理可得,《悲陈陶》与《悲青坂》、《哀王孙》与《哀江头》,都作于一时一地,题目又极相似,诗体与风格又那么相近,就更有充分的理由把它们当作组诗看。

杜甫的"未标明组诗"除了以上诸诗,在杜集中相互比邻,题目大多字数相等,内容亦为相关,并作于同时,均可作如是观。就题目特点,可分以下六类:如写于安史之乱中的《九成宫》与《玉华宫》,《瘦马行》《义鹘行》与《画鹘行》;作于去世前一年的大历四年的《蚕谷行》《白凫行》与《朱凤行》,以上均为三字题,末字都标明"行",最易分辨,此为第一类。

第二类是单字题或二字题,如作于大历元年的《鹦鹉》《孤雁》与《鸥》《猿》《麂》《鸡》《黄鱼》《白小》,前后四首为二字题,中四首为单字题,八首按类排列有序。仇注于《鹦鹉》题下注云:"此下八章,乃杂咏物类,盖即所见以寓意也。"则可见出内容之相关。见于此组之前的八首:《洞房》《宿昔》《能画》《斗鸡》《历历》《洛阳》《骊山》《提封》,均取首句前二字为题,制题方法相同。王嗣奭对第一首解析:"此下八首,皆追忆长安之往事,语兼讽刺,以警当时君臣,图善后之策也。每首先成诗而撮首二字为篇名,盖三百篇之遗法也。"②故视为一组,颇为适宜③。

第三类是二字题与三字题交错间见,内容相互有联系,如乾元二年自秦州赴同同谷县纪行诗,有《发秦州》《赤谷》《铁堂峡》《盐井》《寒峡》《法镜寺》等十二首,均以沿路地名为题,只有末了的《万丈潭》前隔《乾元中寓居同谷县作歌七首》。宋人韩子苍说:"子美'秦州纪行'诸诗,笔力变化,当于太史

---

① 赖贵三:《翁方纲〈翁批杜诗〉稿本校释》,台北,里仁书局2011年版,第207—208页。
② 王嗣奭:《杜臆》卷八,第259页。
③ 对此八首,陈贻焮认为这八首五律,"而无总名,实为组诗"。《杜甫评传》下卷,北京大学出版社2003年版,第932页。

公诸赞方驾。"杨伦则言:"(《发秦州》)末写临发情景,是第一首情景。"①显而易见,都把"秦州纪行"看作一组诗。紧接着又是从同谷至成都纪行诗十二首,首篇《发同谷县》,末篇《成都府》,起止分明,同样均以地名为题,整齐划一,字数均二字或三字,只首篇多一动词"发",以示开端。今日论者有言:"'发秦州''发同谷'两组纪行诗,以狮子搏兔之全力描绘秦陇山川,而且加入身世之感,生事之艰,成为古代纪行诗中的空前绝后之作。"②即从内容的联系上,把它们看成"两组纪行诗"。

第四类是四字以上。如广德元年在梓州所作的《上牛头寺》与《望牛头寺》,以及《登牛头山亭子》,还有作于同时的《上兜率寺》与《望兜率寺》。大历二年瀼西所作《八月十五夜月二首》组诗之后,还有《十六夜玩月》《十七夜对月》,以及此前在草堂所作的《冉树为风雨所拔歌》与著名的《茅屋为秋风所破歌》,题目字数相等,结构相同,内容相互联系,均可视作组诗。

第五类题目字数微有差异,但都有共同的"关键字",或者与此相关。如作于夔州的《雨》("峡云行清晓")《雨》("行云递崇高")《雨二首》,《江上》首句即"江上日多雨",以及《雨晴》《雨不绝》《晚晴》《雨》,都作于大历元年秋天,即可视为一组。

第六类题字多寡悬殊,但都有共同一个地名,如《上白帝城》《陪诸公上白帝城头宴越公堂之作》《白帝城最高楼》,亦可视作组诗。

由上可见,杜诗的制题,颇为讲究整齐而有法度,凡内容相关而作于一时一地的,题目本身相互关联,或者显示同一题材,这既是杜诗一大特征,也给我们提供了分辨组诗的方便途径。如作于草堂上元二年时的《病柏》《病橘》《枯棕》《枯楠》,均是"病"或"枯"加上树名,内容必然相关,则一眼可辨。

杜甫连章诗只有《曲江三章章五句》,今人视为创体。王嗣奭说:"三章气脉相属,总以九回之苦心,发清商之怨调。此公学三百篇,遗貌而传神者也。"③但仇注分别标出其二、其三,把一首诗当作三首诗,前人没有连章诗与组诗的说法,而今日看来,显属不妥。连章诗自建安以来,罕有其作。杜甫也不过牛刀小试,聊备一格而已。但时下论者,往往把组诗与连章诗混为一谈,如把《诸将五首》《八哀诗》和《咏怀古迹五首》诸如此类的组诗看作"联章诗"④,似欠允。

---

① 均见杨伦《杜诗镜诠》卷七《发秦州》后总评与眉批,上册第 288 页。
② 程千帆、莫砺锋:《崎岖的道路与壮丽的山川》,《程千帆全集》第九卷,河北教育出版社 2000 年版,第 152 页。
③ 见仇兆鳌《杜诗详注》卷二,第 139 页。《杜臆》文字与此稍有出入。
④ 程千帆、张宏生:《晚年:回忆和反省——读杜甫在夔州的长篇排律和联章诗札记》,《程千帆全集》第九卷,第 173、177 页。把组诗视为连章诗的情况,在时下论述中颇为流行。

杜甫现存诗,浦起龙《读杜心解》凡收 1458 首,较仇注本多出 13 首,差异不大。今以仇本,凡题目明标×××几首者,即已标明组诗,凡 132 组,共 433 首;"未标明组诗"者 53 组,共 227 首。二者合起来,凡 185 组,共 660 首,占其诗总数的 44%,即将近一半。数量之大,超过了高适和岑参诗的总和。在四唐诗中,罕有其匹,可谓前无古人。集大成的原因,由此可见一斑。杜甫 35 年的创作,平均每年要作 12 组组诗。这些组诗如何分布在各个阶段,又有何重要意义,则应予以更进一步的思考。

二、杜甫组诗的阶段分布与创作用意

若按杜诗的发展变化与经历结合看,简便起见,可分三期:安史乱前为早期,安史乱后至成都前为中期,成都以后为晚期。早期标明的同题组诗 10 组 43 首,非同题未标明组诗 1 组 2 首,合共 11 组 45 首。中期标明组诗 18 组 72 首,未标明组诗 10 组 68 首,合共 28 组 140 首。后期标明组诗 102 组 324 首,未标明组诗 39 组 137 首,合共 141 组 461 首。其中逸诗二组四首难以进入何段,可不计入。统计容或有所遗漏,然出入不会太大。组数与首数均呈阶梯式上升,中比前、后比中都有三倍多的增长。

从创作用意看,前期同一题下数量较多的五律《陪郑广文游何将军山林十首》与《重过何氏五首》,把游私家苑林作为大篇组诗,明显带有尝试组诗的性质,属于早期的准备期。而更早的五古《前出塞九首》与本期最后的《后出塞五首》,可以看出用组诗叙写军国大事的苗头。歌行体《兵车行》与《丽人行》,也带有同样的尝试性质。看来杜甫早期把日常一般题材与重大题材同步进行,且选用了三种重诗体,即五律、五古、歌行体,为以后的组诗发展作了两手准备。

中期是杜诗创作的第一高潮,最为显著的是用五古长篇组诗反映安史之乱。《自京赴奉先县咏怀五百字》与安史之乱几乎出现于同时,其中"群冰从西下,极目高崒兀。疑是崆峒来,恐触天柱折",用"隐语,忧国家将覆"(王嗣奭语),杜甫的忧患意识于此形成强烈的政治预感,不幸而言中。此篇与《北征》,还有"三吏三别""二悲""二哀",于"国家不幸诗家幸"之时,使杜甫登上了"诗史"的高峰。便于叙事而插入对话,且长短自如而容量大的五古,使杜诗在叙事诗上也闪耀出惊人的光辉。如果从这一阶段的史诗除掉组诗,就只剩下《春望》了。而且组诗篇数可多可少,灵活机动,这也是既有"二悲""二哀"两首组合,也有"三吏三别"的大型组诗。组诗可以用通讯报道式的"二悲"来表达,也可以用叙事对话的"三吏三别"来叙写,形式多样灵活,还可以用发抒沉郁悲痛情怀的"二哀"来惊叹。杜甫有了早期对组诗各体各种题材的尝试,比如《兵车行》的叙事方式,于此时发挥到极致。又由早期游苑日常组诗,而在《自京赴奉先县咏怀五百字》与《北征》中,发展到把个人的日常行径与家事国事天下事融合起来,所以那样的感人,那样的悲恸!

至德二载在鄜州除了《北征》,还有五古《羌村三首》,把战乱带给百姓的死亡、贫穷、苦难、分离等艰难苦恨,通过自己经历叙述出万方多难的情景。这是小人物在战乱中的历史,尤为感人。这既是后来在"三吏三别"中关注那么多小人物的原因,也为民众题材作了创作上的准备。同时的《收京三首》则为当时大事而发,"叨逢罪己日,洒涕望青霄",对于肃宗的罪己诏,一时为之感动;但对"万方频送喜,无乃圣躬劳",也予以讽喻与担忧。次年由左拾遗贬官华州有未标明组诗《瘦马行》《义鹘行》《画鹘引》,或多或少带有借物言志之意,前首末"谁家且养愿终惠,更试明年春草长",对因疏救房琯而贬,寓意显然。杜甫对马、鹰、鹘喜爱有加,时时见诸诗,故有此组诗之作。

当他离开兵火连绵的长安,把此期前段未标明的纪游组诗《九成宫》《玉华宫》又变成大型的组诗,即在陇右所作的《发秦州》等12首,以及《发同谷县》等12首。这两组纪行山水诗充分展示了杜诗奇崛幽奥、瘦硬蹶张的特色。在这"一岁四行役"的艰难奔波岁月,他没有被压倒而停止作诗,反而在生活艰难困苦中于组诗上开辟出一条新道,一地一诗,从出发到目的地就是一组诗,无论心情、处境、拖家带口的负重与处境的恶化,反而激增了人生与艺术的新的探求。如此厚重的大篇组诗,为他晚期的成都草堂与夔州的山水组诗倾注了广博的积淀,特别是对夔州组诗有重要的影响。此时略早的《秦州杂诗二十首》纯出以五律,与上两组五古纪行诗不同。国事日艰加上个人政治上的失意,使这组诗无论纪行,或者写景,还是感怀,都带有极大悲怆,使他的五律充满了质苍坚老的风格。较之以早期的游苑五律组诗,则别开了一片天地。五律《自京窜至凤翔喜达行在所三首》与五古《羌村三首》,都带有自传性质。战乱年间造成的意想不到的喜怒哀乐酸辣苦甜,淋漓尽致地倾泻于其中,其中的大悲大哀,哀极生悲,悲极生乐,各种真实复杂感情深深打动人心,使他的五古与五律带上撞击心灵的艺术魅力,所以梁启超称他为"情圣杜甫"。《曲江二首》是七律最早而著名的组诗,长安收复,带来的却是仕不得志的苦恼。面对兵燹后的曲江,他只好把忧愤托之于饮酒行乐中。杜诗指斥朝政往往采用皮里阳秋的表达,这组诗比较集中地显示了这一特征。

杜甫晚期在成都草堂与夔州的诗区别较大,故可分前后两节。草堂时期生活稳定,经过大乱而遇此安静之所,年近半百的杜甫终于可松口气了。草堂经营好后,肃宗上元二年率然而作《绝句漫兴九首》,远离多事的长安,忧虑的目光从苦难的人世间终于可转向水清林茂清静的大自然。他徘徊于草堂周围,暂时解脱了以往的沉重,以轻松恬静幽默的心情,开起了一草一木的"玩笑"。原本不乏幽默的杜甫,在《北征》里说他看到陕北黄土高原上的酸枣"甘苦齐结实",有一种欣悦的幽默。对子女也曾经有过"玩笑",用幽默的语言喜笑过儿女怪异的服装与化妆。在那天崩地裂时期透出以苦为乐的一丝幽默,而在这组诗里大放异彩。仇注对首篇说"此因旅况无聊而发为恼春之词",所引《杜臆》就首句"眼见客愁愁不醒"而引发出"'客愁'二字,乃九首之纲",实在都是一种误解,把杜甫看得太严肃,似乎从来都没有个笑脸。然而这组诗正以幽默的精神与生活态度,给宋诗提供了一大法门,杨万里幽默的拟人化的"活法",即沾溉于此,便是著例。这是杜甫第一次用七绝写成组诗,而且在入川前的单篇绝句只有两首①,所以,他又是一个不断开拓诗域的勇于创新者,故而其中充满了艺术的兴奋,又不停流泻秉性的幽默。此后绝句组诗一发而不可收,同年所作《江畔独步寻花七绝句》便细细咀嚼春天,使他这"白头人"欣然开怀。而且题材多样,如《春水生二绝》《少年行二首》《三绝句》《中丞严公雨中垂寄见忆一绝奉答二绝》,以及咏物七绝《官池春雁二首》《戏作寄上汉中王二首》,涉及日常生活题材比较广泛。其中"七绝句"为大数,因为有《同谷七歌》做前导。以绝句之小而为大,且举重若轻。其中"黄四娘家"一首便脍炙人口。值得一提的是《黄河二首》"为吐蕃不靖,民苦馈饷而作。盖代蜀人为蜀谣以告哀也"(浦起龙语),以七绝小组诗叙写国计民生与边防大事,措语厚重,风格与他的七古相近,这是他首次以小诗括写重大题材,虽然并没有他的七言长篇出采,却为以后扩展以小见大写法作了试验性的准备。

特别值得重视的,是《戏为六绝句》。把小诗连缀起来,扩展了容量,前次写景绝句组诗,实为此种别致组诗作了准备。全为评判性的议论,把五古中擅长的议论,纳入小诗,在他来说犹如狮子搏兔。用七绝作诗学评论,以诗论诗,前无古人,又沾溉百代,开发出一片陌生的绿洲,引发后来诗坛无限波澜。同时昭示了诗学审美集大成的艺术眼光。

还有作于初到草堂的《卜居》《有客》《狂夫》《江村》《野老》《南邻》《客至》《进艇》,均为二字题七律,力图以日常用语的白话、俗词及民歌句式,可

---

① 杜集是三首,一是《即事》,一是《赠李白》,一是《虢国夫人》,且后者又见于《张祜集》,题作《集灵台》,宋蜀本《张承吉文集》,洪迈《万首唐人绝集》、胡震亨《唐音癸签》卷三十二、胡应麟《诗薮》内编卷五、王士禛《带经堂诗话》卷十八,均作张祜诗。只有乐史《杨太真传》记为杜诗,小说家言不大可靠。参见吴企明《唐音质疑录·杜甫诗辨伪札记》,上海古籍出版社1985年版,第26—27页。

以看作一组白话七律。在为拾遗时所作的《曲江二首》与《曲江对雨》,即采用"伤多""寻常"的俗词,还有"人生七十古来稀","黄鸟时兼白鸟飞"的俗语入七律的偶句。略后的《早秋苦热堆案相仍》则纯为白话七律,而《卜居》等八首,言村居之乐与待客的日常生活,是他在略后的《江上值水如海势聊短述》里所说的"老去诗篇浑漫与""焉得思如陶谢手"双向发展,集中而作的村居白话七律组诗,为七律大力开凿一新风格,同时也为以后的白话单篇名作《又呈吴郎》奠定了基础。

肃宗上元元年大约同时所作《题壁上韦偃画马歌》《戏题王宰画山水图歌》,以及《戏为韦偃双松图歌》,是一组未标明的歌行体组诗。五六年前的《奉先刘少府新画山水障歌》是他的名诗,已见出题画诗的才能。王宰、韦偃是画史上的名家,其中《画山水图歌》又是一首佳制,深得山水画理。这是他唯一一组题画诗。天宝乱后,许多艺术家与其作品流播于蜀,这也是杜甫漂泊西南的一宗意外收获。这组诗本身对宋元题画诗影响亦为甚巨。代宗宝应元年(762)的五律《江头五咏》,分咏丁香、丽春、栀子、鸂鶒、花鸭,前人认为"此虽咏物,实自咏耳"(顾辰语),故谓分别有寄寓:立晚节、守坚操、适幽性、遗留滞、戒多言。五首均在末联点明寓言,整齐划一,题材涉及花木、小鸟、小鸭,在盛唐诗里也是一道特别的风景线。

作于广德元年五律组诗《有感五首》,是恢复长安后痛定思痛,追思陷京时事并对国家大政提出重大建议。仇注谓分别是:一"叹节镇不能御寇",二"叹镇将之拥兵",三"叹都洛之非计",四"讽朝廷建宗藩以摄臣",五"慨当时重节镇而轻郡守"。王嗣奭说:"读此五首,皆救时之硕画,报主之赤心,自许稷契,真非虚语。"又言:"杜诗宗《雅》《颂》,比兴少而赋多。如此五首皆赋也。……故情景不一,而变化无穷,一时感触,而千载常新。"[1]在阆中所作《伤春五首》,时在代宗广德二年春方闻去冬吐蕃陷京,故题不直书其事,实质亦带史诗性质。这是他用五言排律作组诗第一篇,此前只有单篇《喜闻官军已临贼境二十韵》《建都十二韵》专写时事大政,其余不少的二十韵、三十韵的五言排律多用于寄赠。此则直书当时最大的陷京事件,故有双重的创获。所以,卢德水说:"排律原为酬赠设,乃环络先朝,切劘当世,迂回郑重,就排场中,而封事出焉。本领体裁,绝世独立。"[2]是说在铺排叙写中,提出像奏书那样的政治建议。由以上两组长篇可见,杜甫入川后远离政治重心,得消息已时过境迁,但仍以追叙追述付之组诗,这和他于安史乱中"二悲""二哀"

---

[1] 见仇兆鳌《杜诗详注》卷十三,第977页。《杜臆》第177、179页于此文字稍有出入,且有误字。
[2] 同上书,第1086页。

"三吏三别"的精神是一致的,虽没有及时耳闻目睹之机会,但仍紧持纪史之诗笔,注视国事之消长,思考朝政处置之当否,政治之关注不减于安史乱中切身的感受。长期的思考与政治的敏感,使他的这些"封事"性的诗作,无不带有政治远见性。王氏在上引文之末说:"耳食者谓公志大才疏,良可悲矣!"也可以说是今古同慨。

最早的七律组诗是作于安史乱中长安收复后的《曲江二首》,上文已言及。其次即代宗广德二年自阆州归成都途中所作《将赴成都草堂途中有作先寄严郑公五首》,仇注说:"意思颇嫌重出,盖赴草堂只是一事,寄严公只是一人,缕缕情绪,终觉言之繁絮耳。"严武是杜甫的挚友,也是其生活的资助者,故用长篇组诗絮絮道说。然杜甫如此经营,也为夔州大量七律组诗到来作了超前的艺术磨砺。次年的五律《江村五首》言村居之乐,居蜀已六年,这里似乎"桃源自可寻",也该一乐,虽然其中还带有在严武幕府"愧群材"如王粲之不快。同年的《三韵三篇》,每首均五言六句。朱鹤龄说:"时代宗信任元载、鱼朝恩,而士之变节者,争出其门。"①故题目不便明言,只标体制篇数而已。每首语短句少,体制"甚古悍"(申涵光语)。

广德二年的《绝句二首》是最早的五绝组诗,其一"迟日江山丽",其二"江碧鸟逾白",均属名作。全为偶句,以律诗为绝句,与散起散落、一气流转的正格不同,这也是杜甫绝句被视为"别调"的原因之一。杜甫拥有强烈的创新观念,他认定了这种一句一景如四面屏风式的格局,立意与盛唐路子要有不同。与之同时的《绝句四首》,属七绝组诗,其三即"两个黄鹂鸣翠柳"一首,全偶对,亦为四面屏风模样,其一亦同。同年的《绝句六首》同样写景,亦是五绝,前两句均对偶。次年所作七绝组诗《三绝句》被今人特别看重,以为"是绝句中的'三吏''三别'","不用平仄"的"古绝句"(萧涤非语)。其一言渝州、开州地方军阀杀两州刺史,"食人更肯留妻子",痛骂杀掠者如虎似狼。其二言难民入蜀的生离死别。其三言"殿前兵马"抢掠纵暴,而且"妇女多在官军中"。这些史不及书,弥足珍贵。且杜甫并不在其地,而是通过"闻道"而及时记录,愈为可贵。他似乎要恪尽一个"史家"秉笔直书的责任,连"殿前""官军"也不回避,真可视为"实录"!

同为广德二年所作的七古《忆昔二首》,追论往事。其一讽刺肃宗外任李辅国而内惧张良娣,后又信任程元振,解郭子仪兵权,召西羌之祸,致使长安再陷。其二追怀开元盛事,尤为著名。在杜甫"诗史"中占有重要位置,亦开晚期回忆盛唐史事之先声。两诗均取起首二字为题,为杜甫组诗制题之一

---

① 见仇兆鳌《杜诗详注》卷十三,第1211页。

法。同年所作《阆山歌》《阆水歌》，均记山水之胜，次首涉及"巴童荡桨""水鸡衔鱼"之风俗。永泰元年作的《天边行》《莫相疑行》《赤霄行》，分别拈起首、结末、中间二字或三字为题，分明为未标明的歌行体组诗。三首依次，前言"胡骑羌兵入巴蜀"与"骨肉十年无消息"，中言"往时文采动人主，今日饥寒趋路旁"，慨叹世情，后首亦同。有史事，也有自己过去的不幸与现在的处境，可作史诗与自传合观。

夔州所作为杜诗的第二高潮，其中组诗是前两期总和的三倍还多，许多精品也集中于斯。杜甫大历元年春乍到，即有《上白帝城》《陪诸公上白帝城头……》《白帝城最高楼》，登非一楼，然为一组无疑。后者为拗体律诗，属于"晚节渐于诗律细"之精品。另外，还有《上白帝城二首》，合起来则为一大组。同时的《负薪行》《最能行》，前叙夔女之苦，次言其地以舟行经商为能事，均为当地风俗而发，留下了生动的地方风貌，与阆州山水二歌合在一起，为中唐诗人如刘禹锡、柳宗元、王建等新开一宗题材。至夏季有《夔州十绝句》，犹如当地的"十大景观"。至秋有七律《诸将五首》，分言吐蕃内侵、回纥入境、乱后民困、贡赋不修、镇蜀失人，全以议论为诗，可与《有感五首》相互为表里，属于"诗史"的重要之作。

人至晚年好为回忆，55岁的杜甫写了不少回顾国家、友朋、个人经历的组诗。首先是《八哀》追思八人：王思礼、李光弼、严武、李琎、李邕、苏源明、郑虔、张九龄。仇注说："王、李名将，因盗贼来息，故兴起二公，此为国家哀耳。继以严武、汝阳、李、苏、郑，皆素交，则叹旧。九龄名相，则怀贤。"①所言大致不差。哀王思礼功名未就，命亦不永。李光弼有匡复大功，哀其受谤未明而殁。严武功名未展以疾终，而年仅四十。汝阳王李琎为让皇帝李宪长子，杜甫早年的《饮中八仙歌》就写到他，早卒于天宝九载。李邕为杜甫所仰望，交往甚早，被李林甫构陷杖杀。挚友苏源明蹇塞不遇，杜甫有多篇诗酬赠。郑虔亦相交尤深，哀其生不逢时，被污贬死。名相张九龄被李林甫排挤贬放，忧郁而死。以上两将一相是为国哀，中五人是为友哀。两将一相未见交往，甚或未有谋面。两将置于发端者，似为安史之乱后国家走向衰弱之哀。张九龄殿尾，似存乎开元盛世一去不返之哀。中五人者显示出包括书画艺术在内的盛唐气象不复发挥光芒。八首均出之纪传体，或二十韵或三十韵不等，均为大篇巨制，以叙事为工，然"伤于多，如李邕、苏源明，篇中多累句"（刘克庄语），且用典过多而失之艰涩，本非集中高作，比起李颀的"人物诗"未免显得板重，与早年《饮中八仙歌》相较亦逊色。然所写多是军政、书法、

---

① 仇兆鳌：《杜诗详注》卷十六，第1373页。

绘画方面的大人物,于史不仅可以互证,也是他在"诗史"上的一种纪传体创格。七律《咏怀古迹五首》分咏庾信、宋玉、王昭君、刘备、诸葛亮。庾、宋之作为杜甫所宗法,诸葛亮则倍受他敬仰,此前于草堂即有《蜀相》之作。后三人亦与夔州相关。前三首寄寓身世之感,他本人又是七律圣手,故多为名作。谓"庾信平生最萧瑟,暮年诗赋动江关",分明也有他的不幸与自负;谓宋玉为"吾师",他的"悲秋"、"朱门酒肉臭,路有冻死骨"与宋玉《九辩》《风赋》的雌雄二风之别,息息相关。咏昭君者,"为千古负才不偶者十分痛惜"(金圣叹《杜诗解》语)。以上两组回顾国家与自己,说尽无限心事。

此年的《解闷十二首》为七绝组诗,其五言师法李陵、苏武与孟云卿,其六谓孟浩然"清诗句句尽堪传",其七言二谢与阴、何均可取法,其八称王维为"最传秀句寰区满"的高人。主要从山水诗角度予以回顾与总结。

夔州之作最重要的,是对长安的思念与自己一生的回顾与思考。就在这年"巫山巫峡气萧森"的秋天,安史之乱结束整整三年,国运衰疲仍不见好转。他以"每依北斗望京华"思念故国的心情,精心结撰《秋兴八首》,是为七律组诗的巅峰。心绪由夔州飞向长安,飞向了故国;想到了久违的曾任职的尚书省;想到因疏救房琯而遭贬斥,以儒为业却垂老飘零,而少年同学与五陵裘马却轻肥腾达;又想到经安史乱后,长安的王公大臣皆异昔日,然而北边关山鼓振、西部羽书疾驰,不胜今昔之感;眼前又仿佛出现蓬莱宫阙与承露金茎,以及宫扇云移、曦映圣颜与为时不长的"青琐点朝班"的景况;还有花萼夹城、芙蓉小苑与珠帘绣柱、锦缆牙樯。另有昆明池水、岸上石雕、水中植被亦宛如眼前;最后想到渼陂旧游,紫阁峰影倒映湖中,佳人拾翠,仙侣舟移。在美丽的回忆中,长安城而今始终萦绕边气、黑云、冷露,处于同样的肃杀不安的惊心秋气之中。长安作为政治中心,始终吸引唐代士人的向往,拥有周秦汉唐悠久而恢宏的积淀。她又是开元盛世与盛唐气象的标志,正如诗中所言"回首可怜歌舞地,秦中自古帝王州"。杜甫以如椽彩笔把夔州的苍凉与长安的豪华连接一起,把不幸的现实与过去的理想浇铸一起,又把久积的期望与对时局的忧虑融会一起。他是大唐由盛转衰的目睹者,他以儒家关注国计民生的博大情怀,始终注视长安,怀念长安,忧心长安,深沉的思考与政治的敏感,使他在天宝后期对长安忧心如焚。天宝十一载登慈恩寺塔就预感到开天盛世已面临:"秦山忽破碎,泾渭不可求。俯视但一气,焉能辨皇州",不仅"象征时局的昏暗",而且暗示"皇州"将要"忽破碎",因"秦山"本来就是"皇州"的天然标志。当时的政治家,包括那么多奔往长安的诗人,唯有把自己的情感与热望融入长安的杜甫有此深远忧患。自安史之乱至此,长安多次"破碎",历尽血与火的洗劫,这时的杜甫又怎能不用"彩笔昔曾干气象,白头吟望苦低垂"的绝大感慨与无限悲凉,表达他为了怀念故国以今昔悲乐为怀的"长安悲""哀长安"呢!

在夔州两年间的未标明组诗,亦值得注意。初到时有一连串的写雨诗,诸如《雨》"晓云行清晓",《雨》"行雨递崇高",《雨晴》《雨不绝》《晚晴》《雨》"万木云深隐",另有《雨二首》。他早期在长安就写了不少关于雨的诗,这么多的雨诗,夹在数量庞大的杜诗里,不会引起多少注意。或许是张协《杂诗》写雨的影响,或是因为作组诗的才能与习惯,或者是为此类未标题组诗的更多出现作准备,因他还有更大的计划。深沉的杜甫对适宜思索的夜晚亦有兴趣,有《中夜》《垂白》《中宵》《不寐》一组诗。《垂白》说"江喧长少睡",亦写夜晚。前者说危楼北望想到"长为万里客"与长安"高堂战伐尘",暮年晚睡就有了这类连续之作。他的大计划,是要用诗回顾一生。杜诗原本带有自传性,暮年回首是人生常情,然他决意要用大型组诗表现。诸如《往在》《昔游》《壮游》《遣怀》等。前者叙述肃、代两朝安禄山与吐蕃之乱,属于"诗史",似为大背景。《昔游》回忆早年漫游齐赵,并及对玄宗宠任边将的忧虑。《壮游》则叙其一生,乃为自传,是56韵的大篇。《遣怀》回首于梁宋与高适、李白同游,以及玄宗开边,末言乱离友亡。还有列于其前的《夔府书怀四十韵》,从安史之乱叙起到兵祸连年,以至夔州民困的眼前。综上可见,他的自传体诗也是把自己融入国事的变更之中,站在历史的反思角度去总结过去,而非单纯一己的漂泊与不幸,这是杜甫的可敬处。这与早期的《自京赴奉先县咏怀五百字》与《北征》出于同样的理念,无论写已然的过去,还是将然的现在与未来,总是把自己置于国家的命运之中,在他看来二者休戚相关生死与共,这正是杜甫的伟大处!

当杜甫漂泊两湖时,大历四年在潭州作了《蚕谷行》《白凫行》《朱凤行》,这是杜甫最后的未标明组诗,面对"天下郡国向万城,无有一城无甲兵",发出"焉得铸甲作农器,一寸荒田牛得耕"的呼号。同年的《咏怀二首》,先记安史之乱引起的丧乱,后叙行踪,言欲济时而不能。两诗凄惋沉郁,带有绝望心理。次年的《归雁二首》是最后的标明组诗,借归雁而伤漂泊之感。为他的漂泊凄凉的一生,也为他数量庞大的组诗画上了句号。

三、杜甫组诗的创新意义

杜甫组诗从开元二十四年25岁作的《题张氏隐居二首》算起,至大历五年去世,组诗陪伴了他的一生,无论长安、秦州、同谷、成都、夔州、湖湘,始终没有间断。对组诗的经营,在他的艺术生命中始终占有很重要的位置,是他孜孜以求的艺术形式,能容纳广博的内容,具有重要的创新意义。

首先,组诗在他的"诗史"中占有极重要的位置。杜甫和他的诗友李白、高适、岑参、储光羲、薛据,以及他所称赞的"高人"王维等不幸赶上了安史之乱。在此乱中,人口锐减了2/3,唐朝亦由此走上了下坡路。乃至肃宗、代宗一直是多事之秋。代宗宝应元年回纥入东京,杀掠万数。次年史朝义自缢死,安史之乱方告结束。然当年吐蕃又攻入长安。广德二年及此年回纥、吐蕃又两次兵逼奉天、礼泉、泾阳。大历二年淮西兵大掠潼关,三年吐蕃扰灵武攻邠州。就是杜甫所在的成都亦内乱滋生,大历五年所在的湖南,兵马使臧阶杀观察使。在这些艰难的岁月,杜甫自觉担当起历史记录的责任,从安史之乱的天宝十四载至此,15年间大事,无论在长安或往返洛阳,还是远在巴蜀与夔州的八年,以及湖湘的最后两年,无论是亲历目睹,还是近听遥闻,举凡国家与地方大小丧乱,他都把万方多难记入诗中,"不眠忧战伐"成了义不容辞的社会责任。长安陷没、邺城大败给两京地区造成的灾难,此类大事促使他用组诗予以容纳。"二哀""二悲""三吏三别"陆续出现,他抛弃了乐府旧题,就时言事,即事名篇,诗体的创造也达到了一个高峰。"二悲"犹如通讯报道,及时反映了当时的惨状,这是在陷入安史叛军的沦陷区长安听到的,写这些诗所带来的危险更不用说。"二哀"是看到的,就详细多了,也更感人。安史之乱伊始的《自京赴奉先县咏怀五百字》与以后的《北征》都是探亲,却拉开了两幅广阔的历史画面的长卷,玄宗集团骊山行宫的奢侈挥霍,正八品下的杜甫幼子却在秋稼丰收后饿死。"朱门酒肉臭,路有冻死骨"的对比,揭示出荒政必将面临危难,确实给《北征》所展示的"乾坤含疮痍"的巨祸指出原因之所在,把安史之乱的前因后果揭晓得再清楚不过。只有社会责任感极强,对外表升平而大难将至有深刻洞悉,才能对历史巨变有全方位的广阔而深刻的记述。缘于此,我们把这两篇长诗看作联系紧密的组诗。而正是这些组诗,使杜甫登上"史诗"的高峰。

其次,组诗扩展了反映百姓不幸的广博领域。小人物在历史巨变中数不清的苦难,感动和激发杜甫要采用新形式诉说千家万户的不幸。特别是"三吏三别",他像走上战区的新闻记者,拍下一张张珍贵真实的历史照片,谱写一支又一支万众的"灾难曲",给安史之乱造成的灾祸作了最痛心的"图解"与评说,这是血与泪的史诗,是对汉乐府"感于哀乐,缘事而发"最好的继承与发展。还有把自家与百姓的诸种艰难苦恨合写的《羌村三首》,同样留下了于史书中看不到的苦难现实。《彭衙行》与《赠卫八处士》中隔两年,都是叙写大乱中的逃难,应视为一组。诗人以自己的切身经历给那个动荡历史留下了沉重与苍凉的色彩。有了自家的飘荡避乱,才会对百姓的不幸有更深刻的同情与叙说。苏轼说:"古今诗人众矣,而杜子美为首,岂非以其流落饥寒,终身不用,而一饭未尝忘君也欤。"①话说对了大半。杜甫对玄宗、肃宗、代宗都有尖锐的谴责,即出于一饭未尝忘国忘民的忧患意识,"民贵君轻"的观念深深扎根于以上杜甫的诗中。

再次,杜甫为组诗提供多种创新的体制。歌行体本来多是长篇,合起来则是更大的篇幅。有了《兵车行》可知玄宗好大喜功滥开边衅,而有了《丽人行》则知所用非人与荒奢无度,合观对内对外的两诗,玄宗天宝年间的弊政昭然若揭,所展开的两种视角亦当是作者的用意所在。正是由于这种思路,才会有《前出塞九首》与《后出塞五首》如此事先构思与经营的组诗。安史乱中的"二悲""二哀"、《自京赴奉先县咏怀五百字》与《北征》亦当作如是观。这种未标明的组诗,或者两组诗合成的"三吏三别",都属于创新,且以长篇构成更属于别开生面。三首或更多的合构的组诗明显建立在以上基础,这在安史乱中及以后则与时俱增,成批成量地出现。

复次,组诗开拓了同一题材的内容与容量。先前的纪行诗有两首合成的组诗,如陆机《赴洛道中作二首》。杜甫则以艰苦的漂泊经历,构成了《发秦州》《发同谷县》两篇大型组诗各12首。先前的题画诗多是行之以单篇,如早年《画鹰》《奉先刘少府新画山水障歌》,均属名作。他人之作如陈子昂《咏主人壁上画鹤……》、李白《观平王志安少府山水粉图》,王季友《观于舍人壁画山水》,高适《画马篇》,岑参《咏郡斋壁画片云》等,均为散篇单行。杜甫则如上文已示的画马、山水图、双松图三诗并行。再如咏物诗,初唐李峤120首五律单字题咏物诗,并且排列有序,多数结尾表达进取或贫士的不平,庾信名作有《枯树赋》,杜甫双向汲纳而题目又是以"病"或"枯"打头的柏、橘、棕、楠四首长篇合成的组诗,皆有寄托或用意,亦为出新。以幽默语气与拟人化手法写成的《绝句漫兴九首》,一变盛唐风调。把本是五古的题材施于小诗,而且合成多篇组诗,面貌亦迥异时贤。还有《戏为六绝句》开以诗论诗之先河,都属于首创。他如政论、风俗、山水、村居、亲情、寓言,以及雨、夜、日暮,都采用组诗,各有风采。

最后,组诗兼备诸体,并使回忆性自传体诗与思念长安成为创新性的大宗与经典。举凡五古、七古、五律、七律、五绝、七绝以及五言排律均有组诗。特别是已标明的七律组诗,依浦注本计,凡11组39首,比王维七律总数多出13首,比岑参多出29首。其余盛唐大家、名家的律诗,李白7首、孟浩然4

---

① 苏轼:《王定国诗集序》,孔凡礼校点《苏轼文集》卷十,中华书局2008年版,第318页。

首、李颀7首、王昌龄2首、储光羲1首、高适7首,杜甫则是他们的总和还多2首。以上诸家在七律组诗上均为空白,此尚不计非标明七律组诗。仅此一端,即可见杜甫在组诗上独出的位置。夔州所作系列自传体长篇组诗,为杜甫所独创,在杜诗里独属一类。特别是忆长安的《秋兴八首》成为组诗的经典,为后人不断效法。还有接近此类的《丹青引》与《观公孙大娘弟子舞剑器行》,以艺术人才的今不如昔的强烈对比,反映了大唐由盛转衰所引发的种种巨变,都成为千古脍炙人口的上品。这种两首合成未标明的组诗,或许与杜甫多作律诗,乃至于绝句也要形成偶对的艺术习惯相关。

总之,杜甫组诗千头万绪,涉及面极广,只能举其大端粗略言之。至于组诗的结构、艺术特征亦非本文所能容纳。

第十三章　杜甫：从升平与丧乱中走出来的诗史

杜甫的"诗史"对盛唐后予以全面的叙写，特别是对安史之乱自始至终进行全过程的记录，主要以第一人称(也包含第三人称)，生动真切描绘其中凡能耳闻目睹的重大事件。他以自己的切身经历，把家事国事天下事融合起来，继承汉乐府叙事言情精神，把盛唐由腐败昏妄乃至酿成巨祸连年的大乱作了"实录"性反映①。方法上有叙事与纪事，也有言情与议论，在诗体上有五七言古诗与歌行体，还有律诗与七言绝句组诗。有新闻报道，也有消息通讯，把叙事与纪事、描写与议论及言情错杂而用。这些从太平的或战乱的日常中走出来的杰作，为盛唐诗的叙事提供了难以企及的榜样，影响至为深远。

一、由探亲拉开的历史长卷

杜甫赶上了伟大而又不幸的时代，唐玄宗即位的先天元年(712)，杜甫降临人世，到大历五年，他经历了盛唐的全部历程，或者说盛唐即自他出生那年同时起步。若以张九龄罢相的开元二十四年为盛唐的分水岭，此时25岁的杜甫已经经过自20岁起的十年漫游的一半岁月，而且还是在京城待了十年的一半。若从20岁的开元十九年漫游算起至张九龄罢相为止，杜甫算是赶上了盛唐的末班车。25岁后的杜甫，便目睹了盛唐衰败全历程。如果杜甫的诗史从天宝十载所作的具有严格意义的诗史《兵车行》算起，40岁时风格已成的杜甫，秉笔直书诗史20年。加上晚年在夔州对盛唐的回忆，杜甫的诗展现了盛唐由盛至衰的全过程。

杜甫不是史官，他没有记录当时事件的责任。然而作为一介儒生，他认为应有关注国家、社会、民众的使命感。他和盛唐的士人一样具有热烈旺盛

---

① 杜甫的诗史，向来是研究的热点，如祁和晖《诗圣诗史论》，《杜甫研究学刊》1996年第4期；李一飞《杜诗"诗史"说略评》，《杜甫研究学刊》1998年第2期；杨义《杜甫的"诗史"思维》(上、下)，分别见《杭州师范学院学报》2000年第1、2期；胡可先《杜甫与安史之乱》，《杜甫研究学刊》2003年第2期；韩成武等《杜诗"诗史"的第三种内涵》，《杜甫研究学刊》2004年第4期；胡根林《杜甫"诗史"的叙述学阐述》，《杜甫研究学刊》2006年第3期；刘宁《杜甫五古艺术格局与杜诗"诗史"品质》，《文学遗产》2009年第3期。

的理想,但社会现实让他只能作个诗人。"诗是吾家事",便是对现实处境的认同,也是一种具有使命感的自负。他青年时代的胸襟是"会当凌绝顶,一览众山小",他同样以此眼光,观察所处社会的每一重大变化,以集诗学之大成的如椽之笔,予以如实地记录,实际恪尽了一个出色的"史官"的责任。他也是社会大事件最前沿最敏感的出色"记者",至于是"凌云健笔意纵横"的大诗人,就不用多说了。

唐史记载了这么一个故事:唐文宗"好为诗,每诵杜甫《曲江行》云:'江头宫殿锁千门,细柳新蒲为谁绿',乃知天宝以前,曲江四岸皆有行宫台殿,百司廨署,思复升平故事,故为楼殿以壮之①"。曲江的变化对整个长安不过一枝一节,然不到百年,唐文宗就把杜甫寻常间所作的《哀江头》当作实录性的"诗史"来看。到了宋代,以杜甫为诗史的观念被牢固建立,至今仍得公认。

我们感兴趣的是,盛唐那么多的大家与名家诗人,为什么仅有杜诗一家可称为"诗史"?除过孟浩然、崔颢、李颀、王昌龄卒于安史乱前或伊始一二年,李白、王维、高适、岑参、储光羲、张谓等多位诗人,都经过了盛唐重大事件安史之乱,为什么没留下近乎"诗史"之作?如果说他们习惯于仰望前盛唐,习惯于歌颂盛唐气象,或揭露豪奢,而不擅长对万方多难的灾祸予以描写,然而他们成就主要还是出现在后盛唐。如果说他们以对前盛唐的感情来表达后盛唐,观念尚且来不及转换,至于叙写则无从谈起。犹如魏晋以前绘画以人物为主,而转入山水画初期,就显得特别稚拙,这一点似乎可从李白的南奔与储光羲叙述安史乱时自己的经历中看出来。那么,以标榜写实、为时为事而作的中唐元白一派,为什么也没有出现"诗史"之作,而接近于杜诗?是不是诗史如李贺的牛鬼蛇神,非诗家正宗,只能有一,不能有二,恐怕亦非如此。因为杜诗在中唐以后受到越来越多的重视,而且用白居易的话来说,这些风雅比兴的写实之作,"亦不过十三四",只恨其少,而不嫌其多。中唐又是多事之秋,比安史之乱安定不了多少,而"诗史"之作反倒减少了。其间的原因,耐人寻味。苏轼所说的"天下几人学杜甫,谁得其皮与其骨"②,至少可算其中一个缘由吧!

如前所言,杜甫不是史官,不会把他的作品像"实录"一样写成史典大册,也不会想到将来能赢得一套"诗史"的峨冠博带。他只是以仁者情怀关注自己的国家、社会与民众的诗人,真实地记述了自己的见闻与感受。他的"诗史"之作,是从日常生活走出来的,把他眼中所见心中所想而他人笔下所

---

① 《旧唐书·文宗本纪》,"太和十年冬十月",中华书局1987年版,第561页。
② 苏轼:《次韵孔毅甫集古人句见赠五首》其三,王文浩辑注《苏轼诗集》卷二十二,中华书局1992年版,第1157页。

无者写出来,写得深广而且境界博大。正如刘熙载所说:"杜诗高、大、深俱不可及。吐弃到人所不能吐弃,为高;涵如到人所不能涵如,为大;曲折到人所不能曲折,为深。"①这种高、大、深关乎思想观念与诗法技巧,然而对杜甫来说,都与他的日常生活密不可分。

杜甫"诗史"最为人称道的是具有里程碑意义的两个长篇:《自京赴奉先县咏怀五百字》与《北征》,分别作于安史之乱前夕与最激烈阶段,时间分别是天宝十四载与至德二年,包涵玄宗与肃宗两个时期,反映了两个不同时代而又互相联系的社会面貌,形成升平与战乱的两种不同历史画卷,都具有划时代作用,犹如一对双璧,在杜甫的诗史中具有重要的地位,对后世影响亦为深远。而这两次跋涉都是杜甫告假探亲的经历,出自其日常生活。

《自京赴奉先县咏怀五百字》是杜甫于此年十一月,探望安置在奉先县的家小时所作。奉先县即今陕西渭南地区之蒲城,距西安约240华里,即使步行也不过三日再宿之程。回家的原因,诗里交代得很明晰:"老妻寄异县,十口隔风雪。谁能久不顾,庶往共饥渴"——寒冬腊月,外县的妻儿于风雪中,他放心不下。时间一长,该回去看看。其中还有"潜台词":一是至此杜甫在长安已待了十年,一直没有把家室安置在长安,因"长安米贵,居大不易"。二是杜甫时任右卫率府胄曹参军,为正八品下,在低层吏员中,虽不算太低,但在长安养不起家小。安史之乱前的盛唐经济,由此可以窥见。三是杜甫其所以要"共饥渴",意即共患难,也就是放心不下。好在他的职务是个看管兵器的闲职,所谓"老夫怕趋走,率府且逍遥",请个假倒不困难。

两年后写作《北征》时,杜甫已是凤翔行在政府的左拾遗,因疏救房琯,被肃宗视为"房党"。在新政府待得很不自在,就想到暂时回避一下,便请假探亲,肃宗也乐意他的离开。这时他的家小已由奉先迁到陕北鄜县,因避乱向北移去,距凤翔六七百里,步行需八九天。自从安史叛军攻破潼关至今,杜甫已有一年没回家。又因关中陷入战乱,心里更放心不下。虽然拾遗仅正八品上,较参军没有高出多少,但终于可站在朝堂上与皇帝直接对话,地位也更显要。然而因房琯事,引发肃宗震怒,要抵罪以刑罚。实质上肃宗夺了父皇的宝座,房乃玄宗旧人,所以杜甫不仅是"房党",而且是"父党",自然无法见容。对此,杜甫不一定全都了然,但在朝廷待得不自在,就得少露面,他还是知趣的。而且室如悬磬,忧心如焚。他在《述怀》里说:"涕泪受拾遗,流离主恩厚。柴门虽得去,未忍即开口。寄书问三川,不知家在否。比闻同罹祸,杀戮到鸡狗。山中漏茅屋,谁复依户牖?……几人全性命?尽室岂相偶。"后

---

① 刘熙载:《艺概·诗概》,上海古籍出版社1978年版,第59页。

两句是说谁都会有这样的疑问:"这年头有几个人活着,希望全家团聚岂非作梦?"(萧涤非语)正因如此,他盼望家信,又怕家信到来,因信中定没好消息:"自寄一封书,今已十月后。反畏消息来,寸心亦何有",战乱年间,"家书抵万金",家书未至,还有个万一的盼头;若真的来信,必定是一万个坏消息,这也是探家的另一个原因。

由上所见,两次探家都与当时国家大事无涉,均为老杜自家私事。

其次,正因为事出私因,故两诗都写到平日里家庭的不幸。前诗说:"入门闻号咷,幼子饿已卒。吾宁舍一哀,里巷亦呜咽?所愧为人父,无食致夭折!岂知秋禾登,贫窭有仓卒",固然写得哀恸,催人泪下,然终与国家事无直接关系,何以称得上"诗史"?后者亦有云:"经年至茅屋,妻子衣百结。痛哭松声回,悲泉共呜咽。平生所娇儿,颜色白胜雪。见耶背面啼,垢腻脚不袜。床前两小女,补绽才过膝。海图坼波涛,旧绣移曲折。天吴及紫凤,颠倒在短褐",战乱人不如太平犬,我们同感哀伤,然亦可陪老杜破涕为笑!他毕竟官至正八品上,较前升了两级,所以"那无囊中帛,救汝寒凛栗?粉黛亦解包,衾裯稍罗列。瘦妻面复光,痴女头自栉。学母无不为,晓妆随手抹。移时施朱铅,狼藉画眉阔。生还对童稚,似欲忘饥渴。问事竞挽须,谁能即嗔喝",对如此苦中作乐的铺叙,我们真佩服他的这般幽默,甚至被征服,沉浸于一家悲欢哀乐之中,但我们不能说这就是国史或者诗史。

其三,两诗都叙述了探家的时令气候以及沿途所见。前诗言岁暮出发,风如何"疾",天如何"阴",经过骊山的山路如何地"滑",过渭桥的声音又怎样地"窸窣"。后诗言路经邠州沟是如何深,水又如何急,古道的秋菊还开着,望不断的山梁与岩谷的出没,我已行至水滨,我仆尚在山腰的树梢处,甚至还精细到:"山果多琐细,罗生杂橡栗。或红如丹砂,或黑如点漆。雨露之所濡,甘苦齐结实",这每被人称道的一节,至今行经陕北每可见到,又有谁能写得如此生动。然如此生动的描写,又怎能和"诗史"沾上边,因为它是日常的,只要路经那里,谁都会看到这些!

其四,两诗所写并非全都是纪实,都有或详或略的"想象与虚构",这在纪史应当是不允许的。前者骊山上"君臣留欢娱"一节,凡32句160字,几占全诗1/3,即属此类。按理像杜甫这样的保管员身份的小吏,是无权走近"羽林相摩戛"的"彤庭",绝对不会目睹"瑶池气郁律"与"彤庭所分帛",或者"中堂舞神仙"的场面。也就是说"朱门酒肉臭"的结论是来自于"想象与虚构"。后诗结尾处所言:"凄凉大同殿,寂寞白兽闼。都人望翠华,佳气向金阙。园陵固有神,洒扫数不缺",亦非身在羌村的杜甫所能目睹,此则以陷身长安数月情况作今之推测,犹如骊山盛宴是以《丽人行》的欢宴作想象的底子。

其五，两诗均大段议论，这在纪史上也是不允许的，亦与"史"的文体不符。何况，前者开篇咏怀均为一己之牢骚，后者提请对回纥放纵要有警惕，充其量不过带有"谏草"与"奏议"成分，亦非诗史之纪实所应有。

以上数端，几乎囊括了两诗的全部内容。若从每端看，绝非诗史，然合在一起，则为诗史而绝无异议，这又是什么原因？究其因，就在于杜诗以自己的日常见闻，和当时的国家大事结合在一起，以第一人称亲切感人的叙述，总把一己之不幸与百姓的哀痛联系在一起，而且又从国家腐败或灾难中寻找原因，三者水乳交融，不可分割。如从"幼子饿已卒"，不仅想到"生常免租税，名不隶征伐"，而且还"默思失业徒，因念远戍卒"，正是在这"抚迹犹酸辛，平人固骚屑"的仁者观念中，在比民胞物与还更进一层的博大情怀中，尖锐而深刻提出"朱门酒肉臭，路有冻死骨"的重大社会问题，把"盛唐"不盛的昏乱腐败揭露出来。其次，他以儒者"葵藿倾太阳"的热情与忠诚，面对的是冰冷的全方位的拒绝——"当今廊庙具，构厦岂云缺"！但仍然抱定"穷年忧黎元"的忧世、"辄拟偃溟渤"的济世与建立功业为一起的大志。他不单纯从怀才不遇的角度而抨击上层社会酿造的弊端，他把社会的上下层尽入眼底胸中，而后者占的比例更为重要，发而为诗，为上层提出鉴戒、劝阻、批判，这正是史学家的追求的目的与精神。再次，尽量发挥第一人称叙述的逼真生动与感知性，又以"想象与虚构"弥补了限制视角的时空拘囿，以"赋家之心"，去"苞括宇宙，总揽人物"（司马相如语），所以好用铺排描写的手法，也才能把个人、国家、社会民众融合在一起，也就是把自己的日常生活、经历、见闻，注入国家与社会，因而能抛弃体物之赋的麻木与局限。复次，两次回家沿路景观，不只是单纯地描写自然，同样投注了忧国忧民的眼光。《自京赴奉先县咏怀五百字》过渭一节："群冰从西下，极目高崒兀。疑是崆峒来，恐触天柱折"，见河冰而推及"天柱折"，就分明带有象征或暗示意义。王嗣奭曾言："天柱折，乃隐语，忧国家将覆也。"① 杜甫注意到社会上下两极的差异。在三年前的《同诸公登慈恩寺塔》就说过："秦山忽破碎，泾渭不可求。俯视但一气，焉能辨皇州"，以及"惜哉瑶池饮，日晏昆仑丘"，则王氏所言，不为无理。这种蕴涵厚重时事感的自然描写，本身就具有"诗史"的性质。而《北征》描写"山果"一节，亦不是闲散文字。此节六句后结言："缅思桃园内，益叹身世

---

① 仇兆鳌《杜诗详注》引《杜臆》语，第 271 页注六。今行《杜臆》则言："此诗结语'忧端齐终南'，此岂忧家之贫？盖忧在南山知其必反也。乃知前面群冰西下……皆是隐语。是年十一月，禄山果反范阳，而帝以十月游华清，正杜归奉先时也。证以时事，而可得此诗之解也。"第 36 页。《杜臆》续有增改，故与仇注所引每有出入。

拙",以未经战争破坏的山间琐景,反衬出战乱时乱离人的栖惶不安①,传递出战乱时代的气氛。这是史书大典不需要的,却是"诗史"所不可缺少的实录。

总之,此一对长篇大制,处处都可看到杜甫对日常间一举一动的记录,所思所想,以及喜怒哀乐之所在,全是以日常的角度,撰出忧国忧民忧时伤乱的大制作来。它是充满感情的"诗史",而不是冷静的史册。其所以千载之下仍然亲切感人,就在于陈述者缩短了与读者的距离,从日常生活中,为我们描绘出历史的大画面!

二、从一家一户走出来的诗史

在如泣如诉的叙述中,展现从天宝十四载十一月初九开始的安史之乱的诗中,恐怕没有比"三吏三别"更为重要的了。反反复复长达八年的安史之乱,史书中只有僵硬史事的简洁叙述。据杜佑《通典·食货》记载,天宝十四载全国人口凡 52,919,309,"此国家之极盛也"。至肃宗乾元三年,即安史之乱后的第五个年头,人口为 16,990,386,五年间损减人口 35,928,723②,降幅为 2/3 还多。这些数字固然让人震惊,却也足以说明安史之乱所带来毁灭与破坏巨大且深重,然而毕竟是僵硬的死历史,而非充满活力的历史、血泪的历史,它只是历史的木乃伊,不能站起来、动起来! 真正充满活力的历史,应该是感人的、生动的、让人永远忘记不了的。杜甫的"三吏三别"确实弥补传统史学的不足,它像一部可以折叠的画册,拉开来就是一幅浸透血与泪的长长的历史画卷。

这六首诗写于乾元二年,即安史之乱起的第五年,平叛战争进入最有希望的时期。两年前的至德二载,安禄山被其子安庆绪所杀,两京先后收复,史思明降唐,形势迅速好转。但肃宗最得力的谋士李泌归山,由于举措不当,使史思明再反。乾元元年九月命郭子仪、李光弼九节度使率军 60 万逼围邺城安庆绪数月,次年二月邺城食尽,"一鼠直钱四千",城内叛军不足三万,史思明援兵亦不过 13 万,合共仅占唐军的 1/4,然肃宗"以子仪、光弼皆元勋,难相统属,故不置元帅",却以宦官鱼朝恩为观军容宣慰处置使监军。由于步调不一,故经冬历春,竟未克邺。史思明援军一战,官军溃败而南走,仅郭子

---

① 杨伦《杜诗镜铨》卷四引张上若(名溍)曰:"凡作极要紧极忙文字,偏向极不紧极闲处传神,乃夕阳反照之法,惟老杜能之。如篇中'青云''幽事'一段,他人于正事实事尚铺写不了,何暇及此,此仙凡之别也。"第 160 页。
② 杜佑:《通典·食货》,中华书局 1988 年版,第 153 页。

仪一军"战马万匹,惟存三千;甲仗十万,遗弃殆尽。东京士民惊骇,散奔山谷","诸节度各溃归本镇。士卒所过剽掠,吏不能止,旬日方定"①。

至德二载九月长安收复,杜甫携家返长安,供职朝廷。但不久外放华州司功参军。次年即乾元元年冬,因探望故旧、故居到洛阳,越明年,三月,洛阳士民惊散,他亦返华州。从洛阳至华州一带是安史之乱五年来战争拉锯的重灾区。邺城大战,唐军元气大伤,安史之乱余孽史思明复振,杀安庆绪,收其士马。"思明欲遂西略,虑根本未固,乃留其子朝义守相州,引兵还范阳",自称大燕皇帝,唐军松了口气。当时郭子仪军损失最为惨重,残剩仅数万,令留守东都,任命为东都畿、山南东道、河南诸道行营元帅。为了扩充兵力,唐军急速地到处拉夫,不依章法规定,无论老少男女都在抓丁之中,使战争造成的重灾区痛上加痛。安史之乱造成"积尸草木腥,流血川原丹"的巨大浩劫,唐政府又转嫁到老百姓身上,不择手段地抓夫拉丁,在战后暂时的空隙又造成了无数家庭的破裂,家家不得安宁。杜甫沿路自洛阳——新安——石壕村——潼关,耳闻目睹,无不是一片惨戚与哭泣。哭声震撼了杜甫,杜甫的笔下也溢满悲泣,记录下了沿路的所见所闻。他以目击者的身份,即作为这一重大历史事件的见证人来进行叙写。不仅如此,他还要在灾难的叙述中,做出艰难的选择。老百姓在以往五年平叛战争中,做出了巨大的牺牲,还在兵燹中受到叛军与官军双重洗劫剽掠,无数的儿子、丈夫、亲人牺牲在战场上。邺城之战惨败,导致当朝大量抓丁以补军数,又给百姓带来了战后的无尽之灾。

而且,邺城战败,责任全在肃宗。至德元载肃宗曾问李泌何时可平安史之乱,李泌言"不过二年,天下无寇"。次年当安禄山被其子庆绪戕杀后,肃宗则担心诸将功高震主,又曾问李泌:"今郭子仪、李光弼已为宰相,若克两京,平四海,则无官以赏之,奈何?"②在总的策略上,不用李泌先取范阳以绝叛军根本的大计,而急于克复两京,以巩固擅自为帝之尊位,而防玄宗其他诸子之攘夺,由此可见肃宗处处疑忌,这也正是李泌辞官归山的原因。邺之战,不设元帅的原因,并非"以子仪、光弼皆元勋,难相统属",而是60万大军攻克仅7万的叛军,在旦夕之间,若置元帅,以后则功高难治。所以导致从乾元元年九月至次年三月延宕半年之久,史思明援兵虽13万,所用于作战仅5万,当时巨风一起,60万大军星散。倘若史思明西进,长安就有再度陷没之险。虽引兵退还范阳,但终究使叛乱又延续了两年多。

对肃宗因疑忌而造成昏妄的举措,杜甫不可能没有一点察觉。房琯的陈

---

① 司马光:《资治通鉴》卷二百二十一,"肃宗乾元二年",第7069页。
② 同上书,卷二百十九,"至德二载",第7013页。

涛斜之败，固然用兵本非其长，但与肃宗褊急促战有极大关系。《新唐书·房琯传》说：初战不利，"琯欲持重有所伺，中人邢延恩促战，故败"，这就和玄宗派宦官敦促哥舒翰出战，而使潼关失守就没有两样。邺之战，李光弼原是郭子仪属下，肃宗尽可以郭子仪为统帅，即可如石击卵，一举克邺，则完全可以预料。此前，当两京克复，肃宗入长安后，"郭子仪来自东京，上劳仪曰：'吾之家国，由卿再造。'"① 肃宗已经感到心理的"压力"。邺之战败后，"诸将各上表谢罪，上皆不问"，犹陈涛斜败后，并未贬降房琯一样，肃宗内心之愧疚则可知。当郭子仪军经三个月稍有恢复，即在七月诏子仪回京，以李光弼代郭为朔方节度使、兵马元帅，"士卒涕泣，遮中使请留子仪"。李光弼似乎洞悉肃宗用心，请以亲王为帅，己为副。杜甫曾疏救过房琯，后来被逐出朝廷，所以对肃宗这些举措已领略一二。

然而早日平息叛乱，毕竟是最为紧要的事，唯其如此，叛军危害与唐政府强加给百姓的灾难才能免除。或者说，在平叛战争上，官与民起码有一致之处。面对敌军与朝廷带来的双重灾祸与不幸，杜甫对他目睹的灾难做出了理智与感情的双重选择，一是揭露统治者惨无人道的恶性抓丁政策使百姓家破人亡；一是对百姓予以沉重的肯定，他们不仅负荷敌我造成的双重痛苦，却还希望再付出代价参与平叛，甚至是含泪地赞美。这二者是矛盾的，杜甫心里也极端痛苦。叙写这一事实，必须面对国家大局与民众的矛盾，此两难中必须做出选择。在杜甫看来，也不能只作单项选择，因任何取舍都是不妥当的，他同样负荷历史现实强压在身上的艰难。所以"三吏三别"是那样地矛盾，是那样地痛苦，又是那样地悲凉又悲壮。

这六首诗各自以三字题名篇，实为一组。其中又分成两小组，分别以"吏"与"别"为标识，"吏"是国家抓丁政策的行为代表，"别"是老百姓的不幸。故"吏"与"别"实际上是国家抓丁与百姓的对立与矛盾。他没有全按照真实时空为序，"三吏"的三个地方，新安是返回的第一站，作为组诗首篇具有更重要的意义，概括了全组诗的事件、性质、矛盾与同情，以及理智而痛苦的两难选择——既要站在不幸的人民一边，又要站在国家救亡图存一边；既揭露朝廷"天地终无情"的惨无人道，又表达了"我军取相州，日夕望其平"的共同愿望。他以颇负民望的郭子仪安慰送别者。"中男绝短小，何以守王城"，这是杜甫的声音，也是百姓的声音，而"我军"的"我"包括了国家与杜甫，也包括了民众。中男、肥男、瘦男——这些"绝短小"的娃娃兵就要被推向血与火的战场。这种场面所爆发的惨痛哭声，就像《兵车行》的"牵衣顿足

---

① 司马光：《资治通鉴》卷二百二十，"至德二载"，第7044页。

拦道哭,哭声直上干云霄",然而战争性质有别,所以未采用像《兵车行》那样悲惨的场面描写,直接去写不幸者的哭声,而是以"白水暮东流,青山犹哭声"的间接衬托作处理。"莫自使眼枯,收汝泪纵横!眼枯即见骨,天地终无情",这是对朝廷的批评,代为百姓发抒怨愤。以下的"况乃王师顺",则包含朝廷和民众的共同愿望。杜甫成功地把国家利益和民众不幸的矛盾,在共同愿望上统一起来。他代表了时代的呼声,这正是这组诗的伟大与感人之处。此诗开首"客行新安道,喧呼闻点兵",因私事路经,故言"客行"。因以目击旁观者角度展开叙述,即以政府转嫁战败不幸的见证者,代为百姓诉述。

《潼关吏》在这组诗里显得很特殊,其他五首都是征兵抓夫,唯独此首只言筑城以备敌,在组诗里似破例为之,有另类之感。只有浦起龙看出:"《潼关吏》别为一例。前后俱言抽丁,此独言督役,诗亦独为正言之语,以此系京师要卫故也。"①按此行役,则为到华州前的最后一站,若按时空排序,应殿于组诗的最后。其他五首抓夫则因邺之败,此首筑关"备胡",亦复如此。另外,也交代了上诗抽丁之多的原因。四年前的潼关失守,局势急速恶化,导致长安沦陷。"哀哉桃林战,百万化为鱼"的教训太为惨痛,杜甫在《北征》就说过:"潼关百万师,往者散何卒?遂令半秦民,残害为异物。"潼关失守是杨国忠督促出战与玄宗昏妄偏听造成的。哥舒翰坚守半年,叛兵未西进一步。"向使国忠之奏不行,中使之命不促,坚壁固守,长安可保无恙。此诗眼目,在'胡来但自守'一句。其云'修关还备胡',是叹焦头烂额后,为曲突徙薪之计也。"②至于结末"慎勿学哥舒",潼关失守罪不在哥舒翰,只是就事论事,要接受轻战的教训而已。把守军15万说成"百万",亦属此意。犹如《新安吏》把邺之战的惨败说成"岂意贼难料",均出于同样的道理,属于"诗史"中的曲笔,也含有为"至尊"讳的用意。

以上两首在情势上带有前因后果的关系:邺之败故有抓夫之积弊,所抓之夫在于备战与守战。合在一起,见出当时局势之紧急,可以看出此组诗的一起一结,都用与"吏"对答来叙述。二者关系至为密切,故由后提至于此。

《石壕吏》内容上与"三别"应属一类,其所以置于"三吏",一方面是因有"吏"与老妇的对话;二是在全组诗上有由"三吏"转至"三别"的枢纽作用。王嗣奭说:"前后六诗,一韵到底,俱用沈韵。惟此章换韵,且用古韵。"③此恐是结构上由"吏"转至"别"的标志之一,由此可窥见杜甫作此组诗的精心。抓兵连妇女、"老妇"亦不放过。她已献出三个儿子,还要豁出一条老命,这

---

① 浦起龙:《读杜心解》,第53页。
② 卢元昌《杜诗阐》语,见仇兆鳌《杜诗详注》,第526页。
③ 仇兆鳌:《杜诗详注》,第530页。所引王氏语,王氏《杜臆》则无。

不仅"是《新安吏》'天地终无情'一句的注脚"（萧涤非语），也是上文言及全国人口遽减三分之二还多的最切实动人心魄的注脚。所以，仇兆鳌说："古者有兄弟，始遣一人从军。今驱尽壮丁，及于老弱。诗云三男戍，二男死，孙方乳，媳无裙，翁逾墙，妇夜往，一家之中，父子、兄弟、祖孙、姑媳，惨酷至此，民不聊生极矣。当时唐祚亦岌岌危乎哉！"①这正道尽了杜甫看似纯客观叙事的目的。

"三别"之新婚、垂老、无家，人间不幸诸象，关乎当时千家万户的家破人亡，加上《石壕吏》的"老妇别"与《新安吏》的"中男别"，构成一幅长长的画卷，倾泻着如泣如诉如咽如哭的号啕大恸、悲酸痛心的言说与泪水。论者谓"这种双声部或多声部的复合语体制"②，这是单就每首诗而言，如果整组诗合观，则是人间悲剧式交响合奏，它们有各种声音，囊括了那个时代的诸种不幸，所以能震撼人心。就其一首言之，如《新安吏》，昨夜帖下，次早催行，可谓"急之极矣"。《杜臆》说："又谓'中男绝短小'，安能守王城乎？短小是不成丁者，盖长大者早已点行而阵亡矣。又就短小分出肥瘦，有母无母，有送无送。……此诗瘦男哭，肥男亦哭，同行同送者哭，哭者众，宛若声从山水出，而山哭，水亦哭矣！"③这里包括了多少哭声，不知有多少"声部"！至暮哭别者分手，白水东流带去的是哭声，青山独在亦犹带哭声，这又是哭声外的哭声，不知又有几多声部。

若就一种"声部"来看，如《新婚别》，仇注说："此诗'君'字凡七见，'君妻''君床'，聚之暂也。'君行''君往'，别之速也。'随君'，情之切也。'对君'，意之伤也。'与君永望'，志之贞且坚也。频频呼'君'，几于一声一泪。"④这里不能看作是"单声部"。这是战争时的"百家别"，非江淹所写平日之别的《别赋》可比。新婚、垂老、无家三别，还有中男别、老妇别，无论升平或战争年月，都不当有，而现在都一一为老杜目睹，故杜诗不仅补唐史之缺，对千古之史亦为一补。王嗣奭更进一步说："此五首（按：指除过《潼关吏》）非亲见不能作，他人虽亲见亦不能作。公以事至东都，目击成诗，若有神使之，遂下千秋之泪。"⑤杜甫正是负荷历史的责任，传载着历史的精神，其中包括汉乐府"感于哀乐，缘事而发"的精神。而且把汉乐府"家庭问题"紧密地与国家最紧要的大事联系在一起。这正是杜诗之所以成为诗史的原因，也是杜甫伟大而感人的地方。

---

① 仇兆鳌：《杜诗详注》，第 530 页。
② 杨义：《李杜诗学》，第 569 页。
③ 王嗣奭：《杜臆》卷三，第 80 页。
④ 同注①，第 533—534 页。
⑤ 同注③，第 83 页。

若就写法看,浦起龙说:"'三吏'夹带问答叙事,'三别'纯托送者行者之词。"①又言:"'三别'体相类,其法又各别。一比起,一直起,一追叙起,一比体结,一别意结,一点题结。又《新婚》,妇语夫;《垂老》,夫语妇;《无家》,似自语,亦似语客。"②若就内容看,"今《新安》无丁,《石壕》遣妪,《新婚》有怨旷之夫妇,《垂老》痛阵亡之子孙。至战败逃归者又复不免,河北生灵人,几于靡有孑馀矣。"③就其源流看,仇兆鳌说:"陈琳《饮马长城窟行》设为问答,此'三吏''三别'诸篇所自来也。而《新婚》一章叙室家离别之情,及夫妇终始之力,全祖乐府遗意,而沉痛更为过之。"④就思想趋向看,胡夏客说:"《新安》《石壕》《新婚》《垂老》诸诗,述军兴之调发,写民情之怨哀,详矣,然作者之意,又不止此。国家不幸多事,犹幸有缮兵中兴之主,上能用其民,下能应其命,至杀身弃家不顾,以成一时恢复之功,故娓娓言之。义合风雅,不为诽谤耳。若势极危亡,一人束手,四海离心,则不可道已。"⑤以上说法,均可见前人对此组诗之重视。若就"义合风雅"看,此绝非为"美",而应为"刺"。然不单是"刺",还有勉励,救亡图存之用意。石壕村的老妇,《新婚别》的新娘,《垂老别》的老头,《无家别》孑然一人的单身汉,他们的话,既是由杜甫记录,也是诗人代为发言,这些诗句符合他们的肺腑与愿望,也符合历史的真实。就其源流言,不仅与陈琳设为夫妇问答之作相关,汉乐府之《十五从军征》与《无家别》、《东门行》与《垂老别》、《白头吟》与《新婚别》、《孤儿行》与《新安吏》、《战城南》与《潼关吏》、《相逢行》与《石壕吏》,其间直接或间接的联系,还是可以寻绎的。然而更重要的是,杜甫的洛阳之行,据陈贻焮说是趁洛阳收复"去看看旧地、旧居、旧友和亲人⑥",他在《遣兴三首》就表述过这个意图,然而无论是出公差还是探望老家,洛阳至华州不足千里,且杜甫骑马而行,充其量三四天路程,所见所闻使杜甫记录了邺城之败后当地人民负荷的灾难与不幸,留下了如泣如诉的"三吏三别",犹如两次探家而写了《自京赴奉先县咏怀五百字》与《北征》。不同的是那是升平时与战起后的非战区,所以那两首诗还带有行役诗性质,而这六首诗纯粹以灾区苦难的民众为主体。"三吏"中他作为旁观的目击者,而"三别"就干脆不让自己露面,因为是受难的百姓载负了邺城之败的全部灾难。杜甫正是如此客观而现实地记录了安

---

① 浦起龙:《读杜心解》,第 53 页。
② 同上书,第 57 页。
③ 卢元昌语,见仇兆鳌《杜诗详注》,第 539 页。
④ 同上书,第 533 页。
⑤ 同上书,第 537 页。
⑥ 陈贻焮:《杜甫评传》,第 468 页。《遣兴》其一说:"我今日夜忧,诸弟各异方。不知死与生,何况道路长。避寇一分散,饥寒永相望。"其二说:"客子念故宅,三年门巷空。"

史之乱这一重大战事带给千家万户的种种不幸。所以这组诗是以民众的苦难为主体,是站在千家万户的苦难与国家大局矛盾而又统一的立场上,写下了小人物的历史。作为"诗史",它和官史、正史、野史显然不同,不仅对正史完全没有的予以补充,在客观上也有驳正的地方。他以强烈的爱国精神所作出的两难选择,同情民众的不幸,又劝勉他们走向前线,是那样地赤诚。他被受难民众所感动,又感动了千载以后的读者。这正是从战乱年间不平静的日常中走出来的诗史,从小人物的苦难与精神上反映历史,所以不仅成为真正的可歌可泣之"诗史",而且拥有杰作所具备的永恒的艺术魅力。

三、以新闻报道为诗史

如果从叙事角度看,《石壕吏》与"三别",有人物、有事件,且有其始末,是严整的叙事诗,而《新安吏》《潼关吏》则属于记事诗。杜甫叙述安史之乱所引起的种种重大事件的方式多种多样。如果有机会看到听到当时有关国家大事的消息、情景,他都会恪尽历史记者所赋予的社会责任,而一一出现在他诗史般的笔下,以诗歌的形式迅急报告出来,引起官方与人们的关注。写于安史之乱前的《兵车行》,记述了送兵征南诏的见闻。天宝末年,玄宗好大喜功,轻启边衅,边将趁机邀功,然兵丧数十万,元气大伤。天宝八载哥舒翰攻拔吐蕃石堡城,死者数万。十载高仙芝击大食国大败,死者二万多人。八月安禄山击契丹,死者数万。此前云南王质子亡归,玄宗怒,四月遣杨国忠私党鲜于仲通率精兵八万讨伐,全军陷没。杨国忠掩其败而叙其功。杨国忠又使李宓率师七万再讨,不战而败,杨国忠又以捷书上闻。两次讨伐,"物故者十八九,凡举二十万众,弃之死地,只轮不还,人衔冤毒,无敢言者"①。《兵车行》即缘此而发。诗里所叙的"行人"言:"或从十五北防河,便至四十西营田。去时里正与裹头,归来头白还戍边",就是对天宝以来玄宗穷兵黩武政策的揭露。全诗的主题"边庭流血成海水,武皇开边意未已",矛盾直接指向玄宗。这种无休止的扩边生事的战争造成民不聊生的恶果:"汉家山东二百州,千村万落生荆杞。纵有健妇把锄犁,禾生陇亩无东西。"不义战争的连续发端,使自开元以来的经济积累遭到巨大的破坏,军事上衰败已为显著,使盛唐元气大伤,濒临败坏局面,国家自我维持的力量急遽削弱,这也是安史之乱之所以蔓延八年之久的重要原因。

天宝十载,鲜于仲通败后,"制大募两京及河南、北兵以击南诏。人闻云

---

① 《旧唐书·杨国忠传》,第10册3243页。

南多瘴疠,未战死卒死者十八九,莫肯应募。杨国忠遣御史分道捕人,连枷送诣军所。旧制,百姓有勋者免征役,时调兵既多,国忠奏先取高勋。于是行者愁怨,父母妻子送之,所在哭声振野"①。这段记载不见于两《唐书》及其他史料,当主要依据杜甫《兵车行》。

此诗以哭声为起结,咸阳桥上尘埃一片,"牵衣顿足拦道哭,哭声直上干云霄",据此《资治通鉴》书之"行者愁怨,父母妻子送之,所在哭声振野",正是从杜诗的"诗史"的采录出来。诗末的"青海头,古来白骨无人收。新鬼烦冤旧鬼哭",不仅是就南诏之败而言,也是"武皇开边意未已,边庭流血成海水"的证据之一。正如钱谦益所说:"言征戍之苦,海内驿骚,不独南征一役为然。……举青海之故,以明征南之必不返也。"钱氏又言:"不言南诏,而言'山东',言'关西',言陇右,其词哀怨不迫如此。"②其实此诗哀怨而未尝不迫急,观其首尾及中间主题句,则自可明白。而言"山东""关西"者,则天下滔滔莫不如此!杜甫虽未明言因何出兵,但看"且如今年冬,未休关西卒"与"秦兵耐苦战"以及"生男埋没随百草"句,杨国忠使鲜于仲通首次征南诏在天宝十载四月,二次使李宓再征当即此年冬,杜诗应即对冬征而发。这首叙事诗,杜甫及时报道了当时最大的新闻,可以说是一篇极为重要的"新闻报道"。杜甫把自己置于记录历史重大事件的位置,恪守"历史记者"的职守,作为目击者,也作为见证人,详写了自己的耳闻目睹,这也是《旧唐书》与《资治通鉴》采录撮述此诗的原因。另外,借助"行人"的对话,从时间和空间上,反映了更广阔更深刻的边事日滋的现实。正如杜佑所言:"开元二十年以来,邀功之将,务恢封略,以甘上心,将欲荡灭奚、契丹,剪除蛮、吐蕃,丧师者失万而言一,胜敌者获一而言万,宠锡云集,骄矜遂增。"③此亦见出后盛唐衰败的原因。

这正是此诗题中应有的蕴涵。除了描写、叙述,还有议论,对开边未已的尖锐揭露,对恶男好女的社会倒挂心态的辛辣批评,以及对这次战争失败的预言,哭送的"行人"必然为"白骨"为"新鬼",又像一篇"时政评论",而不仅仅在叙写报道一则新闻,这也正是杜甫叙事诗又一重要的特征,显示了作为"诗史"的所具有的民胞物与的仁者情怀与爱国精神,正是在这种双层意义上显示杜甫的伟大,也昭示"诗史"精神的光芒。此诗另一层底蕴,它似乎告诉人们,如此以滋事为功的乱局,必然导致更大的乱祸——安史之乱发生,这不过是"山雨未来风满楼"而已。

---

① 司马光:《资治通鉴》卷二百十六,"天宝十载",第6907页。
② 钱谦益:《钱注杜诗》,上海古籍出版社1979年版,第10页。
③ 杜佑:《通典·兵一·兵序》,第3708页。

从某种意义上讲,《丽人行》与《兵车行》亦是一对双璧。它们都写于安史之乱前,反映的是一奢一乱,且都与炙手可热的杨国忠相关,也都是导致盛唐崩溃的最重要的原因,同时也都采用了"新闻报道"的形式。不同的是前者以诗人极为擅长的铺叙,用华美秾丽的语言,描绘了皇家外戚杨氏一门上巳日的曲江游赏。同样以旁观目击者的手法,描绘她们富丽无比的服饰,奢侈无度的进餐,又如何受到玄宗"御厨络绎送八珍"无微不至的关怀。然而美丽的外衣,却充斥着世俗的豪华,以满足感官愉悦的蹙金绣罗与珠光宝气,以及紫驼素鳞的挥霍,昭示着皇家支持的杨氏一门的豪奢。然而"杨花雪落覆白蘋,青鸟飞去衔红巾"如投枪匕首,褫夺了美丽外衣下包裹的乱伦与淫乱卑鄙无耻的灵魂。两《唐书》记载杨国忠与杨氏姊妹在入宫前就已私通,入京后又与虢国夫人乱伦,长安大道上并辔联缰的打情骂俏,甚至把办公地点放在虢国夫人府邸,以进士及第形貌不佳者博得她的一笑。而虢国夫人素面朝天,又与玄宗苟且,诸如此类的丑恶,都可从这两句的暗示中,看出种种龌龊与卑劣。杨花入水化为浮萍,北魏胡太后与杨白华的淫乱,还有西王母的青鸟以红巾传递性爱的消息。民间简陋的植物学、历史淫乱故事、神话的性爱传说,经过锤炼融化在这两句中,构成了以少胜多、化美为丑的颠覆性格局。《庄子》以丑为美,杜诗则反用为以美为丑,大唐帝国已经跌到了淫乱无度的泥沼,不能自拔。杨国忠以战邀功,以糜烂为人生目的,京华长安成了肆无忌惮的极乐世界。李林甫为相16年造成昏暗局面,加上佞巧奸乱的杨国忠继任,仅三年,就促发了贻害无穷的安史之乱。当时杨国忠势倾天下,《兵车行》未点出挑衅事端爆发战争的杨丞相,在此诗出现,结尾所说的"炙手可热势绝伦,慎莫近前丞相嗔",可以作为读史的"互见法",以补足《兵车行》之所未言。由《兵车行》"长者虽有问,役夫敢申恨",到《丽人行》结束的指名道姓,杜甫批判的锋芒越来越尖锐。此诗前二十二句描写服饰与饮食,而末四句既是作为旁观者对游人的劝阻,又像一种苍凉的"画外音"。与《兵车行》不同的是,全诗不作议论,只是尽意以客观叙写去展示,"无一刺讥语,描摹处,语语刺讥。无一慨叹声,点逗处,声声慨叹"①。这种不动声色的审美体现,也丰富了杜诗的叙事方法。

如果说以上两诗是以据事制题的乐府歌行体为叙事诗,那么进入安史之乱后的《悲陈陶》《悲青坂》都是以地名为题的记事诗。叙事诗有头有尾,有人物,有情节,叙述描写详细,篇幅也较长。记事诗以事件本身为主,不需要对具体事件过程与人物作详细叙述,只简明写出事端与结果而已。此两诗均

---

① 浦起龙:《读杜心解》,第229页。

为七言八句,只写时间、地点,与两次平叛战争的失败。杜甫当时在沦陷的长安,"野旷天清无战声,四万义军同日死",这只是听来的消息。当时肃宗敦促出兵,房琯又不习兵事,刚一接战,即已崩溃,故以"无战声""同日死"真实报道这次惨败。"群胡归来血洗箭,仍唱胡歌饮都市",则是在长安城之所见,故写得具体。《悲青坂》言房琯二次战败,只写叛军得胜的骄横"驰突",与败后惨象"青是烽烟白人骨",与上诗"血作陈陶泽中水",均属同样传闻的简略概括。这两诗作为记事诗,都在结尾表达当时人与杜甫的愿望,一是日夜希望收复长安,二是不要仓促应战。与杜甫的叙事诗相较,这两首记事诗,并不显得格外成功。这两次战事,杜甫只能靠传闻与消息,受到一定的限制,也只能写成犹如今日的"消息报道",篇幅简短,报道的消息,只有结果,而没有过程,所以缺乏《兵车行》《丽人行》那样的活力。但也说明杜甫依据耳目所见现实材料之多少来安排他的"诗史"与宗旨,他要用诗记录那个多灾多难时代的大事件。

《哀江头》《哀王孙》与《春望》,虽然不是叙事诗,连记事诗也算不上,但都留下战乱时代不同阶段的重要记录。《哀王孙》以曲江今衰昔盛的对比,发抒国破家亡的痛苦。"江头宫殿锁千门"与"黄昏胡骑尘满城",以及诗人"欲往城南望城北",在昔日繁华的对比下,给我们留下了深刻的印记。《哀江头》叙写了玄宗逃离长安时的仓皇,龙子龙孙来不及追随而惊惧不安。《春望》更是抒情诗,它没有具体描写沦陷的长安城的景象,只是用笼括的"山河在""草木深"与悲痛的"花溅泪""鸟惊心"却留下了更深刻的印象。而烽火连月、家书万金的诉说却更具有强烈的震颤。杜甫尝试以五律记时事,表达忧国伤乱的情怀。以上三诗都是在长安沦陷时的所见所闻,是从不幸年月的日常生活中走出来的史诗。

《羌村三首》《赠卫八处士》与《彭衙行》,均为杜甫于安史乱中探家或逃难的叙说,全为一己仓皇之经历与全家流离之辛酸,似乎算不上"诗史",然而这些诗篇却似乎比《悲陈陶》《悲情坂》更真切、更感人。它们集中反映了"世乱遭飘荡"的苦难,使我们想到当时人们是怎样地熬过了祸乱频仍的八年。"妻孥怪我在,惊定还拭泪",那个时代不知死了多少人,这是当时普遍的社会心态。有谁"生还偶然遂",都会引起村人的轰动效应——"邻人满墙头,感叹亦歔欷"。连小孩都有一种特殊心理:"娇儿不离膝,畏我复却去",死死守着"我",怕"我"再次飘荡而去!《羌村三首》其三还说,村里只剩下"父老四五人",因为"儿童尽东征"了。这使我们想到了当今农村还有老者留守,青年与中年男女都到城里打工,然而其间升平与战乱却具有多大的差异啊!《彭衙行》的"痴女饥咬我,啼畏虎狼闻。怀中掩其口,反侧声愈嗔。

小儿强解事:故索苦李餐",这种"难民流离史"不会被所谓"正史"记录下来。"野果充糇粮,卑枝成屋椽"一类的记述,不仅是杜甫一家的,也是当时所有难民的遭遇,这才是血泪凝成的"诗史",使我们想到又有多少人颠沛流离于战乱中!

写于两京收复后的《洗兵马》,用七言歌行的形式,高腔大调,雄词丽句,展开了极大的视野,带着中兴有望的兴奋,叙说评议复杂的时局,以及肃宗政局使人处处担忧的矛盾心理。在杜甫"诗史"里是一篇特殊的"时局评论",一方面"胡危命在破竹中",而且"只残邺城不日得",三年的战乱,眼看快结束。另一方面对肃宗的滥加封赏,"天下尽化为侯王",而表示担忧。特别是肃宗佞佛,争送"奇祥异端",而且"寸地尺天皆入贡",沉浸在一时胜利中而不知所措,使老杜放心不下。结果后来造成邺城大败,安史之乱又延长了三年,说明杜甫忧虑的远见,是不无根据的。此诗叙述、描写,议论错杂而用,气势宏壮,用意深远,以"时局评论"作"社论",讽刺、指斥、警告与鼓舞、歌颂、希望糅合在一起,具有一定的震撼作用,显得大气磅礴。

当漫延七八年的安史之乱,总算以史朝义的自杀告以结束时,时为代宗广德元年。"穷年忧黎元"的杜甫,以《闻官军收河南河北》的异常兴奋,描述了这一特大号外带给他极度的狂欢,"漫卷诗书"的狂喜,放歌纵酒得手舞足蹈,巴峡——巫峡——襄阳——洛阳的还乡路线也预先设计完成。他以生平未有的痛快,为平息叛乱画了一个狂欢跳跃的"句号"。他这首诗代表了国家的欢庆,也代表了普天下人的共同心情。

杜甫的"诗史"并没有随安史之乱的终结而告结束,他的《丹青引》与《观公孙大娘舞剑器行》,就以两个艺术家的共同经历,揭示了安史之乱所酿成的后遗症没有穷尽。用"小人物"写出大历史的变迁,使我们想到了鲁迅以辫子反映辛亥革命后的旧势力复辟的一幕,同样都是以小见大,同样都是大手笔。杜甫不仅描述了一个画家的经历,而且把安史之乱前后两个不同的时代翻天覆地的震变展现出来。这是对人物诗的突破,也是杜甫"诗史"题材方法多样化的显现。他把同样的题材又压缩为七绝《江南逢李龟年》,又与上二诗可称三足鼎立,从绘画、舞蹈、音乐的艺术人物沦落到山城的共同遭遇,见出艺术的盛唐昔盛今衰的巨大变迁。

自入川以后,杜甫远离长安中心已久,政治消息不便,便只能用回忆来抒写盛唐变迁的历史。如《忆昔》二首,其一言肃宗造成"邺城反覆",史思明降而又叛,战乱又延长数年,是"关中小儿坏纪纲",而且"张后不乐上为忙"。所以留给代宗的是:"至令今上犹拨乱,劳心焦思补四方",在于告诫不要重蹈先皇覆辙,希望不再出现"犬戎直来坐御床,百官跣足随天王"的弃京逃窜的狼狈。特别是其二"忆昔开元全盛日"一首,每为人引重,作为极重要的盛唐经济史科,为"诗史"增添了极为重要的一笔。

　　杜甫后期所作《八哀诗》,直可看作盛唐将相与文艺家的人物传,合起来也是一部盛唐史。较之略早的《壮游》《昔游》《遣怀》,前者写他人,后者主要写自己。后者把对自己青少年的回忆和国家变迁结合起来,既是自传性回忆,又有对当时社会状况的反映,是个人的,也是国家的,这是杜诗"诗史"的一贯特征。他在这些回忆诗里,有自哀,也悼亡友,更重要的是悼念国家由盛变衰的局面。著名的《秋兴八首》,实际上是对盛唐兴盛期的长安的回忆,处处由夔州山城出发,同样是哀自己,悼长安,实际上是一篇篇"悲长安""哀长安",他把自己的生命、感情、人生倾注在对长安辉煌的反馈之中。从历史巨变中体味人生的悲凉,又从人生的悲凉中回味历史的巨变。他和李龟年、曹霸、公孙大娘弟子,都漂泊在西南天地同样的小城,杜甫写他们,也写自己的飘零,为后盛唐历史留下极为沉重而苍凉的篇章。

　　前文所及《江南逢李龟年》,本可写成《丹青引》那样的七言歌行大篇,却尝试出之七绝。以往论者常从风华摇曳的风格角度去看它,却忽视了以小诗写大题材的尝试,也同样是对那个"落花时节"的时代的揭示与感慨。杜甫在去蜀后的永泰元年(765)所作的《三绝句》,则由绝句写诗史扩展到绝句组诗,同样以小诗写大题材。其一的"群盗相随剧虎狼,食人更肯留妻子",其二的"二十一家同入蜀,惟残一人出骆谷",其三的"殿前兵马虽骁雄,纵暴略与羌浑同;闻道杀人汉水上,妇女多在官军中",这真是秉笔直书,是实录,是用诗来写的历史。若与逢李龟年诗相较,艺术性虽然赶不上,然从"诗史"看,意义却很重要。这是杜甫在尝试用小诗去写大题材的尝试,还有《承闻河北诸道节度入朝欢喜口号绝句十二首》,虽然减少了绝句的风神,却增加扩大了绝句的容量。

　　总之,杜甫的诗史,如果从40岁写的《兵车行》算起,直到生命结束之年的逢李龟年诗,前后长达20年。在20年里,他用实录般的史诗记录了盛唐如何衰败的全过程。其中最为关键的安史之乱,从始至终,杜诗作了最完整最全面最深刻的记录。审视其特征,首先是作者站在历史事件目击者的立场上,记录了自己的所见所闻。因此,有人称杜甫为自传体诗人,但他始终把自己的一朝一夕、一举一动与国家大事联系起来。那些著名的史诗长篇都是从探亲、探家、访友中写出来的,也就是说被人们尊称的"诗史",是杜甫从日常生活中捕捉或目击到的,是从日常走出来的诗史。

　　其次,杜甫的诗史,在叙事方法上经过各种选择与尝试。他有叙事长篇,也有纪事短篇;有以叙述为主的叙事与纪事,也有以抒情为主的,如《春望》

《闻官军收河南河北》《江南逢李龟年》;有洋洋五百字、七百字的长篇,如《自京赴奉先县咏怀五百字》《北征》,也有小如扇面的绝句,同样都有尺幅千里的诗史性质。

再次,在诗体上,有五七言古诗、七言歌行,也有五七言律诗和五言排律;有七言绝句,也有五古与七绝组诗。除了五言绝句,几乎都派上了用场。他的实验是成功的,其中不少带有创新的特点,如绝句就是对前盛唐包括与同时诗人迥异的创新。

复次,在表现方法上,有纯客观的记述如"三别"和《石壕吏》《丽人行》,也有自己的介入,如《新安吏》《潼关吏》;有完全以自己活动为线索的,如《自京赴奉先县咏怀五百字》《北征》《彭衙行》;还有的是以传闻与目睹结合,如《悲陈陶》《悲青坂》;或者是笼括性对时局的简叙与评论,如《洗兵马》。

最后,值得一提的是,一是用回忆写历史,其中有相距短期的如《赠卫八处士》,有长期的如夔州所作的《壮游》等;二是以人物传记来写史,其中有直承史传的《八哀》,还有超出史传意义,以小人物写历史的大变迁大变动大感慨,这更是在诗史上的创新。

综上数端,杜甫用自己儒家入世精神记录历史,批判历史的反常,用自己忧国忧民的感情去激活历史,浇灌历史。他全身心地融入历史,这也是"诗史"与"诗圣"之所以凝结于他一身的原因,杜甫的伟大,也正缘于此!

第十四章　杜甫绝句变革的得失及意义

杜诗兼备众体,唯绝句遭人讥议。其中全为偶句的四句四景构成"四面屏风体",用律诗的手段施之于小诗,出力并未见讨好。然从另一面看,他对盛唐风神摇曳正格的反拨,以体物取代言情,并使之成为一种模式,亦算绝句的变调。而在绝句组诗、题材的拓展,以及采用口语的创新上,杜诗又有可取之处。特别是其幽默的拟人化与议论,不仅具有个性特色,而且对后世影响深远。

一、尴尬的"四面屏风"

杜甫兼顾众体,即使他人很少染指的七言排律也有八首,唯独绝句为后人所诟病,成为唯一的弱项。他的七绝在盛唐诗人中数量最多,而且付出的变革的勇气与力量也最大,与其他各体艺术之高下悬殊亦甚巨。然在把他视为偶像的宋代,杜甫七绝的创新却发挥出不可估量的影响。期间的得失错迕,颇有耐人寻味而值得推究的地方①。

盛唐诗歌最具活力与艺术魅力的诗体,正好是一短一长的七言绝句与七言歌行,后者在杜甫手里予以创新,充分发挥了它的叙事功能,前无古人,昭示后来,可与李白歌行惊绝一世的风采相抗衡。然而绝句却处于尴尬的境地,不仅与李白相形见绌,与王昌龄、王维亦不能同日而语。集大成而又兼擅诸体的杜甫,是不是像李白不喜七律那样不屑于绝句,或者缺乏作短诗的本领,只擅长诗而挫于短制,问题恐怕没有这么简单。

首先我们可以作个简单比较,个中消息或许露出端倪。李白、王维都有同题同体的《少年行》。李白诗云:"五陵年少金市东,银鞍白马度春风。落花踏尽游何处,笑入胡姬酒肆中。"王维同题同体有四首,最佳者为其一:"新

---

① 参见冯钟芸《杜甫绝句特点》,《北京大学学报》1964年第2期;李谊等《关于杜诗绝句的评价问题》,《四川师院学报》1981年第2期;唐异明《别开异径的杜甫七绝》,《学术研究》1981年第2期;周啸天《杜甫——绝句艺术的拓新者》,《安徽师范大学学报》1982年第2期;丁成泉《杜甫对绝句的改造》,《华中师范大学学报》1990年第4期;蒲惠民《论杜甫绝句的创新》,《陕西师范大学学报》1997年第3期;席红《试论杜甫绝句的创新及价值》,《杜甫研究学刊》2000年第3期;房日晰《杜甫绝句论略》,《杜甫研究学刊》2012年第2期。

丰美酒斗十千,咸阳游侠多少年。相逢意气为君饮,系马高楼垂柳边。"杜甫也有三首,最别致的是:"马上谁家白面郎,临阶下马踏人床。不通姓字粗豪甚,指点银瓶索酒尝。"有趣的是,不仅三人同体同题,而且内容都是都市少年进入酒店之片刻描写。李诗少年的放浪,不拘形骸,显示出盛唐人的朝气蓬勃的精神。王诗又是那样豪迈,荡漾出少年英雄的豪迈,与李诗极为相近。然而杜诗好像写一个地方恶少,不把别人放在眼里,大呼小叫,粗鲁极了。这是变了质和味的少年,性格扭曲,与王、李诗的少年相较,属于另类。三诗的作年,固然有安史之乱前后之分,王、李诗作于繁花似锦的盛唐时代,主要摄取的是人物的性情和气质。杜诗作于入川之后,通过人物的动作举止,揭示人物的素质。进入酒店,李白、王维只用了"笑入""系马",杜诗却用一系列动作,非常质实,组成连续性的情节。李、王只写了片段中的瞬间,杜甫好像把一首叙事的五古压缩成七绝,目的在于把事情本身叙写清楚。不难看出,杜之绝句,是对以李、王为代表的七绝的革新。力图在最小的空间增加最大的容量,而不在于通过一个片段暗示什么,生发出余味,包蕴无穷。很明显,杜甫在追求变革,要走出自家路子。

  盛唐七绝言微旨远,语浅情深,语绝而意不尽,一唱而三叹。主气尚情,句意流通,婉转响亮,具有丰富的暗示性。杜甫对于当时七绝流行的风气,不是不熟悉,他的《赠花卿》与《江南逢李龟年》,前两句叙述或描写,后两句言情或寓情于叙述中。特别是后者,前两句说过去盛世多次观赏过这位音乐大师的歌唱,后两句说到现在"正是江南好风景,落花时节又逢君",其中蕴含今昔盛衰多少感慨!把这两首绝句置于李白、王维、王昌龄集中并不逊色,实际这首绝句在杜甫所采用的盛唐风调上加大了小诗的容量,这正是他革新绝句的趋向之一,只是让人不易察觉而已。

  扩展绝句空间,加大其间容量,是杜甫革新绝句重要手段之一。在杜诗的诸体中,绝句出现最晚。他的五绝31首,七绝除《虢国夫人》又见张祜集外,有106首。而七绝王维仅23首,王昌龄73首,李白84首,岑参35首,杜的数量为盛唐诗人之冠;五绝崔国辅22首,孟浩然、岑参各19首,王昌龄14首,王维51首,李白77首,杜之数量居第三。杜甫五、七绝的总数为137首,接近他诗作总数的十分之一,数量并不少。然而写于安史之乱前的只有两首:《即事》与《赠李白》,其余全始于肃宗上元元年,时杜甫49岁,这恰好是他生命的最后十年,这说明此前的杜甫对绝句并不重视。刘熙载说:"杜甫高、大、深俱不可及。吐弃到人所不能吐弃,为高;涵茹到人所不能涵茹,为大;曲折到人所不能曲折,为深。"①绝句在高、大、深三方面因体制所限,容量均不能与五、七言古诗相比,也只是五、七律的一半,这大概是此前绝句极少的原因。天宝年间的两首,也预示了他在绝句上的初步趋向。《即事》说:"百宝装腰带,真珠络臂韝。笑时花近眼,舞罢锦缠头。"此与他的《少年行》如出一辙,全用实写,出之以赋,尽量在20字中充实更多的内容,不讲究暗示与含蓄,句绝而意亦绝。一句一个内容,塞得很实,不提供任何想象空间。《赠李白》亦复如此,前两句就自己而言,后二句就人言,同样空间不多。末句虽用了问句,却不滋生想象,亦无任何暗示。后两句偶对,全诗很像七律的前半首,而《即事》更像五律中间两联。杜甫是律诗圣手,律诗重、大,也讲究深度,他把庄重的律诗手段施之轻盈灵动的绝句,真是杀鸡用了牛刀! 不是杜甫不识体相,他是要对绝句进行一番大刀阔斧的变革与创新。

　　杜甫入蜀以后,生活安定得多了。由于远离政局翻覆变化的长安与洛阳,以叙事为擅长的五古骤减,就是慷慨哀感的七古也只能用来写日常生活的琐事。近体律诗便提到议事日常,特别是先前极少染指的绝句数量剧增。其中描写山水景观的占了不少。他把对场面、人物的铺叙手法移到了山水绝句中,利用赋体多角度描写去刻画草木山水。经常被选入中小学语文课本的《绝句四首》其三,因而家喻户晓。此诗一句黄鹂,一句白鹭,一句西岭雪,一句门前船,一句一景,犹如四面屏风,或如书画中的四条屏。得到了宋人的称美,明人却提出批评。杨慎指出:"四句皆对……然不相连属,即是律中四句也。"②胡应麟亦言:"杜之律、李之绝皆天授神诣。然杜以律为绝,如'窗含西岭千秋雪,门泊东吴万里船'等句,本七言壮语,而以为绝句,则断帛裂缯类也。……则骈拇枝指类也。"③批评是中肯的,这种以律为绝的诗确实缺乏流转摇曳,与盛唐绝句相较,不是正格,而为变调。然而如此变调却非偶然兴之所至,而是执意为之。在杜甫看来,这是创革,属于新变,正是针对正格而来。因为包括五绝在内,数量不少,占有不少比重。另首著名的《绝句二首》其一即是这样布局:

　　　　迟日江山丽,春风花草香。泥融飞燕子,沙暖睡鸳鸯。

江山、花草、飞燕、鸳鸯分属四句,虽然布局有序,"迟日"贯下四句,由"花草香"转入泥融,又带出燕子;"沙暖"则带出鸳鸯。前后贯穿一种逻辑因果关

---

① 刘熙载:《艺概·诗概》,第59页。
② 杨慎:《升庵诗话》卷十一"绝句四句皆对"条,见丁福保辑《历代诗话续编》,第853页。
③ 胡应麟:《诗薮·内编》卷六,第121页。

系。然毕竟好像从五律中裁剪下中间四句。如果与其二比较,以律为绝的形式就更为明显:"江碧鸟逾白,山青花欲燃。今春看又过,何日是归年?"虽然前两句偶对极为整饬,颜色词陪衬得鲜明而讲究,很得论者称赏。后两句明白如话,对景生情,情由景出,二者相间无碍。与前首只写春景,未直接写意有别。然"前首截中四体,此截后四体也"(浦起龙语),也可以说后者属正格,前者为变体。这种"四面屏风"体,在《绝句六首》中最为突出:

    日出篱东水,云生舍北泥。竹高鸣翡翠,沙僻舞鹍鸡。(其一)
    凿井交棕叶,开渠断竹根。扁舟轻褭缆,小径曲通村。(其三)
    急雨捎溪足,斜晖转树腰。隔巢黄鸟并,翻藻白鱼跳。(其四)
    舍下笋穿壁,庭中藤刺檐。地晴丝冉冉,江白草纤纤。(其五)
    江动月移石,溪虚云傍花。鸟栖知故道,帆过宿谁家?(其六)

  尽管五首的句式不停地变化,动词位置不停移动,每首后两句均与前两句句式不同,但一句一景,四句全为偶对,且四面拼接的格局没有变化。其五的叠词显示出一定的活力,而"四面屏风"体带来的灵通转折的缺失,则无可避免。如此"四面屏风体"在他的五绝中所占篇数不少。如《绝句三首》其二:"水槛温江口,草堂石笋西。移船先主庙,洗药浣沙溪。"虽然移步换景,而"四面屏风"的基本格局未变。《复愁十二首》其一:"人烟生处僻,虎迹过新蹄。野鹘翻窥草,村船逆上溪。"四句四景,不仅全偶对,而且句式基本一致。其二:"钓艇收缗尽,昏鸦接翅归。月生初学扇,云细不成衣。"选择了四个黄昏景物:船、鸦、月、云,全对偶,布局亦同上诗。更有甚者,句腰全用虚词,如同题其十:"江上亦秋色,火云终不移。巫山犹锦树,南国且黄鹂。"虽然前后呼应,终觉板滞,缺少五绝简洁流动的风味,好像非要给这种最短的诗里,塞进更多的东西,一味追求厚重充实与面面俱到,又好像要把小诗变成大诗,犹如一篇微型小赋。

  五绝如此,七绝则稍好一些。《绝句漫兴九首》其七:"糁径杨花铺白毡,点溪荷叶叠青钱。笋根雉子无人见,沙上凫雏傍母眠。"杨花、荷叶、雉子、凫雏,植物、动物铺排而来,与五绝格局无甚两样。如果实现于画画,就是标准的四条屏,具有浓厚的装饰意味,庄重肃穆,然过于封闭,缺乏"透气"的空间。像这样四句四景,四景大小等值。如此散点透视,给人东张西望的感觉,主题不见集中,作者感情也不易察觉。《漫成一首》:"江月去人只数尺,风灯照夜欲三更。沙头宿鹭联拳静,船尾跳鱼拨剌鸣。"虽然全对偶,而且四面景观。然其中有时间的流动,还有视听觉的配合,景物亦有远近的区别,读来如在耳目之际,有"画不能到"的艺术效果。虽然四句四景,若看起来不相连贯,船中诗人的孤寂与张望把景物还能贯穿起来。有趣的是,前文所及"两个黄鹂"一首,似并没有此首高明。大概因了乾隆主编的《唐宋诗醇》说了"虽非正格,自是绝唱",而孙洙《唐诗三百首》就选了它。其实"窗含西岭"两句厚重如七律偶句,故并不见得是"绝唱",声誉却高过了其他绝句。如果从创作论角度看,此诗却最能体现杜甫绝句的创新,是他"四面屏风"的代表作。杜甫力图以变调的而非"正格"的陌生面孔,强调展现与"天宝之风尚党"(李肇语)之不同,但却背离了绝句体风神摇曳的体制特征,特别是与借景传情的要求距离甚远。可以有一,不能有二,大批量地制作,必然陷入呆板的模式化。在作法上又用律诗中四句对偶的手法,混淆了律绝间的区别。绝句本属言情之体,写景不过是传情之具。而一味体物,全然写景,势必把感情发抒的空间挤掉了,只见物而不见人,只有景观而淡化感情。这种赋体化的做派,使赋体原本的缺失在可视为小律诗的绝句里,更为显露。

极为推崇杜诗的宋人,尽管也非常赞美"两个黄鹂"一绝,颜色字配合得巧妙,"'翠'上方见得'黄','青'上方见得'白'"(韩驹语),"极尽写物之工"(范季随语),但是宋诗中如此"四面屏风"体的绝句并不见多。如苏轼的《溪阴堂》:"白水满时双鹭下,绿槐高处一蝉吟。酒醒门外三竿日,卧看溪南十亩阴。"虽在杜诗清一色视觉中加入听觉,还用"酒醒""卧看"把自己也摆了进去,但总不那么高妙。王安石似乎看出这种形式的局限,他的《书湖阴先生壁》则把杜甫绝句的拟人化结合起来:"茅檐长扫静无苔,花木成畦手自栽。一水护田将绿绕,两山排闼送青来。"就显得比苏轼高明。杜甫四句四景,可能受到先唐五言古绝的影响。如东晋顾恺之《神情》:"春水满四泽,夏云多奇峰,秋月扬明辉,冬岭秀寒松。"孔稚圭《游太平山》:"石险天貌分,林交月容缺。阴涧落春荣,寒岩留夏雪。"吴均《杂诗》:"山际见来烟,竹中窥落日。鸟向檐上飞,云从窗里出。"然而杜甫绝句的幽默拟人才是影响宋人重要的一方面,"四面屏风"式的绝句,并未引起宋人多大的兴趣。杜甫身后绝句的尴尬,也说明了他在创革上所付出的代价。

二、组诗、题材的扩大与俗语的汲取

绝句全方位铺排写景,如上所言,是为增大小诗的容量。与此同时,采用组诗,扩展题材,注入俚语俗词也是为了同一目的。在杜甫五绝 31 首里,而组诗即有四题 23 首;七绝 107 首,组诗 18 题 91 首,分别占其总数的 74% 与 85%。这种现象在此前可以说是绝无仅有。王维《辋川集》20 首绝句,一首一题,看作组诗不大恰当。而且各首之间,并没有任何联系。杜甫绝句组诗少则2首,多则12首,仅后者就有三题,共36首,其余三、四、五、六、七、九、十首不等。他还有向友人觅求桃、竹、果树、松、瓷碗的六首诗,题目相近,且都作于上元元年初营草堂之时,实为一组诗。这样,他的七绝组诗就有97首,占总数的90%。

  杜甫绝句组诗,大多前后次第可寻。五绝如《绝句六首》其一为日出之时,其六为月夜。《复愁十二首》其一为夔州山城的荒寂,其二写黄昏景观,以下至其九言丧乱以来诸事,其十回到眼前秋景,十一说无酒对菊,末首说吟读虽多而意中有无穷之愁,是为"结束体"。七绝如《江畔独步寻花七绝句》,其一言访南邻而不在,其二为行步江滨,其三写岸边春光,其四为东望少城,其五写黄师塔前的桃花,其六写黄四娘家繁花满径,其七劝花慢开,移步换景,顺序井然。《戏为六绝句》其一称美庾信,其二与其三肯定王杨卢骆,以下三首提出论诗主张,亦脉络可见。《承闻河北诸节度使入朝欢喜口号绝句十二首》先从安禄山叛逆言起,次言大唐中兴,其三为河北诸将入朝,其四谴责诸将不上奏表,其五言妖氛会静,其六劝君不纳诸道奉献,其七惜己未能入贺,其八、九言山东辽水归顺朝廷,其十言河北叛卒亦来归降。最后两首赞美李光弼、郭子仪之功绩。所以浦起龙说:"十二首竟是一大篇议论夹叙事之文,与纪传论赞相表里……来龙透而结脉深是也。"[①]也有"散漫而成,汇为一处"(浦起龙语),如《绝句漫兴九首》《绝句四首》《夔州歌十绝句》《解闷十二首》。以上两类,都是为了加大容量,把诸多内容纳入一组诗内,便于表达复杂的情感与纷繁的现象。如《解闷十二首》有对夔州景物的描写,也有对诸位诗人的评论,还有对先朝莠政的讥讽,以及对长安的思念。内容之繁杂,并非一首七绝可容纳。用组诗合拢成一大首诗,这和杜甫其他各体亦多组诗的道理是一致的,同样如出一辙的是把一首绝句一再扩大容量。虽然二者有海涵地负与背离诗体的差异,然都是力图创新求变的种种尝试。

  盛唐绝句特别是七绝的题材,在初唐基础上更为广泛。诸如山水、送别、行役、酬赠、边塞、咏史、怀古、咏物、闺怨、宫怨、咏怀、思乡都可施诸七绝,而且都以言情为主,亦以言情见长。到了杜甫手里,他把用在五、七言古诗的题材压入七绝,而且把以意为主的议论,也用七绝表达,极力扩大题材范围,前所未有,并呈现出种种陌生的新面孔。比如从凤翔行在告假探家,向人借马用的是五古,前已提及的入蜀后经营草堂寻觅各种草木的七绝,就把七古改为七绝,同样以诗代简,笔触深入到日常生活的琐细微事。特别是《戏为六

[①] 浦起龙:《读杜心解》卷六之下,第3册857页。

绝句》以绝句作诗论,全是评论家的议论语气。还有《解闷十二首》,其中五首亦属诗论,其中两首论及当代的孟浩然与王维,每为论者所看重。此前没有以小诗发大议论者,论诗评艺,阐发文艺主张的更付之阙如。杜诗于此伐山劈道,凿开了一条通途,以后七绝论诗便蔚然激生为一片绿洲、一片森林!

除了发为诗论,还有叙事与记事之大用途、大排场。杜甫入川前已是叙事诗与记事诗的圣手,身之所历、目之所见者以之为叙事,《兵车行》《自京赴奉先县咏怀五百字》《北征》《彭衙行》《赠卫八处士》、"三吏三别"等,是为叙事;《悲青坂》《悲陈陶》《哀王孙》《哀江头》《丽人行》等,是为记事,多为耳之所闻。以上均为五、七古大篇,而无一首绝句。大约作于入川后代宗永泰元年(765)的《三绝句》,则秉笔直书,直录时事以入小诗。其一说:"前年渝州杀刺史,今年开州杀刺史。群盗相随剧虎狼,食人更肯留妻子?""渝、开之事,史不及书,而杜甫载之"(钱谦益语),不仅可补史书之缺载,也为咏当代史提供了新品种! 其三说:"殿前兵马虽骁雄,纵暴略与羌浑同。闻道杀人汉水上,妇女多在官军中。"如果从诗体看,作为绝句,确为变调,前者似歌行而后者如七律,洵然缺乏绝句唱叹摇曳的风神。然其二却促人注目:

> 二十一家同入蜀,惟残一人出骆谷。自说二女啮臂时,回头却向秦云哭。

这难道不是叙事诗吗? 有头有尾,有细节,还有动作刻画,事件的叙述在运动中进行,情感又是那样打动人心! 要说起承转合,也有脉络可寻,可视为上乘的"变调"。这种七绝叙事诗对以后的影响不可估量,如范成大《州桥》:"州前南北是天街,父老年年等驾回。忍泪失声询使者:'几时真有六军来?'"就很有些杜甫精神,而且在叙事与诗体上,都取法于杜诗。刘子翚《汴京纪事》:"帝城王气杂妖氛,胡虏何知屡易君。犹有太平遗老在,时时洒泪向南云。"杨万里《初入淮河》其四:"中原父老莫空谈,逢着王人诉不堪。却是归鸿不能语,一年一度到江南。"把动作、对话用在写时事的绝句,当以杜诗为法。

杜甫还把军国大事写进绝句。前盛唐王昌龄以七绝最著名,他的边塞绝句组诗有《从军行七首》《出塞二首》,均用乐府旧题,后二句很少对偶。杜甫这类诗全都因事制题,后二句往往对偶。严羽《军城早秋》四句流动,不作偶句,杜甫的奉和诗后二句,即作偶对。代宗广德二年,吐蕃骚乱,逼近黄河。即以《黄河》其二予以记录:"黄河北岸海西军,椎鼓鸣钟天下闻。铁马长鸣不知数,胡人高鼻动成群。"听到消息后,即秉笔直书。听到河北节度使入朝,他便"欢喜"一气写了 12 首。《承闻河北诸节度使入朝欢喜口号绝句十二首》这组诗与其说是记事诗,毋宁说是议政诗,然无论何者为是,均可视为创调。如其一说:"禄山作逆降天诛,更有思明亦已无。汹汹人寰犹不定,时时战斗欲何须?"就是对割据军阀的谴责。其四说:"不道诸公无表来,茫然庶事遣人猜。拥兵相学干戈锐,使者徒劳百万回。"就充满对时事的关注,以及对朝廷处置失措的不满。还有《喜闻盗贼总退口号五首》作于大历三年,吐蕃进犯邠州被击退,漂泊西南山城的诗人距下世只有一年多了,"喜闻"敌退,命笔又是一长篇《喜闻盗贼总退口号五首》组诗。其一说:"萧关陇水入官军,青海黄河卷塞云。北极转愁龙虎气,西戎休纵犬羊群。"用笔至重,四句皆对,移作七律中四句也非常恰当。然而毕竟为小诗写重大题材开了先河,同样对后世影响深远。

总之,杜甫把绝句题材尽力扩展,除了盛唐常见题材之外,还有田园、谢赠、投简、哀亡、风土人情、讽时、刺世、丧乱、招饮等,以及上文已经提到的论诗、军国大事、日常细微,几乎到了无事不可言、无意不可入的地步,这也是他海涵地负的总体风格在绝句上的体现。

以俚语俗词入诗,是杜甫绝句创新的又一方面。盛唐绝句原本浅近明白,但仍属浅显的书面用语。杜甫的七律在华州时已注意对口语的汲取,在成都又作了不少白话律诗,可以看作是对富丽庄严的七律的挑战或革命。同时又把这一革新手段移用于"小律诗"绝句上。他的《解闷》其六无疑是这方面的总结:

> 复忆襄阳孟浩然,清诗句句尽堪传。即今耆旧无新语,漫钓槎头缩颈鳊。

盛唐前期老诗人孟浩然,颇注重对口语的汲取①,涉及的范围较广,包括将地域特色的名词"缩颈鳊""槎头鳊"也写入诗里。杜甫认为新人耳目,可堪传世,而对当时诗坛缺乏这样原汁原味的语言表示不满。此亦可看作对绝句语言更新的宣示,而以敢用口头性的"新语"而自负。诸如《绝句二首》其二"今春看又过,何日是归年",《绝句三首》其一"闻道巴山里,春船正好行",其三"漫道春来好,狂风太放颠",《复愁十二首》其六"闾阎听小子,谈话觅封侯",《绝句漫兴九首》其四"二月已破三月来,渐老逢春能几回",《春水生二绝》其

---

① 参见魏耕原《孟浩然诗的女性、模式与用语创新》,《安徽大学学报》2015 年第 4 期,又见《盛唐名家诗论》,第 152—158 页。

一"二月六夜春水生,门前小滩浑欲平",其二"一夜水高二尺强,数日不可更禁当",《少年行二首》其一"莫笑田家老瓦盆,自从盛酒长儿孙",同题"马上谁家白面郎,临阶下马踏人床",《三绝句》其二"自今已后知人意,一日须来一百回",《得房公池鹅》"房相西池鹅一群,眠沙泛浦白于云",《夔州歌十绝句》其五"瀼东瀼西一万家,江北江南春冬花",《漫成一首》"沙头宿鹭联拳静,船尾跳鱼拨剌鸣",《书堂饮既夜复邀李尚书下马月下赋绝句》"久拼野鹤如双鬓,遮莫邻鸡下五更",他如"斩新""可忍""上番"等,无论是民歌句式,还是口头语或方言俗词,杜诗都予以全方位的吸收,显示出新鲜活泼的效果,而有别样的风格。当然,对绝句的革新不只这些,幽默的拟人化手法与大放厥词的议论,似乎更具有杜甫绝句的艺术个性。

三、幽默的拟人化与议论

杜甫原本忠厚老诚,恪守儒家思想与理念,开天盛世与安史之乱也激生了他若许的豪迈、悲愤与叙事艺术的才能。丧乱与灾祸,使他性格更为坚毅与自信。颠沛流离的苦难磨炼了他,又滋生了几许幽默,去直面灾难与不幸。著名的《北征》叙写"苍茫问家室",在荒寂的陕北,看到"或红如丹砂,或黑如点漆。雨露之所濡,甘苦齐结实"的酸枣,兴致勃勃地描绘了一番,连天边的"青云"也会"动高兴",使他"缅思桃源内","幽事亦可悦"。这确实要有些幽默的天才。凄惶于荒冷寂僻之境,只能是"断肠人在天涯",伤心都来不及,哪里还有这么多的兴致! 在面对惨淡的人生时,尚能以幽默转化出几分高兴,以乐观情怀直面现实的不幸。他的这种能耐,或许与陶渊明诗中君子固穷的乐观而幽默的精神,具有一定联系。至如看到憔悴的夫人与脏兮兮的儿子,他只能把眼泪咽进肚里;等到家里老少用他带回来的东西装裹起来,他们有了衣穿,还能上妆,虽然"海图坼波涛,旧绣移曲折。天吴及紫凤,颠倒在短褐",就像马戏团的丑角,滑稽极了,也幽默极了。从这层开心的铺叙描写中,我们看到狼狈透了的杜甫,穷酸了的杜甫,是如何的心花怒放! 在悲痛的祸乱岁月,他还能幽默起来,还能控制住眼泪,挂起了微笑,尚不至于是含泪的微笑,这是多么坚毅,又是多么的自信! 又是多么感人! 如果说天假其幸,那时能写绝句,绝句中也一定不乏这种幽默!

如前所言,安史之乱前只有两首绝句,恰好五绝、七绝各一首。《赠李白》说:"秋来相顾尚飘蓬,未就丹砂愧葛洪。痛饮狂歌空度日,飞扬跋扈为谁雄?"由己及人,意在规劝,在"飘蓬"中,"痛饮狂歌"以发用世无缘的苦闷倒也罢了,还要不甘于避世,"飞扬跋扈"又是为了什么? 在惋惜李白豪迈不遇中带有微讽,其中就不无几丝幽默。前人说:"是李白一生小像。公赠白诗最多,此首最简而以尽之。"①我们可以补充说这是一幅幽默的小像。

当杜甫定居草堂生活安定下来,在丧乱中未来得及顾及的绝句,既要兴致淋漓地发挥出来,包括对生活、对自然、对亲朋所持有的幽默的才能,也要兴高采烈地展现出来!他托人转告好友高适的《因崔五侍御寄高彭州一绝》以诗代简:"百年已过半,秋至转饥寒。为问彭州牧,何时救急难?"说得火急火燎,急不可待。向人伸手,理由又是那么充足,语气又是何等嗔怪,好像要从别人那里拿回自家的东西,颇为有趣。高适看了一定发笑而急送资助,这就是幽默起了作用,因对熟人可稍稍放肆。同样是求助的《王录事许修草堂赀不到聊小诘》,同样用了身处水深火热中的语气:"为嗔王录事,不寄草堂赀。昨属愁春雨,能忘欲漏时?"可以想见,王录事看了肯定不会动怒,反而会哑然失笑然后去体贴。幽默成了杜甫获得帮助的工具,发挥了意想不到的作用。他从凤翔行在赴羌村探家,向人借马,以《徒步归行》的七古为借据,先给对方说好听的,再说"青袍朝士最困者,白头拾遗徒步归",然后说我们交往虽不深,但是"人生交契无老少,论交何必先同调"。因为"妻子山中哭向天",所以"须公枥上追风骠"。把借条也写得慷慨淋漓。

初营草堂作了寻乞树木、用具的六首诗,如前所言实为一组,与向高适、王录事乞求资助属于同类题材,二者相映成趣:

奉乞桃栽一百根,春前为送浣花村。河阳县里虽无数,濯锦江边未满园。(《萧八明府实处觅桃栽》)

因萧八为明府,即县令,故用潘岳为河阳令时遍栽桃花故实,说你管辖的县里桃树无数,我在锦江边的草堂却空荡荡的,务必赶春前送到鄙处浣花村。前两句是摊派,后两句是"奉乞"的原因,前果后因,语气急迫,语意幽默。

华轩蔼蔼他年到,绵竹亭亭出县高。江上舍前无此物,幸分苍翠拂波涛。(《从韦二明府续处觅绵竹》)

答应了给竹子,可是你的华轩何年可到?你那儿的竹子高出县衙,我的锦江边却无此物,希望分出一些"苍翠"(竹苗)在浣花村,可增生"拂波涛"的大景观。此比前诗儒雅多了,然有嫌怨,有嫉妒,也有幽默,目的只是要求他赶快

---

① 杨伦:《杜诗镜铨》卷一,引蒋弱六语,第15页。

送竹苗来。

  大邑烧瓷轻且坚,扣如哀玉锦城传。君家白碗胜霜雪,急送茅斋也可怜。(《又于韦处乞大邑瓷碗》)

要了韦县令的竹苗,还顺带要碗。先把大邑瓷碗夸耀一番,又说"君家"的碗又都是极品,"急送"到我的"茅斋","胜霜雪"的白碗,也会显得更可爱。这简直是"强盗的逻辑",看到人家东西好,说送到我家就会更好,艳羡中荡漾忍俊不禁的幽默。

由此看来,杜甫又是多么风趣,这些小诗在他手里总能表现出种种的幽默来,前人谓为"乃公戏笔"。以幽默为戏,以诗代札,简直把诗当作开玩笑的工具,而开玩笑、调侃、说幽默话,在杜甫也是诗。咳唾成珠,这正是活生生的杜甫,把日常生活都诗意化了,这同样是诗人伟大的一面。当然他的幽默不仅对人,也对自己。《复愁十二首》其十一:"每恨陶彭泽,无钱对菊花。如今九日至,自觉酒须赊。"过去常替古人穷困而遗憾,今日轮到自己赔了老脸去欠账,这是自我解嘲,也是对自己幽默了一番。

有时嫌朋友不来探望,不说邀请,而偏要幽默一下,其目的在于"遣将不到激将到"。《投简梓州幕府兼简韦十郎官》说:"幕下郎官安稳无,从来不奉一行书。固知贫病人须弃,能使韦郎迹亦疏!"先问人近来可好,再言不敢贸然去信打扰。又说嫌贫爱富是一些人的本能,但想不到韦郎也和我疏远了。与其说这是谴责,毋宁说这是一种"特殊的邀请",把热情化为戏谑,以幽默表达想念,渴望来访则不言而喻。《上卿翁请修武侯庙遗像缺落时崔卿权夔州》说:"大贤为政即多闻,刺史真符不必分。尚有西郊诸葛庙,卧龙无首对江濆。"据旧注,王釜罢守而去,崔卿翁代管州事,故先言前任知州政有令闻,崔虽代理也不必计较。武侯像缺落,总不能老让"卧龙无首"对江滨。浦起龙说:"武侯号卧龙,遂借用《易》文'无首'字以状神像缺落,然太涉戏。"①这是上书请求修补塑像,话说得庄重了,不免有长官失职之嫌,出之幽默就避免了妨碍。全在于末句以谐寓庄。浦氏以为戏言过了头,虽不无道理,然似未察个中的曲折。《少年行》于盛唐都是写的都市少年,而杜甫却变其题材以讽世俗:"莫笑田家老瓦盆,自从盛酒长儿孙。倾银注玉惊人眼,共醉终同卧竹根。"说老瓦盆粗器同样可以"倾银注玉"地倒酒,至于醉卧其旁就和躺倒在珍贵的"竹根"饮器旁边就没有两样。话说得虽然幽默轻松,却是对夸富

---

① 浦起龙:《读杜心解》卷六之下,第 858 页。

比贵的"少年"的讥讽,借谐语出庄意,与上诗略同。

幽默在杜诗里运用颇为广泛,对上级、朋友等世俗交往都有涉及。至于花草树木、四时风光,则更为普遍。不仅"一草一花总关情",而且把见于盛唐前期应制诗的拟人化,更广泛推行到与大自然亲切幽默的对话中,把这两种手法嫁接起来,显得别有风情。生活安定的杜甫,在灾难中打锻出的幽默在这时绽放普遍而耀眼的光华。比如对于人见人爱的春光、春风、春花都要出之别一番调侃情调:

漫道春来好,狂风太放颠。吹花随水去,翻却钓鱼船。(《绝句三首》其三)

以为"春来好"不靠谱,因春风太"狂""太放颠":一是把花吹得随水漂去杳无踪影,二是吹翻钓鱼小船。旧注以为因欲出峡,适见风狂,聊以此咏,未免过于求深,亦不达这类绝句幽默之风调。如此嗔怪,实则是一种溺爱,是对"春来好"的称美。此为五绝中仅见的一次"对话",大量出现则见于七绝。《绝句漫兴九首》就是用"幽默对话"打造的一组名诗。其一说:"眼见客愁愁不醒,无赖春色到江亭。即遣花开深造次,便觉莺语太丁宁。"因愁怨春,故谓之"无赖",是因春色让花开得匆忙,又让莺语叫得烦人。其二把春风"夜来吹折数枝花",说是太欺负人,也不看看"手种桃李无非主,野老墙低还是家",是说欺人欺到家门口。其三说谁都知我的茅斋低小,然江上燕子故意频频骚扰,不仅"衔泥点污琴书内",而且"更接飞虫打著人"。自嘲身居矮屋,却移怨于燕,与上诗异曲同工出以幽默。其五说到江头散步,见春暮而"肠断",却疾声詈骂:"颠狂柳絮随风去,轻薄桃花逐水流。"其九说:"隔户杨柳弱袅袅,恰似十五女儿腰。谁谓朝来不作意,狂风挽断最长条。"是拟人化的比喻,还是比喻的拟人化,总之是把两种辞格叠融在一起,而且贯穿全诗。由物到人,再由人到物,浑化无迹。或谓"乃好物不坚牢之意,盖以自况也"(浦起龙语),恐不见得这样。如此之类的幽默施之花鸟草木,不过荡漾出种种与大自然"对话"所掀起之涟漪而已。或有忧喜,则与滞留江边而不得归略有相关而已。比如《春水生二绝》其二言一夜春江水涨,眼前一亮,自然是可以买舟东下,所以说:"鸬鹚鸂鶒莫漫喜,吾与汝曹俱眼明。"这种对话的喜悦传递出可以放船出峡归乡的欣慰。此组诗从前至后大多以郁闷情怀与一花一鸟多次予以"幽默的对话",以来破愁"解闷"。

《江畔独步寻花七绝句》也是有幽默意味的一组诗,与《九绝句》为同类。其一说"江上被花恼不彻,无处告诉只颠狂",说是"被花恼"得心烦,想找人说说心情,"南邻"却"经旬出饮",只好"江畔独步"。其二言:"稠花乱蕊畏江滨,行步欹危实怕春",说是花畏江滨,实是行步不便而"怕春"。"诗酒尚堪驱使在,未须料理白头人",警告花说,虽老而诗堪驱使,可以骂花怒鸟,故"你们"不须干扰我这老头。其三说竹子围着两三家,"多事红花映白花"也来凑热闹。既然如此热情,那么"报答春光知有处"——"应须美酒送生涯",当以开怀畅饮待之。其五言"春光懒困倚微风",用隐喻把春光比作姑娘之春困。"桃花一簇开无主,可爱深红爱浅红?"当与春姑娘"对话":你上妆时喜欢什么颜色? 其六言"黄四娘家花满蹊",而且"千朵万朵压枝低"——花儿也在"懒困"。"留连戏蝶时时舞,自在娇莺恰恰啼",时时处处①的蝶舞莺啼,好像欢迎他这个"独步寻春"的老头,烦恼也好像化解了。其六说不是因了看花冲淡了烦心,便要导致去"索死",但又"只恐花尽老相催",而且"繁枝容易纷纷落",故特别希望——"嫩蕊商量细细开"——慢慢绽放,不要着急! 表示告以组诗结束。这组诗由恼花到爱花、再到惜花的全过程,全凭"幽默的对话"联结起来,好像是说大自然的花鸟多么感人,我们要好好地活着,不然就辜负了她们的一片热情! 杜甫用他特别的幽默奏响了一支与鸟语花香亲切对话的"套曲",也为盛唐诗的绝句平添了别样的风光。

他还把议论渗入幽默,使"对话"变得多姿多彩!《三绝句》其一说:"楸树馨香倚钓矶,斩新花蕊未应飞。"看到先开之花已谢,面对"斩新花蕊"忽生一想:"不如醉里风吹尽,可忍醒时雨打稀。"如此的拟想预想,当然不会实现,这不过是以幽默的设想,安慰自己罢了,而设想是由预设性的议论编织而成。其二说:"门外鸬鹚去不来,沙头忽见眼相猜。"此为倒装句,谓鸟去久乍见,猜我别有用意,故去而不来。接言:"自今已后知人意,一日须来一百回。"故生一想,此当是暂时的陌生,明日会"知人意",当不会再惊飞而去。那么以后会来好多回看它。这是醒之设想,与上诗同样出之议论,也同样幽默。其三言竹:"无数春笋满林生,柴门密掩断人行。会须上番看成竹,客至从嗔不出迎。"说竹笋长得到处皆是,以致遮住门前之路。我想应当轮番看护新笋,以至于没工夫迎客,任其责怪。也出之幽默的议论,表示对新笋的珍视。三诗每首前赋物而后议论,似把咏物诗置于日常生活,再加以幽默的议论,是对安宁生活的咀嚼,亦为自言自语的"对话",亦是与动、植物的"间接对话",见出热爱生活的种种情趣,从而形成七绝的新品种。《官池春雁二首》题为咏物,实则全为议论。其一说:"自古稻粱多不足,至今鸂鶒乱为群。且休怅望看春水,更恐归飞隔暮云。"其二说:"青春欲尽急还乡,紫塞宁论尚

---

① 恰恰,处处的意思。说见魏耕原《全唐诗语词通释》"恰恰"条,中国社会科学出版社2001年版,第225页。

有霜。翅在云天终不远,力微矰缴绝须防。"浦起龙说"二绝皆寓言也",前诗"见旅食阻隔之感。次句,犹屈子言鸡鹜争食也。谋食而与此辈为群,亦宜去此而归矣。道阻且长,当复奈何!"后诗"见归心最紧,亦最决。……'塞有霜',虽河朔尚多拒命,弗顾也"①。所谓"寓言",即借物以咏归去之怀,亦见安史乱后,四方不宁的局势。《存殁口号二首》其二:"郑公粉绘随长夜,曹霸丹青已白头。天下何曾有山水,人间不解重骅骝!"去世的郑虔以画山水名著盛唐,幸存的曹霸则为画马大家,然自安史乱后艺术人才沦落,极品亦得不到珍视。亦全发议论,慨叹今不如昔。至于《戏为六绝句》,以及《解闷十二首》的其四、五、六、七、八首,出之论诗,则为议论诗。就是《承闻河北节度入朝欢喜口号绝句》十二首,则全为讥讽政局的议论诗,《喜闻盗贼总退口号五首》亦关时局。即使咏史诗亦发为议论,如《解闷》其九:"先帝贵妃今寂寞,荔枝还复入长安。炎方每续朱樱献,玉座应悲白露团。"即以叙述为议论。杜诗原本好议论,晚出的绝句,亦是如此。他能用律诗体作绝句,把五、七古之议论移用于绝句小诗,自在其审美趋向之范畴。而以小诗论诗,或专发议论,也是他七绝的创格。至于五绝,为人熟知的《八阵图》,以及《复愁》其八"近日翔麟马"、其九"任转江淮粟",则均以议论为体。

　　杜甫与陶渊明是宋人的两大偶像,陶与杜都好议论,宋人承其余绪,发展到以文为诗;陶诗素朴自然接近口语,杜甫则径直以口语俚词入诗。陶与杜都喜欢经营组诗,陶之组诗数量超过其总数的一半②;陶又以幽默对待自己的贫困,杜甫又光而大之,推广到他人与大自然。陶为五古长诗,杜则多五、七绝小诗,所以杜之诸法属于新创,特别是绝句诗幽默的拟人化,更为前人所无。以上诸端,对宋诗影响的普遍与深远,杜诗尤甚。两宋的大家与名家,无不属于宗法杜诗的追星族。就绝句而言,即使不以诗见长的曾巩,其《咏柳》:"乱条犹未变初黄,倚得东风势便狂。解把飞花蒙日月,不知天地有清霜。"别有用意的"寓言"写法,沾溉于杜诗则无疑。至于王安石《初夏即事》的"石梁茅屋有弯碕,流水溅溅度两陂。晴日暖风生麦气,绿阴幽草胜花时",当从杜甫七绝"四面屏风体"脱出。苏轼的《题西林壁》对庐山的议论,《饮湖上初晴后雨》把西湖比作西施,以及"水枕能令山俯仰,风船解与月徘徊"的拟人,无不从杜诗脱出。像陈师道的祖父陈洎《过项羽庙》:"八千子弟已投戈,夜帐犹闻怨楚歌。学敌万人成底事,不思一个范增多?"以绝句发为史论,当从杜诗《八阵图》来。宋诗如此者不知凡几,诸如此类者,无须详论,

---

① 浦起龙:《读杜心解》卷六之下,第 844 页。
② 见魏耕原《陶渊明组诗艺术》,《河南师范大学学报》2010 年第 3 期,又见《陶渊明论》,第 111—142 页。

只要考察一下南宋中兴四大家中的杨万里,杜诗影响之深刻就洞若观火。

宋诗朴淡,好用口语,而杨万里尤为显著。罗大经说:"余观杜陵诗亦有全篇用常俗语者。然不害其为超妙。如云:'一夜水高……'杨诚斋多效此体,亦自痛快可喜。"①除了语言的通俗生动外,杨万里诗之所以被称为"诚斋体",还在于富于想象的拟人化手法与诙谐幽默的议论,这两端都和杜甫七绝具有密切直接的关系,而且都从描写景物的绝句中得到启发。他把杜甫的草木花鸟、春风春光的拟人化,扩展到大至山水、小至苔藓的更广泛的领域,以人的情思与动态赋予自然万物,可以称之为异化的自然,或者自然的人化。他以兴致勃勃地捕捉大自然的一举一动,拟人化手法在他大量的山水诗里得到极广泛的应用。如《岭云》的"天女似怜山骨瘦,为缝雾縠作春衫";《舟过谢潭》写黄昏山景的"好山万皱无人见,都被斜阳拈出来",夕阳好像是善于把握明暗对比的摄影师;《过平望》的"风将春色归沙草,天放晴光入浪花",春风和晴天又好像是大自然的化妆师;《午热登多稼亭》称美竹风之凉的"却是竹君殊解事,炎风筛过作清风",好像有今日空调电器的本领。他的幽默一方面来自生动活泼的描写,一方面见于诙谐透脱的议论。前者如《泉石轩初秋乘凉小荷池上》:"芙蕖落片自成船,吹泊高荷伞柄边。泊了又离离又泊,看他走遍水中天。"以物拟物,传递出另一番情趣。后者如《过松源晨饮漆公店》其五:"莫言下岭便无难,赚得行人错喜欢。正入万山圈子里,一山放过一山拦。"借山中行路幽默地讲出一番人生大道理。"诚斋体"的"活法"的三种特征,由此看来,均与杜甫绝句的革新创变有关。不仅宋诗如此,宋词受杜甫七绝的影响亦可看出。辛弃疾《粉蝶儿》的"昨日春如,十三女儿学绣,一枝枝、不教花瘦","而今春似,轻薄荡子难久",显然从杜甫杨柳"恰似十五女儿腰"的拟人化比喻中推衍而来。

综上所论,杜诗绝句的种种革新创变,得失并见。若以盛唐绝句风调神气衡之,"四面屏风"模式带有浓厚的律诗意味,并不那么招人喜爱,但也不失为"变调"之一种。用绝句叙事或论事也不那么成功,然毕竟开拓了小诗的领域,尚不失为"广种薄收"的试验。至于组诗、俗语入诗,拟人化与幽默的手法,包括以议论为小诗,均对后世具有深远的影响。若从变革角度观之,杜甫绝句虽为晚出,付诸艺术实践最多,风格多样,题材广泛,个性化特色最强;若从艺术水准看,虽然赶不上李白、王维、王昌龄,却具有自家个性,而以"变调"明显区别于三家之盛唐"正格",故对后世绝句影响广泛,自中唐伊始,莫不如此。同时标志尚奇求新的审美趋向,由杜甫以绝句与律诗的创变开始,而将进入中唐以尚意为主的时代。

---

① 罗大经:《鹤林玉露》丙编卷三"以俗物为雅"条,中华书局1997年版,第285页。

四编

比较论

第十五章　李杜异中有同

对于盛唐的李杜,自中唐伊始,总是习惯于甄别区分他们的差异与不同,这种惯性思维至今没有什么改变。他们活跃在同一时代,又受着同样的时代审美思潮的影响,应是时代琴弦上的和音鸣奏。两人固然有着极大的差异,然而他们都有宏阔的政治理想,在南北文化融合上都善于吸纳异地文化精神,在表现形式与风格上,都存在诸多异质同构的趋向。只有把握异与同的两面,异中求同,才能对李杜研究有更宏通的思考,对盛唐诗高峰有更全面的把握。

在群星满天的盛唐时代,李白与杜甫是最为耀眼的两颗巨星。因思想、性格、诗风各异,他们的差别引起古今论者永不衰竭的兴趣①。然而他们共同经历了这个伟大时代由盛至衰的全过程,目睹了裂变引发的巨大变迁,时代的思潮与审美的共同倾向,必然在他们迥别的差异中渗透时代氛围赋予的种种共性。唯其如此,他们才能异质同构,合力建构盛唐气象中最富有生机的一面。本着异中求同、同中求异的理念,才能对李杜双峰并峙而成为盛唐气象最经典的代表诗人的缘由有更深层的理性把握;同时对他们相异而不悖谐调的旋律,共同高唱出的诗歌黄金时代的强音,以及与盛唐气象之关系,有更深切的理解。

一、思想与理想的异中有同

在唐代诗人中,因风格或流派的相近、相同而并称者,有如沈宋、王孟、李杜、高岑、元白、韩孟、韦柳、温李等,论者谓"唯有李杜二人的并称,却完全是因为他们的诗风绝然相反而加以并列的。这其中的原因很耐人寻味。显然,他们的并称,不是因其同,而是因其异"②。这种看法不无道理,也可以看作长期以来李杜不同论的代表性说法。在文学史上,因风格相同而并称的比比皆是,反之则极为罕见,而李杜"诗风绝然相反"正代表了盛唐两座不同的高

---

① 袁行霈:《论李杜诗歌与意象》,《社会科学战线》1981年第4期。其余文章可参看邹国平《李杜诗歌比较评述》,《中国李白研究(1991)》,江苏古籍出版社1993年版。
② 葛景春:《李杜之变与唐代文化转型·序言》,大象出版社2009年版,第2页。

峰相互映衬,相反相成,异源合流,互补共济,共同体现所处时代的光辉与暗淡。风格的异质,并不排斥精神的一致。正是他们在精神上的一致性,才形成了一种合力,发出时代的最强音。

李杜的异质同构,首先体现在思想与理想上。大唐贞观时期奠定以儒学为基础的政策,集诸儒撰定《五经正义》,高宗永徽二年复加考证增损,越二年颁布天下,每年明经依此考试。"自唐至宋,明经取士,皆遵此本,夫汉帝称制临决,尚未定为全书;博士分门授徒,亦非止一家数;以经学论,未有统一若此之大且久者。"①自此以后儒学经南北朝的式微而定为一统,天下奉为圭臬。则天革命,以尼姑起家,又肆意推崇佛家,自称活佛转世,贵戚争营佛寺,士民的精神生活又多了一层佛教的浸染。玄宗铲平太平公主集团,结束了女主专权长达四十多年的局面。开元二年,采纳宰相姚崇建议,减汰僧尼万余人,不能创建佛寺,又禁百官不得与僧尼、道士往还,禁止铸佛、写经。然自开元二十二年,李林甫逐渐专权,玄宗在位岁久,志得意满,渐肆奢欲,怠于政事,颇信神仙。越二年,张九龄遭李林甫谗毁而罢相,李林甫以礼部尚书兼任宰相,自此谏诤之路断绝。开元二十五年初置玄学博士,以老庄之学取士。越三年,迎老子像置于兴庆宫。自此道家包括道教,似乎成为仅次于儒学的国教。从初唐至此,儒释道相互消长,渐成鼎足之势而轮流坐庄。

当玄宗先天元年即位时,杜甫诞生,李白已12岁。张九龄罢相之年,李白36岁,已成为早熟的大诗人,杜甫初入诗坛。盛唐前期开放的时代,赋予了李白丰富的思想,尚侠任气,好言王霸,具有鲜明的纵横家思想。中年以后道家思想占了上风,这对他作诗好幻想具有很大的发酵作用。相比较而言,杜甫的思想则单纯得多,奉儒守官的家庭背景,不像商人家庭出身的李白与非儒家思想一拍即合,而是始终以儒家的思想为终极的准则。李杜思想有儒道之别,这也是诗仙与诗圣之所由分。成"仙"为道家的渴望,崇圣则为儒家不能割弃之情节。仙与圣都带有偶像性质。自魏晋以来,儒道兼综成为一种普遍的社会思潮。而盛唐又是一个开放而重功业的时代,儒道由唐玄宗操作成为进身之互补的阶梯,儒道的互补得到了官方的倡导和支持。儒道两种不同思想分别体现在当时最大的诗人身上,自然是此时代思潮中应有之义。早年以纵横家为趋向的李白,自然不屑于科场上辛苦奔逐,他以干谒为手段,欲通过布衣卿相的道路,"为帝王师","使寰区大定,海县清一",然后功成身退。范蠡、张良是他选择的最佳榜样,而以管晏、诸葛、谢安自命,在诗中不厌其烦地歌颂为人排难解纷的鲁仲连。开放的时代给李白提供了翰林供奉的

---

① 皮锡瑞:《经学历史·经学统一时代》,中华书局1981年版,第198页。

机会,然而道家批判性的叛逆思想与道教崇尚自由的精神使他和正在滋生种种衰败的上层集团格格不入。安史之乱中,永王李璘率兵北上又和他的纵横家脾胃一拍即合,李白带着"誓欲清幽燕"的理想,兴高采烈地唱着"但用东山谢安石,为君谈笑静胡沙",希望兑现"功成追鲁连"的夙愿。未曾几何,李璘水军作鸟兽散,布衣卿相的幻梦一下子跌入阶下囚的深渊。无论是贪图奢欲的唐玄宗,还是盼望平息安史之乱的唐肃宗,都不需要李白这样的纵横家式的人物,虽然他们父子都是道教的虔诚信徒。

恪守儒家思想的杜甫,比李白晚生11年,错过了盛唐前期的大好机遇,赶上了李林甫执政的大伪斯兴的时代。一心走科举之路,然而李林甫"野无遗贤"的话,把所有像杜甫这样的人统统拒之门外,杜甫连做个盛唐的范进也没有机会。李白42岁待诏翰林时为天宝元年,13年后,44岁的杜甫才做右卫率府胄曹参军,是个掌管器仗的小官,比起李白的翰林就差得远了。就这样还好景不长,安史之乱爆发,保管员做不成了,冒死奔到肃宗行在凤翔,由于他的赤诚,任为左拾遗,品位不高,但属近臣,可算是他仕途的顶点。然因房琯失去肃宗信任,杜甫又被视为同党,险些获罪。不足两月,怀着碍事多余人的心理被迫探亲。不久长安恢复,又给他一个华州司功参军职务,说明朝廷对他终于失去了信任,从此他开始了后半生长期的流浪生涯,一直到病死在湖南耒阳县的一条小船上。

李杜思想的差异,体现在仕途追求所采取的不同道路上,显示出儒家与纵横家迥异的人生奋进手段,但他们同样在安史之乱复杂的政局中遭到重大的挫败。如同肃宗不需要李璘的胁从者李白,同样也拒绝了房琯的"朋党"杜甫;李白因此入狱而流放,杜甫由此被疏远而外放。无论安史之乱之前的升平,或是此后的战乱,无论是四纪天子以至昏妄的玄宗,还是懦弱的肃宗,对他们只待以点缀升平的装饰位置。如李白任翰林期间,就有了《阳春歌》《春日行》《宫中行乐词八首》《清平调词三首》的颂美之作,这无疑是对天才的桎梏,也有《玉壶吟》所说的"君王虽爱蛾眉好,无奈宫中妒杀人"的苦闷。所以,他们的遭遇本质上是相同的。

不唯如此,他们的理想也没有大的不同。李杜生逢盛唐,特别是李白感受朝气蓬勃的时代气息更多,他们始终把建功立业作为人生的理想,胸怀拯世济物的愿望。他们都对诸葛亮怀有崇敬的仰慕之情。李白《读诸葛武侯传书怀……》说:"武侯立岷蜀,壮志吞咸京。""余亦草间人,颇怀拯物情。"杜甫亦有多次怀念的诗句,特别是入蜀以后,著名的《蜀相》《八阵图》《古柏行》、《咏怀古迹》其五,对诸葛亮"鞠躬尽瘁,死而后已"的精神极为推崇。

杜甫早年曾经"窃比稷与契",最大的理想是"致君尧舜上,再使风俗淳"。表达政治怀抱时,流露出明显的忠君观念,"葵藿倾太阳,物性固莫夺"的理念,似乎成了政治人格的定位。但他"穷年忧黎元,叹息肠内热"的忧国忧民精神更为感人。而且对玄宗、肃宗、代宗荒政、莠政的批判,实际上突破了儒家的君臣观念。功成身退是李白的终极期望,他在《赠韦秘书子春》中说过:"苟无济代心,独善亦何益",始终向往着如在《送赵云卿》所说的"如逢渭水猎,犹可帝王师"。在《留别王司马嵩》说:"鲁连卖谈笑,岂是顾千金?陶朱虽相越,本有五湖心。余亦南阳子,时为《梁甫吟》。……愿一佐明主,功成还旧林",或者如《还山留别金门知己》所说的"方希佐明主,长揖辞成功",一直是萦绕心怀的鲁仲连式情节,所以企羡"明月出海底,一朝开光辉"的英风亮彩。他也曾在《经乱离后,天恩流放夜郎……》中反思过"试涉霸王略,将期轩冕荣。时命乃大谬,弃之海上行",在《门有车马客行》里也感慨过:"叹我万里游,飘摇三十春。空谈霸王略,紫绶不挂身。"但他始终幻想着"长风破浪会有时,直挂云帆济沧海",自信"天生我材必有用,千金散尽还复来"。入翰林时在《驾去温泉宫后赠杨山人》中说过:"一朝君王垂拂拭,剖心输丹雪胸臆。忽蒙白日回景光,直上青云生羽翼。"被斥逐出京,他愤慨过,有过较前更深刻的醒悟,但也有更为浓郁的恋京情节,再返长安成了挥之不去的憧憬。两年多的翰林供奉,成了骄傲而辉煌的回忆,反复出现在他的诗中。每一念及,都要兴高采烈一番:

  汉家天子驰驷马,赤车蜀道迎相如。天门九重谒圣人,龙颜一解四海春。彤庭左右呼万岁,拜贺明主收沉沦。翰林秉笔回英眄,麟阁峥嵘谁可见?承恩初入银台门,著书独在金銮殿。龙驹雕鞍白玉鞯,象床绮食黄金盘。当时笑我微贱者,却来请谒为交欢。(《赠从弟南平太守之遥》其一)

这种世俗性的不加丝毫控制的宣泄,比起年长他11岁的李颀遭人讥议的富贵曲《缓歌行》,对富贵权势的炫耀更为赤裸,同时也显示盛唐人的开放无拘禁。在《江夏赠韦南陵冰》中说:"西忆故人不可见,东风吹梦到长安。……昔骑天子大宛马,今乘款段诸侯门。"《赠崔司户文昆季》说:"布衣侍丹墀,密勿草丝纶。才微惠渥重,谗巧生缁磷。"《赠溧阳宋少府陟》:"早怀经济策,特受龙颜顾。白玉栖青绳,君臣忽行路。"《流夜郎赠辛判官》说:"昔在长安醉花柳,五侯七贵同杯酒。气岸遥凌豪士前,风流肯落他人后!夫子红颜我少年,章台走马著金鞭。文章献纳麒麟殿,歌舞淹留玳瑁筵。"像这样恋旧的回忆,还在《还山留别金门知己》《送杨燕之东鲁》《朝下过卢郎中叙旧游》等诗中反复地渲染,所以怀念长安的恋京情结也成为他的一大主题。《陪族叔……游洞庭》其三言:"记得长安还欲笑,不知何处是西天。"其他如:

长安如梦里,何日是归期?(《送陆判官往琵琶峡》)
遥望长安日,不见长安人。长安宫阙九天上,此地曾经为近臣。(《单父东楼秋夜送族弟沈之秦》)
总为浮云能蔽日,长安不见使人愁。(《登金陵凤凰台》)
回鞭指长安,西日落秦关。帝乡三千里,杳在碧云间。(《登敬亭北二小山……》)
南风一扫胡尘静,西入长安到日边。(《永王东巡歌》其二)
峨眉山月送关君,风吹西到长安陌。长安大道横九天,峨眉山月照秦川。(《峨眉山月歌送蜀僧晏入中京》)

长安成了李白朝思暮想的地方,凝结为永远挥之不去的情结。这和杜甫《秋兴八首》所说的"回首可怜歌舞地,秦中自古帝王州""每依北头望京华"的感情并没有大的区别。他们总想回到长安,能有机会建功立业,李白只是多了些世俗的观念。

"渔阳鼙鼓动地来"的安史之乱,是对盛唐后期每个诗人的重大考验。此次战乱对盛唐空前的繁荣与发展的破坏是难以估量的,这也是玄宗后期昏庸政治带来的必然恶果,也为中唐埋下了难以取缔的藩镇割据恶种,平息叛乱成为以后国家与民众的长期愿望。就盛唐诗歌而言,不论是对美好时代青春发展期的歌颂,是对昂扬向上的理想的抒发,还是对英雄精神的赞美,也应包括对安史之乱带来的灾难与早日恢复全国统一的反映。盛唐五十多年,前一半是发展期,自开元二十四年张九龄罢相为分水岭,开始走向腐败乃至战乱。当时李白、王维36岁,高适在35—37岁之间,储光羲31岁,杜甫只有24岁,岑参又比杜甫小3岁,王昌龄年最长,也只有39岁。这些诗人主要成就,除过杜甫,应在开天以后与安史之乱之前。对开天之际政治腐败的揭露与抨击,尤以李杜与高适为最巨。但相比较而言,李白主要揭露上层统治集团的用人不当,是非颠倒,宦官势力的膨胀,才能得不到发挥的愤慨,特别是对安禄山叛逆预谋的觉察与忧虑。他的长篇歌行与乐府诗《蜀道难》《行路难三首》《将进酒》《梦游天姥吟留别》《北风行》与《古风五十九首》中的一些诗作,都是这方面的内容。《古风》其十五批判"珠玉买歌笑,糟糠养贤才"的政治局面。其二十四揭露"中贵多黄金,连云开甲宅。路逢斗鸡者,冠盖何辉赫"的腐败与昏乱。特别是《答王十二寒夜独酌有怀》,全方面揭示权奸悍将的跋扈,对"骅骝拳跼不能食,蹇驴得志鸣春风"的局势表示痛心。

李杜相较而言,李白的浪漫天真与奔放激越,更适宜表现盛唐前期的理想、青春活力与英雄精神。可以说李白的艺术精神主要属于前盛唐。杜甫诗的第一高峰,是困守长安十年,起步于张九龄罢相后的第十个年头。他与怒视朝廷败政的李白有别,以民众与社会为主,反映上层社会昏庸腐败。虽无李白那样尖锐,却更全面更深刻更细致,《兵车行》《丽人行》《自京赴奉先县咏怀五百字》无不展示深广愤切的场面。至于写于安史之乱中的"三吏三别"、《哀江头》《北征》《羌村三首》等反映那灾难的深广慨切,更把杜甫推上了"诗史"与"诗圣"的高峰。李白的批判主要出自由纵横家转向道家对社会不平的讽刺精神,杜甫则持以儒家民胞物与的仁者情怀,他是属于后盛唐的。然而,儒道在批判盛唐后期的腐败政治时,呈现合流一致的趋向。如果没有玄宗后期的昏妄与李林甫、杨国忠腐败政治与安史之乱,清明时代的李杜的差异或许更大。正是社会的灾难使他们走向关注国家与人生的共同方向,无论是浪漫还是写实,表现自我或者民众,都需要投入到万方多难的现实中去。盛唐前期理想的一致性,转化到关注社会的共同性。正是从这个广阔的层面看,李杜是同一时代琴弦的两种不同的旋律,其实质是一样的,而且随时代变迁,外在差异逐渐缩小,同构的一致性增多,这才使他们走上时代的高峰,成为盛唐气象中最耀眼的两颗巨星,闪动着息息相通的光彩。

二、南北文化的交流与共构

自东汉末年开始,南北长期陷入分裂状态,隋代虽然一度统一,但不久陷入战乱,前后长达近400年,形成南北文化长时期的差异。《隋书·文学传序》总结这期间文学不同好尚说:"江左宫商发越,贵于清绮;河朔词义贞刚,重乎气质。气质则理盛其词,清绮则文过其意。理深者,便于时用,文华者宜于歌咏,此其南北词人得失之大较也。若能掇彼清音,简兹累句,各去所短,合其两长,则文质彬彬,尽善尽美矣。"这是从贞观之治开创者的角度,以前所未有的胸襟对南北不同文学的融汇性总结,以取长去短的集大成眼光要开创出文质辉耀的道路。总体上此前南方文化优于北方,便于文学的发展。北方文化切于时用,然过于质朴。唐代统一后,初唐主体上是对南方文化融汇为主,中至四杰,乃至陈子昂才把建安文学的刚健付诸实践之中。以往论者对于初唐诗汲纳南朝江左诗歌的清绮之风予以过多的批评,实际上此为文学发展避免不了的发展进程。只是这个过程绵延过长,才有陈子昂矫枉过正的疾声呼吁。

正是在初唐近百年的努力下,盛唐诗歌才真正跨入了健康发展的道路。正如殷璠《河岳英灵集》所说的:"贞观中,标格渐高。景云中,颇通远调。开元十五年后声律风骨始备矣。"从开元元年至十八年,正是张说"三登左右丞相,三作中书令"时期,二十一年则是张九龄任中书令与宰相。盛唐气象正是由二张两相导引并组织发展起来,他们分别占籍河东(今山西永济)与韶州曲江(今广东韶关),他们的诗也有贞刚与清雅之别,然境界的阔达则是一致。张说的代表作《邺都引》明显具有建安慷慨悲凉之气,而"谪岳州后诗益凄婉,人谓得江山之助"(计有功语)。张九龄前期以描写南方山水为主,清淡幽远,其后期代表作《感遇十二首》,清雅深婉。他们各自试图汇合南北诗风,而二张本身也在客观上形成南北诗风的互补。如果说张九龄"首创清淡之派"(胡应麟语),对盛唐田园山水诗人影响深远。那么,也可以说张说对边塞诗风亦有一定的启发。李杜、王维、高岑就是在二张所开启昂扬振作的诗风中成长起来的,发展为大诗人,共同体现了"既闲新声,复晓古体。文质取半,风骚两挟"(殷璠语)的恢宏格局。

地域文化具有顽强旺盛的生命力,往往潜移默化地渗透在诗人的血液中。然而,与不同的地域文化一经融合,也会碰撞出新的火花。李白24岁以前主要生活在巴蜀,蚕丛及鱼凫的上古文化,以及三星堆文化的奇特而富有想象,积淀成巴蜀文化尚奇的特色,这在司马相如、扬雄、陈子昂等人身上都有一定的体现。李白早年师从纵横家赵蕤,崇尚游侠,也带有鲜明的尚奇色彩。25岁走出三峡沿长江南下漫游,返回到江夏,定居安陆,娶妻成家,荆楚文化与长江下游的江南文化,特别是南方文化的浪漫性与巴蜀文化的尚奇性一拍即合,为李白诗提供最重要的两种来源,而化合为同一种艺术创新力的能源。长江下游与金陵是李白漫游的另一中心,即江南文化所体现的江左风流,清澈秀亮的江南山水,给李白的艺术心田又播下了清丽淳真的种子。歌颂金陵和长江的南齐诗人谢朓,以抒发怀抱而遒劲见长的鲍照,又在巴蜀文学的代表司马相如,以及荆楚文学的屈原之后,形成另外的两个偶像。这样,从长江上游、中游乃至下游,李白汲纳了南方文化的各种液汁,成为最经典南方文化全方位的代表诗人。

盛唐国势的强大、经济空前的繁荣,到处充溢理想精神与青春的气息。建功立业几乎是士人的共同愿望,聚集京华的各种科考,以及与之连带的漫游成为时代风气。李白倜傥不羁的才气,不屑于屈身举子之中。纵横家的交游与诗人式的漫游则成为他生活的主要方式。特别是当时世界第一大都市长安,对他更具有非常的诱惑力。在大约三十而立的风华之年他来到京都长安,大唐帝国的宏伟气象,在这开元后半期似乎达到了沸腾的顶点,建功立业的济世意识,使他浓郁的奇特而浪漫的司马相如赋体血液与屈原幻想的浪漫精神相结合,诞生了第一首长篇名诗《蜀道难》。虽然它还带有少年维特那样的烦恼,主题尚费解,然其宏伟的目光,开张的胸襟,深切的忧国意识,浪漫幻化、跳跃奔腾的艺术精神,博大热烈的情怀,第一次得到全新的多方面展现,初步体现了南北文化交融激荡的新面貌,与此前浓厚江南文化清新风貌的诗作有了明显的区别。所以被称为"奇之又奇。然自骚人以还,鲜有此调也。"(殷璠语)

早在安陆期间,李白畅游东鲁,黄河下游与齐鲁文化的厚重又给予他新的印象,他嘲笑过呆板固执的腐儒对他的讥讽,而又加入风格不同的竹溪六逸的行列,于是东鲁任城(山东济宁)便成为他第三家乡。通过交游,终于在不惑的第二年又入长安,成为玄宗的座上宾,进入翰林做了供奉。李白这只大鹏不是翰林院里长期可以"供奉"起来的,漫游天下才是他的归宿。在东都洛阳与东鲁,他两次遇见北方诗人杜甫、高适,与他们兴致淋漓的交流,在梁宋平原上秋风骏马的奔驰,更使李白深切感受到北方文化的博大、厚重、苍凉、沉雄。从太白山、华山到泰山,从关中平原到中原、齐鲁以及华北平原的幽燕大地,无不有李白展翅翱翔的雄姿。"燕山雪花大如席"和"白发三千丈,缘愁似个长",阳刚与阴柔共同展现于他的笔下。李白"一生爱入名山游",南方的峨眉山、匡山、巫山、衡山、岘山、庐山、天门山、天姥山、天台山、敬亭山、黄山、九华山,以及焦山、木瓜山、黄鹤山、五松山、陵阳山,北方的华山、太白山、终南山、嵩山、颖阳山、鸣皋山、太行山、泰山、商山、龙门香山,南北大小名山无不留下李白"兴酣落笔摇五岳"的种种诗篇。南北文化在山的描写上,被李白连成一片。

江河湖泊,同样展现在李白笔下,长江、洞庭湖、黄河的描写成了李白最亮丽雄浑的风景线。写长江与洞庭湖的诗主要体现了李白清真淳净,展现了南方文化明亮清澈的审美风格。然而有趣的是大江大河的壮美,在长江诗只是偶尔一现,像《庐山谣寄卢侍御虚舟》的"登高壮观天地间,大江茫茫去不还。黄云万里动风色,白波九道流雪山",如此壮观的长江却是不经见的。像《渡荆门送别》的"山随平野尽,江入大荒流",阔远苍茫中又是那么平静而朗畅的气势,它和杜甫"星随平野阔,月涌大江流"在平阔中见出动态,又是何等相似。晚年的杜甫似乎和早年李白此诗要来个竞赛。翁方纲批注杜诗说的"无意相合,固不必谓为依傍"[①],似乎就已看到李杜的"相合",然却不必强为辩解。李白《登金陵凤凰台》所见长江:"三山半落青天外,一水中分

---

① 赖贵三:《翁方纲〈翁批杜诗〉稿本校释》,第491页。

白鹭洲",壮浪之中更多了些静态。而最见其本色的,如《夜下征虏亭》的"山花如绣颊,江火似流萤",以江左齐梁的笔调显示清秀与明丽。《横江词六首》最具动态,其一言"一风三日吹倒山,白浪高于瓦官阁",其四的"海神来过恶风回,浪打天门石壁开。浙江八月何如此?涛山连山喷雪来",以及其六"月晕天风雾不开,海鲸东蹙百川回。惊波一起三山动,公无渡河归去来",确实有江摇山动、壮浪恣肆的太白本色,可和《庐山谣》媲美。组诗形式与夸张手段,都是太白见长之处而能震动人心。但和他笔下的黄河的奔腾咆哮相较,后者震撼人心的艺术力量更为激越:

  黄河落天走东海,万里写入胸怀间。(《赠裴十四》)
  我浮黄河去京阙,挂席欲进波连山。(《梁园吟》)
  君不见,黄河之水天上来,奔流到海不复回!(《将进酒》)
  黄河西来决昆仑,咆哮万里触龙门。(《公无渡河》)

一泻万里的气势、轰鸣的巨响、如山起伏的波澜、从天而降直奔东海的汹涌而不复回的精神,全都涌入胸怀,跳荡在他的笔下。激荡的黄河震撼了他,他也使黄河更为激荡。《西岳云台歌送丹丘子》激动地宣泄出心中的震荡:"西岳峥嵘何壮哉!黄河如丝天际来。黄河万里触山动,盘涡毂转秦地雷。荣光休气氛五彩,千年一清圣人在。巨灵咆哮擘两山,洪波喷流射东海。三峰却立如欲摧,翠崖丹谷高掌开。"动荡怒吼的黄河,更适合李白天风海雨的呼啸精神,与他的浪漫夸张不受拘羁性格,似乎跳荡着同一脉搏!黄河使他如此激动,也使他精神飞扬,《游泰山》其六说:"平明登日观,举手开云关。精神四飞扬,如出天地间。黄河从西来,窈窕入远山。凭崖揽八极,目尽长空闲。"无论"黄河如丝",还是"窈窕入远山",北方的高山大河使他精神飞扬八极,奔出于天地之外,不仅涌入胸怀之间。毫无疑问,长江与黄河都在李白笔下表现出分外的神采,然相比之下,似乎可以肯定说,黄河奔泻无阻的动态,更适宜李白激扬四射的精神。一个南方文化全方位的代表诗人,却如此被黄河震撼,又使黄河更加震荡,这应是南北文化合流融合的最佳而生动的显现。

  更为有趣的是,北方儒家文化哺育下的杜甫,理应成为黄河文化的经典代表,然而在他那么多的诗中却很少听到黄河的喧豗,看到黄河的奔涌,而他描绘山河的能力并不逊色于他的好友李白。杜集中只有《黄河二首》,而且这两首七绝均属于借题发挥,为吐蕃入寇而作,并没有直接写黄河本身。在杜甫众多的名作里,也未曾写过黄河的什么,这不能不是个蹊跷的谜!然而入川以后,他写了不少涉及大小江河的诗。特别是夔州的两年,写了大量的关于长江的诗。《白帝城最高楼》说:"峡坼云霾龙虎卧,江清日抱鼋鼍游。扶桑西枝对断石,弱水东影随长流。"《夔州歌十绝句》其一:"中巴之东巴东山,江水开辟流其间。"《白帝》:"高江急峡雷霆斗,古木苍藤日月昏。"特别是《秋兴八首》几乎是把长江与长安合起来写出。其一:"玉露凋伤枫树林,巫山巫峡气萧森。江间波浪兼天涌,塞上风云接地阴。"其四:"鱼龙寂寞秋江冷,故国平居有所思。"其六:"瞿唐峡口曲江头,万里风烟接素秋。"其七:"关塞极天唯鸟道,江湖满地一渔翁。"特别是著名的《登高》,他的长江给我们留下夔州式的经典描写:

  风急天高猿啸哀,渚清沙白鸟飞回。无边落木萧萧下,不尽长江滚滚来。

看他的长江,就像观赏李可染的山水画与长江图,总是那样的厚重、博大、阴沉、雄浑,带有一种北方文化的浓郁气质!而李白长江又是那样地明亮、清澈、秀美,虽然也有奔涌与喧腾,然富有鲜明的南方文化的色彩,就像观赏金陵画派宋文治所画长江图,是那样地清朗、透明、湿润,而富有青春的活力!杜甫的长江诗几乎都是律诗,而李白大多是歌行体的长篇;李白是高朗的,杜甫则是沉厚的。李白是进行曲与奔放歌,挟带着天风海雨;杜甫的悲歌,海涵地负,沉郁博大。是悲愤,而不是悲哀;是悲壮,而不是消沉,沉郁中总带有一种渴盼与希望!李白的黄河,基本都是富有开天之际的热望与昂扬,哪怕是安史之乱后所写,依然保持一种旺盛的奔放激荡的精神,所以是前盛唐的,可以看到盛唐之盛;杜甫的长江都是安史之乱后所写,所以是后盛唐的,可以看到盛唐之衰的负荷。这是时代变迁的错位,赋予了他们诗体、风格、表现方式的不同。但他们都在奔涌的江河中,倾注着自己强烈的感情与希望,生命与力量!都是矗立在本土文化基础上,敞开胸襟汲纳异地文化的新鲜活力!他们眼光同样不是那么狭小,而心胸又都是那么阔大!他们的江河都跳荡着时代的脉搏,合起来则体现盛唐时代由盛变衰的全程。所以,二者合观,才能构成完整的"盛唐气象"。盛唐气象不仅有繁花似锦,也有万方多难。就像一座巍峨的山峰,有阳面也有阴面,有顶峰,也有山脚下的沟壑!有春天之葱蔚,也有秋天之肃穆!正是这个原因,李杜是不可以分割的,他们是这个时代具有最高价值的整体。他们的风格与审美的选择是有区别的,属于异质,但是带有鲜明的合力性的同构。时代的急遽变迁,虽然生年仅 11 岁之差,却使他们各自展现盛唐前后的风采,然而,南北文化在升平与演变中的融合,都使他们呈现南北文化合而为一的共同性,显示双峰并峙、二水合流的同一趋向!

三、表现形式与风格的异中有同

盛唐诗的热烈澎湃,主要体现在气势跳荡不受拘束的歌行体上;盛唐诗飘逸自然,则见于高朗流畅神采飞扬的绝句上。最能体现盛唐诗活力的,正是这两种诗体。李白志在复古,杜甫意在创新,所以他们分别有以乐府诗和律诗各见其长的区别。李白说过"圣代复元古,垂衣贵清真","我志在删述,垂辉映千春","大雅思文王,颂声久崩沦"。李白的"删述"不是要作史,而是要作诗,故李白诗不是纯粹的复古,而是在复古中创新。亦如李白以屈、庄为心,亦有"希圣如有立,绝笔于获麟"的情结。他的乐府诗大多属乐府旧题,如《蜀道难》,南朝简文帝萧纲、刘孝威、阴铿,包括初唐张文琮的同题之作,多用五言古诗与五绝略写蜀道之艰阻,句数多至八句。李白一变而为杂言歌行体长篇,把山水诗、政治诗、送别诗融为一体,还有荒老古怪的神话与赋体铺排张扬的描写,以及呼吁召唤送别的友人,与前此诸作,显出多么大的差异! 他的《远别离》由南朝乐府《古别离》《生别离》《长别离》题目略变,属于古乐府"别离十九曲之一"(萧士赟语)。摒弃了前此儿女与友人的别离,而在刘宋吴迈远君臣分离的基础上别出心裁,以发对"君失臣兮龙为鱼,权归臣兮鼠变虎"天宝末年政局败坏的悲愤,以上古传说点缀,其辞闪幻惊骇。胡震亨《李诗通》谓以骚语比兴为体,"而韵调于汉铙歌诸曲,以成为一家语"。其他的《乌夜啼》《乌栖曲》《行路难》《梁甫吟》《将进酒》《行行且游猎》《北风行》《公无渡河》《猛虎行》《战城南》《长相思》《阳春歌》《前有樽酒行》《上流田行》《夜坐吟》《日出入行》《胡无人》《结客少年场行》《古朗月行》《独不见》《白纻辞》等皆是。另外还有纯是五言的乐府旧题,如《白头吟》《子夜吴歌》《大堤曲》《关山月》《妾薄命》《少年行》《秦休女行》《白马篇》《玉阶怨》《鼓吹入朝曲》《东武吟》《相逢行》《渌水曲》《侠客行》《北上行》,属于汉魏以来常见题材,以妇女、游侠、边塞为主,内容多同古义。他还有自制题目的新乐府,如著名的《静夜思》《玉壶吟》《扶风豪士歌》《江上吟》等,似在乐府旧题的基础上衍生而成,如谢朓等人有《江上曲》,刘琨等有《扶风歌》。纯属自制新题者,如《梁园吟》《玉壶吟》《临路行》。还有以××谣,或××歌或××吟,加入题头或题尾者的新题,如《白雪歌送刘十六归山》《鸣皋歌送岑征君》《西岳云台歌送丹丘子》《梦游天姥吟留别》《当涂赵炎少府粉图山水歌》《万愤词投魏郎中》《峨眉山月歌送蜀僧晏入中京》《庐山谣寄卢侍御虚舟》等,以上就名篇而言。论者统计,初盛唐的乐府诗约 450 首,李白有 149 首,占 1/3。初盛唐旧题乐府诗约 400 首,李白有 122 首,占 30%。

李白的汉魏古题占他全部乐府诗的80%，其余20%中，尚有几首新题乐府诗，是从古题乐府派生出来①。由此可见，李白是在复古中追求创新，不仅见于恢复汉魏传统，也包括以南朝乐府的活力，来充分发挥创造性，更主要体现于把一些乐府诗转化为五七言歌行体上。

李白最具代表性的作品，应当是歌行诗、乐府诗与绝句。特别是由乐府诗推衍发展的七言歌行，最能见出奔放、激越、豪迈的浪漫精神。如《将进酒》，乐府古诗以饮酒放歌为言，刘宋何承天《将进酒篇》，昭明太子萧统同题亦无大异，古词除末句为七言，馀皆三言，何作只有三言，且仅四句，萧作如同五言四句的古绝。到了李白则以鲍照创调"君不见"发端，长句长篇，气势豪荡、恣肆，七言歌行的诗体，与情感的急遽变化相符。又以呼告性的三言置以首中尾，突出题目，欢乐中又带出"古来圣贤皆寂寞""与尔同消万古愁"，使主题更加深化。体制与《蜀道难》相近，而又与乐府古词的短小、呆板、单纯，大相径庭。《梁甫吟》汉之古词本为葬歌，陆机、沈约之作亦为生命短浅、时光飞逝的命意。陈之陆琼却描写歌舞，似为别调。且全都为五言短诗。李白则以乐府作歌行，成为44句的长篇。三言句施于首尾，余皆为七言。以吕尚、郦食其、剧孟之风云故事经纬前后，中间渲染以屈原上扣天庭式的描写，抒发"我欲攀龙见明主"而不得时用的郁愤。"当年颇似寻常人"，"世人见我轻鸿毛"的怀才不遇的暴发，情感淋漓，气势酣畅。磅礴震荡出的"白日不照吾精诚"的主题，与古词之生命迁逝的葬歌亦相距甚远。至于由乐府旧题衍生的，变化更大，如《襄阳歌》，似从晋宋乐府诗《襄阳童儿歌》与《襄阳乐》派生的，由歌颂山简好酒游乐与儿女之情，掺入了富贵不长而不如以酒为乐，发泄功业无成的沮丧，然气势奔放飘逸，境界纵放开阔，展现了他的人生一大主题。题目全为创新的乐府歌行，比他年长11岁的李颀，有《放歌行答从弟墨卿》《双笋歌送李回兼呈刘四》《听安万善吹觱篥歌》等，用来酬赠、送别与描写音乐，颇有影响。李白对乐府本来情有独钟，或亦受李颀启发，亦有新题之作，但变化更大且多为名作。如《梦游天姥吟留别》就把留别、山水、记梦、咏怀嫁接在一起。以《楚辞》式的离奇幻化式的山水渲染，更加突出"安能摧眉折腰事权贵，使我不得开心颜"的中心主题。《鸣皋歌送岑征君》则把送别、山水、政治咏怀糅为一体，《楚辞》化的语言与散文的句式，加上结构动荡，变化不测，与乐府和歌行体似都有一定的距离，全由二者的结合，又出之以创新的面貌。《西岳云台歌送丹丘子》《峨眉山月歌送蜀僧晏入中京》《庐山谣寄卢侍御虚舟》，亦是这种追求的体现。送别在其中有提缀性质，而山水描写

---

① 葛晓音：《论李白乐府的复与变》，《诗国高潮与盛唐文化》，第162页。

与自我情志抒发倒成了主体。

李白的五言乐府歌行，多半是对南朝乐府的继承。他的《长干行》二首言商人妇的感情随时间的迁移而有变化，刘宋乐府诗《襄阳乐》是以五言古绝的连章体写商妇的爱情，崔颢同题之作则从此化出，而李白则把它与南朝乐府结合起来，又渗入汉乐府与北朝乐府叙事诗以年龄叙事的方式，风格有南朝乐府清新流丽，又有朴素明朗一面，融合了汉魏与南朝乐府的艺术表现。同题材的《江夏行》，则以五言为主，中间掺入七言四句民歌式的对比手法，都可看作对南朝乐府的学习。

总之，李白诗以乐府诗为主，既有恢复汉魏与南朝乐府传统的一面，亦有在综合传统中的创新，特别是在自制乐府上全面呈现崭新的面貌。由乐府诗转化为七言歌体是他最富有奔放飘逸的艺术生命力的一面，而五言歌行与乐府诗则体现了清新自然的一面。李白对乐府诗的革新，总体上复多而变少，在复古中追求创新。在近体诗上，绝句则飘逸清新兼而有之，在盛唐气象的建构上，只有王昌龄与王维可与之鼎足而立。

杜甫属于集大成诗人，他于七律的建树，不仅是盛唐诗的高峰，而且是纵跨中晚唐，乃至以后的高峰。似乎与李白在诗体选择上分道扬镳，然而"诗史"与"诗圣"地位却同样地主要奠基在歌行体与乐府诗上。杜甫这两类诗在诗题上全属创新，没有任何因袭，"即事名篇"或者"因事命题"，全然为新题乐府。诸如《悲陈陶》《悲青坂》《哀江头》《哀王孙》《兵车行》《洗兵马》《塞芦子》《留花门》《彭衙行》以及著名的"三吏三别"，开创了大量的记事与叙事性的"史诗"，以最大的容量多方面地反映了安史之乱的社会巨变与万方多难，而成为独立高峰的"诗史"。如果说在继承汉魏乐府方面，李白专从"感于哀乐"出发，杜甫则锁定"缘事而发"；如果说李白在复古中创新，杜甫则在别开生面中创新。李白全面继承汉魏六朝乐府成就，在由乐府转型到歌行体上发挥了独特的创造性，"但其声情、意象和韵致仍保持着汉魏齐梁乐府的特色。因此他的新题歌行也都酷似古乐府的风味"①。杜甫的新题乐府与歌行诗，则从汉乐府的叙事性分化出叙事与纪事两端。汉乐府叙事的家庭矛盾、独幕剧式的片段、对话描写、细节刻画，杜甫则转化为与重大社会背景的直接联系，或者大多数诗却是对安史之乱间错综复杂的现实事件的直接叙写，而且由汉乐府第三人称的全知叙述视角，转变为以第一人称限制视角为主。不仅把叙事置入天翻地覆的大环境中，扩大了乐府的规模和容量，增加了现实的广阔性与历史的厚重性，而且带有现场记者式的报道，类似于耳闻

---

① 葛晓音：《论杜甫的新题乐府》，《诗国高潮与盛唐文化》，第207页。

目睹式的报告文学,更增加叙事的生动性与真切性。《兵车行》的"牵衣顿足拦道哭"细节描写,以及"去时里正与裹头,归来头白还戍边"的简括叙述,可能受到汉乐府《东门行》"舍中儿母牵衣啼"以及《十五从军征》"十五从军征,八十始得归"的启发;还有战争带来的反常心态——生男生女好恶颠倒的议论,分明与建安乐府陈琳《饮马长城窟行》"生男慎莫举,生女哺用脯"有关。但骚动、纷乱的阔大的场面描写,哭声、马鸣声、车辆滚动声的种种喧杂声音与气氛,以及由此联想到战争必败、人必变鬼的鬼哭声,都好像出现在眼前。以及《自京赴奉先县咏怀五百字》《丽人行》均对汉乐府之铺叙有所借鉴。《悲陈陶》《悲青坂》都是对平叛战败重大事件的简洁记载,报告了"四万义军同日死"的惨败,提出了"忍待明年莫仓卒"的忠告,出之以最简短的"新闻报道"的形式,对重大事件的简洁叙写,目的在于传递信息与发抒建议,而不在于过程的叙述,这正是记事诗的功能。而与李白模拟汉乐府《战城南》的战争惨败场面描写,不限于某一具体战争,是两条路子。但李诗末尾兵为凶器、不得已而用之,却与杜诗同样有建议的严肃与希望,性质是一样的。"三吏三别"最切近汉乐府"缘事而发"的叙事特征,从渴望平叛与战争带来的灾难的矛盾角度,展开了各种家庭的不幸,把汉乐府单个家庭的叙写,用组诗连缀成全社会的不幸。"三吏"夹带问答,有"我"之参与,迹近于汉乐府《东门行》;"三别"的人物独白则近于《十五从军征》,无"我"出现,从汉乐府走出来,又在整体上突破,创新远远超出继承。至于《哀江头》《彭衙行》则纯属我闻我见我经历的写法,以第一人称的见闻经历为主,前者见出长安的慌乱破败,后者自叙性地反映出难民的流散的不幸,都是那个时代突然巨变引发种种灾难最为逼真的叙写。《洗兵马》则带有综合报道与总结报告的双重性质,与就一事之简记或详叙以及重点场面刻画,均有不同。前有平叛诸将与助战之回纥,后有谋划诸相;上至肃宗政府,长安恢复得祥瑞臻至,下至田家春种与城南思妇,渴望早日安宁,喜悦、鼓舞、忧惧、指斥、警告交织。同样采用中心主题的揭示:"安得壮志挽天河,净洗甲兵长不用",与李白《战城南》的用意且安置在结尾的布局,是相同的。

总之,杜甫把乐府叙事发展到歌行,又分化出记事体来,全面吸纳了汉乐府的体制与各种表现手法,有意识地突破了此前的格局,再加上长于议论以揭示主题,使重大事件本身更带有史诗的深刻与厚重。并且在体调、风味等方面苦心经营,形成整体变革性的创新,与李白复古性的创新,在形式风格上具有鲜明区别。但同时,我们应看到,在乐府诗的探索上,盛唐没有第三个诗人付出如此的努力,正是在这个意义上,李杜同样形成了异质同构的格局。他们分别从社会巨变与个人遭遇哀乐两个渠道,不仅共同体现了"感于哀乐"与"缘事而发"的精神,而且共同展现盛唐气象在不幸现实中所能达到的高峰。如果李杜的乐府诗与歌行诗在盛唐中缺席,那么盛唐气象将会成为一种怎样的风貌呢?

其次,在语言上李杜有很大差异,李诗往往两句说一个意思,唯其如此,才能兴致淋漓,气势始终保持酣畅;杜甫常常一句说几层意思,出于同样相反相成的道理,方能海涵地负,沉郁厚重,博大深刻。李白诗随着兴奋或愤慨感情不停歇地翻腾跳跃,以奔驰的方式倾泻感情,杜诗总是有条不紊地组织各种句式与章法布局。其实他们也有许多相同之处,最主要的是面对同一现实,虽然亦有为我与为民众之区别。

杜甫以文为诗并运用生活口语,而为人熟知。李白诗也有同样的趋向。著名的《蜀道难》以"蜀道难,难于上青天"分别置于首中尾,由山川的险阻转入政治人祸的忧虑,这正是以一般记游散文的骨架为格局。《梦游天姥吟留别》的记梦,由"我欲因之梦吴越,一夜飞度镜湖月"为起,后半再以"惟觉时之枕席,失向来之烟霞"为收,有始有终,亦正是记事的一般安排。此二诗在结构上都采用了散文布局的基本形式。长诗《答王十二寒夜独酌有怀》,亦像给友人的一篇复信。先言友人月夜怀念,而以权奸悍将当道,是非颠倒,志士不得一用,作为全诗的主线。全然是书信体方式的表抒。长诗如此,短诗亦然。《古风》其十九"西上莲花山",先写天上所见,再写从山上俯视的洛阳现实,布局亦井然有序,实际上与记游没有什么两样。至于名诗《将进酒》写与朋友一次酒会,以劝酒再劝酒的两次提叙,省略了聚会首尾的琐微,前后两大块的时间飞逝与人生不得意,都带有劝酒词性质,其结构依然是散文化的。

李白诗在语言上,对自然的口语,更具有明显的追求,诸如"乍向""遮莫""分张""似个""一种""耐可""卖眼""白地""醉杀""愁杀""恼杀人",都属于原汁原味的口语俗词。他的乐府诗常以三、五、七、九、十言的杂用形式,长短交错,很接近口语。除了以上涉及的名诗外,还有《夜坐吟》《战城南》《前有樽酒行》《长相思》《日出入行》《胡无人》《登高丘而望远海》《山人劝酒》《扶风豪士歌》《灞陵行送别》《鸣皋歌送岑征君》《北风行》等,也体现了对口头语言的追求。这不仅是李诗显著的个人特色,也与杜甫《茅屋为秋风所破歌》等诗有相同之处。大量的散文句式,赋体句式亦每见于李诗之中。如"上有……下有……"的赋化句式,不仅见于名诗《蜀道难》,还有《长相思》"上有青冥之长天,下有渌水之波澜",《灞陵行送别》的"上有天花之古树,下有伤心之春草",《泾川送族弟錞》"上有琴高水,下有陵阳祠"。赋体偶对句,如《鸣皋歌送岑征君》的"邈仙山之峻极兮,闻天籁之嘈嘈","水横洞以下渌,波小声而上闻。虎啸谷而生风,龙藏溪而吐云",《襄阳歌》的"泪亦不能为之堕,心亦不能为之哀"。李诗好转折跳跃,故转折连词每居于句首:《赠新平少年》"而我竟何为,寒苦坐相仍",《古风》其三十七"而我竟何辜?远身金殿旁",《赠刘都使》"而我谢明主,衔哀投夜郎",以上均用于前后分两截的下截开始。《赠秋浦柳少府》的"而我爱夫子,淹留未忍归",见于结尾的收束。以上见于单句句首,还有用于偶数句句首,《淮南卧病书怀寄蜀中赵征君蕤》"故人不在此,而我谁与迈",亦见于结尾。《送岑征君归鸣皋山》"奈何天地间,而作隐沦客"。至于全然的散文句,如《蜀道难》《远别离》乃径直用作开头。李白诗开头非常讲究,如同杜甫追求"篇终结混茫"一样。李白的结尾同样善用散文句,《战城南》不但以"乃知兵者是凶器,圣人不得已而用之"为结尾,而且中间还有"匈奴以杀戮为耕作"的典型散文句。《日出入行》结尾有"吾将囊括大块,浩然与溟涬同科",中间还有"人非元气,安得与之久徘徊?草不谢荣于春风,木不怨落于秋天"。《久别离》"东风兮东风,为我吹行云使西来"。《万愤词投魏郎中》四、六、七言句交错,整体像篇"蒙冤赋"。总之,李白诗在结构、句式、用词多方面,呈现散文句倾向,由于气势酣畅,语言奔放自然,使散文趋向淡化,使人觉得不突出罢了。其实他和杜甫的以文为诗,共同在探求创新方面,同样体现异质同构的特色。

第十六章　李白与王维的五、七言绝句比较

　　盛唐诗最为耀眼的两种诗体,均为七言,一是歌行,一是七绝。就后者而言,在盛唐大家与名家中,除了不长于此体的孟浩然、储光羲,均有精品存世。而最为人盛称的两座高标则是李白与王昌龄,对此比较讨论者,从古迄今可谓热门话题。王维的七绝亦有重名,但往往排除在李白、王昌龄七绝之外,而他的五绝享有大名,只有李白可以媲美。他们绝句之差异,尚属于"死角",无人问津。

一、李白与王维七绝的异同

　　在盛唐三大家中,杜甫的五七言绝句出现最晚,而且异军特起,拔戟自成一队,以创革性"别是一家"的异样面孔,有意识地与盛唐风格拉开了巨大的距离。王昌龄以五古与七绝为主,五、七绝超过其诗一半,尤以七绝为专长,在盛唐诗人中以小诗而获"七绝圣手"的大名,显得特别。王维七绝23首,仅是王昌龄七绝73首的三分之一还不到。而王维诗之总数却是王昌龄的二倍,王维诸体兼长,均有名作,这大概也是在人们的视野中不得不为王维留一席之地的原因。

　　如果从七绝风格看,王昌龄与李白区别鲜明,所谓"李写景入神,王言情造极"(胡应麟语)。相比较而言,王维七绝风格似乎更为接近李白。本来李白七绝处处有个"我"字,而且是飞扬的"大我";而王维则时时淡化"我"。李白好仙,又是纵横家,故好动,诗中也充满飞动;王维向佛,佛主静,他的山水诗还有田园诗,都很幽静,七绝也不例外。尽管在审美取向上有主观与客观的差异,他们的七绝毕竟是盛唐这张琴弦上两个不同的音符,在时代旋律上必须形成相近共同的一面,人格与审美的选择上也存乎差异的一面。同中有异与异中有同的交错,似乎都在他们的七绝中可以有所发现。

　　如果按同题材比较,他们的异同就能清楚凸显。最能体现时代精神的,可能要算《少年行》,他们两人都有同题七绝之作:"新丰美酒斗十千,咸阳游侠多少年。相逢意气为君饮,系马高楼垂柳边。"另一首是:

>　　五陵少年金市东，银鞍白马度春风。落花踏尽游何处，笑入胡姬酒肆中。

人物都是都市娇子，"咸阳游侠"与"五陵少年"并无多少区别，都写的是酒肆高楼的豪饮，飘荡的精神都是那样的意气风发，显示出盛唐烂漫无拘的青春活力与蓬勃的生命朝气。假若不知道作者的从属，就很难分出个彼此来。后者顺叙，自然而飘逸，豪迈而爽朗；前者倒叙，按顺序首句应置于最后。现在后两句好像分别解释前两句，包涵着技巧却不动声色；后者前三句都是装饰性的描写，"金市""银鞍""白马""春风""落花踏尽"，充满饱和的浓度。末句的叙述突出了一个放浪的细节——"笑入"，且当垆的是"胡姬"——来自异域的女郎。这一"笑"使此诗有声有色；而前诗只有首尾两句有些简单的装饰，而中两句则是最简朴不过的叙述，四句都好像"白描"，是为淡妆。后诗则为浓抹，虽为自然顺序，起承转合却历历分明，而且最后一句使全诗一下子活起来。一切都是水到渠成，极其自然，上了浓妆，却如出自一种天然，此非大力莫办。闻一多曾说：王维爱树，而李白身上有一种"胡气"，金银一类的字眼是道家少不了的，"笑"字也不会轻易出现在温和矜持的京华诗人王维的笔下。至此，前者为王维，后者为李白，可以说泾渭分明了，他们的同中有异，也可以说是眉目清楚了。《少年行》可以说是盛唐"流行歌曲"中的"金曲"，这两首七绝在体现盛唐健旺蓬勃的时代精神上，得到一种合奏共鸣。

李白又是歌行体的大手笔，他把歌行体的怀古题材压缩"减肥"，大而化之，一变而为七绝，一是《苏台览古》："旧苑荒台杨柳新，菱歌清唱不胜春。只今惟有西江月，曾照吴王宫里人。"一是《越中览古》："越王勾践破吴归，义士还乡尽锦衣。宫女如花满春殿，只今惟有鹧鸪飞。"两诗的前三句都集中体现了现在的荒寂或者昔日的欢庆，只有末句回到与前三句相反的时段里，结构都是以多对少，强调不平衡的悬殊。今日的荒凉冷寂与昔日的豪华，或者昔日的欢乐喜庆与今日的凄凉，都用"只今惟有"为枢纽，分置于后两句或末句中，以见今昔盛衰之不同，把前首倒过来，即是后首的格局。岑参的《山房春事》的前两句描写梁园今日萧条，后两句以"庭树不知人去尽，春来还发旧时花"反衬，而与昔日繁华隐然而生发对比的作用，就和李白《苏台览古》颇为相近。可以说《苏台览古》实际上从《越中览古》变化出之。而这种昔盛今衰的布局，实际是初唐以来的怀古与宫怨歌行的流行结构。李峤《汾阴行》，卢照邻《长安古意》，骆宾王《帝京篇》，王翰《古蛾眉怨》，张说《邺都行》，崔颢《江畔老人愁》《邯郸宫人怨》，均以昔日之繁华或豪贵为主，末尾点出今衰或失宠而与前形成大起伏式的对比，李白自己的歌行《梁园吟》亦属此类。他实际上把这种今昔盛衰对比的歌行,一经"瘦身"压缩,就构成绝句对比。不过绝句容量小,压缩后对比的结构过于明显,而有痕迹,不像歌行浑浩,绝句容易显现出模式化。所以"太白多用此,亦不堪数见"(严羽语),说的是有道理的。李白七绝这种"独创",实际借助歌行大篇通常的吊古伤今的布局,属于杀鸡用了牛刀,仅备一格,不宜多用,甚至被认为"此等绝句,不得入唐人队伍宜矣"①。

与李白对同一空间的不同时间的处理,王维则从同一时间的不同空间着眼,缩短人与人之间的距离,显得更为亲切,更具有人情味。他的《九月九日忆山东兄弟》全是眼前事,口头语,如对人面语。前两句平起平叙,淡而有情。后两句的"遥知兄弟登高处,遍插茱萸少一人",用"遥知"打通了同一时间的不同空间,情思飞回家乡,这本是人之常情,故显得自然而亲切,贴近生活本身,能引发普遍的共鸣,其原因在于为亲情而发。上言"倍思亲",下言兄弟想我,至情流露。高适七绝《除夜作》:"旅馆寒灯独不眠,客心何事转凄然?故乡今夜思千里,霜鬓明朝又一年。"白居易《邯郸冬至夜思家》:"邯郸驿里逢冬至,抱膝灯前影伴身。想得家中夜深坐,还应说着远行人。"以及他的七律《自河南经乱关内阻饥兄弟离散各在一处因望》,如把首尾两联截取下来:"时难年荒世业空,弟兄羁旅各西东","共看明月应垂泪,一夜乡心五处同",亦如一绝句,而以上诸诗均与王维机杼相同,都是脍炙人口的名作。而李白怀古今昔对比的七绝,却很少为人取法。

王维《送韦评事》:"欲逐将军取右贤,沙场走马向居延。遥知汉使萧关外,愁见孤城落日边。"前两句同样平平而起,第三句同样用"遥知"一转,转到萧关外的孤城落日。这是一种预想,表达了对行者的关怀,豪迈与萧条不动声色地融合在一起,连成一片。这种预想也应是同一时间的不同空间的开拓。"遥知"从前两句来,故主语应是韦评事,同时也不妨看作包涵作者在内的口气。他的《使至塞上》末二句说的"萧关逢候骑,都护在燕然",空间的拓展,以见沙漠的辽远苍凉,边塞是那么的艰苦,又给人多少遐想②。著名的《送元二使安西》为饯别时的劝酒词。虽然切取了一个片段,甚至只是劝酒的一两句话,但"西出阳关无故人"却由眼前推至安西,充满了亲切的友情,倾注着深情的关怀,善替人设想,故饱含温和体贴的心意。其原因就在于由

---

① 范德机:《批选李翰林诗》,詹锳主编《李白全集校注汇释集评》,第 3160 页。
② 王维"萧关"二句,取法虞世南《拟饮马长城窟》的"驰马渡河干,流深马渡难。前逢锦车使,都护在楼兰"。胡震亨《唐音癸签》卷十一说:"虞世南用为起句,殊未安;不若王摩诘'萧关逢候吏,都护在燕然',改作结句较为妥也。"虞诗起首前四句宛如绝句,引发出下文续写的边塞之苦,并不见得"未安"。而王诗置于结尾,使人遐想边塞的辽远,奔涉之苦则不言而喻。两家各得其用,王维的暗示性更强而已。

此地而想到彼地,别者未说出的由送者说出,就更温润人心。此并属于同一时间对两个不同空间的生发。由上可见,在时空的处理上,李白与王维都注意到对二者关系的处理,由于王维把这一手法用在思乡与送别,这种更为贴近生活的题材上,而且往往出于人之常情,就更显得温厚自然而不动声色,泯去痕迹,更符合七绝"兴象玲珑,句意深婉,无工可见,无迹可寻"(胡应麟语)的特色。此为李、王的异中有同。

送别在盛唐七绝中占一大宗。诸家都有名篇。李白《送孟浩然之广陵》高华浑成,把口头语"故人西辞黄鹤楼"与书面语"烟花三月下扬州"结合得极其自然,而把广远的两地轻松地连接起来,这在他的绝句里常常见到,而且地名本身都富有诗意。特别是"孤帆远影碧空尽",企首凝望的一往情深,呼之欲出,其中有时间的流失的久视,有"孤"与"远"的情感的追踪,特别是一"尽"字,言简情深,顺流直下。"唯见长江天际流",兴象超远,有言之不尽之意。然其中借水言情之构思在李白诗中出现不止一次,比如《送别》就有"云帆远望不相见,日暮长江空自流",即与此极为相似。他的《赠汪伦》的"桃花潭水深千尺,不及汪伦送我情",虽然切入的景物不同,但都与水相关,而被论者视为一种"公式"①。

王维同题材《送沈子福归江东》:"杨柳渡头行客稀,罟师荡桨向临圻。唯有相思似春色,江南江北送君归。"说自己的情思就像杨柳春色跟随友人到了远方,同样用了比喻,显得自然无痕。同样都用了"唯见""唯有"的副词限制,如果单从诗本身看,此诗尚未臻极境,比不上送孟浩然诗的高明,但却没有痕迹,说得不露,情感温和,没有李白那样热烈。李白似乎对感情有些放纵,不像王维那样有所控制。

再从闺怨宫怨题材比较,也可以看出李、王七绝的同中有异。在盛唐诗人中,王维七绝名气大而数量无多。李白84首,王昌龄73首,岑参35首,王维23首,仅排第四。王维比盛唐所有诗人在京城的岁月都长,出入宫中王府,他的应制应教诗最多,但宫怨诗一首也没有。王昌龄最多,却招致"不矜细行,谤议沸腾"(《河岳英灵集》语)的非议,不知与宫怨诗之多是否有关。依王维刻画心理与写景的精致,完全可写出宫怨诗的上乘之作,可见他谨小慎微之处。他的《秋夜曲二首》以刻画人物心态见长:"丁丁漏永夜何长,漫漫轻云漏月光。秋逼暗蛩通夕响,寒衣未寄莫飞霜。"蛩响通夕是说长夜不眠,不眠的原因是惦记在外的亲人。"莫飞霜"的祈盼的缘由是"寒衣未寄"。一怀心事全由末句生发。其二云:"桂魄初生秋露微,轻罗已薄未更衣。银

---

① 罗忼烈《说李白》摘出类似的构思24例,说是"借助于'水'作比喻"的公式,见《两小山斋论文集》,第21—22页。

筝夜久殷勤弄,心怯空房不忍归。"后二句为因果倒置:夜久弄筝的原因是"心怯空房",承负不了寂寞,以弹筝解闷。两诗都以刻画思妇心绪的变化见长,而且都置于末句,写得不露声色。李白同题材的《春怨》:"白马金羁辽海东,罗帷绣被卧春风。落月低轩窥烛尽,飞花入户笑床空。"如果说王维闺怨诗是轻描淡写,李白则浓妆艳抹。故全诗极具装饰性,前两句是一组拼接的"蒙太奇"镜头,交代"春怨"的起因。"卧春风"是闷卧,由后之烛照可知。后两句月窥花笑的拟人嘲笑,犹如画外音。萧子范《春望古意》有"落花徒入户,何解妾床空",此则反其意而用之,夜深孤眠的用意裸露,而与王维温润委婉分属两路。李白还有《长门怨》二首属于宫怨,不过言昔而不言今:

> 天回北斗挂西楼,金屋无人萤火流。月光欲到长门殿,别作深宫一段愁。(其一)
> 桂殿长愁不记春,黄金四屋起秋尘。夜悬明镜青天上,独照长门宫里人。(其二)

两首全为"长门宫里人"而发,好像全似客观描写,但从前首封闭性空间而失去时季转换的感觉,却分明是"长愁"人的心态。后一首则完全泯去人物,全由景物在说话,又都是由秋月来诉说。前首言月临长门,不愁亦愁。不言人愁,只说月愁,人愁尽在月愁之中;后首"独照"耐人寻味,好像月独为长门宫里人来照。本来"月镜秋悬,照彻几家欢乐?一至寂寂长门,变成'独照',不言怨而怨可知矣"①,亦即前首末二句意,所以"独照"就转换为"长门宫里人"的"独愁",可谓写景入神。王维则言情委婉,悠然不迫。李白语丽俊快,"多一气贯成者,最得歌行之体"(许学夷语),故高华流走,俊爽而不大停蓄。王则俊雅悠然不迫,往往能留,颇得含蓄摇曳之致。李以气为主,以俊逸高唱为贵;王则以情为主,以雅润温厚为高。两家皆以自然为宗,以能言人人所欲言为尚。

---

① 俞陛云:《诗境浅说续编》,第 50 页。

二、李、王七绝的各自本色

王维是山水诗的大家,但在七言绝句里却不多见山水景物的描写,只有一首《寒食汜上作》:"广武城边逢暮春,汶阳归客泪沾巾。落花寂寂啼山鸟,杨柳青青渡水人。"此诗与"渭城朝雨"一篇,被谢榛《四溟诗话》同视为"风人之绝响"。前二句平起平叙,后二句以景物为渲染,而意在言外,神情黯然却不说破,只在幽寂的景物中蕴含失落的情感。他还有两首"戏题"的山水七绝,一是《戏题盘石》:"可怜盘石临泉水,复有垂杨拂酒杯。若道春风不解意,何因吹送落花来?"一反不露作意的手法,每句句首都冠以复音虚词,以递进、假设、反问为结构,大见痕迹。而春风"吹送落花来",又悄然渗入拟人手段,此盖题作"戏题"之因。末二句动荡流走,增加了不少情趣,不失为一首好诗。另首《戏题辋川别业》:"柳条拂地不须折,松树披云从更长。藤花欲暗藏猱子,柏叶初齐养麝香。"四句全为对偶,后两句同样带有拟人性质。似乎他把绝句中写景的拟人化,看作非正宗的手法。这两首都有拟人,所以都题作"戏题"。他还有一首《剧嘲史寰》专以幽默为能事:"清风细雨湿梅花,骤马先过碧玉家。正值楚王宫里至,门前初下七香车。"风雨不避地驰马去找相好的,赶到门前却碰上她刚从王宫回来。含娇含态下了车来,是喜是恼,是酸是甜,是不露声色的嘲谑,也是机敏巧合的幽默。这在温和的王维诗里实在是特别,好静而不露声色的人还有这一点幽默,确实让人意想不到。以上三诗可以看出王维想在七绝中,无论题材、修辞手法、灰色的幽默,都想做出一点突出的实验。对诗体的突破,同样见于其他诸体。这对以后的杜甫影响甚大,以对偶、拟人、诙谐杂出,全见于入川以后的七绝里。

李白为天纵大才,但在幽默上不仅远逊于笃厚的杜甫,甚至比起平和的王维也相形见绌。他有一首写得并不出色但却著名的《戏赠杜甫》:"饭颗山头逢杜甫,顶戴笠子日卓午。借问别来太瘦生,总为从前作诗苦。"前人或认为讥嘲杜甫"拘束"于律诗的声调(孟棨《本事诗》),或谓"白负文格方达,讥甫龌龊"(《旧唐书》语)。而洪迈《容斋四笔》卷三"李杜往来诗"条,以及陈仪《竹林答问》、许学夷《诗源辨体》卷十八均认为属于伪作,然今人多予肯定。郭沫若有与众不同的新说:"诗的后二句的一问一答,不是李白的独白,而是李杜两人的对话。……'别来太瘦生'是李白的发问,'总为从前作诗苦'是杜甫的回答。这样亲切的诗,却完全被专家们讲反了。"①然从末句看

---

① 郭沫若:《李白与杜甫》,《郭沫若全集》历史篇,人民出版社 1982 年,第 322—323 页。

不出一定是"杜甫的回答",也有可能是自问自答①。杜甫的日子过得总不好,或许因了这诗,总觉得杜甫是瘦瘦的。这诗是为杜甫画像,也想画得幽默一点,但在李白的才情里幽默并没有多少位置,剩下的只有讥嘲。他还喜欢把不多的幽默用在他的太太身上。《别内》其二说:"出门妻子强牵衣,问我西行几日归?归时倘佩黄金印,莫学苏秦不下机。"就不免嘲弄口气,同样没有多少幽默,反倒显出薄气,这和《南陵别儿童入京》的"会稽愚妇轻买臣"的说法就没有多少区别。

如前所言,山水诗大家王维的七绝山水诗并没有几篇,而盛唐山水七绝数量最多,臻于极境的无疑是李白,其中精品大都集中于斯。早年所作《峨眉山月歌》就已开了把广阔的不同地域极为自然地纳入小诗的先河。后之《早发白帝城》《望天门山》,以及《送孟浩然之广陵》《闻王昌龄左迁龙标遥有此寄》《秋下荆门》《鲁东门泛舟》其二等,均具有"挥斥八极,凌厉九霄"的飘逸俊快风格。论者对此说:"李白的七绝山水诗则擅长于在短篇中以最明快粗放的线条勾勒宏伟壮观的景象;并能将长距离的游览过程浓缩在短短四句之中,使不适宜铺叙的七绝与长篇一样能充分宣泄诗人的游兴。"②李白终其一生属于漫游诗人,奔放、跳跃性的审美个性,不仅驰骋在最为擅长的大篇歌行诗中,而且即使像七绝这样的小诗也充满飞腾跳宕的跃动感。对于景物不作局部的细致刻画,只是点到为止,而用特具力量的气势与毫无拘束的情感使之处于动态之中,而且是飞动起来。即使静态的高山也不还原为静静地,总是兴致勃勃地跳跃起来。用他的话来说就是"兴酣落笔摇五岳",或者说要把建安风骨的粗放与谢朓诗的清发结合起来,要"俱怀逸兴壮思飞",无不充斥动态审美情绪。所以他写的天门山是"两岸青山相对出",就像欢迎他这位从"日边来"的远客。"朝辞白帝彩云间,千里江陵一日还",就像从天而降式的飞翔。这位"谪仙人"无时不带有"仙气",具有"仙人"般飞翔的风姿;又可以从"彩云间"看出他兴高采烈的"逸兴";而"两岸猿声啼不住,轻舟已过万重山",不住啼的猿声,不仅排除"泪沾裳"传统的流行意识,好像是连

---

① 李白《清平调词》其二的"借问汉宫谁得似,可怜飞燕倚新妆",即属此类。贾至《送王道士还京》:"一片仙云入帝乡,数声秋雁到衡阳。借问青都旧花月,岂知仙客泣满湘?"高适《塞上听吹笛》:"雪净胡天牧马还,月明羌笛戍楼间。借问梅花何处落,风吹一夜满关山。"此诗题一作《和王七玉门关听吹笛》。储光羲《寄孙山人》:"新林二月孤舟还,水满清江花满山。借问故园隐君子,时时来去在人间。"又《同武平一游湖五首》其四:"青林碧屿相期约,缓楫挥觥欲赋诗。借问高歌凡几转,河低月落五更时。"钱起《送张参及第还家》:"大学三年闻琢玉,东堂一举早成名。借问还家何处好,玉人含笑下机迎。"以上送别酬赠诗,均与对方相关,"借问"都用在第三句,且均属于自问自答,无一例外。李白此诗或许是对杜甫赠诗的回答。杜甫《赠李白》也是七绝,也有问句:"秋来相顾尚飘蓬,未就丹砂愧葛洪。痛饮狂歌空度日,飞扬跋扈为谁雄?"

② 葛晓音:《初盛唐绝句的发展》,《诗国高潮与盛唐化》,第375页。

续欢呼他获得大赦;"轻舟已过万重山"不仅超越了"乘奔御风",也赋予了轻松欢快的心情,终于飞越过了他人生最大的障碍。他送孟浩然的"故人西辞黄鹤楼"是不假思索的,虽然明快交代行者、去向、别地诸多信息,并不见得有多少高妙。而且"烟花三月下扬州",同样简略粗放,轮廓式的"烟花三月",不像王维"渭城朝雨浥轻尘,客舍青青柳色新"那样精致,清新的朝气似乎可嗅可闻,可视可见,却"挥斥八极",把两地飞驰式连在一起,甚至两地名都生发了无限的意蕴。末两句凝视行舟远去,却又是动态性的,是飞驰性推衍出天际之缥缈,使人在神往中体会到一往情深。遥寄王昌龄的诗对这位"一片冰心在玉壶"的不幸友人充满同情,不像送孟之游扬州,不用平起,而突发"杨花落尽子规啼",真是好景去矣,"行不得也哥哥"!起兴中"无情生情,其情远"(严羽语),次句方才简明叙出左迁,然犹如凄清苦绪弥天飞来。后二句的"我寄愁心与明月,随风直到夜郎西",不是送孟时的所望,二是闻后之"飞",心寄明月,月从风飞,真有"凌厉九霄"之意。曹植《七哀》的"愿为西南风,长逝入君怀",初唐齐澣《长门怨》的"将心寄明月,流影入君怀",前人指出李白"兼裁其意,撰成奇语"(敖英《唐诗绝句类选》语)。论者又说:"太白绝句,篇篇只与人别,如寄王昌龄、送孟浩然等作,体格无一分相似。奇节风格,万世一人。"①就是如此凄苦的诗,在他也能飞扬起来,寄月随风,无所不到。

就是伫立凝望式的山水七绝,本属静中视静,飞扬跌宕,不同凡响。《望庐山瀑布二首》,一是五古,颇用铺张描写之想象:"西登香炉峰,南见瀑布水。挂流三百丈,喷壑数十里。欻如飞电来,隐若白虹起。初惊河汉落,半洒云天里。仰观势转雄,壮哉造化功。海水吹不断,江月照还空。空中乱潈流,左右洗青壁。飞珠散轻霞,流沫沸穹石。"从流速、声响、高度、色彩等方面极力摹写,尽力夸张,博喻与夸张交相互用,还由白日想到晚上的不同景观,乃至水珠流沫,巨细不遗,气象雄杰清壮,想象丰富多彩,不能不说是山水佳制,但和别的七绝一经比较,几乎全是从这首五古中截取比喻,把"挂流三百丈"与"初惊河汉落,半洒云天里"改成七言——"飞流直下三千尺,疑是银河落九天",就是字面也无多改动。五古的这几句反倒无人提及,只是自唐人任华以来激赏的"海水吹不断,江月照还空",方为人知。而这首七绝却是万古传诵,光景如新,好像刚脱笔砚之间。就是因为突出了瀑布"飞流直下"的主要特征,加上七言长句冲击力与天才夸张的气势融合,赋予诗句无限生命力,即"凌厉九霄"的动态魅力!还有开门见山的"日照香炉生紫烟"与"朝辞白

---

① 敖英:《唐诗绝句类选》,詹锳主编《李白全集校注汇释集评》,第1938页。

帝彩云间"一样,带来了耀眼的光华与几分神奇的向往!《望庐山五老峰》同样纯属静中望静,山是不动的,然而"庐山东南五老峰,青天削出金芙蓉",洁劲地"削出"景物的轮廓,昭示一种对已经结束的"动态"的回味,金碧之山被青天衬托得就像被刀砍斧劈般"削出"来的一样,而且"削出"来的是"金芙蓉",把大山变成小花,而且是日光照耀下的"金芙蓉",只见神奇而不见其小。张皇其大与极意缩小应当都是夸张,夸张在李白的手中犹如魔术家的手杖,可以将描写对象变大也可以缩小,无论此诗的秀峭天成还是前者的磊落清壮,无不飞动或闪动一种奇异的神采,这是李白的一种"神技",也是王维绝句不会有的光彩。

李白七绝题材广泛,诸如思乡、酬赠、哀悼、写人与写己都有名篇分布,可谓琳琅满目。绝句体小,宜于切取生活的一个片段或某一瞬间,须摇曳出心中的一阵涟漪,追求余味深长。《春夜洛城闻笛》就是从一阵笛声"散入春风满洛城",而滋发"何人不起故园情"的波澜,春风与笛声掀起乡思的荡漾。《与史郎中饮听黄鹤楼上吹笛》也是由笛声引发出无限乡情,不过此则先思家而后闻笛,因闻笛更加掀动乡思而不明说,"凄切之情见于言外,有含蓄不尽之致"(《唐宋诗醇》语)。与《春夜洛城闻笛》用意同而结构异。有时记录生活中的一节对话,本属日常之平凡,却把生活诗意化。《山中问答》说:"问余何意栖碧山,笑而不答心自闲。桃花流水窅然去,别有天地非人间。"此诗"不答"而实际答了,末二句既是拈花微笑式的答案,显示出别一番境界,犹如花开水流般的自然,飘荡出超逸适意的情趣。谢榛曾说:"作诗有三等语:堂上语,堂下语,阶下语,知此三者可以言诗矣。凡上官临下官,动有昂然气象,开口自别。若李太白'黄鹤楼中吹玉笛,江城五月落梅花',此堂上语也。"①此诗题一作《山中答俗人》,分明为"堂上语"。李诗不仅每多此种语,还有英雄语、仙人语、高士语、昂然气象几乎无处不有。《山中与幽人对酌》全用口语,并以史传散文句"我醉欲眠卿且去"入诗,接以"明朝有意抱琴来",将对话诗化,把日常融入了诗中。其中"一杯一杯复一杯"粗放的口语,显示了取法民歌句式的痕迹。这在《宣城见杜鹃花》尤为突出:"蜀国曾闻子规鸟,宣城还见杜鹃花。一叫一回肠一断,三春三月忆三巴。"全对偶,而且还加上反复,不见板滞,反而舒卷自如得如行云流水。前两句句腰口语虚词与后两句反复的回环往复的作用,使韵律流走极为自然。所谓"如谣如谚,却是绝句本色"(《唐宋诗醇》语),亦可见出李白绝句淳朴清真的一面,昭示了风格的多样性。

---

① 谢榛:《四溟诗话》卷四,人民文学出版社2006年版,第105页。

有些不常见的题材,李白施之七绝,亦颇具特色。《哭晁卿》因误传日本友人遇难,借其归船"征帆一片绕蓬壶",善于切合不同境况,而以"明月不归沉碧海"的借喻,暗示遇难并发抒怀念与哀悼,而出之美丽光明的意象,以乐景言哀情,愈见其哀。《口号吴王舞人半醉》用七绝写人物:"风动荷花水殿香,姑苏台上宴吴王。西施醉舞娇无力,笑倚东窗白玉床。"中间两句叙写,首尾两句描写,"娇无力"一转,"笑倚"把细节与动作简练到两字就够了,且"倚"应前"无力",倚床献笑,邀宠之态毕露,不置褒贬,呈媚贡色的心理却表现无遗。李白是刻画女性的写生高手,《陌上赠美人》亦属同类题材:"骏马骄行踏落花,垂鞭直拂五云车。美人一笑褰珠箔,遥指红楼是妾家。"此写都市儿女马路情事,全由一系列动作构成,后两句连续三动作还挟带一句对话,在李白绝句中属于新格。

盛唐绝句追求含蓄而有余味,注重言外有意,避免用意外露,或者语终意尽。李白是爽快人,然亦不乏此类佳制。《巴陵赠贾舍人》:"贾生西望忆京华,湘浦南迁莫怨嗟。圣主恩深汉文帝,怜君不遣到长沙。"前两句把关于迁谪的对话出之以叙写。"莫怨嗟"引发出后二句劝慰的理由。借贾谊比贾至,巧妙而自然。前人只看到用语和缓温厚,便以为伪作。温厚语或许还包含皮里阳秋之意,对肃宗"圣主恩深"的不满,由此也可看出七绝风格的多样。

李白七绝还有一个特色,即长于经营组诗,凡九组47首。《永王东巡歌十一首》《上皇西巡南京歌十首》带有明显政治用途,其中不乏名作。前者其二:"三川北虏乱如麻,四海南奔似永嘉。但用东山谢安石,为君谈笑静胡沙。"末首:"试借君王玉马鞭,指挥戎虏坐琼筵。南风一扫胡尘静,西入长安到日边。"英风烈气,光彩照人。发抒理想情怀,无不说得兴高采烈。后者一组把玄宗避难的成都赞美得比京都长安还要好,虽然辞采仍旧飞扬,然回护曲美而底气不足。《横江词六首》以"欲渡""那可渡""不可行""公无渡河"为线索,三言风浪之"恶",寄托着身世之感的忧患。其五就是用对话写成:"横江馆前津吏迎,向余东指海云生:'郎今欲渡缘何事?如此风波不可行。'"完全切取生活中的横断面。《陪族叔刑部侍郎晔及中书贾舍人至游洞庭五首》是夜游洞庭湖的一组山水七绝,以"日落""夜无烟""月下""早鸿飞""明湖"的时间次序为结构。其一:"洞庭西望楚江分,水尽南天不见云。日落长沙秋色远,不知何处吊湘君。"景象阔远,苍茫缥缈中寄兴深永,流外被逐的伤怀,见于言外。其五:"帝子潇湘去不还,空余秋草洞庭间。淡扫明湖开玉镜,丹青画出是君山。"此为次日晨景,以"玉镜"喻湖,此为其所长,有吞吐湖山之气。他的《清平调词三首》为待诏翰林时应命之作,专事夸美杨妃。

其一的"云想衣裳花想容,春风拂槛露华浓",其二的"一枝红艳露凝香",把女人似花的俗喻却写得风华旖旎,见出用小诗写女人的才情。其三尤为著名:"名花倾国两相欢,长得君王带笑看。解释春风无限恨,沉香亭北倚阑干。"同样以花为喻,却又是一番光景,末句与咏西施的"笑倚东窗白玉床"相近而又有别。

综上可见,李白七绝题材多,风格亦为多样,多姿多彩,为盛唐气象增添无限风光,体现盛唐时代开阔的胸襟,高朗的艺术精神,富有变化的表现手法,高华流美,而明畅昂扬;清真淳雅,而又自然如从口出。他与王昌龄代表盛唐七绝的高峰,"李写景出神,王言情造极","李词气飞扬……王句格舒缓"(胡应麟语)。李纯出天然,王字字百炼,以不同风格展现了盛唐七绝兴象玲珑,句意深婉的特征。王维七绝因篇章少而逊于两家,但其中精品亦可与两家抗衡,在明清诗论家七绝的排行榜上,他的《渭城曲》往往列为第一。山水七绝不多,却在五绝中特放异彩。合五七言观之,亦可与两家并列,成鼎足之势。

三、李白、王维五绝之比较

五绝调古,与七绝不同。七绝顺着律化的近体一途发展,且与歌行体诗相得益彰。五绝质朴,也不特意要求起承转合的经营,是诸体中最难措手的一种。王维五绝51首,是其七绝的二倍还多,仅次于李白的77首。山水七绝的缺乏在五绝中得到出色的弥补,特别是《辋川集》20首尤为著名,占其五绝总数的三分之一还多。另外思乡、酬赠、送别、宫怨、咏史、咏物、感时、哀悼、题画等,亦多有名篇,为他的绝句赢来绝大的声誉。

王维五绝山水诗,以冲淡自然为主,以幽静葱茜为宗,以清凉闲适为贵。始终能控制感情不至于外露,全用客观景物发抒温和的情趣。有禅理而无禅语,总处于静而淡然的思索中。特别是《辋川集》中诸作尤其如此。如《华子冈》:"飞鸟去不穷,连山复秋色。上下华子冈,惆怅情何极。"飞鸟远去的无穷空间感,身之所处的满山秋色的时间感,在山冈上的俯仰中,似乎引出人生价值的思索,却不说破。只言"惆怅"至极,"惆怅"什么,却在不言之中。像第一首《孟城坳》的"来者复为谁,空悲昔人有",这不仅把王羲之名言"后之视今,亦犹今之视昔",予以诗化,而且在得失变化中注入了一种淡化了的达观。大概因是整组诗的总冒,方才有不了了之的议论。著名的《鹿柴》说:"空山不见人,但闻人语响。返景入深林,复照青苔上。"前两句以否定与限定的方式极言山之静,衬出"响"字特别清亮,唯在"空山"故觉特"响",由"深林"中传出,可闻而不可见,此写听觉;当夕阳让它最后一束余光穿过深林,投射到林下的青苔上,青苔不仅顿成金碧色,与周围的黑黝形成强烈对比,这简直是奇异的小世界,顿时充满了异样的光彩和奇特的生命力。李白山水诗绝不会写得这么小,而要展现的大中之大来。王维却在小中写出大来,从不起眼中见出特异。正如李东阳说:"诗贵意,意贵远不贵近,贵淡不贵浓。浓而近者易识,淡而远者难知。如杜子美'钩帘宿鹭起,丸药流莺啭'……王摩诘'返景入深林,复照青苔上',皆淡而愈浓,近而愈远。"①还有不属此集内的《书事》也是写苔的:"轻阴阁小雨,深院昼慵开。坐看苍苔色,欲上人衣来。"王维的绝句很少用拟人、比喻与夸张等修辞手法,他只想表现一种生命力,一种价值的存在,一种静中的思索,至于拟人与否无关紧要,此亦谓"淡而愈浓,近而愈远",属于玲珑透彻的微妙通悟。

王维山水五绝虽然追求幽静,然其中不仅蕴含种种生命活力,还有一种蓬勃明丽的朝气,那是盛唐高昂的时代精神的体现。所以,他的寂静没有衰飒,不是无生命力的枯寂。《木兰柴》写黄昏山景:"秋山敛余照,飞鸟逐前侣。彩翠时分明,夕岚无处所。"其中看不到黄昏惯有的惆怅,夕阳亮丽了一切,使一切生命更加鲜活,飞鸟结伴逐呼,连"翠"山也变得那么"彩"气,而成为一种红与绿和金黄色的融合。夕岚消散,景物清莹明透,色彩又是那么丰富多样,似乎连空气都染上了五光十色,这是实景,客观的描写。所以王士禛说:"余两使秦蜀,期间名山大川多矣,经其地始知古人措语之妙。如右丞'秋山敛余照……'二十字,真为终南写照也。"②但同时也是一种心境的反应,连黄昏都充满无限的生气,不正是光焰照人的盛唐风采的折射吗?《临湖亭》的"当轩对尊酒,四面芙蓉开",《欹湖》的"湖上一回首,山青卷白云",《柳浪》的"分行接绮树,倒影入清漪",荷花、柳树、青山、白云,无不生机流动,观照者明朗的心境,使静态景物更加显示出种种活力,诸种动态又昭示一种幽美的清静。《白石滩》中的草也同样给人带来蓬勃的活力:"清浅白石滩,绿蒲向堪把",似乎能听到蒲草拔节的声音。《北垞》的"杂树映朱栏"与"逶迤南川水,明灭青林端",颜色的对比,水光变幻于绿色的树顶,到处都呈现出诱人的美来,是那样明丽,清幽,淡远而富有活力。

李白五、七绝中总有"我"在,王维很少在绝句中写到自己,但也有例外。《漆园》说:"古人非傲吏,自阙经世务。偶寄一微官,婆娑数株树。"这与其说是给庄子写真,还不如干脆说是在给自己画像。就像七绝《过崔处士林亭》的"科头箕踞长松下,白眼看他世上人",多少也有点自己的影子。在《竹里

---

① 李东阳:《麓堂诗话》,见丁福保辑《历代诗话续编》,第 1369—1370 页。
② 王士禛:《带经堂诗话》卷十四《遗迹类下》,第 381 页。

馆》里诗人终于露面了:"独坐幽篁里,弹琴复长啸。深林人不知,明月来相照。"迎面的"独坐"似乎要带来孤寂,然而明月"来相照",这未尝不是最好的陪伴。"人不知"的孤独在琴声与长啸中消失于清辉之中,兴致与心境都是那样幽迥清明,莹明透亮。《辛夷坞》该是无人之纯景了:"木末芙蓉花,山中发红萼。涧户寂无人,纷纷开且落。"花是自开自落,然"寂无人"可以排除别人,却不能连自己也排除,否则何由得见?淡化自己的存在,在于强调由自然微变,体悟到盛衰之不可避免。"读之身世两忘,万念皆寂"(胡应麟语)。此与非该集的《鸟鸣涧》的"人闲桂花落,夜静春山空。月出惊山鸟,时鸣春涧中"一样,花落鸟鸣出于尘世之外,寂灭与生命互存,常被人视为诗中有禅,滋生由自然到人生的思考,给人一种生息衰盛转换的体悟。没有禅语而具禅理,而有"手挥五弦,目送归鸿"迥出常格的言外之意。闻一多说:"王维独创的风格是《辋川集》,最富于个性,不是心境极静是写不出来的,后人所谓诗中有画的作品,当是指这一类。这些诗到了极静无思的程度,与别家多牢骚语不同,在静中,诗人便觉得一切东西都有了生命,这类作品多半是晚年写的。"①这类诗确实"极静无思",然静中"觉得一切东西都有了生命",这未尝不是一种"思"。山水草木"都有了生命",无论盛衰生息,都显得那样的蓬勃,这正是盛唐时代精神在王维山水诗与绝句中的体现,中唐贾岛诗不能说没有禅意,但表现的是一种枯寂与生命力的衰歇,时代之限隔则不可同日而语。

在寄赠、酬答、送别诗中,王维同样表达一种淡泊宁静的情怀,这主要出现在安史乱中与以后。《答裴迪辋口遇雨忆终南山》说:"渺渺寒流广,苍苍秋雨晦。君问终南山,心知白云外。"裴迪是王维的诗友兼道友,裴诗的"积雨晦空曲,平沙灭彩云",阴晦而不见山,王之酬答诗的"白云外",显示出一种淡定而任其自然,赋予了山水自然一定的人格。《山中送别》:"山中多法侣,禅诵自为群。城郭遥相望,唯应见白云。"上诗从山外望山中,此则从山中望城里,结果无别,同样是见"白云"。这是实写,也是一种观念的流露,在他看来,山中与城郭只要情怀淡定是没有区别的,这和"来者复为谁,空悲昔人有"的"无可无不可"的观念是一致的。所以终其一生而能亦仕亦隐,两得其自在。《送黎拾遗》:"相送临高台,川原杳何极。日暮飞鸟还,行人去不息。"杳远无极的空间与日之夕矣的时间,常常引发淡淡的思索与感喟!

他有首《息夫人》,因现实与之相近的事有所触发,出之以咏史:"莫以今时宠,能忘旧日恩。看花满眼泪,不共楚王言。"以息夫人喻当时被宁王李宪

---

① 郑临川:《闻一多论古典文学》,第138页。

用重金换取的卖饼者妻,结合得自然巧妙。也因了此诗卖饼者与其妻得以团圆,这种特殊效益也只有在诗国高潮的盛唐才能出现。他还有两组五绝,一是《班婕妤三首》,其一言秋夜不眠孤灯独守,其二言在寂寞中秋风吹来"金舆"从门前经过的声音,其三言从"春园里"传来"花间语笑声",全从寂寞中的听觉刻画"恩幸疏"者心理,很符合人物的处境与心情,结构也很细密。《杂咏三首》则全用对话组织结构,其一问远来的江南船"家中寄书否",其二接问:"君自故乡来,应知故乡事。来日倚窗前,寒梅着花未?"这实在是诗意化的问,或者说从日常百事问中提炼出诗意。其三为答词:"已见寒梅发,复闻啼鸟声。心心视春草,畏向玉阶生。"答中藏问,除了问"寒梅发"外,还有"啼鸟声"与满园的"春草"。三诗一气呵成,自然得像一首诗。此与崔颢五绝组诗《长干行》可以媲美,亦对杜甫《石壕吏》、贾岛《寻隐者不遇》的藏问于答当有启迪。咏物诗《相思》曾为李龟年在安史乱中奔亡湘中采访使筵上所唱,听者"合座莫不望南幸而惨然",小小的红豆居然使听者想到逃到成都的唐玄宗,向南而望,而且"合座惨然",以及"凝碧池"七绝使他免于严惩,可见王维绝句的影响是那样摇撼人心!此诗不过直抒心意,不假雕饰,原本就日常广泛之常情而发,却能超越时空,使听者惘然,移情如此,这也是王维五绝不动声色而能触动人心的艺术力量。

比起王维五绝温和清润,李白则快心爽语者为多。胡应麟就谓《独坐敬亭山》过于"分晓"。所言孤旷之怀,即世之无人知我,"厌"与"不厌"就山言,实为一种政治孤独感。魏徵屡谏唐太宗,"太宗每谓人曰:'人言魏徵举动疏慢,我但觉其妩媚。'"[①]李白缺的就是如此之知遇,李诗或许表达知遇缺失的遗憾。辛弃疾词的"我见青山多妩媚,料青山见我应如是",即把以上二端结合起来。但我们觉得"相看两不厌,只有敬亭山",似乎已蕴含政治中"妩媚情怀"的缺失。《夜下征虏亭》则把日间所见的"山花如绣颊"与晚上的"江火似流萤",不假思索地连缀在一起,亦属快人快语。《秋浦歌》其十二"白发三千丈"置于发端,把夸张的快语扩张到极致。《巴女词》:"巴水急如箭,巴船去若飞。十月三千里,郎行几岁归?"则以民歌句法,把情语说得那么醒目透心!《夏日山中》:"懒摇白羽扇,裸袒青林中。脱巾挂石壁,露顶洒松风。"就和王维《过崔处士林亭》的"科头箕踞长松下,白眼看他世上人",都是粗豪语,在王维则偶然一见,于李白则为"家常便饭"。李白好写女性,有时也快心露骨,不加收敛。《越女词五首》其二的"吴儿多白皙,好为荡舟剧。卖眼掷春心,折花调行客",就不如其三的"耶溪采莲女,见客棹歌回。笑入荷花

---

① 刘𫗧:《隋唐嘉话》上,中华书局1997年版,第4页。

去,佯羞不出来",以及其五的"镜湖水如月,耶溪女如雪。新妆荡新波,光景两奇绝"。不过,大才的"败笔"也有可爱之处,毕竟显示出两种不同人物的性格。然而快心爽语不免反复,其一的"屐上足如霜,不着鸦头袜",其四的"东阳素足女",还有《浣纱石上女》的"一双金齿屐,两足白如霜","素足""白足"与"白如霜"之足,何其多也!《贾客乐》:"海客乘天风,将船远行役。譬如云中鸟,一去无踪迹。"《陪侍郎叔游洞庭醉后》其三:"划却君山好,平铺湘水流。巴陵无限酒,醉杀洞庭秋!"这是豪语、险语、快活语的结合,可以见出太白五绝尚气的一面。这类诗大多以气运意,下笔飞快,正好见出李白之个性与诗之本色,"此正是太白独步处,然声色亦觉大厉,如天际真人语,咳唾随风,尽成珠玉"①。然这类五绝,虽占很大比重,但毕竟非太白之高境。

　　李白五绝最高境界,一是直抒胸臆,自然天成,虽是口头语眼前景却超逸高朗,浑成浏亮,清亮而沁人心脾。万口传诵的《静夜思》不假思索,好似从自言自语中道出,从"见月思乡的常情中提炼出最触动人心的一刻,作了最单纯的表述,因而能引起最广泛的共鸣"②。不过,我们觉得李白的"提炼"不是从傅玄《古诗》来的,而是承《古诗十九首》"明月何皎皎"一首而来,李白具有融化经典而不见痕迹的本领,一经对前者的"减肥","单纯"得就像朗朗的明月,莹亮而照人心脾,自然得就像从心中流出,或如月光泻注大地唤起今古同感。《鲁中都东楼醉起作》回思醉后的情景:"昨日东楼醉,还应倒接䍦。阿谁扶上马,不省下楼时。"大概醉后帽子也弄歪了,是谁把我扶上了马,又如何跟跄下楼,都记不清了,醉意朦胧,醺醺然的状态与心思,就好像惺忪时的寻思,却"寻思"出一首好诗。以上所言及敬亭山、"白发三千丈"等诗均属此类。他的另一类感人的五绝则是以含蓄能留,不直接点破,全由景物与人物或事物本身体现。《玉阶怨》出自齐梁体调,"白露""秋月""玉阶""水晶帘",全为物象与环境,露"侵罗袜"而登阶下帘,隔帘而"望秋月",没有寂寞一类的直述,亦无"怨"的直诉,却全都能让人感受出来。《怨情》却有变化:"美人卷珠帘,深坐颦蛾眉。但见泪痕湿,不知心恨谁?"曰久坐,曰皱眉,曰流泪,这都是"恨",都是怨,但却把"恨谁"不再点出,好像一河水突然拦住,又好像把到嘴边的话咽了回去,一下子截住,留给人一定的期待,是为含蓄之变化。《望木瓜山》:"早起看日出,暮看栖鸟还。客心自酸楚,况对木瓜山。"山居日复一日的消失,后二句跌宕顿挫,"酸楚"什么却不说破,是"客心"思乡,还是思返帝乡而求作为,这比起他那些快语直爽的诗,则属于另一种风格。

---

① 严羽评点《李太白诗集》载明人批语,见詹锳主编《李白全集校注汇释集评》,第 2892 页。
② 葛晓音:《初盛唐绝句的发展》,《诗国高潮与盛唐文化》,第 376 页。

总之，李白五绝题材风格比较多样，王维与之相比就不免单纯。然王维精品较多，特别是山水题材的成功弥补了七绝的不足，而且形成清疏、丰茸、雅洁、静穆、如画入禅，独创了五绝山水的清幽境界。而送别、酬赠等则以言情为主，温厚雅润，句意深婉。李白同类题材多以发露为主，带有强烈的感发作用。五绝是最短的诗，在诸体中也最难措手。盛唐中除了李白、王维以外，崔国辅专以宫闱与闺怨以及江南女性题材的五绝见长，应当说对李白有一定影响。孟浩然五绝胜过七绝，而王维与之相近。岑参五绝明畅分晓则与李白相近。胡应麟说："太白五言，如《静夜思》《玉阶怨》等妙绝古今，然亦齐梁体格。他作视七言绝句，觉神韵小减，缘句短，逸气未舒耳。右丞《辋川》诸作，却是自出机杼，名言两忘，色相俱泯。"又言："五言绝，太白、右丞为最，崔国辅、孟浩然、储光羲、王昌龄、裴迪、崔颢次之。"[1]所言颇具眼光。李白诗以气为主，五绝天地小而难以驱驰，故多以自然明快见其本色。王维在七言长篇上赶不上李、杜、高、岑，但五、七言律诗均有特色，甚至被视为准则，而且五、七绝均能展现不同风采，特别在五绝上似比李白更有独创性。

---

[1] 胡应麟：《诗薮·内编》卷六，第119、120页。

第十七章　盛唐三大家诗关键词论

李白、王维、杜甫诗,以宏观论者为多,微观虽有涉及,但李、王两家尚不够深入。就关键词言,李白的"明月""清酒""金玉",杜甫的"乾坤""万里""百年",王维的"掩扉""清""闲",用率极高,均作为一种常识判断,人所共知,但这远远还未深入。梳理他们喜爱乐用的词汇,不仅能为把握整体风格提供基础,而且也能明晰把握他们不同的审美趋向,见出人格的差异,同时也为比较三家诗风之区别,提供可靠具体的依据。

一、李白关键词的飞动

每个诗人都有自己嗜好偏爱的字眼,"其实有些字是诗人们最隐秘最深沉的心声,代表他们精神的本质或灵魂怅惘的,往往在他们凝神握管的刹那有意无意地流露出来。这些字简直就是他们诗境地定义或评语……都是能够代表人格底整体或全面"①。这些字眼,也就是关键词,犹如诗人心灵中一扇扇小窗,读者透过小窗将会感知到诗人跳动的脉搏和心灵的声音。他们审美的企求和爱好,都会不经意或特意地流泻出来。作家王蒙的《雨在义山》,就通过李商隐52首诗用"雨"字,指出雨之细、冷与喜写夜雨的特色,而表达漂泊乡愁、空间的阻隔、心境的迷离、感情的忧伤。"他经常好像是什么都没有得到,甚至什么都无法再寄予期望。这样,大自然的细雨暮雨夜雨,就常常成为他的细密、执着、无端无了、无孔不入的温柔繁复而又迷离凄婉的忧伤的物化与外观了"②,或者说,通过雨的迷离可进一步把握李商隐诗朦胧的风格与困惑的性格。周勋初曾指出李白诗喜用"暖"字③,虽然一共只有21次,但它带来了春天的氤氲,富有生命的活力与热烈的气氛。日本学者小川环树在仅存103首的刘沧诗中发现"寒"字的复合词29种,见于41首,占其诗总数

---

① 梁宗岱:《谈诗》,《诗与真二集》,外国文学出版社1984年版,第93页。
② 王蒙:《双飞翼》,北京:三联书店1996年版,第49页。
③ 周勋初:《李白诗原貌之考察》,《文学遗产》2007年第1期。

的 2/5。又指出存诗 507 首的刘沧,使用"寒"字复合词 76 例①,从而揭示出诗人的气质与风格。这些都是很好的发现,给人以方法论上的启发。

就李白诗看来,"月"与"明"分别有 580 次与 332 次②,"金"则 432 次,"玉"343 次,"银"53 次,"我"398 次,"余"76 次,甚至"泪"也用了 99 次,还有"酒"等,这些用率高的词,不一定全都倾注着深厚感情,闪动着心灵的火花,而或者有摇笔即来,作为一种套板的需要。

李白的"哭"用了 21 次,加上"泪",数量不少,但这没有数量不丰的"暖"字来得生动且更能体现其审美的追求与活力。

就风格而言,李白诗飞动,杜甫诗厚重,王维诗幽静。李白在动词选择上,喜好用最习见的"笑""吹""摇""照"等,再加上拟人、夸张等手法的运用,这些关键词便熠熠生辉,很能体现他的奔放、飘逸不拘一格的艺术个性。"笑"字用了 200 多次,我们已有详论③。"吹"字最能见出夸张的才华,而不同凡响,似乎具有多种功能而能吹动一起,举凡日月云山,都可成为吹动的对象。《横江词》其一说:"人道横江好,侬道横江恶。一风三日吹倒山,白浪高于瓦官阁。"山可以"吹倒",当然是夸张风势的猛烈,不过总比一般的过言显得奇特,末句亦为风之暴烈的"吹"力助色不少。《关山月》:"明月出天山,苍茫云海间,长风几万里,吹度玉门关。"这里"吹"字的夸张就用得极其自然,似乎觉察不出是在夸张,万里长风把从天山升起的月亮,浩浩然"吹度玉门关","吹"字以浩气飘逸,雄浑自然,浑化无迹。《杭州送裴大泽赴泸州长史》的"好风吹落日,流水引长吟",风能吹月也就能吹日,落日西倾,好像被风吹落。它如《司马将军歌》发端的"狂风吹古月,窃弄章华台",《鲁郡尧祠送吴王之琅邪》的"我歌白云倚窗牖,尔闻其声但挥手。长风吹月度海来,遥劝仙人一杯酒",《峨眉山月歌送蜀僧晏入中京》的"黄鹤楼前月华白,此中忽见峨眉客。峨眉山月还送君,风吹西到长安陌",《崔氏昆季之金陵》的"秋风渡江来,吹落山上月",都写得飘摇飞动,浩气鼓荡。《赠何七判官》的"心随长风去,吹散万里云",是风吹还是心动,交融得不分彼此,奇气垒涌,正是李白诗的本色。

至于梦、愁与乡思,本来并不是具形的,也原本与风之"吹"风马牛不相及,只有李白这样气魄的诗人,才能想到把两者连接起来,让风把它们一一吹动,吹到极远的地方。其间借助的手段,便是他擅长的夸张。他的夸张使风

---

① 小川环树:《诗语与诗人的气质——以刘沧为例》,《风与云——中国诗文论集》,中华书局 2005 年版。
② 以下数据来源于中国社会科学院编《全唐诗索引》李白卷。以下均见各人所在卷。虽然其中包含他人诗作的渗入,但基本反映出用字的概率。
③ 《笑在李白》,《福州大学学报》2015 年第 3 期。

产生了一种魔力,看得见的看不见的都会被风吹得飞动。《早秋赠裴十七仲堪》一上手就写道:"远海动风色,吹愁落天涯。"这是想到远方的朋友,心驰天边,欲往一见。不能相见的"愁"就像一个物件,海风一"吹",便"落"到"天涯"。"正常"的写法,便像岑参《春梦》那样"洞房昨夜起春风,遥忆美人湘江水。枕上片时春梦中,行尽江南数千里"。而只有像李白这样毫无顾忌与约束的诗人,会把愁交给风吹到遥远的天边。像这样飞动的夸张,并非偶然为之,如:

汉水波浪远,巫山云雨飞。东风吹客梦,西落此中时。(《江上寄巴东故人》)
西忆故人不可见,东风吹梦到长安。(《江夏赠韦南陵冰》)

不仅"梦"可被吹,"愁"与"心"也可被吹:

南风吹归心,飞堕酒楼前。(《寄东鲁二稚子》)
客自长安来,还归长安去。狂风吹我心,西挂咸阳树。(《金乡送韦八之西京》)
凉风度秋海,吹我乡思飞。(《秋夕旅怀》)
东风吹愁来,白发故相侵。(《独酌》)

他的"梦"和"心"以及"乡思"如风筝可以随风飘扬,加上李白流畅奔放的语言,飞动鼓荡的气势,似乎什么都让他可以"吹"!如说"狂风吹我心"倒还罢了,还要说"西挂咸阳树",就够奇特骇人了。"吹"字所在的两句,往往一气鼓荡,不可阻遏。再如《送崔氏昆季之金陵》的"秋风渡江来,吹落山上月",真是间不容息!

对于自然景物的描写,"吹"之生动异常,显示出不同凡响的构思。《古风》其三十八:"孤兰生幽园,众草共芜没。……若无清风吹,香气为谁发。"就显得惊心动魄。《春日行》的"佳人当窗弄白日,弦将手语弹鸣筝。春风吹落君王耳,此曲乃是升天行",不言吹入而谓"吹落",乐曲的轻盈婀娜似乎可闻。《北风行》的"燕山雪花大如席,片片吹落轩辕台",夸张与"吹落"一结合,气象顿出,立感酷寒逼人,"使我们立刻知道燕山原来有这么冷"(鲁迅语),故能成为名句。《白纻辞》其一的"寒云夜卷霜海空,胡风吹天飘塞鸿",景象寥廓,风把大雁吹得"飘"了起来,也是一种夸张,同样可感"北风号怒天上来"的威力!《拟古》的"宝镜似空水,落花如风吹",纷纷落花就像被风吹得那样轻盈幽杳。《扶风豪士歌》的"雕盘绮食会众客,吴歌赵舞香风吹",吹来不仅是"香风",也"吹"来一种豪奢。《子夜吴歌·秋歌》:"长安一片月,万户捣衣声。秋风吹不尽,总是玉关情。"秋风与月与捣衣声交织成一片,融化为对玉门关的亲人的思念,可以说"吹"起了关键作用。"太白往往善用'吹'字"(锺惺语),万户砧声,风吹不尽,而其孤旷忆远之情,则婉而深,余情余味无穷。《鸣皋歌奉饯从翁清归五厓山居》的"青松来风吹古道,绿萝飞花覆烟草",前人谓"来风在青松下佳"(严羽语),松风吹古道则显得幽静高爽,后句花草的氤氲更是"吹"的效果。

用在朋友间的'吹'字,则可以发抒悲欢不同的各种情绪。《赠溧阳宋少府陟》:"葳蕤紫鸳鸟,巢在昆山树。惊风西北吹,飞落南溟去。"自喻紫鸳,本栖身昆山,因安史之乱的"惊风西北吹",只得仓皇南奔,飞到南溟。这是向朋友的诉说,以风吹喻安史之乱。《忆旧游寄谯郡元参军》:"翠娥婵娟初月辉,美人更唱舞罗衣。清风吹歌入空去,歌曲自绕行云飞。"把歌声的响遏行云描写得风华俊丽清亮飘逸,简直是余音袅袅不绝于耳。《金陵凤凰台置酒》的"豪士无所用,弹弦醉金罍。东风吹山花,安可不尽杯",又是那样亢爽豪宕,兴致淋漓。《送裴十八图南归嵩山》其二:"临当上马时,我独与君言。风吹芳兰折,日没鸟雀喧。举手指飞鸿,此情难具论。"这个"吹"又带来多少感慨苍凉,怅然失意,而难以言说。《与夏十二登岳阳楼》的"雁引愁心去,山衔好月来。……醉后凉风起,吹人舞袖回",仿佛吹去了一切愁闷,还带来不尽的兴奋,缥缈清旷,有飘飘欲仙意。《江行寄远》的"疾风吹片帆,日暮千里隔",则"吹"出了一日千里的远别遥隔之意。

"吹"字一旦与其他的关键词配合,更能焕发出异样的风景。《望庐山瀑布》其一的"海风吹不断,江月照还空",夜间瀑布有谁写过?"吹不断"是听,"照还空"是看出来的,这一听一看简直让你觉察不出,只是让"吹"和"月"蒙上一层若有若无的神异景象,磊落清壮,气象雄杰,而被前人吟赏不置。《寄韦南陵冰余江上乘兴访之遇寻颜尚书笑有此赠》:"南船正东风,北船来自缓。江上相逢借问君,语笑未了风吹断。"两船相遇,语笑之间,却被江风吹断。如此生活细事,却被写得滋味横生,"非亲身寻捉,必不可得"(严羽语)。李白诗笑口常开,加上"风吹断",可谓"状难写之景如在耳目之前"。前人言:"读'君家何处住'一绝,始知此二语逼真。"(锺惺语)"笑"与"吹"配合得真是姿态妙绝。

李白诗中姿态万千的"吹"字,可能受到所敬慕的谢朓诗的启发。他的《酬殷明佐见赠五云裘歌》便是明证:"我吟谢朓诗上语,朔风飒飒吹飞语。"小谢《观朝雨》发端"朔风吹飞雨,萧条江上来",即为李诗所直录。李白同诗的"瑶台雪花数千点,片片吹落春风香",是雪花香还是春风香,"吹"字就把二者搅在一起,不可分辨。《金陵酒肆留别》的"风吹柳花满店香,吴姬压酒唤客尝",是酒香还是柳絮香同样分不出来,我们只能悟出"香"字也用得神奇,这也是他的关键词! 从《走笔赠独孤驸马》可见:"都尉朝天跃马归,香风吹人花乱飞。银鞍紫鞚照云日,左顾右盼生光辉。""香"字与"吹"字荡漾出何等景象。"银""紫""照"同样是他的关键词,又焕发出何等光景!《东山吟》:"白鸡梦后三百岁,洒酒浇君同所欢。酣来自作青海舞,秋风吹落紫绮冠。"就是"吹"把"紫"旋转的意气风发。《送殷淑》其二:"青龙山后日,早出海云来。流水无情去,征帆逐吹开。"末句三动词挨个儿排来,这要多大的魄力,"吹"字于其间起了关键作用。《与诸公送陈郎将归衡阳》的"回飙吹散五峰雪,往往飞花落洞庭",衡山五峰至洞庭湖五百多里,全凭"吹"之力量把辽阔两地骤接一起,太白往往有此气势与手段。《答杜秀才五松见赠》的"爱听松风且高卧,飕飕吹尽炎氛过",如此爽心快语,正可见出太白之豪宕,"吹尽"真成太白的爽快语与性情语。至此可以说李白常用的"明月"代表着他对光明的向往,"酒"在他的热肠热性中少不了的。"笑"是他人生的风采,而"吹"则是性情与风格中一种活力,使他的诗总富有一种蓬勃的活力状态!充满了生命的朝气,带着种种向往!

  李白所用动词除了"笑""吹"外,"摇"字也值得注意,虽只用了大约40次,但比起具有张力的"吹",算是狠重得多,往往一字千钧,具有撼动的大力,是个性分外张扬的关键词。《江上吟》说的"兴酣落笔摇五岳,诗成笑傲凌沧洲",便是挥斥八极的标志,"摇五岳"几乎成了诗风的代表。《古风》其四十六的"举动摇日月,指挥回青天",描摹宠幸者的气焰嚣张,又是何等的辛辣!《温泉侍从归逢故人》的"子云叨侍从,献赋有光辉。激赏摇天笔,承恩赐御衣",又是何等扬眉吐气,"摇天笔"则摇荡出多少得意!《经乱离后天恩流夜郎忆旧游书怀赠江夏韦太守良宰》:"汉甲连胡兵,沙尘暗云海。草木摇杀气,星辰无光彩。"安史之乱真可谓使天地为之变色,连草木都"摇"出了"杀气"。《古风》其二十二言别离则"急节谢流水,羁心摇悬旌",时节易谢,疾如流水,而《战国策·楚策》"心摇摇如悬旌",调整成"摇"字直对"悬旌"则更具撞心之力! 至于《梁园吟》的"平头奴子摇大扇,五月不热疑清秋",又是多么的酣畅恣意,情怀纵放!

  凡以"摇"字写景,亦具自家风格。《游秋浦白笴陂》其一的"山光摇积雪,猿影挂寒枝",本为雪夜月下之游,把雪光之闪动说成"摇积雪",奇绝光景自是太白口气。《忆秋浦桃花旧游时窜夜郎》的"摇荡女萝枝,半挂青天月",使人想起杜甫"请看石上藤萝月,已映洲前芦荻花"类似之景。本来枝动而月静,现在却成了摆动的枝把月也"挂"起来摆动了的错觉,以简洁语状出难摹之景。《代别情人》:"清水本不动,桃花发岸傍。桃花弄水色,波荡摇春光。"则又是别一番微妙,桃花拂水,搅起水波荡漾,却"摇"出一片"春光"。李白善写大景,而小景同样传神,简洁则是其中共同的优长。《游泰山》其五的"海水落眼前,天光摇空碧",言登高远望,海水落到眼前,碧空摇映于其中。同样简洁奇绝,让人惊叹。《效古》其一的"朝入天苑中,谒帝蓬莱宫。青山映辇道,碧树摇烟空","映"与"摇"动静相映,只两句就把偌大长安城描绘得气象不凡,后句更富有生气。《宿白鹭洲寄杨江宁》的"波光摇海月,星影入城楼",太白善写夜景之光色,前句可与杜甫"月涌大江流"参观,李诗是说江波把倒映的月亮摇得起伏不定,在水光中看得分外清楚。《陪从祖济南太守泛鹊山湖》其三的"湖阔数千里,湖光摇碧山",同是倒影,光景却清绝异常。他的"吹"能"吹倒山","摇"也能"摇碧山"。《望月有怀》的"寒月摇清波,流光入窗户",总把倒映之景出之动态,又是那样的流动自然。对于景物动静,李白更喜欢动景,所以"摇"字能排上各种各样的用场,处处都能摇动人心。

动词"飞"字在他诗中,也是神采飞扬。为人熟知的有"月下飞天境""一夜飞度镜湖月""飞流直下三千尺""八月蝴蝶来,双飞西园草""飞湍瀑流争喧豗""歌曲自绕行云飞""又疑瑶台镜,飞在青云端""俱怀逸兴壮思飞",还有《游秋浦白笴陂》其一的"天借一明月,飞来碧云端",《长相思》的"天长路远魂飞苦,梦魂不到关山难",《寄远》其十一的"美人美人兮归去来,莫作朝云暮雨飞阳台",以及上文言及的"青松来风吹古道,绿萝飞花覆烟草""春风吹人花乱飞""朔风飒飒吹飞雨",我们不需烦举。太白本是意气奔逸之人,杜甫说他"飞扬跋扈",他的人格与诗风的特点又都是"精神四飞扬,如出天地间","飞"字自是他得意字眼,这是不消说的。

在颜色词中,"碧"与"青""紫"最为他所喜爱,前二者清爽,后者富丽,都在他的审美范围受到他特别的青睐。用"碧"字的复音词置于句首,似乎带有特别的感发力:

  机中织锦秦川女,碧纱如烟隔窗语。(《乌夜啼》)
  昨夜东风入武阳,陌头杨柳黄金色。碧水浩浩云茫茫,美人不来空断肠。(《早春寄王汉阳》)
  君去西秦适东越,碧山青江几超忽。(《送祝八之江东赋得浣纱石》)
  碧窗纷纷下落花,青楼寂寂空明月。(《寄远》其八)

或者见于句腰,则带有饱满张力,富有生命的活力:

> 开窗碧嶂满,拂镜沧江流。(《忆襄阳旧游赠马少府巨》)
> 月随碧山转,水合青天流。(《月夜江行寄崔员外宗之》)
> 暮从碧山下,山月随人归。(《下终南山过斛斯山人宿置酒》)

偶然在句腰也有单用者,如《寻雍尊师隐居》的"群峭碧摩天,逍遥不记年",句式显得别致。"碧"作动词,具有特别的活力。单用于句尾者,显得果断,《宣州九日……》的"却登郡楼望,松色寒转碧",《泾溪南蓝山下……》的"沙带秋月明,水摇寒山碧",《幽歌行》的"忆昨去家此为客,荷花初红柳条碧",这些殿尾的"碧"除了饱满的色彩感外,还具有使句子特别爽劲的功能。

他的"碧"字凡用126次,多见于复音词,使画面往往带有青绿山水葱茜蓊郁的感觉。"青"字用了358次,也具有同样的生命力。《答王十二寒夜独酌有感》:"万里浮云卷碧山,青天中道流孤月。""碧"色浓如矿物质颜料,带有厚重感,"青"色淡如植物色颜料而带有透明感,所以于此互换不得。《登庐山五老峰》的"庐山东南五老峰,青天削出金芙蓉",说成"碧天削出金芙蓉"就缺少了亮度对比。《江夏赠韦南陵冰》:"赖遇南平豁方寸,复兼夫子持清论。有似山开万里云,四望青天解人闷。"换成"碧天"就少了若许清爽亮堂。

"红"字于李白诗中用量不大,他虽然乐意富丽的描写,可能因为太艳太俗而少用。倒是"绿"字生色。《侍从宜春苑奉诏赋龙池柳色初青听新莺百啭歌》的"东风已绿瀛洲草,紫殿红楼觉春好。"就已著"绿"字动用之先鞭①。"金""银""玉""紫"用率极高,这和他对富贵追求而不隐晦息息相关。其中很多是对帝都京华的渲染,则来之于挥之不去的恋京情节。加上道教的热衷,这些富丽词的装饰之多,自然是个中应有之意。"白"字用了560次,数量仅次于"月"字。如"白日不照吾精诚""长安白日照春空""银鞍白马度春风""梨花白雪香""白浪高于瓦官阁""白云映水摇空城,白露垂珠滴秋月""红颜弃轩冕,白首卧松云",都昭示了对明亮色彩的爱好与追求。

李白是主观诗人。凡是主观性诗人,大多喜欢使用第一人称,屈原、陶渊明即为显例②。李白更是有过之而无不及,"我""吾""余"凡用1012次,几乎每首即可见到一次,而且常常用在发端最显眼的地方。《古有所思》的"我思仙人乃在碧海之东隅,海寒多天风,白波连山倒蓬壶",《梁园吟》的"我浮

---

① 丘为《题农父庐舍》发端即言"东风何时至,已绿湖上山"。他比李白大约小了一岁。存诗只有十多首。李白作此诗时,已名满天下。而丘为天宝二年方进士及第,即使此诗作于此前,李白能否看到尚成问题。
② 魏耕原:《论陶渊明诗的散文美》,《文学遗产》2008年第1期,又见《陶渊明论》。

黄河去京阙,挂席欲进波连山",《峨眉山月歌送蜀僧晏入中京》的"我在巴东三峡时,西看明月忆峨眉",《酬殷佐明见赠五云裘歌》的"我吟谢朓诗上语,朔风飒飒吹飞雨",《赠薛校书》的"我有吴趋曲,无人知此音",《赠清漳明府侄》的"我李百万叶,柯条布中州",《自梁园至敬亭山见会公谈陵阳山水兼期同游因有此赠》的"我随秋风来,瑶草恐衰歇",《沙丘城下寄杜甫》的"我来竟何事,高卧沙丘城",《寄王屋山人孟大融》的"我昔东海上,劳山餐紫霞",《独酌清溪江石上寄权昭夷》的"我携一樽酒,独上江祖石",《庐山谣寄卢侍御虚舟》的"我本楚狂人,凤歌笑孔丘",《游敬亭寄崔侍御》的"我家敬亭下,辄继谢公作",《秋日鲁郡尧祠亭上宴别杜补阙范侍御》的"我觉秋兴逸,谁云秋兴悲",《留别曹南群官之江南》的"我昔钓白龙,放龙溪水旁",《送蔡山人》的"我本不弃世,世人自弃我",《送杨山人归嵩山》的"我有万古宅,嵩阳玉女峰"。还有用于发端之次句或第三句,《古风》其十五的"奈何青云士,弃我如尘埃",《把酒问月》的"青天有月来几时?我今停杯一问之",《行路难》其二的"大道如青天,我独不得出",《古风》其十二的"清风洒六合,邈然不可攀。使我长叹息,冥栖岩石间"。用"吾"者,《颍阳别元丹丘之淮阳》的"吾将元夫子,异姓为天伦",《赠孟浩然》的"吾爱孟夫子,风流天下闻",《送舍弟》的"吾家白额驹,远别临东道",《古风》其十的"吾亦澹荡人,拂衣可同调",其十一的"人生非寒松,年貌岂长在?吾当乘云螭,吸景驻光彩"。另有直呼其名发端者,如"李白乘舟将欲行,忽闻岸上踏歌声"。尚有称别号发端者,《答湖州迦叶司马问白是何人》:"青莲居士谪仙人,酒肆藏名三十春。"这些开篇即来的第一人称,英姿勃发,气宇轩昂,大有举首天外的风采,往往振动全诗。

至于见于篇中句首者,为数更巨,只能略示数句。如"我欲攀龙见明主""我欲弯弓向天射""我欲从此走东海""我欲因之梦吴越""我皇手把天地户",加上用于句中者,数量就更庞大了。还有用"余"者,如"余亦草间人""余亦去金马""余亦澹荡人""余亦辞家西入秦""余亦能高咏""余亦如流萍""余亦南阳子"。这些"余"字大都用于篇,显得明快、爽朗,而飘逸生恣,风采摇曳。总上如此林林总总,目不暇接,可谓多矣!"我"字常表达自负不同凡响,"余"之散发出飘逸,"吾"字则气宇轩昂,合在一起则展现出李白奔放、飘逸、倜傥不群的个性。

对于李白的关键词,以上只是撷取其显眼者,并非全部。如"呼"用了50次,亦很有个性。"流"字用得极为自然而动态显明,"照"字光亮耀眼,总之这些关键词都由他人格个性与审美选择而被使用,都能展示出一个逼真有生气的李白来。

二、王维关键词的凝静清幽

王维进京与中进士在后盛唐诗人中是最早的,他又是音乐、绘画、书法、佛学、诗歌、散文诸方面的全才。他在早年未入仕前也有理想,也有沸腾的热血。但就在及第之开元九年的次年,入仕伊始就因事被贬济州四年,受到沉重打击,弃官隐居淇上,直到开元十七年29岁才回到长安,开始学佛,越两年妻丧,不娶。由于以上种种原因,再加上久居京华,熟知官场之险恶,进取之心渐隐。开元二十二年至二十四年张九龄为相,他曾一度有所振作,没多久随张罢相,就便消沉。安史乱中迫于伪署,后虽受到宽处,自此便彻底心意灰灭,退朝唯"焚香独坐,以禅诵为事"。王维早慧,天赋极高,虽居京官为时甚长,但无显著政绩,才华主要体现在诗与画。政治上平淡而经历特殊,加上受佛教影响之深,过早地丧失了应有的热情。可以说他的诗主要是凭借技巧制作出来,难以企及李、杜那样的高境。而绘画与音乐的天赋,以及沉浸闲静悠闲的人生趣味,使他在山水田园题材上占有宗领地位。所以,他的关键词都是些淡淡的静静的字眼,与李、杜大异其趣,更与高、岑迥不相谋。"空""静""清""净""幽""闲""寂""闭户""闭扉",这些都是他表达心境的关键词;"树""白云""明月""流水""青山"则是描写的关键词。淡而静、幽而思则是它们的共同特点。其中不少为人熟知,这里只就少有注意者而论之。

"吾生好清净"的王维对"空"字极为看重,凡用98次。"空"字在王维诗里有多重含义,其中最重要的是静与徒然二义。《酬比部杨员外暮宿琴台朝跻书阁率尔见赠之作》的"空谷归人少,青山背日寒",清疏静凉,自是王维境界。他的由"空"组成的复音名词,绝不是"空空如也"的"空",而是静静的意思。这里的"空谷"即静谷,而并非什么也没有的山谷。《戏赠张五弟諲》其一的"清川兴悠悠,空林对偃蹇",清清的河水能引发不断的兴趣,静静的林子最宜于偃卧不事事者的观赏,这虽是戏赠,实则包括同道共怀。《山居秋暝》的"空山新雨后,天气晚来秋",静山一场新雨,黄昏凉意更能显示凉秋之爽意。他是山水画大家,对树特别有一番情趣,其诗亦然。他的"空山""空林"都充满寂静的诗意:

  曙月孤莺啭,空山五柳春。野花愁对客,泉水咽迎人。(《过沈居士山居哭之》)
  寂寞柴门人不到,空林独与白云期。(《早秋山中作》)
  夜坐空林寂,松风直似秋。(《过感化寺昙兴上人山院》)
  积雨空林烟火迟,蒸藜炊黍饷东菑。(《积雨辋川庄作》)

犹如李白喜以"碧"字殿于句尾,王维有时则以"空"字殿后,然与清朗、万物皆寂的气氛大有区别。《奉寄韦太守陟》的"荒城自萧索,万里山河空",大地真成一片静悄悄。《鸟鸣涧》的"人闲桂花落,夜静春山空",好像山里静得只能听到自己的呼吸,桂花落与其说是月夜看到的,还不如说是听觉对细微声响觉察后的判断。这样"春山"之"空"即静的程度,就可想而知了。

王维不但从"静"中发现"空"的感觉,而且从"空"静与细微声音中感受出"响"来。他原本是音乐家,对声音特别敏感,又从动与静的对比中,发现"大音希声,大象无形"的道理。那首著名的《鸟鸣涧》后二句"月出惊山鸟,时鸣春涧中",山鸟的"惊鸣"在"夜静春山空"中又是何等响亮,然声之响越显出夜之"静"与山之"空",而动与静的"碰撞",使人感到"身世两忘,万念皆寂"(胡应麟语),所谓"此何等境界,对此有不令人生道心者乎"(黄周星《唐诗快》),就是说其中有禅意佛理。《辛夷坞》言辛夷花之开与落:"涧户寂无人,纷纷开且落。"这当然是看到的,但未尝不是心灵对"纷纷开且落"细微声音的感知察觉。如此幽寂,自宋人开始说是"渐可语禅"(刘须溪语),即诗中有禅。不用议论,不用禅语,却能散发出哲理,这是从景物动与静中体会出来的哲学意味①。

以上是轻微到几乎听不到的声音,还有很"响"的声音生发于幽静中,王维一一捕捉又描写得非常特别,在静谧的心里引起一阵涟漪。《鹿柴》的"空山不见人,但闻人语响",静山是只能见到树木的世界,偶听"人语",再加上回声与静寂的对比,就觉得特别地"响",只有处于深山才会发现体察这种异样的感觉。《赠东岳焦炼师》的"山静泉逾响,松高枝转疏",闹市中的喷泉谁也感觉不出"响"的强烈,而深山静到万籁无声,即使细小山泉,都具有打破宁静的力量,这是动与静的"摩擦",把小小之声扩张到"响"的强度。《送李太守赴上洛》的"野花开古戍,行客响空林",野花杂开的荒凉古戍,原本人迹罕至。一旦行客匆匆而过,便出现了脚步声"响空林"的听觉强感。这和《过乘如禅师萧居士嵩丘兰若》的"食随鸣磬巢乌下,行踏空林落叶声",同样显示了静林中踩上落叶的清脆声,在"空林"也有别样"响"的感觉,就是这轻微声打碎了"空林"的寂静,听起来特别响亮。《游感化寺》的"谷静唯松响,山深无鸟声",此属声之有与无的对偶,"无鸟声"见出"山深谷静","唯松响"更显山谷之"静",故"松响"愈显得响亮。它如《东谿玩月》的"谷静秋泉响,岩深青霭残",《沈十四拾遗新竹生读经处同诸公之作》的"细枝风响乱,疏影月光寒",《奉和圣制幸玉真公主山庄因题石壁十韵之作应制》的"谷静泉逾响,

---

① 可参陶文鹏《传天籁清音绘有声图画——论王维诗歌表现自然音响的艺术》,《唐宋诗美学与艺术论》,南开大学出版社 2003 年版。

山深日易斜",《晦日游大理韦卿城南别业四声依次用各六韵》的"鹊巢结空林,雉雏响幽谷",鹊之结巢声,与山雉的雏叫声,使幽谷"响"动起来,而使人"应接无闲暇,徘徊以踟蹰"。以上"人语响",踏落叶响、泉响、脚步响、雉雏响、松响、竹响,都由静寂衬出;反过来,"响"声反衬出种种的幽静。动与静的对立产生一种双向移动,荡漾出一种耐人寻味的声音魅力!

《送宇文太守赴宣城》散发出一种特别的人为响声:"寥落云外山,迢递舟中赏。铙吹发西江,秋空多清响。"太守赴任的船上,官家铙吹在宁静的秋空发出"清响",这种热闹的乐声反而显得两岸更加宁静。《春夜竹亭赠钱少府归蓝田》:"夜静群动息,时闻隔林犬。"夜深人静犬吠显得格外宁静,这在他的《山中与裴秀才迪书》同样可以听到:"寒山远火,明灭林外。深巷寒犬,吠声如豹。村墟夜舂,复与疏钟相间。"夜静中几种声音引起他凝神静听,特别是静夜犬声,撕破了一切宁静,唤起人们的同感。他又把这种感受,由夜间注意到日间。捕捉大自然与人的各种声响,把一般人不大留意的声响表现得多么敏锐与微妙。"响"字凡用 19 次,虽次数不多,但都具有很强的声感。他的不少名句,诸如"行到水穷处,坐看云起时""兴阑啼鸟尽,坐久落花多""雨中山果落,灯下草虫鸣""隔牖风惊竹,开门雪满山"等,都是对大自然微妙声音的捕捉,与他对动与静相互流走变化规律的发现与把握是分不开的。

王维是早期山水画大家,对原本为山水画四大"部件"——山、水、树、云的精细观察,非局外人可比。旧题王维的《山水诀》文字虽然简略,但对山水画的主要规律多有涉及,讲到画山,以为"主峰最宜高耸,客山须是奔趋",就已经注意到山势之"动"与"静"的陪衬关系;谓"村庄著数株树以成林,枝须抱体"。对于山与树、水、云之关系,则谓"悬崖险峻之间,好安怪木;峭壁巉岩之处,莫可通途。远岫与云容相接,遥天与水色交光"。强调"远景烟笼,深岩云锁","远山需要低排,近树惟宜拔迸"。这些文字是否出于王维之手,姑且不论,但起码是对包括王维山水画在内的总结。这是长期观察与绘画实践所得出的结论。根植于"外师造化,中得心源"深厚的艺术修养。这对他的山水田园诗,以及送别、游寺、行役诗中的写景,具有直接影响。其中树与白云是最能见出他艺术个性的关键词。

闻一多曾谓王维"有爱树的癖好,对树非常欣赏"①。闻先生从事过绘画,又别具艺术眼光,见解极为敏锐颖透,可惜至今尚未引起学界的注意。闻先生所举两例:

---

① 郑临川:《闻一多论古典文学》,第 137—138 页。

> 时倚檐前树,远看原上村。(《辋川闲居》)
> 偶寄一微官,婆娑数株树。(《漆园》)

对后例,闻先生说:"全诗表面是咏庄子,实际是夫子自道式的自我写照,并体现了他独特的爱树精神。"①前例"倚树远看",树成了他的伴侣。而"远看"之"原上村",肯定是"绿树村边合"或者"村庄著数株树以成林",这真是"独特的爱树精神"。

他的诗400多首,"树"字出现62次,这当然不包括松、柳等具体的树,以及林、木等概括的名称。树在现实生活中,到处都有,但不一定人人都对它们持有审美的眼光。王维的山水田园诗少不了树,其他题材亦爱以树入诗,树在他的诗中是不可缺少的一道风景线,也是他特别的艺术生命线。《青龙寺县壁上人兄院集》的"眇眇孤烟起,芊芊远树齐",树之等齐就成了远眺中最突出的景象,这就像画诀说的:"远树无枝,远山无石。"《奉和圣制从蓬莱向兴庆阁道中留春雨中春望之作应制》的"云里帝城双凤阙,雨中春树万人家",这是长安城中的树,树使长安成为园林都市,葱茏一片。这是长安歌手献给帝乡的名句。《送从弟蕃游淮南》:"送归青门外,车马去骎骎。惆怅新丰树,空余天际禽。"远望中的"新丰树"引发惜别的"惆怅",犹如"天际禽"寄托对友人的挂念!《丁宇田家有赠》的"阴昼小苑城,微明渭川树",曙光使远树轮廓显得"微明",这是黎明时的树,透露出对友人的怀念。《柳浪》的"分行接绮树,倒影入清漪",两行路柳倒映水中,这是写水中绮树摇曳的倒影。把柳称作"绮树",是对风景树的爱赏。

王维写景往往把景物的各种关系描绘得历历在目,其他景物与树相互衬托,显示出景物的空间与方位、主次之关系。《送李判官赴东江》的"树色分扬子,潮声满富春",是说凭借远树,可知扬子津已经显现,远树成为前方的标志。《送梓州李使君》的"万壑树参天,千山响杜鹃",参天林树之静与杜鹃鸣声之"响",两关键词一经配合特别生色。接以两句"山中一夜雨,树杪百重泉",把雨山写成"泉山",这只能在他的诗里可以见到,树则起更重要的陪衬作用。《送綦毋潜落第还乡》的"远树带行客,孤城当落晖",远处路上的树引领友人而去,夕阳的余晖照亮了前村,一往情深的目送呼之欲出。这和杜甫奔向凤翔的"雾树行相引,连山望忽开"情异而景近。《别弟缙后登青龙寺望蓝田山》的"远树蔽行人,长天隐秋塞",此与上诗所见虽有别而情感一,树都起了重要的陪衬作用。《自大散以往深林密竹磴道盘曲四五十里至黄牛岭

---

① 郑临川:《闻一多论古典文学》,第138页。

见黄花川》的"青皋丽已净,绿树郁如浮",林密树茂,绿涛摇动起伏,远望如水浮动,这是从山头俯视"林海"的特别景观。《新晴野望》的"郭门临渡头,村树连谿口",树林把村落与山谷连接,指示一条通道,树木成了连续性的坐标。《桃源行》的"遥看一处攒云树,近入千家散花竹",远近的树与花竹各有不同,都能引起赏心悦目的美感。《送崔五太守》的"雾中远树刀州出,天际澄江巴字回",烟树中露出远处城邑,远望中的远近景物叠合,呈现出二维空间的并列。《晓行巴峡》的"水国舟中市,山桥树杪行",空间错位同样呈现二维空间的重叠的异样景观,树成了特异景观的坐标。以上均从远望中看出,传递出情思缥缈的心绪。

树木与建筑陪衬,则具有日常景物诗意化的效果,也常常见于王维诗中。《听宫莺》的"秦树绕宫墙,宫莺啭曙光",对京都极熟悉的王维常以审美的眼光,把习常景物予以诗意化。这里推出黎明时宫城的一角,又加上听觉发现的新鲜感,树与莺鸣则为静中有动。《奉和圣制与太子诸王三月三日龙池春禊应制》的"苑树浮宫墙,天池照冕旒",风中摇摆的苑树好像使"宫墙""浮"了起来,与池中的倒影配合,让人发现人文景观与自然相合的一种律动。《奉和圣制御春明楼临右相园亭赋乐贤诗应制》的"小苑接侯家,飞甍映宫树",从宫苑的树丛中露出飞檐的一角,绿树黄瓦相映,颜色的协调散发出一种美感,树之绿色则为主色调。《北垞》的"北垞湖水北,杂树映朱阑",虽为小景,亦为相互映照,颜色相映亦为生辉。《与卢员外象过崔处士兴宗林亭》的树林作了两番陪衬:

> 绿树重阴盖四邻,青苔日厚自无尘。科头箕踞长松下,白眼看他世上人。

远处树木成了背景,传递出幽静的气氛。作为人物背景近处的"长松",又占了画面的主体,无疑象征主人正直不屈的人格。树既是自然的,又是人格化的,这也是王维爱树的一个重要原因。树在王维诗里,犹如少女的长发,或如山水画的茂树,实在重要而美观,不可或缺。何况佛典里还有菩提树、烦恼树,也许对他亦有影响。不过,他诗中树的重要作用是发抒情感,只是温润不显露罢了。

王维心境的关键词,最重要的恐怕是"白云"了。白云悠远、恬淡、洁净诸特征,似乎与他审美境界也最为切合。自陶诗始,白云便成为人格化的重要意象,高洁是其主要特征。王维田园诗宗陶,写景亦不例外,虽然并未给白云赋予新的重要人格化意义,甚至淡化理念的渗透,但在诗歌审美方面更为含蓄,加强了它的暗示性,增加了言外之意,味外之味,具有自足的审美性。从这个意义上看,也是一种创新。

"白云"在王维诗中出现约有 20 次,运用较为成功者大都见于结尾。《送别》是首五言六句诗,也是他的名作:"下马饮君酒,问君何所之?君言不得意,归卧南山陲。但去莫复问,白云无尽时!"此诗没有送别的友人名字,归因亦不明言,末二句亦不了了之,全在不言之中,然不仅意味深长,耐人寻味,其原因就在好像有许多没有说出的话,也不必说出,因为不说比说出更好。钟惺谓末二句:"感慨寄托,尽此十字,蕴藉不觉。深味之,知右丞非一意清寂,无心用世之人。"似乎只说对了一半,而后三句实是误解。黄周星说:"白云无尽,得意亦无尽矣,除却白云,亦何足问!"归者失意,送者不可能说是"得意"人。还是沈德潜的说法高出一筹:"白云无尽,足以自乐,勿言不得意也。"①这对去者其实以"无可无不可"的观念抚慰,南山下的无尽白云未尝不是该去之处!"白云"于此省去了许多语言,不仅使问答完足,且在诗的审美上自足,作为结尾体现了极大的暗示性与抒情性,含而不露,余味深长,这也正是盛唐诗追求的境界之一。《问寇校书双谿》也用了问答体:"君家少室西,为复少室东。别来几日今春风,新买双溪定何似?余生欲寄白云中。"诗虽非上乘,但两句五言加上三句七言,在诗体是一种尝试,且末二句也有余味,明心见性中具有淡逸的风味。这与《瓜园诗》的"素怀在青山,若值白云屯",属于同样的情怀,他把青山白云作为人生的归宿。《酬虞部员外过蓝田别业不见留之作》的"唯有白云外,疏钟闻夜猿",这是以白云、钟声、猿鸣衬托别业的幽静,作为结尾有悠然不尽的意味。《酬比部杨员外暮宿琴台朝跻书阁率尔见赠之作》结尾的"羡君栖隐处,遥望白云端",用意亦同,白云成为王维所称隐居的代名词,是人生清静高洁的境界。五绝《答裴迪辋川遇雨忆中南之作》:"淼淼寒流广,苍苍秋雨晦。君问终南山,心知白云外。"至此,可以说"白云"在王维诗里代表一种幽静,一种理想的归宿。

有些用于诗中的"白云",多见于送别、酬赠的写景中。《送严秀才还蜀》的"山临青塞断,江向白云平",此言远江伸向白云之中,预示归途的遥远。《送张道士归山》的"别妇留丹诀,驱鸡入白云",此言山居景观的静谧。《同崔兴宗送衡岳瑗公南归》的"独向池阳去,白云留故山",《归辋川作》的"悠然远山暮,独向白云归",以及《终南山》的"白云回望合,青霭入看无",《林园即事寄舍弟紞》的"青草肃澄陂,白云移翠岭",《送权二》的"芳草空隐处,白云余故岑",虽然以写景为主,但都流露出淡泊的情怀。

---

① 以上三家说法,俱见陈铁民《王维集校注》,第 565—566 页。

王维的关键词以表静为主,也有用喧闹反衬出清静。"喧"为闹词,用了18次,但反衬的作用更大,更能显示出特有的清静。《青谿》的"声喧乱石中,色静深松里",说溪涧陡急则在乱石中喧叫,流经到平缓的松林则悄然无声。"喧"字反衬出山林的幽静,其作用比尖亮的"响"字有过之而无不及。《过沈居士山居哭之》的"闲檐喧鸟鹊,故榻满埃尘",鸟鹊的喧闹愈显山居的枯寂冷凉。《敕借岐王九成宫避暑应教》的"林下水声喧语笑,岩涧树色隐房栊",林中的水色交杂喧哗的笑语,反衬出环境的幽静。王维诗"喧"字不多,但显得别致。"闲"字是他的本色词,用了40次,有"闲门""闲坐""闲居""闲檐",往往构成名句。如《韦侍郎单居》的"闲花满岩谷,瀑水映杉松",《济州过赵叟家宴》的"深巷斜晖静,闲门高柳疏",《春日上方即事》的"北窗桃李下,闲坐但焚香",《饭覆釜山僧》的"一悟寂为乐,此日闲有余",可知对闲寂所咀嚼出的滋润与快乐。《新秦郡松树歌》:"青青山上松,数里不见今更逢。不见君,心相忆,此心向君君应识。为君颜色高且闲。亭亭迥出浮云间。"李白爱月称之为"君",王维爱树亦称松为"君'。他很爱树,爱的是"高且闲",其高洁闲静的情怀与审美趣味则灼然可知。《寄崇梵僧》:"落花啼鸟纷纷乱,涧花山窗寂寂闲。"他从闲寂中总能发现各种美的景物,从"热闹"中也会捕捉出静谧来。正如《答张五弟》所说的"终年无客常闭关,终日无心长自闲",这是王维的人生极境,也是他诗学审美精神的追求,这也正是他与李、杜不同之处。"闭关"于盛唐时代,心闲于纷纷欲有所作为年月,似乎是反常的,但他对大自然各种幽静而蓬勃的景物一再描写,不也正体现出当时健旺蓬勃时代的精神吗?

三、杜甫副词的沉郁厚重

杜诗海涵地负,包容广大,风格沉郁顿挫,情感诚挚,"高、大、深俱不可及"(刘熙载语)。所以,嗜好表示空间与时间的大词,诸如"乾坤""天地""天下""江山""万里""万方""四方""四海""关河""关塞""千家""万国""万壑""万民""万户""百年""千秋""千载""古今",常见于杜诗,前人甚至说"大"是杜甫的"家畜",似乎召之即来,这确是杜诗关键词的特征。然不少形式与内涵都不大的"小词",特别是司空见惯的副词,杜甫都能从中写出大来,发抒出百感千慨来,这也是杜诗"高、大、深俱不可及"的原因之一。

诸如"独""自""一"等副词,富于饱满的情感,所以这些小词可以派上大词的用场,有时与大词连用,更能显示巍然而大的特殊效果。"独"字用了215次。《登衮州城楼》的"从来多古意,临眺独踌躇",是最早用到的"独",

已隐约从"多古意"的"多"联系到"独"。《乐游园歌》的"此身饮罢无归处,独立苍茫自咏诗","苍茫"不仅指暮色,"也包含诗人对时局的忧患"(萧涤非语),故此"独"不仅指孤独,面对天下之大,自有块然大我之义。《醉时歌》的"诸公衮衮登台省,广文先生官独冷",此"独"特与"衮衮"对照,则强调放大了"独"的愤然不平。《天育骠骑图歌》的"当时四十万匹马,张公叹其材尽下。故独写真传世人,见之座右久更新","独"犹"特",特意,强调其不凡。《自京赴奉先县咏怀五百字》的"以兹悟生理,独耻事干谒","用一'独'字便见得从事干谒之流,天下皆是"①。以小词对比出大来,这正是杜诗"沉郁"之"深"处。《月夜》的"今夜鄜州月,闺中只独看",不言在京陷入叛军的苦思,却想到夫人彼处之孤独悲伤,情之深切却从对面飞来,故诗亦深切,此为"深不可及"。《对雪》的"战哭多新鬼,愁吟独老翁",当时在京官吏都降了叛军,那么多人死去,故"独"字感慨颇深,还有谁关心国家的命运?《洗兵马》:"中兴诸将收山东,捷书夜报清昼同。……只残邺城不日得,独任朔方无限功。"肃宗平叛之始重用朔方节度使郭子仪,收取华山以东广大地区,只剩余邺城。肃宗恐怕郭子仪功高难制,特意让九节度使围攻邺城而不设统帅,而导致大败。"独任"指专任,这是杜甫对此前获捷的总结,也是对围邺的希望,故有特别殷切的深意。《石壕吏》的"天明登前途,独与老翁别"的"独",犹言只,而意在显示老妇已被捉去,遗憾、惨伤、不幸都包含其中,连老妇都要上前线,昭示出"独"是多么"重""大""深"了。《垂老别》的"子孙阵亡尽,焉用身独完",子孙阵亡,一个人活着还有何生趣? 这个"独"见出有多少人死于丧乱中!《秦州杂诗》其二的"清渭无情极,愁时独向东",此"独"不仅感于羁旅之独,且"向东"思念长安的忧虑也要承担起来! 其四:"抱叶寒蝉静,归山独鸟迟。万方声一概,吾道竟何之!"蝉虽寒尚有叶可抱,鸟归迟尚有山可处。天下处处鼓角声,故有"吾道竟何之"的悲凉。杜甫这时未尝不像"独鸟",甚至不如鸟。由一己之独想到天下处于丧乱而无去所。《梦李白》其二的:"冠盖满京华,斯人独憔悴","独"犹言却,与"满"相对,为李白抱不平。杜甫入川以后,特别是在夔州时期,"独"字便多了起来,它代表暮年诗人难以负荷的种种沉痛,论者已有讨论②,可不赘言。

杜诗中的"自"比"独"用得更多,凡 410 次,含义也更广泛。而"自"义内涵不外露的特性,能容纳更为丰富的意义与复杂深微的情感。杜甫注重内在情感的发抒,对之运用更为自如、深沉、多变。亦从杜诗以后,"自"之内涵更为丰富,上文已及的"独立苍茫自咏诗",谓当咏诗,应咏诗,言心中有许多话

---

① 萧涤非:《杜甫诗选注》,人民文学出版社 1979 年版,第 58 页注 16。
② 葛晓音:《杜甫的孤独感及其艺术提炼》,《陕西师范大学学报》2005 年第 1 期。

要说。"自"并非可有可无的填空字,有若许大感慨在。《前出塞》其六的"杀人亦有限,立国自有疆","亦"为应义,与常义"也"有别,"自"为原本义,两句并列为下文"苟能制侵陵,岂在杀伤多"张本。《蜀相》的"映阶碧草自春色,隔叶黄鹂空好音","自春色"犹言徒显春色,谓无人观赏,表示了一种遗憾。《枯棕》的"死者即已休,生者何自守",言凭什么保全自己。《遭田父泥饮,美严中丞》的"步屧随春风,村村自花柳",论者谓:"万方多难,百忧交集,然而花柳无情,并不随人事为转移,自红自绿,故'花柳'上用一'自'字。"①似有些求深。此"自"当为已然之词,言花已红柳已绿。《秋兴》其三的"同学少年多不贱,五陵衣马自轻肥",犹言本轻肥,上文言如匡衡抗疏却遭贬斥,又如刘向传经诸事违心,同学少年却富贵显赫。落拓不偶的牢骚语,却只如叹羡,蕴藉中婉而多讽。《愁》的"江草日日唤愁生,巫峡泠泠非世情。盘涡鹭浴底心性? 独树花发自分明",因滞留夔州,触目无端生愁,"草生花发,水流鹭浴,皆唤愁之具"(黄生语)。"自分明"犹言还鲜明,因烦乱而感诧异。《昼梦》的"桃花气暖眼自醉,春渚日落梦相牵",言眼已醉闭,故至日落还在做梦。《暮春题瀼西新赁草屋》其三的"哀歌时自短,醉舞为谁醒","时自短"言时已短。《南征》的"百年歌自苦,未见有知言",言百年歌本苦,这是杜甫自负语,却不动声色说出。

宋人看到杜诗中多用"自"字:"老杜寄身于兵戈骚屑之中,感时对物,则悲伤系之。如'感时花溅泪'是也,故作诗多用一'自'字。《田父泥饮》诗云:'步屧随春风,村村自花柳。'《忆弟》诗云:'故园花自发,春日鸟还飞。'《日暮》诗云:'风月自清夜,江山非故园。'《滕王亭子》云:'古墙犹竹色,虚阁自松声。'言人情对景,自有悲喜,而初不能累无情之物也。"②范希文也说:"虚活字极难下,虚死字尤不易。盖虽是死字,欲使之活,此所以为难。老杜'古墙犹竹色,虚阁自松声',及'江山有巴蜀,栋宇自齐梁',人到于今诵之。"③所谓人情对景之悲喜,"初不能累无情之物",是说景物本身自存,人之感情有时并不能左右其中。所以,今日论者说:"这些'自'字,多指自然景物的自在状态,但也蕴含着人与自然自在状态之间情感难通的无可奈何之感。……他们都是自生自灭,还去还来,不涉人间悲喜,不得人伦与乐。因而以'自'字写美景,却加倍反衬心头无可奈何的悲哀。"④宋人以"自"的自存自在的习见义,来看这些千变万化的"自"字,自然把它们简单化了。其实这些并不都是

---

① 萧涤非:《杜甫诗选注》,第190页注1。
② 葛立方:《韵语阳秋》卷一,何文焕辑《历代诗话》,中华书局1983年版,第484页。
③ 范希文:《对床夜话》卷二,丁福保辑《历代诗话续编》,第418页。
④ 杨义:《李杜诗学》,第786页。

表达"不能累无情之物"的"无可奈何的悲哀"。"寒城菊自花"是菊仍花、菊还花,使"愁眼看霜露"悲哀更增加了若许,这是物我相近的表达方式,跌进一层,而并非物与我漠不相关。此句说寒城的菊花不应开,开了让人倒增加不少的悲凉。"故园花自发"谓花应发,悬想家园已到春天,即有不能归去的遗憾,这是物我相关,物为我设之意。"风月自清夜"是说本是风月清美之夜,只是"江山非故园",有"虽信美而非吾土"的慨然。"虚阁自松声"谓空阁还有松声,只是物是人非。"栋宇自齐梁",并非"作自从解",而是说本是齐梁所建的寺院,故能"东西数千里,上下数百年,尽纳入两个虚字中,此何等神力"(赵翼语)。总之,"自"在杜甫诗中充斥着微妙的各种变化,显示出心灵的细微与曲折,厚重与深沉。不能律之以习见义,应反复体味,细加推敲。

除了"自"外,还有用了215次的"亦"字,杜诗中也用得非同一般,与一般习见义"也"有别。《送高三十五书记十五韵》的"男儿功名遂,亦在老大时",言应在老大时。看作"也"义则上文无根。《奉先刘少府新画山水障歌》:"堂上不合生枫树,怪底江山起烟雾!闻君扫却赤县图,乘兴遣画沧洲趣。画师亦无数,好手不可遇。"此言画师本无数。《述怀》的"自寄一封书,今已十月后。反畏消息来,寸心亦何有",谓寸心尚何有,还何有。"亦"表达心里矛盾,深刻逼真。回信没来,还有个盼头。一旦来了,丧乱中肯定带来的是不幸,希望可能会变成绝望,到那时还会有什么希望?《羌村三首》其一的"邻人满墙头,感叹亦歔欷",言感叹还歔欷,又歔欷。《无家别》的"家乡既荡尽,远近理亦齐",言理应齐,道理是一样的。《捣衣》发端的"亦知戍不返,秋至拭清砧",此"亦"虽用常义也的意思,然当头一句冲来,极其沉痛,因已把许多说出来都是痛苦的话按捺下去。思征人归来,开口即言知其不返,可见丧乱中官兵死亡之多,家人也不会想到还能生还。举笔关切时事苍生,沉痛之至。"安此一句于首,便觉通篇字字是至情,字字是苦情"(黄生语)。无独有偶,《野人送樱桃》用"也"字置于首句:"西蜀樱桃也自红,野人相赠满筠笼",让人一下子明白"也"字之妙,但看颈联"忆昨赐沾门下省,退朝擎出大明宫",方才明白——百姓送的樱桃比起昔日皇家分赐的一样。"也自红"言也应当一样的红。"首句'也'字预照赐樱,见今昔相似也"(仇兆鳌语)。《丹青引》的"将军善画盖有神,必逢佳士亦写真。即今飘泊干戈际,屡貌寻常行路人。""亦"与"必"呼应,故"亦写真"谓"才写真"[①],见出昔日升平年间的矜持,亦为下文对比张本,体现出时代的变迁。《咏怀古迹五首》其二的"摇落深知宋玉悲,风流儒雅亦吾师",注疏家说:"亦字,虽无不满之意,却极有分寸。"(萧涤非语)这是把"亦"字作也解,然于上文无根,失去着落。或谓

---

① 参见魏耕原《杜诗语词考释商略》,《兰州大学学报》2002年第2期;又见《唐诗宋词语词考释》。

"宋玉以屈原为师,杜公又以宋玉为师,故曰'亦吾师'"①,未免屈曲牵强;或谓"风流儒雅,真是为师矣"(《杜诗详注》引《杜臆》语),斯言得之。"亦吾师"犹言应吾师。

　　用了495次的"一"字,在杜诗常作副词用,充满复杂感情,特别生色。《望岳》的"会当凌绝顶,一览众山小",言尽览而众山为小。《捣衣》的"宁辞捣熨倦,一寄塞垣深","一寄"犹言好寄。《病马》的"物微意不浅,感动一沉吟",言长沉吟,老沉吟,而非沉吟一下。《送远》的"亲朋尽一哭,鞍马去孤城",此为倒装句,尽一哭,犹同声一哭,全都哭起来,而非哭了一两声。《发阆中》的"别家三月一得书,避地何时免愁苦",一得书,言才得书。《除草》的"霜露一沾凝,蕙草亦难留",一沾凝,谓忽沾凝。《秋兴》其一的"丛菊两开他日泪,孤舟一系故园心",一系,犹言长系,老系,总系。《咏怀古迹》其三的"一去紫台连朔漠,独留青冢向黄昏","一去紫台"是说一旦离开汉宫。《暮春题瀼西新赁草屋》的"身世双蓬鬓,乾坤一草亭",萧涤非说:"身世大事,一无所成,唯一的成就,便是一双蓬鬓;天地之大,一无所有,唯一的财产,便是租来的草亭。"②指出"一"所蕴含的感慨。《江汉》的"江汉思归客,乾坤一腐儒",同样是唯一义。"'一腐儒'上着'乾坤'字,自鄙而兼自负之辞。身在草野,心忧社稷,乾坤之内,此腐儒能有几人?"③《逃难》的"已衰病方入,四海一涂炭",言全涂炭,整个国家都在水深火热之中。

　　综上所论,杜甫在虚词上精心打造,无论比起李白,还是王维,都有自己鲜明的个性特色,他把各种复杂的感情融注于副词上,更能显出深沉博大的特色,而使人感慨万千!训诂家谓实词为骨肉,虚词为血脉。诗的语气流通回旋,虚词则起了绝大的作用。杜诗的实词往往坚实,虚词的灵活性极大。常常把虚词的多义性发挥到极致,用以表达复杂深沉的思想感情。早年的"岱宗夫如何?齐鲁青未了"就是这种情况。到了中晚年,虚词使用尤多,远远超出盛唐其他诗人。这也给阅读杜诗增加了一定的难度,往往被视之以常义,出现理解的偏差,导致对复杂深沉情感的把握脱轨。杜诗这一大特点,亦为一大难点,应引起足够的注意。

---

① 仇兆鳌:《杜诗详注》,第4册1501页注2。
② 萧涤非:《杜甫诗选注》,第288页。
③ 黄生:《杜诗微》,见《黄生全集》,安徽大学出版社2009年版,第2册189页。

第十八章　盛唐三大家异同与出现意义

按一般说法,唐代有六大诗人,即李白、杜甫、王维、韩愈、白居易、李商隐,分属盛、中、晚唐。初唐是酝酿期,诗坛缺席大家。而仅有50多年的盛唐就出现了李、杜、王三大家,为时仅占全唐的六分之一,大家却占一半。这种现象与盛唐气象的形成联系紧密,亦与三大家的思想、历史职责、诗风以及诗体特征相关。分析三大家的异同,则对他们出现的意义与盛唐气象的形成有直接关系。

一、三大家思想的异同与盛唐时代之关系

依现在认同的说法,李、杜、王三家分别为诗仙、诗圣、诗佛,分属于道教、儒家与佛教的思想,这个说法当然没错。李白加入过道教,杜甫是忠实不二的儒家追随者,王维信佛也没有问题,然而诗人的思想毕竟与思想家不同,思想家有吾道一以贯之的理念,不需要过多的其他观念,就是吸纳别家思想,也得化为己有。诗人却自由多了,可以尽情宣泄,没有绝对固定理念约束。就是忠厚诚谨的杜甫,不高兴时也喊过:"儒术于我何有哉?"——当然愤极之言不可作真。这确实是个例外,纯粹的儒家思想,则是他的根本。因为打心眼儿里他就像"葵藿倾太阳",而且是"物性固莫夺"的人物,谁也改变不了他。但他自己却能突破儒家的君臣观念,谴责玄宗天宝后期的弊政。他一生困顿极了,艰难苦恨备尝,早年考试也没门儿,同时考者一个也不录用,李林甫说是"野无遗贤",人才早就聚集在皇帝周围。他又看准当时倡导礼义,就献三大礼赋,虽然获得了机会——"集贤学士如堵墙,观我落笔中书堂"——然结果并不理想,只给了一个河西尉,不愿去就只好做胄曹参军。让一个怀抱"窃比稷与契"、要干一番"致君尧舜上"大事业的人物,去看守兵器库,这是讽刺还是开玩笑,煌煌的盛唐对他居然如此!反正唐玄宗没有工夫去理他。到了肃宗时代日子更不好过,因为替房琯说了几句好话,便被视为"房党"。"房党"就是玄宗父党一派了,险些处以大刑。好在杜甫还有政治头脑,知道行在不是他可以立足之地,即告假探家。自此便颠沛流离,吃尽了苦头,再也没有回到朝廷的机会,最后病死在湖南水乡的一条破船上。在三大

诗人中,他最孤苦寂寞,他的一生都是由许多悲剧联结起来的。繁花似锦、烈火烹油的盛唐只让他能作诗人。至死都在想念京华,然而京华偌大之地对他确实是"长安米贵,居大不易"!

儒家思想在杜甫身上体现得最为鲜亮,最为纯粹,最为彻底。儒家的以民为本,以国为重的观念贯穿了他的一生,忧国忧民在杜甫身上散发出灿烂的光芒。苏轼说他"每一饭不忘君",今人说他有些愚忠,前者是宋人忠君观念导致的曲解。在圣明天子脚下的慈恩寺塔上,杜甫就对荒唐的唐玄宗发出了"惜哉瑶池饮,日晏昆仑丘"的批评。在《兵车行》中,面对爷娘妻子"牵衣顿足拦道哭,哭声直上干云霄",怒不可遏地喊出"边庭流血成海水,武皇开边意未已"的谴责。在《丽人行》里面对乱伦的杨氏姊妹,当然包括唐玄宗在内,他敢骂:"杨花雪落覆白蘋,青鸟飞去衔红巾。"这是斥君,不是忠君。赴奉先路经骊山,戟指唐玄宗率领庞大的挥霍集团,愤然揭示"朱门酒肉臭,路有冻死骨"。这是怒其昏妄的詈骂!他没有直上骊山面斥玄宗的权力,但我们看到了他对玄宗集团奢侈的描摹,对百姓的同情的议论,又是那么可信与真实,这与孟子所说:"庖有肥肉,厩有肥马,民有饥色,野有饿莩,此率兽而食人也。"其思想与精神真是如出一辙!在盛唐诗人中,敢为民代言者,勇气胆识无过于杜甫。"民贵君轻,社稷次之"的儒家观念,在杜甫身上肩负起来,可以说他就是诗人中的孟子!

盛唐那么多的诗人,有谁没经过安史之乱?杜甫为国家担忧,为百姓诉说不尽的苦难。在升平年月杜甫幼子饿死,家居京都之远县,想到的却是"失业徒"与"远戍卒"。在"三吏""三别"中,历史无情推给诗人一个巨大的两难选题,这是诗人自找自寻的难题:是要平息叛乱,要保全国家;还是要老百姓能活下去。悲天悯人的杜甫,眼泪只能淌入肚子的杜甫,奢想着鱼与熊掌如何兼得,真是上苍不让他轻松一会儿!八年丧乱,兵燹烧红了大半个国家,人口死亡三分之二,人们印象中身体瘦削的杜甫,以如椽巨笔,饱含血泪地记录了耳目所及的战乱、鲜血与数不清的灾难,恪尽了一个儒生的天职,倾尽了一个诗人海涵地负的才华,他以重、大、深的眼光与思想,肩负起对现实即历史的记载,为后人留下了忧国忧民感人至深的诗章,受感动的后人又把他推上了"诗圣"的尊位。

一个始终关注国家关切民众的人,应与时代息息相通。当唐玄宗还沉浸在40年太平天子的美梦时,当大唐长安还是辉煌无比万国来朝第一大都市时,杜甫就预感到"秦山忽破碎,泾渭不可求""俯视但一气,焉能辨皇州":长安城将要经历一次史无前例的浩劫,大唐即将面临血与火的灾难。时为天宝十一载,距离安史之乱尚有三年多。就在安史称兵那年冬天,杜甫颤巍巍地踏上渭河便桥时,就已惊呼:"群冰从西下,极目高崒兀。疑是崆峒来,恐触天柱折",预料国家将要遭到颠覆,安禄山的铁马战车已经向南驱奔,罕见的大乱不幸被他言中。在以后的八年,以及后来对时局的关注、抗议,对当政者的警告,大都显示了他深远的政治眼光和为国的急切与赤诚。杜甫不是一个懵懂的书生,他的才智与生命始终和国家命运与人民的不幸息息相关。他的成熟与盛唐的发轫同时起步,他又是盛唐前期倡导儒家思想、经济繁荣、思想开放大环境下孕育的有宏伟理想的伟大诗人。在这一点上与李白、王维前期并无多大区别。他的仁者观念,是在安史之乱以后,直至去世更加大放光彩。丧乱使儒家关注社会关切民众的观念,在杜甫身上得到全方位的体现,这也是他与道家李白之有别,而与佛家王维大别的地方。

李白曾加入道教,却不是纯粹的道教徒。他的入道与唐玄宗张扬道教不无关系,可以说道教不过是他设法尽快干预政治的工具或敲门砖,这是李白的聪明,也是李白世俗的一面。海县清一、功成身退是李白的最高理想,张良与鲁仲连是他在政治理想上的偶像,但一是道家,一是纵横家。纵横家出其不意的手段,在他思想上常常占有一定位置。利用各种手段打通关节,包括唐玄宗女儿与宠信的道士在内,终于以布衣身份,受到唐玄宗最为隆重的礼遇。但在赴京时高唱的"仰天大笑出门去,我辈岂是蓬蒿人",以及赐金还山还自信"天生我材必有用,千金散尽还复来",还有经常涌动的"闲时垂钓碧溪上,忽复乘舟梦日边",如果不是酒后耳热的心血来潮,如果不是说大话,只能显示作为诗人的绝大天才,而不是头脑清晰的政治家。直到去世之年,他还继续做着期望返回长安为天子辅弼的梦想。这样的诗多达数十首,让人惊讶!他最大的失误不是被赐金还山,而是永王李璘事件。纵横家的思想使他有了做翰林待诏的开始,又促使他成了"从逆"的囚犯,就是因为没有看清楚玄、肃二帝间的矛盾。这一点比不上杜甫急忙抽身摆脱了"父党"的猜忌。马嵬事件后,已经44岁的李亨自立为帝,玄宗为了大权不至于全部旁落,分命诸子掌管地方权力。李璘对李亨的抢班夺权本来不满,借机以伐叛为名发兵北上。时在庐山的李白,纵横家的理念促使他兴致勃勃加入李璘的军中,且一口气写了十首《从永王东巡歌》。所谓"但用东山谢安石,为君谈笑净胡沙""南风一扫胡尘静,西入长安到日边",又是多么的自信与豪迈!他似乎把此次从军看成人生的转折点,是一次实现大济苍生的机会,并非后来所说的"胁迫"。纵横家要能审时度势,该出手时再出手,看来他只能是个半拉子。李白晚年还要跟从李光弼上前线,当然是爱国的激情所使,但不能说没有纵横家的动机,他总有人意想不到的行为。从璘事件再次说明李白政治经验的缺陷,也是他最大的悲剧。李白一生到处寻找机会,然终其一生只做了不到两年的翰林,实际只是盛世天子的摆设。晚年被视作叛逆关进大牢,又遭到了流放,杜甫的政治生涯中尚且没蒙受过如此冤屈。由此看来,他在政治上比杜甫还不幸,屡遭挫折,未尝不是个悲剧人物。

道家庄子的愤世嫉俗与屈原对群党奸小的谴责和他自己睥睨一世的倜傥不群之人格,构成了李白的尖锐激烈的批判精神,比起杜甫有过之而无不及。但李白的批判主要针对唐玄宗所酿造败政与把持权势的李林甫,而对玄宗本人始终怀有知遇之恩。他关心的是"君失臣兮龙为鱼 权归臣兮鼠变虎"。对玄宗充其量持之埋怨:"阊阖九门不可通""白日不照吾精诚"。而对上层社会用人不当的批判最为激烈,最为痛快淋漓。如《答王十二寒夜独酌有怀》的"骅骝拳跼不能食,蹇驴得志鸣春风""孔圣犹闻伤凤麟,董龙更是何鸡狗",《古风》其十五说"珠玉买歌笑,糟糠养贤才",与之相比,连忧国忧民的杜甫也没有这样锋芒毕露。也可以说,他与杜甫联袂对上层社会腐败,展开了从上到下全方位的深刻批判。由此看来,李白还有一定的儒家思想,他曾自称儒生。《行行且游猎篇》说"儒生不及游侠人,白首垂帷复何益",《答王十二寒夜独酌有怀》又说"吟诗作赋北窗里,万言不值一杯水",就是儒者与诗人的郁懑与牢骚。

与李、杜的批判精神相比,王维就像"第三种人",他既没有杜甫那样忧国忧民的情怀,更缺乏李白那样对上层社会的批判精神。佛教思想给了他静察默观大自然的艺术领悟能力,却又使早年同样健旺的进取精神急速萎缩。与李白同龄的王维,同样沐浴盛唐前期灿烂的阳光,也有着美好的政治憧憬。甚至多少像李白那样带些侠气。他的《陇西行》《从军行》《陇头行》《夷门歌》《老将行》《燕支行》《使至塞上》《观猎》《出塞》,以及送人赴边,都还写得慷慨激昂,飘荡盛唐气象昂扬的旋律。也有一定的批判社会意识,《寓言》其一说"奈何轩冕贵,不与布衣言",只是温和了些。《不遇咏》大概算是最为激烈的愤懑:"北阙献书寝不报,南山种田时不登。百人会中身不预,五侯门前心不能。……今人昨人多自私,我心不说君应知。济人然后拂衣去,肯作徒尔一男儿!"这也是盛唐诗人如李颀、王昌龄、张谓等共同的感受。对于上层社会的拒绝贤士,他也有牢骚。在《过太乙观贾生房》却有控制不住的悲愤:"天促万途尽,哀伤百虑新。迹峻不容俗,才多反累真。"就和李白的批判精神比较接近。《偶然作》其五就把对"斗鸡事齐主,黄金买歌笑"的轻蔑,与"客舍有儒生"作了对比;"读书三十年,腰间无尺组。被服圣人教,一生自穷苦",发为不平之鸣。他也有向往富贵的一面,《西施咏》说:"艳色天下重,西施宁久微。朝为越溪女,暮作吴宫妃。贱日岂殊众,贵来方悟稀。……当时浣纱伴,莫得同车归。持谢邻家子,效颦安可希!"出于隐仕之间的徘徊,"无可无不可"便成为人生的准则。他在《青雀歌》里变表达了这种与世委蛇的观念:"青雀翅羽短,未能远食玉山禾。犹胜黄雀争上下,唧唧空仓复若何。"此与李白大鹏、杜甫雄鹰、奔马精神,相差就甚远了。所以,他在与人书里讥讽陶渊明"不肯把板屈腰见督邮,解印绶弃官去",结果弄得"屡乞而多惭也",属于"一惭之不忍而终生惭"①。在他看来"当一见督邮,安食公田数顷"。这正是后半生亦官亦隐,而不脱离官场的思想原因。

在开元后期,包括隐居期间,王维曾先后有《上张令公》与《献始兴公》,希望得到张九龄的援引。开元二十四年张九龄罢相,此为大唐的分水岭,亦是王维的转折点。晚年所说的"战胜不谋食,理齐甘负薪",便于36岁以后,日占上风,当然不会真的辞官"负薪",只是表抒不思进取而已。于是前后相异,变成了"两半截人",这在盛唐也很典型突出。当然他在《献始兴公》也说过"宁栖野树林,宁饮涧水流,不用坐梁肉,崎岖见王侯",不过没有后来那样绝望而已。

王维耽溺的佛教清静无欲的思想,使他关注社会的热情日益减退,以至冷漠。三十岁以后,他的诗里很少涌动奋进的感情,至于社会的大小变动更少出现,即使安史之乱这样的翻天覆地大事件,只留下《菩提寺禁裴迪来相看说逆贼等凝碧池上作音乐供奉人等举声便一时泪下私成口号诵示裴迪》。当时梨园弟子歔欷泣下,叛军露刃睨逼,"乐工雷青不胜悲愤,掷乐器于地,西向恸哭。禄山怒,缚于试马殿前,支解之"②。听到裴迪讲述这个血性男儿的壮烈,王维随口吟成,送裴迪保存。被逼而为伪官的无奈,"安得舍罗网,拂衣辞世喧"的想法,自此更为浓厚。然终其一生未"拂衣"而去,《酬张少府》的"晚年唯好静,万事不关心",便成了他的人生经验与处世态度。他也有像《与卢员外象过崔处士兴宗林亭》的"科头箕踞长松下,白眼看他世上人",那样的冷漠与不平,然内心更多的是《叹白发》所说的"一生几许伤心事,不向空门何处销",只好黯伤地归入"空门"去消解抚慰。终其一生,久居京官小心谨慎,而成为"不倒翁"。他把盛唐前期赋予的热情与安史乱后的伤神,都投入到大自然。他中年以后的诗,不是山水,便是田园,或者游访寺观,或者是官场的奉和应制与酬赠送别。他的诗不会有李白那样的尖锐批判与热烈的想象,也缺乏像杜甫那样对国家与苍生关切的深沉。佛教思想引导到山林与大自然,描写山水的静谧与草木的蓬勃,也为盛唐气象增添了一道不可或缺的风景线。

唐代最为耀眼的三大诗人,均聚集于盛唐,不仅与强盛的国势,经济的发

---

① 王维:《与魏居士书》,陈铁民《王维集校注》,第1095页。
② 司马光:《资治通鉴》卷二百十八,"至德元载八月",第6994页。

展,开明的政治有关,与开放自由的思想关系更为密切。玄宗前期重儒,后期崇道,提供了宽松活动的文化思想大背景。无论是尊崇儒家,还是信道从佛,乃至纵横家、侠客之流,各从其便,于是像李、杜、王之道、儒、佛所由分,互不相碍。

其次,宏伟的理想,积极参政的热情成为时代的主流,强大的国势、蓬勃的经济为此提供了多重基础,加上玄宗前期有所作为,初用姚崇、宋璟,后用张说、张九龄,给文吏与诗人带来了人人都可以匡时济世的理想。所以盛唐没有谁想真正隐居,即使未沾仕禄的孟浩然也要在《田园作》高唱"冲天羡鸿鹄",而"望断金马门"。王维《送綦毋潜落第还乡》的"圣代无隐者,英灵尽来归",正可见出时代之风气,这也是王维其所以不决然隐居的原因。李、杜诗正代表着这种时代的主流。

再次,玄宗后期怠于朝政,李林甫、杨国忠相继把持朝政二十多年。一味奢侈的玄宗却又肆意开边,拒绝贤能,重用边将,内忧外患,弊病丛生。已经挺露于盛唐后期的以李、杜为代表的诗人,对社会上层的腐败,必然予以激烈的抨击。此固然为玄宗后期的莠政所致,但亦与开元之际思想开放、言论无忌的宽松的大环境有关,同时也显示了在强大国势支撑下的自信。试想,盛唐气象如果纯粹是一片理想之歌,如果没有这些尖锐的呼声,那盛唐将成为一种何等"气象",所以,饱经文字狱威胁的宋人对盛唐诗人的无所顾忌就非常艳羡。

复次,三大家的共现,也说明盛唐是个浪漫的艺术时代,玄宗以隆重礼遇接见李白,就是对一个天才诗人的最高尊重。玄宗的诗在唐代帝王中得最好,又写得一手好隶书,且工于音乐。上之所好,下必甚之,盛唐又成为艺术天才遽出的盛世。笔飞墨舞的狂草圣手张旭,充斥浪漫不羁的艺术才华,犹如诗中李白;集楷书大成且书风雄浑宽博的颜真卿,犹如诗中集大成的杜甫;妥帖舒畅、肥媚而有逸气的楷书家苏灵芝,似略近于诗中王维。气体高逸、点画如抛砖落地的行书大家,犹如边塞诗大师高适;以气势见长,所持全在笔力的徐浩,差近于边塞诗大家岑参。玄宗隶书丰肥,一时行、楷、草、隶莫不肥硕。而隶书家史维则、韩择木、蔡有邻、李潮蜂拥而起。还有一流的大篆书家李阳冰、一流的音乐家李龟年、一流的画坛圣手吴道子、一流的鞍马画家曹霸与韩幹、双管齐下的画家张璪,以及药王孙思邈、神仙家流张果,都出现在诗、书、画的巅峰期间的盛唐。盛唐李、杜、王都堪称书家,王维诗书画兼长,杜甫好友郑虔也是诗书画三绝。名家星罗棋布,各种艺术人才云蒸霞蔚,其中最为耀眼的代表人物,当然还是李、杜、王,风格阳刚阴柔共现兼备,标志盛唐气象的健壮昂扬而富有生活趣味与人情美,永远地成为世所艳称的完美时代。

二、三大家不同历史使命与地域文化的融合

初唐诗人多是京官大员与宫廷诗人,太宗朝的虞世南、魏徵、李百药,武后时上官仪,文章四友——崔融、李峤、苏味道、杜审言,上官婉儿,郭震,陈子昂,四杰名位低下,王绩为在野诗人。

经过初唐九十多年的积累与发展,到了唐玄宗的先天元年,连续的女主内乱最终消灭,一个更为统一的大唐以新的面貌显示于世。庶族阶层文士不断通过进士出身进入京都仕宦与地方大员阶层,南北士人合流之势终于形成。各种不同身份文士,来自不同地域的诗人,都曾来往于长安,以求实现自己的理想。

杜甫出生于距洛都不远的巩县,五岁就在洛阳看到国家级舞星公孙大娘的剑器舞;王维生于秦晋交界的永济,15岁就来到长安,从此定居京华。杜甫经过漫游,35岁来到长安,一来就是十年,要不是安史之乱,他是不愿离开的。只有李白在翰林待不到两年,即此前曾入长安,总共不到三年。但他回顾眷恋长安的诗多达八九十首,不亚于杜甫。这说明长安是各种诗人向往的中心,也显示了南北诗人合流的趋向。

王维外放与隐居及出使的时间很短,大约总共五六年,居京都而有四十多年之久,他的山水、田园、酬赠、送别、咏怀诗绝大部分都作于长安,至于应制应教诗就更不用说了。所以,可以说他是最典型的京华诗人,是大唐盛世繁华世界的歌手。即站在他的瓜园高斋也可以看到"蔼蔼帝王州"。长安本来南依秦岭,北滨渭水,而且辋川亦距此不远。所以,他写的山水,大多是长安的山山水水,虽然常常把他当做山水田园诗人。换另外角度看,王维是由像初唐宫廷诗人的做派走向市井,走向田园和边塞。他的集里应制应教诗多达17首,便是明证。长期居京、随帝周游,又与诸王、显宦宴游,这类诗自然会多起来。这些应制应教与奉和诗,大多是山水与庄园景物的描写,他正是用写山水诗的手法技巧来应和宫廷之作,或者也可以说,他的山水诗的技巧也是从宫廷诗里得到了一定的训练。从这个意义看,他的诗带有由宫廷转向山水的性质。由于此前苏颋、张说、张九龄虽有不少的宫廷应制之作,但山水诗没有得到长足的进展,初盛唐之间的转向,最终似由王维来完成。无论是应制应教,还是大量的山水、田园之作,都在一定层面展示了对盛世风光的描写,属于直接或间接的称颂文学,由他这个地道的京都诗人,也是最理想的长安诗人来完成,似乎是题中应有之意。在盛唐那么多诗人中,他的身份地位都有与众不同的特色。

由于擢第与入仕较早的原因,王维还有一个与众不同的地方,在三大家中他是唯一没有漫游全国的诗人,足迹所至,与李白、杜甫相距甚远,比不出远门的老友孟浩然强不了多少。孟尚有远游东南之举,而王维的足迹仅至九江庐山、岭南桂州一带,早年因受牵连出贬济州(今属山东),渡过黄河。后移官淇上(今属河北),回长安后曾经入蜀,但留诗不多,说明为时不长。论者或谓王维此时还曾漫游江南,到过越中,但在诗中看不到痕迹。他在张九龄罢相以后,曾出使塞上,40岁时又赴岭南选拔地方官,以后就再也没有远行过。他生于北方,长期定居于斯,按理说是个标准的北方诗人,诗风应该粗犷豪迈、苍凉慷慨,而应和比他稍早的王翰、王之涣、李颀、崔颢、高适这些北方诗人接近,然而事实却不是如此。王维诗固然有雄浑的一面,但主题风格却有些接近南方诗人的温润、精致清丽,甚至于细腻,与他的前辈张九龄、孟浩然,以及诗友张諲、丘为、祖咏、綦毋潜这些南方诗人接近。身为北人而诗为南风的类似情况,还有裴迪与卢象。裴迪是王维最为密切的诗友,与他相处时日较长,王维赠他的诗也不少。裴迪思想与诗风亦与之相近,或者说受王维影响较大。还有卢象,与王维、裴迪都曾陷入叛军,也接受伪职,后来受到连续贬职的处理,诗风雄放而细腻,很接近王维,有不少田园、咏怀诸作而误入王维集中,就因风格相近而误收。由此看来,诗风与地域文化不相吻合,并非王维一人。王维可以称为典型的代表,或者径直可以说为"王维现象"。而这种现象的出现,又是什么原因呢?

　　王维的这种现象,从早期就已出现,中年以后南方文化的风味更为浓厚。对此,我们可以先从盛唐前期着眼,当时能够引荐诗人组织者为张说、张九龄,二张占籍地分南北,诗风亦不同。张说诗高朗、疏旷,兴致高迈,具有浓厚的北方风格;张九龄诗清澹、幽深、明润,是为典型的南方风格,30岁即入京为秘书省校书郎,一直到开元二十五年,左迁荆州长史离开长安,三年后便忧愤去世,居京长达30年之久,然诗风自少至老没有多大改变。胡应麟说:"唐初承袭梁、隋,陈子昂独开古雅之源,张子寿首创清澹之派。盛唐继起,孟浩然、王维、储光羲、常建、韦应物,本曲江之清澹,而益之以风神者也。高适、岑参、王昌龄、李颀、孟云卿,本子昂之古雅,而加以气骨者也。"①如此辨彰源流,大致言之有理。岑参祖辈世居南阳,父辈放逐江陵,然15岁隐居嵩阳,谋求出仕,以后一直活动在北方。直到大历元年入蜀为人僚属,后转嘉州刺史,秩满罢官,卒于成都旅舍。终其一生,主要生活在北方,诗多气骨,自是情理中事。其诗源于陈子昂古澹诸人,均为北方人,故诗多风骨。源出于张九龄

---

① 胡应麟:《诗薮·内编》卷二,第35页。

清澹者,除王、韦外,均为南方人。韦应物为京兆长安人,少时负气豪纵。安史乱后,痛改前非。40岁丧妻,情趣淡泊。后来连续出任滁州、江州、苏州刺史,秩满不久卒于苏州永定寺。安史之乱与丧妻对他影响甚大,思想有了很大转变,从这一点看,他与王维很为相近。王维早年的《燕支行》《夷门歌》《老将行》均为浩气鼓荡的歌行体,前者的"画戟雕戈白日寒,连旗大旆黄尘没。叠鼓遥翻瀚海波,鸣笳乱动天山月",置于岑参边塞名作中,不可复辨。后者结尾说:"愿得燕弓射天将,耻令越甲鸣吴军。莫嫌旧日云中守,犹堪一战取功勋",道出老将不甘沉默的一怀英气,慷慨激昂,鼓动人心。同时的《桃源行》《洛阳女儿行》,前者显示描写山水的艺术才能。其中"坐看红树不知远,行尽青溪不见人""遥看一处攒云树,近入千家散花竹",境界幽旷,风光明丽。后者虽属闺怨,词采富丽,极意铺排,可能受到王翰、崔颢同类题材的影响。但末尾突然一转:"谁怜越女颜如玉,贫贱江头自浣纱"与"洛阳女儿"富贵独处形成对比,超越此类题材的哀怨限制,寄托了士不遇的主题。总之,王维早期诗作并未以清澹之风为主,而是以慷慨不平之音为主调。

  他的诗风之微转,可能与张九龄有关。他曾两次寄诗张九龄,在政治上寄托了很大的希望,也得了一定的援引。政治上的知遇之恩,在诗风上也起了潜移默化的作用。再则,诗歌审美上王维主张阳刚与阴柔兼备。在《别綦毋潜》里说"盛得江左风,弥工建安体",与其说称美对方,毋宁说是夫子自道。綦毋潜的诗虽然偶有清刚健举之音,但仍以清幽静谧为主,距"建安体"较远,而更得益于"江左风"气,而王维其实是对友人带有期盼。他的这种主张似乎把张说的旷朗高健与张九龄的清雅幽深结合起来,也是盛唐一流大诗人的共同意识,李白、杜甫莫不双向取法。王维诗愈到后来,尽量控制感情的外露,好像尽力使自己包括读者在内不要慷慨激昂到失控程度。他的山水诗与田园诗走的是大小谢与陶诗的路子,但比前者更为简净清润,对后者尽量取消表露心态意图的议论,始终保持京都诗人的矜持。虽然感情能够自然融入描写景物中,发抒了对自然美的欣赏,但人的情绪总是激动不起来,更谈不上振奋与激昂、慷慨与悲壮!由此看来,虽与江左诗风的绵软不振有所区别,但大致上还是比较接近。这大概是盛唐蓬勃昂扬的风气所致,使审美情调趋向于《愚公谷》其二所说的"不随云色暗,只待日光明"。还有一有趣现象,王维一旦离京,诗风似乎更为振作。如知南选时的《汉江临泛》的"楚塞三湘接,荆门九派通。江流天地外,山色有无中。郡邑浮前浦,波澜动远空",就比作于长安的《终南山》气势似乎更为博大,更富有一种鼓动的力量,至于与他描写的渭河就更不能比了。出使西域的《使至塞上》"征蓬出汉塞,归雁入胡天。大漠孤烟直,长河落日圆",开拓了境界不用说,旷远高迈之气似乎呼之欲出。特别是"萧关逢候骑,都护在燕然",不由自主地让人慨叹,情绪不能不为之激动!以此看来,京都长安似乎对他又是一种无形的约束,使他在诗里始终保持京官有别于在野诗人放胆高歌的风采,身份与所在京都对他的诗之视野与思想情感具有双重的限制。否则,依他的诗才,并不会比李杜低弱多少!

李白自出蜀以后,再也没回去过,漫游天下好像是他一生的正式职业。不到两年的仕历,对他起不了过大的约束作用。自少至老,足迹遍及大江南北,黄河上下,走遍了大半个中国的名山大川,也留下众多的山水诗。用他的话来说则是"一生爱入名山游","兴酣落笔摇五岳"。按理说漫游是他的职业,而作为诗人的他则是一个地道的山水诗人。然而纵横家的参政与对功名富贵的追求,道家功成身退的高旷境界,庄子对社会的批判,屈原对理想追求与对执政者的讽刺,对他始终具有强烈的诱惑力。所以他的不少长篇山水诗、游仙诗只不过是精彩而兴致勃勃的外壳,实质上却是政治诗或咏怀诗,充满着对上层社会的关注与批判,《蜀道难》《梦游天姥吟留别》,《古风》其十九的"西上莲花山",《梁园吟》《鸣皋歌送岑征君》,以及大量的游仙诗、咏怀诗,无一不是政治诗。再加上他又是以力图恢复乐府比兴为己任,把对时俗世风与军国大事的举措,作为讽刺议论的题材。还有数量可观的咏史、怀古,无不以针对现实指斥讥讽为旨归。又自少至老以腾飞万里的大鹏自喻,始终带有俯观天下的眼光。就是站在地上,也眼观天上,注目朝政。有趣的是,这些形形色色的政治诗很少就某时某事为着眼点,而是从整个国势与朝廷大局开始考虑,多属于天马行空式的"宏观范畴",这就和杜甫"感于哀乐,缘事而发"以事为史的精神拉开了极大的距离。他们好像心许意契,共同肩负起大唐天上人间万端大事的评议职责,而李白更像未经朝廷许可的高级参议员,他的议政兴趣始终旺盛不衰。这样说来,漫游与议政使他有了双重身份。

李白又是最为主动地把"建安体"与"江左风"结合起来,齐梁"宫体诗"在他手里由宫廷走到市井。女性题材在他的乐府诗里占了很大篇幅,甚至兴高采烈地代他夫人连篇续牍写了所谓的"寄内""内赠"、《赠内》与《自代内赠》《代赠远》等诗,盛唐诗人中恐怕连早年放荡的崔颢也远远不如。还有《长干行》《长相思》《阳春歌》《采莲曲》《白头吟》等大量妇女题材,这些诗确实写得"清水出芙蓉",也确实达到"天然去雕饰",没有多少杂质与邪念。这当然是冒险的,为此招来了后人的讥议。刘熙载说:"太白诗言侠、言仙、言女、言酒,特借用乐府形体耳。读者或认作真身,岂非皮相。"[①]实质也可以看

---

① 刘熙载:《艺概·诗概》,第59页。

作是对齐梁诗风的刷新与淘汰性的继承。更重要的是把南北诗风完美结合起来。屈原与庄子都属于南方,他们浪漫的想象,热烈的夸张,尖锐深刻的讽刺、批判与心雄万夫的李白一拍即合。李白生长于巴蜀之江油,在湖北安陆、山东任城、河南梁园、安徽当涂定居过,又多次来往于江南一带,其间的名山大川无不因他的锦绣华章而更具风采。而且又对江左山水诗大家谢朓特别尊崇,按理应该成为标准的江左风气中人,即南方诗人。然而江左风气也束缚不住李白,北方的黄河、雄奇的华山、辉煌的长安、逶迤的秦岭、中原的梁园旧址、燕山的飞雪、泰山的俯视等,都在他诗中得到精彩绝伦的展现。特别是北方文化的象征——黄河,李白写得最多,也写得最为生动,他把自己流动的情感、奔腾的精神、宏伟的理想、飞扬的气势,全部赋予黄河。他似乎是黄河最为理想的代言人,北方人的豪迈、放旷、粗犷全都淋漓尽致地迸发出来。金陵与长江是南方的代表,也有不少出彩的诗歌,南方的清丽,北方的雄浑,李白兼而有之。他以自己开放磅礴的胸襟与气度,把南北文化融为一体,也把南北诗风浇铸在一起。

杜甫的政治身份先是唐朝京都一小吏,丧乱中的赤诚使他成为肃宗行在的拾遗,拥有了对朝政直接批评资格。然局势错连,不久就踏上举家漂泊的历程。入川后一度有检校工部员外郎的虚衔,似乎还能有些发声的机会。他又是念念不忘国家与人民的诗人。他有不少诗,包括入川与在夔州作的,前人都一致看作是谏书,是议政诗,又对玄宗、肃宗、代宗三朝大小朝政表现了极为热切的关注与批评。由于秉执不移的儒家思想与艰苦备尝的流亡经历,他始终关心水深火热的民众百姓,即事名篇,直发议论,无所回避。他的一只脚站在国家,一只脚在民众间,两眼关注着朝廷里的一切,既是军国大政的劝谏批评者,又是民众最为忠诚的代言人,恪尽了疏通朝廷与民众的职责,是最为忠诚的敢于直言的"联络人"与"代言人"。

如此忠厚的杜甫却是盛唐诗风的革新者,他的乐府诗包括歌行体从不采用旧题。最为擅长的叙事诗与发议论的古体诗,无不带有崭新的面孔。擅长律诗且兼工众体,这与王维就很相近,而与李白又拉开了大的距离。海涵地负的集大成的诗风,加上他善于多面汲纳传统与当代许多诗人的长处,使他不仅成为盛唐诗的总结者,而且以创新求变弥补了盛唐诗高昂而少了些切实的不足,避免了豪迈而存在肤廓缺陷,从而导引了诗风向中唐的转变,影响后代至为深远。

就这样,诗仙、诗圣、诗佛,三位一体。在野而激烈批判上层社会的"参议员",身为京官却远离是非而亲近大自然的温和的京华"赞美诗人",始终关注民生与国家而主动肩脊朝野上下的"联络员",同样三位一体,在客观上形成合力,为盛唐多姿多彩的气象的构成,注入了最具活力的艺术精神与生命。就像钱钟书《围城》所说,在城里的想走出来,在城外的想走进去。就是这种自由多样的活力,多种多样的身份,不同地域文化的融合,方才形成辉煌的盛唐诗歌与盛唐气象的光辉。

三、三大家诗风与诗体创新及盛唐气象形成的关系

　　三大家诗风各不相同,王维诗如春风和煦,明月入怀;李白诗如夏日高照,光焰逼人;杜甫如秋气袭人,似冬日之严峻。如果三大家缺席一位,就好像处于热带或亚热带或南北两极,总不如年有四季而万物有生长盈缩的规律。就是题材不够广博、诗风不那么多样的王维,一旦缺失,虽然不碍大局,但雄浑伟壮的盛唐诗风总会显得不那么轻松惬意,好像失去了什么。犹如只有高山大河,而失了草原平野,终归不成博大万有之气象。清人贺裳有启人神智的说法:"唐无李、杜,摩诘便应首推。人谓'如秋水芙蕖,倚风自笑',殊未尽厥美,庶几'咳唾落九天,随风生珠玉'耳。三人相较,正犹留侯无收城转饷之功,襟袖带烟霞之气,自非平阳、曲逆可伍。"①若以汉之三杰相较,李白如攻城略地的淮阴侯,杜甫差似运用多方的留侯,而王维则与输兵转饷的鄴侯仿佛。徐增还有个说法亦予人以启迪:"诗总不离乎才也,有天才,有地才,有人才。吾于天才得李太白,于地才得杜子美,于人才得王摩诘。太白以气韵胜,子美以格律胜,摩诘以理趣胜。太白千秋绝调,子美一代规模,摩诘精大雄氏之学,篇章字句,皆合圣教。"②乔亿又有一喻:"古人诗境不同,譬诸山川:杜诗如河岳,李诗如海上十洲……王(右丞)诗如会稽诸山。"③向来以为杜甫诗海涵地负,沉郁顿挫。因忧国忧民,所关切者广多,故能包容涵盖一切;思想深沉痛切,叙写指斥时事切中肯綮,"吐弃到人所不能吐弃"(刘熙载语),故能沉郁;章法森严,多有起伏转折,"曲折到人所不能曲折"(刘熙载语),故谓顿挫。这是为社会现实的,为国家为民众的诗,为时为事而作,为天下为苍生的诗。李白诗被认为如天马行空,来去自如,"言在口头,想出天外"。对社会上层的批判多从不用贤才出发,以士之不遇为永恒主题,这是为"大我"的诗。他又是极有热情极爱自由的人,把屈、庄的想象发挥得淋漓尽致。他主张"天然去雕饰",由追求人格的自由到诗歌追求自然,虽然幕天席地而来,然把诗当作日常说话,故能"言在口头"而"想出天外",这又是为

---

① 贺裳:《载酒园诗话》又编"王维"条,郭绍虞《清诗话续编》,第 309 页。
② 徐增:《而庵诗话》,丁福保《清诗话》,第 427 页。
③ 乔亿:《剑溪说诗》卷上,郭绍虞《清诗话续编》,第 1090 页。

"我"的诗。而李白"大我"的实质与杜甫意之所至都在经世。王维诗词秀调雅,浑厚闲丽,精华外朗,词不迫切而意味甚长。"古诗能道人心中事而不露筋骨,律诗至佳丽而老成"(张戒语),诗境虽极幽静闲远,而气象蓬勃丰蔚,生机勃勃,不乏朝气,且有雄伟的一面。虽然总与现实特意拉开一定的距离,也不轻易使感情沸腾,蕴藉含而不露,然雅洁温润,婉转附物,惆怅切情。从主体看,王维还是以描写大自然为主,以对山水、田园的静观默察的审美为主,表现的是人与自然的和谐与默契,属于捕捉自然景物的歌手。总体来说,李白诗如盛唐吴道玄的画"行笔磊落,挥霍有神"(滕固语),是"豪迈的",是表现力度的;杜甫诗如李思训画,风骨厚重,挥扫躁硬,是深沉的;王维诗如他的画"能发景外之趣"(王世贞语),是为写景而"抒情的"(滕固语)。豪爽、深沉、抒情的三种不同风格,也是盛唐诗坛的主流风格。若从内容看,杜甫是为人生的,李白是为自我的,王维是为自然的,可谓天、地、人皆具。他们的博大、澎湃、蕴藉,形成了一种活力,对盛唐有歌颂赞美,也有批判抨击,都有共同的理想,而且他们身边围聚着许多志同道合的诗友。李白与孟浩然、杜甫与高适的友谊则不用说,杜甫又称王维是"高人",而且"最传秀句寰区满",又与高适、岑参是诗友。王维与孟浩然、储光羲、张子容、卢象、李颀、祖咏、綦毋潜为诗友。三大家共同成为盛唐诗歌的主流,导引着时代的潮流,也显示了盛唐气象的缤纷多姿!

  盛唐诗歌最活跃的诗体,是一长一短的歌行体与七言绝句。李颀、高适、岑参、王维的歌行体引人注目,李颀把送别诗与人物诗结合起来,为盛唐前期的政治家、理财家、诗人、画家、书法家、音乐家、道士、高僧等形形色色人物,创作了一个长长的人物画廊,对李白、岑参影响甚大。高适与岑参则以长篇歌行投入边塞诗创作,把盛唐的边塞诗推向高潮,放射出瑰丽雄奇的色彩。王维的歌行主要见于早期,题材比较多样,也具有雄壮悲放的色彩。可以见出他兼长众体,以及早年的才华。李、杜的歌行则如鱼龙百变,天风海雨,大江波涌,无风自起。李白乐府歌行奔涌激荡,长气浩然,最适宜表现豪放不羁与浪漫的想象。屈原瑰丽奇谲的神话与庄子冲天而起的大鹏精神,都在他的歌行体里放出异样的风采。他的发端往往凿空而起,遮天蔽地而来,中间转接自如,如"海上三山,方以为近,忽又是远"(刘熙载语),长揖神仙,友于风云,与仙遨游,挥云斥电,不可端倪。又在李颀歌行的基础上,把山水、游仙、咏史、怀古、送别、咏怀以及议论政治结合起来,体气高妙,光彩四射,逼人眼目,诗带仙气,神如天人,为歌行体浓墨重彩金笔大书地留下最为神奇瑰丽的华章。杜甫歌行独开生面,大都即事命篇,无所依傍,铺排描写,精力弥漫,节次波澜,离合断续,变化多端,而又布局森整,苍茫雄浑,悲慨淋漓,沉郁顿挫,博大深沉。特别在叙事、记事的史诗上，为盛唐气象增添不能没有的厚重雄直，带有里程碑式的风采。

盛唐早期王翰、王之涣的绝句雄迈高朗，虽则数量不多，却给小诗派上了大用场，为诗坛高潮的到来拉开了序幕。相继而出的王昌龄专以五古与七绝鸣世，他把二王伊始涉笔的七绝边塞扩而大之，广而充之，以抒写金刀铁马、黄沙白雪的边塞诗，几乎用小诗涉及这一题材的各个领域。他又是天子脚下的长安人，耳濡目染，熟知宫闱女性生活，用多层的暗示，婉转曲折地暗示出她们苦闷的心思，为小诗开出一片绿洲。三次贬谪，愈放愈远的挫折，又使他写了大量的留别送别绝句，语短情长，刚健爽朗。他的性格刚强，不畏俗议，向往光明，这些情感都在小诗里熠熠生光。特别是明亮的月光普照这三大题材，处处光亮照人。他是七绝圣手，被称为"诗家夫子"，对李白当有一定的影响。绝句到了惯于营构鸿篇巨制的李白手里，就好像大篇后的暂息，发抒得如行云流水，自然得如冲口而出，确实如他追求的"清水出芙蓉，天然去雕饰"一样，新鲜活泼，可爱至极。相当大部分绝句，主要用来歌颂足之所至的名山大川，飘逸、灵动、随机而化，不见匠心，而使山河为之增色，也显示出天才诗人才华之缤纷，为他赢得极大的声誉。至今三岁小童吟咏的，莫不是这些小诗。李白又有"历史癖"，他的诗中出现的历史人物最多。所以，咏史、怀古这些大题材，同样纳入小诗，不仅具有当时的现实意义，而且声情摇曳。李白也是极重感情的人，他的那些送别诗，甚或比王昌龄高出不少。还有那些思乡怀远的诗，也极为感人，至今流播人口。王维的七绝可以和李白、王昌龄鼎足而立，几乎分不出长短高下。七绝本为言情之具，而在王维手里似乎更加专为此而发。他把感情掌握恰到好处，温润、体贴、透彻，而带有潜移默化的渗透力。一首《渭城曲》永远诱发人心，把日常话说的那么亲切，那么感人，那么富有诗意。就像"明月松间照，清泉石上流"那样沁人心脾。情不外露，而又感人，应是他独有之本领。杜甫的七绝与以上三家迥然有别。一来入蜀前很少染指，二来入蜀后所作数量为盛唐诗人之冠，他又是在诗体上锐意独开生面的创新者，用白话来写律诗，又用律诗的手段来写绝句，无论五、七绝，常常全为对偶，而且四句四景，犹如"四面屏风"，装饰性很强；又用了叙事与记事的手段，就好像把五古长篇硬压进小诗里。特别是幽默的拟人化，把盛唐诗用腻的简单动词拟人化，一变而为与草木的对话，以至于有动作、情感等，为宋诗开了无限法门，杨万里"诚斋体"的"活法"就专从此开道。又把长于议论，特别是论政的手段，广施于绝句。一首不够，就用组诗。所以杜甫七绝组诗数量之多，亦为一大特色。这也为宋诗的议论超前做出了榜样。前人称为变调，属于盛唐七绝的特殊品种，不合时流而影响深远。

五绝在诸体中最为短小,可以称为"微型诗",在 20 字里要旋转出一片天地,实在需要一种特殊的本领——那就是简洁,简之又简。盛唐前期崔国辅以此见长,整体水准不低,但名篇无多。盛唐诗人染指于此者不是很多,即便有,数量亦少,好像聊补诗集的空缺而已。李白善于夸张、比喻,铺排起来也洋洋洒洒。他还有一种能力,简之又简,洁之又洁。这在他的五绝,表现得最为充分。《静夜思》细究起来,就好像把《古诗十九首》"明月何皎皎"一首压缩了似的,却又像脱口而出那样自然,而使人想不起是否有所源渊。而《敬亭山》又好像全然把自己融化在大自然中,把人和自然的默契说得多么超逸,但绝不是对庄子《齐物论》的图解。《玉阶怨》是追摹最为敬慕的小谢的同题诗,然又与自己的其他五绝,风格那么一致。王维五绝与以抒情为主的七绝好像相反,专取写景一道。用那么一点文字去刻画景物,殊非易事,而且还能传出穷幽极玄之致,则又难乎其难,然而他可以胜任。《辋川集》20 首,全为五绝,"不用禅语,时得禅理"(沈德潜语),用语至淡,而能达至浓。大者登高望远,飞鸟没于远天;小者林间青苔,院中小苔,都刻画出各自不同的生命特征,都是盛唐诗中的极品。

　　至于五言古诗,李白专从乐府诗入手,注重比兴,题材广泛,寄托遥深,涉及面极广。比喻、夸张与起兴、呼告、反复好像是这类诗的两翅,能够使情致飞扬起来。语句又极其自然,经常感到下一句是从前一句中"流"出来的,没有任何安排。结构上变化多端,最乐于采用对比结构,而且随着感情起伏出现多种形态。或者二分,甚至三分,层层跌进;或者以少对比多,形成一种张力与反弹,《古风》就在这方面极尽变化之能事。他的五古长篇则以叙述为线索,不停穿插渲染发抒情感,均有特色。特别是乐府诗常常以四句为一层,不停转折,拆卸下来,就是若干首五绝,合在一起,又显得光整无罅。杜甫的五古,每多长篇,用来叙事,成为一大亮点。往往把叙述、描写、铺叙、议论间侧杂出,不拘一格。特别是长篇中带有至为琐细、消闲的叙写,衬托出不尽的感慨。如《自京赴奉先县咏怀五百字》对行宫沐浴饮食舞蹈的铺叙,《北征》中加入对不成景象的酸枣的描写,以及到家后孩子衣服的拼凑等。这些长诗呈块状性衔接结构,盖因受蔡琰《悲愤诗》的启发,布局更为严整,前后呼应极为紧密。杜甫曾被梁启超称为"情圣",五古在其中占了重要位置。《赠卫八处士》《彭衙行》就以情感人,把丧乱带来的不尽苦难与人生不易的真挚感情,表达得倾肺倒肝。还有《羌村三首》,都是这类杰作。盛唐气象如果没有这些真情至性之作,而专有洪亮高朗之声,恐怕就不会那么永恒而深刻地感动人心。相比之下,王维的五古不免有些黯然失色,一是缺少长篇,二是不乐于感情的吐露,三是主要用于写景,题材显得单调。

诗体至盛唐而全备,七律至盛唐而最后成熟。极意奔放的李白,对法律最严的七律的抵触可以想见。他的两首七律《登金陵凤凰台》《鹦鹉洲》都带有歌行风味,就好像杜甫用律诗手段对付绝句。然而自然流转的本领,却使无多的七律不乏亮彩。五律之简洁却有些对他的胃口,往往可称名作。比起五古,王维的律诗声价极高,这种带有装饰性的诗体,很适合像他这样重视技巧的诗人。所持语言又是那么华贵丰润,故为前人看重。把他与高适、岑参、李颀的七律看作标准经典的"正鹄"。尤其是他和李颀,"和平而不累气,深厚而不伤格,浓丽而不乏情,几于色相俱空,风雅备极。然制作不多,未足以尽其变"①。这是从律诗的"正格"着眼的,王维自然吻合。杜甫的律诗最能体现集大成的本色,各种风格均为具备。像诸家《早朝》诗这样正格,也是他擅长的一种。胡应麟说:"唐人七言律自杜审言、沈佺期首创工密,至崔颢、李白时出古意,一变也。高、岑、王、李,风格大备,又一变也。杜陵雄浑浩荡,超乎纵横,又一变也。"②杜甫七律151首,孟浩然4首,李颀7首,王昌龄2首,王维26首,储光羲1首,李白7首,高适7首。老杜几乎是以上诸家的三倍;杜甫五律410首,孟浩然145首,李颀16首,王昌龄20首,王维137首,储光羲36首,李白107首,高适21首,以上诸家总和482首。可见无论五律或七律,杜甫都凌凌乎超出诸家之上。而且五、七律的创作也伴其终生。早期七律走的是盛唐正格道路,到天宝末年,开始白话律诗的尝试。《题郑县亭子》的群雀欺燕与山蜂逐人,就用了比苏颋、张说、王维应制诗动词拟人化更为复杂的手法。《望岳》的"诸峰罗立如儿孙",与"安得仙人九节杖,拄到玉女洗头盆"的幽默风趣,又别开生面。值得注意的是《因许八奉寄江宁旻上人》的"旧来好事今能否,老去新诗谁与传",如同白话;而《早秋苦热堆案相仍》是白话律诗,标志着七律革新的开始。入蜀以后《江村》《南邻》《客至》《有客》《又呈吴郎》等诗,则是集中精力创作的白话律诗。特别值得注意的是用律诗联合成组诗,早年只有两组,各二首。在成都有寄严武一组五首,而在夔州有《诸将五首》《秋兴八首》《咏怀古迹五首》,前者以议论入诗,中者以回忆与思返长安为中心,达到了此体的巅峰,既符律诗正格的要求,又把国家与个人、现在与过去全都围绕长安展开,而且又与国家兴衰治乱处处关联。七律的修饰与沉雄郁勃的思想感情结合异常紧密,结构上八首又如一首,达到空前绝后的高度,后人追踪摹拟者不绝如缕。其余如《送郑十八虔贬台州司户……》《曲江二首》《蜀相》《闻官军收河南河北》《登楼》《登高》均为名作。另外,早期《望岳》,后期《白帝》《愁》《昼梦》《暮归》《晓发公安》均为拗体七律,

---

① 胡应麟:《诗薮·内编》卷五,第83页。
② 同上书,第84页。

创为新格新体。杜甫七律达到盛唐他人无可比拟的程度,彪炳诗史,辉映千秋。五律之伟绩,亦复如此。唐代五律成熟较七律为早,初唐以来,染指者多,篇幅更多。杜甫从早年起就入手此体,诸如《登兖州城楼》《房兵曹胡马》《画鹰》《夜宴左氏庄》,风骨凛然,题材多样,风格各异。胡应麟说:"五言律体,极盛于唐。要其大端,亦有二格。陈、杜、沈、宋,精工典丽,王、孟、储、韦,清空闲远。此其概也。然右丞赠送诸什,往往阑入高、岑。鹿门、苏州,虽自成趣,终非大手。太白风华逸宕,特过诸人。……唯工部诸作,气象巍峨,规模宏远,当其神来境诣,错综幻化,不可端倪,千古以还,一人而已。"①由此可见,杜甫五、七律都达到盛唐最高境界,此二体原本相辅相成,互有连带关系。值得一提的是《秦州杂诗二十首》,以五律组诗把描写、议论、叙述,融为一体,有时局的动荡,有艰难的奔波,有对朝廷的批评,还有对地方风物不同景况的描写,千感万慨尽融其中。这是他的近体诗最大的组诗,为以后七律组诗连续出现,做了准备。特别是《自京赴凤翔喜达行在所三首》写得悲喜交集,有从沦陷区逃出的惊恐,到达行在的兴奋,脱险后痛定思痛等复杂感情,发抒得淋漓尽致。用近体把复杂的感情表现到如此程度,真可谓无以复加。

相比之下,李白的五律显得轻松简易,飘逸流动而少停留,且少转折,恐失于率易。而王维的五律匠心独运,非常讲究,上引胡应麟的评价明显不足。王维诗丰伟一面主要见于山水与边塞题材的五律,诸如《终南山》《汉江临泛》《观猎》《使至塞上》,往往从大处着眼,把握住景物整体特征,显得大气包举,而又逼真生动,各具特色。另外,对发端的经营特别用心,虽然风格各不相同,但也继承了小谢工于发端的各种特征,与李白歌行体的发端可以媲美。

总而言之,三大家在诗之诸体都有长足发展,各领风气。李白、杜甫的五古与歌行,李白、王维的五、七言绝句,杜甫与王维的五、七言律诗,都显示了盛唐诗的最高成就,在所有诗体里都主宰着时代的风气,其中杜甫叙事独领风骚。只有在边塞诗歌行体上留给高、岑一头之地,王昌龄的七绝可和李、王共分秋色,其余则无可予言。三家诗风不同,但包括了盛唐诗风的主要潮流。他们相互影响,各自都具有引领时代风气的作用,又拧成互补的合力,同心协力为盛唐气象的形成展示了各自举足轻重的光彩与魅力!

---

① 胡应麟:《诗薮·内编》卷五,第58页。

第十九章　论盛唐对话体诗
——以三大家为中心

把日常间的对话作为题材,撷取入诗,自《诗经》伊始,抒情诗的对话就得到长足发展;《楚辞》的《离骚》《渔父》《卜居》则假借人物对话,或组织情节,或推衍成篇。宋玉创制诸赋与汉之骚体赋、散体大赋,又顺着虚拟人物,以对话组织结构。汉乐府则恢复《诗经》的写实传统,以人物对话展开情节与刻画人物,形成对话体叙事诗的又一高峰。盛唐诗继承了诗骚与汉乐府写实精神、对话手法,抒情诗与叙事诗并重,呈现双线共进态势,而且在诗体上诸体并用,长短间出。体小者以五七言绝句组诗出之,体大者采用七言歌行大篇,内容丰富多彩,手段变化多样,为风华正茂的盛唐诗平添一道道情趣盎然或厚重深沉不同的亮丽夺目的光彩!

一、生动活泼的五、七言绝句中的对话

对话题材,来源于现实生活。生活中的对话有只言片语,亦有滔滔不绝,有长有短,伸缩变化极大。《诗经·郑风·女曰鸡鸣》就是夫妇起床时的问答,全由对话组成。《溱洧》则在叙述中穿插对话,增添笑谑欢乐的气氛。《齐风·鸡鸣》同样是夫妇黎明未起的对话,则是另一番情趣。汉乐府《东门行》犹如一场独幕话剧,以人物对话展示动荡社会带给家庭的灾难与矛盾,辅之以动作描写,人物性格鲜明。《上山采蘼芜》为一对离异夫妇偶然相遇的尴尬对话,而《陌上桑》《妇病行》《孔雀东南飞》的对话则以故事情节展开,特别是后者有三十多处对话,刻画众多人物,情节更为曲折。汉乐府的对话诗主要是杂言与五言两种形式,长短随事而定。到了建安,蔡琰《悲愤诗》母子分离的对话感人肺腑,情节生动感人,特别突出。陈琳《饮马长城窟行》则采取书信式的夫妇对话,体现徭役带来的深重灾难。阮瑀《驾出北郭门行》以诗人与孤儿对话为主体,战乱社会制造的多重灾难得以突显。诸如此类,都是对汉乐府的继承与发展。两晋至初唐,由于玄言诗、田园诗、山水诗、宫体诗、永明体与近体诗主要从题材与诗体发展,对话体诗消歇了漫长的一个时期。只有陶渊明《饮酒》其九"清晨闻叩门"等极少数诗,偶然涉及对话。

对话体到了盛唐，由久长的消歇转入新的局面，呈现抒情与叙事的双向发展，尤其是抒情诗的对话，则是远承《诗经》得到长足发展，叙事诗则在崔颢、杜甫手中也得到更重要的进展。特别是杜甫打破了汉乐府以第三人称叙写对话的方式，作者直接介入，增强了叙事的亲切与逼真。在诗体上盛唐诗对话体开始主要以五绝表达片段的对话，叙事则需用七言歌行的长篇。到了杜甫手里又增加了七绝与长短自由的五古，甚至在五、七言律诗中也有尝试。

在对话体诗上，过去只注意了杜甫，而忽略了崔颢、王维、李白等人。崔颢在对话体上是位重要诗人，《长干行》为人熟知，而五七古的长篇对话体叙事诗却往往为人忽视，这里先看前者。《长干行》由四首五绝组成，叙写江南儿女舟中水上的情爱对话，形式与内容均别具一格。其一的"君家何处住？妾住在横塘。停船暂借问，或恐是同乡"，全是口头对话语，单看每句如脱口而出，合起来却是清莹如水般的诗，问者的性别，问的内容，为何而问，对方为谁，都一一交代清楚，还有更重要的人物个性的活脱大方也洋溢纸上，就像荷叶上的水珠那样晶莹透彻可爱！其二为男子的答词："家临九江水，来去九江侧。同是长干人，生小不相识。"同样是活脱的口语，回答了对方，说明了住址，更说明了不相识的原因。其三是女子提出同归的要求："下渚多风浪，莲舟渐觉稀。那能不相待？独自逆潮归。"希望结伴而行。其四又是男子回答："三江潮水急，五湖风浪涌。由来花性轻，莫畏莲舟重。"全借水上景观比喻，是说江湖水急浪涌，就像世事的艰难复杂；莲花本来轻柔，当要担心采莲船的碰撞，是说结伴同归可以，如因风浪颠簸，船只相撞，你可不要多心我要干什么。很明显这是受到江南民歌诸如《子夜歌》《子夜四时歌》等组诗的启发。崔国辅五绝《小长干曲》《子夜冬歌》《湖南曲》《中流曲》亦以写江南女子见长，特别是《采莲曲》的"玉溆花争发，金塘水乱流。相逢畏相失，并着采莲舟"，就与崔颢组诗后两首情景相近。然而崔颢四首全用对话，由男女两番问答组成，这是新的创造，虽然还存乎民歌中对歌的基本形式，但仍然以极其自然的崭新面孔出现，宛然切合水乡儿女口吻。女子的开朗，男子的温和，情节的进展，全用对话展示，中无一句叙述语，不用任何的说明与交代，情事历历在目，确实"墨气所射，四表无穷，无字处皆有意也①"。其间女子"急口遥问"（锺惺语），不待答而又再问，迫不及待而绝痴绝真，男之不惊不喜，无意而有意。其三的黄昏急归，江上舟稀，以反问相激相邀，柔情绮思，娇言嗔语，句句入耳穿心。末首借水放船，借船行水急言说心中顾虑，温润蕴藉，饶

---

① 王夫之：《姜斋诗话》卷二，人民文学出版社2006年版，第162页。

有情致。至于最后的并船而归,女笑男欢,并无一语,读者自可想见。四首均可各自独立,合起来又天衣无缝。崔颢长于女性题材,有此难得之杰作,亦与早年及第遍游大江南北有关。另有两首大篇叙事对话体诗,留待下论。

五绝体小,连缀成组诗可以容纳较为复杂的内容,单首出现则尺幅小,只能容纳片断性的续写,瞬间之情思。付之于问答体,甚至只有问而所答只能留给读者去推想。五绝高手王维也有此类佳制。他的《答裴迪辋口遇雨忆终南山之作》说:"淼淼寒流广,苍苍秋雨晦。君问终南山,心知白云外。"裴迪在辋川山口遇雨,有《辋口遇雨忆终南山因献王维》:"积雨晦空曲,平沙灭浮彩。辋水去悠悠,南山复何在?"如果把这两首诗合而观之,不能不说是一次完整的诗意化的"对话",他们把寄赠与酬答形成一种诗柬式问答,以诗代柬的对话形式或许与陈琳《饮马长城窟行》的书简对话很有些接近。裴迪为王维辋川别业中的道友兼诗友,这次一到山口遇雨,位于南山中的辋川便笼罩在雨晦之中,看不见辋川,也看不见南山,故有辋川悠悠与南山何在之问。王维答诗先言水涨雨晦,然后对"君问终南山",只说了句"心知白云外",这是以无答代答,没答等于答了,纯属诗化的"问答"。此二诗好像把崔颢一人所摹写两人之问答,分别由两人分担,同样都从日常生活的小事中,发掘出趣味盎然的诗。王维以单篇五绝表现对话的形式比较多样,而且付之于各种题材。如送别诗《崔九弟欲往南山马上口号与别》:"城隅一分手,几日还相见?山中有桂花,莫待花如霰!"似乎全为作者临别对送者的嘱咐,至少后两句绝对无疑。只表达自己的种种希望,至于朋友的答与不答,回答又是什么,则无关要紧,因为诗意已经完足。

对于崔颢《长干行》彼此双方对话的形式,盛唐"更多的诗人将这种对话方式转化为主人公对'君'的抒情独白,使读者变成对话的另一方,从而更加强了亲切动人的情味。盛唐以前,以第二人称'君'为抒情对象的诗歌很少见,而在盛唐书写送别的绝句里就很普遍"①。王维的《送元二使安西》就是这方面的经典代表。前二句叙写别地别景,后两句则是离别劝酒语:"劝君更尽一杯酒,西出阳关无故人。"这当然是叙别之言说,善体人情,全从对方着想,且从"更尽"看出,此前已喝了不少,现在希望再能喝点,因为出了阳关就再没有劝酒的熟人了。如此劝酒,充满温煦体贴的友情,所以此诗不胫而走,而且在传唱时把表示对话的这两句反复三次,谓之"渭城三叠"。像这样对话,再平凡不过的对话,倾注着绵长的友情与无限魅力,贴近生活,温暖人心!有淡而浓、近而远的艺术力量!王维还有《杂诗三首》亦为问答体的佳制,其

---

① 葛晓音:《初盛唐绝句的发展》,《诗国高潮与盛唐文化》,第373页。

一曰:"家住孟津河,门对孟津口。常有江南船,寄书家中否?"问语多么神似崔颢《长干曲》其一,盛唐诗人的相互启发由此可见一斑。末句问得仓促直率,急切的口头语却淡而有情,这是问江南来船者:客寓江南的丈夫是否捎信回来。其二最为有名:

> 君自故乡来,应知故乡事。来日绮窗前,寒梅著花未?

其一以第三人称叙出思妇之问,此首则全从客子语气出之,向故乡来人打听家中近况。有趣的是不问家人安好,不问油盐酱醋,只问来时经过夫人窗前所见寒梅开花与否。因来人不一定俱悉家中琐事,问了等于没问,只问问花开与否也就心满意足,把天涯游子的心思与挂念体会得多么真切!思乡之情也由此抖搂出来。"窗"字前着一"绮"又是多么温馨旖旎,真挚缠绵!对花之微物而生悬念,而家中事事关切,尽在不问之中,而情到之辞传出悠扬不尽的一怀心思。旧题陶渊明的《问来使》:"尔从山中来,早晚发天目。我屋南窗下,今生几丛菊?蔷薇叶已抽,秋兰气当馥。归去来山中,山中酒应熟。"问得很多,问菊、蔷薇和秋兰,还问到酒,后四句是假设猜想,为不问之问。汤汉注本谓"此盖晚唐人因太白《感秋诗》而伪为之",李白此诗有"陶令归去来,田中酒应熟"。据王维诗,可知为旧题陶诗前四句所取法,又补充了后四句。赵殿成谓此诗,以及"王介甫诗云:'道人北山来,问松我东冈。举手指屋脊,云今如此长。'与右丞此章,同一杼轴,皆精到之辞,不假修饰而自工者也。然渊明、介甫二作,下文缀语稍多,趣意便觉不远。右丞只为短句,一吟一咏,更有悠扬不尽之致,欲于此下复赘一语不得"①。王安石诗虽把话说尽,但有自家头脚在。话说尽说得有境界有身份也不失为好诗。盛唐诗追求含蓄,王维诗自为当时审美的极境。其三叙写思妇的心理变化,非对话体,此可不论。这组诗每首有一半对话,或者全为对话。末首可看作心中的自言自语,各自一副体段,互不相同,灵活有变化。特别是中间一首,对后世影响颇为深远。

孟浩然问对体无多,有三首颇具生活情趣,值得注意。一是叙写行旅的《问舟子》:"向夕问舟子:'前程复几多?''湾头正堪泊,淮里足风波。'"首句叙出对话之因,从以下三句看,全是因傍晚是否能赶到目的地而发。诗人问还有多远可达其地,舟子说这里的渡口正可以停泊,如要继续行船,前边淮河那里风浪大,夜里不好行船。诗并没有多少余味与不尽之致,但把旅途寂寞与急于赶路的琐细景况用对话写出来,可以说于无诗中发现出诗的美来,就

---

① 王维著,赵殿成笺注:《王右丞集笺注》卷十三,上海古籍出版社1984年版,第255页。

像不上画的东西一旦画出来,给人一种新鲜亲切的意味。另首《戏赠主人》说:"客醉眠未起,主人呼解醒。已言'鸡黍熟',复道'瓮头清'。"此与上首犹如相连续的姊妹篇。下榻旅社,一醉正眠,主人呼喊醒来,说小米鸡肉饭已做好,又热情地说还有新熟的上好的酒。"瓮头清"谓初熟酒,最为清澈,把口头语说得如此亲切,这也是生活化的诗,使出门在外的人感到不少温暖。虽然同样写得净尽,不留余地,但诗中荡漾一种热情,人与人关系是那样亲切美好,也就是说,把话说尽也有它的好处。孟浩然还有一首《济江问同舟人》题材亦为行旅,而采用只问无答的形式:"潮落江平未有风,扁舟共济与君同。时时引领望天末,何处青山是越中?"以第二人称"君"为发问对象,末句的问话显示心之焦急与寂寞中的无奈,而只问不答则却留下了回味的余地,则与上二诗方法有别,而与贺知章《回乡偶书》其二"笑问客从何处来"以及王翰的《凉州词》其二"醉卧沙场君莫笑,古来征战几人回",很为相近。从这首看,孟浩然很会在平淡枯寂的生活中发现出诗的材料。

盛唐最早的五绝问答体诗,恐怕是张九龄《答靳博士》。其诗云:"上苑春先入,中园花尽开。唯余幽径草,尚待日光催。"靳博士的诗未传下来,否则就和裴迪与王维的问答一样。但从答词可推想问的内容,此可视为藏问与答的雏形。花已开完,草待争长,大概对方问京华的春光怎样。诗分两层,由大到小,从花至草,琐细中传出对生活的热爱。

五绝问答体,语质言明,大多带有民歌风味。李白诗往往接近这种特征。他的《忆东山》其二像孟浩然"何处青山是越中"一样,只问不答:"不向东山久,蔷薇几度花?白云还自散,明月落谁家?"连发两问,而不需要回答,回答了倒没有多少意义,因所问都是无关紧要的事,诗人意在从关切之问抒发对东山风景的热爱与想念而已。《山中答俗人》:"问余何意栖碧山,笑而不答心自闲。桃花流水窅然去,别有天地非人间。"题既以"问答"为题,诗中却明示"笑而不答",然末二句的效果却又是回答"何意栖碧山"的问题。从字面看又似心中自语,其实是因"俗人"发问,故持以世尊拈花之态,不作回答,气象飘逸,高出物表。此诗题一作《山中问答》,便少了点明诗意的地方。《山中与幽人对酌》只写己之对话:"两人对酌山花开,一杯一杯复一杯。我醉欲眠卿且去,明朝有意抱琴来。"太白好像只乐意尽情说自家话,以之写对话更为亲切,其中增加"抱琴"则平添了不少雅兴。《巴陵赠贾舍人》:"贾生西望忆京华,湘浦南迁莫怨嗟。圣主恩深汉文帝,怜君不遣到长沙。"后三句如对面晤谈,全出之劝慰语,而"君"之"怨嗟"则是对话的前提。《横江词》其五:"横江馆前津吏迎,向余东指海云生。郎今欲渡缘何事?如此风波不可行!"则省去自己的问话,问话则从津吏答话中可见。《答湖州迦叶司马问白是何人》:"青莲居士谪仙人,酒肆藏名三十春。湖州司马何须问,金粟如来是后身。"题中有问话,诗则全为答词。这是一幅自画像,也是一篇宣示自己的广告词。因问者姓迦叶,属于西域天竺姓氏,故谑浪戏言,以金粟自许,又以"酒肆藏名"为高,自居仙佛,带有戏言性质。此以对话体作戏言诗,题与诗配合亦为巧妙,贺知章《答朝士》:"鈒镂银盘盛蛤蜊,镜湖莼菜乱如丝。乡曲近来佳此味,遮渠不道是吴儿。"制题与诗之答词,当为李白所取法。

盛唐绝句,往往在第三句或第四句以发问或相告或设问为转折,进入另一层,则有摇曳风致,王昌龄此类为多。如《题灞池二首》其二:"开门望长川,薄暮见渔者。借问白头翁,垂纶几年也?"《李四仓曹宅夜饮》:"霜天留饮故情欢,银烛金炉夜不寒。欲问吴江别来意,青山明月梦中看。"末句看似不直接作答,实则说连做梦都想到吴江的"青山明月",以表示对昔日欢聚之留恋。《别李浦之京》:"故园今在灞陵西,江畔逢君醉不迷。小弟邻庄尚渔猎,一封书寄数行啼。"自称"小弟",则后二句是相告语,又回应前二句,似乎是告诉对方很想念京都灞陵故乡,则全诗因第二句的提示,包括前两句又都是相告语。《送薛大赴安陆》:"津头云雨暗湘山,迁客离忧楚地颜。遥送扁舟安陆郡,天边何处穆陵关?"末句似为问句,表示对友人的关切与同情。特别是著名的《芙蓉楼送辛渐》其二,第三句拟设有人问候:"洛阳亲友如相问",即请转告"一片冰心在玉壶"。这是把对面晤谈转化为拟设性问答,是对话体诗的扩展,又因答话见出人格与境界,故成名作。或作预想式劝告,如《卢溪别人》:"武陵溪口驻扁舟,溪水随君向北流。行到荆门上三峡,莫将孤月对猿愁。""莫将"显示末两句是劝慰的相告语,从宽慰中流露友谊之深。王昌龄的送别诗,往往以各种不同形式的对话,表达情意,显得更加亲切。王翰《凉州词》其一的"醉卧沙场君莫笑,古来征战几人回",则把读者作为对话的对象。贺知章《回乡偶书》其一的"儿童相见不相识,笑问客从何处来"则属只问不答。高适《别董大》其一第三句即用"莫"字作劝告语调提示:"莫愁前路无知己,天下谁人不识君。"第三句作为全诗的转折,末句之高迈又为之一振,不同凡响,故成名诗。《送李少府时在客舍作》后二句:"主人酒尽君未醉,薄暮途遥归不归?"话说得就非常亲切。

对话的语言不同于书面文字,总是质朴自然,亲切而富有生活气息。五言绝句虽然尺幅狭小,但不容修饰而求明白自然的体例,故宜表达完整的对话。七绝讲求中间转折,故只能把相告语置于后二句。或者利用题目的说明或提示,诗则全为答词,但此类无多。盛唐五七绝其所以取得令人瞩目的成就,对话的介入起了一定的作用。诗的生活化,日常言语的诗意化,使对话同样起了举足轻重的作用。贴近日常用语,容易渗透人心,感发人们对生活的热爱与审美的回味,故能放射出异样的光彩。

二、五七言律诗与歌行体对话的初步发展

律诗中两联必须偶对,使用自由变动的对话就不那么容易,但首末两联可用散句,也就可以把七绝末尾的相告引渡到律诗的结尾与开头,甚或在中两联里也有对话。通常省去对话中的一方,同样多见于送别寄赠一类。

高适的五七言律诗,在送别题材上不大注重写景,而喜用对话的形式鼓励对方,措语高迈,意气慷慨而多风骨。七绝《别董大》就已见端倪。故在律诗的末尾甚或一半都给了相告对方的,在盛唐诗中非常突出。《河西送李十七》发端的"边城多远别,此去莫徒然",结联"高价人争重,行当早著鞭",很显然都是鼓励性的相告。《送张瑶贬五溪尉》后半"离别无嫌远,沉浮勿强嗟。南登有词赋,知尔吊长沙",就把颈联也用于对话,"无""勿""知尔"纯出劝告与鼓励。《别韦五》末联"莫恨征途远,东看漳水流",亦同上诗。或用"君""尔"强调对话的特色,《别刘大校书》:"昔日京华去,知君才望新。应犹作赋好,莫叹在官贫。且复伤远别,不然愁此身。"这前三联都是劝慰语,亦即相告式的对话,故临别殷勤之意全用议论方式表抒。《别韦兵曹》末联的"逢时当自取,看尔欲先鞭",《独孤判官部送兵》首联"饯君嗟远别,为客念周旋",末联"亦是封侯地,期君早着鞭",《淇上送韦司仓往滑台》首联先用"莫"突出对话:"饮酒莫辞醉,醉多适不愁。"尾联再用"君"表示惜别:"君去应回首,风波满渡头。"由此可以看出,第二人称"君""尔"与否定或肯定副词"莫""应"是他在五律中使用对话的提示性标志。其他如《别崔少府》首联"知君少得意,汶上掩柴扉",尾联又用问语"借问他乡事,今年归不归"。《送崔功曹赴越》后半:"莫恨吴歈曲,尝看越绝书。今朝欲乘兴,随尔食鲈鱼。"先用"莫"而后用"尔"。《送骞秀才赴临洮》尾联"料君终自致,勋业在临洮",《送刘评事充朔方判官……》尾联"赠君从此去,何日大刀头",《别王八》尾联"传君遇知己,行日有绨袍",《送李侍御赴安西》尾联"离魂莫惆怅,看取宝刀雄",《送魏八》尾联"此路无知己,明珠莫暗投",这些都是把相告语用在结尾。见于开头者,如《送郑侍御谪闽中》首联"谪去君无恨,闽中我旧过",《同卫八题陆少府书斋》首联"知君薄州县,好静无冬春",此为用"君"者。用"莫""当""须""应"者,如《广陵别郑处士》首联"落日知分手,春风莫断肠";还有见于首尾者,《送董判官》首联"逢君说行迈,倚剑别交亲",尾联"长策须当用,男儿莫顾身"。至此可得出一个结论,高适五律在开头用"君""尔"等第二人称提示对话的对象,又在末尾用"无""勿""莫""须""当"等否定或肯

定的副词表示鼓励或劝告的内容,已成为一个固定的"对话模式"。

五律如此,七律亦然。不尽见于送别,且发展到登高咏怀、酬赠之作,大都见于尾联。高适《金城北楼》末联"为问边庭更何事,至今羌笛怨无穷",此为自问,也可看作无对象的泛问。《同颜六少府旅宦秋中之作》首联"传君昨夜怅然悲,独坐新斋木落时",尾联"不是鬼神无正直,从来州县有瑕疵",纯是与"君"对话语气。《夜别韦司士得城字》尾联"莫怨他乡暂离别,知君到处有逢迎",《送李少府贬峡中王少府贬长沙》尾联"圣代即今多雨露,暂时分手莫踌躇",前者与《别董大》结尾相近,后者则为鼓励语。他的名作《东平别前卫县李寀少府》尾联"此地从来可乘兴,留君不住益凄其",《同陈留崔司户早春宴蓬池》尾联"州县徒劳那可度,后时连骑莫相违",以上不是用"君",就是用"莫",或用问句,都用来表抒相告或问语。他的七律只有七首,六首都采用对话形式,可见比例之大,构成此种模式亦无疑问。

岑参的五律,与高适接近,结尾多用"君",稍有变化者则加入第一人称"吾",另外还采用转告的方式,多见于送别诗。结尾用"君"者如下:

> 更作东征赋,知君有老亲。(《送李郎尉武康》)
> 吏部应相待,如君才调稀。(《陪使君早春西亭送王赞府赴选》)
> 君心能不转,卿月岂相离。(《送李卿赋得孤岛石》)
> 更奉轻轩去,知君无客愁。(《送裴校书从大夫淄川觐省》)
> 东谿忆汝处,闲卧对鸬鹚。(《还高冠潭口留别舍弟》)
> 爱君兄弟好,书向颍中夸。(《夏初醴泉南楼送太康颜少府》)
> 别君能几日,看取鬓成丝。(《稠桑驿喜逢严河南中丞便别》)
> 心知别君后,开口笑应稀。(《临洮客舍留别祁四》)

其他如《送颜少府投郑陈州》《赵少君南亭送郑侍御归东台》《祁四再赴江南别诗》《送秘省虞校书赴虞乡丞》《虢州送天平何丞入京市马》《送崔主簿赴夏阳》《送李司谏归京》《送绵州李司马秩满归京因呈李兵部》《送柳录事赴梁州》《送颜评事入京》《送杨子》《与鄠县源少府泛渼陂》《宿岐州北郭给事别业》《寻阳七郎中宅即事》等,结句均用"君"字以表相告。

另外,尾联有用"为报"或"为我"的转告,表达对话。《西亭送蒋侍御还京》的"为报乌台客,须怜白发催",《送陕县王主簿赴襄阳成亲》的"襄阳多故事,为我访先贤";有的用"为报"再加上"吾兄"的准第二人称,《送扬州王司马》的"为报吾兄道,如今已白头",《送人归江宁》的"吾兄应借问,为报鬓毛霜"。或单用"报"者,《送韦侍御先归京》的"先凭报亲友,后月到长安"。或单用"吾兄""吾君"者,《春日醴泉县杜明府承恩五品宴席上赋诗》的"吾兄此栖棘,因得贺初筵",《奉陪封大夫九日登高》的"边头幸无事,醉舞荷吾君","吾君"实是第二人称的尊称用法。另有用"遥知"的推想以告对方,《送二十二兄北游寻罗中》的"遥知客舍饮,醉里闻春鸠",《送张升卿宰新滏》的"遥知南湖上,只对香炉峰",《送李别将摄伊吾令……》的"遥知竹林下,星使对星郎"。或用"若"以表达如有可能则相告对方应当怎样,《送周子落第游荆南》的"若从巫峡过,应见楚王神"。或用"应""莫""不"等副词以告对方,《南楼送卫平》首联先言"近县多过客,似君诚应稀",末联以示祝盼:"应须乘月去,且为解征衣。"《送杜佐下第归陆浑别业》的"还须及秋赋,莫即隐蒿莱",《送张都尉东归》的"封侯应不远,燕颔岂徒然",《赵少君南亭送郑侍御归东台》的"关树应先落,随君满鬓霜",以上为用"应"字者。用"莫"字者,如《送张瑗尉南海》的"此方多宝玉,慎莫厌清贫",《送人赴安西》的"早须清黠房,无事莫经秋"。用"不"字者,如《送江陵泉少府赴任便呈卫荆州》的"不畏无知己,荆州甚爱才"。岑参五、七律的对话形式的提示词,虽比高适多了几样,但由于均属单声部形式,而所用关键词基本雷同,而且都属于一个固定模式,表对话的关键词大都置于尾联。虽然与别者缩短了距离,读来亲切,但毕竟变化无多,局限在模式化的框架中。这也体现了盛唐律诗对话的单一性。

如前所言,五古对话体诗在汉乐府与建安时得到长足发展,然在盛唐中,除了杜甫独自秉承这一载体,有辉煌的杰作待下专论。其余诗人在五古对话体上却仍处于萎缩状态。其原因恐是五古体式长短自如,不受对偶与声律的限制,故最宜叙事。然叙事在盛唐似成杜甫的专利,其余诗人染指者无多,均以言情之制为尚,故对话体诗在五古中大为减少,其间王维《杂诗》颇值得注意。此诗虽然是对汉乐府《陌上桑》的缩写,以第一人称"妾"为主体,以两番对话拒绝对方的无礼,与叙述语交错,而男子只有非礼的动作,实际是影子式的人物,对话也是单声部,诗人似乎是叙事与对话相结合的一种尝试。王维原本在诗体上注重多方面发展,如盛唐少见的六言绝句与骚体诗都有意为之,如此简略而带模仿性质的叙事诗出自其手,对他来说,也是题中应有之义。他的另一首《送别》为五言六句诗,不仅为千古名诗,且是对话体诗的佳制:"下马饮君酒,问君何所之?君言不得意,归卧南山陲。但去莫复问,白云无尽时!"除去首句叙写一笔,次句为问,其余全为答词。"问君"三句为第一次问答。末二句为第二次问答,由答词可看出问词:何以要归山。比起李白《山中问答》多了些层次,措意隐现,委婉悠然。现实中的对话当然不止这些,只是从中撷取了最有意义的几句,加上结尾荡开,"白云"与"南山"呼应,更富言外之意,遂成对话体的名作。这种藏问于答的对话形式对杜甫当有一定影响。卢象有组《八月十五象自江东山园田……》叙写与家人相聚,与姊妹告别,全用叙述,而未采用对话。如此叙事之五古,在盛唐也很少见。

　　盛唐最为瞩目的是绝句与七言歌行,对话体诗正好在这两种诗体上得到最为明显的发展。至于绝句对话在上文已有讨论,七言歌行的对话,亦值得注意。首先是崔颢早年所作的《江畔老人愁》构设江南少年与一老翁的对话。开头四句交代人物,以下34句全为老翁的自述,叙说世代仕宦梁陈,后来山川改易,贵贱移位,沦为采樵刈稻的贫贱者,强调"人生贵贱各有时"的主题。此当取法南朝陈代沈炯《长安少年行》,以老翁与长安少年的对话,叙写历史变迁,意在以古鉴今。他的另篇对话体歌行是《邯郸宫人怨》,开头两句说遇见一妇人"自言"入宫受宠,接言又经"君王弃世市朝变",而放归故里,同样发抒"百年盛衰谁能保"的感慨,最后说"非我今日独如此,古今歇薄皆共然",盛衰变化的对比手法与上诗如出一辙,堪称姊妹篇。这两诗首次把对话由前人的五言乐府引渡到歌行体,并注重对情节片段精心描写,具有一定的叙事性,开启歌行对话写法的先河,当对杜甫等人的歌行有一定影响。盛唐晚出诗人张谓《代北州老翁答》,以北州老人的"自言",叙述二子战死,小儿又将遭到征兵的不幸,第三人称的叙述,则与崔颢两诗机杼相同。

　　前盛唐诗人李颀的《缓歌行》以第一人称自述生平际遇,起落沉浮,读者自然成了对话的听众,虽非严格的对话体,然已靠近准对话边沿,当对以后李白、高适有所影响。高适《行路难》其二,以"君不见"发端,明显把读者作为对话倾诉的对象。《别韦参军》同样以第一人称叙写自己遭遇,中间插入"世人遇我为众人,唯君于我最相亲",也同样带有对话的性质。《封丘作》中间的"归来向家问妻子,举家尽笑今如此",已是明显的对话,只不过用叙述语表达而已。

　　王维《问寇校书双溪》几乎全用对话组成:"君家少室西,为复少室东?别来几日今春风。新买双豀定何似?余生欲寄白云中。"末句当是自鸣己志,又好似代其人之回答,或许二者双关。这好像把李白《答湖州迦叶司马问白是何人》倒了过来,然以此为歌行却让人耳目一新。岑参歌行以边塞题材为主,也有不少写人物的歌行,其中《送费子归武昌》不断穿插第二人称"君":"知君开馆常爱客","看君失路尚如此",还有"吾观费子毛骨奇",再加上结尾"勿""应须"的使用:"勿叹蹉跎白发新,应须守道自羞贫。男儿何必恋妻子,莫向江村老却人。"犹如当面规劝,亲切晤谈。这是把相告语作为提缀勾连,已带有对话性质。《白雪歌送武判官归京》前14句铺叙冬景与饯别,末四句为送别,宛如一首七绝:"轮台东门送君去,去时雪满天山路。山回路转不见君,雪上空留马行处。"反复两个"君"字,赋予了对话相告语的色彩。《天山雪送萧治归京》结尾亦如七绝："正是天山雪下时,送君走马归京师。雪中何以赠君别,惟有青青松树枝。"同样也用了两个"君"字。如此布局与第二人称的强调,犹如他的五律结尾用相告语一样。但仍旧停留在单声部,而未向对话的双声部再迈进一步。它如《与独孤渐道别长句兼呈严八侍御》中间不断穿插"怜君""借问君""知尔"等语,末句又说"自怜弃置天西头,因君为问相思否",反复强调第二人称,加强了相告的语气。《送郭乂杂言》亦穿插"怜汝不忍别,送汝上酒楼","曾上君家县北楼","中山明府待君来",结尾又说"到家速觅长安史,待汝书封我自开",作用亦同上诗。其实这和他的五律首尾均用相告语,还是没有多大区别。

岑参歌行穿插第二人称"君""尔""汝",可能受李白乐府歌行的影响。李白《蜀道难》穿插"问君西游何时还""嗟尔远道之人胡为乎来哉""锦城虽云乐,不如早还家",则是送别相告语气,总想唤醒对方,加强了对话式的亲切语气。《扶风豪士歌》结尾的"脱吾帽,向君笑。饮君酒,为君吟。张良未逐赤松去,桥边黄石知我心",第一、二人称的合用,更加强了对话的风味。《流夜郎赠辛判官》穿插"夫子红颜我少年""与君自谓长如此",《自汉阳病酒归寄王明府》穿插"愿扫鹦鹉洲,与君醉百场",结尾又有"莫惜连船沽美酒,千金一掷买春芳",《江夏赠韦南陵冰》开头即展开倾告:"胡骄马惊沙尘起,胡雏饮马天津水。君为张掖近酒泉,我窜三巴九千里",君与我并提以明示对话之彼此。中插"赖遇南平豁方寸,兼复夫子持清论",结尾还有"我且为君槌碎黄鹤楼,君亦为我倒却鹦鹉洲",显得对话既亲切又热烈,虽仍属单声部的相告语,但已比高岑的手法更进了一步。特别是《忆旧游寄谯郡元参军》,历叙旧游彼此四次聚散,其中"我"与"君"反复穿插,把相逢与分别交待历历分明。越是如此,对话诉说气氛越显得浓厚。李白还有一首特别的《白雪歌送刘十六归山》,全是对话式话语:

  楚山秦山皆白云,白云处处长随君。长随君,君入楚山里,云亦随君渡湘水。湘水上,女萝衣,白云堪卧君早归。

"君"字反复乃至五次,显得没有一句不是要告诉友人的话语。民歌的对话于此起到了重要的作用,似乎可与王维《问寇校书双谿》反复发问相媲美。

李白乐府歌行大多采用第一人称"我",加上"君"反复出现,再加上"君不见"对第二人称的呼告,读者也自然就成了听其对话的一方,拉近了与受众的距离,诉说的语气也显得非常迫切、激动、热烈。《梁甫吟》《行路难》其二,《答王十二寒夜独酌有怀》《将进酒》等都是这方面的名作。特别是后者,中插"岑夫子,丹丘生,将进酒,杯莫停""与君歌一曲,请君为我侧耳听",还有末尾的"五花马,千金裘,呼儿将出换美酒,与尔同销万古愁",不仅对酒高论,而且举杯高歌。总之,李白的歌行体要比高适、岑参、王维、李颀、崔颢,在对话方面变化更大,诉说的感情更为强烈,表现的方法也更多样。但从总体上来看,仍然没有超出单声部的范围,带有准对话性质,距离相互或彼此双方的对话,尚不能同日而语。真正解决这一问题,而且达到对话体之高峰,尚待杜甫的出现。

三、杜甫对话体诗的全面发展

《诗经》的对话体是抒情的,片段性的,汉乐府的对话体是叙事的,亦多为片段,但却有完整的情节与故事。《离骚》《卜居》《渔父》以及汉赋的对话是虚拟的。杜甫对传统的继承,在唐代诗人中无疑是全方位的,而且对同时代诗人的取法也很广泛。特别是"自比稷契"的抱负与"致君尧舜"的理想,使他始终关心社会国家,关注黎民百姓,无论升平或丧乱,都是他自始至终不能舍弃的职责和使命。直面人生与社会,秉笔直书家事国事天下事,形成了永恒的主题。叙事诗最能切近社会重大事件,杜甫自觉有意识地选择这一条道路,《诗经》与汉魏乐府对话体诗的传统在他的诗中得到全面发展,展现出更为宏大的规模。

《兵车行》是杜甫第一篇纪事诗,把汉乐府第三人称的叙事方式以"道旁过者"出之,实际上是作者的代称。此诗八句纪事,以下 29 句全为"行人"对"道旁过者"发问的答词,不仅把汉乐府人物对话、动作的叙写继承下来,而且与崔颢《江畔老人愁》《邯郸宫人怨》以第二人称的倾诉为主的方式相当近似。但内容却是对现实中重大事件的记录,改变了以史鉴今纯为历史变迁感叹的方式。直接面对现实,生动真实地反映了寻衅边事的战争给国家和人民带来的巨大灾难,而且把眼光扩展到"汉家山东二百州,千村万落生荆杞",提出了"县官急索租,租税从何出",即国家经济困窘的严重问题。并指出大量抓丁导致"生男恶"而"生女好"的社会观念的倒挂。诗中用"君不闻"与"君不见"呼告,感情强烈。特别是借"头白还戍边"的役夫对话,强烈谴责"边庭流血成海水,武皇开边意未已"穷兵黩武的战争,矛头直指唐玄宗穷兵黩武肆意扩边酿成内外灾祸的政策。役夫与行人的答词当然渗透着杜甫对社会的全面观察与批判,然而作者的"声音"也最及时而深刻地表达了民众的愿望。答词的内容涉及广泛,很显然"问行人"不止一次,而一次性的问答正包涵多次提问与回答,这为以后《石壕吏》的出现积累了表现方法上的经验。此诗是标准的多声部对话,有"过者"与"役夫"的对话,也有"牵衣顿足拦道哭,哭声直上干云霄"的倾诉,还有结尾的"新鬼烦冤旧鬼哭,天阴雨湿声啾啾",合构成惊天动地的血泪控诉,在艺术上达到了高峰,打破了对话体自建安以后数百年的沉寂,也给歌行对话体诗带来了巨大的活力。

自此,杜甫走上了为国为民恪尽职责书写"史诗"的道路。《丽人行》以赋体的手法,铺叙了杨氏集团中的贵妇人豪奢无度的生活,虽然没有采用对话体形式,但在末尾特意点出:

> 后来鞍马何逡巡,当轩下马入锦茵!杨花雪落覆白蘋,青鸟飞去衔红巾。炙手可热势绝伦,慎莫近前丞相嗔!

从具有回光返照性质的末句看,发出告诫的人显然是杜甫,听者对象是当时民众,也是不同时代的读者。这种相告的声音又像旁白式的"画外音",批判的锋芒直指李林甫以后另一以杨国忠为首的腐朽政治集团。高适等人五七律末联的"莫"出现在最后一句,似乎杜甫把他们送别酬赠的相告形式,转用到对上层社会的批判。这几句也正是全诗的主题,以比兴手法揭露了玄宗豢养的毒瘤所散发的臭恶与龌龊。这种准对话诗,不仅是对话体的通融与变化,也是对展示现实问题的通变。

在梓州所作的《桃竹杖引》分为两节,前半言杖为使君所赠,后半则言:

> 重为告曰:杖兮杖兮,尔之生也甚正直,慎勿见水踊跃学变化为龙。使我不得尔之扶持,灭迹于君山湖上之青峰。噫!风尘㵎洞兮豺虎咬人,忽失双杖兮吾将曷从?

黄生曰:"前是对主人语,后是对杖语,故作一转,用'重为告曰'字,盖诗之变调,而其源出骚赋者也。"①一为明言"告曰",一为反复呼告,明显昭示属于拟人式的"对话",格调奇肆,语亦奇纵,腾掷跳跃。似与《乾元中寓居同谷县作歌七首》其二的"长镵长镵白木柄,我生托子以为命!"手法相近,均显示了杜甫对话体诗手法的多样性。

与《丽人行》议论性对话相似的是《前出塞九首》,以组诗写一农夫从军的全过程。其六说:"挽弓当挽强,用箭当用长。射人先射马,擒贼先擒王。杀人亦有限,立国自有疆。苟能制侵陵,岂在多杀伤?"这是用议论对战争杀

---

① 黄生:《杜诗说》,《黄生全集》,第105页。

人无数提出异议。如此的"大经济语"（张远《杜诗会粹》语），显然是杜甫的政治战略观点，而借戍卒说出。那么又说给谁呢？除了一般读者以外，当然希望玄宗与执政者能够看到，引起注意，否则说了就等于没说。如此预设性的告诫对话，也就是为对话的目的而来。而且发之以议论，正是杜诗以议论为诗的一大特征。还有《同诸公登慈恩寺塔》，中间插入"秦山忽破碎，泾渭不可求。俯视但一气，焉能辨皇州"描写与议论，无疑象征大唐朝政昏暗，清浊善恶不分，触景生愁，百忧翻腾，面对表面升平繁荣之长安，却大有"山雨欲来风满楼"的忧心。以下又用准对话的方式倾诉呼喊："回首叫虞舜，苍梧云正愁。惜哉瑶池饮，日晏昆仑丘。黄鹄去不息，哀鸣何所设？"欲"致君尧舜"的诗人想唤起昭陵之唐太宗，然而陵上云树也正为时局发愁。玄宗与贵妃荒宴骊山，奢侈无度，怀有高志者只能哀鸣，执政小人专力自谋。末尾"君看随阳雁，各有稻粱谋"的"君"，当是泛指，任何人都在内，上至玄宗，下至一般读者。杜甫登高悲从中来，看到想到的是时局与国家的败坏，故以呼唤语气，想唤醒玄宗。他把所有人都作为自己呼唤的对象，以要求对话的姿态，痛心疾首地倾诉。如果与高适、岑参、储光羲同题诗比较，无论内容主题与诉说方式，都有很大差异，特别是对时局之关注，诉说之强烈，对话意识之迫切，都显而易见。著名的《自京赴奉先县咏怀五百字》本为自叙性叙事诗，然而中间议论却引人深思。"彤庭所分帛，本自寒女出。鞭挞其夫家，聚敛贡城阙！圣人筐篚恩，实欲邦国活。臣如忽至理，君岂弃此物？多士盈朝廷，仁者宜战栗"，又分明是仰望骊山，遥对行乐的"圣人""多士""仁者"的大声呼喊，实际也要包括玄宗在内。这种议论出于强烈的要求"对话"的目的、按捺不住的控诉与尖锐激烈的批判精神，这正是杜诗感人至深的地方。《北征》开头不久即说："虽乏谏诤姿，恐君有遗失。君诚中兴主，经纬固密勿。东胡反未已，臣甫愤所切"，还有篇末的"此辈少为贵""官军请深入"等语，亦同此类，如同呈给肃宗的奏疏，或如离别朝廷后的告言，所以也正是用了对话的形式。杜甫似乎意识到对话对叙事诗的重要性，即只有对话加上叙事才能展现重大的社会问题，才能生动真切，才能发抒沉郁顿挫的一怀深切的忧愤！

在长安沦陷时所作的《月夜》，原本是思念家室的习见题材。但细审发端之"今夜鄜州月，闺中只独看"，看似单纯的叙述，实则是对外地夫人的遥相诉说；而且末联的"何时倚虚幌，双照泪痕干"，是自问，也是对夫人的遥问。前人谓此诗"心已驰神到彼，诗从对面飞来。悲婉微至，精丽绝伦，又妙在无一字不从月色照出来①"，这话说得精到。若从心神彼此交流角度，则可

---

① 浦起龙：《读杜心解》，第 360 页。

看作虚拟性的夫妇对话,这在五律未尝不是一种尝试。陈陶斜与青坂之败,是唐政府平叛的初次失利的大事。杜甫在长安获悉,写了《悲陈陶》与《悲青坂》两首纪事诗。因事非同时,分两次来写,然都是以"悲"字作为题首,看来杜甫开始尝试以组诗形式来纪实。两诗又都是八句,因未经目睹,故只能以"消息"或"通讯报道"的方式来处理,写得极为简略。前者前四句叙写"四万义军同日死",后四句言叛军归来,歌饮于长安城。末尾的"都人回面向北啼,日夜更望官军至",这是沦陷区人民的希望,也是杜甫的呼吁,出于代民立言而选择了这种诉求方式,寻求与肃宗政权的联系与提出建议。《悲青坂》把这种渴求表现得更为明显:"焉得附书与我军,忍待明白莫仓卒。"需求对话的心情多么迫切,要说的话又多么明确,虽然这只是杜甫的一厢热望。

七律《送郑十八虔贬台州司户……》前五句用第三人称,后三句转入第一人称,末联说的"便与先生应永诀,九重泉路尽交期",则为与第二人称"先生"的对话,以表达题目所说的"阙为面别"的惋惜心情,这也是在七律中楔进对话的尝试。五古《彭衙行》记述全家逃难的一段经历,《赠卫八处士》写在丧乱中拜访友人,两诗都以叙事为主,但都加入了一些对话。前者"誓将与夫子,永结为弟昆"为友人话语,夹在叙述之间,后者的"问我来何方?"与"主称会面难",则把叙述与对话缩成一句,这种写法或许取法孟浩然《戏赠友人》。两诗以叙述为主体,以对话为点染,叙写偶然相遇或访友,在丧乱中算是细微,但反映了战乱漂泊世事艰难的景况,也是这些细事,使杜甫的"诗史"更加血肉丰满。

杜甫对话体的杰作是"三吏三别","三吏"的前两首是诗人与地方小吏的对话,第三首《石壕吏》与"三别"都是诗中人物的对话。《新安吏》的"客"是杜甫自谓,通过与"喧呼点兵"新安吏的对话,引发诗人对抓丁的一大段议论。大量征兵对付安史叛军,却给老百姓造成沉重灾难,是支持政府的平叛,还是同情百姓。这样的"二难选题",是对杜甫的考验。唐政府与安史叛军的矛盾已经成为关乎民族与国家最重大的事件,本身又与百姓的安危休戚相关,不得不支持残酷的兵役政策,又对灾难中百姓被迫走向战场予以鼓励。所以,这一首像是整个组诗的总冒。《潼关吏》是我与守吏的对话,以吏之对话为主,指出"胡来但自守"的重要性,这是对哥舒翰被迫开关轻战而惨败的总结。最为感人的《石壕吏》是抓丁小吏与老妇的对话,首尾为简略的叙事,中间以老妇的答词为主体。从中可以看出先后回答了提出的三个问题:你的儿子呢?家中还有什么人?反正总得有人去上前线,谁去?这种藏问于答的对话形式,在《兵车行》里已有尝试,因役夫回答的话里插问几番议论,"行者"提出的问题就显得不那么明显。此诗答中藏问的对话不仅非常经济,而且推动了故事情节的进展。有了对话中的"急应河阳役,犹得备晨炊",以下就不用叙述老妇被带走的情节,如此对话写法真是空前绝后。

浦起龙说:"'三吏'夹带问答叙事,'三别'纯托送者行者之词。"①"三吏"的问答,或是诗人直接介入,或是旁听,所以杜甫也是诗中的人物。"三别"都是不同人物的独白,作者就无须露面。《新婚别》是新娘与新郎之别,通篇是新娘的送别语。这种独白实际是对话体的一种形式,贯穿其中五个"君"字,便是对话的另一方。诗人未写新郎君的话语,则与自己的不出场一样,因为新娘的话涉及彼此,同时其中也有诗人观念的注入,就好像诗中人物代己立言。其中"勿为新婚念,努力事戎行",就带有新娘与诗人的双关性质。《垂老别》是一个"子孙阵亡尽"的老人与老妻的告别,通篇全是行者之词,似乎对全为送者之词的《新婚别》是一个补充,起到相互映衬的作用。其中"万国尽征戍,烽火被冈峦。积尸草木腥,流血川原丹",就是杜甫控制不住悲愤而加进去成了老人的话,虽然与口语不大协调,但却与老人悲愤是一致的。《无家别》是再次被征兵的单身汉的话,亲人"世乱各东西",独然一身,无家可别。这些话是标准的独白,不是《垂老别》还有"老妻卧路啼"的哭送。这或许是沿路耳闻目睹所遇到的倾诉,那么,他的独白不是自言自语的对话,就是向人倾诉的对话。杜甫就担当起记录与转告天下人的职责。末尾的"人生无家别,何以为蒸黎",前句是本篇之归结,后句则是整组诗之终结。"三别"的对话方式比"三吏"更为多样,"《新婚别》,妇语夫。《垂老别》,夫语妇。《无家别》,似自语亦似语客"(浦起龙语)。王嗣奭谓此组诗:"非亲见不能作,他人虽亲见亦不能作。公往来东都,目击成诗,若有神使之,遂下千年之泪。"②又说:"《新安吏》悯中男也,其词如慈母保赤。《石壕吏》作老妇语,《新婚别》作新妇语,《垂老别》《无家别》,其苦自知而不能自达,一一刻画宛然,同工异曲,随物赋形,真造化手也。"③前段语是说此组诗并非老杜虚构,也只有像杜甫这样有国家、社会责任感,且具有"穷年忧黎元"民胞物与情怀的人,无畏无惧,才能有此杰作,这也是杜甫有别于其他诗人的重要原因。后者即指出对话的多维度与生动性,这也是同时诗人所欠缺的地方。总之,杜甫以他的血泪之作,填补了盛唐五古缺乏叙事对话体的空白,为他的"诗史"增加了一组厚重博大感动百代的篇章,在丰富人物对话上,做出了卓越贡献。

对于五古短篇,杜甫也注意掺入对话。《梦李白》其二叙述梦中遇见李

---

① 浦起龙:《读杜心解》,第54页。
② 王嗣奭:《杜臆》卷三,第83页。
③ 此段话不见于《杜臆》,而见于《杜诗祥注》所引,第539页。

白说:"苦道来不易。江湖多风波,舟楫恐失坠",夹在思念的叙写中,就很动人。长篇亦复如此,《佳人》开头"绝代有佳人,幽居在空谷",接以"自云良家子"以下19句,全是其人自语。末尾两句以第三人称叙写收束,这些在杜甫的对话体诗中,都很别致。

盛唐发达的绝句对话体,杜甫自入川生活稍安后,才着手于此。初到成都,生计仰资于人,有一系列求人资助或求物的诗,大都以诗代柬,用说话语气写成。五绝如《因崔五侍御寄高彭州一绝》:"百年已半过,秋至转饥寒。为问彭州牧,何时救急难?"有时把朋友间幽默的戏语也写进诗中,《王录事许修草堂赀不到聊小诘》:"为嗔王录事,不寄草堂赀。昨属愁春雨,能忘欲漏时?"在七绝里还有觅桃树、觅竹、觅桤树、觅果树、觅松树、乞瓷碗等诗,都出之诙谐语,显得亲切无间。如《凭何十一少府邕觅桤木栽》:"草堂堑西无树林,非子谁复见幽心。饱闻桤木三年大,与致溪边十亩阴。"他向人求援要东西,总说得理直气壮,拿出非要不可的姿态。千古之下,读者亦可会心一笑。这和盛唐诸家五、七绝对话体貌迥异,也显示了他在绝句上的执意创新,要走出别是一家的路子。

综上所论,杜甫对话体在五、七绝与五、七古以及五、七律上全面展开,四处开花,无所不到,特别是叙事对话体,以如椽巨笔记录了安史之乱前后的重大历史事件。其中对话的渗入随事赋写,随人各出不同的口吻,极尽变化之能事,不仅达到"诗史"的高峰,也为对话体诗的发展做出了卓越的贡献,不仅影响到元白新乐府,也扩展到感伤诗如《琵琶行》以及《连昌宫词》等。至于对后世的感召,亦有不可估量的深远重大作用。

后　　记

　　研究一时代的文学,既要看到主流与大家,也要观照支流之名家,还有旁流的小家,以及上下源流。唐代文学,尤其是盛唐诗,自古以来都是一片热土,不知有多少学人深耕细作于斯,要在其中开出一片天地,诚属不易!

　　困惑思虑的不是"怎样写",而是"写什么"。每一章的选题都要长思久想,方始有点端倪。如何不重复过去的问题,又怎样发现新问题,交集胸中。初始的焦虑,深入后有所发现的欣然,经常交替。多年来曾入手过中晚唐,又思考过初唐,期间又对唐诗语言下过功夫。把《全唐诗》通读过两遍,至于李、杜、王、孟、高、岑等的诗集,读了不知多少次。十多年来逐渐集中精力于盛唐,先从名家入手,后至大家。力图从熟中走出新来,从热中发现遗漏。既关注学界的进展,又时时考虑走出一条自家的新路。

　　前贤言"年五十而知四十九年非",孔夫子又说"六十而耳顺",马龄徒长过此,回头看有些"知非"和"耳顺",向前看却未必明了。只能苦心焦虑而为之,节假日亦为之。寒暑假似乎成为文学院文渊楼的看守员。但此处寂静,可爱至极,值得每天坐公交车来回跑。所以,固然工作得很累,然亦有兴奋与激动。其中包含在旧问题中看出的新意,如杜甫的诗史与李白的歌行,以及王维的"诗中有画"。特别是从"天宝之风尚党"的理路出发,发现了不少问题,给盛唐三大家泼了不少的"冷水",还有孟浩然、岑参等亦复如此。此非执意求新,实属于一种求实求真,不得已而为之。可以自信,这种对盛唐诗非赞美的揭示,对学界或许有更多的启发。

　　对于唐代文学,数十年来,我始终抱以浓厚的兴趣。在"文革"期间,抄过《唐诗三百首》《唐宋名家词选》,后来七十年代末考上大学,一部接一部地读唐人别集。大学毕业论文就作了两篇,文章有关孟郊、杜牧,凡得三万多字,后来见刊于两家学报。

　　人生机遇难得!大学毕业后,中文系命我做贾则复先生的助手。贾老是黎锦熙先生的高足,当时已 70 岁高龄,奋力研究古汉语虚词与动词。一年后,中文系又命我去由教育部委托,吉林大学古籍所受命所办的先秦文献研究班学习,在金景芳先生及助手吕绍纲门下,读了一年先秦古籍,以思想史为主。三年过后,中文系因扩大招生,终于上了讲台,然而讲的是先秦汉魏晋南北朝一段,总没机会与唐诗握手言欢。然读书与研究尚属自主,我对乾嘉小学也有浓厚兴趣,《说文》段注、王氏四种、郝氏《尔雅义疏》等,一一通读,自谓此道已明。有了这个基础,便通读《全唐诗》及补编与敦煌诗,还有《全宋词》,包括唐诗、宋词的别集。先从语言着眼,制作了数不清的卡片,于是就有了《全唐诗语词通释》与《唐宋诗词语词考释》,分别由中国社会科学出版社与商务印书馆出版。其中文章先行见刊《文史》《中国语文》《敦煌研究》《语言研究》《古汉语研究》,以及《兰州大学学报》等刊物。这是我对热衷的乾嘉学者小学考据,施之于诗词口语俗词训释的总结,走的是训诂学与诗学两眼齐观的理路,也是对将来唐诗研究做些准备。另外大部分时间投入前段研究,日积月累,便有了《谢朓诗论》,由中国社会科学出版社出版;又有了《陶渊明论》,此为国家社会科学基金后期资助项目,已由北京大学出版社 2011 年出版,其中文章先行陆续刊于《文学遗产》《文史哲》《吉林大学社会科学学报》《社会科学战线》以及敝校学报等刊物。以上是我 50 岁至今近十多年研究状况,至于先前也出了好几种著述,尘封已久,说起来就啰唆了。

从 2009 年开始,正式投入唐诗研究。反复读高适集,得文两篇。再至李颀、王昌龄,很用了些功夫。又至岑参,发现盛唐名家的模式。再后依次为孟浩然、李白、王维,最后方至杜甫。中间再穿插些小名家。我做研究,先是就某一专题搭好骨架,然后每一章即作一篇论文,每篇都带独立性质,合起来则为一有机整体,所以没有过渡,不走过场,也不需要序论。

年少时学过国画,50 岁读古人书论,也尝试过文学与书学交叉研究,第一篇文章见刊于《文史哲》,也激增了兴趣,似乎今后可作一专题。从 2010 年集中精力投入唐诗,日夜兼程,未有一天止息。由于申报"盛唐三大家研究"国家社科基金后期资助项目又得获准,便根据立项时提出的意见,有所增补。又以己见撤掉了些章节,因为又有了新的发现。至于盛唐名家研究,研究对象众多,文字亦多,已由中国科学出版社 2015 年出版了《盛唐名家诗论》。这两种研究,相互交叉,相互启发,缺一不可。名家研究是个基础,而大家的观照,又可发现名家的不足。相辅以行,颇能多些思考,多些收获。原来只想放在一起合论,现在分开来倒也有各自的长处。终于超额完成了久蓄心中的一桩夙愿。

拙稿部分章节见刊与将刊于《中国诗学》《陕西师范大学学报》《安徽大

学学报》《杜甫研究学刊》《杜甫研究论文集》等刊物。杜甫的七律结构、五古与叙事诗之关系、风格沉郁顿挫的看法之分歧、语言艺术之特色,还有与盛唐书法交叉之思考、书画与篆刻对杜诗的传播等方面,都值得注意,限于篇幅,只能在其他地方讨论了。

　　本书绝大部分篇章作于退休之后,时为西安培华学院特聘教授。学院为我修订书稿提供了一定的时间,包括这次最后校样的阅读,都令人感怀难忘!

　　谨为记。

魏耕原

2014 年春季

2017 年夏校讫